KB057301

소나기

대한민국 스토리DNA 014

소나기_ 한국인이 사랑하는 단편소설 24선

초판 1쇄 발행 | 2017년 4월 12일
초판 11쇄 발행 | 2024년 5월 30일

지은이 황순원 외
발행인 한명선

주소 서울시 종로구 평창길 329(우편번호 03003)
문의전화 02-394-1037(편집) 02-394-1047(마케팅)
팩스 02-394-1029
전자우편 saeum2go@hanmail.net
블로그 blog.naver.com/saeumpub
페이스북 facebook.com/saeumbooks
인스타그램 instagram.com/saeumbooks

발행처 (주)새움출판사
출판등록 1998년 8월 28일(제10 - 1633호)

대한민국
스토리DNA
014

소나기

한국인이 사랑하는 단편소설 24선

황순원 외

새움

제1부 | 첫사랑

제2부 | 없는 자의 슬픔

제1부

첫사랑

무르익어 더 강렬한 열두 가지 사랑 이야기

사랑은 계절을 넘고 세월을 이긴다. 철없는 사랑은 있어도, 철 지난 사랑은 없다. 모든 사랑은 시간 속에서 숙성하고 발효한다. 사랑과 함께 태어난 열정과 흥분은 세월 속에서 곰삭고 무르익는 다. 회한이 되었다가, 그리움이 되었다가, 비정함이 된다. 아름다움 이 된다. 사람들은 한때의 짧은 사랑만으로도 저마다의 신화와 전 설을 만든다. 그걸 평생 곁에 두고도 산다.

'대한민국 스토리DNA'가 열네 번째 시리즈의 제1부로 사랑을 얘기한다. 신산(辛酸)의 세월을 거치며 향기를 더한, 우리들 모두의 사랑 이야기다. 그중엔 소년·소녀의 풋풋한 첫사랑이 있고, 청춘 의 낭만적 사랑이 있고, 중년의 애잔한 사랑이 있다. 환희가 있고, 절망이 있고, 흐드러진 웃음이 있고, 견디지 못할 비애도 있다. 어 느 쪽이든 사랑의 이야기들은, 특유의 서정과 서사로 우리의 무뎌 진 가슴을 적시고 달랜다.

여덟 작가의 열두 작품이다. 강신재, 김유정, 나도향, 오영수, 이효석, 주요섭, 현진건, 황순원(가나다 순)……. 문학사에 이름들 오롯한 대가들이다. 그들은 잔잔하게 그려내고, 우리들은 크게 요동친다. 대가들이 펼치는 사랑의 열두 개 변주 앞에서, 우리들은 정신 잃고 넋 놓는다.

사랑은 유행을 타지 않는다. 어느 한 시대에만 통용되는 사랑은 없다. 걸출한 작가들이 풀어낸 열두 개의 사랑은 그래서 지금도 여전히, 아니 숙성과 발효로 예전보다 더욱, 우리를 매료시킨다. 거친 세월을 뚫고 살아남은, 그 과정에서 짙은 향기 속으로 품게 된 열두 가지 사랑 이야기를 만나 볼 시간이다.

2017년 4월

새움출판사

일러두기

1. 표기는 작품의 원형을 해치지 않는 선에서 2017년 현재의 원칙에 따랐다.
   현재의 어법에 비춰 부자연스러운 일부 표현은 수정했다.
   방언이나 속어, 대화체의 옛 표기는 되도록 원본을 살렸다.
2. 한자는 대부분 한글로 바꾸었으며
   작품 이해에 도움이 될 한자만 ( ) 안에 넣어두었다.
3. 고어가 된 말이나 한자어, 생소한 외국어는 본문 하단에 간략한 설명을 붙였다.

소나기

황순원

소년은 개울가에서 소녀를 보자 곧 윤 초시네 증손녀딸이라는 걸 알 수 있었다. 소녀는 개울에다 손을 잠그고 물장난을 하고 있는 것이다. 서울서는 이런 개울물을 보지 못하기나 한 듯이.

벌써 며칠째 소녀는 학교에서 돌아오는 길에 물장난이었다. 그런데 어제까지 개울 기슭에서 하더니 오늘은 징검다리 한가운데 앉아서 하고 있다.

소년은 개울둑에 앉아 버렸다. 소녀가 비키기를 기다리자는 것이다.

요행 지나가는 사람이 있어 소녀가 길을 비켜 주었다.

다음 날은 좀 늦게 개울가로 나왔다.

이날은 소녀가 징검다리 한가운데 앉아 세수를 하고 있었다. 분홍 스웨터 소매를 걷어 올린 목덜미가 마냥 희었다.

한참 세수를 하고 나더니, 이번에는 물속을 빤히 들여다본다. 얼굴이라도 비추어 보는 것이리라. 갑자기 물을 움켜낸다. 고기 새끼라도 지나가는 듯.

소녀는 소년이 개울둑에 앉아 있는 걸 아는지 모르는지 그냥 날쌔게 물만 움켜낸다. 그러나 번번이 허탕이다. 그대로 재미있는 양, 자꾸 물만 움킨다. 어제처럼 개울을 건너는 사람이 있어야 길을 비킬 모양이다.

그러다가 소녀가 물속에서 무엇을 하나 집어낸다. 하얀 조약돌이었다. 그러고는 벌떡 일어나 팔짝팔짝 징검다리를 뛰어 건너간다.

다 건너가더니만 획 이리로 돌아서며,

"이 바보."

조약돌이 날아왔다.

소년은 저도 모르게 벌떡 일어섰다.

단발머리를 나풀거리며 소녀가 막 달린다. 갈밭 사잇길로 들어섰다. 뒤에는 청량한 가을 햇살 아래 빛나는 갈꽃뿐.

이제 저쯤 갈밭머리로 소녀가 나타나리라. 꽤 오랜 시간이 지났다고 생각했다. 그런데도 소녀는 나타나지 않는다. 발돋움을 했다. 그러고도 상당한 시간이 지났다고 생각됐다.

저쪽 갈밭머리에 갈꽃이 한 옴큼 움직였다. 소녀가 갈꽃을 안고 있었다. 그리고 이제는 천천한 걸음이었다. 유난히 맑은 가을 햇살이 소녀의 갈꽃머리에서 반짝거렸다. 소녀 아닌 갈꽃이 들길을 걸어가는 것만 같았다.

소년은 이 갈꽃이 아주 뵈지 않게 되기까지 그대로 서 있었다. 문득 소녀가 던진 조약돌을 내려다보았다. 물기가 걷혀 있었다. 소년은 조약돌을 집어 주머니에 넣었다.

다음 날부터 좀더 늦게 개울가로 나왔다. 소녀의 그림자가 뵈지 않았다. 다행이었다.

그러나 이상한 일이었다. 소녀의 그림자가 뵈지 않는 날이 계속될수록 소년의 가슴 한구석에는 어딘가 허전함이 자리 잡는 것이었다. 주머니 속 조약돌을 주무르는 버릇이 생겼다.

그러한 어떤 날, 소년은 전에 소녀가 앉아 물장난을 하던 징검다리 한가운데에 앉아 보았다. 물속에 손을 잠갔다. 세수를 하였다. 물속을 들여다보았다. 검게 탄 얼굴이 그대로 비치었다. 싫었다.

소년은 두 손으로 물속의 얼굴을 움키었다. 몇 번이고 움키었다. 그러다가 깜짝 놀라 일어나고 말았다. 소녀가 이리로 건너오고 있지 않으냐.

숨어서 내 하는 꼴을 엿보고 있었구나. 소년은 달리기 시작했다. 디딤돌을 헛짚었다. 한 발이 물속에 빠졌다. 더 달렸다.

몸을 가릴 데가 있어 줬으면 좋겠다. 이쪽 길에는 갈밭도 없다. 메밀밭이다. 전에 없이 메밀꽃내가 짜릿하니 코를 찌른다고 생각됐다. 미간이 아찔했다. 찝찔한 액체가 입술에 흘러들었다. 코피였다. 소년은 한 손으로 코피를 훔쳐내면서 그냥 달렸다. 어디선가, 바보, 바보 하는 소리가 자꾸만 뒤따라오는 것 같았다.

토요일이었다.

개울가에 이르니, 며칠째 보이지 않던 소녀가 건너편 가에 앉아 물장난을 하고 있었다.

소나기

모르는 체 징검다리를 건너기 시작했다. 얼마 전에 소녀 앞에서 한 번 실수를 했을 뿐, 여태 큰길 가듯이 건너던 징검다리를 오늘은 조심성스럽게 건넌다.

"얘."

못 들은 체했다. 둑 위로 올라섰다.

"얘, 이게 무슨 조개지?"

자기도 모르게 돌아섰다. 소녀의 맑고 검은 눈과 마주쳤다. 얼른 소녀의 손바닥으로 눈을 떨구었다.

"비단조개."

"이름두 참 곱다."

갈림길에 왔다. 여기서 소녀는 아래편으로 한 삼 마장쯤, 소년은 우대로 한 십 리 가까잇길을 가야 한다.

소녀가 걸음을 멈추며,

"너, 저 산 너머에 가 본 일 있니?"

벌 끝을 가리켰다.

"없다."

"우리 가 보지 않을래? 시골 오니까 혼자서 심심해 못 견디겠다."

"저래 봬두 멀다."

"멀면 얼마나 멀겠게? 서울 있을 땐 사뭇 먼 데까지 소풍 갔었다."

소녀의 눈이 금세, 바보, 바보 할 것만 같았다.

논 사잇길로 들어섰다. 벼 가을걷이하는 곁을 지났다.

허수아비가 서 있었다. 소년이 새끼줄을 흔들었다. 참새가 몇 마리 날아간다. 참, 오늘은 일찍 집으로 돌아가 텃논의 참새를 봐야 할걸 하는 생각이 든다.

"야, 재밌다!"

소녀가 허수아비 줄을 잡더니 흔들어 댄다. 허수아비가 자꾸 우쭐거리며 춤을 춘다. 소녀의 왼쪽 볼에 살포시 보조개가 패었다.

저만큼 허수아비가 또 서 있다. 소녀가 그리로 달려간다. 그 뒤를 소년도 달렸다. 오늘 같은 날은 일찍 집으로 돌아가 집안일을 도와야 한다는 생각을 잊어버리기라도 하려는 듯이.

소녀의 곁을 스쳐 그냥 달린다. 메뚜기가 따끔따끔 얼굴에 와 부딪친다. 쪽빛으로 한껏 개인 가을하늘이 소년의 눈앞에서 맴을 돈다. 어지럽다. 저놈의 독수리, 저놈의 독수리, 저놈의 독수리가 맴을 돌고 있기 때문이다.

돌아다보니 소녀는 지금 자기가 지나쳐온 허수아비를 흔들고 있다. 좀 전 허수아비보다 더 우쭐거린다.

논이 끝난 곳에 도랑이 하나 있었다. 소녀가 먼저 뛰어 건넜다.

거기서부터 산 밑까지는 밭이었다.

수숫단을 세워 놓은 밭머리를 지났다.

"저게 뭐니?"

"원두막."

"여기 참외, 맛있니?"

"그럼, 참외맛도 좋지만 수박맛은 더 좋다."

"하나 먹어 봤으면."

소년이 참외그루에 심은 무우밭으로 들어가, 무우 두 밑을 뽑아 왔다. 아직 밑이 덜 들어 있었다. 잎을 비틀어 팽개친 후, 소녀에게 한 개 건넨다. 그러고는 이렇게 먹어야 한다는 듯이 먼저 대강이를 한 입 베어 물어 낸 다음, 손톱으로 한 돌이 껍질을 벗겨 우적 깨문다.

소녀도 따라 했다. 그러나 세 입도 못 먹고,

"아, 맵고 지려."

하며 집어 던지고 만다.

"참, 맛없어 못 먹겠다."

소년이 더 멀리 팽개쳐 버렸다.

산이 가까워졌다.

단풍이 눈에 따가웠다.

"야아!"

소녀가 산을 향해 달려갔다. 이번은 소년이 뒤따라 달리지 않았다. 그러고도 곧 소녀보다 더 많은 꽃을 꺾었다.

"이게 들국화, 이게 싸리꽃, 이게 도라지꽃……."

"도라지꽃이 이렇게 예쁜 줄은 몰랐네. 난 보랏빛이 좋아! ……근데, 이 양산같이 생긴 노란 꽃이 뭐지?"

"마타리꽃."

소녀는 마타리꽃을 양산 받듯이 해 보인다. 약간 상기된 얼굴에 살포시 보조개를 떠올리며.

다시 소년은 꽃 한 옴큼을 꺾어 왔다. 싱싱한 꽃가지만 골라 소녀에게 건넨다.

그러나 소녀는

"하나도 버리지 마라."

산마루께로 올라갔다.

맞은편 골짜기에 오순도순 초가집이 몇 모여 있었다.

누가 말한 것도 아닌데 바위에 나란히 걸터앉았다. 유달리 주위가 조용해진 것 같았다. 따가운 가을 햇살만이 말라가는 풀 냄새를 퍼뜨리고 있었다.

"저건 또 무슨 꽃이지?"

적잖이 비탈진 곳에 칡덩굴이 엉키어 끝물꽃을 달고 있었다.

"꼭 등꽃 같네. 서울 우리 학교에 큰 등나무가 있었단다. 저 꽃을 보니까 등나무 밑에서 놀던 동무들 생각이 난다."

소녀가 조용히 일어나 비탈진 곳으로 간다. 꽃송이가 많이 달린 줄기를 잡고 끊기 시작한다. 좀처럼 끊어지지 않는다. 안간힘을 쓰다가 그만 미끄러지고 만다. 칡덩굴을 그러쥐었다.

소년이 놀라 달려갔다. 소녀가 손을 내밀었다. 손을 잡아 이끌어 올리며, 소년은 제가 꺾어다 줄 것을 잘못했다고 뉘우친다. 소녀의 오른쪽 무릎에 핏방울이 내맺혔다. 소년은 저도 모르게 생채기에 입술을 가져다 대고 빨기 시작했다. 그러다가 무슨 생각을 했는지 홱 일어나 저쪽으로 달려간다.

좀만에 숨이 차 돌아온 소년은,

"이걸 바르면 낫는다."

송진을 생채기에다 문질러 바르고는 그 달음으로 칡덩굴 있는 데로 내려가 꽃 많이 달린 줄기를 이빨로 끊어 가지고 올라온다. 그러고는,

"저기 송아지가 있다. 그리 가 보자."

누렁송아지였다. 아직 코뚜레도 꿰지 않았다.

소년이 고삐를 바투* 잡아 쥐고 등을 긁어 주는 체 후딱 올라탔다. 송아지가 껑충거리며 돌아간다.

소녀의 흰 얼굴이, 분홍 스웨터가, 남색 스커트가, 안고 있는 꽃과 함께 범벅이 된다. 모두가 하나의 큰 꽃묶음 같다. 어지럽다. 그러나 내리지 않으리라. 자랑스러웠다. 이것만은 소녀가 흉내 내지 못할, 자기 혼자만이 할 수 있는 일인 것이다.

"너희, 예서 뭣들 하느냐?"

농부 하나가 억새풀 사이로 올라왔다.

송아지 등에서 뛰어내렸다. 어린 송아지를 타서 허리가 상하면 어쩌느냐고 꾸지람을 들을 것만 같다.

그런데 나룻이 긴 농부는 소녀 편을 한 번 훑어보고는 그저 송아지 고삐를 풀어내면서,

"어서들 집으로 가거라. 소나기가 올라."

참, 먹장구름 한 장이 머리 위에 와 있다. 갑자기 사면이 소란스러워진 것 같다. 바람이 우수수 소리를 내며 지나간다. 삽시간

* 사이가 가깝거나 길이가 썩 짧게.

에 주위가 보랏빛으로 변했다.

산을 내려오는데, 떡갈나무 잎에서 빗방울 듣는 소리가 난다. 굵은 빗방울이었다. 목덜미가 선뜻선뜻했다. 그러자 대번에 눈앞을 가로막는 빗줄기.

비안개 속에 원두막이 보였다. 그리로 가 비를 그을* 수밖에.

그러나 원두막은 기둥이 기울고 지붕도 갈래갈래 찢어져 있었다. 그런대로 비가 덜 새는 곳을 가려 소녀를 들어서게 했다.

소녀는 입술이 파랗게 질려 있었다. 어깨를 자꾸 떨었다.

무명 겹저고리를 벗어 소녀의 어깨를 싸 주었다. 소녀는 비에 젖은 눈을 들어 한 번 쳐다보았을 뿐, 소년이 하는 대로 잠자코 있었다. 그러고는 안고 온 꽃묶음 속에서 가지가 꺾이고 꽃이 일그러진 송이를 골라 발밑에 버린다.

소녀가 들어선 곳도 비가 새기 시작했다. 더 거기서 비를 그을 수 없었다.

밖을 내다보던 소년이 무엇을 생각했는지 수수밭 쪽으로 달려간다. 세워 놓은 수숫단 속을 비집어 보더니, 옆의 수숫단을 날라다 덧세운다. 다시 속을 비집어 본다. 그러고는 이쪽을 향해 손짓을 한다.

수숫단 속은 비는 안 새었다. 그저 어둡고 좁은 게 안됐다. 앞에 나앉은 소년은 그냥 비를 맞아야만 했다. 그런 소년의 어깨에서 김이 올랐다.

---

*긋다 : 비를 잠시 피하여 그치기를 기다리다.

소녀가 속삭이듯이, 이리 들어와 앉으라고 했다. 괜찮다고 했다. 소녀가 다시 들어와 앉으라고 했다. 할 수 없이 뒷걸음질을 쳤다. 그 바람에 소녀가 안고 있는 꽃묶음이 우그러들었다. 그러나 소녀는 상관없다고 생각했다. 비에 젖은 소년의 몸 내음새가 확 코에 끼얹혀졌다. 그러나 고개를 돌리지 않았다. 도리어 소년의 몸기운으로 해서 떨리던 몸이 적이 누그러지는 느낌이었다.

소란하던 수숫잎 소리가 뚝 그쳤다. 밖이 멀게졌다.

수숫단 속을 벗어나왔다. 멀지 않은 앞쪽에 햇빛이 눈부시게 내리붓고 있었다.

도랑 있는 곳까지 와 보니, 엄청나게 물이 불어 있었다. 빛마저 제법 붉은 흙탕물이었다. 뛰어 건널 수가 없었다.

소년이 등을 돌려 댔다. 소녀가 순순히 업혔다. 걷어 올린 소년의 잠방이까지 물이 올라왔다. 소녀는, 어머나 소리를 지르며 소년의 목을 그러안았다.

개울가에 다다르기 전에, 가을하늘이 언제 그랬는가 싶게 구름 한 점 없이 쪽빛으로 개어 있었다.

그다음 날은 소녀의 모양이 뵈지 않았다. 다음 날도, 다음 날도. 매일같이 개울가로 달려와 봐도 뵈지 않았다.

학교에서 쉬는 시간에 운동장을 살피기도 했다. 남몰래 5학년 여자 반을 엿보기도 했다. 그러나 뵈지 않았다.

그날도 소년은 주머니 속 흰 조약돌만 만지작거리며 개울가로 나왔다. 그랬더니, 이쪽 개울둑에 소녀가 앉아 있는 게 아닌가.

소년은 가슴부터 두근거렸다.

"그동안 앓았다."

알아보게 소녀의 얼굴이 해쓱해져 있었다.

"그날 소나기 맞은 것 때메?"

소녀가 가만히 고개를 끄덕였다.

"인제 다 낫냐?"

"아직두……."

"그럼 누워 있어야지."

"하도 갑갑해서 나왔다. ……그날 참 재밌었어. ……근데 그날 어디서 이런 물이 들었는지 잘 지지 않는다."

소녀가 분홍 스웨터 앞자락을 내려다본다. 거기에 검붉은 진흙물 같은 게 들어 있었다.

소녀가 가만히 보조개를 떠올리며

"그래 이게 무슨 물 같니?"

소년은 스웨터 앞자락만 바라다보고 있었다.

"내 생각해 냈다. 그날 도랑 건널 때 네게 업힌 일 있지? 그때 네 등에서 옮은 물이다."

소년은 얼굴이 확 달아오름을 느꼈다.

갈림길에서 소녀는,

"저, 오늘 아침에 우리 집에서 대추를 땄다. 낼 제사 지내려구……."

대추 한 줌을 내어 준다.

소년은 주춤한다.

"맛봐라. 우리 증조할아버지가 심었다는데, 아주 달다."

소년은 두 손을 오그려 내밀며

"참, 알두 굵다!"

"그리고 저, 우리 이번에 제사 지내고 나서 좀 있다 집을 내주게 됐다."

소년은 소녀네가 이사해 오기 전에 벌써 어른들의 이야기를 들어서, 윤 초시 손자가 서울서 사업에 실패해 가지고 고향에 돌아오지 않을 수 없게 되었다는 걸 알고 있었다. 그것이 이번에는 고향집마저 남의 손에 넘기게 된 모양이었다.

"왜 그런지 난 이사 가는 게 싫어졌다. 어른들이 하는 일이니 어쩔 수 없지만……."

전에 없이, 소녀의 까만 눈에 쓸쓸한 빛이 떠돌았다.

소녀와 헤어져 돌아오는 길에 소년은 혼잣속으로 소녀가 이사를 간다는 말을 수없이 되뇌어 보았다. 무어 그리 안타까울 것도 서러울 것도 없었다. 그렇건만 소년은 지금 자기가 씹고 있는 대추알의 단맛을 모르고 있었다.

이날 밤, 소년은 몰래 덕쇠 할아버지네 호두밭으로 갔다.

낮에 봐 두었던 나무로 올라갔다. 그리고 봐 두었던 가지를 향해 작대기를 내리쳤다. 호두송이 떨어지는 소리가 별나게 크게 들렸다. 가슴이 선뜩했다. 그러나 다음 순간, 굵은 호두야 많이 떨어져라, 많이 떨어져라, 저도 모를 힘에 이끌려 마구 작대기를 내리치는 것이었다.

돌아오는 길에는 열이틀 달이 지우는 그늘만 골라 디뎠다. 그늘의 고마움을 처음 느꼈다.

불룩한 주머니를 어루만졌다. 호두송이를 맨손으로 깠다가는 옴이 오르기 쉽다는 말 같은 건 아무렇지도 않았다. 그저 근동에서 제일가는 이 덕쇠 할아버지네 호두를 어서 소녀에게 맛보여야 한다는 생각만이 앞섰다.

그러다 아차, 하는 생각이 들었다. 소녀더러 병이 좀 낫거들랑 이사 가기 전에 한번 개울가로 나와 달라는 말을 못 해 둔 것이었다. 바보 같은 것, 바보 같은 것.

이튿날, 소년이 학교에서 돌아오니, 아버지가 나들이옷으로 갈아입고 닭 한 마리를 안고 있었다.

어디 가시느냐고 물었다.

그 말에도 대꾸도 없이, 아버지는 안고 있는 닭의 무게를 겨냥해 보면서,

"이만하면 될까?"

어머니가 망태기를 내주며,

"벌써 며칠째 '걀걀' 하고 알 날 자리를 보던데요. 크진 않아도 살은 쪘을 거예요."

소년이 이번에는 어머니한테 아버지가 어디 가시느냐고 물어보았다.

"저, 서당골 윤 초시댁에 가신다. 제삿상에라도 놓으시라구……."

"그럼, 큰 놈으로 하나 가져가지. 저 얼룩수탉으루……."

이 말에, 아버지는 허허 웃고 나서,

"임마, 그래도 이게 실속이 있다."

소년은 공연히 열적어, 책보를 집어 던지고는 외양간으로 가 쇠잔등을 한 번 철썩 갈겼다. 쇠파리라도 잡는 체.

개울물은 날로 여물어 갔다.

소년은 갈림길에서 아래쪽으로 가 보았다. 갈밭머리에서 바라보는 서당골 마을은 쪽빛 하늘 아래 한결 가까워 보였다.

어른들의 말이 내일 소녀네가 양평읍으로 이사 간다는 것이었다. 거기 가서는 조그마한 가겟방을 보게 되리라는 것이었다.

소년은 저도 모르게 주머니 속 호두알을 만지작거리며, 한 손으로는 수없이 갈꽃을 휘어 꺾고 있었다.

그날 밤, 소년은 자리에 누워서도 같은 생각뿐이었다. 내일 소녀네가 이사하는 걸 가 보나 어쩌나. 가면 소녀를 보게 될까 어떨까.

그러다가 까무룩 잠이 들었는가 하는데,

"허, 참 세상일두……."

마을 갔던 아버지가 언제 돌아왔는지,

"윤 초시댁도 말이 아니야. 그 많던 전답을 다 팔아 버리구, 대대로 살아오던 집마저 남의 손에 넘기더니, 또 악상까지 당하는 걸 보면……."

남폿불 밑에서 바느질감을 안고 있던 어머니가,

"증손이라곤 계집애 그 애 하나뿐이었지요?"

"그렇지, 사내애 둘 있던 건 어려서 잃구……."

"어쩌믄 그렇게 자식복이 없을까."

"글쎄 말이지. 이번 앤 꽤 여러 날 앓는 걸 약도 변변히 못 써 봤다더군. 지금 같아서 윤 초시네도 대가 끊긴 셈이지. ……그런데 참 이번 계집앤 어린것이 여간 잔망스럽지가 않어. 글쎄, 죽기 전에 이런 말을 했다지 않어? 자기가 죽거든 자기 입던 옷을 꼭 그대로 입혀서 묻어 달라구……."

· 끝 ·

젊은 느티나무

강신재

1

그에게는 언제나 비누 냄새가 난다.

아니, 그렇지는 않다. 언제나라고는 할 수 없다.

그가 학교에서 돌아와 욕실로 뛰어가서 물을 뒤집어쓰고 나오는 때면 비누 냄새가 난다. 나는 책상 앞에 돌아앉아서 꼼짝도 하지 않고 있더라도 그가 가까이 오는 것을 ― 그의 표정이나 기분까지라도 넉넉히 미리 알아차릴 수 있다.

티셔츠로 갈아입은 그는 성큼성큼 내 방으로 걸어 들어와 아무렇게나 안락의자에 주저앉든가, 창가에 팔꿈치를 짚고 서면서 나에게 빙긋 웃어 보인다.

"무얼 해?"

대개 이런 소리를 던진다.

그런 때에 그에게서 비누 냄새가 난다. 그리고 나는 나에게 가장 슬프고 괴로운 시간이 다가온 것을 깨닫는다. 엷은 비누의 향료와 함께 가슴속으로 저릿한 것이 퍼져 나간다 ― 이런 말을 하고 싶었던 것이다.

"뭘 해?"

하고 한마디를 던져 놓고는 그는 으레 눈을 좀더 커다랗게 뜨면서 내 얼굴을 건너다본다.

그 눈동자는 내 표정을 살피려는 것 같기도 하고 어쩌면 그보다도, 나에게 쾌활하게 웃고 떠들라고 권하고 있는 것 같기도 하다. 또 어쩌면 단순히 그 자신의 명랑한 기분을 나타내고 있는 것에 불과한지도 모른다.

어느 편일까?

나는 나의 슬픔과 괴롬과 있는 대로의 지혜를 일점에 응집시켜 이 순간 그의 눈 속을 응시하지 않을 수 없다.

나는 알고 싶은 것이다.

그의 눈 속에 과연 내가 무엇으로 비치는가?

하루해와, 하룻밤 사이, 바위를 씻는 파도 소리같이, 가슴에 와 부딪고 또 부딪고 하던 이 한 가지 상념에 나는 일순 전신을 불살라 본다.

그러나 매일 되풀이하며 애를 쓰지만 나는 역시 알 수가 없다. 그의 눈의 의미를 헤아릴 수가 없다. 그래서 나의 괴롬과 슬픔은 좀더 무거운 것으로 변하면서 가슴속으로 가라앉아 버리는 것이다.

그리고 다음 찰나에는 나는 그만 나의 자연스러운 위치 — 그의 누이동생이라는, 표면으로 보아 아무 스스러움도 불안정함도 없는 나의 위치로 돌아가 있지 않으면 안 될 것을 깨닫는다.

"인제 오우?"

나는 이렇게 묻는다.

그가 원한 듯이 아주 쾌활한 어투로, 이 경우에 어색하게 군다는 것이 얼마만한 추태인가를 나는 알고 있다.

내 목소리를 듣고는 그도 무언지 마음 놓였다는 듯이,

"응, 고단해 죽겠어. 뭐 먹을 거 좀 안 줄래?"

두 다리를 쭈욱 뻗고 기지개를 켜면서 대답을 한다.

"에에, 성화라니깐. 영작 숙제가 막 멋지게 씌어져 나가는 판인데……."

나는 그렇게 투덜거려 보이면서 책상 앞에서 물러난다.

"어디 구경 좀 해. 여류 작가가 될 가망이 있는가 없는가 보아 줄게."

그는 손을 내밀며 몸까지 앞으로 썩 하니 기울인다.

"어머나, 싫어!"

나는 노트를 다른 책들 밑에다 잘 감추어 두고 아래층으로 내려가서 냉장고 문을 연다.

뽀오얗게 얼음이 내뿜은 코카콜라와 크래커, 치즈 따위를 쟁반에 집어 얹으면서 내 가슴은 비밀스러운 즐거움으로 높다랗게 고동치기 시작한다.

그는 왜 늘 내 방에 와서 먹을 것을 달라고 할까? 언제나 냉장고 앞을 그냥 지나 버리고는 나에게 와서 달라고 조른다.

어떤 게으름뱅이라도 냉장고 문을 못 열 까닭은 없고, 또 누구를 시키는 것이 좋겠다면 부엌 사람들께 한마디 하는 편이 나을 것이다.

군소리를 지껄대거나 오래 기다리게 하거나 그렇지 않더라도 줄곧 먹을 것을 엎지르거나 내려뜨리거나 하는 나를 움직이기보다는 쉬울 것이 확실하다.

'어쩐 셈인지 나는 이런 따위 일이 참말 서툴다. 좀 얌전하고 재빠르게 보이려고 하여도 도무지 그렇게 되질 않는다.'

쟁반을 들고 돌아와 보면 그는 창밖의 덩굴장미께로 시선을 던지고 옆얼굴을 보이며 앉아 있다. 무엇을 생각하는지, 내가 곁에 있을 때는 보이지 않는 조용히 가라앉은 눈초리를 하고 있다. 까무레한 피부와 꽤 센 윤곽을 가진 그의 얼굴을 이런 각도에서 볼 때 나는 참 좋아진다. 나에게는 보이려 하지 않는, 혼자만의 표정도 무언지 가슴에 와 부딪는다.

그의 머리통은 아폴로의 그것처럼 모양이 좋다. 아주 조금 곱슬거리는 머리카락이 몇 올 앞이마에 드리워 있다.

"고수머리는 사납다던데."

언젠가 그렇게 말하였더니

"아니, 그렇지 않아. 숙희, 정말 그렇지 않아."

하고 그는 진심으로 변명을 하려 드는 것이었다. 나는 그저 농담을 하였을 뿐이었는데……

오늘도 그는 그렇게 내 방에서 쉬고 나더니.

"정구 칠까?"

하며 자리에서 일어섰다.

"응."

"아니, 참 내일부터 중간시험이라구 하잖았든가?"

"괜찮아. 그까짓 거……"

사실 시험이고 무엇이고 없었다. 나는 옷 서랍을 덜컹거리며 흰 쇼트 팬츠와 감색 셔츠를 끄집어내었다.

"괜히 낙제하려구"

하면서도 그는 이내 라켓을 가지러 방을 나갔다.

햇볕은 따가웠으나 나뭇잎들의 싱싱한 초록 사이로 서늘한 바람이 지나가곤 한다. 우리는 뒷산 밑 담장께로 걸어갔다. 낡은 돌담의 좀 허수룩한 귀퉁이를 타고 넘어서 옆집 코트로 미끄러져 들어간다.

옆집이라고 하는 것은 구(舊) 왕가에 속한다는 토지의 일부인데 기실 집이라고는 까마득히 떨어져서 기와집이 두어 채 늘어서 있고 이쪽은 휘엉하니 비어 있는 공터였다.

그 낡은 기와집에 사는 사람들은 이 공터를 무슨 뜻에선지 매일 쓸고 닦고 하여서 장판처럼 깨끗이 거두어 오고 있었다.

"아깝게끔…… 테니스 코트나 만들면 좋겠는데, 응 그러면 어떨까?"

어느 날 돌담에 가 걸터앉아서 내려다보던 끝에 그런 제의를 했다.

처음에는 그는 움직이려 하지 않았으나 결국 건물께로 걸어가서 이야기를 해보았다.

이튿날 우리는 석회를 들고 가 금을 그었다. 또 며칠 후에는 네트를 치고 땅을 깎아 아주 정식으로 코트를 만들어 버렸다.

그렇게까지 할 줄은 몰랐을 주인이 야단을 치면 걷어 버리자고 주춤거리며 일을 했는데 호호백발의 할아버지인 그 집주인은 호령을 하지 않을뿐더러 가끔 지팡이를 끌고 나와 플레이를 구경하는 것이었다.

　이렇게 나이 많은 노인네의 표정은 언제나 나에게는 판정하기 어려운 것이지만 특히 이 할아버지의 경우는 그러하였다. 구태여 말한다면 웃고 있는 것 같기도 하고 신기해하고 있는 것 같기도 했지만 또 동시에 하늘 밖의 일을 생각하는 듯 아득해 보이기도 하였으니 기묘했다.

　한두 번은 담을 넘는 나의 기술을 적이 바라보고 분명히 무슨 말을 할 듯이 하더니 그만 입을 봉하고 말았다. 말을 했자 들을 법하지도 않다고 짐작을 대었는지 알 수 없었다. 어쨌든 그곳은 아주 좋은 우리의 놀이터인 것이다.

　물리학 전공의 그는 상당히 공부에도 몰리고 있는 눈치였으나 운동을 싫어하는 샌님도 아니었다.

　테니스를 나는 여기 오기 전에도 하고 있었지만 기술이 부쩍 는 것은 대부분 그의 덕분이다. 그가 내 시골 학교의 코치보다도 더 훌륭한 솜씨를 갖고 있음을 알았을 때의 나의 만족이란 이루 말할 수도 없는 것이었다.

　머리가 둔한 사람이 나는 도저히 좋아질 수 없지만 또 운동을 전연 모른다는 사람도 매력적이라고 생각할 수 없다. 스포츠는 삶의 기쁨을 단적으로 맛보여 준다. 공을 따라 이리저리 뛰면서 들이마시는 공기의 감미로움이란 아무것에도 비할 수 없다.

　나는 오늘 도무지 컨디션이 좋지가 못하였다. 이렇게 엉망진창인 때면 엉망진창인 대로, 또 턱없이 좋으면 좋은 그대로 적당히 이끌고 나가 주는 그의 솜씨가 적이 믿음직해질 따름이었다.

"와아, 참 안 된다. 퇴보 일로인가 봐."

"괜찮아. 아주 더워지기 전에 지수랑 불러서 한번 시합을 할까?"

하늘이 리라빛*으로 물들 무렵 우리는 볼들을 주워 들고 약수터께로 갔다.

바위틈으로 뿜어나는 물은 이가 시리도록 차갑고 광물질적으로 쌉싸름하다.

두 손으로 표주박을 만들어 떠내 가지고는 코를 틀어막고 마신다. 바위 위로 연두색 버들잎이 적이 우아하게 늘어지고, 빨간 꽃을 다닥다닥 붙인 이름 모를 나무도 한 그루 가지를 펼친 것으로 보아, 이런 마심새를 하라는 샘터는 아닌 모양 같지만 우리는 늘 그렇게 하여 왔다.

"약수라니 많이 마셔. 약의 효험이나 좀 볼지 아나?"

"뭣 땜에?"

"뭣 땜에는? 정구 좀 잘 치게 되나 보려구 그러지."

이렇게 시끌덤벙 떠들던 샘가였다.

그런데 오늘 바위 언저리에는 조그만 표주박이 하나 놓여 있었다. 필시 그 할아버지가 갖다 놓아 둔 것이 분명하였다.

"오늘부터 얌전히 마셔야 해."

"산신령님이 내려다보신다."

정말 한동안 음전하게** 앉아서 쉬었다. 그리고 그는 허리를 굽

* 서양수수꽃다리의 색깔. 연한 자줏빛.
** 음전하다 : 곱고 우아하다. 얌전하고 점잖다.

혀 표주박으로 물을 떴다. 그는 그것을 내 입가에 대어 주었다. 조용한, 낯선 표정을 하고 있었다. 나에게는 보이는 일이 없는, 자기 혼자만의 얼굴의 하나인 것 같았다.

나는 아주 조금만 마셨다. 그리고 얼굴을 들어 그를 바라다보고 있었다. 그는 나머지를 천천히 자기가 마셨다.

그리고 표주박을 있던 자리에 도로 놓았으나 아주 짧은 사이 어떤 강한 감정의 움직임이 그 얼굴을 휘덮은 것 같았다. 그는 내 쪽을 보지 않았다.

나는 돌연 형언하기 어려운 혼란 속에 빠져들어 갔으나 한 가지의 뚜렷한 감각을 놓쳐 버리지는 않았다. 그것은 기쁨이었다.

나는 라켓을 둘러메고 담장께로 걸어갔다.

'오빠.'

그는 나에게는 그런 명칭을 가진 사람이었다.

'오빠.'

그것은 나에게 있어 무리와 부조리의 상징 같은 어휘이다.

그 무리와 부조리에 얽힌 존재가 나다.

나는 키보다 높은 담장 위에서 뛰어내렸다. 그리고 뒤도 안 돌아보고 정원 안을 걸어갔다.

운동화를 벗어 들고 맨발로 걷는다. 까실까실하면서도 부드러운 잔디의 촉감이 신이나 양말을 신고 디딜 생각을 없이 한다.

"발바닥에 징을 박아 줄까? 어디든지 구두 안 신고 다니게 말야."

그는 옆에 있는 때면 이런 소리를 한다.

"맨발로 물 위를 걸으면 고향에 온 것 같아. 아니 내가 나 자신에게 돌아온 것 같은 그런 맘이 드는걸……."

나는 중얼중얼 그런 소리를 지껄이는 것이나 저녁 이맘때가 되면 별안간 거의 수습할 수 없을 만큼 감정이 엉클리곤 하므로 그 뒤로는 할멈처럼 입을 봉하고 아무런 대꾸도 하질 않는다.

시무룩해 가지고 테라스 앞에 오면 ─ 그 안 넓은 방에 깔린 자색 양탄자, 이곳저곳에 놓인 육중한 가구, 그 안에 깃들인 신비한 정적, 이런 것들을 넘겨다보면 ─ 그리고 주위에 만발한 작약, 라일락의 향기, 짙어진 풀내가 한데 엉겨 뭉클한 이 속에 와서 서면 ─ 나는 내 존재의 의미가 별안간 아프도록 뚜렷이 보랏빛 공기 속에 떠 있는 것을 보는 것이다.

내가 잠시 지녔던 유쾌함과 행복은 끝내 나의 것일 수는 없고, 그것은 그대로 실은 나의 슬픔과 괴로움이었다는 기묘한 도착(倒錯)을, 나는 어떻게도 처리할 길이 없다.

오누이…….

동생…….

이런 말은 내 맘속에 혐오와 공포를 자아낸다.

싫다.

확실히 내가 느껴 온 기쁨과 즐거움은 이런 범주 내에서 허용될 수 있는 것이 아니었다.

날마다 경험하는 이 보랏빛 공기 속에서의 도착은 참 서글픈 감촉을 갖고 있었다. 나는 그의 곁에 더 오래 머무를 용기조차 없어진다.

젊은 느티나무

검은 눈을 끔꺽이면서 그는 또 농담이라도 할 것이다. 내게 더 웃고 더 쾌활해지라고 무언중에 명령할 것이다.

그가 내게 해줄 수 있는 일은 그것뿐이다.

오늘 나는 가슴속에 강렬한 기쁨을 안았던 까닭에 비참함도 더한층 큰 것만 같았다.

나는 그곳에 한동안 서 있었다. 그리고 볼을 불룩하니 해가지고 마루로 올라갔다.

번들거리는 마룻바닥에 부연 발자국이 남아난다. 그렇게 마루가 더럽혀지는 것이 어쩐지 약간 기분 좋다. 몸을 씻고는 옷을 갈아입으면서 창으로 힐끗 내다보았더니 그는 등나무 밑 걸상에 앉아 있었다. 무릎 위에 팔꿈을 짚고 월계 숲께로 시선을 던진 모양이 무언지 고독한 자세 같아 보였다. 그도 조금은 괴로운 것일까? 흠, 그러나 무슨 도리가 있담? 까닭 없이 그에 대해 잔인해지면서 나는 그렇게 혼잣말을 하였다.

나는 방에 불도 켜지 않고 밖에서 보이지 않을 구석에 가만히 앉아 내다보고 있었다.

주위가 훨씬 어두워진 연후에 그는 벤치에서 일어났다. 그리고 사라지기 전에 한참 내 창문께를 보며 서 있었다.

나는 어느 때까지나 불을 켜지 않았다.

저녁을 먹으러 내려가지도 않았다.

그 대신에 그가 마시다 만 코크의 잔을 집어 들었다. 그리고 가만히 입술을 대었다. 아까 그가 내가 마신 표주박에 입술을 대었듯이⋯⋯.

2

'그'를 무어라고 부르면 마땅할까.

오빠라고 불러야 한다는 것이 나의 운명이다.

재작년 늦겨울 새하얀 눈과 얼음에 뒤덮여서 서울의 집들이 마치 얼음사탕처럼 반짝이던 날 므슈* 리에게 손목을 끌리다시피 하며 이곳에 도착한 나에게 엄마는 그를 이렇게 소개했다.

"숙희의 오빠예요. 인사를 해. 이름은 현규라고 하고."

저 진보랏빛 양탄자 위에 서서 나는 그의 얼굴을 바라보았다.

"문리과 대학의 수재란다. 우리 숙희두 시골서는 꽤 재원이라고 들 하지만 서울 왔으니까 좀 어리벙벙할 테지. 사이좋게 해줘요."

엄마의 목소리는 가벼웠으나 눈에는 두려움이 어려 있는 것 같았다. 엄마는 열심히 청년의 큰 눈을 주시하고 있었다.

V넥의 다갈색 스웨터를 입고 그보다 엷은 빛깔의 셔츠깃을 내보인 그는, 짙은 눈썹과 미간 언저리에 약간 위압적인 느낌을 갖고 있었으나 큰 두 눈은 서늘해 보였고, 날카로움과 동시에 자신(自信)에서 오는 너그러움, 침착함 같은 것을 갖고 있는 듯해 보였다. 전체의 윤곽이 단정하면서도 억세고, 강렬한 성격의 사람일 것 같았다. 다만 턱과 목 언저리의 선이 부드럽고 델리킷**하여 보였다.

---

* Monsieur : 프랑스어로, 성인 남자에게 붙이는 경칭.

** Delicate : 섬세한, 우아한.

젊은 느티나무

'키도 어깨 폭도 표준형인 듯하고…… 흐응, 우선 수재 비슷해 보이기는 하는걸……'

하고 나는 마음속으로 채점을 하였다. 물론 겉보매만으로 사람을 평가할 만큼 나는 어리석은 계집애는 아니었지만.

내가 그의 눈을 쏘아보자, 그는 눈이 부신 사람 같은 표정을 하면서 입술 한쪽으로 조금 웃었다. 그것은 약간 겸연쩍은 것 같기도 하였지만, 혼자 고소(苦笑)하고 있는 것같이도 보였다. 자기를 재어 보고 있는 내 맘속을 환히 들여다보는 때문일까? 그러자 나는 반대로 날카로운 관찰을 당하고 있는 듯한 긴장을 느꼈다.

그러나 그는 지극히 단순한 태도로,

"참 잘 왔어요. 집이 이렇게 너무 쓸쓸해서 아주 좋지 못했는데……"

하고 한 손을 내밀어서 내 손을 잡았다.

나를 도무지 어린애로만 보았다는 증거일 게고 또 아마 엄마의 감정을 존중한 결과였을 것이다.

아닌 게 아니라 엄마의 얼굴에는 일순 안도와 만족의 표정이 물결처럼 퍼져 갔다. 나는 이 청년이 엄마에게 어떤 존재인지를 짐작하였다. 말하자면 그들 인공적(?) 모자 관계에 있어서는 항상 세심한 배려가 상호간에 베풀어져야 하는 것이다.

므슈 리는 매우 대범한 성질이어서 만사를 복잡하게 받아들이지는 않는 것 같았다. 그는 그저 미소를 띠고 우리를 바라다볼 뿐이고, 내가 고단할 게라는 소리를 몇 번이나 하였다.

어쨌든 그는 그로부터 나를 숙희라고, 쉽고도 간단하게 불러

오고 있다.

"헤이, 숙!"

하기도 한다. 그리고 나에게 무조건 관대하였다. 지나칠 만큼. 그래서 때로는 섭섭할 만큼.

그러므로 그가 이즈음 내 방에 와서 배가 고프다고 한다거나 손 같은 데에 약을 발라 달라고 하게 된 것은 나에게는 대단히 귀중한 변화인 것이다.

그것은 어쨌든 내 편에서는 그를 오빠라고는 도저히 부를 수 없었다. 처음에는 너무 생소하여서, 그리고 나중에는 또 다른 이유들로.

이것은 므슈 리를 아버지라고 부르기 어렵기보다는 몇 갑절이나 힘든 일이었다. 나는 자기가 대단한 고집쟁이인지, 또는 부끄럼쟁이인지 분간할 수 없다. 나의 이런 곤란을 그도 엄마도 어느 정도 알고 있는 모양으로 요즈음은 내가 그 말을 피하려고 이리저리 애를 쓰지 않고도 적당한 대답을 할 수 있도록 저편에서 고려하여 말을 걸어 준다. 이런 의미에서 사양 없이 나를 곤경에 몰아넣곤 하는 것은 므슈 리 한 사람뿐이다.

서울 와서 일 년 남짓 지내는 새에 나는 여러모로 조금씩 달라진 것 같다. 멋을 내는 방법도 배웠고 키가 커지고 살결도 희어졌다. 지난 사월에는 '미스 E여고'에 당선되어서 하루 동안 학교의 퀸 노릇을 하였다. 바스트가 약간 모자랄 거라고 나는 생각하고 있었는데 압도적으로 표가 많이 나와서 내가 오히려 놀랐다. 엄마는 좋아서 어쩔 줄 몰랐고 므슈 리는 기막히게 비싼

팔목시계를 사 주었다.

그는 별 말을 하지 않았다. 농담조차 하지 않았다. 축하한다고 한 번 그것도 아주 거북살스러운 투로 말하고는 무언지 수줍은 것 같은 얼굴을 하고 있었다. 그런 것을 보니까 나는 썩 기분이 좋았다.

나는 성질도 조금 달라져 온 것 같다. 동무도 많았고 노래도 잘 부르던 시골 시절보다 조용한 이곳에서 더 감정이 격렬해진 것 같다.

삶의 기쁨이란 말을 나는 이제 이해한다.

이 집의 공기는 안락하고 쾌적하고, 엄마와 므슈 리와의 관계로 하여 약간 로맨틱한 색채가 감돌고 있기도 하다. 서울의 중심에서 떨어진 S촌의 숲 속의 환경도 내 마음에 들고, 므슈 리가 오래전부터 혼자 살아 왔다는 담쟁이덩굴로 온통 뒤덮인 낡은 벽돌집도 기분에 맞는다.

그는 엄마에게 예절 바르고 친절하고, 므슈 리는 내가 건강하고 행복스러운 얼굴만 하고 있으면 어느 때고 지극히 만족해 하고 있다. 그는 어느 사립대학의 경제학 교수인데 약간 뚱뚱하고 약간 호인다워 보인다. 불란서와 아무 관계도 없는 그를 므슈라고 속으로 부르고 있는 까닭은 어느 불란서 영화에서 본 한 불쌍한 아버지의 모습과 그가 닮아 있기 때문이다. 므슈 리는 불쌍하지 않다. 오히려 지금은 참 행복하다. 그러나 이렇게 호의 덩어리 같은 사람은 자칫하면 ─ 주위가 나쁘면 ─ 엉망으로 불행해질 것같이 보이는 것이다.

괴테의 베르테르 같은 청년의 비극에는 날카로운 아름다움이 있다. 그러나 우리 므슈 리 같은 타입의 슬픔에는 오직 비참만이 있을 듯하다…….

'우리 엄마가 그의 곁에 와 준 것은 얼마나 다행한 일이었을까!'

엄마는 줄곧 집에만 들어앉아 있으나 행복해 보였고 예부터 특징이던 부드러운 목소리가 한층 더 부드러워진 것 같다. 다만 엄마는 엄마의 행복에 대해서 한편으로 죄스러움 같은 것을 느끼고 있는 듯한 눈치로서 그래서 바깥으로 나다니지도 않고 큰 소리로 웃는 일도 없는 것 같았다. 그러나 그는 늘 고운 옷을 입고 있었고 엷게 화장을 하고 있었다. 이 일도 내 마음에 흡족하였다.

그러나 이곳에는 뜻하지 않은 괴로움이 또한 있었다. 현규에 대한 감정은 언제나 내 맘을 무겁게 하고 있다. 너무나 고통스럽게 여겨질 때에는 여기 오지를 말았더면 하고 혼자 중얼대는 일도 있다. 그러나 그 생각은 오래가지 않는다. 나는 만약 내 생애에서 한 번도 그를 만나는 일이 없이 죽고 말 경우라는 것을 생각해 보면 가슴이 서늘해지기까지 한다. 아무 일도 이루어지지 않아도 좋았다. 나는 그를 만났다는 일만으로 세상의 어느 여자보다도 행복한 것이다.

그의 곁에서 호흡하고 있는 기쁨을 무엇으로 바꿀 수 있을까?

그러나 나는 여전히 슬프고 초조한 것도 사실이다. 정직히 말한다면 내 기분은 일 분마다 달라진다.

므슈 리가 요즘 외국을 여행 중인 것은 내게는 하나의 구원과도 같다.

아침마다 행복 그것 같은 얼굴로 인사를 하지 않아도 좋고 저녁마다 시간에 식당에 내려가지 않아도 좋기 때문이다.

"돌아오실 때까지 눈감아 줘, 응 엄마. 시간 지키는 거 나 질색인 줄 알잖우? 먹고 싶은 때 먹고 안 먹고 싶은 때 안 먹고 그럴게, 응?"

므슈 리가 떠나는 즉시로 나는 엄마에게 이렇게 교섭을 하였다. 사실 현규의 얼굴을 보는 일이 두려운 때가 점점 찾아오는 것만 같다.

그는 대개 엄마와 함께 저녁을 드는 모양이었다.

3

예절 바른 그가 식당에서 엄마의 상대를 하고 있을 동안 나는 멍하니 창가에 앉아서 저물어 가는 하늘을 바라다보고 있다.

군데군데 작은 집들이 몰려 있는 촌락과, 풀숲과 번득이는 연못 같은 것들이 있는 넓은 들판 너머에 무디게 빛나며 강이 흐르고 있다. 강은 날씨와 시간에 따라 플래티나* 같이 반짝이기도 하고 안개처럼 온통 보얗게 흐려 버리기도 한다. 하늘이 보랏빛으로부터 연한 잿빛으로 변하여 가는 무렵이면 그 강도 부드러운 회색 구름과 한 덩이가 되었다.

---

* platinum : 백금.

나는 여러 가지 감정이 뒤범벅이 된 혼란 상태에서 자기를 건져 내야 한다고 어두운 강물을 바라보며 늘 생각하는 것이었다. 마음 가는 대로 몸을 내맡길 수 없는 것이 나의 입장이고 또 그 마음 가는 일 자체에 대해서도 분열된 생각을 수습할 수가 없었다.

현규를 사랑한다는 일 가운데 죄의식은 없었다. 그런 것은 있을 수 없었다. 그러나 엄마와 므슈 리를 그런 의미에서 배반하는 것은 곧 네 사람 전부의 파멸을 의미하는 것이었다. 파멸이라는 말의 캄캄하고 무서운 음향 앞에 나는 떨었다.

이곳에 오기 전에 나는 시골 외할아버지 집에 있었다. 삼사 년 전까지는 엄마와도 함께, 그리고 그 후로는 할머니, 할아버지와 단 셋이서. 일하는 사람들은 여럿 있었고 과수원을 지키는 개도 여러 마리, 그중에는 내가 특별히 귀여워 한 진돗개 복동이도 있었지만 나는 언제나 못 견딜 만큼 적적하였다. 엄마가 서울로 떠난 후에는 마음이 막 쓰라린 것을 참아야 했지만 그 엄마가 같이 있었을 때에라도 나는 우리의 생활에서 마음 든든하다거나 정말로 유쾌하다거나 하는 느낌을 가져 본 일은 없다.

젊고 아름다운 엄마가 언제나 조용히 집 안에서 세월을 보내고 있는 일은 내게 어떤 고통을 주었다. 그 무릎 위에는 늘 내게 지어 입힐 고운 헝겊 조각이나 털실 같은 것이 얹혀 있었지만, 그리고 그 입에서는 늘 나에 관한 이야기가 흘러나왔지만 나는 그것이 불만이고 불안하기조차 하였다.

그런 걸 만들어 주지 않아도 좋으니 다른 애들 엄마처럼 집안 살림에 볶이어서 때로는 악도 쓰고 나더러 야단도 치고 어린애

젊은 느티나무

도 둘러업고 다니고 ― 말하자면 그녀 자신의 생활을 하고 있으면 나도 흐뭇할 것 같았다. 할아버지도 나에게와 마찬가지로 엄마에게도 그저 유하고 부드럽기만 하였다.

엄마의 그림자 같은 생활은 언제부터 시작되었는지 기억할 수 없다. 사변과 함께 우리가 시골 할아버지댁으로 내려가던 때 그러니까 지금부터 십 년쯤 전에도 이미 그랬었고 또 그보다 전 서울서 국민학교에 입학하던 즈음에도 역시 그런 느낌이던 것을 잊지 않고 있다.

'아버지'에 관하여 나는 아무것도 모른다. '돌아가셨다'는 설명을 언젠가 들은 적이 있었으나 어쩐지 정말 같지 않다는 인상으로 남아 있었다. 사변 후에,

"너의 아버지는 돌아가셨다."

하고 할머니가 일러 주셨는데 이때의 말투에는 특별한 것이 깃들어 있어서 그 후로는 그것이 진심이거니 여기고 있다. 아마 나의 엄마와 아버지는 내가 아주 어릴 때부터 별거하고 있었고 그러는 사이 그들은 다시 만나는 일도 없이 사별하고 만 모양이었다. 어쨌든 나는 내 부친에 관해서 아무런 지식도 감정도 갖고 있지 않다. '윤'이라는 내 성이 그로부터 물려받은 유일의 것이지만 흔한 성이라고 느낄 뿐이다.

므슈 리가 피난지에서 할아버지의 과수원을 찾아온 것은 어떤 경위를 거친 뒤였는지 나는 알 수 없다. 그날 나뭇가지에 걸터앉아서 사과를 베어 먹고 있노라니까 좀 뚱뚱한 낯선 신사가 걸어왔다. 대문 앞에서 망설이듯이 멈추었다가 모자를 벗어 들

고 걸어 들어왔다. 나무 밑을 지나갈 적에 사과 씨를 떨구었더니 발을 멈추고 쳐다보았으나 웃지도 않고 그냥 가 버렸다. 도무지 어수선하기만 하다는 얼굴이었다. 나중에 방 안에서 정식으로 인사를 하였는데 그때의 판단으로는 나무 위로부터 환영받은 일은 까맣게 기억하지 못하는 것 같았다.

그는 하룻밤 체류하지도 않고 되돌아갔다. 그리고 할아버지와 할머니에게는 대단히 중요한 의논거리가 생긴 모양이었다. 밤에 가끔 사과밭 사이를 혼자 걷는 엄마를 보게 되었다.

므슈 리는 한 번 더 다녀갔다. 그리고 얼마 후에 엄마는 상경하였다.

"애초에 그렇게 혼인을 정했더면 애 고생을 안 시키는걸……."

어느 날 옆방에서 할머니가 우시며 수군수군 그런 소리를 하시는 걸 듣고 놀랐다.

"그럼 우리 숙희는 안 태어났을 것 아뇨? 공연한 소릴……."

"그저 팔자 소관이죠. 경애가 생각을 잘못 먹었다느니보다도……."

애어멈이라고 하지 않고 그렇게 엄마의 이름을 대는 것을 듣고 나는 엄마의 젊은 시절을 생각하며 미소 지었다.

그림자처럼 앉아서 내 블라우스 같은 것을 매만지는 엄마를 보는 서글픔은 이제 없어졌다. 엄마가 그럭저럭 행복해진 듯한 것은 기뻤으나 뼈저리게 쓸쓸한 것도 사실이었다. 나는 밤낮 커다란 소리로 노래를 부르고 있었다. 산모퉁이 길을 학교에서 돌아오는 때에도 사과나무의 흰 꽃 밑에서, 또 빨간 봉선화가 핀

젊은 느티나무

마당에서도.

"이애야, 그렇게 큰 소릴 내면 남들이 웃는다."

할머니는 가끔 진정으로 그런 소리를 하셨다. 재작년 늦은 겨울 므슈 리가 내려와서 나를 데려가겠다고 우겨댔을 때에 제일 놀란 사람은 나 자신이었다. 두 분 노인네도 더러 망설였다. 그러나 므슈 리의 끈기 있는 태도에 양보를 하는 수밖에 없는 눈치여서, 노인네들은 그만 풀이 없었다. 나는 므슈 리가 할머니 할아버지에게,

"무엇보다 엄마가 그걸 원하고 있으니까요. 말은 안 하지만 절실히 바라고 있는 걸 내가 아니까요."

하고 열심히 이야기하는 것을 보다가 그만 싱그레 웃고 말았다. 나 보기에 할아버지 할머니는 이미 설복되어서, 므슈 리가 만약 그 연설을 잠시 끊기만 한다면 이내 대답을 할 것 같은데 그는 마치 그들이 결단코 나를 놓지는 않으리라고 굳이 믿는 사람처럼 애걸복걸을 하는 것이었다. 그가 말을 하면서 나를 힐끗 보았을 때 나는 조그맣게 끄덕여 보였다. 그랬더니 그는 말을 뚝 끊고 벙글 웃더니 손수건을 꺼내서 이마를 닦았다.

이래서 나는 서울 E여고로 전학을 하였다.

나는 생각한다.

므슈 리와 엄마는 부부이다. 내가 그를 아버지라고 부르기 어려운 것은 거의 그런 말을 발음해 본 적이 없는 습관의 탓이 크다.

나는 그를 좋아할뿐더러 할아버지 같은 이로부터 느끼던 것의 몇 갑절이나 강한 보호 감정 — 부친다움 같은 것도 느끼고

있다.

그러나 나는 그의 혈족은 아니다.

현규와도 마찬가지다. 그와 나는 그런 의미에서는 순전한 타인이다. 스물두 살의 남성이고 열여덟 살의 계집아이라는 것이 진실의 전부이다. 왜 나는 이 일을 그대로 알아서는 안 되는가?

나는 그를 영원히 아무에게도 주기 싫다. 그리고 나 자신을 다른 누구에게 바치고 싶지도 않다. 그리고 우리를 비끄러매는 형식이 결코 '오누이'라는 것이어서는 안 될 것을 알고 있다.

나는 또 물론 그도 나와 마찬가지로 같은 일을 ─ 같은 즐거움일 수는 없으나 같은 이 괴로움을.

이 괴로움과 상관이 있을 듯한 어떤 조그만 기억, 어떤 조그만 표정, 어떤 조그만 암시도 내 뇌리에서 사라지는 일은 없다. 아아, 나는 행복해질 수는 없는 걸까? 행복이란 사람이 그것을 위하여 태어나는 그 일을 말함이 아닌가?

초저녁의 불투명한 검은 장막에 싸여 짙은 꽃향기가 흘러든다. 침대 위에 엎드려서 나는 마침내 흐느껴 울고 만다.

4

"숙희야, 나 이런 것 주웠는데……."

일요일 아침 아래층으로 내려가니까 소파에 앉아 있던 엄마가 손에 쥐었던 봉투 같은 것을 들어 보였다.

"뭔데?"

나는 가까이 갔다.

그리고 좀 겸연쩍어졌지만 하는 수 없이,

"어디서 주웠소, 이걸?"

하면서, 손을 내밀어 그것을 잡으려고 하였다.

"잠깐…… 거기 좀 앉아 봐."

엄마는 짐짓 긴장한 낯빛을 감추려고 하면서 앞의 의자를 가리켰다.

나는 속으로 픽 하고 웃음이 나왔으나 잠자코 거기에 가 걸터앉았다.

지수는 K장관의 아들이다. 언덕 아래 만리장성 같은 우스꽝스러운 담을 둘러친 저택에 살고 있다. 현규랑 함께 정구를 치는 동무이고 어느 의과 대학의 학생인데 큼직큼직하고 단순하게 생겨 있었다. 지프차에다가 유치원으로부터 고등학교까지의 동생들을 그득 싣고 자기가 운전을 하여 가곤 한다.

나도 두어 번 그 차를 얻어 탄 일이 있다. 한 번은 현규와 함께였으니까 사양할 것도 없었고 다른 한 번은 시내에서 돌아오는 길목이라 굳이 싫다는 것도 이상할 것 같아서 탔다.

"작은 학생들이 오늘은 하나도 없군요."

"나 있는 데까지 시간 안에 오는 놈은 태워 가지고 오고 그 밖엔 뿔뿔이 재주대로 돌아오깁니다. 기차나 마찬가지죠."

그러한 그가 걸맞지 않게 적이 섬세한 표현으로 러브레터를 써 보냈다고 해서 나는 우습게 생각하는 것은 아니다. 그러나 엄마의 엄숙한 표정은 역시 약간 난센스가 아닐 수 없었다.

"글쎄, 이게 어디서 났을까?"

"등나무 밑 걸상에서."

"오오라. 참 게다 났었군."

"오오라, 참이 아니야. 숙희는 만사에 좀더 조심성이 있어야 해요. 운동을 하구 난 담에두 그게 뭐야? 라켓은 밤낮 오빠가 치워 놓던데."

흐흥 하고 나는 웃었다.

"편지 보낸 사람에게 첫째 미안한 일 아니야?"

"참 그래. 엄마 말이 옳아."

그리고 나는 편지를 잡아채었다.

"귀중한 물건인가? 엄마 좀 읽어 봄 안 되나?"

"읽어 봐두 괜찮아. 안 되는 거라면 게다 놔둘까? 감추지."

나는 조금 성가셔졌다.

"그럼 안심이군. 사실은 벌써 읽어 봤어."

"아이, 엄마두."

"그런데 엄마가 얘기하고 싶은 건 숙희가 자기 주위에 일어나는 일들을 — 이런 편지에 관한 거라든지 또 그 밖의 일들을, 혼자 처리하지 말고 그 요점만이라도 엄마한테 의논해 주었으면 좋겠어. 그건 그렇게 해야만 하는 거야."

듣고 있는 사이에 나는 점점 우울해져서 잠시라도 속히 이 자리에서 떠나고 싶은 생각밖에는 없어졌다.

"엄마가 언제나 숙희 편에 서서 생각하리라는 건 알고 있겠지?"

젊은 느티나무

"응."

나는 선대답을 해놓고 천천히 밖으로 걸어 나갔다.

'엄마의 아들을 사랑하고 있어요.'

이렇게 말한다면 엄마는 어떤 모양으로 내 편에 서 줄까?

엄마 힘에는 미치지 않는 일이었다. 므슈 리의 힘에도 미치지 않는 일이었다.

나는 편지를 주머니에 구겨 넣고 아침 이슬로 무릎까지 폭삭 적시면서 경사진 풀밭을 걸어 내려갔다. 되도록 사람을 만나지 않을 방향으로 —멀리 늪이 바라다보이는 쪽으로 천천히 걸음을 옮겨 갔다. 아카시아의 숲이니 보리밭이니 잡목 곁을 지나갔다.

현규와의 사이는 요즘 어느 때보다도 비관적인 상태에 놓여 있는 것 같았다. 나는 그와 마주치기를 피하고 있었다. 웃고 농담을 하고 아무것도 아닌 체 헤어지는 고통이 참기 어려운 것이다. 그가 예사 얘기를 하여도 나는 공연히 화를 냈다. 그러면 그는 상대를 안 해주었다.

머리 위에서 새들이 우짖었다. 하늘은 깊은 바닷물 속같이 짙푸르고 나무 잎새들은 빛났다. 여름이 무르익어 가고 있었다. 상수리 숲이 늪의 방향을 가려 버렸으므로 나는 풀 위에 앉아 턱을 괴고 생각에 잠겼다.

세계적인 발레리나가 되어 보석처럼 번쩍이면서 무대 위에서 그를 노려보아 줄까? 한 번도 귀담아 들은 적은 없지만 내 발레 선생은 늘 나에게 야심을 가지라고 충동을 한다. 그러면 그는 평범한 못생긴 와이프를 데리고 보러 왔다가 가슴이 아파질 터이

강신재

지. 아주 짧은 동안 그것은 썩 좋은 생각인 듯 내 맘속에 머물렀다. 그러고는 물거품처럼 사라져 없어졌다. 그러고는 이어 그에게 아무것도 바라지를 말고 식모처럼 그저 봉사만 하는 일에 감사를 느끼자는 생각이 떠올랐다. 그러자 슬픈 마음이 들기도 전에 발등 위로 눈물이 한 방울 굴러떨어졌다.

나는 일어나서 돌아가려고 하였다. 그때 와삭거리고 풀 헤치는 소리가 등 뒤에서 나며 늘씬하게 생긴 세터가 한 마리 나타났다. 그 줄을 쥐고 지수가 걸어왔다. 건강한 체구에 연회색 스포츠 웨어가 잘 어울린다. 그의 뒤에서 열 살 전후의 사내애와 계집아이가 둘 장난을 치면서 달려 나왔다. 지수는 나를 보고 좀 당황한 듯하였으나 이내 흰 이를 보이고 웃으면서 다가왔다.

"안녕하셨어요? 산봅니까?"

"네, 돌아가는 길이에요."

아이들은 우리를 새에 두고 떠들어 대면서 잡기 내기를 한다. 지수는 한 아이를 붙들어 세터를 맨 줄을 들려 주고는 어서 앞으로들 가라고 손짓하였다.

우리는 잠자코 한동안 함께 걸었다. 아카시아의 숲새 길에서 그는 앞을 향한 채 불쑥,

"편지 보아 주셨죠?"

하고 겸연쩍은 듯한 소리를 내었다.

"네."

"회답은 안 주세요?"

나는,

젊은 느티나무

"네. 어떻게 써야 할지 모르겠어요."

했다.

그는 성급하게 고개를 끄덕거렸다. 귀가 좀 빨개진 것 같았다.

"그러나 여하간 제 의사를 알아주시긴 했겠죠?"

나는 그렇다고 하였다. 그리고 이야기를 끝맺기 위해서 현규가 가까이 또 정구를 치자고 하더라는 말을 했다.

"네, 가죠."

그도 단번에 기운을 회복하며 대답하였다.

그는 휘파람을 불기 시작했다. 그의 휘파람을 들으며 집 가까이까지 왔다.

"오늘 대단히 기뻤습니다. 감사합니다."

그는 조금 슬픈 어조로 인사를 하였다. 그리고 내 어깨로 기어오르는 풀벌레를 떨구어 주었다.

"안녕히 가세요. 그리구 연습 많이 하세요. 저희들 팀은 아주 세졌으니깐요."

그는 다른 일을 생각하고 있는 듯 입술을 문 채 *끄덕끄덕* 하였다.

잡석을 접은 좁단 층계를 뛰어오르자, 나는 곧장 내 방으로 올라갔다. 지수가 하듯이 휘파람을 불고 있었다. 어쨌건 기운을 잃어서는 안 된다는 생각이었다. 내 팔뚝이나 스커트에는 아직도 풀과 이슬의 냄새가 묻어 있는 듯했다. 나는 기운차게 반쯤 열린 도어를 밀치고 들어선다.

뜻밖에도 거기에는 현규가 이쪽을 보며 서 있었다. 내가 없을 때에 그렇게 들어오는 일이 없는 그라 해서 놀란 것은 아니었다. 그는 몹시 화를 낸 얼굴을 하고 있었다. 너무도 맹렬한 기세에 나는 주춤한 채 어떻게 할지를 모르고 있었다.

"어딜 갔다 왔어?"

낮은 목소리에 힘을 주고 말한다.

"……."

"편지를 거기 둔 건 나 읽으라는 친절인가?"

그는 한 발 한 발 다가와서, 내 얼굴이 그 가슴에 닿을 만큼 가까이 섰다.

"……."

"어디 갔다 왔어?"

나는 입을 꼭 다물었다.

죽어도 말을 할까 보냐고 생각했다.

별안간 그의 팔이 쳐 들리더니 내 뺨에서 찰싹 소리가 났다.

화끈하고 불이 일었다. 대번에 눈물이 빙글 돌았으나 그는 거들떠보지도 않고 방을 나가 버렸다.

나는 멍청하니 창밖으로 시선을 던졌다.

연회색 셔츠를 입은 지수가 숲 샛길을 걸어가고 있는 것이 보였다. 그리고 조금 전에 지수가 풀벌레를 털어 주던 자리도 손에 잡힐 듯이 내려다보였다.

전류 같은 것이 내 몸속을 달렸다. 나는 깨달았다. 현규가 그처럼 자기를 잃은 까닭을. 부풀어 오르는 기쁨으로 내 가슴은 금방 터질 것 같았다. 나는 침대 위에 몸을 내던졌다. 그리고 새

젊은 느티나무

우처럼 팔다리를 꼬부려 붙였다. 소리 내며 흐르는 환희의 분류가 내 몸속에서 조금도 새어 나가지 못하도록.

5

나는 어떻게 하면 좋을까?
밤에 우리는 어두운 숲 속을 산보하였다.
어두운 숲 속에서 우리는 손을 잡고 걸었다.
그리고 나는 그에게 안겨 버렸다.
나는 어떻게 하면 좋을까?

어떻게 해야 할지 점점 더 알 수 없어진다.
여하간 나는 숲 속에 가는 일을 그만두어야 한다.
지금 확실히 말할 수 있는 일은 그것뿐이다.

학교에서 돌아오니까 엄마가 기다린다고 안방으로 가라고 했다. 요즈음 인사도 않고 나가고 들어오던 나는 우선 가슴이 철꺽 내려앉았다.

"인제 오니? 그런데 얼굴이 파랗구나. 어디 나쁜 것 아닌가?"

엄마는 내 이마에 손을 얹어 보았다.

"오빠는 밤늦어야 돌아오고 숙희도 이렇게 부르지 않음 보기 어렵고……"

엄마는 조금 웃었다. 아무것도 알지 못하는 웃음 같았다.

"……편지가 왔는데 어쩌면 엄마가 미국에 가야 할지 모르겠어. 그렇게 되면 일 년이나 아마 그쯤은 못 돌아올 것 같은데 숙희하고 오빠를 버리고 가기도 어렵고…… 그래 싫다고 몇 번이나 회답을 냈지만……."

엄마는 조금 외면을 하였다.

"어떨까? 오빠는 찬성을 해주었는데."

그러면서 내 눈 속을 들여다보았다.

"나도 좋아요."

"우리는 그러면 구체적으로 어떻게 할지는 내일이라도 의논하지. 큰댁 할머니더러 와 계셔 달랄까? 그래도 미덥잖긴 마찬가지고……."

큰댁의 꼬부랑 할머니는 사실 오나 마나 마찬가지였다. 엄마가 없는 이 집에서 어떤 일이 일어나려고 하는 걸까?

현규와 단둘이 있어야 할 일을 생각하니 얼굴에서 핏기가 가시었다. 아무도 막아낼 수 없는, 운명적인 사건이, 이미 숲 속에 가지 않는 것쯤으로는 어찌할 수도 없는 벅찬 일이 생기고야 말 것이다.

잠을 잘 수 없었다. 내 온 신경은 가엾은 상처처럼 어디를 조금만 건드려도 피를 흘렸다.

며칠이 지나니까 나는 더 견딜 수 없어졌다. 할머니한테 갔다 온다고 우겨 대서 서울을 떠났다.

다시는 그곳에 돌아가지 않으리라고 결심하였다. 다시는 학교에 다니지도 않으리라고 마음먹었다. 내 삶은 일단 여기서 끝막았다고 그렇게 생각을 가져야만 이 모든 일이 수습될 것같이 여겨졌다. 그것은 칼로 살을 도려내는 듯한 아픔이었다. 그러나 다른 무슨 일을 내 머리로 생각해 낼 수 있었을까?

날이면 날마다 나는 뒷산에 올라갔다. 한 시간 남짓한 거리에 여승들의 절이 있다. 나는 절이라는 곳이 몹시 싫었으나 거기를 좀더 지나가면 맘에 드는 장소가 나타났다. 들장미의 덤불과 젊은 나무들의 초록이 바람을 바로 맞는 등성이였다.

바람을 받으면서 앉아 있곤 하였다. 젊은 느티나무의 그루 사이로 들장미의 엷은 훈향이 흩어지곤 하였다.

터키즈블루*의 원피스 자락 위에 흰 꽃잎은 찬란한 하늘 밑에서 이내 색이 바래고 초라하게 말려들었다.

그러고 있다가 시선을 들었다. 다음 찰나에 나는 나도 모르게 일어서 있었다.

현규였다.

그는 급한 비탈을 올라오고 있었다. 입을 일자로 다물고 언젠가처럼 화를 낸 것 같은 얼굴이었다. 아니 일자로 다문 입은 좀 슬퍼 보여서 화를 낸 것 같은 얼굴은 아니었다.

그가 이삼 미터의 거리까지 와서 멈추었을 때 나는 내 몸이 저절로 그 편으로 내달은 것 같은 착각을 느꼈다. 사실은 그와 반대로 젊은 느티나무 둥치를 붙든 것이었다.

* 녹색이 감도는 청색.

강신재 57

"그래, 숙희, 그 나무를 놓지 말어. 놓지 말고 내 말을 들어."

그는 자기도 한두 걸음 뒤로 물러서면서 말하였다. 그 얼굴에는 무언지 참담한 것이 있었다.

"숙희는 돌아와서 학교에 가야 해. 무엇이고 다 잊고 공부를 해야 해. 나도 그렇게 할 작정이니까. 우리는 헤어져 있어야 해. 헤어져서 공부해야 해. 어머니가 떠나시려면 비용도 들 테니까 집은 남 빌려주자고 말씀드렸어. 내가 갈 곳도 생각해 놓고. 숙희도 어머니 친구댁에 가 있으면 될 거야. 그렇게 헤어져 있어야 하지만, 숙희, 우리에겐 길이 없는 것은 아니야. 내 말을 알아들어 줄까?"

그는 두 발로 땅을 꾹 딛고 서서 말하였다. 나는 느티나무를 붙들고 가늘게 떨고 있었다.

"그때 숲 속에서의 일은 우리에게는 어찌할 수도 없는 진실이었다. 우리는 이 일을 부정하고는 살아가지도 못할 게다. 우리는 만나기 위해서 헤어지는 것이야. 우리에겐 길이 없지 않어. 외국엘 가든지……."

그는 부르쥔 손등으로 얼굴을 닦았다.

"내 말을 알아줄까, 숙희?"

나는 눈물을 그득 담고 끄덕여 보였다. 내 삶은 끝나 버린 것이 아니었다. 나는 그를 더 사랑하여도 되는 것이었다.

"이제는 집에 돌아오겠다고 약속해 주겠지? 내일이건 모레건 되도록 속히……."

나는 또 끄덕여 보였다.

　　　　　　　　　　　　　　　　　젊은 느티나무

"고마워. 그럼."

그는 억지로처럼 조금 미소하였다.

그리고 빙글 몸을 돌려 산비탈을 달려 내려갔다.

바람이 마주 불었다.

나는 젊은 느티나무를 안고 웃고 있었다. 펑펑 울면서 온 하늘로 퍼져 가는 웃음을 웃고 있었다. 아아, 나는 그를 더 사랑하여도 되는 것이었다……

· 끝 ·

동백꽃

김유정

오늘도 또 우리 수탉이 막 쪼키었다*. 내가 점심을 먹고 나무를 하러 갈 양으로 나올 때였다. 산으로 올라서려니까 등 뒤에서 푸드득 푸드득 하고 닭의 횃소리가 야단이다. 깜짝 놀라서 고개를 돌려 보니 아니나 다르랴 두 놈이 또 얼리었다.

점순네 수탉(대강이가 크고 똑 오소리같이 실팍하게 생긴 놈)이 덩저리 작은 우리 수탉을 함부로 해내는 것이다. 그것도 그냥 해내는 것이 아니라 푸드득, 하고 면두**를 쪼고 물러섰다가 좀 사이를 두고 푸드득, 하고 모가지를 쪼았다. 이렇게 멋을 부려 가며 여지없이 닦아 놓는다. 그러면 이 못생긴 것은 쪼일 적마다 주둥이로 땅을 받으며 그 비명이 킥, 킥, 할 뿐이다. 물론 미처 아물지도 않은 면두를 또 쪼이며 붉은 선혈은 뚝뚝 떨어진다.

이걸 가만히 내려다보자니 내 대강이가 터져서 피가 흐르는 것같이 두 눈에서 불이 번쩍 난다. 대뜸 지게막대기를 메고 달려들어 점순네 닭을 후려칠까 하다가 생각을 고쳐먹고 헛매질로 떼어만 놓았다.

이번에도 점순이가 쌈을 붙여 났을 것이다. 바짝 바짝 내 기

* 쪼키다 : '쪼이다'의 강한 의미.
** '볏'의 강원도 방언.

동백꽃

를 올리느라고 그랬음에 틀림없을 것이다. 고놈의 계집애가 요새로 들어서 왜 나를 못 먹겠다고 고렇게 아르릉거리는지 모른다.

나흘 전 감자 쪼간*만 하더라도 나는 저에게 조금도 잘못한 것은 없다.

계집애가 나물을 캐러 가면 갔지 남 울타리 엮는 데 쌩이질**을 하는 것은 다 뭐냐. 그것도 발소리를 죽여 가지고 등 뒤로 살며시 와서,

"얘! 너 혼자만 일하니?" 하고 긴치 않은 수작을 하는 것이다.

어제까지도 저와 나는 이야기도 잘 않고 서로 만나도 본 척만 척하고 이렇게 점잖게 지내던 터이련만 오늘로 갑작스레 대견해졌음은 웬일인가. 항차*** 망아지만 한 계집애가 남 일하는 놈보구—

"그럼 혼자 하지 떼루 하디?"

내가 이렇게 내뱉는 소리를 하니까,

"너 일하기 좋니?"

또는,

"한여름이나 되거든 하지 벌써 울타리를 하니?"

잔소리를 두루 늘어 놓다가 남이 들을까 봐 손으로 입을 틀어막고는 그 속에서 깔깔댄다. 별로 우스울 것도 없는데 날씨가 풀리더니 이놈의 계집애가 미쳤나 하고 의심하였다. 게다가 조

* 건. 사건.
** 한창 바쁠 때에 쓸데없는 일로 남을 귀찮게 구는 짓.
*** '황차(況且)'의 변한말. '하물며'의 뜻.

김유정

금 뒤에는 즈 집께를 할금할금 돌아보더니 행주치마의 속으로 꼈던 바른손을 뽑아서 나의 턱밑으로 불쑥 내미는 것이다. 언제 구웠는지 더운 김이 홱 끼치는 굵은 감자 세 개가 손에 뿌듯이 쥐였다.

"느 집엔 이거 없지?" 하고 생색 있는 큰소리를 하고는 제가 준 것을 남이 알면은 큰일 날 테니 여기서 얼른 먹어 버리란다. 그리고 또 하는 소리가,

"너 봄감자가 맛있단다."

"난 감자 안 먹는다. 너나 먹어라."

나는 고개도 돌리지 않고 일하던 손으로 그 감자를 도로 어깨 너머로 쑥 밀어 버렸다.

그랬더니 그래도 가는 기색이 없고, 뿐만 아니라 쌔근쌔근하고 심상치 않게 숨소리가 점점 거칠어진다. 이건 또 뭐야 싶어서 그때에야 비로소 돌아다보니 나는 참으로 놀랐다. 우리가 이 동네에 들어온 것은 근 삼 년째 되어 오지만 여태껏 가무잡잡한 점순이의 얼굴이 이렇게까지 홍당무처럼 새빨개진 법이 없었다. 게다가 눈에 독을 올리고 한참 나를 요렇게 쏘아보더니 나중에는 눈물까지 어리는 것이 아니냐. 그리고 바구니를 다시 집어 들더니 이를 꼭 악물고는 엎더질 듯 자빠질 듯 논둑으로 횡하게 달아나는 것이다.

어쩌다 동리 어른이,

"너 얼른 시집을 가야지?" 하고 웃으면,

"염려 마서유. 갈 때 되면 어련히 갈라구ㅡ"

이렇게 천연덕스레 받는 점순이었다. 본시 부끄럼을 타는 계집애도 아니거니와 또한 분하다고 눈에 눈물을 보일 얼병이도 아니다. 분하면 차라리 나의 등어리를 바구니로 한번 모질게 후려쌔리고 달아날지언정.

그런데 고약한 그 꼴을 하고 가더니 그 뒤로는 나를 보면 잡아먹으려고 기를 복복 쓰는 것이다.

설혹 주는 감자를 안 받아먹는 것이 실례라 하면, 주면 그냥 주었지 '느 집엔 이거 없지'는 다 뭐냐. 그러잖아도 저희는 마름이고 우리는 그 손에서 배재*를 얻어 땅을 부치므로 일상 굽실거린다. 우리가 이 마을에 처음 들어와 집이 없어서 곤란으로 지낼 제 집터를 빌리고 그 위에 집을 또 짓도록 마련해 준 것도 점순네의 호의였다. 그리고 우리 어머니 아버지도 농사 때 양식이 딸리면 점순네한테 가서 부지런히 꾸어다 먹으면서 인품 그런 집은 다시없으리라고 침이 마르도록 칭찬하곤 하는 것이다. 그러면서도 열일곱씩이나 된 것들이 수군수군하고 붙어 다니면 동리의 소문이 사납다고 주의를 시켜 준 것도 또 어머니였다. 왜냐하면 내가 점순이하고 일을 저질렀다가는 점순네가 노할 것이고, 그러면 우리는 땅도 떨어지고 집도 내쫓기고 하지 않으면 안 되는 까닭이었다.

그런데 이놈의 계집애가 까닭 없이 기를 복복 쓰며 나를 말려 죽이려고 드는 것이다.

* 땅을 소작할 수 있는 권리.

눈물을 흘리고 간 담날 저녁나절이었다. 나무를 한 짐 잔뜩 지고 산을 내려오려니까 어디서 닭이 죽는소리를 친다. 이거 뉘 집에서 닭을 잡나, 하고 점순네 울 뒤로 돌아오다가 나는 고만 두 눈이 뚱그레졌다. 점순이가 저희 집 봉당에 홀로 걸터앉았는데 아 이게 치마 앞에다 우리 씨암탉을 꼭 붙들어 놓고는,

"이놈의 씨닭! 죽어라 죽어라."

요렇게 암팡스레 패 주는 것이 아닌가. 그것도 대가리나 치면 모른다마는 아주 알도 못 낳으라고 그 볼기짝께를 주먹으로 콕콕 쥐어박는 것이다.

나는 눈에 쌍심지가 오르고 사지가 부르르 떨렸으나 사방을 한번 휘둘러보고야 그제야 점순이 집에 아무도 없음을 알았다. 잡은 참 지게막대기를 들어 울타리의 중턱을 후려치며,

"이놈의 계집애! 남의 닭 알 못 낳으라구 그러니?" 하고 소리를 빽 질렀다.

그러나 점순이는 조금도 놀라는 기색이 없고 그대로 의젓이 앉아서 제 닭 가지고 하듯이 또 죽어라, 죽어라, 하고 패는 것이다. 이걸 보면 내가 산에서 내려올 때를 겨냥해 가지고 미리부터 닭을 잡아 가지고 있다가 네 보라는 듯이 내 앞에서 쉐지르고 있음이 확실하다.

그러나 나는 그렇다고 남의 집에 뛰어들어가 계집애하고 싸울 수도 없는 노릇이고 형편이 썩 불리함을 알았다. 그래 닭이 맞을 적마다 지게막대기로 울타리를 후려칠 수밖에 별 도리가 없다. 왜냐하면 울타리를 치면 칠수록 울섶이 물러앉으며 뼈대만 남기

동백꽃

때문이다. 허나 아무리 생각하여도 나만 밑지는 노릇이다.

"아 이년아! 남의 닭 아주 죽일 터이야?"

내가 도끼눈을 뜨고 다시 꽥 호령을 하니까 그제야 울타리께로 쪼르르 오더니 울 밖에 섰는 나의 머리를 겨누고 닭을 내팽개친다.

"에이 더럽다! 더럽다!"

"더러운 걸 널더러 입때 끼고 있으랬니? 망할 계집애년 같으니." 하고 나도 더럽단 듯이 울타리께를 횡하케 돌아내리며 약이 오를 대로 다 올랐다. 라고 하는 것은 암탉이 풍기는 서슬에 나의 이마빼기에다 물지똥을 찍 갈겼는데 그걸 본다면 알집만 터졌을 뿐 아니라 골병은 단단히 든 듯싶다.

그리고 나의 등 뒤를 향하여 나에게만 들릴 듯 말 듯한 음성으로,

"이 바보 녀석아!"

"얘! 너 배냇병신이지?"

그만도 좋으련만.

"얘! 너 느 아버지가 고자라지?"

"뭐 울 아버지가 그래 고자야?"

할 양으로 열벙거지가 나서 고개를 홱 돌리어 바라봤더니 그때까지 울타리 위로 나와 있어야 할 점순이의 대가리가 어디 갔는지 보이지를 않는다. 그러다 돌아서서 오자면 아까에 한 욕을 울 밖으로 또 퍼붓는 것이다. 욕을 이토록 먹어 가면서도 대거리 한 마디 못하는 걸 생각하니 돌부리에 채키어 발톱 밑이 터

지는 것도 모를 만큼 분하고 급기야는 두 눈에 눈물까지 불끈 내솟는다.

그러나 점순이의 침해는 이것뿐이 아니다.

사람들이 없으면 틈틈이 제집 수탉을 몰고 와서 우리 수탉과 쌈을 붙여 놓는다. 제집 수탉은 썩 험상궂게 생기고 쌈이라면 홰를 치는 고로 으레 이길 것을 알기 때문이다. 그래서 툭하면 우리 수탉이 면두며 눈깔이 피로 흐드르하게 되도록 해놓는다. 어떤 때에는 우리 수탉이 나오지를 않으니까 요놈의 계집애가 모이를 쥐고 와서 꾀어내다가 쌈을 붙인다.

이렇게 되면 나도 다른 배차*를 차리지 않을 수 없다. 하루는 우리 수탉을 붙들어 가지고 넌지시 장독께로 갔다. 쌈닭에게 고추장을 먹이면 병든 황소가 살모사를 먹고 용을 쓰는 것처럼 기운이 뻗친다 한다. 장독에서 고추장 한 접시를 떠서 닭 주둥아리께로 들이밀고 먹여 보았다. 닭도 고추장에 맛을 들였는지 거스르지 않고 거진 반 접시 턱이나 곧잘 먹는다.

그리고 먹고 금세는 용을 못 쓸 터이므로 얼마쯤 기운이 돌도록 홰속에다 가두어 두었다.

밭에 두엄을 두어 짐 져 내고 나서 쉴 참에 그 닭을 안고 밖으로 나왔다. 마침 밖에는 아무도 없고 점순이만 저희 울안에서 헌 옷을 뜯는지 혹은 솜을 터는지 웅크리고 앉아서 일을 할 뿐이다.

나는 점순네 수탉이 노는 밭으로 가서 닭을 내려 놓고 가만히

* 방법, 대책.

동백꽃

맥을 보았다. 두 닭은 여전히 얼리어 쌈을 하는데 처음에는 아무 보람이 없다. 멋지게 쪼는 바람에 우리 닭은 또 피를 흘리고 그러면서도 날갯죽지만 푸드득, 푸드득, 하고 올라뛰고 뛰고 할 뿐으로 제법 한번 쪼아 보지도 못한다.

그러나 한번엔 어쩐 일인지 용을 쓰고 펄쩍 뛰더니 발톱으로 눈을 하비고* 내려오며 면두를 쪼았다. 큰 닭도 여기에는 놀랐는지 뒤로 멈씰하며 물러난다. 이 기회를 타서 작은 우리 수탉이 또 날쌔게 덤벼들어 다시 면두를 쪼니 그제서는 감때사나운 그 대강이에서도 피가 흐르지 않을 수 없다.

옳다 알았다. 고추장만 먹이면은 되는구나 하고 나는 속으로 아주 쟁그러워** 죽겠다. 그때에는 뜻밖에 내가 닭쌈을 붙여 놓는 데 놀라서 울 밖으로 내다보고 섰던 점순이도 입맛이 쓴지 눈살을 찌푸렸다.

나는 두 손으로 볼기짝을 두드리며 연방,

"잘한다! 잘한다!" 하고, 신이 머리끝까지 뻗치었다.

그러나 얼마 되지 않아서 나는 넋이 풀리어 기둥같이 묵묵히 서 있게 되었다. 왜냐하면 큰 닭이 한 번 쪼인 앙갚음으로 호들갑스레 연거푸 쪼는 서슬에 우리 수탉은 찔끔 못하고 막 굶는다. 이걸 보고서 이번에는 점순이가 깔깔거리고 되도록 이쪽에서 많이 들으라고 웃는 것이다.

나는 보다 못하여 덤벼들어서 우리 수탉을 붙들어 가지고 도

---

* 하비다 : 손톱이나 날카로운 물건 따위로 조금 긁어 파다.
** 쟁그럽다 : 고소하다. 속이 시원하고 재미있다.

로 집으로 들어왔다. 고추장을 좀더 먹였더라면 좋았을걸 너무 급하게 쌈을 붙인 것이 퍽 후회가 난다. 장독께로 돌아와서 다시 턱밑에 고추장을 들이댔다. 흥분으로 말미암아 그런지 당최 먹질 않는다.

나는 하릴없이 닭을 반듯이 눕히고 그 입에다 궐련 물부리를 물리었다. 그리고 고추장 물을 타서 그 구멍으로 조금씩 들이부었다. 닭은 좀 괴로운지 킥킥 하고 재채기를 하는 모양이나 그러나 당장의 괴로움은 매일같이 피를 흘리는 데 델 게 아니라 생각하였다.

그러나 한 두어 종지가량 고추장 물을 먹이고 나서는 나는 고만 풀이 죽었다. 싱싱하던 닭이 왜 그런지 고개를 살며시 뒤틀고는 손아귀에서 뻐드러지는* 것이 아닌가. 아버지가 볼까 봐서 얼른 홰에다 감추어 두었더니 오늘 아침에서야 겨우 정신이 든 모양 같다.

그랬던 걸 이렇게 오다 보니까 또 쌈을 붙여 놓으니 이 망할 계집애가 필연 우리 집에 아무도 없는 틈을 타서 제가 들어와 홰에서 꺼내 가지고 나간 것이 분명하다.

나는 다시 닭을 잡아다 가두고 염려는 스러우나 그렇다고 산으로 나무를 하러 가지 않을 수도 없는 형편이었다.

소나무 삭정이**를 따며 가만히 생각해 보니 암만해도 고년의 목쟁이를 돌려 놓고 싶다. 이번에 내려가면 망할 년 등줄기를 한

* 뻐드러지다 : 굳어서 뻣뻣하게 되다.
** 살아 있는 나무에 붙어 있는, 말라 죽은 가지.

동백꽃

번 되게 후려치겠다 하고 싱둥겅둥 나무를 지고는 부리나케 내려왔다.

거지반 집에 다 내려와서 나는 호드기* 소리를 듣고 발이 딱 멈추었다. 산기슭에 널려 있는 굵은 바윗돌 틈에 노란 동백꽃이 소보록하니 깔리었다. 그 틈에 끼어 앉아서 점순이가 청승맞게 시리 호드기를 불고 있는 것이다. 그보다도 더 놀란 것은 고 앞에서 또 푸드득, 푸드득, 하고 들리는 닭의 횃소리다. 필연코 요년이 나의 약을 올리느라고 또 닭을 집어내다가 내가 내려올 길목에다 쌈을 시켜 놓고 저는 그 앞에 앉아서 천연스레 호드기를 불고 있음에 틀림없으리라.

나는 약이 오를 대로 올라서 두 눈에서 불과 함께 눈물이 픽 쏟아졌다. 나뭇지게도 벗어 놓을 새 없이 그대로 내동댕이치고는 지게막대기를 뻗치고 허둥지둥 달려들었다.

가까이 와 보니 과연 나의 짐작대로 우리 수탉이 피를 흘리고 거의 빈사지경에 이르렀다. 닭도 닭이려니와 그러함에도 불구하고 눈 하나 깜짝 없이 고대로 앉아서 호드기만 부는 그 꼴에 더욱 치가 떨린다. 동네에서도 소문이 났거니와 나도 한때는 걱실걱실 일 잘하고 얼굴 예쁜 계집애인 줄 알았더니 시방 보니까 그 눈깔이 꼭 여우 새끼 같다.

나는 대뜸 달려들어서 나도 모르는 사이에 큰 수탉을 단매로 때려엎었다. 닭은 푹 엎어진 채 다리 하나 꼼짝 못하고 그대로

---

* 봄철에 물오른 버드나무 가지의 껍질을 고루 비틀어 뽑은 껍질이나 짤막한 밀짚 토막 따위로 만든 피리.

김유정   71

죽어 버렸다. 그리고 나는 멍하니 섰다가 점순이가 매섭게 눈을 홉뜨고 닥치는 바람에 뒤로 벌렁 나자빠졌다.

"이놈아! 너 왜 남의 닭을 때려죽이니?"

"그럼 어때?" 하고 일어나다가,

"뭐 이 자식아! 누 집 닭인데?"

하고 복장을 떼미는 바람에 다시 벌렁 자빠졌다. 그리고 나서 가만히 생각을 하니 분하기도 하고 무안도 스럽고, 또 한편 일을 저질렀으니 인젠 땅이 떨어지고 집도 내쫓기고 해야 될는지 모른다.

나는 비슬비슬 일어나며 소맷자락으로 눈을 가리고는 얼김에 엉, 하고 울음을 놓았다. 그러다 점순이가 앞으로 다가와서,

"그럼 너 이담부턴 안 그럴 테냐?" 하고 물을 때에야 비로소 살길을 찾은 듯싶었다. 나는 눈물을 우선 씻고 뭘 안 그러는지 명색도 모르건만,

"그래!" 하고 무턱대고 대답하였다.

"요담부터 또 그래 봐라, 내 자꾸 못살게 굴 테니."

"그래 그래 인젠 안 그럴 테야!"

"닭 죽은 건 염려 마라, 내 안 이를 테니."

그리고 뭣에 떠다 밀렸는지 나의 어깨를 짚은 채 그대로 픽 쓰러진다. 그 바람에 나의 몸뚱이도 겹쳐서 쓰러지며 한창 피어 퍼드러진 노란 동백꽃* 속으로 폭 파묻혀 버렸다.

---

* 생강나무의 꽃. 생강나무는 산동백 또는 산동박이라고도 불림.

알싸한 그리고 향긋한 그 냄새에 나는 땅이 꺼지는 듯이 온 정신이 고만 아찔하였다.

"너 말 마라!"

"그래!"

조금 있더니 요 아래서,

"점순아! 점순아! 이년이 바느질을 하다 말구 어딜 갔어?" 하고 어딜 갔다 온 듯싶은 그 어머니가 역정이 대단히 났다.

점순이가 겁을 잔뜩 집어먹고 꽃밑을 살금살금 기어서 산 아래로 내려간 다음 나는 바위를 끼고 엉금엉금 기어서 산 위로 치빼지 않을 수 없었다.

· 끝 ·

봄·봄

김유정

"장인님! 인제 저—"

내가 이렇게 뒤통수를 긁고 나이가 찼으니 성례를 시켜 줘야 하지 않겠느냐고 하면 대답이 늘,

"이 자식아! 성례구 뭐구 미처 자라야지!" 하고 만다.

이 자라야 한다는 것은 내가 아니라 내 아내가 될 점순이의 키 말이다.

내가 여기에 와서 돈 한 푼 안 받고 일하기를 삼 년하고 꼬박 일곱 달 동안을 했다. 그런데도 미처 못 자랐다니까 이 키는 언제야 자라는 겐지 짜장 영문 모른다. 일을 좀더 잘해야 한다든지, 혹은 밥을(많이 먹는다고 노상 걱정이니까) 좀 덜 먹어야 한다든지 하면 나도 얼마든지 할 말이 많다. 하지만 점순이가 아직 어리니까 더 자라야 한다는 여기에는 어째 볼 수 없이 고만 벙벙하고 만다.

이래서 나는 애초 계약이 잘못된 걸 알았다. 이태면 이태, 삼 년이면 삼 년, 기한을 딱 작정하고 일을 해야 원 할 것이다. 덮어 놓고 딸이 자라는 대로 성례를 시켜 주마, 했으니 누가 늘 지키고 섰는 것도 아니고, 그 키가 언제 자라는지 알 수 있는가. 그리고 난 사람의 키가 무럭무럭 자라는 줄만 알았지 붙배기 키에

봄·봄

모로만 벌어지는 몸도 있는 것을 누가 알았으랴. 때가 되면 장인님이 어련하랴 싶어서 군소리 없이 꾸벅꾸벅 일만 해왔다. 그럼 말이다. 장인님이 제가 다 알아채서, "어 참, 너 일 많이 했다. 고만 장가들어라." 하고 살림도 내주고 해야 나도 좋을 것이 아니냐. 시치미를 딱 떼고 도리어 그런 소리가 나올까 봐서 지레 펄펄 뛰고 이 야단이다. 명색이 좋아 데릴사위지 일하기에 싱겁기도 할뿐더러 이건 참 아무것도 아니다.

숙맥이 그걸 모르고 점순이의 키 자라기만 까맣게 기다리지 않았나.

언젠가는 하도 갑갑해서 자를 가지고 덤벼들어서 그 키를 한번 재 볼까, 했다마는 우리는 장인님이 내외를 해야 한다고 해서 마주 서 이야기도 한마디 하는 법 없다. 우물길에서 언제나 마주칠 적이면 겨우 눈어림으로 재 보고 하는 것인데 그럴 적마다 나는 저만침 가서 "제에미 키두!" 하고 논둑에다 침을 퉤, 뱉는다. 아무리 잘 봐야 내 겨드랑(다른 사람보다 좀 크긴 하지만) 밑에서 넘을락 말락 밤낮 요 모양이다. 개돼지는 푹푹 크는데 왜 이리도 사람은 안 크는지, 한동안 머리가 아프도록 궁리도 해보았다. 아하, 물동이를 자꾸 이니까 뼉다귀가 옴츠라드나 보다, 하고 내가 넌지시 그 물을 대신 길어도 주었다. 뿐만 아니라 나무를 하러 가면 서낭당에 돌을 올려 놓고 "점순이의 키 좀 크게 해줍소사. 그러면 담엔 떡 갖다 놓고 고사드립죠니까." 하고 치성도 한두 번 드린 것이 아니다. 어떻게 되먹은 건지 이래도 막무가내니—

그래 내 어저께 싸운 것이지 결코 장인님이 밉다든가 해서가
아니다.

　　모를 붓다가 가만히 생각을 해보니까 또 싱겁다. 이 벼가 자라
서 점순이가 먹고 좀 큰다면 모르지만 그렇지도 못할 걸 내 심
어서 뭘 하는 거냐. 해마다 앞으로 축 불거지는 장인님의 아랫배
(가 너무 먹는 걸 모르고 냇병*이라나, 그 배)를 불리기 위하여 심곤
조금도 싶지 않다.

　　"아이구 배야!"

　　난 몰 붓다 말고 배를 쓰다듬으면서 그대루 논둑으로 기어올
랐다. 그리고 겨드랑에 꼈던 벼 담긴 키를 그냥 땅바닥에 털썩
떨어치며 나도 털썩 주저앉았다. 일이 암만 바빠도 나 배 아프면
고만이니까. 아픈 사람이 누가 일을 하느냐. 파릇파릇 돋아 오른
풀 한 숲을 뜯어 들고 다리의 거머리를 쓱쓱 문대며 장인님의
얼굴을 쳐다보았다.

　　논 가운데서 장인님도 이상한 눈을 해가지고 한참 날 노려보
더니,

　　"넌 이 자식, 왜 또 이래 응?"

　　"배가 좀 아파서유!" 하고 풀 위에 슬며시 쓰러지니까 장인님
은 약이 올랐다. 저도 논에서 철벙철벙 둑으로 올라오더니 잡은
참 내 멱살을 움켜잡고 뺨을 치는 것이 아닌가—

　　"이 자식. 일 허다 말면 누굴 망해 놀 속셈이냐. 이 대가릴 까

* 內病. 위장병.

놀 자식."

우리 장인님은 약이 오르면 이렇게 손버릇이 아주 못됐다. 또 사위에게 이 자식 저 자식 하는 이놈의 장인님은 어디 있느냐. 오죽해야 우리 동리에서 누굴 물론하고 그에게 욕을 안 먹는 사람은 명이 짧다 한다. 조그만 아이들까지도 그를 돌라 세워 놓고 욕필이(본 이름이 봉필이니까) 욕필이, 하고 손가락질을 할 만치 두루 인심을 잃었다. 허나 인심을 정말 잃었다면 욕보다 읍의 배 참봉댁 마름으로 더 잃었다. 번히 마름이란 욕 잘하고, 사람 잘 치고, 그리고 생김 생기길 호박개* 같애야 쓰는 거지만 장인님은 외양이 똑 됐다. 장인에게 닭 마리나 좀 보내지 않는다든가 애벌 논** 때 품을 좀 안 준다든가 하면 그해 가을에는 영락없이 땅이 뚝뚝 떨어진다. 그러면 미리부터 돈도 먹이고 술도 먹이고 안달재신 안달재신***으로 돌아치던 놈이 그 땅을 슬쩍 돌라 안는다. 이 바람에 장인님 집 외양간에는 눈깔 커다란 황소 한 놈이 절로 엉금엉금 기어들고, 동리 사람들은 그 욕을 다 먹어 가면서도 그래도 굽실굽실 하는 게 아닌가.

그러나 내겐 장인님이 감히 큰소리할 계제가 못 된다.

뒷생각은 못하고 뺨 한 개를 딱 때려 놓고는 장인님은 무색해서 덤덤히 쓴침만 삼킨다. 난 그 속을 퍽 잘 안다. 조금 있으면

* 뼈대가 굵고 털이 북슬북슬한 개.
** 여러 번의 김매기 중 첫 김매기를 한 논.
*** 몹시 속을 태우며 여기저기로 다니는 사람.

갈*도 꺾어야 하고 모도 내야 하고, 한참 바쁜 때인데 나 일 안하고 우리 집으로 그냥 가면 고만이니까. 작년 이맘때도 트집을 좀 하니까 늦잠 잔다구 돌멩이를 집어 던져서 자는 놈의 발목을 삐게 해놨다. 사날씩이나 건승 꿍, 꿍, 앓았더니 종당에는 거반 울상이 되지 않았는가—.

"얘, 그만 일어나 일 좀 해라. 그래야 올 갈에 벼 잘되면 너 장가들지 않니."

그래 귀가 번쩍 띠어서 그날로 일어나서 남이 이틀 품 들일 논을 혼자 삶아 놓으니까 장인님도 눈깔이 커다랗게 놀랐다. 그럼 정말로 가을에 와서 혼인을 시켜 줘야 원 경우가 옳지 않겠나. 볏섬을 척척 들여쌓아도 다른 소리는 없고 물동이를 이고 들어오는 점순이를 담배통으로 가리키며,

"이 자식아, 미처 커야지 조걸 무슨 혼인을 한다구 그러니 원!"
하고 남 낯짝만 붉혀 주고 고만이다. 골김에 그저 이놈의 장인님, 하고 댓돌에다 메꽂고 우리 고향으로 내뺄까 하다가 꾹꾹 참고 말았다.

참말이지 난 이꼴 하고는 집으로 차마 못 간다. 장가를 들러 갔다가 오죽 못났어야 그대로 쫓겨 왔느냐고 손가락질을 받을 테니까—

논둑에서 벌떡 일어나 한풀 죽은 장인님 앞으로 다가서며,

"난 갈 테야유. 그동안 사경** 쳐내슈."

* 참나무, 도토리나무 등의 잎이 핀 가지.
** 새경. 머슴이 주인에게서 한 해 동안 일한 대가로 받는 돈이나 물건.

"너 사위로 왔지 어디 머슴 살러 왔니?"

"그러면 얼찐 성례를 해 줘야 안 하지유. 밤낮 부려만 먹구 해준다, 해준다—"

"글쎄, 내가 안 하는 거냐? 그년이 안 크니까." 하고 어름어름 담배만 담으면서 늘 하는 소리를 또 늘어 놓는다.

이렇게 따져 나가면 언제든지 늘 나만 밑지고 만다. 이번엔 안 된다, 하고 대뜸 구장님한테로 판단 가자고 소맷자락을 내끌었다.

"아, 이 자식이 왜 이래 어른을."

안 간다구 뻗디디고 이렇게 호령은 제 맘대로 하지만 장인님 제가 내 기운은 못 당한다. 막 부려먹고 딸은 안 주고, 게다 땅땅치는 건 다 뭐야—

그러나 내 사실 참 장인님이 미워서 그런 것은 아니다.

그 전날 왜 내가 새고개 맞은 봉우리 화전밭을 혼자 갈고 있지 않았느냐. 밭 가생이로 돌 적마다 야릇한 꽃내가 물컥물컥 코를 찌르고 머리 위에서 벌들은 가끔 붕, 붕, 소리를 친다. 바위틈에서 샘물 소리밖에 안 들리는 산골짜기니까 맑은 하늘의 봄볕은 이불 속같이 따스하고 꼭 꿈꾸는 것 같다. 나는 몸이 나른하고 몸살(을 아직 모르지만 병)이 날려구 그러는지 가슴이 울렁울렁하고 이랬다.

"어러이! 말이! 맘 마 마—"

이렇게 노래를 하며 소를 부리면 여느 때 같으면 어깨가 으쓱으쓱한다. 웬일인지 밭을 반도 갈지 않아서 온몸이 맥이 풀리고 대구 짜증만 난다. 공연히 소만 들입다 두들기며—

"안야! 안야! 이 망할 자식의 소(장인님의 소니까) 대리를 꺾어 들라."

그러나 내 속은 정말 안야 때문이 아니라 점심을 이고 온 점순이의 키를 보고 울화가 났던 것이다.

점순이는 뭐 그리 썩 예쁜 계집애는 못 된다. 그렇다구 또 개떡이냐 하면 그런 것도 아니고, 꼭 내 아내가 돼야 할 만치 그저 툽툽하게 생긴 얼굴이다. 나보다 십 년이 아래니까 올해 열여섯인데 몸은 남보다 두 살이나 덜 자랐다. 남은 잘도 훤칠히들 크건만 이건 위아래가 뭉툭한 것이 내 눈에는 헐없이 감참외 같다. 참외 중에는 감참외가 젤 맛좋고 예쁘니까 말이다. 둥글고 커다란 눈은 서글서글하니 좋고 좀 지쳐 찢어졌지만 입은 밥술이나 톡톡히 먹음직하니 좋다. 아따, 밥만 많이 먹게 되면 팔자는 고만 아니냐. 헌데 한 가지 과가 있다면 가끔가다 몸이(장인님이 이걸 채신이 없이 들까분다고 하지만) 너무 빨리빨리 논다. 그래서 밥을 나르다가 때없이 풀밭에다 깨빡을 쳐서* 흙투성이 밥을 곧잘 먹인다. 안 먹으면 무안해할까 봐서 이걸 씹고 앉았느라면 으적으적 소리만 나고 돌을 먹는 겐지 밥을 먹는 겐지—

그러나 이날은 웬일인지 성한 밥째로 밭머리에 곱게 내려 놓았다. 그리고 또 내외를 해야 하니까 저만큼 떨어져 이쪽으로 등을 향하고 웅크리고 앉아서 그릇 나기를 기다린다.

---

* 깨빡(을) 치다 : 깻빡치다. (은어로)그릇 따위를 떨어뜨려 속에 있던 것이 산산이 흩어지게 만들다.

내가 다 먹고 물러섰을 때 그릇을 와서 챙기는데 난 깜짝 놀라지 않았느냐. 고개를 푹 숙이고 밥함지에 그릇을 포개면서 날더러 들으라는지, 혹은 제 소린지,

"밤낮 일만 하다 말 텐가!" 하고 혼자서 쫑알거린다. 고대 잘 내외하다가 이게 무슨 소린가, 하고 난 정신이 얼떨떨했다. 그러면서도 한편 무슨 좋은 수가 있나 없는가 싶어서 나도 공중을 대고 혼잣말로,

"그럼 어떡해?" 하니까,

"성례시켜 달라지 뭘 어떡해." 하고 되알지게 쏘아붙이고 얼굴이 빨개져서 산으로 그저 도망친다. 나는 잠시 동안 어떻게 되는 심판인지 맥을 몰라서 그 뒷모양만 덤덤히 바라보았다.

봄이 되면 온갖 초목이 물이 오르고 싹이 트고 한다. 사람도 아마 그런가 보다, 하고 며칠 내에 부쩍(속으로) 자란 듯싶은 점순이가 여간 반가운 것이 아니다.

이런 걸 멀쩡하게 아직 어리다구 하니까—

우리가 구장님을 찾아갔을 때 그는 싸리문 밖에 있는 돼지우리에서 죽을 퍼 주고 있었다. 서울엘 좀 갔다 오더니 사람은 점잖아야 한다구 웃쉼*이(얼른 보면 지붕 위에 앉은 제비 꼬랑지 같다) 양쪽으로 뾰족이 삐치고 그걸 애햄, 하고 늘 쓰담는 손버릇이 있다. 우리를 멀뚱히 쳐다보고 미리 알아챘는지,

"왜 일들 허다 말구 그래?" 하더니 손을 올려서 그 애햄을 한

* 윗수염.

번 후딱 했다.

"구장님! 우리 장인님과 츰에 계약하기를—"

먼저 덤비는 장인님을 뒤로 떠다밀고 내가 허둥지둥 달려들다 가만히 생각하고 "아니 우리 빙장님과 츰에." 하고 첫 번부터 다시 말을 고쳤다. 장인님은 빙장님, 해야 좋아하고 밖에 나와서 장인님, 하면 괜스리 골을 내려고 든다. 뱀두 뱀이래야 좋냐고, 창피스러우니 남 듣는 데는 제발 빙장님, 빙모님, 하라구 일상 말조심을 받아오면서 난 그것두 자꾸 잊는다. 당장두 장인님, 하나 옆에서 내 발등을 꾹 밟고 곁눈질을 흘기는 바람에야 겨우 알았지만.

구장님도 내 이야기를 자세히 듣더니 퍽 딱한 모양이었다. 하기야 구장님뿐만 아니라 누구든지 다 그럴 게다. 길게 길러 둔 새끼손톱으로 코를 후벼서 저리 탁 튀기며,

"그럼 봉필 씨! 얼른 성례를 시켜 주구려, 그렇게까지 제가 하구 싶다는걸—" 하고 내 짐작대로 말했다. 그러나 이 말에 장인님이 삿대질로 눈을 부라리고,

"아 성례구 뭐구 계집애년이 미처 자라야 할 게 아닌가—?" 하니까 고만 멀쑤룩해져서 입맛만 쩍쩍 다실 뿐이 아닌가.

"그것두 그래!"

"그래, 거진 사 년 동안에도 안 자랐더니 그 킨 은제 자라지유. 다 그만두구 사경 내슈—"

"글쎄, 이 자식! 내가 크질 말라구 그랬니, 왜 날 보구 떼냐?"

"빙모님은 참새만 한 것이 그럼 어떻게 앨 낳지유?(사실 빙모님

봄·봄

은 점순이보다도 귓배기 하나가 적다)"

장인님은 이 말을 듣고 껄껄 웃더니(그러나 암만해두 돌 씹은 상이다) 코를 푸는 척하고 날 은근히 곯리려고 팔꿈치로 옆 갈비께를 퍽 치는 것이다. 더럽다. 나두 종아리의 파리를 쫓는 척하고 허리를 구부리며 그 궁둥이를 콱 떼밀었다. 장인님은 앞으로 우찔근하고 싸리문께로 쓰러질 듯하다 몸을 바로 고치더니 눈총을 몹시 쏘았다. 이런 쌍년의 자식, 하곤 싶으나 남의 앞이라니 차마 못하고 섰는 그 꼴이 보기에 퍽 쟁그러웠다.

그러나 이밖에는 별반 신통한 귀정을 얻지 못하고 도로 논으로 돌아와서 모를 부었다. 왜냐면 장인님이 뭐라구 귓속말로 수군수군하고 간 뒤다. 구장님이 날 위해서 조용히 데리고 아래와 같이 일러주었기 때문이다(뭉태의 말은 구장님이 장인님에게 땅 두 마지기 얻어 부치니까 그래 꾀었다고 하지만 난 그렇게 생각 않는다).

"자네 말두 하기야 옳지, 암 나이 찼으니 아들이 급하다는 게 잘못된 말은 아니야. 허지만 농사가 한층 바쁜 때 일을 안 한다든가 집으로 달아난다든가 하면 손해죄루 그것두 징역을 가거든(여기에 그만 정신이 번쩍 났다)! 왜 요전에 삼포마을서 산에 불 좀 놓았다구 징역 간 거 못 봤나. 제 산에 불을 놓아도 징역을 가는 이 땐데 남의 농사를 버려두니 죄가 얼마나 더 중한가. 그리고 자넨 정장*을(사경 받으러 정장 가겠다 했다) 간대지만 그러면 괜스리 죄를 들쓰고 들어가는 걸세. 또 결혼두 그렇지. 법률

* 呈狀. 소장(訴狀)을 관청에 바침.

에 성년이란 게 있는데 스물하나가 돼야지 비로소 결혼을 할 수가 있는 걸세. 자넨 물론 아들이 늦을 걸 염려하지만 점순이루 말하면 이제 겨우 열여섯이 아닌가. 그렇지만 아까 빙장님의 말씀이 올 갈에는 열 일을 제치고라두 성례를 시켜 주겠다 하시니 좀 고마울 겐가. 빨리 가서 모 붓던 거나 마저 붓게, 군소리 말구 어서 가."

그래서 오늘 아침까지 끽소리 없이 왔다.

장인님과 내가 싸운 것은 지금 생각하면 전혀 뜻밖의 일이라 안 할 수 없다. 장인님으로 말하면 요즈막 작인(소작인)들에게 행세를 좀 하고 싶다고 해서, "돈 있으면 양반이지 별 게 있느냐!" 하고 일부러 아랫배를 쑥 내밀고 걸음도 뒤틀리게 걷고 하는 이판이다. 이까진 나쯤 두들기다 남의 땅을 가지고 모처럼 닦아 놓았던 가문을 망친다든가 할 어른이 아니다. 또 나로 논지면* 아무쪼록 잘 봬서 점순이에게 얼른 장가를 들어야 하지 않느냐—

이렇게 말하자면 결국 어젯밤 뭉태네 집에 마실 간 것이 썩 나빴다. 낮에 구장님 앞에서 장인님과 내가 싸운 것을 어떻게 알았는지 대구 빈정거리는 것이 아닌가.

"그래 맞구두 그걸 가만 둬?"

"그럼 어떡허니?"

"임마, 봉필일 모판에다 거꾸로 박아 놓지 뭘 어떡해?" 하고

---

* 논(論)지면. 말하자면. 옳고 그름 따위를 따져 말하면.

봄·봄

괜히 내 대신 화를 내 가지고 주먹질을 하다 등잔까지 쳤다. 놈이 번히 괄괄은 하지만 그래 놓고 날더러 석유값을 물라구 막 찌다우*를 붙는다. 난 어안이 벙벙해서 잠자코 앉았으니까 저만 연신 지껄이는 소리가,

"밤낮 일만 해주구 있을 테냐?" "영득이는 일 년을 살구두 장갈 들었는데 넌 사 년이나 살구두 더 살아야 해?" "네가 세 번째 사위 줄이나 아니? 세 번째 사위." "남의 일이라두 분하다. 이 자식, 우물에 가 빠져 죽어."

나중에는 겨우 손톱으로 목을 따라고까지 하고, 제 아들같이 함부로 혹닥였다**. 별의별 소리를 다 해서 그대로 옮길 수는 없으나 그 줄거리는 이렇다―

우리 장인님 딸이 셋이 있는데 맏딸은 재작년 가을에 시집을 갔다. 정말은 시집을 간 것이 아니라 그 딸도 데릴사위를 해가지고 있다가 내보냈다. 그런데 딸이 열 살 때부터 열아홉 즉 십 년 동안에 데릴사위를 갈아들이기를, 동리에선 사위 부자라고 이름이 났지마는 열네 놈이란 참 너무 많다. 장인님이 아들은 없고 딸만 있는 고로 그담 딸을 데릴사위를 해올 때까지는 부려먹지 않으면 안 된다. 물론 머슴을 두면 좋지만 그건 돈이 드니까, 일 잘하는 놈을 고르느라고 연방 바꿔들였다. 또 한편 놈들이 욕만 줄창 퍼붓고 심히도 부려먹으니까 밸이 상해서 달아나기도 했겠지. 점순이는 둘째딸인데 내가 일테면 그 세 번째 데릴사위

* 지다위. 자기의 허물을 남에게 덮어씌움.
** 세차게 다그치다. 들볶다.

로 들어온 셈이다. 내 담으로 네 번째 놈이 들어올 것을 내가 일도 잘하고 그리고 사람이 좀 어수룩하니까 장인님이 잔뜩 붙들고 놓질 않는다. 셋째딸이 인제 여섯 살, 적어두 열 살은 돼야 데릴사위를 할 테므로 그동안은 죽도록 부려먹어야 된다. 그러니 인제는 속 좀 채리고 장가를 들여 달라구 떼를 쓰고 나자빠져라, 이것이다.

나는 겉으로 엉, 엉, 하며 귓등으로 들었다. 뭉태는 땅을 얻어 부치다가 떨어진 뒤로는 장인님만 보면 공연히 못 먹어서 으릉거린다. 그것도 장인님이 저 달라고 할 적에 제 집에서 위한다는 그 감투(예전에 원님이 쓰던 것이라나, 옆구리에 뽕뽕 좀먹은 걸레)를 선뜻 주었더면 그럴 리도 없었던걸—

그러나 나는 뭉태란 놈의 말을 전수이 곧이듣지 않았다. 꼭 곧이들었다면 간밤에 와서 장인님과 싸웠지 무사히 있었을 리가 없지 않은가. 그러면 딸에게까지 인심을 잃은 장인님이 혼자 나빴다.

실토이지 나는 점순이가 아침상을 가지고 나올 때까지는 오늘은 또 얼마나 밥을 담았나, 하고 이것만 생각했다. 상에는 된장찌개하고 간장 한 종지, 조밥 한 그릇, 그리고 밥보다 더 수부룩하게 담은 산나물이 한 대접, 이렇다. 나물은 점순이가 틈틈이 해 오니까 두 대접이고 네 대접이고 멋대로 먹어도 좋으나 밥은 장인님이 한 사발 외엔 더 주지 말라고 해서 안 된다. 그런데 점순이가 그 상을 내 앞에 내려 놓으며 제 말로 지껄이는 소리가,

"구장님한테 갔다 그냥 온담 그래!" 하고 엊그제 산에서와 같

이 되우 쫑알거린다. 딴은 내가 더 단단히 덤비지 않고 만 것이 좀 어리석었다. 속으로 그랬다. 나도 저쪽 벽을 향하여 외면하면서 내 말로,

"안 된다는 걸 그럼 어떡헌담!" 하니까,

"쉼을 잡아채지 그냥 둬, 이 바보야!" 하고 또 얼굴이 빨개지면서 성을 내며 안으로 샐죽하니 튀들어가지 않느냐. 이때 아무도 본 사람이 없었게 망정이지 보았다면 내 얼굴이 에미 잃은 황새 새끼처럼 가여웁다 했을 것이다.

사실 이때만치 슬펐던 일이 또 있었는지 모른다. 다른 사람은 암만 못생겼다 해두 괜찮지만 내 아내 될 점순이가 병신으로 본다면 참 신세는 따분하다. 밥을 먹은 뒤 지게를 지고 일터로 갈려 하다 도로 벗어 던지고 바깥마당 공석 위에 드러누워서 나는 차라리 죽느니만 같지 못하다 생각했다.

내가 일 안 하면 장인님 저는 나이가 먹어 못하고 결국 농사 못 짓고 만다. 뒷짐으로 트림을 꿀걱, 하고 대문 밖으로 나오다 날 보고서,

"이 자식, 왜 또 이러니."

"관격*이 났어유, 아이구 배야!"

"기껀 밥 처먹구 무슨 관격이야, 남의 농사 버려 주면 이 자식 징역 간다 봐라!"

"가두 좋아유, 아이구 배야!"

* 關格. 먹은 음식이 갑자기 체하여 가슴 속이 막히고 위로는 계속 토하며 아래로는 대소변
 이 통하지 않는 위급한 증상.

참말 난 일 안 해서 징역 가도 좋다 생각했다. 일후 아들을 낳아도 그 앞에서 바보, 바보, 이렇게 별명을 들을 테니까 오늘은 열 쪽이 난대도 결정을 내고 싶었다.

장인님이 일어나라고 해도 내가 안 일어나니까 눈에 독이 올라서 저편으로 힝하게 가더니 지게막대기를 들고 왔다. 그리고 그걸로 내 허리를 마치 돌 떠넘기듯이 쿡 찍어서 넘기고 넘기고 했다. 밥을 잔뜩 먹어 딱딱한 배가 그럴 적마다 퉁겨지면서 밸창이 꼿꼿한 것이 여간 켕기지 않았다. 그래도 안 일어나니까 이번에는 배를 지게막대기로 위에서 쿡쿡 찌르고 발길로 옆구리를 차고 했다. 장인님은 원체 심청이 궂어서 그러지만 나도 저만 못하지 않게 배를 채었다. 아픈 것을 눈을 꽉 감고 넌 해라 난 재밌단 듯이 있었으나 볼기짝을 후려갈길 적에는 나도 모르는 결에 벌떡 일어나서 그 수염을 잡아챘다마는 내 골이 난 것이 아니라 정말은 아까부터 벽 뒤 울타리 구멍으로 점순이가 우리들의 꼴을 몰래 엿보고 있었기 때문이다. 가뜩이나 말 한마디 톡톡히 못한다고 바보라는데 매까지 잠자코 맞는 걸 보면 짜장 바보로 알게 아닌가. 또 점순이도 미워하는 이까짓 놈의 장인님하곤 아무것도 안 되니까 막 때려도 좋지만 사정 보아서 수염만 채고(제 원대로 했으니까 이때 점순이는 퍽 기뻤겠지) 저기까지 잘 들리도록,

"이걸 까셀라부다*!" 하고 소리를 쳤다.

장인님은 더 약이 바짝 올라서 잡은 참 지게막대기로 내 어

---

* 까셀라 보다 : 그슬릴까 보다. '까세다', '까실르다'는 '그슬리다'의 강원도 방언.

봄·봄

깨를 그냥 내려갈겼다. 정신이 다 아찔하다. 다시 고개를 들었을 때 그때엔 나도 온몸에 약이 올랐다. 이 녀석의 장인님을, 하고 눈에서 불이 퍽 나서 그 아래 밭 있는 넝알*로 그대로 떠밀어 굴려 버렸다. 조금 있다가 장인님이 씩, 씩, 하고 한번 해보려고 기어오르는 걸 얼른 또 떼밀어 굴려 버렸다. 기어오르면 굴리고 굴리면 기어오르고 이러길 한 너덧 번을 하며 그럴 적마다,

"부려만 먹구 왜 성례 안하지유!"

나는 이렇게 호령했다. 허지만 장인님이 선뜻 오냐 낼이라두 성례시켜 주마, 했으면 나도 성가신 걸 그만두었을지 모른다. 나야 이러면 때린 건 아니니까 나중에 장인 쳤다는 누명도 안 들을 터이고 얼마든지 해도 좋다.

한번은 장인님이 헐떡헐떡 기어서 올라오더니 내 바짓가랭이를 요렇게 노리고서 단박 움켜잡고 매달렸다. 악, 소리를 치고 나는 그만 세상이 다 팽그르 도는 것이,

"빙장님! 빙장님! 빙장님!"

"이 자식! 잡아먹어라, 잡아먹어!"

"아! 아! 할아버지! 살려줍쇼, 할아버지!" 하고 두 팔을 허둥지둥 내절 적에는 이마에 진땀이 쭉 내솟고 인젠 참으로 죽나 보다 했다. 그래두 장인님은 놓질 않더니 내가 기어이 땅바닥에 쓰러져서 거진 까무러치게 되니까 놓는다. 더럽다 더럽다. 이게 장인님인가? 나는 한참을 못 일어나고 쩔쩔맸다. 그러나 얼굴을 드니

* 닝(언덕) 아래.

(눈엔 참 아무것도 보이지 않았다) 사지가 부르르 떨리면서 나도 엉금엉금 기어가 장인님의 바짓가랭이를 꽉 움키고 잡아 낚았다.

내가 머리가 터지도록 매를 얻어맞은 것이 이 때문이다. 그러나 여기가 또한 우리 장인님이 유달리 착한 곳이다. 여느 사람이면 사경을 주어서라도 당장 내쫓았지, 터진 머리를 불솜으로 손수 지져 주고, 호주머니에 희연* 한 봉을 넣어 주고 그리고

"올 갈엔 꼭 성례를 시켜 주마. 암말 말구 가서 뒷골의 콩밭이나 얼른 갈아라." 하고 등을 뚜덕여 줄 사람이 누구냐. 나는 장인님이 너무나 고마워서 어느덧 눈물까지 났다. 점순이를 남기고 인젠 내쫓기려니 하다 뜻밖의 말을 듣고,

"빙장님! 인제 다시는 안 그러겠어유!"

이렇게 맹세를 하며 부랴부랴 지게를 지고 일터로 갔다. 그러나 이때는 그걸 모르고 장인님을 원수로만 여겨서 잔뜩 잡아당겼다.

"아! 아! 이놈아! 놔라, 놔."

장인님은 헛손질을 하며 솔개미에 챈 닭의 소리를 연해 질렀다. 놓긴 왜, 이왕이면 호되게 혼을 내 주리라 생각하고 짓궂이 더 당겼다. 마는 장인님이 땅에 쓰러져서 눈에 눈물이 피잉 도는 것을 알고 좀 겁도 났다.

"할아버지! 놔라, 놔, 놔, 놔, 놔라." 그래도 안 되니까

"애 점순아! 점순아!"

* 일제강점기에 판매되던 봉초 담배의 상호명.

이 악장에 안에 있었던 장모님과 점순이가 헐레벌떡하고 단숨에 뛰어나왔다. 나의 생각에 장모님은 제 남편이니까 역성을 할는지도 모른다. 그러나 점순이는 내 편을 들어서 속으로 고소해 하겠지 — 대체 이게 웬 속인지(지금까지도 난 영문을 모른다) 아버질 혼내 주기는 제가 내래 놓고 이제 와서는 달려들며,

　"에그머니! 이 망할 게 아버지 죽이네!" 하고 내 귀를 뒤로 잡아당기며 마냥 우는 것이 아니냐. 그만 여기에 기운이 탁 꺾이어 나는 얼빠진 등신이 되고 말았다. 장모님도 덤벼들어 한쪽 귀마저 뒤로 잡아채면서 또 우는 것이다.

　이렇게 꼼짝도 못하게 해놓고 장인님은 지게막대기를 들어서 사뭇 내려조겼다. 그러나 나는 구태여 피하려 들지도 않고 암만해도 그 속 알 수 없는 점순이의 얼굴만 멀거니 들여다보았다.

　"이 자식! 장인 입에서 할아버지 소리가 나오도록 해?"

· 끝 ·

김유정

산골

김유정

산

　머리 위에서 굽어보던 해님이 서쪽으로 기울어 나무에 긴 꼬리가 달렸건만

　나물 뜯을 생각은 않고

　이뿐이는 늙은 잣나무 허리에 등을 비겨대고 먼 하늘만 이렇게 하염없이 바라보고 섰다.

　하늘은 맑게 개고 이쪽 저쪽으로 뭉글뭉글 피어오른 흰 꽃송이는 곱게도 움직인다. 저것도 구름인지 학들은 쌍쌍이 짝을 짓고 그 새로 날아들며 끼리끼리 어르는 소리가 이 수풀*까지 멀리 흘러내린다.

　갖가지 나무들은 사방에 잎이 우거졌고 땡볕에 그 잎을 펴 들고 너훌너훌 바람과 아울러 산골의 향기를 자랑한다.

　그 공중에는 나는 꾀꼬리가 어여쁘고 ― 노란 날개를 팔딱이고 이 가지 저 가지로 옮아 앉으며 흥에 겨운 행복을 노래 부른다.

　―고―이! 고이 고―이!

　요렇게 아양스레 노래도 부르고―

　―담배 먹구 꼴 비어!

---

* '숲'의 강원도 방언.

맞은쪽 저 바위밑은 필시 호랑님의 드나드는 굴이리라. 음침한 그 위에는 가시덤불, 다래 넝쿨이 어지러이 엉키어 지붕이 되어 있고. 이것도 돌이랄지 연록색 털복숭이는 올망졸망 놓였고, 그리고 오늘도 어김없이 뻐꾸기는 날아와 그 잔등에 다리를 머무르며—

—뻐꾹! 뻐꾹! 뻑뻐꾹!

어느덧 이뿐이는 눈시울에 구슬방울이 맺히기 시작한다. 그리고 나물바구니가 툭, 하고 땅에 떨어지자 두 손에 펴든 치마폭으로 그새 얼굴을 폭 가리고는

이뿐이는 흐륵흐륵 마냥 느끼며 울고 섰다.

이제야 후회 나노니 도련님 공부하러 서울로 떠나실 때 저도 간다고 왜 좀더 붙들고 늘어지지 못했던가, 생각하면 할수록 가슴만 미어질 노릇이다. 그러나 마님의 눈을 기어* 자그만 보따리를 옆에 끼고 산속으로 이십 리나 넘어 따라갔던 이뿐이가 아니었던가. 과연 이뿐이는 산등을 질러 갔고 으슥한 고갯마루에서 기다리고 섰다가 넘어오시는 도련님의 손목을 꼭 붙잡고,

"난 안 데려가지유!"

하고 애원 못한 것도 아니니 공연스레 눈물부터 앞을 가렸고 도련님이 놀라며,

"너 왜 오니? 여름에 꼭 온다니까, 어여 들어가라."

하고 역정을 내심에는 고만 두려웠으나 그래도 날 데려가라고

* 기다 : 피하다.

그 몸에 매달리니 도련님은 얼마를 벙벙히 그냥 섰다가,

"울지 마라. 이뿐아. 그럼 내 서울 가 자리나 잡거든 널 데려가마."

하고 등을 두드리며 달랠 제 만일 이 말에 이뿐이가 솔깃하여 꼭 곧이듣지만 않았던들 도련님의 그 손을 안타까이 놓지는 않았던걸—

"정말 꼭 데려가지유?"

"그럼 한 달 후에면 꼭 데려가마."

"난 그럼 기다릴 테야유!"

그리고 아침 햇발에 비끼는 도련님의 옷자락이 산등으로 꼬불꼬불 저 멀리 사라지고 아주 보이지 않을 때까지 이뿐이는 남이 볼까 하여 피어 흩어진 개나리 속에 몸을 숨기고 치마끈을 입에 물고는 눈물로 배웅하였던 것이 아니런가. 이렇게도 철석같이 다짐을 두고 가시더니 그 한 달이란 대체 얼마나 되는 겐지 몇 한 달이 거듭 지나고 돌도 넘었으련만 도련님은 이렇다 소식 하나 전할 줄조차 모르신다. 실토로 터놓고 말하자면 늙은 이 잣나무 아래에서 도련님과 맨 처음 눈이 맞을 제 이뿐이가 먼저 그러자고 한 것도 아니런만 — 이뿐 어머니가 마님댁 씨종이고 보면 그 딸 이뿐이는 잘 따져야 씨의 씨종이니 하잘것없는 계집애이거늘 이뿐이는 제 몸이 이럼을 알고 시내에서 홀로 빨래를 할 제면 도련님이 가끔 덤벼들어 이게 장난이겠지, 품에 꼭 껴안고 뺨을 깨물어 뜯는 그 꼴이 숭굴숭굴하고 밉지는 않았으나 그러나 이뿐이는 감히 그런 생각을 먹어 본 적이 없었다. 그날도

마님이 구미가 제치셨다*고 얘 이뿐아 나물 좀 뜯어 온, 하실 때 이뿐이는 퍽이나 반가웠고 아침밥도 몇 술로 겉날리고 바구니를 동무 삼아 집을 나섰으니 나이 아직 열여섯이라 마님에게 귀염을 받는 것이 다만 좋았고 칠칠**한 나물을 뜯어드리고자 한사코 이 험한 산속으로 기어올랐다. 풀잎의 이슬은 아직 다 마르지 않았고 바위 틈바구니에 흩어진 잔디에는 커다란 구렁이가 똬리를 틀고서 떡머구리 한 놈을 우물거리며 있는 중이매 이뿐이는 쌔근쌔근 가쁜 숨을 쉬어 가며 그걸 가만히 들여다보고 섰다가 바로 발 앞에 도라지순이 있음을 발견하고 꼬챙이로 마악 캐려 할 즈음 등 뒤에서 뜻밖에 발자국 소리가 들리는 것이 아닌가. 깜짝 놀라며 고개를 돌려보니 언제 어디로 따라왔던가, 도련님은 물푸레나무 토막을 한 손에 지팡이로 짚고 붉은 얼굴이 땀바가지가 되어 식식거리며 그리고 싱글싱글 웃고 있다. 그 모양이 하도 수상하여 이뿐이는 눈을 똥그랗게 뜨고 바라보니 도련님은 좀 면구쩍은지 낯을 모로 돌리며 그러나 여일히 싱글싱글 웃으며 뱃심 유한 소리가—

"난 지팡이 꺾으러 왔다."

그렇지마는 이뿐이는 며칠 전 마님이 불러 세우고 너 도련님하구 같이 다니면 매 맞는다 하시던 그 꾸지람을 얼른 생각하고,

"왜 따라왔지유— 마님 아시면 남 매 맞으라구?" 하고 암팡스레 쏘았으나 도련님은 귓등으로 듣는지 그래도 여전히 싱글거리

---

* 제치다 : 젖히다. 입맛 따위가 싹 없어지다. 또는 입맛을 잃다.
** 칠칠하다 : 나무, 풀, 머리털 따위가 잘 자라서 알차고 길다.

며 뱃심 유한 소리로―

"난 지팡이 꺾으러 왔다―"

그제서는 이뿐이는 성을 안 낼 수가 없고,

"마님께 나 매 맞아두 난 몰라."

혼자말로 이렇게 되알지게 쫑알거리고 너야 가든 말든 하라는 듯이 고개를 돌리어 아까의 도라지를 다시 캐자노라니 도련님은 무턱대고 그냥 와락 달려들어,

"너 맞는 거 나는 알지?"

이뿐이를 뒤로 꼭 붙들고 땀이 쪽 흐른 그 뺨을 또 잔뜩 깨물고는 놓질 않는다. 이뿐이는 어려서부터 도련님과 같이 자랐고 같이 놀았으되 제가 먼저 그런 생각을 두었다면 도련님을 벌컥 떠다밀어 바위 너머로 곤두박이게 했을 리 만무였고 궁둥이를 털고 일어나며 도련님이 무색하여 멀거니 쳐다보고 입맛만 다시니 이뿐이는 그 꼴이 보기 가여웠고 죄를 저지른 제 몸에 대하여 죄송한 자책이 없던 바도 아니건마는 다시 손목을 잡히고 이 잣나무 밑으로 끌릴 제에는 온 힘을 다하여 그 손깍지를 버리며 야단친 것도 사실이 아닌 건 아니나, 그러나 어딘가 마음 한편에 앙살을 피우면서도 넉히 끌리어 가도록 도련님의 힘이 좀더 좀더 하는 생각이 전혀 없었다면 그것은 거짓말이 되고 말 것이다. 물론 이뿐이가 얼굴이 빨개지며 앙큼스러운 생각을 먹은 것은 바로 이때였고,

"난 몰라, 마님께 여쭐 터이야, 난 몰라!" 하고 적잖이 조바심을 태우면서도 도련님의 속맘을 한번 뜯어보고자,

"누가 종두 이러는 거야?" 하고 손을 뿌리치며 된통 호령을 하고 보니 도련님은 이 깊고 외진 산속임에도 불구하고 귀에다 입을 갖다 대고 가만히 속삭이는 그 말이—

"너 나하고 멀리 도망가지 않으련!"

그러니 이뿐이는 이 말을 참으로 꼭 곧이들었고 사내가 이렇게 겁을 집어먹는 수도 있는지 도련님이 땅에 떨어지는 성냥갑을 호주머니에 다시 집어 넣을 줄도 모르고 덤벙거리며 산 아래로 꽁지를 뺄 때까지 이뿐이는 잣나무 뿌리를 베고 풀밭에 번듯이 드러누운 채 푸른 하늘을 바라보며 인제 멀리만 달아나면 나는 저 도련님의 아씨가 되려니 하는 생각에 마님께 진상할 나물 캘 생각조차 잊고 말았다. 그러나 조금 지나매 이뿐이는 어쩐지 저도 겁이 나는 듯싶었고 발딱 일어나 사면을 휘돌아보았으나 거기에는 험상스러운 바위와 우거진 숲이 있을 뿐 본 사람은 하나도 없으련만 — 아마 산이 험한 탓일지도 모르리라. 가슴은 여전히 달랑거리고 두려우면서 그러나 이 몸뚱이를 제 품에 꼭 품고 같이 둥굴고 싶은 안타까운 그런 행복이 느껴지지 않은 것도 아니었으니 도련님은 이렇게 정을 들이고 가시고는 이제 와서는 생판 모르는 체하시는 거나 아닐런가—

마을

두 손등으로 눈물을 씻고 고개는 으레 들었으나

나물 뜯을 생각은 않고

이뿐이는 늙은 잣나무 밑에 앉아서 먼 하늘을 치켜대고 도련님 생각에 이렇게도 넋을 잃는다.

이제 와 생각하면 야속도 스럽나니 마님께 매를 맞도록 한 것도 결국 도련님이었고 별 욕을 다 당하게 한 것도 결국 도련님이 아니었던가—

매일과 같이 산엘 올라다닌 지 단 나흘이 못 되어 마님은 눈치를 채셨는지 혹은 짐작만 하셨는지 저녁때 기진하여 내려오는 이뿐이를 불러 앉히시고,

"너 요년 바른 대로 말해야지 죽인다." 하고 회초리로 때리시되 볼기짝이 톡톡 불거지도록 하셨고. 그래도 안차게* 아니라고 고집을 쓰니 이번에는 어머니가 달려들어 머리채를 휘감고 주먹으로 등어리를 서너 번 쾅쾅 때리더니 그만도 좋으련만 뜰 아랫방에 갖다 가두고는 사날씩이나 바깥 구경을 못하게 하고 구메밥으로 구박을 막 함에는 이뿐이는 짜장 서럽지 않을 수가 없었다. 징역살이 맨 마지막 밤이 깊었을 제 이뿐이는 너무 원통하여 혼자 앉아서 울다가 자리에 누운 어머니의 허리를 꼭 끼고 그 품속으로 기어들며 "어머니, 나 데련님하고 살 테야—" 하고 그예 저의 속중을 토설하니 어머니는 들었는지 먹었는지 그냥 잠잠히 누웠더니 한참 후 후유, 하고 한숨을 내뿜을 때에는 이미 눈에 눈물이 그렁그렁하였고 그러고 또 한참 있더니 입을 열어 하는

* 안차다 : 겁이 없고 야무지다.

산골

이야기가 지금은 이렇게 늙었으나 자기도 색시 때에는 이뿐이만 치나 어여뻤고 얼마나 맵시가 출중났던지 노나리와 은근히 배가 맞았으나 몇 달이 못 가서 노마님이 이걸 아시고 하루는 불러 세우고 때리시다가 마침내 샘에 못 이기어 인두로 하초*를 지지려고 들어덤비신 일이 있다고 일러 주고 다시 몇 번 몇 번 당부하여 말하되, 석숭네가 벌써부터 말을 건네는 중이니 도련님에게 맘일랑 두지 말고 몸 잘 갖고 있으라 하고 딱 떼는 것이 아닌가. 하기야 이뿐이가 무남독녀의 귀여운 외딸이 아니었던들 사흘 후에도 바깥엔 나올 수 없었으려니와 비로소 대문을 나와 보니 그간 세상이 좀 넓어진 것 같고 마치 우리를 벗어난 짐승과 같이 몸의 가뜬함을 느꼈고 흉측스러운 산으로 뺑뺑 둘러싼 이 산골에서 벗어나 넓은 버덩**으로 나간다면 기쁘기가 이보다 좀 더하리라 생각도 하여 보고 어머니의 영대로 고추밭을 매러 개울길로 내려가려니까 왼편 수풍 속에서 도련님이 불쑥 튀어나오며 또 붙들고 산에 안 갈 테냐고 대구 보챈다. 읍에 가 학교를 다니다가 요즘 방학이 되어 집에 돌아온 뒤로는 공부는 할 생각 않고 날이면 날 저물도록 저만 이렇게 붙잡으러 다니는 도련님이 딱도 하거니와 한편 마님도 무섭고 또는 모처럼 용서를 받는 길로 그러고 보면 이번에는 호되이 불이 내릴 것을 알고 이뿐이는 오늘은 안 되니 넬모레쯤 가자고 좋게 달래다가 그래도

---

* 下焦. 삼초(三焦)의 하나. 배꼽 아래의 부위로 콩팥, 방광, 대장, 소장 따위의 장기(臟器)를 포함한다. 여기에서는 성기를 의미.
** 높고 평평하며 나무는 없이 풀만 우거진 거친 들. 여기서는 '산골'의 반대 의미로 '도회지'를 가리킴.

듣지 않고 굳이 가자고 성화를 하는 데는 할 수 없이 몸을 뿌리치고 뺑손*을 놀 수밖에 딴 도리가 없었다. 구질구질히 내리는 비로 말미암아 한동안 손을 못 댄 고추밭은 풀들이 제법 성큼히 엉기었고 어디서부터 시작해야 좋을지 갈피를 모르겠는데 이쁜이는 되는대로 한편 구석에 치마를 도사리고 앉아서, 이것도 명색은 김매는 거겠지, 호미로 흙등만 따짝거리며 정작 정신은 어젯밤 좋은 상전과 못 사는 법이라던 어머니의 말이 옳은지 그른지 그것만 일념으로 아로새기며 이리 씹고 저리도 씹어 본다. 그러나 이쁜이는 아무렇게도 나는 도련님과 꼭 살아 보겠다. 혼자 맹세하고 제가 아씨가 되면 어머니는 일테면 마님이 되련마는 왜 그리 극성인가 싶어서 좀 야속하였고 해가 한나절이 되어 목덜미를 확확 달일 때까지 이리저리 곰곰 생각하다가 고개를 들어 보매 받은 여태 한 고랑도 다 끝이 못 났으니 이놈의 밭이, 하고 탓 안 할 탓을 하며 저절로 하품이 나올 만치 어지간히 기가 막혔다. 이번에는 좀 빨랑빨랑 하리라 생각하고 이쁜이는 호미를 잽싸게 놀리며 폭폭 찍고 덤볐으나 그래도 웬일인지 일은 손에 붙지를 않고 그뿐 아니라 등 뒤 개울의 덤불에서는 온갖 잡새가 귀둥대둥 멋대로 속삭이고 먼발치에서 풀을 뜯고 있는 황소가 메— 하고 늘어지게도 소리를 내뿜으니 이쁜이는 이걸 듣고 갑자기 몸이 나른해지지 않을 수 없고 밭가에 선 수양버들 그늘에 쓰러져 한잠 들고 싶은 생각이 곧바로 나지마는 어머니가 무

---

* 뺑소니. 몸을 빼쳐서 급히 몰래 달아나는 짓.

산골

서워 차마 그걸 못하고 만다. 인제는 계집애는 밭일을 안 하도록 법이 됐으면 좋겠다 생각하고 이뿐이는 울화증이 나서 호미를 메꽂고 얼굴의 땀을 씻으며 앉았노라니까 들로 보리를 걷으러 가는 길인지 석숭이가 빈 지게를 지고 꺼불꺼불 밭머리에 와 서더니 아주 썩 시틋그러지게 입을 삐죽거리며 이뿐이를 건너대고 하는 소리가—

"너 데련님하고 그랬대지—"

새파랗게 간 비수로 가슴을 쭉 내리긋는대도 아마 이토록은 재겹지* 않으리라마는 이뿐이는 어디서 들었느냐고 따져 볼 겨를도 없이 얼굴이 그만 홍당무가 되었고, 그놈의 소위**로 생각하면 대뜸 들어덤벼 그 귓백이라도 물고 늘어질 생각이 곧 간절은 하나 한 죄는 있고 어째 볼 용기가 없으매 다만 고개를 폭 수그릴 뿐이다. 그러니까 석숭이는 제가 잰 듯싶어서*** 이뿐이를 짜장 넘보고 제법 밭 가운데까지 들어와 떡 버티고 서서는 또 한 번 시큰둥하게 그리고 엇먹는 소리로—

"너 데련님하구 그랬대지—"

전일 같으면 제가 이뿐이에게 지게막대기로 볼기 맞을 생각도 않고 감히 이 따위 버르장머리는 하기커녕 즈 아버지 장사하는 원두막에서 몰래 참외를 따 가지고 와서,

"얘 이뿐아, 너 이거 먹어라." 하다가,

* 재겹다 : 몹시 지겹다.
** 所爲. 하는 일. 소행.
*** 잰 듯싶다 : 젠체하다. 잘난 체하다.

"난 네가 주는 건 안 먹을 테야." 하고 몇 번 내뱉음에도 굴치 않고 굳이 먹으라고 떠맡기므로 이뿐이가 마지못하는 체하고 받아 들고는 물론 치마폭에 흙을 싹싹 문대고 나서 깨물고 앉았 노라면 아무쪼록 이뿐이 맘에 잘 들도록 호미를 대신 손에 잡기가 무섭게 는실난실* 김을 매 주었고, 그리고 가끔 이뿐이를 웃겨 주기 위하여 그것도 재주라고 밭고랑에서 잘 봐야 곰 같은 몸뚱이로 이리 뒹굴고 저리 뒹굴고 하였다. 석숭 아버지는 이놈이 또 어디로 내뺐구나 하고 찾아다니다가 여길 와 보니 매라는 제 밭은 안 매고 남 계집애 밭에 들어와서 대체 온 이게 무슨 놀음인지 이 꼴이고 보매 기도 막힐뿐더러 터지려는 웃음을 억지로 참고 노여운 낯을 지어 가며,

"너 이놈아, 네 밭은 안 매고 남의 밭에 들어와 그게 뭐냐?" 하고 꾸중을 하였지마는 석숭이가 깜짝 놀라서 돌아다보고 고만 멀쑤룩하여 궁둥이의 흙을 털고 일어서며,

"이뿐이 밭 좀 매 주러 왔지 뭘 그래?" 하고 되레 퉁명스러이 뺀댐에는 더 책하지 않고,

"어 망할 자식두 다 많어이!" 하고 돌아서 저리로 가며 보이지 않게 피익 웃고 마는 것인데, 그러면 이뿐이는 저의 처지가 꽤 야릇하게 됨을 알고 저기까지 분명히 들리도록,

"너보고 누가 밭 매 달랬어? 가, 어여 가, 가." 하고 다 먹은 참외는 생각 않고 등을 떠다밀며 구박을 막 하던 이런 터이련만 제

---

* 성적(性的) 충동으로 인하여 야릇하고 잡스럽게 구는 모양.

가 이제 와 누굴 비위를 긁다니 하늘이 무너지면 졌지 이것은 도시 말이 안 된다.

돌

이뿐이는 남다른 부끄럼으로 온 전신이 확확 다는 듯싶었으나 그러나 조금 뒤에는 무안을 당한 거기에 대갚음이 없어서는 아니 되리라 생각하고 앙칼스러운 역심이 가슴을 콕 찌를 때에는 어깨뿐만 아니라 등어리 전체가 샐룩거리다가 새침히 발딱 일어나 사방을 훑어보더니 대낮이라 다들 일들 나가고 안마을에 사람이 없음을 알고 석숭이 소맷자락을 넌지시 끌며 그 옆 숙성히 자란 수수밭 속으로 들어간다. 밭 한복판은 아늑하고 아무 데도 보이지 않으므로 함부로 떠들어도 괜찮으려니 믿고 이뿐이는 거기다 석숭이를 세워 놓자 밭고랑에 널려진 돌 틈에서 맞아 죽지 않고 단단히 아플 만한 모리돌멩이 하나를 집어 들고 그 옆 정강이를 모질게 후려치며,

"이 자식, 뭘 어째구 어째?" 하고 딱딱 어르니까 석숭이는 처음에 뭐나 좀 생길까 하고 좋아서 따라왔던 걸 별안간 난데없는 모진 돌만 날아듦에는,

"아야!" 하고 소리치자 똑 선불 맞은 노루 모양으로 한번 뻐들껑 뛰며 눈이 그야말로 왕방울만 해지지 않을 수가 없었다. 그러나 석숭이는 미움보다 앞서느니 기쁨이요, 전일에는 그 옆을 지

나도 본 둥 만 둥하고 그리 대단히 여겨 주지 않던 그 이뿐이가 일부러 이리 끌고 와 돌로 때리되 정말 아프도록 힘을 들일 만치 이뿐이에게 있어는 지금의 저의 존재가 그만큼 끔찍함을 그 돌에서 비로소 깨닫고 짓궂이 싱글싱글 웃으며 한 번 더 뒤둥그러진. 그리고 흘게늦은 목소리로,

"뭘 데련님하고 그랬대는데ㅡ" 하고 놀려 주었다. 이뿐이는,

"뭐 이 자식?" 하고 상기된 눈을 똑바로 떴으나 이번에는 돌멩이 집을 생각을 않고 아까부터 겨우 참아 왔던 울음이,

"으응!" 하고 탁 터지자 잡은 참 덤벼들어 석숭이 옷가슴에 매달리며 쥐어뜯으니 석숭이는 이뿐이를 울려 놓은 것은 저의 큰 죄임을 얼른 알고 눈이 휘둥그래서,

"아니다 아니다, 내 부러 그랬다. 아니다." 하고 입에 부리나케 그러나 손으로 등을 어루만지며, "아니다"를 여러십 번을 부른 때에야 간신히 울음을 진정해 놓았고 이뿐이가 아직 느끼는 음성으로 몇 번 당부를 하니,

"인제 남 듣는 데 그러면 내 너 죽일 터야?"

"그래 인전 안 그러마."

참으로 이런 나쁜 소리는 다시 입에 담지 않으리라 맹세하였다. 이뿐이도 그제야 마음을 놓고 흔적이 없도록 눈물을 닦으면서,

"다시 그래 봐라 내 죽인다!"

또 한 번 다져 놓고 고추밭으로 도로 나오려 할 제 석숭이가 와락 달려들어 그 허리를 잔뜩 껴안고,

"너 그럼 우리 집에서 나한테로 시집오라니깐 왜 싫다구 그랬니?" 하고 설혹 좀 성가시게 굴었다 치더라도, 만일 이뿐이가 이 행실을 도련님이 아신다면 단박에 정을 떼시려니 하는 염려만 없었더라면 그리 대수롭지 않은 것을 그토록 오지게 혼을 냈을 리 없었겠다고, 생각하면 두고두고 입때껏 후회가 나리만치 그렇게 사내의 뺨을 후려친 것도 결국 도련님을 위하는 이뿐이의 깨끗한 정이 아니었던가―

물

가득히 품에 찬 서러움을 눈물로 가시고 나물바구니를 손에 잡았으니, 이뿐이는 다시 일어나 산중턱으로 거친 수풀 속을 기어내리며 도라지를 하나 둘 캐기 시작한다.

참인지 아닌지 자세히는 모르나 멀리 날아온 풍설을 들어 보면, 도련님은 서울 가 어여쁜 아씨와 다시 정분이 났다 하고 그뿐만도 오히려 좋으련마는 댁의 마님은 마님대로 늙은 총각 오래 두면 병 난다 하여 상냥한 아가씨만 찾는 길이니 대체 이게 웬 셈인지 이뿐이는 골머리가 아팠고 도라지를 캔다고 꼬챙이를 땅에 꾸욱 꽂으니 그대로 짚고 선 채 해만 점점 부질없이 저물어 간다. 맥을 잃고 다시 내려오다 이뿐이는 앞에 우뚝 솟은 바위를 품에 얼싸안고 그 앞을 굽어보니 험악한 석벽 틈에 맑은 물은 웅숭깊이 충충* 괴었고 설핏한 하늘의 붉은 노을 한쪽을 똑 떼 들고 푸른 잎새로 전을 둘렀거늘, 그 모양이 보기에 퍽도 아름답다. 그걸 거울 삼고 이뿐이는 저 밑에 까맣게 비치는 저의 외양을 또 한 번 고쳐 뜯어보니 한때는 도련님이 조르다 몸살도 나셨으려니와 의복은 비록 추레할망정 저의 눈에도 밉지 않게 생겼고 남 가진 이목구비에 반반도 하련마는 뭐가 부족한지 달리 눈이 맞는 도련님의 심정이 알 수 없고 어느덧 원망스러운 눈물이 눈에서 떨어지니 잔잔한 물면에 물둘레를 치기도 전에 무슨 밥이나 된다고 커단 꺽지는 휘영휘영 올라와 꼴딱 받아먹고 들어간다. 이뿐이는 얼빠진 등신같이 맑은 이 물을 가만히 들여다보노라니 불시로 제 몸을 풍덩 던지어 깨끗이 빠져도 죽고 싶고, 아니 이왕 죽을진댄 정든 님 품에 안고 같이 풍, 빠지어 세상사를 다 잊고 알뜰히 죽고 싶고, 그렇다면 도련님이 이 등에 넙죽 엎디어 뺨에 뺨을 비벼 대고, 그리고 이 물을 같이 굽어보며,

"얘 울지 마라, 내가 가면 설마 아주 가겠니?" 하고 세우** 달랠 제 꼭 붙들고 풍덩실 하고 왜 빠지지 못했던가. 시방은 한가***도 컸건마는 그 이뿐이는 그리도 삶에 주렸던지,

"정말 올 여름엔 꼭 오우?" 하고 아까부터 몇 번 묻던 걸 또 한 번 다져 보았거늘 도련님은 시원스러이 선뜻,

"그럼 오구말구. 널 두고 안 오겠니!" 하고 대답하고 손에 꺾어

---

* 물이나 빛깔 따위가 흐리고 침침한 모양.
** 몹시, 세차게.
*** 원통한 일에 대하여 하소연이나 항거를 하다.

들었던 노란 동백꽃을 물 위로 홱 내던지며,

"너 참 이 물이 무슨 물인지 알면 용치?"

눈을 끔벅끔벅하더니 이야기하여 가로되, 옛날에 이 산속에 한 장사가 있었고 나라에서는 그를 잡고자 사방팔면에 군사를 놓았다. 그렇지마는 장사에게는 비호같이 날랜 날개가 돋친 법이니 공중을 홀홀 나는 그를 잡을 길 없고 머리만 앓던 중 하루는 그예 이 물에서 목욕을 하고 있는 것을 사로잡았다는 것이로되, 왜 그러냐 하면 하느님이 잠수시는 깨끗한 이 물을 몸으로 흐렸으니 누구라도 천벌을 아니 입을 리 없고 몸에 물이 닿자 돋쳤던 날개가 흐지부지 녹아 버린 까닭이라고 말하고, 도련님은 손짓으로 장사의 처참스러운 최후를 시늉하며 가장 두려운 듯이 눈을 커닿게 끔적끔적하더니 뒤를 이어 그 말이—

"아 무서! 얘 우지 마라. 저 물에 눈물이 떨어지면 너 큰일 난다."

그러나 이뿐이는 그까짓 소리는 듣는 둥 마는 둥 그리 신통치 못하였고, 며칠 후 서울로 떠나면 아주 놓일 듯만 싶어서 도련님의 얼굴을 이윽히* 쳐다보고 그럼 다짐을 두고 가라 하다가, 도련님이 조금도 서슴없이 입고 있던 자기의 저고리 고름 한 짝을 뚝 떼어 이뿐이 허리춤에 꾹 꽂아 주며,

"너 이래두 못 믿겠니?"

하니 황송도 하거니와 설마 이걸 두고야 잊으시진 않겠지 하

---

* 이윽하다 : 이슥하다. 지난 시간이 얼마간 오래다.

고 속이 든든하지 않은 것도 아니었다. 대장부의 노릇이매 이렇게 하고 변심은 없을 게나 그래도 잘 따져보니 이 고름이 말하는 것도 아니거든 차라리 따라나서느니만 같지 못하다고 문득 마음을 고쳐먹고 고개로 쫓아간 건 좋으련마는 왜 그랬던고. 좀더 매달리어 진대*를 안 붙고 고기 주저앉고 말았으니 이제 와서는 한가만 새롭고 몸에 고이 간직하였던 옷고름을 이 손에 꺼내 들고 눈물을 흘려보되 별 수 없나니 보람 없이 격지**만 늘어간다. 하나 이거나마 아주 없었던들 그야 살맛조차 송두리 잃었으리라마는 요즘 매일과 같이

　　이 험한 깊은 산속에 올라와

　　옛 기억을 홀로 더듬어 보며

　이뿐이는 해가 저물도록 이렇게 울고 섰곤 하는 것이다.

길

　모든 새들은 어제와 같이 노래를 부르고 날도 맑으련만

　오늘은 웬일인지

　이뿐이는 아직도 올라오질 않는다.

　석숭이는 아버지가 읍의 장에 가서 세 마리 닭을 팔아 그걸로 소금을 사 오라 하여 아침 일찍이 나온 것도 잊고 이 산에 올

---

　* 남에게 달라붙어 떼를 쓰며 괴롭히는 것.

　** 여러 겹으로 쌓아 붙은 켜.

라와 다리를 묶은 닭들은 한편에 내던지고 늙은 잣나무 그늘에 누워 눈이 빠지도록 기다렸으나 이뿐이가 좀체 나오지 않으매 웬일일까, 고게 또 노하지나 않았나 하고 일쩌움시* 이렇게 애를 태운다. 올 가을이 얼른 되어 새 곡식을 거두면 이뿐이에게로 장가를 들게 되었으니 기쁨인들 이우 더할 데 있으랴마는 이번도 또 이뿐이가 밥도 안 먹고 죽는다고 야단을 친다면 헛일이 아닐까 하는 염려도 없지 않았거늘 그렇게 쌀쌀하고 매일매일 하던 이뿐이의 태도가 요즘에 들어와서는 갑자기 다소곳하고 눈 한 번 흘길 줄도 모르니 이건 참으로 춤을 추어도 다 못 출 것이다. 뿐만 아니라 이슬비가 내리던 날 마님댁 울 뒤에서 이뿐이는 옥수수를 따고 섰고 제가 그 옆을 지날 제 은근히 손짓을 하므로 가까이 다가서니 귀에다 나직이 속삭이는 소리가―

"너 편지 하나 써 주련?"

"그래 그래 써 주마, 내 잘 쓴다."

석숭이는 너무 반가워서 허둥거리며 묻지 않는 소리까지 하다가 또 그 말에 내 너 하라는 대로 다 할 게니 도련님에게 편지를 쓰되, 이뿐이는 여태 기다립니다, 하고 그리고 이런 소리는 아예 입 밖에 내지 말라 하므로 그런 편지면 일 년 내내 두고 썼으면 좋겠다 속으로 생각하고 채 틀 못 박힌 연필 글씨로 다섯 줄을 그리기에 꼬박 이틀 밤을 새고 나서 약속대로 산으로 이뿐이를 만나러 올라올 때에는 어쩐지 가슴이 두근두근하는 것이 바

* 일쩝다 : 일거리가 되어 귀찮거나 불편하다.

로 아내를 만나러 오는 남편의 그 기쁨이 또렷이 나타나는 것이다. 이뿐이가 얼른 올라와야 뭐가 제일 좋으냐 물어보고 이 닭들을 팔아 선물을 사다 주련만 오진 않고 석숭이는 암만 생각해야 영문을 모르겠으니 아마 요전번.

"이 편지 써 왔으니깐 너 나구 꼭 살아야 한다." 하고 크게 얼른 것이 좀 잘못이라 하더라도 이뿐이가 고개를 푹 숙이고 있다가.

"그래." 하고 눈에 눈물을 보이며,

"그 편지 읽어 봐." 하고 부드럽게 말한 걸 보면 그리 노한 것은 아니니 석숭이는 기뻐서 그 앞에 떡 버티고 제가 썼으나 제가 못 읽는 그 편지를 떠듬떠듬 데련님 전 상사리, 가신 지가 오래 됐는디 왜 안 오구, 일 년 반이 됐는데 왜 안 오구 하니깐 이뿐이는 밤마다 눈물로 새오며, 이뿐이는 그럼 죽을 테니까 날듯이 얼찐 와서 — 이렇게 땀을 내며 읽었으나 이뿐이는 다 읽은 뒤 그걸 받아서 피봉에 도로 넣고 그리고 나물바구니 속에 감추고는 그대로 덤덤히 산을 내려온다. 산기슭으로 내리니 앞에 큰 내가 놓여 있고 골고루도 널려 박힌 험상궂은 웅퉁바위 틈으로 물은 우람스레 부딪치며 콸콸 흘러내리매 정신이 다 아찔하여 이뿐이는 조심스레 바위를 골라 디디며 이쪽으로 건너왔으나 아무리 생각하여도 같이 멀리 도망가자는 도련님이 저 서울로 혼자만 삐쭉 달아난 것은 그 속이 알 수 없고 사나이 맘이 설사 변한다 하더라도 잣나무 밑에서 그다지 눈물까지 머금고 조르시던 그 도련님이 인제 와 싹도 없이 변하신다니 이야 신의 조화가 아니

산골

면 안 될 것이다. 이뿐이는 산처럼 잎이 퍼드러진 호양나무 밑에 와 발을 멈추며 한 손으로 바구니의 편지를 꺼내어 행주치마 속에 감추어 들고 석숭이가 쓴 편지도 잘 찾아갈는지 미심도 하거니와 또한 도련님 앞으로 잘 간다 하면 이걸 보고 도련님이 끔뻑하여 뛰어올 겐지 아닌지 그것조차 장담 못할 일이건마는 아니, 오신다. 이 옷고름을 두고 가시던 도련님이거늘 설마 이 편지에도 안 오실 리 없으리라고 혼자 서서 우기며 해가 기우는 먼 고개치를 바라보며 체부 오기를 기다린다. 체부가 잘 와야 사흘에 한 번밖에는 더 들르지 않는 줄을 저라고 모를 리 없고 그리고 어제 다녀갔으니 모레나 오는 줄은 번연히 알련마는 그래도 이뿐이는 산길에 속는 사람같이, 저 산비탈로 꼬불꼬불 돌아 나간 기나긴 산길에서 금시 체부가 보일 듯 보일 듯싶었는지, 해가 아주 넘어가고 날이 어둡도록, 지루하게도 이렇게 속 달게 체부 오기를 기다린다.

그러나

오늘은 웬일인지

어제와 같이 날도 맑고 산의 새들은 노래를 부르건만

이뿐이는 아직도 나올 줄을 모른다.

• 끝 •

메밀꽃 필 무렵

이효석

여름 장이란 애시당초에 글러서, 해는 아직 중천에 있건만 장판은 벌써 쓸쓸하고 더운 햇발이 벌여 놓은 전 휘장 밑으로 등줄기를 훅훅 볶는다. 마을 사람들은 거지반 돌아간 뒤요, 팔리지 못한 나무꾼 패가 길거리에 궁싯거리고들 있으나 석유병이나 받고 고깃마리나 사면 족할 이 축들을 바라고 언제까지든지 버티고 있을 법은 없다. 춤춤스럽게* 날아드는 파리 떼도 장난꾼 각다귀들도 귀찮다. 얼금뱅이요 왼손잡이인 드팀전**의 허 생원은 기어코 동업의 조 선달을 나꾸어 보았다.

"그만 거둘까?"

"잘 생각했네. 봉평장에서 한번이나 흐붓하게*** 사본 일 있을까. 내일 대화장에서나 한몫 벌어야겠네."

"오늘 밤은 밤을 새서 걸어야 될걸?"

"달이 뜨렷다?"

절렁절렁 소리를 내며 조 선달이 그날 산 돈을 따지는 것을 보고 허 생원은 말뚝에서 넓은 휘장을 걷고 벌여 놓았던 물건을

---

* 춤춤스럽다 : 매우 추접스럽다.
** 예전에, 온갖 피륙을 팔던 가게.
*** 흐붓하다 : 만족스러울 만큼 넉넉하다.

메밀꽃 필 무렵

거두기 시작하였다. 무명 필과 주단 바리가 두 고리짝에 꼭 찼다. 멍석 위에는 천 조각이 어수선하게 남았다.

다른 축들도 벌써 거진 전들을 걷고 있었다. 약빠르게 떠나는 패도 있었다. 어물장수도 땜장이도 엿장수도 생강장수도 꼴들이 보이지 않았다. 내일은 진부와 대화에 장이 선다. 축들은 그 어느 쪽으로든지 밤을 새며 육칠십 리 밤길을 타박거리지 않으면 안 된다. 장판은 잔치 뒷마당같이 어수선하게 벌어지고, 술집에는 싸움이 터져 있었다. 주정꾼 욕지거리에 섞여 계집의 앙칼진 목소리가 찢어졌다. 장날 저녁은 정해 놓고 계집의 고함 소리로 시작되는 것이다.

"생원, 시침을 떼두 다 아네…… 충주집 말야."

계집 목소리로 문득 생각난 듯이 조 선달은 비죽이 웃는다.

"화중지병이지. 연소 패들을 적수로 하구야 대거리가 돼야 말이지."

"그렇지두 않을걸. 축들이 사족을 못 쓰는 것두 사실은 사실이나, 아무리 그렇다군 해두 왜 그 동이 말일세, 감쪽같이 충주집을 후린 눈치거든."

"무어, 그 애숭이가? 물건 가지구 나꾸었나 부지. 착실한 녀석인 줄 알았더니."

"그 길만은 알 수 있나…… 궁리 말구 가 보세나그려. 내 한턱 씀세."

그다지 마음이 당기지 않는 것을 쫓아갔다. 허 생원은 계집과는 연분이 멀었다. 얼금뱅이 상판을 쳐들고 대어설 숫기도 없었으나 계집 편에서 정을 보낸 적도 없었고, 쓸쓸하고 뒤틀린 반생이었다. 충주집을 생각만 하여도 철없이 얼굴이 붉어지고 발밑이 떨리고 그 자리에 소스라쳐 버린다. 충주집 문을 들어서서 술좌석에서 짜장 동이를 만났을 때에는 어찌 된 서슬엔지 발끈 화가 나 버렸다. 상 위에 붉은 얼굴을 쳐들고 제법 계집과 농탕치는 것을 보고서야 견딜 수 없었던 것이다. 녀석이 제법 난질꾼인데 꼴사납다. 머리에 피도 안 마른 녀석이 낮부터 술 처먹고 계집과 농탕이야. 장돌뱅이 망신만 시키고 돌아다니누나. 그 꼴에 우리들과 한몫 보자는 셈이지. 동이 앞에 막아서면서부터 책망이었다. 걱정두 팔자요 하는 듯이 빤히 쳐다보는 상기된 눈망울에 부딪힐 때 결김에 따귀를 하나 갈겨 주지 않고는 배길 수 없었다. 동이도 화를 쓰고 팩 하고 일어서기는 하였으나, 허 생원은 조금도 동색하는 법 없이 마음먹은 대로는 다 지껄였다.

"어디서 줏어 먹은 선머슴인지는 모르겠으나 네게도 애비 에미 있겠지. 그 사나운 꼴 보문 맘 좋겠다. 장사란 탐탁하게 해야 되지 계집이 다 무어야. 나가거라, 냉큼 꼴 치워."

그러나 한마디도 대거리하지 않고 하염없이 나가는 꼴을 보려니 도리어 측은히 여겨졌다. 아직두 서름서름한 사인데 너무 과하지 않았을까 하고 마음이 섬짓해졌다. 주제도 넘지 같은 술 손님이면서두 아무리 젊다구 자식 낳게 된 것을 붙들고 치고 닦아셀 것은 무어야 원. 충주집은 입술을 쫑긋하고 술 붓는 솜씨도 거칠었으나, 젊은 애들한테는 그것이 약이 된다나 하고 그 자리는 조 선달이 얼버무려 넘겼다. 너 녀석한테 반했지? 애숭이를 빨면 죄 된다. 한참 법석을 친 후이다. 담도 생긴 데다가 웬일인지 흠뻑 취해 보고 싶은 생각도 있어서 허 생원은 주는 술잔이면 거의 다 들이켰다. 거나해짐을 따라 계집 생각보다도 동이의 뒷일이 한결같이 궁금해졌다. 내 꼴에 계집을 가로채서는 어떡헐 작정이었누 하고 어리석은 꼬락서니를 모질게 책망하는 마음도 한편에 있었다. 그렇기 때문에 얼마나 지난 뒤인지 동이가 헐레벌떡거리며 황급히 부르러 왔을 때에는 마시던 잔을 그 자리에 던지고 정신없이 허덕이며 충주집을 뛰어나간 것이다.

"생원 당나귀가 바를 끊구 야단이에요."

"각다귀들 장난이지 필연코."

짐승도 짐승이려니와 동이의 마음씨가 가슴을 울렸다. 뒤를 따라 장판을 달음질하려니 거슴츠레한 눈이 뜨거워질 것 같다.

"부락스러운 녀석들이라 어쩌는 수 있어야죠."

"나귀를 몹시 구는 녀석들은 그냥 두지는 않을걸."

반평생을 같이 지내 온 짐승이었다. 같은 주막에서 잠자고 같은 달빛에 젖으면서 장에서 장으로 걸어 다니는 동안에 이십 년의 세월이 사람과 짐승을 함께 늙게 하였다. 가스러진 목 뒤 털은 주인의 머리털과도 같이 바스러지고, 개진개진 젖은 눈은 주인의 눈과 같이 눈곱을 흘렸다. 몽당비처럼 짧게 쏠리운 꼬리는 파리를 쫓으려고 기껏 휘저어 보아야 벌써 다리까지는 닿지 않았다. 닳아 없어진 굽을 몇 번이나 도려내고 새 철을 신겼는지 모른다. 굽은 벌써 더 자라나기는 틀렸고 닳아 버린 철 사이로는 피가 빼짓이 흘렀다. 냄새만 맡고도 주인을 분간하였다. 호소하는 목소리로 야단스럽게 울며 반겨한다.

어린아이를 달래듯이 목덜미를 어루만져 주니 나귀는 코를 벌름거리고 입을 투르르거렸다. 콧물이 튀었다. 허 생원은 짐승 때문에 속도 무던히는 썩였다. 아이들의 장난이 심한 눈치여서 땀 밴 몸뚱어리가 부들부들 떨리고 좀체 흥분이 식지 않는 모양이었다. 굴레가 벗어지고 안장도 떨어졌다. 요 몹쓸 자식들, 하고 허 생원은 호령을 하였으나 패들은 벌써 줄행랑을 논 뒤요 몇 남지 않은 아이들이 호령에 놀라 비슬비슬 멀어졌다.

"우리들 장난이 아니우. 암놈을 보고 저 혼자 발광이지."

코흘리개 한 녀석이 멀리서 소리를 쳤다.

"고 녀석 말투가······."

"김 첨지 당나귀가 가 버리니까 왼통 흙을 차고 거품을 흘리면서 미친 소같이 날뛰는걸. 꼴이 우스워 우리는 보고만 있었다우. 배를 좀 보지."

아이는 앵돌아진* 투로 소리를 치며 깔깔 웃었다. 허 생원은 모르는 결에 낯이 뜨거워졌다. 뭇시선을 막으려고 그는 짐승의 배 앞을 가려 서지 않으면 안 되었다.

"늙은 주제에 암샘을 내는 셈야, 저놈의 짐승이."

아이의 웃음소리에 허 생원은 주춤하면서 기어코 견딜 수 없어 채찍을 들더니 아이를 쫓았다.

"쫓으려거든 쫓아 보지. 왼손잡이가 사람을 때려."

* 앵돌다 : 노여워서 토라지다.

줄달음에 달아나는 각다귀에는 당하는 재주가 없었다. 왼손잡이는 아이 하나도 후릴 수 없다. 그만 채찍을 던졌다. 술기도 돌아 몸이 유난스럽게 화끈거렸다.

"그만 떠나세. 녀석들과 어울리다가는 한이 없어. 장판의 각다귀들이란 어른보다도 더 무서운 것들인걸."

조 선달과 동이는 각각 제 나귀에 안장을 얹고 짐을 싣기 시작하였다. 해가 꽤 많이 기울어진 모양이었다.

드팀전 장돌이를 시작한 지 이십 년이나 되어도 허 생원은 봉평장을 빼논 적은 드물었다. 충주 제천 등의 이웃 군에도 가고, 멀리 영남 지방도 헤매기는 하였으나 강릉쯤에 물건 하러 가는 외에는 처음부터 끝까지 군내를 돌아다녔다. 닷새만큼씩의 장날에는 달보다도 확실하게 면에서 면으로 건너간다. 고향이 청주라고 자랑삼아 말하였으나 고향에 돌보러 간 일도 있는 것 같지는 않았다. 장에서 장으로 가는 길의 아름다운 강산이 그대로 그에게는 그리운 고향이었다. 반날 동안이나 뚜벅뚜벅 걷고 장터 있는 마을에 거지반 가까웠을 때 거친 나귀가 한바탕 우렁차게 울면 ── 더구나 그것이 저녁녘이어서 등불들이 어둠 속에 깜박거릴 무렵이면 늘 당하는 것이건만 허 생원은 변치 않고 언제든지 가슴이 뛰놀았다.

젊은 시절에는 알뜰하게 벌어 돈푼이나 모아 본 적도 있기는 있었으나 읍내에 백중이 열린 해 호탕스럽게 놀고 투전을 하고 하여 사흘 동안에 다 털어 버렸다. 나귀까지 팔게 된 판이었으나 애끓는 정분에 그것만은 이를 물고 단념하였다. 결국 도로아미타불로 장돌이를 다시 시작할 수밖에는 없었다. 짐승을 데리고 읍내를 도망해 나왔을 때에는 너를 팔지 않기 다행이었다고 길가에서 울면서 짐승의 등을 어루만졌던 것이었다. 빚을 지기 시작하니 재산을 모을 염은 당초에 틀리고 간신히 입에 풀칠을 하러 장에서 장으로 돌아다니게 되었다.

호탕스럽게 놀았다고는 하여도 계집 하나 후려 보지는 못하였다. 계집이란 쌀쌀하고 매정한 것이었다. 평생 인연이 없는 것이라고 신세가 서글퍼졌다. 일신에 가까운 것이라고는 언제나 변함없는 한 필의 당나귀였다.

그렇다고는 하여도 꼭 한 번의 첫 일을 잊을 수는 없었다. 뒤에도 처음에도 없는 단 한 번의 괴이한 인연. 봉평에 다니기 시작한 젊은 시절의 일이었으나 그것을 생각할 적만은 그도 산 보람을 느꼈다.

"달밤이었으나 어떻게 해서 그렇게 됐는지 지금 생각해두 도무지 알 수 없어."

허 생원은 오늘 밤도 또 그 이야기를 끄집어내려는 것이다. 조 선달은 친구가 된 이래 귀에 못이 박이도록 들어왔다. 그렇다고 싫증을 낼 수도 없었으나 허 생원은 시침을 떼고 되풀이할 대로는 되풀이하고야 말았다.

"달밤에는 그런 이야기가 격에 맞거든."

조 선달 편을 바라는 보았으나 물론 미안해서가 아니라 달빛에 감동하여서였다. 이지러는 졌으나 보름을 갓 지난 달은 부드러운 빛을 흐뭇이 흘리고 있다. 대화까지는 칠십 리의 밤길, 고개를 둘이나 넘고 개울을 하나 건너고 벌판과 산길을 걸어야 된다. 길은 지금 긴 산허리에 걸려 있다. 밤중을 지난 무렵인지 죽은 듯이 고요한 속에서 짐승 같은 달의 숨소리가 손에 잡힐 듯이 들리며 콩 포기와 옥수수 잎새가 한층 달에 푸르게 젖었다. 산허리는 온통 메밀밭이어서 피기 시작한 꽃이 소금을 뿌린 듯이 흐뭇한 달빛에 숨이 막힐 지경이다. 붉은 대궁이 향기같이 애잔하고 나귀들의 걸음도 시원하다. 길이 좁은 까닭에 세 사람은 나귀를 타고 외줄로 늘어섰다. 방울 소리가 시원스럽게 딸랑딸랑 메밀밭께로 흘러간다. 앞장선 허 생원의 이야기 소리는 꽁무니에 선 동이에게는 확적히는 안 들렸으나, 그는 그대로 개운한 제멋에 적적하지는 않았다.

"장 선 꼭 이런 날 밤이었네. 객줏집 토방이란 무더워서 잠이 들어야지. 밤중은 돼서 혼자 일어나 개울가에 목욕하러 나갔지. 봉평은 지금이나 그제나 마찬가지지. 보이는 곳마다 메밀밭이어서 개울가 어디 없이 하얀 꽃이야. 돌밭에 벗어도 좋을 것을 달이 너무나 밝은 까닭에 옷을 벗으러 물방앗간으로 들어가지 않았나. 이상한 일도 많지. 거기서 난데없는 성 서방네 처녀와 마주쳤단 말이네. 봉평서야 제일가는 일색이었지……."

"팔자에 있었나 부지."

아무렴 하고 응답하면서 말머리를 아끼는 듯이 한참이나 담배를 빨 뿐이었다. 구수한 자줏빛 연기가 밤기운 속에 흘러서는 녹았다.

"날 기다린 것은 아니었으나 그렇다고 달리 기다리는 놈팽이가 있는 것두 아니었네. 처녀는 울고 있단 말야. 짐작은 대고 있었으나 성 서방네는 한창 어려워서 들고날 판인 때였지. 한집안 일이니 딸에겐들 걱정이 없을 리 있겠나. 좋은 데만 있으면 시집도 보내련만 시집은 죽어도 싫다지…… 그러나 처녀란 울 때같이 정을 끄는 때가 있을까. 처음에는 놀라기도 한 눈치였으나 걱정 있을 때는 누그러지기도 쉬운 듯해서 이럭저럭 이야기가 되었네…… 생각하면 무섭고도 기막힌 밤이었어."

"제천인지로 줄행랑을 놓은 건 그다음 날이렷다."

"다음 장도막에는 벌써 왼 집안이 사라진 뒤였네. 장판은 소문에 발끈 뒤집혀 고작해야 술집에 팔려 가기가 상수라고 처녀의 뒷공론이 자자들 하단 말이야. 제천 장판을 몇 번이나 뒤졌겠나. 허나 처녀의 꼴은 꿩 궈 먹은 자리야. 첫날밤이 마지막 밤이었지. 그때부터 봉평이 마음에 든 것이 반평생을 두고 다니게 되었네. 반평생인들 잊을 수 있겠나."

"수 좋았지. 그렇게 신통한 일이란 쉽지 않어. 항용 못난 것 얻어 새끼 낳고, 걱정 늘고 생각만 해두 진저리가 나지…… 그러나 늘그막바지까지 장돌뱅이로 지내기도 힘드는 노릇 아닌가? 난 가을까지만 하구 이 생계와두 하직하려네. 대화쯤에 조그만 전방이나 하나 벌이구 식구들을 부르겠어. 사시장철 뚜벅뚜벅 걷기란 여간이래지."

"옛 처녀나 만나면 같이나 살까…… 난 거꾸러질 때까지 이 길 걷고 저 달 볼 테야."

메밀꽃 필 무렵

산길을 벗어나니 큰길로 틔어졌다. 꽁무니의 동이도 앞으로 나서서 나귀들은 가로 늘어섰다.

"총각두 젊겠다, 지금이 한창 시절이렷다. 충주집에서는 그만 실수를 해서 그 꼴이 되었으나 섧게 생각 말게."

"처, 천만에요. 되려 부끄러워요. 계집이란 지금 웬 제격인가요. 자나 깨나 어머니 생각뿐인데요."

허 생원의 이야기로 실심해 한 끝이라 동이의 어조는 한풀 수그러진 것이었다.

"아비 어미란 말에 가슴이 터지는 것도 같았으나 제겐 아버지가 없어요. 피붙이라고는 어머니 하나뿐인걸요."

"돌아가셨나?"

"당초부터 없어요."

"그런 법이 세상에……."

생원과 선달이 야단스럽게 껄껄들 웃으니 동이는 정색하고 우길 수밖에는 없었다.

"부끄러워서 말하지 않으려 했으나 정말예요. 제천 촌에서 달도 차지 않은 아이를 낳고 어머니는 집을 쫓겨났죠. 우스운 이야기나, 그러기 때문에 지금까지 아버지 얼굴도 본 적 없고 있는 고장도 모르고 지내와요."

고개가 앞에 놓인 까닭에 세 사람은 나귀를 내렸다. 둔덕은 험하고 입을 벌리기도 대근하여 이야기는 한동안 끊겼다. 나귀는 건듯하면 미끄러졌다. 허 생원은 숨이 차 몇 번이고 다리를 쉬지 않으면 안 되었다. 고개를 넘을 때마다 나이가 알렸다. 동이 같은 젊은 축이 그지없이 부러웠다. 땀이 등을 한바탕 쪽 씻어내렸다.

고개 너머는 바로 개울이었다. 장마에 흘러 버린 널다리가 아직도 걸리지 않은 채로 있는 까닭에 벗고 건너야 되었다. 고의를 벗어 띠로 등에 얽어매고 반벌거숭이의 우스꽝스러운 꼴로 물속에 뛰어들었다. 금방 땀을 흘린 뒤였으나 밤 물은 뼈를 찔렀다.

"그래 대체 기르긴 누가 기르구?"

"어머니는 하는 수 없이 의부를 얻어 가서 술장사를 시작했죠. 술이 고주래서 의부라고 전 망나니예요. 철들어서부터 맞기 시작한 것이 하룬들 편한 날 있었을까. 어머니는 말리다가 채이고 맞고 칼부림을 당하고 하니 집 꼴이 무어겠소. 열여덟 살 때 집을 뛰쳐나와서부터 이 짓이죠."

"총각 낫세*론 동이 무던하다고 생각했더니 듣고 보니 딱한 신세로군."

물은 깊어 허리까지 찼다. 속 물살도 어지간히 센 데다가 발에 채이는 돌멩이도 미끄러워 금시에 훌칠 듯하였다. 나귀와 조 선달은 재빨리 거의 건넜으나 동이는 허 생원을 붙드느라고 두 사람은 훨씬 떨어졌다.

"모친의 친정은 원래부터 제천이었던가?"

"웬걸요. 시원스리 말은 안 해주나 봉평이라는 것만은 들었

---

* 나쎄. 그만한 나이를 속되게 이르는 말.

　　　　　　　　　　　　메밀꽃 필 무렵

죠."

"봉평? 그래 그 아비 성은 무엇이구?"

"알 수 있나요. 도무지 듣지를 못했으니까."

"그, 그렇겠지."

하고 중얼거리며 흐려지는 눈을 까물까물하다가 허 생원은 경망하게도 발을 빗디뎠다. 앞으로 고꾸라지기가 바쁘게 몸째 풍덩 빠져 버렸다. 허위적거릴수록 몸을 걷잡을 수 없어 동이가 소리를 치며 가까이 왔을 때에는 벌써 꽤나 흘렀었다. 옷째 쭐딱 젖으니 물에 젖은 개보다도 참혹한 꼴이었다. 동이는 물속에서 어른을 해깝게* 업을 수 있었다. 젖었다고는 하여도 여윈 몸이라 장정 등에는 오히려 가벼웠다.

"이렇게까지 해서 안됐네. 내 오늘은 정신이 빠진 모양이야."

"염려하실 것 없어요."

"그래 모친은 아비를 찾지는 않는 눈치지?"

"늘 한번 만나고 싶다고는 하는데요."

"지금 어디 계신가?"

"의부와도 갈라져 제천에 있죠. 가을에는 봉평에 모셔 오려고 생각 중인데요. 이를 물고 벌면 이럭저럭 살아갈 수 있겠죠."

"아무렴, 기특한 생각이야. 가을이랬다?"

동이의 탐탁한 등어리가 뼈에 사무쳐 따뜻하다. 물을 다 건넜을 때에는 도리어 서글픈 생각에 좀더 업혔으면도 하였다.

* 해깝다 : '가볍다'의 방언.

"진종일 실수만 하니 웬일이오, 생원."

조 선달은 바라보며 기어코 웃음이 터졌다.

"나귀야. 나귀 생각하다 실족을 했어. 말 안 했던가. 저 꼴에 제법 새끼를 얻었단 말이지. 읍내 강릉집 피마에게 말일세. 귀를 쫑긋 세우고 달랑달랑 뛰는 것이 나귀 새끼같이 귀여운 것이 있을까. 그것 보러 나는 일부러 읍내를 도는 때가 있다네."

"사람을 물에 빠치울 젠 딴은 대단한 나귀 새끼군."

허 생원은 젖은 옷을 웬만큼 짜서 입었다. 이가 덜덜 갈리고 가슴이 떨리며 몹시도 추웠으나 마음은 알 수 없이 둥실둥실 가벼웠다.

"주막까지 부지런히들 가세나. 뜰에 불을 피우고 훗훗이 쉬어. 나귀에겐 더운물을 끓여 주고, 내일 대화 장 보고는 제천이다."

"생원도 제천으로?"

"오래간만에 가 보고 싶어. 동행하려나 동이?"

나귀가 걷기 시작하였을 때, 동이의 채찍은 왼손에 있었다. 오랫동안 아둑시니* 같이 눈이 어둡던 허 생원도 요번만은 동이의 왼손잡이가 눈에 띄지 않을 수 없었다.

걸음도 해깝고 방울 소리가 밤 벌판에 한층 청청하게 울렸다.

달이 어지간히 기울어졌다.

· 끝 ·

---

* '어둠의 귀신'을 뜻하는 방언. 북한어로 '아득시니'는 '똑똑하지 못하고 분별력이 없는 사람'을 속되게 이르는 말.

메밀꽃 필 무렵

B사감과 러브레터

현진건

C여학교에서 교원 겸 기숙사 사감 노릇을 하는 B여사라면 딱 장대*요 독신주의자요 찰진 야소꾼**으로 유명하다. 사십에 가까운 노처녀인 그는 주근깨투성이 얼굴이 처녀다운 맛이란 약에 쓰려도 찾을 수 없을뿐더러, 시들고 거칠고 마르고 누렇게 뜬 품이 곰팡 슬은 굴비를 생각나게 한다.

여러 겹 주름이 잡힌 훌렁 벗겨진 이마라든지, 숱이 적어서 법대로 쪽찌거나 틀어 올리지를 못하고 엉성하게 그냥 빗어 넘긴 머리꼬리가 뒤통수에 염소똥만 하게 붙은 것이라든지, 벌써 늙어가는 자취를 감출 길이 없었다. 뾰족한 입을 앙다물고 돋보기 너머로 쌀쌀한 눈이 노릴 때엔 기숙생들이 오싹하고 몸서리를 치리 만큼 그는 엄격하고 매서웠다.

이 B여사가 질겁을 하다시피 싫어하고 미워하는 것은 소위 '러브레터'였다. 여학교 기숙사라면 으레 그런 편지가 많이 오는 것이지만 학교로도 유명하고 또 아름다운 여학생이 많은 탓인지 모르되 하루에도 몇 장씩 죽느니 사느니 하는 사랑 타령이

* 성질이 온순한 맛이 없이 딱딱한 사람.
** 예수꾼. 기독교 신자를 속되게 이르는 말.

B사감과 러브레터

날아들어 왔다. 기숙생에게 오는 사신*을 일일이 검토하는 터이니까 그따위 편지도 물론 B여사의 손에 떨어진다. 달짝지근한 사연을 보는 족족 그는 더할 수 없이 흥분되어서 얼굴이 붉으락 푸르락, 편지 든 손이 발발 떨리도록 성을 낸다.

아무 까닭 없이 그런 편지를 받은 학생이야말로 큰 재변이었다. 하학하기가 무섭게 그 학생은 사감실로 불리어 간다. 분해서 못 견디겠다는 사람 모양으로 쌔근쌔근하며 방 안을 왔다 갔다 하던 그는, 들어오는 학생을 잡아먹을 듯이 노리면서 한 걸음 두 걸음 코가 맞닿을 만큼 바싹 다가들어 서서 딱 마주 선다. 웬 영문인지 알지 못하면서도 선생의 기색을 살피고 겁부터 집어먹은 학생은 한동안 어쩔 줄 모르다가 간신히 모기만 한 소리로,

"저를 부르셨어요?"

하고 묻는다.

"그래 불렀다. 왜!"

꽉 무는 듯이 한마디 하고 나서 매우 못마땅한 것처럼 교의를 우당퉁탕 당겨서 철썩 주저앉았다가 학생이 그저 서 있는 걸 보면,

"장승이냐? 왜 앉지를 못해."

하고 또 소리를 빽 지르는 법이었다. 스승과 제자는 조그마한 책상 하나를 새에 두고 마주 앉는다. 앉은 뒤에도,

"네 죄상을 네가 알지!"

하는 것처럼 아무 말 없이 눈살로 쏘기만 하다가 한참 만에야

---

* 私信. 개인의 사사로운 편지.

그 편지를 끄집어내어 학생의 코앞에 동댕이를 치며,

"이건 누구한테 오는 거냐?"

하고 문초를 시작한다. 앞장에 제 이름이 씌었는지라,

"저한테 온 것이야요."

하고 대답 않을 수 없다. 그러면 발신인이 누구인 것을 채쳐 묻는다. 그런 편지의 항용으로 발신인의 성명이 똑똑치 않기 때문에 주저주저하다가 자세히 알 수 없다고 내대일 양이면,

"너한테 오는 것을 네가 모른단 말이냐."

고 불호령을 내린 뒤에 또 사연을 읽어 보라 하여 무심한 학생이 나직나직하나마 꿀 같은 구절을 입술에 올리면, B여사의 역정은 더욱 심해져서 어느 놈의 소위인 것을 기어이 알려 한다. 기실 보도 듣도 못한 남성의 한 노릇이요, 자기에게는 아무 죄도 없는 것을 변명하여도 곧이듣지를 않는다. 바른대로 아뢰어야 망정이지 그렇지 않으면 퇴학을 시킨다는 둥, 제 이름도 모르는 여자에게 편지할 리가 만무하다는 둥, 필연 행실이 부정한 일이 있으리라는 둥…….

하다못해 어디서 한 번 만나기라도 하였을 테니 어찌해서 남자와 접촉을 하게 되었느냐는 둥, 자칫 잘못하여 학교에서 주최한 음악회나 '바자'에서 혹 보았는지 모른다고 졸리다 못해 주워 댈 것 같으면 사내의 보는 눈이 어떻더냐, 표정이 어떻더냐, 무슨 말을 건네더냐, 미주알고주알 캐고 파며 얼르고 볶아서 넉넉히 십년감수는 시킨다.

두 시간이 넘도록 문초를 한 끝에는 사내란 믿지 못할 것, 우

B사감과 러브레터

리 여성을 잡아먹으려는 마귀인 것. 연애가 자유이니 신성이니 하는 것도 모두 악마가 지어낸 소리인 것을 입에 침이 없이 열에 떠서 한참 설법을 하다가 닦지도 않은 방바닥(침대를 쓰기 때문에 방이라 해도 마룻바닥이다)에 그대로 무릎을 꿇고 기도를 올린다. 눈에 눈물까지 글썽거리면서 말끝마다 하느님 아버지를 찾아서 악마의 유혹에 떨어지려는 어린 양을 구해 달라고 뒤쌂고 곱쌂는 법이었다.

그리고 둘째로 그의 싫어하는 것은 기숙생을 남자가 면회하러 오는 일이었다. 무슨 핑계를 하든지 기어이 못 보게 하고 만다. 친부모, 친동기간이라도 규칙이 어떠니, 상학 중이니 무슨 핑계를 하든지 따돌려 보내기가 일쑤다.

이로 말미암아 학생이 동맹 휴학을 하였고 교장의 설유까지 들었건만 그래도 그 버릇은 고치려 들지 않았다.

이 B사감이 감독하는 그 기숙사에 금년 가을 들어서 괴상한 일이 '생겼다'느니보다 '발각되었다'는 것이 마땅할는지 모르리라. 왜 그런고 하면 그 괴상한 일이 언제 '시작된' 것은 귀신밖에 모르니까.

그것은 다른 일이 아니라 밤이 깊어서 새로 한 점이 되어 모든 기숙생들이 달고 곤한 잠에 떨어졌을 제 난데없는 깔깔대는 웃음과 속살속살하는 말낱이 새어 흐르는 일이었다. 하룻밤이 아니고 이틀 밤이 아닌 다음에야 그런 소리가 잠귀 밝은 기숙생의 귀에 들리기도 하였지만 잠결이라 뒷동산에 구르는 마른 잎의 노래로나, 달빛에 날개를 번뜩이며 울고 가는 기러기의 소리로나 흘려들었다. 그렇지 않으면 도깨비의 장난이나 아닌가 하여 무시무시한 증이 들어서 동무를 깨웠다가 좀처럼 동무는 깨지 않고 제 생각이 너무나 어림없고 어이없음을 깨달으면, 밤 소리 멀리 들린다고, 학교 이웃집에서 이야기를 하거나 또 딴 방에 자는 제 동무들의 잠꼬대로만 여겨서 스스로 안심하고 그대로 자 버리기도 하였다. 그러나 이 수수께끼가 풀릴 때는 왔다. 이때 공교롭게 한방에 자던 학생 셋이 한꺼번에 잠을 깨었다. 첫째 처녀가 소변을 보러 일어났다가 그 소리를 듣고 둘째 처녀와 셋째 처녀를 깨우고 만 것이다.

"저 소리를 들어 보아요. 아닌 밤중에 저게 무슨 소리야."

하고 첫째 처녀는 휘둥그레진 눈에 무서워하는 빛을 띠운다.

"어젯밤에 나도 저 소리에 놀랬었어. 도깨비가 났단 말인가?"

하고 둘째 처녀도 잠 오는 눈을 비비며 수상해한다. 그중에 제일 나이 많을뿐더러(많았자 열여덟밖에 아니 되지만) 장난 잘 치고 짓궂은 짓 잘하기로 유명한 셋째 처녀는 동무 말을 못 믿겠다는 듯이 이윽히 귀를 기울이다가.

"딴은 수상한걸. 나는 언젠가 한번 들어 본 법도 하구먼. 무얼 잠이 아니 오는 애들이 이야기를 하는 게지."

이때에 그 괴상한 소리는 땍대굴 웃었다. 세 처녀는 귀를 소스라쳤다. 적적한 밤 가운데 다른 파동 없는 공기는 그 수상한 말마디를 곁에서나 나는 듯이 또렷또렷이 전해 주었다.

"오! 태훈 씨! 그러면 작히 좋을까요."

간드러진 여자의 목소리다.

"경숙 씨가 좋으시다면 내가 얼마나 기쁘겠습니까. 아아, 오직 경숙 씨에게 바친 나의 타는 듯한 가슴을 인제야 아셨습니까!"

정열에 뜬 사내의 목청은 분명하였다. 한동안 침묵…….

"인제 고만 놓아요. 키스가 너무 길지 않아요. 행여 남이 보면 어떡해요."

아양 떠는 여자 말씨.

"길수록 더욱 좋지 않아요. 나는 내 목숨이 끊어질 때까지 키스를 하여도 길다고 못하겠습니다. 그래도 짧은 것을 한하겠습니다."

사내의 피를 뿜는 듯한 이 말끝은 계집의 자지러진 웃음으로 묻혀 버렸다.

그것은 묻지 않아도 사랑에 겨운 남녀의 허물어진 수작이다. 감금이 지독한 이 기숙사에 이런 일이 생길 줄이야! 세 처녀는 얼굴을 마주 보았다. 그들의 얼굴은 놀랍고 무서운 빛이 없지 않았으되 점점 호기심에 번쩍이기 시작하였다. 그들의 머릿속에는 한결같이 로맨틱한 생각이 떠올랐다. 이 안에 있는 여자 애인을 보려고 학교 근처를 뒤돌고 곰돌던 사내 애인이, 타는 듯한 가슴을 걷잡다 못하여 밤이 이슥하기를 기다려 담을 뛰어넘었는지 모르리라.

모든 불이 다 꺼지고 오직 밝은 달빛이 은가루처럼 서린 창문이 소리 없이 열리며 여자 애인이 흰 수건을 흔들어 사내 애인을 부른지도 모르리라.

활동사진에 보는 것처럼 기나긴 피륙을 내리워서 하나는 위에서 당기고 하나는 밑에서 매달려 디룽디룽하면서 올라가는 정경이 있었는지 모르리라.

그래서 두 애인은 만나 가지고 저와 같이 사랑의 속삭거림에 잦아졌는지 모르리라……. 꿈결 같은 감정이 안개 모양으로 눈부시게 세 처녀의 몸과 마음을 휩싸 돌았다.

그들의 뺨은 후끈후끈 달았다. 괴상한 소리는 또 일어났다.

"난 싫어요. 당신 같은 사내는 난 싫어요."

이번에는 매몰스럽게 내어대는 모양.

"나의 천사, 나의 하늘, 나의 여왕, 나의 목숨, 나의 사랑, 나를 살려 주어요, 나를 구해 주어요."

사내의 애를 졸이는 간청…….

"우리 구경 가 볼까."

짓궂은 셋째 처녀는 몸을 일으키며 이런 제의를 하였다. 다른 처녀들도 그 말에 찬성한다는 듯이 따라 일어섰으되 의아와 공구*와 호기심이 뒤섞인 얼굴을 서로 교환하면서 얼마쯤 망설이다가 마침내 가만히 문을 열고 나왔다. 쌀벌레 같은 그들의 발가락은 가장 조심성 많게 소리 나는 곳을 향해서 곰실곰실 기어간다. 컴컴한 복도에 자다가 일어난 세 처녀의 흰 모양은 그림자처럼 소리 없이 움직였다.

소리 나는 방은 어렵지 않게 찾을 수 있었다. 찾고는 나무로 깎아 세운 듯이 주춤 걸음을 멈출 만큼 그들은 놀래었다. 그런

* 恐懼. 몹시 두려움.

소리의 출처야말로 자기네 방에서 몇 걸음 안 되는 사감실일 줄이야! 그렇듯이 사내라면 못 먹어 하고 침이 나도 배앝을 듯하던 B사감의 방일 줄이야! 그 방에 여전히 사내의 비대발괄*하는 푸념이 되풀이되고 있다……

나의 천사, 나의 하늘, 나의 여왕, 나의 목숨, 나의 사랑, 나의 애를 말려 죽이실 테요. 나의 가슴을 뜯어 죽이실 테요. 내 생명을 맡으신 당신의 입술로……

셋째 처녀는 대담스럽게 그 방문을 빠끔히 열었다. 그 틈으로 여섯 눈이 방 안을 향해 쏘았다. 이 어쩐 기괴한 광경이냐! 전등불은 아직 끄지 않았는데 침대 위에는 기숙생에게 온 소위 '러브 레터'의 봉투가 너저분하게 흩어졌고 그 알맹이도 여기저기 두서없이 펼쳐진 가운데 B사감 혼자 — 아무도 없이 제 혼자 일어나 앉았다. 누구를 끌어당길 듯이 두 팔을 벌리고 안경을 벗은 근시안으로 잔뜩 한곳을 노리며 그 굴비쪽 같은 얼굴에 말할 수 없이 애원하는 표정을 짓고는 키스를 기다리는 것같이 입을 쭝긋이 내민 채 사내의 목청을 내어 가면서 아깟말을 중얼거린다. 그러다가 그 넋두리가 끝날 겨를도 없이 급작스리 앵돌아서는 시늉을 내며 누구를 뿌리치는 듯이 연해 손짓을 하며 이번에는 톡톡 쏘는 계집의 음성을 지어,

"난 싫어요. 당신 같은 사내는 난 싫어요."

하다가 제물에 자지러지게 웃는다. 그러더니 문득 편지 한 장

* 억울한 사정을 하소연하면서 간절히 청하여 빎.

(물론 기숙생에게 온 '러브레터'의 하나)을 집어 들어 얼굴에 문지르며,

"정 말씀이야요? 나를 그렇게 사랑하셔요? 당신의 목숨같이 나를 사랑하셔요? 나를, 이 나를."

하고 몸을 치수리는데 그 음성은 분명 울음의 가락을 띠었다.

"에그머니, 저게 웬일이야!"

첫째 처녀가 소곤거렸다.

"아마 미쳤나 보아, 밤중에 혼자 일어나서 왜 저러고 있을꼬."

둘째가 맞방망이를 친다…….

"에그 불쌍해!"

하고 셋째 처녀는 손으로 고인 때 모르는 눈물을 씻었다.

·끝·

B사감과 러브레터

빈처

현진건

1

"그것이 어째 없을까?"

아내가 장문을 열고 무엇을 찾더니 입안말로 중얼거린다.

"무엇이 없어?"

나는 우두커니 책상머리에 앉아서 책장만 뒤적뒤적하다가 물어보았다.

"모본단* 저고리가 하나 남았는데……."

"……."

나는 그만 묵묵하였다. 아내가 그것을 찾아 무엇 하려는 것을 앎이라. 오늘 밤에 옆집 할멈을 시켜 잡히려 하는 것이다.

이 이 년 동안에 돈 한 푼 나는 데는 없고 그대로 주리면 시장할 줄 알아 기구(器具)와 의복을 전당국 창고(典當局倉庫)에 들이밀거나 고물상 한구석에 세워 두고 돈을 얻어 오는 수밖에 없었다. 지금 아내가 하나 남은 모본단 저고리를 찾는 것도 아침거리를 장만하려 함이다.

나는 입맛을 쩍쩍 다시고 폈던 책을 덮으며 후— 한숨을 내쉬었다.

---

* 중국에서 난 비단의 하나. 짜임이 곱고 윤이 나며 무늬가 아름다움.

　　　　　　　　　　　　　　　　　　　빈처

봄은 벌써 반이나 지났건마는 이슬을 실은 듯한 밤기운이 방 구석으로부터 슬금슬금 기어나와 사람에게 안기고 비가 오는 까닭인지 밤은 아직 깊지 않건만 인적조차 끊어지고 온 천지가 빈 듯이 고요한데 투닥투닥 떨어지는 빗소리가 한없는 구슬픈 생각을 자아낸다.

"빌어먹을 것 되는 대로 되어라."

나는 점점 견딜 수 없어 두 손으로 흩어진 머리카락을 쓰다듬어 올리며 중얼거려 보았다. 이 말이 더욱 처량한 생각을 일으킨다. 나는 또 한 번, "후—"한숨을 내쉬며 왼팔을 베고 책상에 쓰러지며 눈을 감았다.

이 순간에 오늘 지낸 일이 불현듯 생각이 난다.

늦게야 점심을 마치고 내가 막 궐련* 한 개를 피워 물 적에 한성은행 다니는 T가 공일이라고 놀러 왔었다.

친척은 다 멀지 않게 살아도 가난한 꼴을 보이기도 싫고 찾아갈 적마다 무엇을 꾸어 내라고 조르지도 아니하였건만 행여나 무슨 구차한 소리를 할까 봐서 미리 방패막이를 하고 눈살을 찌푸리는 듯하여 나는 발을 끊고 따라서 찾아오는 이도 없었다. 다만 이 T는 촌수가 가까운 까닭인지 자주 우리를 방문하였다.

그는 성실하고 공순하며 소소한 소사(小事)에 슬퍼하고 기뻐하는 인물이었다. 동년배인 우리 둘은 늘 친척간에 비교거리가

---

* 卷煙. 얇은 종이로 가늘고 길게 말아 놓은 담배.

되었었다. 그리고 나의 평판이 항상 좋지 못했다.

"T는 돈을 알고 위인이 진실해서 그 애는 돈푼이나 모을 것이야! 그러나 K(내 이름)는 아무짝에도 못쓸 놈이야. 그 잘난 언문(諺文) 섞어서 무어라고 끄적거려 놓고 제 주제에 무슨 조선에 유명한 문학가가 된다니! 시러베아들 놈!"

이것이 그네들의 평판이었다. 내가 문학인지 무엇인지 하는 소리가 까닭 없이 그네들의 비위에 틀린 것이다. 더군다나 나는 그네들의 생일이나 혹은 대사(大事) 때에 돈 한 푼 이렇다는 일이 없고 T는 소위 착실히 돈벌이를 하여 가지고 국수 밥소래나 보조를 하는 까닭이다.

"얼마 아니 되어 T는 잘살 것이고 K는 거지가 될 것이니 두고 보아!"

오촌 당숙은 이런 말씀까지 하였다 한다. 입 밖에는 아니 내어도 친부모 친형제까지라도 심중으로는 다 이렇게 생각할 것이다. 그래도 부모는 달라서 화가 나시면, "네가 그리하다가는 말경에 비렁뱅이가 되고 말 것이야"라고 꾸중은 하셔도, "사람이란 늦복 모르느니라" "그런 사람은 또 그렇게 되느니라" 하시는 것이 스스로 위로하는 말씀이고 또 며느리를 위로하는 말씀이었다. 이것을 보아도 하는 수 없는 놈이라고 단념을 하시면서 그래도 잘되기를 바라시고 축원하시는 것을 알겠더라.

여하간 이만하면 T의 사람됨을 가히 알 수가 있다. 그리고 그가 우리 집에 올 것 같으면 지어서 쾌활하게 웃으며 힘써 재미스러운 이야기를 하였다. 단둘이 고적하게 그날그날을 보내는 우리에게는 더할 수 없이 반가웠었다.

오늘도 그가 활발하게 집에 쑥 들어오더니 신문지에 싼 기름 한 것을 '이것 봐라' 하는 듯이 마루 위에 올려 놓고 분주히 구두끈을 끄른다.

"이것은 무엇인가!"

나는 물어보았다.

"저―제 처의 양산(洋傘)이야요. 쓰던 것이 벌써 다 낡았고 또 살이 부러졌다나요."

그는 구두를 벗고 마루에 올라서며 나오는 웃음을 참지 못하여 벙글벙글하면서 대답을 한다. 그는 나의 아내를 보며 돌연히,

"아주머니 좀 구경하시렵니까?"

하더니 싼 종이와 집을 벗기고 양산을 펴 보인다. 흰 비단 바탕에 두어 가지 매화를 수놓은 양산이었다.

"검정이는 좋은 것이 많아도 너무 칙칙해 보이고…… 회색이나 누렁이는 하나도 그것이야 싶은 것이 없어서 이것을 산걸요."

그는 '이것보다 더 좋은 것을 살 수가 있나' 하는 뜻을 보이려고 애를 쓰며 이런 발명*까지 한다.

"이것도 퍽 좋은데요."

이런 칭찬을 하면서 양산을 펴 들고 이리저리 흘린 듯이 들여다보고 있는 아내의 눈에는, '나도 이런 것을 하나 가졌으면' 하는 생각이 역력히 보인다.

---

* 發明. 스스로 말하여 밝힘. 또는 그런 말.

나는 갑자기 불쾌한 생각이 와락 일어나서 방으로 들어오며 아내의 양산 보는 양을 빙그레 웃고 바라보고 있는 T에게,

"여보게, 방에 들어오게그려, 우리 이야기나 하세."

T는 따라 들어와 물가 폭등에 대한 이야기며 자기의 월급이 오른 이야기며 주권(株券)을 몇 주 사두었더니 꽤 이익이 남았다든가, 이번 각 은행 사무원 경기회에서 자기가 우월한 성적을 얻었다든가 이런 것 저런 것 한참 이야기하다가 돌아갔었다.

T를 보내고 책상을 향하여 짓던 소설의 결미(結尾)를 생각하고 있을 즈음에,

"여보!"

아내의 떠는 목소리가 바로 내 귀 곁에서 들린다. 핏기 없는 얼굴에 살짝 붉은빛이 돌며 어느 결에 내 곁에 바싹 다가앉았더라.

"당신도 살 도리를 좀 하셔요."

"……."

나는 또 '시작하는구나' 하는 생각이 번개같이 머리에 번쩍이며 불쾌한 생각이 벌컥 일어난다. 그러나 무어라고 대답할 말이 없이 묵묵히 있었다.

"우리도 남과 같이 살아 보아야지요!"

아내가 T의 양산에 단단히 자극을 받은 것이다. 예술가의 처 노릇을 하려는 독특한 결심이 있는 그는 좀처럼 이런 소리를 입 밖에 내지 아니하였다. 그러나 무엇에 상당한 자극만 받으면 참고 참았던 이런 소리를 하게 되는 것이다. 나도 이런 소리를 들을 적마다 '그럴 만도 하다'는 동정심이 없지 아니하나 심사가 어

빈처

쩐지 좋지 못하였다. 이번에도 '그럴 만도 하다'는 동정심이 없지 아니하되 또한 불쾌한 생각을 억제키 어려웠다. 잠깐 있다가 불쾌한 빛을 드러내며,

"급작스럽게 살 도리를 하라면 어찌할 수가 있소. 차차 될 때가 있겠지!"

"아이구, 차차란 말씀 그만두구려, 어느 천년에……."

아내의 얼굴에 붉은빛이 짙어지며 전에 없던 흥분한 어조로 이런 말까지 하였다. 자세히 보니 두 눈에 은은히 눈물이 괴었더라.

나는 잠시 멍멍하게 있었다. 성낸 불길이 치받쳐 올라온다. 나는 참을 수 없다.

"막벌이꾼한테 시집을 갈 것이지 누가 내게 시집을 오랬어! 저 따위가 예술가의 처가 다 뭐야!"

사나운 어조로 몰풍스럽게* 소리를 꽥 질렀다.

"에그……!"

살짝 얼굴빛이 변해지며 어이없이 나를 보더니 고개가 점점 수그러지며 한 방울 두 방울 방울방울 눈물이 장판 위에 떨어진다.

2

나는 이런 일을 가슴에 그리며 그래도 내일 아침거리를 장만하려고 옷을 찾는 아내의 심중을 생각해 보니, 말할 수 없는 슬

---

* 몰풍스럽다 : 성격이나 태도가 정이 없고 냉랭하며 퉁명스러운 데가 있다.

픈 생각이 가을바람과 같이 설렁설렁 심골(心骨)을 분지르는 것 같다.

쓸쓸한 빗소리는 굵었다 가늘었다 의연히 적적한 밤공기에 더욱 처량히 들리고 그을음 앉은 등피(燈皮) 속에서 비치는 불빛은 구름에 가린 달빛처럼 우는 듯 조는 듯 구차히 얻어 산 몇 권 양책(洋冊)의 표제 금자가 번쩍거린다.

장 앞에 초연히 서 있던 아내가 무엇이 생각났는지 고개를 끄덕끄덕하며 들릴 듯 말 듯 목 안의 소리로,

"오호…… 옳지 참 그날……."

"찾었소!"

"아니야요, 벌써…… 저 인천 사시는 형님이 오셨던 날……."

"……."

아내가 애써 찾던 그것도 벌써 전당포의 고운 먼지가 앉았구나! 종지 하나라도 차근차근 아랑곳하는 아내가 그것을 잡혔는지 아니 잡혔는지 모르는 것을 보면 빈곤이 얼마나 그의 정신을 물어뜯었는지 가히 알겠다.

"……."

"……."

한참 동안 서로 아무 말이 없었다. 가슴이 어째 답답해지며 누구하고 싸움이나 좀 해보았으면, 소리껏 고함이나 질러 보았으면, 실컷 울어 보았으면 하는 일종 이상한 감정이 부글부글 피어오르며 전신에 이가 스멀스멀 기어 다니는 듯 옷이 어째 몸에 끼여 견딜 수가 없다.

나는 이런 감정을 노골적으로 드러내며,

"점점 구차한 살림에 싫증이 나서 못 견디겠지?"

아내는 무엇을 생각하는지 모르게 정신을 잃고 섰다가 그 게슴츠레한 눈이 둥그래지며,

"네에? 어째서요?"

"무얼 그렇지!"

"싫은 생각은 조금도 없어요."

이렇게 말이 오락가락함을 따라 나는 흥분의 도가 점점 짙어간다. 그래서 아내가 떨리는 소리로,

"어째 그런 줄 아셔요?"

하고 반문할 적에,

"나를 숙맥으로 알우?"

라고 격렬하게 소리를 높였다.

아내는 살짝 분한 빛이 눈에 비치어 물끄러미 나를 들여다본다. 나는 괘씸하다는 듯이 흘겨보며,

"그러면 그것 모를까! 오늘날까지 잘 참아 오더니 인제는 점점 기색이 달라지는걸 뭐! 물론 그럴 만도 하지마는!"

이런 말을 하는 내 가슴에는 지난 일이 활동사진 모양으로 얼른얼른 나타난다.

육 년 전에(그때 나는 십육 세이고 저는 십팔 세였다) 우리가 결혼한 지 얼마 아니 되어 지식에 목마른 나는 지식의 바닷물을 얻어 마시려고 표연히 집을 떠났었다. 광풍에 나부끼는 버들잎 모

양으로 오늘은 지나*, 내일은 일본으로 굴러다니다가 금전의 탓으로 지식의 바닷물도 흠씬 마셔 보지도 못하고 반거들충이**가 되어 집에 돌아오고 말았다.

내게 시집 올 때에는 방글방글 피려는 꽃봉오리 같던 아내가 어느 결에 기울어 가는 꽃처럼 두 뺨에 선연한 빛이 스러지고 이마에는 벌써 두어 금 가는 줄이 그리어졌다.

처가 덕으로 집간도 장만하고 세간도 얻어 우리는 소위 살림을 하게 되었다. 처음에는 그럭저럭 지내었지마는 한 푼 나는 데 없는 살림이라 한 달 가고 두 달 갈수록 점점 곤란해질 따름이었다. 나는 보수 없는 독서와 가치 없는 창작으로 해가 지고 날이 새며 쌀이 있는지 나무가 있는지 망연케 몰랐다. 그래도 때때로 맛있는 반찬이 상에 오르고 입은 옷이 과히 추하지 아니함은 전혀 아내의 힘이었다. 전들 무슨 벌이가 있으리요, 부끄럼을 무릅쓰고 친가에 가서 눈치를 보아 가며 구차한 소리를 하여 가지고 얻어 온 것이었다. 그것도 한 번 두 번 말이지 장구한 세월에 어찌 늘 그럴 수가 있으랴! 말경에는 아내가 가져온 세간과 의복에 손을 대는 수밖에 없었다.

잡히고 파는 것도 나는 알은체도 아니하였다. 그가 애를 쓰며 퉁명스러운 옆집 할멈에게 돈푼을 주고 시켰었다.

이런 고생을 하면서도 그는 나의 성공만 마음속으로 깊이깊이 믿고 빌었었다. 어느 때에는 내가 무엇을 짓다가 마음에 맞지

---

* 支那, 중국을 이르는 말.
** 무엇을 배우다가 중도에 그만두어 다 이루지 못한 사람.

아니하여 쓰던 것을 집어 던지고 화를 낼 적에,

"왜 마음을 조급하게 잡수셔요! 저는 꼭 당신의 이름이 세상에 빛날 날이 있을 줄 믿어요. 우리가 이렇게 고생을 하는 것이 장래에 잘될 근본이야요."

하고 그는 스스로 흥분되어 눈물을 흘리며 나를 위로하는 적도 있었다.

내가 외국으로 돌아다닐 때에 소위 신풍조(新風潮)에 띄어 까닭 없이 구식 여자가 싫어졌다. 그래서 나의 일찍이 장가든 것을 매우 후회하였다. 어떤 남학생과 어떤 여학생이 서로 연애를 주고받고 한다는 이야기를 들을 적마다 공연히 가슴이 뛰놀며 부럽기도 하고 비감(悲感)스럽기도 하였었다.

그러나 낫살이 들어갈수록 그런 생각도 없어지고 집에 돌아와 아내를 겪어 보니 의외에 그에게 따뜻한 맛과 순결한 맛을 발견하였다. 그의 사랑이야말로 이기적 사랑이 아니고 헌신적 사랑이었다. 이런 줄을 점점 깨닫게 될 때에 내 마음이 얼마나 행복스러웠으랴! 밤이 깊도록 다듬이를 하다가 그만 옷 입은 채로 쓰러져 곤하게 자는 그의 파리한 얼굴을 들여다보며,

"아아, 나에게 위안을 주고 원조를 주는 천사여!"

하고 감격이 극하여 눈물을 흘린 일도 있었다.

내가 알다시피 내가 별로 천품은 없으나 어쨌든 무슨 저작가(著作家)로 몸을 세워 보았으면 하여 나날이 창작과 독서에 전심력을 바쳤다. 물론 아직 남에게 인정될 가치는 없는 것이다. 그

영향으로 자연 일상생활이 말유(末由)하게* 되었다.

이런 곤란에 그는 근 이 년 견디어 왔건마는 나의 하는 일은 오히려 아무 보람이 없고 방 안에 놓였던 세간이 줄어 가고 장농에 찼던 옷이 거의 다 없어졌을 뿐이다.

그 결과 그다지 견딜성 있던 저도 요사이 와서는 때때로 쓸데없는 탄식을 하게 되었다. 손잡이를 잡고 마루 끝에 우두커니 서서 하염없이 먼 산만 바라보기도 하며 바느질을 하다 말고 실심한 사람 모양으로 멍멍히 앉았기도 하였다.

창경(窓鏡)으로 비치는 어스름한 햇빛에 나는 흔히 그의 눈물 머금은 근심 있는 눈을 발견하였다. 이럴 때에는 말할 수 없는 쓸쓸한 생각이 들며 일없이,

"마누라!"

하고 부르면 그는 몸을 흠칫 하고 고개를 저리로 돌리어 치맛자락으로 눈물을 씻으며,

"네에?"

하고 울음에 떨리는 가는 대답을 한다. 나는 등에 찬물을 끼얹는 듯 몸이 으쓱해지며 처량한 생각이 싸늘하게 가슴에 흘렀었다. 그렇지 않아도 자비(自卑)하기 쉬운 마음이 더욱 심해지며,

'내가 무자격한 탓이다.'

하고 스스로 멸시를 하고 나니 더욱 견딜 수 없다.

'그럴 만도 하다.'

---

* 말유하다 : 어찌할 도리가 없다.

는 동정심이 없지 아니하되 그래도 그만 불쾌한 생각이 일어나며,

'계집이란 할 수 없어.'

혼자 이런 불평을 중얼거리었다.

환등(幻燈) 모양으로 하나씩 둘씩 이런 일이 가슴에 나타나니 무어라고 말할 용기조차 없어졌다. 나의 유일의 신앙자이고 위로자이던 저까지 인제는 나를 아니 믿게 되고 말았다.

그는 마음속으로,

'네가 육 년 동안 내 살을 깎고 저미었구나! 이 원수야!'

할 것이다. 이렇게 생각하매 그의 불 같던 사랑까지 엷어져 가는 것 같았다. 아니 흔적도 없이 사라지고 만 것 같았다.

나는 감상적으로 허둥허둥하며,

"낸들 마누라를 고생시키고 싶어 시켰겠소! 비단옷도 해주고 싶고 좋은 양산도 사 주고 싶어요! 그러길래 왼종일 쉬지 않고 공부를 아니 하우. 남 보기에는 편편히 노는 것 같아도 실상은 그렇지 안해! 본들 모른단 말이오."

나는 점점 강한 가면을 벗고 약한 진상(眞相)을 드러내며 이와 같은 가소로운 변명까지 하였다.

"왼 세상 사람이 다 나를 비소(誹笑)하고 모욕하여도 상관이 없지만 마누라까지 나를 아니 믿어 주면 어찌 한단 말이요."

내 말에 스스로 자극이 되어 마침내,

"아아!"

길이 탄식을 하고 그만 쓰러졌다. 이 순간에 고개를 숙이고

아마 하염없이 입술만 물어뜯고 있던 아내가 홀연,

"여보!"

울음소리를 떨면서 무너지는 듯이 내 얼굴에 쓰러진다.

"용서……."

하고는 북받쳐 나오는 울음에 말이 막히고 불덩이 같은 두 뺨이 내 얼굴을 누르며 흑흑 느끼어 운다. 그의 두 눈으로부터 샘솟듯 하는 눈물이 제 뺨과 내 뺨 사이를 따뜻하게 젖어 퍼진다.

내 눈에서도 눈물이 흘러내린다. 뒤숭숭하던 생각이 다 이 뜨거운 눈물에 봄눈 슬듯 스러지고 말았다.

한참 있다가 우리는 눈물을 씻었다. 내 속이 얼마큼 시원한 듯하였다.

"용서하여 주셔요! 그렇게 생각하실 줄은 참 몰랐어요."

이런 말을 하는 아내는 눈물에 불어 오른 눈꺼풀을 아픈 듯이 꿈적거린다.

"암만 구차하기로니 싫증이야 날까요! 나는 한번 먹은 마음이 있는데……."

가만가만히 변명을 하는 아내의 눈물 흔적이 어룽어룽한 얼굴을 물끄러미 바라보며 겨우 심신이 가뜬하였다.

어제 일로 심신이 피곤하였던지 그 이튿날 늦게야 잠을 깨니 간밤에 오던 비는 어느 결에 그치었고 명랑한 햇발이 미닫이에 높았더라. 아내가 다시금 장문을 열고 잡힐 것을 찾을 즈음에 누가 중문을 열고 들어온다. 우리는 누군가 하고 귀를 기울일 적

에 밖에서,

"아씨!"

하는 소리가 들렸다.

아내는 급히 방문을 열고 나갔다. 그는 처가에서 부리는 할멈이었다. 오늘이 장인 생신이라고 어서 오라는 말을 전한다.

"오늘이야! 참 옳지, 오늘이 이월 열엿샛날이지, 나는 깜빡 잊었어!"

"원 아씨는 딱도 하십니다. 어쩌면 아버님 생신을 잊으신단 말씀이야요. 아무리 살림이 재미가 나시더래도……."

시큰둥한 할멈은 선웃음을 쳐가며 이런 소리를 한다.

가난한 살림에 골몰하느라고 자기 친부의 생신까지 잊었는가 하매 아내의 정지(情地)가 더욱 측은하였다.

"오늘이 본가 아버님 생신이라요. 어서 오시라는데……."

"어서 가구려……."

"당신도 가셔야지요. 우리 같이 가셔요."

하고 아내는 하염없이 얼굴을 붉힌다.

나는 처가에 가기가 매우 싫었었다. 그러나 아니 가는 것도 내 도리가 아닐 듯하여 하는 수 없이 두루마기를 입었다.

아내는 머뭇머뭇하며 양미간을 보일 듯 말 듯 찡그리다가 곁눈으로 살짝 나를 엿보더니 돌아서서 급히 장문을 연다.

'흥, 입을 옷이 없어서 망설거리는구나' 나도 슬쩍 돌아서며 생각하였다. 우리는 서로 등지고 섰건만 그래도 아내가 거의 다 빈 장 안을 들여다보며 입을 만한 옷이 없어 눈살을 찌푸린 양이 눈앞에 선연함을 어찌할 수가 없었다.

"자아, 가셔요."

무엇을 생각는지 모르게 정신을 잃고 섰다가 아내의 부르는 소리를 듣고 나는 기계적으로 고개를 돌리었다. 아내는 당목옷을 갈아입고 내 마음을 알았던지 나를 위로하는 듯이 방그레 웃는다. 나는 더욱 쓸쓸하였다.

우리 집은 천변 배다리 곁에 있고 처가는 안국동에 있어 그 거리가 꽤 멀었다. 나는 천천히 가느라고 가고 아내는 속히 오느라고 오건마는 그는 늘 뒤떨어졌었다. 내가 한참 가다가 뒤를 돌아보면 그는 늘 멀리 떨어져 나를 따라오려고 애를 쓰며 주춤주춤 걸어온다. 길가에 다니는 어느 여자를 보아도 거의 다 비단옷을 입고 고운 신을 신었는데 아내만 당목옷을 허술하게 차리고 청목당혜*로 타박타박 걸어오는 양이 나에게 얼마나 애연(哀然)한 생각을 일으켰는지!

한참 만에 나는 넓고 높은 처가 대문에 다다랐다. 내가 안으로 들어갈 적에 낯선 사람들이 나를 흘끔흘끔 본다. 그들의 눈에,

'이 사람이 누구인가. 아마 이 집 하인인가 보다.'

하는 경멸히 여기는 빛이 있는 것 같았다. 안 대청 가까이 들어오니 모두 내게 분분히 인사를 한다. 그 인사하는 소리가 내 귀에는 어째 비소하는 것 같기도 하고 모욕하는 것 같기도 하여 공연히 가슴이 두근거리고 얼굴이 후끈거리었다.

---

* 예전에, 기름에 결은 가죽신의 하나. 흰 바탕이나 붉은 바탕에 푸른 무늬를 놓은 신으로, 주로 여자나 아이들이 신었다.

그중에 제일 내게 친숙하게 인사하는 사람이 있다. 그는 아내보다 삼 년 맏이인 처형이었다. 내가 어려서 장가를 들었으므로 그때 그는 나를 못 견디게 시달렸다. 그때는 그가 싫기도 하고 밉기도 하더니 지금 와서는 그때 그러한 것이 도리어 우리를 무관하고 정답게 만들었다. 그는 인천 사는데 자기 남편이 기미(期米)*를 하여 가지고 이번에 돈 십만 원이나 착실히 땄다 한다. 그는 자기의 잘사는 것을 자랑하고자 함인지 비단을 내리감고 치감고 얼굴에 부유한 태가 질질 흐른다.

그러나 분으로 숨기려고 애쓴 보람도 없이 눈 위에 퍼렇게 멍든 것이 내 눈에 띄었다.

"왜 마누라는 어쩌고 혼자 오셔요!"

그는 웃으며 이런 말을 하다가 중문 편을 바라보더니,

"그러면 그렇지! 동부인 아니하고 오실라구!"

혼자 주고받고 한다.

나도 이 말을 듣고 슬쩍 돌아다보니 아내가 벌써 중문 안에 들어섰더라. 그 수척한 얼굴이 더욱 수척해 보이며 눈물 괸 듯한 눈이 하염없이 웃는다. 나는 유심히 그와 아내를 번갈아보았다. 처음 보는 사람은 분간을 못하리만큼 그들의 얼굴은 혹사(酷似)하다. 그런데 얼굴빛은 어쩌면 저렇게 틀리는지! 하나는 이글이글 만발한 꽃 같고 하나는 시들시들 마른 낙엽 같다. 아내를 형이라 하고, 처형을 아우라 하였으면 아무라도 속을 것이다. 또

---

* 미두. 현물 없이 쌀을 팔고 사는 일. 실제 거래를 목적으로 하는 것이 아니고 쌀의 시세를 이용하여 약속으로만 거래하는 일종의 투기 행위.

한 번 아내를 보며 말할 수 없는 쓸쓸한 생각이 다시금 가슴을 누른다.

딴 음식은 별로 먹지도 아니하고 못 먹는 술을 넉 잔이나 마시었다. 그래도 바늘방석에 앉은 것처럼 앉아 견딜 수가 없다. 집에 가려고 나는 몸을 일으켰다. 골치가 띵 하며 내가 선 방바닥이 마치 폭풍에 도도(滔滔)하는 파도같이 높았다 낮았다 어질어질해서 곧 쓰러질 것 같다. 이 거동을 보고 장모가 황망히 일어서며,

"술이 저렇게 취해 가지고 어데로 갈라구. 여기서 한잠 자고 가게."

나는 손을 내저으며,

"아니에요. 집에 가겠어요."

취한 소리로 중얼거리었다.

"저를 어쩌나!"

장모는 걱정을 하시더니,

"할멈! 어서 인력거 한 채 불러오게."

한다.

취중에도 인력거를 태우지 말고 그 인력거 삯을 나를 주었으면 책 한 권을 사 보련만 하는 생각이 있었다.

인력거를 타고 얼마 아니 가서 그만 잠이 들고 말았다.

한참 자다가 잠을 깨어 보니 방 안에 벌써 남폿불이 키었는데 아내는 어느 결에 왔는지 외로이 앉아 바느질을 하고 화로에서는 무엇이 끓는 소리가 보글보글하였다. 아내가 나의 잠 깬 것을

보더니 급히 화로에 얹은 것을 만져 보며,

"인제 그만 일어나 진지를 잡수셔요."

하고 부리나케 일어나 아랫목에 파묻어 둔 밥그릇을 꺼내어 미리 차려 둔 상에 얹어서 내 앞에 갖다 놓고 일변 화로를 당기어 더운 반찬을 집어 얹으며,

"자아 어서 일어나셔요."

나는 마지못하여 하는 듯이 부시시 일어났다. 머리가 오히려 아프며 목이 몹시 말라서 국과 물을 연해 들이켰다.

"물만 잡수셔서 어째요. 진지를 좀 잡수셔야지."

아내는 이런 근심을 하며 밥상머리에 앉아서 고기도 뜯어 주고 생선 뼈도 추려 주었다. 이것은 다 오늘 처가에서 가져온 것이다. 나는 맛나게 밥 한 그릇을 다 먹었다. 내 밥상이 나매 아내가 밥을 먹기 시작한다. 그러면 지금껏 내 잠 깨기를 기다리고 밥을 먹지 아니하였구나 하고 오늘 처가에서 본 일을 생각하였다. 어제 일이 있은 후로 우리 사이에 무슨 벽이 생긴 듯하던 것이 그 벽이 점점 엷어져 가는 듯하며 가엾고 사랑스러운 생각이 일어났었다. 그래서 우리는 정답게 이런 이야기 저런 이야기를 하게 되었다. 우리의 이야기는 오늘 장인 생신 잔치로부터 처형 눈 위에 멍든 것에 옮겨 갔다.

처형의 남편이 이번 그 돈을 딴 뒤로는 주야 요리점과 기생집에 돌아다니더니 일전에 어떤 기생을 얻어 가지고 미쳐 날뛰며 집에만 들면 집안사람을 들볶고 걸핏하면 처형을 친다 한다. 이번에도 별로 대단치 않은 일에 처형에게 밥상으로 냅다 갈겨 바

로 눈 위에 그렇게 멍이 들었다 한다.

"그것 보아. 돈푼이나 있으면 다 그런 것이야."

"정말 그래요. 없으면 없는 대로 살아도 의좋게 지내는 것이 행복이야요."

아내는 충심(衷心)으로 공명(共鳴)해 주었다.

이 말을 들으매 내 마음은 말할 수 없이 만족해지며 무슨 승리자나 된 듯이 득의양양하였다.

그리고 마음속으로,

'옳다. 그렇다. 이렇게 지내는 것이 행복이다.'

하였다.

이틀 뒤 해 어스름에 처형은 우리 집에 놀러 왔었다. 마침 내가 정신없이 무엇을 생각하고 있을 즈음에 쓸쓸하게 닫혀 있는 중문이 찌긋둥 하며 비단옷 소리가 사으락사으락 들리더니 아랫목은 내게 빼앗기고 윗목에 바느질을 하고 있던 아내가 문을 열고 나간다.

"아이고 형님 오셔요."

아내의 인사하는 소리가 들리더니 처형이 계집 하인에게 무엇을 들리고 들어온다. 나도 반갑게 인사를 하였다.

"그날 매우 욕을 보셨지요. 못 잡숫는 술을 무슨 짝에 그렇게 잡수셔요."

그는 이런 인사를 하다가 급작스럽게 계집 하인이 든 것을 빼앗더니 그 속에서 신문지로 싼 것을 끄집어내어 아내를 주며,

빈처

"내 신 사는데 네 신도 한 켤레 샀다. 그날 청목당혜를……"

말을 하려다가 나를 곁눈으로 흘끗 보고 그만 입을 닫친다.

"그것을 왜 또 사셨어요."

해쓱한 얼굴에 꽃물을 들이며 아내가 치사하는 것도 들은 체 만 체하고 처형은 또 이야기를 시작한다.

"올 적에 사랑양반을 졸라서 돈 백 원을 얻었겠지. 그래서 오늘 종로에 나와서 옷감도 바꾸고 신도 사고……"

그는 자랑과 기쁨의 빛이 얼굴에 퍼지며 싼 보를 끌러,

"이런 것이야!"

하고 우리 앞에 펼쳐 놓는다.

자세히는 모르나 여하간 값 많은 품 좋은 비단일 듯하다. 무늬 없는 것, 무늬 있는 것, 회색 옥색 초록색 분홍색이 갖가지로 윤이 흐르며 색색이 빛이 나서 나는 한참 황홀하였다. 무슨 칭찬을 해야 되겠다 싶어서,

"참 좋은 것인데요."

이런 말을 하다가 나는 또 쓸쓸한 생각이 일어난다. 저것을 보는 아내의 심중이 어떠할까? 하는 의문이 문득 일어남이라.

"모다 좋은 것만 골라 샀습니다그려."

아내는 인사를 차리느라고 이런 칭찬은 하나마 별로 부러워하는 기색이 없다.

나는 적이 의외의 감이 있었다.

처형은 자기 남편의 흉을 보기 시작하였다. 그 밉살스럽다는 둥 그 추근추근하다는 둥 말끝마다 자기 남편의 불미한 점을 들

다가 문득 이야기를 끊고 일어선다.

"왜 벌써 가시려고 하셔요. 모처럼 오셨다가 반찬은 없어도 저녁이나 잡수셔요."

하고 아내가 만류를 하니,

"아니 곧 가야지. 오늘 저녁차로 떠날 것이니까 가서 짐을 매어야지. 아직 차 시간이 멀었어? 아니 그래도 정거장에 일찍이 나가야지 만일 기차를 놓치면 오죽 기다리실라구. 벌써 오늘 저녁차로 간다고 편지까지 했는데……."

재삼 만류함도 돌아보지 아니하고 그는 홀홀히 나간다.

우리는 그를 보내고 방에 들어왔다.

나는 웃으며 아내에게,

"그까짓 것이 기다리는데 그다지 급급히 갈 것이 무엇이야"

아내는 하염없이 웃을 뿐이었다.

"그래도 옷감 바꿀 돈을 주었으니 기다리는 것이 애처롭기는 하겠지."

밉살스러우니 추근추근하니 하여도 물질의 만족만 얻으면 그것으로 위로하고 기뻐하는 그의 생활이 참 가련하다 하였다.

"참, 그런가 보아요."

아내도 웃으며 내 말을 받는다. 이때에 처형이 사 준 신이 그의 눈에 띄었는지(혹은 나를 꺼려 보고 싶은 것을 참았는지 모르나) 그것을 집어 들고 조심조심 펴 보려다가 말고 머뭇머뭇한다. 그 속에 그를 해케 할 무슨 위험품이나 든 것같이.

"어서 펴 보구려."

아내가 하도 머뭇머뭇하기로 보다 못하여 내가 재촉을 하였다. 아내는 이 말을 듣더니,

'작히 좋으랴.'

하는 듯이 활발하게 싼 신문지를 헤친다.

"퍽 이쁜걸요."

그는 근일에 드문 기쁜 소리를 치며 방바닥 위에 사뿐 내려 놓고 버선을 당기며 곱게 신어 본다.

"어쩌면 이렇게 맞아요!"

연해연방 감탄사를 부르짖는 그의 얼굴에 흔연한 희색이 넘쳐 흐른다.

"……."

묵묵히 아내의 기뻐하는 양을 보고 있는 나는 또다시,

'여자란 할 수 없어!'

하는 생각이 들며,

'조심하였을 따름이다!'

하매 밤빛 같은 검은 그림자가 가슴을 어둡게 하였다.

그러면 아까 처형의 옷감을 볼 적에도 물론 마음속으로는 부러워하였을 것이다. 다만 표면에 드러내지 않았을 따름이다. 겨우,

"어서 펴 보구려."

하는 한마디에 가슴에 숨겼던 생각을 속임 없이 나타내는구나 하였다. 내가 무엇을 생각하고 있는지 저는 모르고 새 신 신은 발을 조금 쳐들며,

"신 모양이 어때요."

"매우 이뻐!"

겉으로는 좋은 듯이 대답을 하였으나 마음은 쓸쓸하였다. 내가 제게 신 한 켤레를 사 주지 못하여 남에게 얻은 것으로 만족하고 기뻐하는도다…….

웬일인지 이번에는 그만 불쾌한 생각이 일어나지 아니하였다. 처형이 동서를 밉다거니 무엇이니 하면서도 기차를 놓치면 남편이 기다릴까 염려하여 급히 가던 것이 생각난다. 그것을 미루어 아내의 심사도 알 수가 있다. 부득이한 경우라 하릴없이 정신적 행복에만 만족하려고 애를 쓰지마는 기실 부족한 것이다. 다만 참을 따름이다.

그것은 내가 생각해야 된다. 이런 생각을 하니 전날 아내에게 그런 말을 한 것이 후회가 난다.

'어느 때라도 제 은공을 갚아 줄 날이 있겠지!'

나는 마음을 좀 너그럽게 먹고 이런 생각을 하며 아내를 보았다.

"나도 어서 출세를 하여 비단신 한 켤레쯤은 사 주게 되었으면 좋으련만……."

아내가 이런 말을 듣기는 참 처음이다.

"네에?"

아내는 제 귀를 못 미더워하는 듯이 의아한 눈으로 나를 보더니 얼굴에 살짝 열기가 오르며,

"얼마 안 되어 그렇게 될 것이야요!"

라고 힘 있게 말하였다.

"정말 그럴 것 같소?"

나는 약간 흥분하여 반문하였다.

"그러문요, 그렇고말고요."

아직 아무도 인정해 주지 않은 무명작가인 나를 다만 저 하나가 깊이깊이 인정해 준다. 그러기에 그 강한 물질에 대한 본능적 요구도 참아 가며 오늘날까지 몹시 눈살을 찌푸리지 아니하고 나를 도와 준 것이다.

'아아, 나에게 위안을 주고 원조를 주는 천사여!'

마음속으로 이렇게 부르짖으며 두 팔로 덥썩 아내의 허리를 잡아 내 가슴에 바싹 안았다.

그다음 순간에는 뜨거운 두 입술이…….

그의 눈에도 나의 눈에도 그렁그렁한 눈물이 물 끓듯 넘쳐흐른다.

· 끝 ·

고무신

오영수

보리밭 이랑에 모이를 줍는 낮닭 울음만이 이따금씩 들려오는 고요한 이 마을에도 올봄 접어들어 안타까운 이별이 있었다.

바다와 시가지 일부가 한꺼번에 내다보이는, 지대가 높고, 귀환 동포가 누더기처럼 살고 있는 산기슭 마을이었다. 그렇기에 마을 사람들은 철수 내외와 같이 가난뱅이 월급쟁이가 아니면 대개가 그날그날의 날품팔이다.

밤이면 모여들고 날이 새면 일터로 나가기가 바빴다. 다만 어린아이들만이 마을 앞 양지바른 담 밑에 모여 윤선(輪船)이 오고 가는 바다를 바라보고, 윤선도 보이지 않는 날은 무료에 지쳐버린다.

그러나 이 단조한 마을, 무료한 아이들에게도 단 하나의 오직 단 하나의 즐거움은 있었다. 그것은 날마다 단골로 찾아오는 젊은 엿장수였다.

내려다보이는 아랫마을을 거쳐, 보리밭 사잇길로 이 마을을 향해 올라오는 엿장수는 가위를 쩔각거리면서,

"자아 엿이야 엿— 맛 좋고 빛 좋은 울릉도 호박엿— 처녀가 먹으면 시집을 가고 총각이 먹으면 장가를 들고—"

언제나 귀 익은 타령이건만 이 마을 아이들에게는 언제나 새

　　　　　　　　　　　　　　　　　고무신

롭고 즐겁고 또 신이 나는 넋두리였다.

엿장수가 마을 앞까지 채 오기도 전에 아이들은 벌써 길목에 쭉 모여 서서 개선장군이나 맞이하듯 기다리고 섰다.

그러면 엿장수는 더한층 가윗소리를 쩍각거리고 길목돌 위에 다 엿판을 턱 내려 놓고는 자! 어떠냐? 하는 듯이 맛뵈기를 주면 아이들은 서로 다퉈 담을 치고 들여다본다. 그러나 막상 엿을 사 먹는 아이는 좀체 보이지 않고, 혹 떨어진 고무신짝이나 가지고 와서 바꿔 먹는 아이가 없지는 않으나, 그것도 매일같이 있을 리는 없다. 아이들은 사 먹지는 못할망정 보기만 해도 좋았다. 그 뽀오얗게 밀가루를 쓴 엿가락이 가지런히 누워 있는 엿판을 들여다보고 있을 양이면 저절로 입에 군침이 고이고 마음까지 흐뭇해지는 것이었다.

이 마을 아이들에게 있어 엿장수의 존재는 커다란 매력이었다. 이 마을 아이들에게는 세상에서 가장 부러운 것이 엿장수였을는지도 모른다.

철수가 마악 저녁 밥상을 받자, 그보다 먼저 저녁을 먹은 여섯 살짜리 영이와 네 살짜리 윤이 놈이 상머리에 와 앉는다. 영이 놈이 시무룩한 상을 하고 누가 묻기나 한 듯이,

"어머닌 외가 갔어!"

한다. 즉 저희들을 안 데리고 갔다는 불평인 눈치다. 이런 때 저희들을 동정하는 눈치를 보이기만 하면 투정을 부리는 줄 알기 때문에 철수는 시치미를 딱 떼고,

"흐음!"

했을 뿐 더는 대꾸를 않았다.

윤이는 밥술 오르내리는 것만 하염없이 바라보고 있는데, 영이는 제 말한 것이 아무 반응이 없어 계면쩍이 앉았다가 갑자기 생각난 듯이 앉은걸음으로 한 걸음 앞으로 다가앉으면서,

"아부지!"

하고는 채 대답도 듣기 전에,

"아지마가 오늘 윤이 때리고 날 꼬집고 했어!"

한다. 철수는 밥을 씹다 말고,

"으응 정말?"

"그래!"

하고는 팔을 걷어 보이나 꼬집힌 흔적은 보이지 않았다.

그러자 작은 놈도 밑이 터진 바지를 젖히고 볼기짝을 가리키면서,

"에게 에게 때려……."

하는 것을 보아 거짓말은 아닌 것 같다. 의욋일이었다.

그것은 식모아이 분수로서 함부로 애들을 때리고 꼬집었다든가 하는 무슨 명분을 가려서가 아니라, 남이가 이 집에 온 이후 오늘까지 한 번이라도 애들에게 손찌검을 하거나 또 했다거나 하는 것을 보지도 듣지도 못했기 때문이었다.

만일 남이가 저희들 말과 같이 때리고 꼬집기까지 했을 때는 이만저만한 일로서가 아니리라.

"그래, 왜 아지마가 때리고 꼬집더냐?"

"……."

"응?"

"……."

한 놈도 대답이 없다.

철수는 부엌에서 저녁 설거지를 하고 있는 남이를 불렀다. 남이 역시 대답이 없다. 대답은 없으나 마루께로 걸어오는 발자국 소리는 들린다. 부엌에서 할 대답을 방문을 열고서야,

"예엣!"

하는 남이의 태도도 역시 여느 때와는 다르다.

철수는 부드러운 소리로,

"오늘 왜 윤이를 때리고 영이를 꼬집었냐?"

"……."

"아니 때리고 꼬집은 것을 나무람이 아니라. 애들이 무슨 저지레를 했느냐 말이다?"

그제야 남이는 옆 눈으로 영이와 윤이를 한 번 흘겨보고는,

"오늘 뒷개울에 빨래를 간 새. 영이와 윤이가 저 고무신을 들어다 엿을 바꿔 먹었어요!"

어이없는 소리다. 철수는,

"뭣이 어쩌고 어째?"

하고는 밥술을 걸쳐 놓고 남이에게로 돌아앉으면서,

"아아니 그래. 넌 빨래 갈 때 신을 벗고 갔더냐?"

"아니요!"

"그럼?"

"집에서 신는 헌 신 말고요, 옥색 신을요!"

철수는 또 한 번 놀라지 않을 수 없었다.

"응, 옥색 신이다?"

"예!"

이 옥색 고무신으로 말하면 바로 작년 팔월 대목이었다. 철수가 남이더러 추석 치레로 뭣을 해주면 좋으냐고 물었을 때, 남이는 옥색 바탕에 흰 테두리 한 고무신이 소원이라고 했다. 옷은 작년에 지어 둔 것이 있다는 말을 철수는 그의 아내에게서 들었기 때문에, 한껏 해야 크림이나 한 통 사 줄 생각으로 말한 것이 의외에도 옥색 고무신이라는 데는 철수도 당황하지 않을 수 없었다. 그러나 한번 해준다고 한 이상 과하니 어쩌니 할 수도 없고 해서 좀 무리를 해서 일금 삼백육십 원을 주고 사 줬던 것이다. 남이는 무척 기뻐했고 그만큼 또 그 신을 아꼈다. 제가 쓰는 궤짝 속에 감춰 두고 특별한 출입 ─일테면 명절날이나, 또는 심부름 갈 때나, 학교 운동회 때나 ─ 가 아니면 좀체 신질 않았고, 또 한번 신기만 하면 기어코 비누로 씻고 닦고 했다. 그렇기에 신어서 닳기보담 닦아서 닳는 것이 더했으리라.

그렇듯 골똘히도 아끼던 신이었으니 남인들 여간 속이 상했기에 때리고 꼬집었을까!

"그래 그 신을 어디다 뒀길래?"

"마루 끝에, 엎어둔 걸요!"

"왜 마루 끝에 뒀니?"

"씻어서 말린다고요!"

철수는 한숨을 내쉬며 영이와 윤이를 돌아보니 영이 놈은 맹꽁이처럼 볼을 부르켜 가지고 한결같이 고개를 숙이고 있고, 윤이 놈은 밥상을 노려만 보고 앉았다.

남이는 또 말을 계속했다.

"지가 빨래를 해가지고 오니, 골목에서 영이와 윤이가 엿을 먹고 있기에 웬 엿이냐니까 싱글싱글 웃기만 하고 달아나는데 이웃 아이들의 말이, 옆집 순이가 헌 고무신 한 짝을 갖고 와서 엿을 바꿔 먹는 것을 보고, 윤이가 집으로 들어가서 신 한 짝을 들고 나와 엿장수에게 팽개치다시피 하고 엿을 바꿔 가지고 갔는데, 조금 뒤에 영이가 또 한 짝을 마저 갖다 주고 엿을 바꿨대요."

남이가 말을 마치자마자 영이는 눈을 해뚝거리면서*,

"지가 와 그래 와 좀 안 주노 와!"

하는 것은 윤이가 엿을 바꿔 나눠 먹지 않기에 저도 그랬다는 뜻이다.

이러는 동안 윤이는 밥상에 얹힌 계란부침을 먹어 버렸다.

"그래 그 엿장수는 어느 놈인데?"

"매일 단골로 오는……."

"머리 덥수룩하고 젊은 총각놈 말이지, 으음……."

철수는 밥상을 내밀었다. 남이는 남이대로,

"이놈의 엿장수 오기만 와 봐라!"

* 해뚝거리다 : 곁눈질을 하다. 눈을 흘기다.

고 벼르면서 밥상을 내갔다. 영이 놈도 슬며시 일어나서 윤이 옆에 가서 잘 작정을 한다. 부엌에서는 남이가 엿장수에 대한 앙 갚음을 하는 셈인지 솥전에 바가지 닥드리는 소리가 요란하다. 철수는,

"얘 남아, 신을 도로 찾아 주든지 아니면 새로 사 주든지 할 테니 바가지 너무 닥드리지 말고 그릇 조심해라!"

그러고는 담배를 붙여 물었다.

그러나 세상이 도둑판이고, 따라서 요즘 엿장수란 엿 파는 빙 자로 빈집을 노려 요강, 대야 훔쳐 가기가 예사고, 심지어는 빨 래까지 걷어 가는 판인데 신으로 말하면 도둑질해 간 것도 아닌 이상, 그놈을 잡고 힐난을 한댔자 쉽사리 찾아질 것 같지도 않 았다.

영이와 윤이는 어느새 잠이 들었다. 웃옷을 벗기고 베개를 베 어 주고 철수도 옷을 갈아입고 자리에 누웠다.

밖은 물기 먹은 초열흘 달이 희붓한데, 남이는 설거지를 마쳤 는지 부엌은 조용하다. 어디서 아낙네들의 웃음소리가 먼 듯 가 까운 듯 들려오고 밤은 간지럽게 깊어 갔다.

남이가 세숫대야에 걸레랑 헌 양말이랑 담아 옆에 끼고 마악 대문 밖을 나서는데 엿장수의 가위 소리가 들려왔다. 엿장수는 마을 중턱 보리밭 사잇길을 올라오고 있었다. 남이는 대문 설주 에 몸을 붙이고 엿장수를 기다렸다. 엿장수는 마을 앞에 오자 한층 더 목청을 높여,

"자아— 떨어진 고무신이나 백철 부서진 거나 삼베 속곳 떨어진 거나— 째깍째깍."

그러자 남이는,

"저놈의 엿장수 미쳤는가베!"

고 입속말로 중얼거렸고, 마을 아이들은 어느새 엿장수를 둘러쌌다.

엿장수가 엿판을 길목에 내리자 남이는 가시처럼 꼭 찌르는 소리로,

"보소!"

엿장수는 놀란 듯 힐끗 한 번 돌아보고는 담을 싼 아이들을 헤치고 남이에게로 오는데 남이는 입을 샐쭉하면서 대뜸,

"내 신 내놓소!"

했다. 엿장수는 걸음을 멈추고 한참 동안 남이를 바라보다 말고 은근한 말투로,

"신은 웬 신요?"

하고는 상대편에 의심을 받을 만큼 히죽이 웃어 보이자, 남이는 눈을 까칠해 가지고,

"잡아떼면 누가 속을 줄 아는가베!"

그러나 엿장수는 수양버들 봄바람 맞듯 연신 히죽거리면서,

"뭘요, 그믐밤에 홍두깨도 분수가 있지?"

남이는 발끈하고,

"신 말이요!"

"신을요?"

"어제 우리 집 아이들을 꾀여간 옥색 고무신 말요!"

엿장수는 머리를 벅벅 긁으며,

"꾀기는 누가……."

하고는 한 걸음 앞으로 다가서서 길 아래 위를 살핀 다음 낮은 소리로,

"그 신이 당신 신이던교?"

"누구 신이든 내놔요. 빨리!"

엿장수는 또 머리를 긁으면서,

"당신 신인 줄 알았으면야. 이놈이 미친놈이 아닌 댐에야……."

하고 지나치게 고분거리는데 남이는 한결같이 앙살을 부린다.

"내놔요 빨리!"

엿장수는 손짓으로 어루듯 달래듯,

"가만있소. 도가에 가 보고 신이 그냥 있으면야 갖다 주고말고. 만일 신이 없으면 새 신이라도 사다 줄게요. 염려 마소!"

하고는 남이의 발을 눈잼하는데, 이때 난데없이 굵다란 벌 한 마리가 날아와 남이의 얼굴 주위를 잉잉 날아돈다. 남이는 상을 찌푸리고 한 손을 내저어 벌을 쫓고, 목을 돌리고 하는데, 벌은 갑자기 남이 저고리 앞섶에 붙어 가슴패기로 기어오르고 있다.

이것을 조마조마 보고 있던 엿장수는,

"가, 가만……."

하고는 한걸음에 뛰어들어,

"요놈의 벌이……."

하고 손바닥으로 벌을 딱 덮어 눌렀다.

옆에서 보기에도 민망스러운 순간이었다.

남이는 당황하면서도 귀 언저리를 붉히고 한 걸음 뒤로 물러서자, 함께 엿장수 손아귀에는 벌이 쥐어졌다. 쥐킨 벌은 고스란히 있을 리가 없다. 한 번 잉 소리를 내고는 그만 손바닥을 쏘아 버렸다. 동시에 엿장수는,

"앗!"

하고 쥐었던 손을 펴 불며 털며 앙감질*을 하는 꼴이 남이는 어떻게나 우스웠던지 그만 손등으로 입을 가리고 킥킥 하고 웃어 버렸다. 엿장수는 반은 울상 반은 웃는 상 남이를 바라보는데, 남이의 송곳니가 무척 예뻐 보였다. 남이는 엿장수와 눈이 마주치자 무색해서 눈을 땅바닥으로 떨어뜨렸다. 살을 쏘아 버린 벌이 꽁무니에 흰 실 같은 것을 달고, 거추장스럽게 기어가고 있다. 남이의 시선을 따라 온 엿장수 눈이 이것을 보자 그만 그 억센 발로,

"엥이 엥이 엥이."

하고 망깨** 다지듯 짓밟고 문질러 자취도 없이 해버리자 남이는 또 웃음이 나올 것만 같아 문을 밀고 안으로 들어가 버렸다.

엿장수는 무슨 발작이나 막 하고 난 사람처럼 맥이 없었다. 어깨와 두 팔을 축 늘어뜨리고 남이가 들어간 문 쪽을 한참 동안 멍하니 바라보고 나서야 비로소 어슬렁어슬렁 엿판께로 돌

---

* 한 발은 들고 한 발로만 뛰는 짓.
** 망치와 비슷하나 보다 크고 자루가 긴 연장.

아왔다.

엿판 가에는 아이들이 파리 떼처럼 붙어 있다. 보아하니 윤이는 아랫배에 두 손을 붙여 도사리고 앉아 엿을 노리고 있고, 영이는 서서 아이들과 어느 것이 굵으니 작으니 하며 태태거리고 있다.

엿은 애들이 그새 얼마나 손질을 했기에 가루가 벗어지고 노르스름한 알몸이 드러난 것이 따끈한 봄볕에 쪼여 노그라질 대로 노그라졌다. 이런 엿은 누가 시험 삼아 입에 넣어 볼 양이면 단맛보다는 먼저 짭짤한 맛이리라.

엿장수는 아이들과 엿판을 번갈아보다 말고 무슨 생각에선지 엿을 몇 가락 움켜쥐고는 가위로 때려 부셔 둘러선 아이들에게 한 동강이씩 선심을 쓰는데 그중에도 영이와 윤이는 제일 큰 것을 받았다.

엿장수는 한쪽 어깨에 비스듬히 엿판을 메고 연신 힐끗힐끗 철수네 집을 보아 가며 다음 마을로 건너갔다. 그러나 해질 무렵해서 또다시 가위 소리가 들렸으나 엿장수는 엿판을 내리지도 않았고 또 아이들도 채 모이기도 전에 아랫마을로 내려가 버렸다.

다음 날도 좋은 날씨였다. 먼 산은 선잠 깬 여인의 눈시울처럼 자꾸만 선이 희미해 오고 수양버들은 아지랑이가 간지러운 듯한들거렸다. 보리 싹은 제법 파릇하고 남향 담 밑에는 민들레가 놀란 듯 활짝 피었다.

오늘따라 엿장수는 일찍 왔다. 엿장수가 오는 시간은 누구보담 더 잘 알고 있는 이 마을 아이들에게 있어서는 작지 않은 사건

고무신

이었다. 또 하나 의욋일은 한 담뱃참씩이면 다음 마을로 가 버리는 여장수가 오늘은 제법 아이들과 시시덕거리고 놀기를 시작한 것이다. 그뿐만 아니라, 길목 타작마당에서 아이들과 뜀뛰기까지 하다가 점심때 가까이해서야 다음 마을로 건너가는 것이었다.

아이들은 어제 모양으로 엿을 한 동강이씩 주지 않고 가는 것이 퍽이나 섭섭한 눈초리로 뒤 꼴을 바라보았으나, 보리쌀 삶을 즈음해서 엿장수는 또 왔고, 해가 져서야 돌아갔다.

다음 날도 그랬고 그다음 날도 그랬다. 다만 전날과 다른 것은 영이와 윤이에게 엿을 한 가락씩 쥐어 주고 간 것이다. 동네 아이들은 영이와 윤이가 무척 부러웠다.

날씨는 한결같이 좋았다. 산기슭 잔디 언덕에는 쑥싹을 캐는 소녀들의 색 낡은 분홍 치마가 애틋하게 정다워 보이고 개울가에는 냉이랑 독새랑 여뀌랑 미나리랑 싹이 뾰족뾰족 돋아났다.

엿장수는 한결같이 왔고 와서는 갈 줄을 몰랐다. 어떤 날은 벙글벙글 웃었고, 웃는 날은 애들에게 엿을 나눠 주었으나 벙어리처럼 덤덤히 앉았다가 가는 날은 엿 맛을 못 보았다. 그렇기에 아이들은 엿장수가 오면 엿판보다 먼저 엿장수 눈치부터 보는 버릇이 생겼다.

요즘은 그 텁수룩한 머리에다 기름 칠갑을 해가지고는 억지로 빗어 넘기고 또 옥색 인조견 조끼도 입었다. 낯익은 동네 아낙네들이,

"엿장수 요새 장가갔는가베?"

고 할라치면 엿장수는 수줍게도 씩 웃으며 그 펑퍼짐한 얼굴

을 모로 돌리곤 했다.

하루는 철수가 저녁을 딴 데서 치르고 늦게 돌아오는데, 어떤 젊은 사내가 대문 틈으로 정신없이 집 안을 들여다보고 있었다. 철수는 이놈이 바로 좀도둑이거니 하고 손가방으로 궁둥짝을 후리치며,

"웬 놈이냐?"

하고 고함을 질렀다. 사나이는 그야말로 뱀이나 밟은 것처럼 기겁을 하고는 철수를 보자 이내 한 손을 머리로 올리고 꿈벅꿈벅 절만을 했다.

"뭣을 훔치려고 노리는 거야?"

"아, 아니올시다. 예, 예, 저 댁의 강아지가, 예, 헤헤……."

"강아지가 어쨌단 거야?"

"예, 저, 아니올시다. 헤헤."

연신 허리를 꿈벅거리고는 비슬비슬 달아나 버렸다.

"그놈 미친놈이군!"

했을 뿐 그 사나이가 엿장순 줄을 철수는 몰랐다.

밤이면 개 짖는 소리가 요란했고 그런 밤이면 마을 사람들은 안팎 문을 꼭꼭 걸어 닫았다.

어떤 사람은 철수네 집 담 밑에서 도둑놈을 보았다고 했고 또 어떤 사람은 길목에서도 보았다고들 했다. 개울 빨래터에서도 보았고 동네 우물가에서도 보았다고들 했다. 그러나 막상 도둑을 맞은 사람은 한 사람도 없건만 마을에서는 도둑 소문이 자자한 채 달도 바뀌고 제비 올 무렵 어느 날 저녁녘에 우연히도 남

고무신

이 아버지가 찾아왔다.

철수 내외가 남이 아버지를 맨 나중 만나기는 지금으로부터 삼 년 전 윤이가 나던 해였다. 그리고 꼭 삼 년이 지났다. 삼 년 동안 남이 아버지는 많이도 변해졌다. 머리는 검은 털보다는 흰 털이 훨씬 더 많았고, 그 길숙한 얼굴은 유지*를 비벼 논 것처럼 주름살이 잡혔다. 저녁을 먹고 나서 남이 아버지는,

"내가 달리 온 것이 아닙더!"

하고는 담배를 잰다. 철수 내외는 암만해도 이 영감이 딸을 보러만 온 것이 아니라고 짐작은 하면서도,

"무슨 일인데요? 새삼스리?"

그러자 남이 아버지는

"안 그런기요. 내가 나이 칠십에 내일 죽을지 모레 죽을지······."

그러고는 담배를 쭉쭉 소리를 내어 빨고 나서,

"내가 오늘 온 것은 다름이 아니올시더— 저 냄이 말임더. 저 것을 내 산 동안에 짝을 맞춰 놔야 안 되겠는교?"

하고는 또 담배를 빨기 시작한다.

철수는,

"그야 짝을 맞출 때가 되면 그래야죠!"

한즉,

"아니올시더, 지집애가 나이 열여덟이면 과년했거던요!"

* 揉紙. 주름살이 잘게 잡힌 종이.

"……"

"우리 동네 말임더. 나이 올해 스무 살 먹은 얌전한 신랑이 있는데, 모자 단둘이고요, 뱃일이고 바닷일이고 입델 것 없지요……."

철수는 듣다못해,

"그래서 영감은 거기다 남이를 시집보내겠단 말씀이죠?"

"아암요!"

그러자 철수 아내가,

"보이소. 나도 스물한 살 때 이 집에 시집을 왔는데, 뭣이 그리 급해서, 더구나 남이는 나이만 열여덟이라 뿐이지 원래 좀 된 편이라 숙성한 애들의 열대여섯밖에는 안 뵈는데……."

"아니올시더, 부모 갖고 살림 있으면야 한 해 두 해 늦어도 깟닥없지요. 아암 깟닥 없고말고……."

"그렇잖아도 스무 살은 안 넘길 작정을 하고 또 준비도 하고 있소!"

스무 살이라는 말에 남이 아버지는 그만 질색을 하면서,

"언머어이 무슨 말인교? 당찬심더!"

하고는 낯까지 붉히었다. 철수 아내가 또 무슨 말을 할려는 것을 철수는 손짓으로 막고,

"영감 잘 알았소. 그만 건너가서 편히 쉬이소."

하자 그제야 남이 아버지는 안심이 되는 듯 일어서며,

"내일 아침에 일찍 가겠심더. 안 그런교? 기왕 남의 권식 될 빠야 하루라도 일찍 보내는 기 좋지 않겠는교."

하고 또 뭐라고 중얼중얼 하면서 건너갔다.

남이는 여느 때와 조금도 다름없이 부엌에서 아침 차비를 하고 있다. 다만 다른 것은 눈시울이 약간 부은 것뿐이다.

이날 철수 내외는 둘 다 결근을 했다. 철수 아내는 그동안 장만해 두었던 남이의 옷감을 꺼냈다. 그리 좋은 것은 아니나 그래도 저고릿감이 네 벌, 치맛감이 세 벌, 그 밖에 자기가 시집올 때 해 온 무색옷 중에서 시속에 맞지 않고, 색이 너무 난한 것을 추려 몇 벌, 또 속옷 이것저것 해서 한 보퉁이는 좋이 되었다. 아침을 치르고 나서 철수 내외는 남이를 불러 갈 차비를 하라고 이르고, 그의 아내는 밀쳐 둔 보퉁이를 헤치고 이것은 뭣이고, 이것은 언제 입는 옷이고 또 이것은 다시 고쳐야 하고 하면서 일일이 일러 주는데, 남이는 듣는 둥 마는 둥 하고,

"아직 설거지도 안 했는데……."

하고 일어선다.

"내가 할 테니 그만두고, 어서 머리 빗어라. 그리고 옷은 이걸 입고, 버선은 요전번에 신던 것 신고……."

그러나 남이는,

"물도 안 길었어요!"

하고 또 밖으로 나가려고 한다.

"그만둬라!"

"요새 물이 딸려서 일찍 가야 해요!"

그러자 건넛방에서는 남이 아버지가,

"남아 준비 다 됐나? 차 시간 놓칠라, 속히 가자!"

하고 소리를 질렀다. 남이는 건넛방 쪽을 흘겨보고,

"가고 싶거던 혼자 가지······."

하고 중얼거리면서 또 밖을 나가려는 것을, 이번에는 철수가 불러들여,

"가 보고 마땅찮거든 다시 오더라도 가도록 해야지, 차 시간도 있고 하니 빨리 차비를 해라!"

하고 타이르는데, 남이 아버지는 벌써 뜰에 나와 기다리고 있다. 남이는 그제야 낯을 씻고 제가 일상 쓰던 물건들을 챙겼다. 크림통과 가루분통이 하나씩, 그리고 한쪽 모가 떨어져 삼각이 된 거울이 한 개, 얼레빗과 참빗, 그 밖에 숫본*, 골무, 베갯모, 색헝겊, 당새기** 분홍 치마에 흰 반회장저고리를 입고 맑은 때가 묻을락말락 한 버선을 신은 남이는 딴사람같이 이뻐 보였다. 어디다 내세우더라도 얌전한 색싯감이었다. 남이 아버지는 대문짝에 담뱃대를 딱딱 두드리면서 헛기침을 하는 것은 빨리 나오라는 재촉일 게다. 철수 아내는 이모저모 남이 옷맵시를 보아 주고,

"어서 가거라. 너 잔치할 때는 너 아저씨가 가든지 내가 가든지 꼭 할 테니······."

그러나 남이는 한마디 인사말도 없이 영이와 윤이를 찾는다. 골목에 나가 놀고 있던 영이와 윤이는 남이의 달라진 모양을 보

* 숫본. 수를 놓기 위하여 어떤 모양을 종이나 헝겊 따위에 그려 놓은 도안.
** '상자'의 경상도 방언.

고 눈이 뚱그래져서,

"아지마 어데 가노?"

하고 묻는다.

남이는 대답도 않고 두 아이를 데리고 건넛방으로 들어가, 영이와 윤이를 세운 채 남이는 두 팔로 가둬 안고,

"윤아야, 아지마 가면 니 빠빠 누가 줄고?"

하자 영이가 또,

"아지마 어데 가노?"

하고 묻는다. 남이는 목멘 낮은 소리로,

"우리 집에 간다!"

그러나 영이는,

"거짓말이다. 이거 너거 집 앙이고 머고?"

하고 발까지 구르며 짜증을 낸다. 갑자기 윤이가 그 넓적한 입을 삐죽거리면서 억실억실한 눈에 눈물을 함빡 가둔다. 남이는 지그시 팔에 힘을 준다. 윤이 눈에서 눈물 한 방울이 떨어져 남이의 자주 옷고름에 얼룩이 진다.

바로 이때다. 골목에서 엿장수 가위 소리가 들려왔다. 남이는 재빨리 윤이를 업고, 영이의 손목을 잡은 채 밖으로 나갔다. 남이 아버지는 벌써 저만치 철수와 하직을 하면서 내려가고, 엿장수는 마악 철수네 집 앞에서 대문을 나서는 남이와 마주쳤다. 엿장수는 얼빠진 사람처럼 남이를 바라보는데 남이의 눈에는 순간 어두운 그림자가 지나갔다.

남이는 윤이를 업은 채 허리를 굽히고, 몸을 약간 둘러 치맛

자락을 걷고 빨간 콩주머니에서 십 원짜리 두 장을 꺼내 엿장수를 주었다. 엿장수는 그제야 눈을 돌려 남이와 돈을 번갈아보다 말고, 신문지 조각에 엿을 너댓가락 싸서 아무 말도 없이 돈과 함께 내민다. 남이는 약간 망설이다가 역시 암말도 없이 한 손으로 받아 가지고는 영이를 앞세우고 안으로 들어왔다. 엿장수는 멍하니 대문만 쳐다보고 있다가 침을 한 번 꿀꺽 삼키고 나서 엿판을 울러 메고는 혼잣말로,

"꽃놀음을 가면 자지내(紫川) 골짝이지, 그럼 한 걸음을 앞서 울음고개로 질러감 되겠지!"

이렇게 중얼대면서 엿장수는 빠른 걸음으로 담 모퉁이를 돌아 울음고개로 향해 갔다(자지내 골짝은 이 근방 사람들이 단골로 가는 봄 가을 놀이터다).

남이는 그 엿장수에게 받은 엿을 영이에게 둘, 윤이에게 둘 각각 손에 쥐어 주고서도 한 동강이 잘라 입에 넣고는 손수건으로 윤이 눈물 자국과 영이 코 밑을 닦아 주고서야 보퉁이를 들고 일어섰다.

영이와 윤이는 엿 먹기에 여념이 없었다.

철수 아내는 보퉁이 한 개를 들고 따라 나오면서 남이에게 귓속말로 뭣을 일러 주고…… 이래서, 남이는 떠나간다. 다만 한 가지 철수 내외에게 수수께끼는 마을 중턱에서 남이를 보내고서서 그의 뒷모양을 바라보는데, 남이가 어이한 옥색 고무신을 신고 가는 것이다. 더구나 한 번도 신지 않은 새것을…….

철수 내외는 서로 얼굴만 쳐다볼 뿐 도로 물어본달 수도 없고

고무신

해서 그만두었다.

보리밭 사이 조그만 언덕길로 옥색 고무신을 신은 남이는 갔다. 자지내 골짜기로 꽃놀음을 가는 줄만 알았던 남이가 난데없는 영감 하나를 따라가고 있는 광경을 엿장수는 울음고개 위에서 멀거니 바라보고 있는 것을 남이 자신이야 알 리도 없었다.

· 끝 ·

사랑손님과 어머니

주요섭

1

나는 금년 여섯 살 난 처녀애입니다. 내 이름은 박옥희이구요. 우리 집 식구라고는 세상에서 제일 이쁜 우리 어머니와 나와 단 두 식구뿐이랍니다. 아차 큰일 났군, 외삼촌을 빼놓을 뻔했으니.

지금 중학교에 다니는 외삼촌은 어디를 그렇게 싸돌아다니는지 집에는 끼니때나 외에는 별로 붙어 있지를 않으니까 어떤 때는 한 주일씩 가도 외삼촌 코빼기도 못 보는 때가 많으니까요. 깜박 잊어버리기도 예사지요, 무얼.

우리 어머니는, 그야말로 세상에서 둘도 없이 곱게 생긴 우리 어머니는, 금년 나이 스물네 살인데 과부랍니다. 과부가 무엇인지 나는 잘 몰라도 하여튼 동리 사람들이 날더러 '과부딸'이라고들 부르니까 우리 어머니가 과부인 줄을 알지요. 남들은 다 아버지가 있는데 나만은 아버지가 없지요. 아버지가 없다고 아마 '과부딸'이라나 봐요.

2

외할머니 말씀을 들으면 우리 아버지는 내가 이 세상에 나오기 한 달 전에 돌아가셨대요. 우리 어머니하고 결혼한 지는 일

사랑손님과 어머니

년 만이고요. 우리 아버지의 본집은 어디 멀리 있는데, 마침 이 동리 학교에 교사로 오게 되었기 때문에 결혼 후에도 우리 어머니는 시집으로 가지 않고 여기 이 집을 사고 (바로 이 집은 우리 외할머니댁 옆집이지요) 여기서 살다가 일 년이 못 되어 갑자기 돌아가셨대요. 내가 세상에 나오기도 전에 아버지는 돌아가셨다니까 나는 아버지 얼굴도 못 뵈었지요. 그러니 아무리 생각해 보아도 아버지 생각은 안 나요. 아버지 사진이라는 사진은 나두 한두 번 보았지요. 참으로 훌륭한 얼굴이야요. 아버지가 살아 계시다면 참말로 이 세상에서 제일가는 잘난 아버지일 거야요. 그런 아버지를 보지도 못한 것은 참으로 분한 일이야요. 그 사진도 본 지가 퍽 오래되었는데, 이전에는 그 사진을 늘 어머니 책상 위에 놓아 두시더니 외할머니가 오시면 오실 때마다 그 사진을 치우라고 늘 말씀하셨는데, 지금은 그 사진이 어디 있는지 없어졌어요. 언젠가 한번 어머니가 나 없는 동안에 몰래 장롱 속에서 무엇을 꺼내 보시다가 내가 들어오니까 얼른 장롱 속에 감추는 것을 내가 보았는데, 그게 아마 아버지 사진인 것 같았어요.

아버지가 돌아가시기 전에 우리가 먹고 살 것을 남겨 놓고 가셨대요. 작년 여름에, 아니로군, 가을이 다 되어서군요. 하루는 어머니를 따라서 저 여기서 한 십 리나 가서 조그만 산이 있는데를 가서 거기서 밤도 따먹고 또 그 산 밑에 초가집에 가서 닭고깃국을 먹고 왔는데, 거기 있는 땅이 우리 땅이래요. 거기서 나는 추수로 밥이나 굶지 않게 된다고요. 그래도 반찬 사고 과자 사고 할 돈은 없대요. 그래서 어머니가 다른 사람의 바느질을 맡아서 해주지요. 바느질을 해서 돈을 벌어서 그걸로 청어도 사고 달걀도 사고 내가 먹을 사탕도 사고 한다고요.

그리고 우리 집 정말 식구는 어머니와 나와 단둘뿐인데 아버님이 계시던 사랑방이 비어 있으니까 그 방도 쓸 겸 또 어머니의 잔심부름도 좀 해줄 겸해서 우리 외삼촌이 사랑방에 와 있게 되었대요.

3

금년 봄에는 나를 유치원에 보내 준다고 해서 나도 너무나 좋아서 동무 아이들한테 실컷 자랑을 하고 나서 집으로 들어오노라니까 사랑에서 큰외삼촌이 (우리 집 사랑에 와 있는 외삼촌의 형님 말이야요) 웬 한 낯선 사람 하나와 앉아서 이야기를 하고 있었습니다. 큰외삼촌이 나를 보더니 '옥희야' 하고 부르겠지요.

"옥희야, 이리 온. 와서 이 아저씨께 인사드려라."

나는 어째 부끄러워서 비슬비슬하니까, 그 낯선 손님이,

"아, 그 애기 참 곱다. 자네 조카딸인가?"

하고 큰외삼촌더러 묻겠지요. 그러니까 큰외삼촌은,

"응, 내 누이의 딸…… 경선 군의 유복녀 외딸일세."

하고 대답합니다.

"옥희야, 이리 온. 응! 그 눈은 꼭 아버지를 닮았네그려."

하고 낯선 사람이 말합니다.

"자, 옥희야, 커단 처녀가 왜 저 모양이야. 어서 와서 이 아저씨

사랑손님과 어머니

께 인사해여. 너의 아버지의 옛날 친구신데, 오늘부터 이 사랑에 계실 터인데 인사 여쭙고 친해 두어야지."

나는 이 낯선 손님이 사랑방에 계시게 된다는 말을 듣고 갑자기 즐거워졌습니다. 그래서 그 아저씨 앞에 가서 사붓이 절을 하고는 그만 안마당으로 뛰어들어왔지요. 그 아저씨와 큰외삼촌은 소리 내서 크게 웃더군요.

나는 안방으로 들어오는 나름으로 어머니를 붙들고,

"엄마, 사랑에 큰삼춘이 아저씨를 하나 데리고 왔는데에, 그 아저씨가아, 이제 사랑에 있는대."

하고 법석을 하니까,

"응, 그래."

하고 어머니는 벌써 안다는 듯이 대수롭잖게 대답을 하더군요. 그래서 나는,

"언제부텀 와 있나?"

하고 물으니까,

"오늘부텀."

"에구 좋아."

하고 내가 손뼉을 치니까 어머니는 내 손을 꼭 붙잡으면서,

"왜 이리 수선이야."

"그럼 작은외삼춘은 어디루 가나?"

"외삼춘두 사랑에 계시지."

"그럼 둘이 있나?"

"응."

"한방에 둘이 있어?"

"왜, 장지문 닫구 외삼춘은 아랫방에 계시구 그 아저씨는 윗방에 계시구, 그러지."

4

나는 그 아저씨가 어떠한 사람인지는 몰랐으나 첫날부터 내게는 퍽 고맙게 굴고 나도 그 아저씨가 꼭 마음에 들었어요. 어른들이 저희끼리 말하는 것을 들으니까 그 아저씨는 돌아가신 우리 아버지와 어렸을 적 친구라고요. 어디 먼 데 가서 공부를 하다가 요새 돌아왔는데, 우리 동리 학교 교사로 오게 되었대요. 또 우리 큰외삼춘과도 동무인데, 이 동리에는 하숙도 별로 깨끗한 곳이 없고 해서 우리 사랑으로 와 계시게 되었다고요. 또 우리도 그 아저씨한테 밥값을 받으면 살림에 보탬도 좀 되고 한다고요.

그 아저씨는 그림책들이 얼마든지 있어요. 내가 사랑방으로 나가면 그 아저씨는 나를 무릎에 앉히고 그림책을 보여 줍니다. 또, 가끔 과자도 주고요.

어느 날은 점심을 먹고 이내 살그머니 사랑에 나가 보니까 아저씨는 그때에야 점심을 잡수어요. 그래 가만히 앉아서 점심 잡수는 걸 구경하고 있노라니까, 아저씨가,

"옥희는 어떤 반찬을 제일 좋아하누?"

하고 묻겠지요. 그래 삶은 달걀을 좋아한다고 했더니 마침 상

194 　　　　　　　　　　　　　　　사랑손님과 어머니

에 놓인 삶은 달걀을 한 알 집어 주면서 나더러 먹으라고 합니다. 나는 그 달걀을 벗겨 먹으면서,

"아저씨는 무슨 반찬이 제일 맛나우?"

하고 물으니까, 그는 한참이나 빙그레 웃고 있더니,

"나두 삶은 달걀."

하겠지요. 나는 좋아서 손뼉을 짤깍짤깍 치고,

"아, 나와 같네. 그럼, 가서 어머니한테 알려야지."

하면서 일어서니까, 아저씨가 꼭 붙들면서,

"그러지 말어."

그러시지요. 그래도 나는 한번 맘을 먹은 다음엔 꼭 그대로 하고야 마는 성미지요. 그래서 안마당으로 뛰쳐들어가면서,

"엄마, 엄마, 사랑 아저씨두 나처럼 삶은 달걀을 제일 좋아한대."

하고 소리를 질렀지요.

"떠들지 말어."

하고 어머니는 눈을 흘기십니다.

그러나 사랑 아저씨가 달걀을 좋아하는 것이 내게는 썩 좋게 되었어요. 그다음부터는 어머니가 달걀을 많이씩 사게 되었으니까요. 달걀장수 노친네가 오면 한꺼번에 열 알도 사고 스무 알도 사고 그래선 두고두고 삶아서 아저씨 상에도 놓고 또 으레 나도 한 알씩 주고 그래요. 그뿐만 아니라 아저씨한테 놀러 나가면 가끔 아저씨가 책상 서랍 속에서 달걀을 한두 알 꺼내서 먹으라고 주지요. 그래 그담부터는 나는 아주 실컷 달걀을 많이 먹었어요.

나는 아저씨가 매우 좋았어요. 마는 외삼촌은 가끔 툴툴하는

때가 있었어요. 아마 아저씨가 마음에 안 드나 봐요. 아니, 그것
보다도 아저씨 상 심부름을 꼭 외삼촌이 하게 되니까 그것이 싫
어서 그러나 봐요. 한번은 어머니와 외삼촌이 말다툼하는 것까
지 내가 들었어요. 어머니가,

"야, 또 어디 나가지 말구 사랑에 있다가 선생님 들어오시거든
상 내가야지."

하고 말씀하시니까, 외삼촌은 얼굴을 찡그리면서,

"제길, 남 어데 좀 볼일이 있는 날은 으레 끼니때에 안 들어오
고 늦어지니……."

하고 툴툴하겠지요. 그러니까 어머니는,

"그러니 어짜갔니? 너밖에 사랑 출입할 사람이 어디 있니?"

"누님이 좀 상 들구 나가구려. 요새 세상에 내외합니까!"

어머니가 갑자기 얼굴이 발개지시고 아무 대답도 없이 그냥
외삼촌에게 향하여 눈을 흘기셨습니다.

그러니까 외삼촌은 흥흥 웃으면서 사랑으로 나갔지요.

5

나는 유치원에 가서 창가도 배우고 댄스도 배우고 하였습니
다. 유치원 여자선생님이 풍금을 아주 썩 잘 타요. 그런데 우리
유치원에 있는 풍금은 예배당에 있는 풍금과는 아주 다른데, 퍽
조그마한 것이지마는 소리는 썩 좋아요. 그런데 우리 집 윗간에
도 유치원 풍금과 똑같이 생긴 것이 놓여 있는 것이 갑자기 생각

　　　　　　　　　　사랑손님과 어머니

이 났어요. 그래 그날 나는 집으로 오는 길로 어머니를 끌고 윗간으로 가서,

"엄마, 이거 풍금 아니우?"

하고 물으니까, 어머니는 빙그레 웃으시면서,

"그렇단다. 그건 어찌 알았니?"

"우리 유치원에 있는 풍금이 이것과 꼭 같은데 무얼. 그럼 엄마두 풍금 탈 줄 아우?"

하고 나는 다시 물었습니다. 그것은 내가 이때껏 한 번도 어머니가 이 풍금 앞에 앉은 것을 본 일이 없기 때문입니다.

어머니는 아무 대답도 아니하십니다.

"엄마, 이 풍금 좀 타 봐!"

하고 재촉하니까, 어머니 얼굴은 약간 흐려지면서,

"그 풍금은 너의 아버지가 날 사다 주신 거란다. 너의 아버지 돌아가신 후에는 그 풍금은 이때까지 뚜껑두 한 번 안 열어 보았다……."

이렇게 말씀하시는 어머니 얼굴을 보니까 금방 또 울음보가 터질 것만 같이 보여서 나는 그만,

"엄마, 나 사탕 주어."

하면서 아랫방으로 끌고 내려왔습니다.

6

아저씨가 사랑방에 와 계신 지 벌써 여러 밤을 잔 뒤입니다.

아마 한 달이나 되었지요. 나는 거의 매일 아저씨 방에 놀러 갔습니다. 어머니는 나더러 그렇게 가서 귀찮게 굴면 못쓴다고 가끔 꾸지람을 하시지만 정말인즉 나는 조금도 아저씨를 귀찮게 굴지는 않았습니다. 도리어 아저씨가 나를 귀찮게 굴었지요.

"옥희 눈은 아버지를 닮았다. 고 고운 코는 아마 어머니를 닮았지, 고 입하고! 응, 그러냐, 안 그러냐? 어머니도 옥희처럼 곱지, 응?"

이렇게 여러 가지로 물을 적도 있었습니다. 그래서 나는,

"아저씨, 아직 우리 엄마 못 봤수?"

하고 물었더니, 아저씨는 잠잠합니다. 그래 나는,

"우리 엄마 보러 들어갈까?"

하면서 아저씨 소매를 잡아당겼더니, 아저씨는 펄쩍 뛰면서,

"아니, 아니, 안 돼. 난 지금 분주해서."

하면서 나를 잡아끌었습니다. 그러나 정말로는 무슨 그리 분주하지도 않은 모양이었어요. 그러기에 나더러 가란 말도 않고 그냥 나를 붙들고 앉아서 머리도 쓰다듬어 주고 뺨에 입도 맞추고 하면서,

"요 저구리 누가 해주지? ……밤에 엄마하구 한자리에서 자니?"

라는 둥 쓸데없는 말을 자꾸만 물었지요!

그러나 웬일인지 나를 그렇게도 귀애해 주던 아저씨도 아랫방에 외삼촌이 들어오면 갑자기 태도가 달라지지요. 이것저것 묻지도 않고 나를 꼭 껴안지도 않고 점잖게 앉아서 그림책이나 보

사랑손님과 어머니

여 주고 그러지요. 아마 아저씨가 우리 외삼촌을 무서워하나 봐요.

하여튼 어머니는 나더러 너무 아저씨를 귀찮게 한다고 어떤 때는 저녁 먹고 나서 나를 꼭 방 안에 가두어 두고 못 나가게 하는 때도 더러 있었습니다. 그러나 조금 있다가 어머니가 바느질에 정신이 팔리어서 골몰하고 있을 때 몰래 가만히 일어나서 나오지요. 그런 때에는 어머니는 내가 문 여는 소리를 듣고야 퍼뜩 정신을 차려서 쫓아와 나를 붙들지요. 그러나 그런 때는 어머니는 골을 아니 내시고,

"이리 온. 이리 와서 머리 빗고……"

하고 끌어다가 머리를 다시 곱게 땋아 주시지요.

"머리를 곱게 땋고 가야지. 그렇게 되는 대루 하구 가문 아저씨가 숭보시지 않니?"

하시면서, 또 어떤 때에는 머리를 다 땋아 주시고는,

"응, 저구리가 이게 무어야?"

하시면서 새 저고리를 내어 주시는 때도 있습니다.

7

어떤 토요일 오후였습니다. 아저씨는 나더러 뒷동산에 올라가자고 하셨습니다. 나는 너무나 좋아서 가자고 그러니까, 아저씨가,

"들어가서 어머님께 허락 맡고 온."

하십니다. 참 그렇습니다. 나는 뛰쳐들어가서 어머니께 허락을 맡았습니다. 어머니는 내 얼굴을 다시 세수시켜 주고 머리도 다시 땋고 그러고 나서는 나를 아스러지도록 한번 몹시 껴안았다가 놓아 주었습니다.

"너무 오래 있지 말고, 응."

하고 어머니는 크게 소리치셨습니다. 아마 사랑 아저씨도 그 소리를 들었을 거야요.

뒷동산에 올라가서는 정거장을 한참 내려다보았으나 기차는 안 지나갔습니다. 나는 풀잎을 쭉쭉 뽑아 보기도 하고 땅에 누운 아저씨의 다리를 가서 꼬집어보기도 하면서 놀았습니다. 한참 후에 아저씨와 손목을 잡고 내려오는데 유치원 동무들을 만났습니다.

"옥희가 아빠하구 어디 갔다 온다, 응."

하고 한 동무가 말하였습니다. 그 아이는 우리 아버지가 돌아가신 줄을 모르는 아이였습니다. 나는 얼굴이 빨개졌습니다. 그때 나는 얼마나 이 아저씨가 정말 우리 아버지였더라면 하고 생각했는지 모릅니다. 나는 정말로 한 번만이라도,

"아빠!"

하고 불러 보고 싶었습니다. 그리고 그날 그렇게 아저씨하고 손목을 잡고 골목골목을 지나오는 것이 어찌도 재미가 좋았는지요.

나는 대문까지 와서,

"난 아저씨가 우리 아빠래문 좋겠다."

하고 불쑥 말해 버렸습니다. 그랬더니 아저씨는 얼굴이 홍당무처럼 빨개져서 나를 몹시 흔들면서,

"그런 소리 하문 못써."

하고 말하는데 그 목소리가 몹시 떨렸습니다. 나는 아저씨가 몹시 성이 난 것처럼 보여서 아무 말도 못 하고 안으로 뛰어들어 갔습니다. 어머니가,

"어디까지 갔던?"

하고 나와 안으며 묻는데, 나는 대답도 못 하고 그만 훌쩍훌쩍 울었습니다. 어머니는 놀라서,

"옥희야, 왜 그러니? 응."

하고 자꾸만 물었으나 나는 아무 대답도 못 하고 울기만 했습니다.

8

이튿날은 일요일인 고로 나는 어머니와 함께 예배당에를 가려고 차리고 나서 어머니가 옷을 갈아입는 동안 잠깐 사랑에를 나가 보았습니다. '아저씨가 아직두 성이 났나?' 하고 가만히 방 안을 들여다보았더니 책상에 앉아서 무엇을 쓰고 있던 아저씨가 내다보면서 빙그레 웃었습니다. 그 웃음을 보고 나는 마음을 놓았습니다. 아저씨가 지금은 성이 풀린 것이 확실하니까요. 아저씨는 나를 이리 보고 저리 보고 훑어보더니,

"옥희 오늘 어디 가노? 저렇게 곱게 채리구."

하고 물었습니다.

"엄마하고 예배당에 가."

"예배당에?"

하고 나서 아저씨는 잠시 나를 멍하니 바라다보더니,

"어느 예배당에?"

하고 묻습니다.

"요 앞에 예배당에 가지 뭐."

"응? 요 앞이라니?"

이때 안에서,

"옥희야."

하고 부드럽게 부르는 어머니 목소리가 들리었습니다. 나는 얼른 안으로 뛰어들어오면서 돌아다보니까, 아저씨는 또 얼굴이 빨갛게 성이 났겠지요. 내 원, 참으로 무슨 일로 요새는 아저씨가 그렇게 성을 잘 내는지 알 수 없었습니다.

예배당에 가서 찬미하고 기도하다가 기도하는 중간에 갑자기 나는, '혹시 아저씨두 예배당에 오지 않았나?' 하는 생각이 나서 눈을 뜨고 고개를 들어 남자석을 바라다보았습니다. 그랬더니 하, 바로 거기에 아저씨가 와 앉아 있겠지요. 그런데 아저씨는 어른이면서도 눈 감고 기도하지 않고 우리 아이들처럼 눈을 번히 뜨고 여기저기 두리번두리번 바라봅니다. 나는 얼른 아저씨를 알아보았는데 아저씨는 나를 못 알아보았는지 내가 빙그레 웃어 보여도 웃지도 않고 멀거니 보고만 있겠지요. 그래 나는 손을 흔들었지요. 그러니까 아저씨는 얼른 고개를 숙이고 말더군요.

사랑손님과 어머니

생각하였습니다. 나는 우리 어머니가 꽃을 사랑하는 줄을 잘 압니다. 그래서 그 꽃을 갖다가 드리면 어머니가 몹시 기뻐하려니 하고 생각하였습니다.

그래서 나는 도로 유치원 방 안으로 들어갔습니다. 마침 방 안에는 아무도 없었습니다. 선생님도 잠깐 어디를 가셨는지 보이지 않았습니다. 그래 나는 그 꽃을 두어 개 얼른 빼들고 달음질쳐 나왔지요.

집에 오니 어머니는 문간에 기다리고 있다가 나를 안고 들어갔습니다.

"그 꽃은 어데서 났니? 퍽 곱구나."

하고 어머니가 말씀하셨습니다. 그러나 나는 갑자기 말문이 막혔습니다. '이걸 엄마 드릴라구 유치원서 가져왔어' 하고 말하기가 어째 몹시 부끄러운 생각이 들었습니다. 그래 잠깐 망설이다가,

"응, 이 꽃! 저, 사랑 아저씨가 엄마 갖다 주라고 줘."

하고 불쑥 말했습니다. 그런 거짓말이 어디서 그렇게 툭 튀어나왔는지 나도 모르지요.

꽃을 들고 냄새를 맡고 있던 어머니는 내 말이 끝나기가 무섭게 무엇에 몹시 놀란 사람처럼 화닥닥하였습니다. 그리고는 금시에 어머니 얼굴이 그 꽃보다도 더 빨갛게 되었습니다. 그 꽃을 든 어머니 손가락이 파르르 떠는 것을 나는 보았습니다. 어머니는 무슨 무서운 것을 생각하는 듯이 사방을 휘 한번 둘러보시더니,

"옥희야, 그런 걸 받아 오문 안 돼."

하고 말하는 목소리는 몹시 떨렸습니다. 나는 꽃을 그렇게도 좋아하는 어머니가 이 꽃을 받고 그처럼 성을 낼 줄은 참으로 뜻밖이었습니다. 어머니가 그렇게도 성을 내는 것을 보니까 그 꽃을 내가 가져왔다고 그러지 않고 아저씨가 주더라고 거짓말을 한 것이 참 잘되었다고 나는 속으로 생각했습니다. 어머니가 성을 내는 까닭을 나는 모르지만 하여튼 성을 낼 바에는 내게 내는 것보다 아저씨에게 내는 것이 내게는 나았기 때문입니다. 한참 있더니 어머니는 나를 방 안으로 데리고 들어와서,

"옥희야, 너 이 꽃 얘기 아무보구두 하지 말아라, 응."

하고 타일러 주었습니다. 나는,

"응."

하고 대답하면서 고개를 여러 번 까닥까닥했습니다.

어머니가 그 꽃을 곧 내버릴 줄로 나는 생각했습니다마는 내버리지 않고 꽃병에 꽂아서 풍금 위에 놓아 두었습니다. 아마 퍽 여러 밤 자도록 그 꽃은 거기 놓여 있어서 마지막에는 시들었습니다. 꽃이 다 시들자 어머니는 가위로 그 대를 잘라 내버리고 꽃만은 찬송가 갈피에 곱게 끼워 두었습니다.

내가 어머니께 꽃을 갖다 주던 날 밤에 나는 또 사랑에 놀러 나가서 아저씨 무릎에 앉아서 그림책을 보고 있었습니다. 갑자기 아저씨 몸이 흠칫하였습니다. 그러고는 귀를 기울입니다. 나도 귀를 기울였습니다.

풍금 소리!

그 풍금 소리는 분명 안방에서 흘러나오는 것이었습니다.

사랑손님과 어머니

"엄마가 풍금을 타나 부다."

하고 나는 벌떡 일어나서 안으로 뛰어왔습니다. 안방에는 불을 켜지 않았었습니다. 그러나 그때는 음력으로 보름께나 되어서 달이 낮같이 밝은데 은빛 같은 흰 달빛이 방 한 절반 가득히 차 있었습니다. 나는 흰옷을 입은 어머니가 풍금 앞에 앉아서 고요히 풍금을 타는 것을 보았습니다.

나는 나이 지금 여섯 살밖에 안 되었지마는 하여튼 어머니가 풍금을 타시는 것을 보는 것은 오늘이 처음이었습니다. 어머니는 우리 유치원 선생님보다도 풍금을 더 잘 타시는 것이었습니다. 나는 어머니 곁으로 갔습니다마는 어머니는 내가 곁에 온 것도 깨닫지 못하는지 그냥 까딱 아니하고 앉아서 풍금을 탔습니다. 조금 있더니 어머니는 풍금 곡조에 맞추어 노래를 부르기 시작하였습니다. 어머니의 목소리가 그렇게 아름다운 것도 나는 이때까지 모르고 있었습니다. 어머니는 참으로 우리 유치원 선생님보다도 목소리가 훨씬 더 곱고 또 노래도 훨씬 더 잘 부르시는 것이었습니다. 나는 가만히 서서 어머님 노래를 들었습니다. 그 노래는 마치 은실을 타고 저 별나라에서 내려오는 노래처럼 아름다웠습니다. 그러나 얼마 오래지 않아 목소리는 약간 떨리기 시작하였습니다. 가늘게 떨리는 노랫소리, 그에 따라 풍금의 가는 소리도 바르르 떠는 듯했습니다. 노랫소리는 차차 가늘어지더니 마지막에는 사르르 없어져 버렸습니다. 풍금 소리도 사르르 없어졌습니다. 어머니는 고요히 풍금에서 일어나시더니 옆에 섰는 내 머리를 쓰다듬었습니다. 그다음 순간 어머니는 나를 안고 마루로 나오셨습니다. 어머니는 아무 말씀도 없이 나를 그냥 꼭꼭 껴안는 것이었습니다. 달빛을 함빡 받는 내 어머니 얼굴은 몹시도 새하얗다고 생각되었습니다. 우리 어머니는 참으로 천사 같다고 나는 생각하였습니다.

우리 어머니의 새하얀 두 뺨 위로는 쉴 새 없이 두 줄기 눈물이 줄줄 흘러내리고 있는 것을 나는 보았습니다. 그것을 보니 나도 갑자기 울고 싶어졌습니다.

"어머니, 왜 울어?"

하고 나도 홀쩍거리면서 물었습니다.

"옥희야."

"응?"

한참 동안 어머니는 아무 말씀도 없었습니다. 그러나 한참 후에,

"옥희야, 난 너 하나문 그뿐이다."

"엄마."

어머니는 다시 대답이 없으셨습니다.

11

하루는 밤에 아저씨 방에서 놀다가 졸려서 안방으로 들어오려고 일어서니까 아저씨가 하얀 봉투를 서랍에서 꺼내어 내게 주었습니다.

"옥희, 이것 갖다가 엄마 드리고 지나간 달 밥값이라구, 응."

사랑손님과 어머니

나는 그 봉투를 갖다가 어머니에게 드렸습니다. 어머니는 그 봉투를 받아 들자 갑자기 얼굴이 파랗게 질렸습니다. 그 전날 달밤에 마루에 앉았을 때보다도 더 새하얗다고 생각되었습니다. 어머니는 그 봉투를 들고 어쩔 줄을 모르는 듯이 초조한 빛이 나타났습니다. 나는,

"그거 지나간 달 밥값이래."

하고 말을 하니까 어머니는 갑자기 잠자다 깨나는 사람처럼 '응?' 하고 놀라더니 또 금시에 백지장같이 새하얗던 얼굴이 발갛게 물들었습니다. 봉투 속으로 들어갔던 어머니의 파들파들 떨리는 손가락이 지전을 몇 장 끌고 나왔습니다. 어머니는 입술에 약간 웃음을 띠면서 후 하고 한숨을 지었습니다. 그러나 그것도 잠깐, 다시 어머니는 무엇에 놀랐는지 흠칫하더니 금시에 얼굴이 다시 새하얘지고 입술이 바르르 떨렸습니다. 어머니의 손을 바라다보니 거기에는 지전 몇 장 외에 네모로 접은 하얀 종이가 한 장 잡혀 있는 것이었습니다.

어머니는 한참을 망설이는 모양이었습니다. 그러나 무슨 결심을 한 듯이 입술을 악물고 그 종이를 차근차근 펴들고 그 안에 쓰인 글을 읽었습니다. 나는 그 안에 무슨 글이 씌어 있는지 알 도리가 없었으나 어머니는 그 글을 읽으면서 금시에 얼굴이 파랬다 발갰다 하고 그 종이를 든 손은 이제는 바들바들이 아니라 와들와들 떨리어서 그 종이가 부석부석 소리를 내게 되었습니다.

한참 후에 어머니는 그 종이를 아까 모양으로 네모지게 접어서 돈과 함께 봉투에 도로 넣어 반짇고리에 던졌습니다. 그러고

는 정신 나간 사람처럼 멀거니 앉아서 전등만 쳐다보는데 어머니 가슴이 불룩불룩합니다. 나는 혹시 어머니가 병이나 나지 않았나 하고 염려가 되어서 얼른 가서 무릎에 안기면서,

"엄마 잘까?"

하고 말했습니다.

엄마는 내 뺨에 입을 맞추어 주었습니다. 그런데 어머니의 입술이 어쩌면 그리도 뜨거운지요. 마치 불에 달군 돌이 볼에 와 닿는 것 같았습니다.

한참을 자고 나서 잠이 채 깨지는 않았으나 어렴풋한 정신으로 옆을 쓸어 보니 어머니가 없었습니다. 가끔가다가 나는 그런 버릇이 있어요. 어렴풋한 정신으로 옆을 쓸면 어머니의 보드라운 살이 만져지지요. 그러면 다시 나는 잠이 들어 버리곤 하는 것이었습니다.

어머니가 자리에 없다는 것을 알게 되자 나는 갑자기 무서워졌습니다. 그래서 잠은 다 달아나고 눈을 번쩍 뜨고 고개를 돌려 살펴보았습니다. 방 안에는 불은 안 켰지만 어슴푸레하게 밝습니다. 뜰로 하나 가득한 달빛이 방 안에까지 희미한 밝음을 던져 주는 것이었습니다. 윗목을 보니 우리 아버지의 옷을 넣어 두고 가끔 어머니가 꺼내서 쓸어 보시는 그 장롱 문이 열려 있고 그 아래 방바닥에는 흰옷이 한 무더기 널려 있습니다. 그리고 그 옆에는 장롱을 반쯤 기대고 자리옷만 입은 어머니가 주춤하고 앉아서 고개를 위로 쳐들고 눈을 감고 무엇이라고 입술로 소곤소곤 외고 있는 것이 보였습니다. 아마 기도를 하나 보다 하고

사랑손님과 어머니

나는 생각했습니다. 나는 자리에서 일어나서 기어가서 어머니 무릎을 뻬개고 기어들어갔습니다.

"엄마, 무얼 해?"

어머니는 소곤거리기를 그치고 눈을 떠서 나를 한참이나 물끄러미 들여다보십니다.

"옥희야."

"응?"

"가서 자자."

"엄마두 같이 자."

"응, 그래 엄마도 같이 자."

그 목소리가 어쩌 싸늘하다고 내게 생각되었습니다.

어머니는 돌아가신 아버지의 옷들을 한 가지씩 들고는 가만히 손바닥으로 쓸어 보고는 장롱 안에 넣었습니다. 하나씩 하나씩 쓸어 보고는 장롱에 넣고 하여 그 옷을 다 넣은 때 장롱 문을 닫고 쇠를 채우고 그러고 나서 나를 안고 자리로 돌아왔습니다.

"엄마, 우리 기도하고 자?"

하고 나는 물었습니다. 어머니는 나를 밤마다 재워 줄 때마다 반드시 기도를 하는 것이었습니다. 내가 할 줄 아는 기도는 주기도문뿐이었습니다. 그 뜻은 하나도 모르지만 어머니를 따라서 자꾸자꾸 해보아서 지금에는 나도 주기도문을 잘 웁니다. 그런데 웬일인지 어젯밤 잘 때에는 어머니가 기도할 것을 잊어버리고 그냥 잤던 것이 지금 생각이 났기 때문에 나는 그렇게 물었던 것입니다. 어젯밤 자리에 들 때 내가,

"기도할까?"

하고 말하고 싶었으나 어머니가 너무도 슬픈 빛을 띠고 있는 고로 그만 나도 가만히 아무 소리 없이 잠이 들고 말았던 것입니다.

"응, 기도하자."

하고 어머니가 고요히 말했습니다.

"엄마가 기도해."

하고 나는 갑자기 어머니의 기도하는 보드라운 음성이 듣고 싶어져서 말했습니다.

"하늘에 계신 우리 아버지시여."

어머니는 고요히 기도를 시작하였습니다.

"이름을 거룩하게 하옵시며 나라에 임하옵시며 뜻이 하늘에서 이루어진 것처럼 땅에서도 이루어지이다. 오늘날 우리에게 일용할 양식을 주옵시고 우리가 우리에게 죄 지은 자를 용서하여 준 것처럼 우리 죄를 사하여 주옵시고, 우리를 시험에 들지 말게 하옵시고…… 우리를 시험에 들지 말게 하옵시고…… 시험에 들지 말게…… 시험에 들지 말게……."

이렇게 어머니는 자꾸 되풀이하였습니다. 나도 지금은 막히지 않고 줄줄 외는 주기도문을 글쎄 어머니가 막히다니 참으로 우스운 일이었습니다.

"시험에 들지 말게…… 시험에 들지 말게……."

하고 자꾸만 되풀이하는 것을 나는 참다못해서,

"엄마, 내 마저 할게."

하고,

"다만 악에서 구하옵소서. 대개 나라와 권세와 영광이 아버지께 영원히 있사옵나이다."

하고 내가 끝을 마쳤습니다. 어머니는 한참이나 가만있다가 오랜 후에야 겨우,

"아멘."

하고 속삭이었습니다.

12

요새 와서 어머니의 하는 일이란 참으로 알 수가 없는 노릇입니다. 어떤 때는 어머니도 퍽 유쾌하셨습니다. 밤에 때로는 풍금도 타고 또 때로는 찬송가도 부르고 그러실 때에는 나도 너무도 좋아서 가만히 어머니 옆에 앉아서 듣습니다. 그러나 가끔가끔 그 독창은 소리 없는 울음으로 끝을 맺는 때가 많은데, 그런 때면 나도 따라서 울었습니다. 그러면 어머니는 나를 안고 내 얼굴에 돌아가면서 무수히 입을 맞추어 주면서,

"엄마는 옥희 하나문 그뿐이야, 응, 그렇지……."

하시면서 언제까지나 언제까지나 우시는 것이었습니다.

어떤 일요일날, 그렇지요. 그것은 유치원 방학하고 난 그 이튿날이었습니다. 그날 어머니는 갑자기 머리가 아프시다고 예배당에를 그만두었습니다. 사랑에서는 아저씨도 어디 나가고 외삼촌도 어디 나가고 집에는 어머니와 나와 단둘이 있었는데 머리가

아프다고 누워 계시던 어머니가 갑자기 나를 부르시더니,

"옥희야, 너 아빠가 보고 싶으니?"

하고 물으십니다.

"응, 우리두 아빠 하나 있으문."

하고 나는 혀를 까불고 어리광을 좀 부려 가면서 대답을 했습니다. 한참 동안을 어머니는 아무 말씀도 아니하시고 천장만 바라다보시더니,

"옥희야, 옥희 아버지는 옥희가 세상에 나오기도 전에 돌아가셨단다. 옥희두 아빠가 없는 건 아니지. 그저 일찍 돌아가셨지. 옥희가 이제 아버지를 새로 또 가지면 세상이 욕을 한단다. 옥희는 아직 철이 없어서 모르지만 세상이 욕을 한단다. 사람들이 욕을 해. 옥희 어머니는 화냥년이다. 이러구 세상이 욕을 해. 옥희 아버지는 죽었는데, 옥희는 아버지가 또 하나 생겼대. 참 망측두 하지. 이러구 세상이 욕을 한단다. 그리 되문 옥희는 언제나 손가락질 받구. 옥희는 커두 시집두 훌륭한 데 못 가구. 옥희가 공부를 해서 훌륭하게 돼두 에 그까짓 화냥년의 딸. 이러구 남들이 욕을 한단다."

이렇게 어머니는 혼잣말하시듯 드문드문 말씀하셨습니다. 그러고는 한참 있더니,

"옥희야."

하고 또 부르십니다.

"응?"

"옥희는 언제나, 언제나, 내 곁을 안 떠나지. 옥희는 언제나, 언

제나 엄마하구 같이 살지. 옥희는 엄마가 늙어서 꼬부랑 할미가 되어두 그래두 옥희는 엄마하구 같이 살지. 옥희가 유치원 졸업하구 또 소학교 졸업하구, 또 중학교 졸업하구, 또 대학교 졸업하구, 옥희가 조선서 제일 훌륭한 사람이 돼두, 그래두 옥희는 엄마하구 같이 살지. 응! 옥희는 엄마를 얼만큼 사랑하나?"

"이만큼."

하고 나는 두 팔을 짝 벌리어 보였습니다.

"응? 얼만큼? 응! 그만큼! 언제나, 언제나, 옥희는 엄마만 사랑하지. 그리구 공부두 잘하구, 그리고 훌륭한 사람이 되구……."

나는 어머니의 목소리가 떨리는 것으로 보아 어머니가 또 울까 봐 겁이 나서,

"엄마, 이만큼, 이만큼."

하면서 두 팔을 짝짝 벌리었습니다.

어머니는 울지 않으셨습니다.

"응, 그래, 옥희 엄마는 옥희 하나문 그뿐이야. 세상 다른 건 다 소용없어. 우리 옥희 하나문 그만이야. 그렇지 옥희야."

"응!"

어머니는 나를 당기어서 꼭 껴안고 내 가슴이 막혀 들어올 때까지 자꾸만 껴안아 주었습니다.

그날 밤, 저녁밥 먹고 나니까 어머니는 나를 불러 앉히고 머리를 새로 빗겨 주었습니다. 댕기를 새 댕기로 드려 주고 바지, 저고리, 치마 모두 새것을 꺼내 입혀 주었습니다.

"엄마, 어디 가?"

하고 물으니까,

"아니."

하고 웃음을 띠면서 대답합니다. 그러더니 풍금 옆에서 새로
다린 하얀 손수건을 내리어 내 손에 쥐여 주면서,

"이 손수건, 저 사랑 아저씨 손수건인데 이것 아저씨 갖다 드
리구 와, 응. 오래 있지 말구 손수건만 갖다 드리구 이내 와, 응."

하고 말씀하십니다.

손수건을 들고 사랑으로 나가면서 나는 접어진 손수건 속에
무슨 발각발각하는 종이가 들어 있는 것처럼 생각되었습니다마
는 그것을 펴보지 않고 그냥 갖다가 아저씨에게 주었습니다.

아저씨는 방에 누워 있다가 벌떡 일어나서 손수건을 받는데
웬일인지 아저씨는 이전처럼 나보고 빙그레 웃지도 않고 얼굴이
몹시 파래졌습니다. 그러고는 입술을 질근질근 깨물면서 말 한
마디 아니하고 그 손수건을 받더군요.

나는 어째 이상한 기분이 돌아서 아저씨 방에 들어가 앉지도
못하고 그냥 되돌아서 안방으로 들어왔지요. 어머니는 풍금 앞
에 앉아서 무엇을 그리 생각하는지 가만히 있더군요. 나는 풍금
옆으로 가서 가만히 그 옆에 앉아 있었습니다. 이윽고 어머니는
조용조용히 풍금을 타십니다. 무슨 곡조인지는 몰라도 어째 구
슬프고 고즈넉한 곡조야요.

밤이 늦도록 어머니는 풍금을 타셨습니다. 그 구슬프고 고즈
넉한 곡조를 계속하고 또 계속하면서.

　　　　　　　　　　　　사랑손님과 어머니

13

여러 밤을 자고 난 어떤 날 오후에 나는 오래간만에 아저씨 방엘 나가 보았더니 아저씨가 짐을 싸느라고 분주하겠지요. 내가 아저씨에게 손수건을 갖다 드린 다음부터는 웬일인지 아저씨가 나를 보아도 언제나 퍽 슬픈 사람, 무슨 근심이 있는 사람처럼 아무 말도 없이 나를 물끄러미 바라다만 보고 있는 고로 나도 그리 자주 놀러 오지는 않았던 것입니다. 그랬었는데 이렇게 갑자기 짐을 꾸리는 것을 보고 나는 놀랐습니다.

"아저씨, 어디 가우?"

"응, 멀리루 간다."

"언제?"

"오늘."

"기차 타구?"

"응, 기차 타구."

"갔다가 언제 또 오우?"

아저씨는 아무 대답도 없이 서랍에서 이쁜 인형을 하나 꺼내서 내게 주었습니다.

"옥희, 이것 가져. 응. 옥희는 아저씨 가구 나문 아저씨 이내 잊어버리구 말겠지?"

나는 갑자기 슬퍼졌습니다. 그래서,

"아니."

하고 얼른 대답하고 인형을 안고 안으로 들어왔습니다.

"엄마, 이것 봐. 아저씨가 이것 나 줬다우. 아저씨가 오늘 기차 타구 먼 데루 간대."

하고 내가 말했으나 어머니는 대답이 없으십니다.

"엄마, 아저씨 왜 가우?"

"학교 방학했으니깐 가지."

"어디루 가우?"

"아저씨 집으루 가지 어디루 가."

"갔다가 또 오우?"

어머니는 대답이 없으십니다.

"난 아저씨 가는 거 나쁘다."

하고 입을 쫑긋했으나 어머니는 그 말에 대답 않고,

"옥희야, 벽장에 가서 달걀 몇 알 남았나 보아라."

하고 말씀하셨습니다.

나는 깡충깡충 방 안으로 들어갔습니다. 달걀은 여섯 알이 있었습니다.

"여스 알."

하고 나는 소리쳤습니다.

"응, 다 가지구 이리 나오너라."

어머니는 그 달걀 여섯 알을 다 삶았습니다. 그 삶은 달걀 여섯 알을 손수건에 싸 놓고 또 반지(半紙)에 소금을 조금 싸서 한 귀퉁이에 넣었습니다.

"옥희야, 너 이것 갖다 아저씨 드리구, 가시다가 찻간에서 잡수시랜다구, 응."

14

그날 오후에 아저씨가 떠나간 다음 나는 방에서 아저씨가 준 인형을 업고 자장자장 잠을 재우고 있었습니다. 어머니가 부엌에서 들어오시더니,

"옥희야, 우리 뒷동산에 바람이나 쐬러 올라갈까?"

하십니다.

"응, 가, 가."

하면서 나는 좋아 덤비었습니다.

잠깐 다녀올 터이니 집을 보고 있으라고 외삼촌에게 이르고 어머니는 내 손목을 잡고 나섰습니다.

"엄마, 나 저, 아저씨가 준 인형 가지고 가?"

"그러렴."

나는 인형을 안고 어머니 손목을 잡고 뒷동산으로 올라갔습니다. 뒷동산에 올라가면 정거장이 빤히 내려다보입니다.

"엄마, 저 정거장 보아. 기차는 없군."

어머니가 아무 말씀도 없이 가만히 서 계십니다. 사르르 바람이 와서 어머니 모시 치맛자락을 산들산들 흔들어 주었습니다. 그렇게 산 위에 가만히 서 있는 어머니는 다른 때보다도 더한층 이쁘게 보였습니다.

저편 산모퉁이에서 기차가 나타났습니다.

"아, 저기 기차 온다."

하고 나는 좋아서 소리쳤습니다.

기차는 정거장에 잠시 머물더니 금시에 뺙 하고 소리를 지르면서 움직였습니다.

"기차 떠난다."

하면서 나는 손뼉을 쳤습니다. 기차가 저편 산모퉁이 뒤로 사라질 때까지, 그리고 그 굴뚝에서 나는 연기가 하늘 위로 모두 흩어져 없어질 때까지, 어머니는 가만히 서서 그것을 바라다보았습니다.

뒷동산에서 내려오자 어머니는 방으로 들어가시더니 이때까지 뚜껑을 늘 열어 두었던 풍금 뚜껑을 닫으십니다. 그러고는 거기 쇠를 채우고 그 위에다가 이전 모양으로 반짇고리를 얹어 놓으십니다. 그러고는 그 옆에 있는 찬송가를 맥없이 들고 뒤적뒤적하시더니 빼빼 마른 꽃송이를 그 갈피에서 집어내시더니,

"옥희야, 이것 내다 버려라."

하고 그 마른 꽃을 내게 주었습니다. 그 꽃은 내가 유치원에서 갖다가 어머니께 드렸던 그 꽃입니다. 그러자 옆 대문이 삐걱하더니,

"달걀 사소."

하고 매일 오는 달걀장수 노친네가 달걀 광주리를 이고 들어왔습니다.

"인젠 우리 달걀 안 사요. 달걀 먹는 이가 없어요."

하시는 어머니의 목소리는 맥이 한 푼어치도 없었습니다.

사랑손님과 어머니

나는 어머니의 이 말씀에 놀라서 떼를 좀 써보려 했으나 석양에 빤히 비치는 어머니의 얼굴을 볼 때 그 용기가 없어지고 말았습니다. 그래서 아저씨가 주신 인형 귀에다가 내 입을 갖다 대고 가만히 속삭이었습니다.

"애, 우리 엄마가 거짓부리 썩 잘하누나. 내가 달걀 좋아하는 줄 잘 알문성 생 먹을 사람이 없대누나. 떼를 좀 쓰구 싶다만 저 우리 엄마 얼굴을 좀 봐라. 어쩌문 저리두 새파래졌을까? 아마 어디가 아픈가 보다."

라고요.

•끝•

벙어리 삼룡이

나도향

1

내가 열 살이 될락 말락 한 때이니까 지금으로부터 십사오 년 전 일이다.

지금은 그곳을 청엽정(靑葉町)이라 부르지마는 그때는 연화봉(蓮花峰)이라고 이름하였다. 즉 남대문에서 바로 내려다보면은 오정포(午正砲)*가 놓여 있는 산등성이가 있으니 그 산등성이 이쪽이 연화봉이요, 그 새에 있는 동리가 역시 연화봉이다.

지금은 그곳에 빈민굴이라고 할 수밖에 없이 지저분한 촌락이 생기고 노동자들밖에 살지 않는 곳이 되어 버렸으나 그때에는 자기네 딴은 행세한다는 사람들이 있었다.

집이라고는 십여 호밖에 있지 않았고 그곳에 사는 사람들은 대개 과목밭을 하고 또는 채소를 심거나, 그렇지 아니하면 콩나물을 길러서 생활을 하여 갔었다.

여기에 그중 큰 과목밭을 갖고 그중 여유 있는 생활을 하여 가는 사람이 하나 있었는데, 그의 이름은 잊어버렸으나 동네 사람들이 부르기를 오 생원(嗚生員)이라고 불렀다.

얼굴이 동탕(動蕩)하고** 목소리가 마치 여름에 버드나무에 앉

---

* 낮 열두 시를 알리는 대포.
** 동탕하다 : 얼굴이 두툼하고 잘생기다.

벙어리 삼룡이

아서 길게 목 늘여 우는 매미 소리같이 저르렁저르렁 하였다.

　그는 몹시 부지런한 중년 늙은이로 아침이면 새벽 일찍이 일어나서 앞뒤로 뒷짐을 지고 돌아다니며 집안일을 보살피는데 그 동리에는 그가 마치 시계와 같아서 그가 일어나는 때가 동네 사람이 일어나는 때였다. 만일 그가 아침에 돌아다니며 잔소리를 하지 않으면 동네 사람들이 이상하여 그의 집으로 가 보면 그는 반드시 몸이 불편하여 누웠었다. 그러나 그와 같은 때는 일 년 삼백육십 일에 한 번 있기가 어려운 일이요, 이태나 삼 년에 한 번 있거나 말거나 하였다.

　그가 이곳으로 이사를 온 지는 얼마 되지 아니하나 언제든지 감투를 쓰고 다니므로 동네 사람들은 양반이라고 불렀고, 또 그 사람도 동네 사람들에게 그리 인심을 잃지 않으려고 섣달이면 북어쾌, 김톳을 동네 사람에게 나눠 주며 농사 때에 쓰는 연장도 넉넉히 장만한 후 아무 때나 동네 사람들이 쓰게 하므로 그 동네에서는 가장 인심 후하고 존경을 받는 집인 동시에 세력 있는 집이다.

　그 집에는 삼룡(三龍)이라는 벙어리 하인 하나가 있으니, 키가 본시 크지 못하여 땅딸보로 되었고 고개가 빼지 못하여 몸뚱이에 대강이를 갖다가 붙인 것 같다. 거기다가 얼굴이 몹시 얽고 입이 크다. 머리는 전에 새 꼬랑지 같은 것을 주인의 명령으로 깎기는 깎았으나 불밤송이 모양으로 언제든지 푸 하고 일어섰다. 그래 걸어 다니는 것을 보면, 마치 옴두꺼비가 서서 다니는 것같이 숨차 보이고 더디어 보인다. 동네 사람들이 부르기를 삼룡이라고 부르는 법이 없고 언제든지 '벙어리' '벙어리'라고 하든지 그렇지 않으면 '앵모*' '앵모' 한다. 그렇지만 삼룡이는 그 소리를 알지 못한다.

그도 이 집 주인이 이리로 이사를 올 때에 데리고 왔으니 진실하고 충성스러우며 부지런하고 세차다. 눈치로만 지내 가는 벙어리지마는 듣는 사람보다 슬기로운 적이 있고 평생 조심성이 있어서 결코 실수한 적이 없다.

아침에 일어나면 마당을 쓸고 소와 돼지의 여물을 먹이며, 여름이면 밭에 풀을 뽑고 나무를 실어 들이고 장작을 패며, 겨울이면 눈을 쓸고 잔심부름이며 진일 마른일 할 것 없이 못하는 일이 없다.

그럴수록 이 집 주인은 벙어리를 위해 주며 사랑한다. 혹시 몸이 불편한 기색이 있으면 쉬게 하고, 먹고 싶어 하는 듯한 것은 먹이고, 입을 때 입히고 잘 때 재운다.

그런데 이 집에는 삼대독자로 내려오는 그 집 아들이 있다. 나이는 열일곱 살이나 아직 열네 살도 되어 보이지 않고 너무 귀엽게 기르기 때문에 누구에게든지 버릇이 없고 어리광을 부리며 사람에게나 짐승에게 잔인 포악한 짓을 많이 한다.

동네 사람들은 그를,

"후레자식, 아비 속상하게 할 자식, 저런 자식은 없는 것만 못해."

* 앵무. 사람 말을 따라 하는 앵무새에 비유해 '언어 장애인'을 일컫는 은어.

벙어리 삼룡이

하고 욕들을 한다. 그래서 그의 어머니는 아들이 잘못할 때마다 그의 영감을 보고,

"그 자식을 좀 때려 주구려. 왜 그런 것을 보고 가만두."

하고 자기가 대신 때려 주려고 나서면,

"아뇨. 아직 철이 없어 그렇지. 저도 지각이 나면 그렇지 않을 것이 아뇨."

하고 너그럽게 타이른다.

그러면 마누라는 왜가리처럼 소리를 지르며,

"철이 없긴 지금 나이가 몇이오. 낼모레면 스무 살이 되는데, 또 며칠 아니면 장가를 들어서 자식까지 날 것이 그래 가지고 무엇을 한단 말이오."

하고 들이대며,

"자식은 꼭 아버지가 버려 놓았습니다. 자식 귀여운 것만 알았지 버릇 가르칠 줄은 모르니까……."

이렇게 싸움이 시작만 하려 하면 영감은 아무 말도 하지 않고 바깥으로 나가 버린다.

그 아들은 더구나 벙어리를 사람으로 알지도 않는다. 말 못하는 벙어리라고 오고 가며 주먹으로 허구리를 지르기도 하고 발길로 엉덩이도 찬다.

그러면 그 벙어리는 어린것이 철없이 그러는 것이 도리어 귀엽기도 하고 또는 그 힘없는 팔과 힘없는 다리로 자기의 무쇠 같은 몸을 건드리는 것이 우습기도 하고 앙증맞기도 하여 돌아서서 빙그레 웃으면서 툭툭 털고 다른 곳으로 몸을 피해 버린다.

나도향

어떤 때는 낮잠 자는 벙어리 입에다가 똥을 먹인 때도 있었다. 또 어떤 때는 자는 벙어리 두 팔 두 다리를 살며시 동여매고 손가락과 발가락 사이에 화승불을 붙여 놓아 질겁을 하고 일어나다가 발버둥질을 하고 죽으려는 사람처럼 괴로워하는 것을 보고 기뻐하였다.

이러할 때마다 벙어리의 가슴에는 비분한 마음이 꽉 들어찼다. 그러나 그는 주인의 아들을 원망하는 것보다도 자기가 병신인 것을 원망하였으며 주인의 아들을 저주한다는 것보다 이 세상을 저주하였다.

그러나 그는 결코 눈물을 흘리지 않았다. 그의 눈물은 나오려 할 때 아주 말라붙어 버린 샘물과 같이 나오려 하나 나오지를 아니하였다. 그는 주인의 집을 버릴 줄 모르는 개 모양으로 자기가 있어야 할 곳은 여기밖에 없고 자기가 믿을 것도 여기 있는 사람들밖에 없을 줄 알았다. 여기서 살다가 여기서 죽는 것이 자기의 운명인 줄밖에 알지 못하였다. 자기의 주인 아들이 때리고 지르고 꼬집어 뜯고 모든 방법으로 학대할지라도 그것이 자기에게 으레 있을 줄밖에 알지 못하였다. 아픈 것도 그 아픈 것이 으레 자기에게 돌아올 것이요, 쓰린 것도 자기가 받지 않아서는 안 될 것으로 알았다. 그는 이 마땅히 자기가 받아야 할 것을 어떻게 해야 면할까 하는 생각을 한 번도 하여본 일이 없었다.

그가 이 집에서 떠나가려거나 또는 그의 생활환경에서 벗어나려는 생각은 한 번도 해보지 못하였다 할지라도 그는 언제든지 그 주인 아들이 자기를 학대하고 또는 자기를 못살게 굴 때

벙어리 삼룡이

그는 자기의 주먹과 또는 자기의 힘을 생각하여 보았다.

주인 아들이 자기를 때릴 때 그는 주인 아들 하나쯤은 넉넉히 제지할 힘이 있는 것을 알았다.

어떠한 때는 아픔과 쓰림이 자기의 몸으로 스미어들 때면 그의 주먹은 떨리면서 어린 주인의 몸을 치려 하다가는 그것을 무서운 고통과 함께 꽉 참았다.

그는 속으로,

'아니다. 그는 나의 주인의 아들이다. 그는 나의 어린 주인이다.'

하고 꾹 참았다.

그러고는 그것을 얼핏 잊어버렸다. 그러다가도 동넷집 아이들과 혹시 장난을 하다가 주인 아들이 울고 들어올 때에는 그는 황소같이 날뛰면서 주인을 위하여 싸웠다. 그래서 동네에서도 어린애들이나 장난꾼들이 벙어리를 무서워하여 감히 덤비지를 못하였다. 그리고 주인 아들도 위급한 경우에는 언제든지 벙어리를 찾았다. 벙어리는 얻어맞으면서도 기어드는 충견 모양으로 주인의 아들을 위하여 싫어하지 않고 힘을 다하였다.

2

벙어리가 스물세 살이 될 때까지 그는 물론 이성과 접촉할 기회가 없었다. 동리의 처녀들이 저를 '벙어리' '벙어리' 하며 괴상한 손짓과 몸짓으로 놀려먹음을 받을 적에 분하고 골나는 중에도 느긋한 즐거움을 느끼어 본 일은 있었으나 그가 결코 사랑으로써 어떠한 여자를 대해 본 일은 없었다.

그러나 정욕을 가진 사람인 벙어리도 그의 피가 차디찰 리는 없었다. 혹 그의 피는 더욱 뜨거웠을는지도 알 수 없었다. 뜨겁다 뜨겁다 못하여 엉기어 버린 엿과 같을지도 알 수 없었다. 만일 그에게 볕을 주거나 다시 뜨거운 열을 준다면 그의 피는 다시 녹는지도 알 수 없었다.

그가 깜박깜박하는 기름등잔 아래에서 밤이 깊도록 짚신을 삼을 때면 남모르는 한숨을 아니 쉬는 것도 아니지마는 그는 그것을 곧 억제할 수 있을 만큼 정욕에 대하여 벌써부터 단념을 하고 있었다.

마치 언제 폭발이 될는지 알지 못하는 휴화산 모양으로 그의 가슴속에는 충분한 정열을 깊이 감추어 놓았으나 그것이 아직 폭발될 시기가 이르지 못한 것이었다. 비록 폭발이 되려고 무섭게 격동함을 벙어리 자신도 느끼지 않는 바는 아니지마는 그는 그것을 폭발시킬 조건을 얻기 어려웠으며 또는 자기가 여태까지 능동적으로 그것을 나타낼 수가 없을 만큼 외계의 압축을 받았으며, 그것으로 인한 이지(理智)가 너무 그에게 자제력을 강대하게 하여 주는 동시에 또한 너무 그것을 단념만 하게 하여 주었다.

속으로 '나는 벙어리다', 자기가 생각할 때 그는 몹시 원통함을 느끼는 동시에 나는 말하는 사람들과 똑같은 자유와 똑같은 권리가 없는 줄 알았다. 그는 이와 같은 생각에서 언제든지 단념 않으려야 단념하지 않을 수 없는 그 단념이 쌓이고 쌓이어 지금에는 다만 한 개의 기계와 같이 이 집에 노예가 되어 있으면서도

벙어리 삼룡이

그것을 자기의 천직으로 알고 있을 뿐이요, 다시는 자기가 살아갈 세상이 없는 것같이밖에 알지 못하게 된 것이다.

3

그해 가을이다. 주인의 아들이 장가를 들었다. 색시는 신랑보다 두 살 위인 열아홉 살이다. 주인이 본시 자기가 언제든지 문벌이 얕은 것을 한탄하여 신부를 구할 때에 첫째 조건이 문벌이 높아야 할 것이었다. 그러나 문벌 있는 집에서는 그리 쉽게 색시를 내놓을 리가 없었다. 그러므로 하는 수 없이 그 어떠한 영락한 양반의 딸을 돈을 주고 사오다시피 하였으니, 무남독녀의 딸을 둔 남촌 어떤 과부를 꿀을 발라서 약혼을 하고 혹시나 무슨 딴소리가 있을까 하여 부랴부랴 성례식을 시켜 버렸다.

혼인할 때의 비용도 그때 돈으로 삼만 냥을 썼다. 그리고 아들의 처갓집에 며느리 뒤보아주는 바느질삯, 빨랫삯이라는 명목으로 한 달에 이천오백 냥씩을 대어 주었다.

신부는 자기 아버지가 돌아가기 전까지 상당히 견디기도 하고 또는 금지옥엽같이 기른 터이라, 구식 가정에서 배울 것 읽힐 것은 못하는 것이 없고 게다가 또는 인물이라든지 행동거지에 조금도 구김이 있지 아니하다.

신부가 오자 신랑의 흠절이 생기기 시작하였다.

"신부에게다 대면 두루미와 까마귀지."

"아직도 철딱서니가 없어."

"색시에게 쥐여 지내겠지."

"신랑에겐 과하지."

동넷집 말 좋아하는 여편네들이 모여 앉으면 이렇게 비평들을 한다. 어떠한 남의 걱정 잘 하는 마누라님은 간혹 신랑을 보고는 그대로 세워 놓고,

"글쎄, 인제는 어른이 되었으니 셈이 좀 나요. 저리구 어떻게 색시를 거느려가누. 색시 방에 들어가기가 부끄럽지 않담."

하고 들이대다시피 하는 일이 있다.

이럴 적마다 신랑의 마음은 그 말하는 이들이 미웠다. 일부러 자기를 부끄럽게 하려고 하는 것 같아서 그 후에 그를 만나면 말도 안 하고 인사도 하지 아니한다.

또 그의 고모 되는 이가 와서 자기 조카를 보고,

"인제는 어른이야. 너도 그만하면 지각이 날 때가 되지 않았니? 네 처가 부끄럽지 아니하냐?"

하고 타이를 적마다 그의 마음은 그 말하는 사람이 부끄럽다는 것보다도 자기를 이렇게 하게 한 자기 아내가 더욱 밉살머리스러웠다.

"여편네가 다 무엇이냐. 저 빌어먹을 년이 들어오더니 나를 이렇게 못살게들 굴지."

혼인한 지 며칠이 못 되어 그는 색시 방에 들어가지를 않았다. 집안에서는 야단이 났다. 마치 돼지나 말 새끼를 흘레시키려는 것같이 신랑을 색시 방으로 집어넣으려 하나 막무가내였다. 그럴 때마다 신랑은 손에 닥치는 대로 집어 때려서 자기의 외사촌

벙어리 삼룡이

누이의 이마를 뚫어서 피까지 나게 한 일이 있었다. 집안 식구들은 하는 수가 없어 맨 나중으로 아버지에게 밀었다. 그러나 그것도 소용이 없을뿐더러 풍파를 더 일으키게 하였다. 아버지께 꾸중을 듣고 들어와서는 다짜고짜로 신부의 머리채를 쥐어 잡아 마루 한복판에 태질을 쳤다. 그러고는,

"이년 네 집으로 가거라. 보기 싫다. 내 눈앞에는 보이지도 말아."

하였다. 밥상을 가져오면 그 밥상이 마당 한복판에서 재주를 넘고 옷을 가져오면 그 옷이 쓰레기통으로 나간다.

이리하여 색시는 시집오던 날부터 팔자 한탄을 하고서 날마다 밤마다 우는 사람이 되었다.

울면 요사스럽다고 때린다. 또 말이 없으면 빙충맞다*고 친다. 이리하여 그 집에는 평화스러운 날이 하루도 없었다.

이것을 날마다 보는 사람 가운데 알 수 없는 의혹을 품게 된 사람이 하나 있으니 그는 곧 벙어리 삼룡이었다.

그렇게 예쁘고 유순하고 그렇게 얌전한. 벙어리의 눈으로 보아서는 감히 손도 대지 못할 만치 선녀 같은 색시를 때리는 것은 자기의 생각으로는 도저히 풀 수 없는 의심이었다.

보기에도 황홀하고 건드리기도 황홀할 만치 숭고한 여자를 그렇게 하대한다는 것은 너무나 세상에 있지 못할 일이다. 자기는 주인 새서방에게 개나 돼지같이 얻어맞는 것이 마땅한 이상

* 똑똑하지 못하고 어리석으며 수줍음을 타는 데가 있다.

나도향   235

으로 마땅하지마는, 선녀와 짐승의 차가 있는 색시와 자기가 똑같이 얼어맞는 것은 너무 무서운 일이다. 어린 주인이 천벌이나 받지 않을까 두렵기까지 하였다.

어떠한 달밤. 사면은 고요적막하고 별들은 드문드문 눈들만 깜박이며 반달이 공중에 뚜렷이 달려 있어 수은으로 세상을 깨끗하게 닦아낸 듯이 청명한데 ,삼룡이는 검둥개 등을 쓰다듬으며 바깥마당 멍석 위에 비슷이 드러누워 하늘을 치어다보며 생각하여 보았다.

주인 색시를 생각하면 공중에 있는 달보다도 더 곱고 별들보다도 더 깨끗하였다. 주인 색시를 생각하면 달이 보이고 별이 보이었다. 삼라만상을 씻어내는 은빛보다도 더 흰 달이나 별의 광채보다도 그의 마음이 아름답고 부드러운 듯하였다. 마치 달이나 별이 땅에 떨어져 주인 새아씨가 된 것도 같고 주인 새아씨가 하늘에 올라가면 달이 되고 별이 될 것 같았다.

더구나 자기를 어린 주인이 때리고 꼬집을 때 감히 입 벌려 말은 하지 못하나 측은하고 불쌍히 여기는 정이 그의 두 눈에 나타나는 것을 다시 생각할 때 그는 부들부들한 개 등을 어루만지면서 감격을 느꼈다. 개는 꼬리를 치며 자기를 귀여워하는 줄 알고 벙어리의 손을 핥았다.

삼룡이의 마음은 주인 아씨를 동정하는 마음으로 가득 찼다. 또는 그를 위하여서는 자기의 목숨이라도 아끼지 않겠다는 의분에 넘치었다. 그것이 마치 살구를 보면 입속에 침이 도는 것같이 본능적으로 느껴지는 감정이었다.

236

4

새댁이 온 뒤에 다른 사람들은 자유로운 안 출입을 금하였으나 벙어리는 마치 개가 맘대로 안에 출입할 수 있는 것같이 아무 의심 없이 출입할 수가 있었다.

하루는 어린 주인이 먹지 않던 술이 잔뜩 취하여 무지한 놈에게 맞아서 길에 자빠진 것을 업어다가 안으로 들여다 누인 일이 있었다. 그때에 아무도 안에 있지 않고 다만 새색시 혼자 방에서 바느질을 하고 있다가 이 꼴을 보고 벙어리의 충성된 마음이 고마워서, 그 후에 쓰던 비단 헝겊조각으로 부시쌈지 하나를 하여 준 일이 있었다.

이것이 새서방님의 눈에 띄었다. 그래서 색시는 어떤 날 밤 자던 몸으로 마당 복판에 머리를 푼 채 내동댕이가 쳐졌다. 그리고 온몸에 피가 맺히도록 얻어맞았다.

이것을 본 벙어리는 또다시 의분의 마음이 뻗쳐 올라왔다. 그래서 미친 사자와 같이 뛰어들어가 새서방님을 내어 던지고 새색시를 둘러메었다. 그러고는 나는 수리와 같이 바깥사랑 주인 영감 있는 곳으로 뛰어가 그 앞에 내려 놓고 손짓과 몸짓을 열 번 스무 번 거푸 하며 하소연하였다.

그 이튿날 아침에 그는 주인 새서방님에게 물푸레로 얼굴을 몹시 얻어맞아서 한쪽 뺨이 눈을 얼러서 피가 나고 주먹같이 부었다. 그 때릴 적에 새서방의 입에서 나오는 말은,

"이 흉칙한 벙어리 같으니, 내 여편네를 건드려?"

하고 부시쌈지를 뺏어서 갈가리 찢어서 뒷간에 던졌다.

"그리고 이놈아! 인제는 주인도 몰라보고 막 친다! 이런 것은 죽여야 해."

하고 채찍으로 그의 뒷덜미를 갈겨서 그 자리에 쓰러지게 하였다.

벙어리는 다만 두 손으로 빌 뿐이었다. 말도 못 하고 고개를 몇백 번 코가 땅에 닿도록 그저 용서해 달라고 빌기만 하였다. 그러나 그의 가슴에는 비로소 숨겨 있던 정의감이 머리를 들기 시작하였다. 그는 그 아픈 것을 참아가면서도 북받치는 분노(심술)를 억제하였다.

그때부터 벙어리는 안방에 들어가지 못하였다. 이 들어가지 못하는 것이 더욱 벙어리로 하여금 궁금증이 나게 하였다. 그 궁금증이라는 것이 묘하게 빛이 연하여 주인 아씨를 뵈옵고 싶은 감정으로 변하였다. 뵈옵지 못하므로 가슴이 타올랐다. 몹시 애상의 정서가 그의 가슴을 저리게 하였다. 한 번이라도 아씨를 뵈올 수가 있으면 하는 마음이 나더니 그의 마음의 넋은 느끼기를 시작하였다. 센티멘털한 가운데에서 느끼는 그 무슨 정서는 그에게 생명 같은 희열을 주었다. 그것과 자기의 목숨이라도 바꿀 수 있을 것 같았다. 어떤 때는 그대로 대강이로 담을 뚫고 들어가고 싶도록 주인 아씨를 뵈옵고 싶은 것을 꾹 참을 때도 있었다.

그 후부터는 밥을 잘 먹을 수가 없었다. 일도 손에 잡히지 않았다. 틈만 있으면 안으로만 들어가고 싶었다.

주인이 전보다 많이 밥과 음식을 주고 더 편하게 하여 주었으나 그것이 싫었다. 그는 밤에 잠을 자지 않고 집 가장자리를 돌아다녔다.

5

하루는 주인 새서방님이 술이 취하여 들어오더니 집 안이 수선수선하여지며 계집 하인이 약을 사러 갔다 들어오는 것을 보고 그 계집 하인을 붙잡았다. 그리고 무엇이냐고 물었다.

계집 하인은 한 주먹을 뒤통수에 대고 얼굴을 쓰다듬으며 둘째 손가락을 내밀었다. 그것은 그 집 주인은 엄지손가락이요, 둘째 손가락은 새서방님이라는 뜻이요, 주먹을 뒤통수에 대이는 것은 여편네라는 뜻이요, 얼굴을 문지르는 것은 예쁘다는 뜻으로 벙어리에게 쓰는 암호다.

그런 뒤에 다시 혀를 내밀고 눈을 뒤집어쓰는 형상을 하고 두 팔을 싹 벌리고 뒤로 자빠지는 꼴을 보이니, 그것은 사람이 죽게 되었거나 앓을 적에 하는 말 대신의 손짓이다.

벙어리는 눈을 크게 뜨고 계집 하인에게 한 발자국 가까이 들어서며 놀라는 듯이 멀거니 한참이나 있었다.

그의 가슴은 무섭게 격동하였다. 자기의 그리운 주인 아씨가 죽었다는 말이나 아닌가. 그는 두 주먹을 마주 치며 한숨을 쉬었다. 그러고는 자기 방에 무엇을 생각하는 것처럼 두어 시간이나 두 눈만 껌벅껌벅하고 앉았었다.

그는 밤이 깊어갈수록 궁금증 나는 사람처럼 일어섰다 앉았다 하더니 두 시나 되어서 바깥으로 나가서 뒤로 돌아갔다.

그는 도둑놈처럼 조심스럽게 바로 건넌방 뒤 미닫이 앞 담에 서서 주저주저하더니 담을 넘었다. 가까이 창 앞에 서서 문틈으로 안을 살피다가 그는 진저리를 치며 물러섰다.

어두운 밤에 그의 손과 발이 마치 그 뒤에 서 있는 감나무 잎 같이 떨리더니 그대로 문을 박차고 뛰어들어갔을 때 그의 팔에는 주인 아씨가 한 손에 길다란 명주 수건을 들고서 한 팔로 벙어리의 가슴을 밀치며 뻐팅기었다. 벙어리는 다만 눈이 뚱그래서 '에헤' 소리만 지르고 그 수건을 뺏으려 애쓸 뿐이다.

집안이 야단났다.

"집안이 망했군."

"어디 사내가 없어서 벙어리를?"

"어떻든 알 수 없는 일이야."

하는 소리가 이 구석 저 구석에서 수군댄다.

6

그 이튿날 아침에 벙어리는 온몸이 짓이긴 것이 되어 마당에 거꾸러져 입에서 피를 토하여 신음하고 있었다. 그 곁에서는 새 서방이 쇠좆몽둥이를 들고서 문초를 한다.

"이놈!"

하고는 음란한 흉내는 모조리 하여 가며 건넌방을 가리킨다.

그러나 벙어리는 손을 내저을 뿐이다. 또 몽둥이에는 살점이 묻어나왔다. 그리고 피가 흘렀다.

벙어리는 타들어가는 목으로 소리도 못 내며 고개만 내젓는다. 그는 피를 토하며 거꾸러지며 이마를 땅에 비비며 고개를 내흔든다. 땅에는 피가 스며든다. 새서방은 채찍 끝에 납 뭉치를 달아서 가슴을 훔쳐 갈겼다가 힘껏 잡아 뽑았다. 벙어리는 그대로 거꾸러지며 말이 없었다.

새서방은 그래도 시원치 못하였다. 그는 어제 벙어리가 새로 갈아 놓은 낫을 들고 달려왔다. 그는 그 시퍼렇게 날선 낫을 번쩍 들었다. 그래서 벙어리를 찌르려 할 때 벙어리는 한 팔로 그것을 받았고, 집안사람들은 달려들었다. 벙어리는 낫을 뿌리쳐 뺏어서 저리로 내던졌다.

주인은 집안이 망하였다고 사랑에 누워서 모든 일을 들은 체만 체 문을 닫고 나오지를 아니하며, 집안에서는 색시를 쫓는다고 야단이다. 그날 저녁에 벙어리는 다시 끌려 나왔다. 그때에는 주인 새서방이 그의 입던 옷과 신짝을 주며 눈을 부릅뜨고 손을 멀리 가리키며,

"가! 인제는 우리 집에 있지 못한다."

하였다. 이 소리를 듣는 벙어리는 기가 막혔다. 그에게는 이 집 외에 다른 집이 없다. 살 곳이 없었다. 자기는 언제든지 이 집에서 살고 이 집에서 죽을 줄밖에 몰랐다. 그는 새서방님의 다리를 껴안고 애걸하였다. 말도 못 하는 것을 몸짓과 표정으로 간곡한 뜻을 표하였다. 그러나 새서방님은 발길로 지르고 사람을 불렀다.

"이놈을 좀 내쫓아라!"

벙어리는 죽은 개 모양으로 끌려 나갔다. 그리고 대갈빼기를 개천 구석에 들이박히면서 나가 곤드라졌다가 일어서서 다시 들어오려 할 때에는 벌써 문이 닫혀 있었다. 그는 문을 두드렸다. 그의 마음으로는 주인 영감을 찾았으나 부를 수가 없었다. 그가 날마다 열고 날마다 닫던 문이 자기가 지금은 열려 하나 자기를 내쫓고 열리지를 않는다. 자기가 건사하고 자기가 거두던 모든 것이 오늘에는 자기의 말을 듣지 않는다. 어려서부터 지금까지 모든 정성과 힘과 뜻을 다하여 충성스럽게 일한 값이 오늘에는 이것이다.

그는 비로소 믿고 바라던 모든 것이 자기의 원수란 것을 알았다. 그는 그 모든 것을 없애 버리고 자기도 또한 없어지는 것이 나은 것을 알았다.

그날 저녁 밤은 깊었는데 멀리서 닭이 우는 소리와 함께 개 짖는 소리만이 들린다.

난데없는 화염이 벙어리 있던 오 생원 집을 에워쌌다. 그 불을 미리 놓으려고 준비하여 놓았는지 집 가장자리 쪽 돌아가며 흩어 놓은 풀에 모조리 돌라붙어 공중에서 내려다보면 집의 윤곽이 선명하게 보일 듯이 타오른다.

불은 마치 피 묻은 살을 맛있게 잘라 먹는 요마(妖魔)의 혓바닥처럼 날름날름 집 한 채를 삽시간에 먹어 버렸다. 이와 같은 화염 속으로 뛰어들어가는 사람이 하나 있으니 그는 다른 사람이 아니라 낮에 이 집을 쫓겨난 삼룡이다. 그는 먼저 사랑에 가

벙어리 삼룡이

서 문을 깨뜨리고 주인을 업어다가 밭 가운데 놓고 다시 들어가려 할 제 그의 얼굴과 등과 다리가 불에 데이어 쭈그러져 드는 것을 알지 못하였다.

그는 건넌방으로 뛰어들었다. 그러나 색시는 없었다. 다시 안방으로 뛰어들었다. 그러나 또 없고 새서방이 그의 팔에 매달리어 구원하기를 애원하였다. 그러나 그는 그것을 뿌리쳤다. 다시 서까래에 불이 시뻘겋게 타면서 그의 머리에 떨어졌다. 그러나 그는 그것을 몰랐다. 부엌으로 가 보았다. 거기서 나오다가 문설주가 떨어지며 왼팔이 부러졌다. 그러나 그것도 몰랐다. 그는 다시 광으로 가 보았다. 거기도 없었다. 그는 다시 건넌방으로 들어갔다. 그때야 그는 색시가 타죽으려고 이불을 쓰고 누워 있는 것을 보았다. 그는 색시를 안았다. 그러고는 길을 찾았다. 그러나 나갈 곳이 없었다. 그는 하는 수 없이 지붕으로 올라갔다. 그는 비로소 자기의 몸이 자유롭지 못한 것을 알았다. 그러나 그는 자기가 여태까지 맛보지 못한 즐거운 쾌감을 자기의 가슴에 느끼는 것을 알았다. 색시를 자기 가슴에 안았을 때 그는 이제 처음으로 살아난 듯하였다. 그는 자기의 목숨이 다한 줄 알았을 때, 그 색시를 내려놓을 때는 그는 벌써 목숨이 끊어진 뒤였다. 집은 모조리 타고 벙어리는 색시를 무릎에 뉘고 있었다. 그의 울분은 그 불과 함께 사라졌을는지! 평화롭고 행복스러운 웃음이 그의 입 가장자리에 엷게 나타났을 뿐이다.

· 끝 ·

나도향

별을 안거든
울지나 말걸

나도향

건반(鍵盤) 위에 피곤한 손을 한가히 쉬이시는 만하(晚霞) 누님에게 한 구절 애달픈 울음의 노래를 드려 볼까 하나이다.

1

저는 이 글을 쓰기 전에 우선 누님 누님 누님 하고 눈물이 날 만큼 감격에 떨리는 목소리로 누님을 불러 보고 싶습니다.

그것도 한낱 꿈일까요? 꿈이나 같으면 오히려 허무로 돌리어 보내일 얼마간의 위로가 있겠지만 그러나 그러나 그것도 꿈이 아닌가 하나이다. 시간을 타고 뒷걸음질친 또렷하고 분명한 현실이었나이다. 저의 일생의 짧은 경로의 한마디를 꾸미고 쓰러진 또다시 있기 어려운 과거이었나이다.

그러나 꿈도 슬픈 꿈을 꾸고 나면 못 견딜 울음이 복받쳐 올라오는데, 더구나 그 저의 작은 가슴에 쓰리고 아픈 전상(箭傷)을 주고 푸른 비애로 물들여 주고 빼지 못할 애달픈 인상을 박아 준 그 몽롱한 과거를 지금 다시 돌아다볼 때 어찌 눈물이 아니 나고 어째 가슴이 못 견디게 쓰리지 않을 수가 있을까요?

그러나 멀리 멀리 간 과거는 어쨌든 가 버리었습니다. 저의 일

별을 안거든 울지나 말걸

생을 꽃다운 역사, 행복스러운 역사로 꾸미기를 간절히 바라는 바가 아닌 게 아니지마는 지나갔는지라 어찌할까요. 다시 뒷걸음질을 칠 수도 없고 다만 우연히 났다 우연히 사라지는 우리 인생의 사람들이 말하는바 운명이라 덮어 버리고 다만 때 없이 생각되는 기억의 안타까움으로 녹는 듯한 감정이나 맛볼까 할 뿐이외다.

2

그날도 그전과 같이 고개를 숙이고 무엇을 생각하였는지 몽롱한 의식 속에 C동 R의 집에를 갔었나이다. R은 여전히 나를 보더니 반가워 맞으면서 그의 파리한 바른손을 내밀어 악수를 하여 주었나이다. 저는 그의 집에 들어가 마루 끝에 앉으며,

"오늘도 또 자네의 집 단골 나그네가 되어 볼까?"

하고 구두끈을 끄르고 방 안으로 들어가 모자를 벗어 아무 데나 홱 내던지며 방바닥에 가 펄썩 주저앉았다가 그 R의 외투 주머니에 손을 넣어 담배 한 개를 꺼내어 피워 물었나이다.

바깥에서는 거의 거의 그쳐가는 가는 눈이 사르락사르락 힘없이 떨어지고 있었나이다.

그때 R의 얼굴은 어째 그전과 같이 즐겁고 사념 없는 빛이 보이지 않고 제가 주는 농담에 다만 입 가장자리로 힘없이 도는 쓸쓸한 미소를 줄 뿐이었나이다. 저는 그것을 보고 아주 마음이 공연히 힘이 없어지며 다만 멍멍히 담배 연기만 뿜고 있었나

이다.

　R은 무엇을 생각하였는지 멀거니 앉았다가,

　"DH."

　하고 갑자기 부르지요. 그래 나는,

　"왜 그러나?"

　하였더니,

　"오늘 KC에 갈까?"

　하기에 본래 돌아다니기 좋아하는 저는 아주 시원하게,

　"가지."

　하고 대답을 하였더니 R은 아주 만족한 듯이 웃음을 웃으며,

　"그러면 가세."

　하고 어디 갈 것인지 편지 한 장을 써 가지고 곧 KC를 향하여 떠났나이다.

　KC가 여기서부터 육십 리, R의 말을 들으면 험한 산로를 넘어가지 않으면 안 된다 하지요. 그리고 벌써 열한 시나 되었으니 거기를 가자면 어두워서나 들어갈 곳인데 거기다가 오다가 스러지는 함박눈이 태산같이 쌓였나이다.

　어떻든 우리는 떠났나이다. 어린아이들같이 기꺼운 마음으로 뛰어갈 듯이 떠났나이다.

　우리가 수구문(水口門)에서 전차를 타고 왕십리 정류장에 가서 내릴 때에는 검은 구름이 흩어지기를 시작하고 눈이 부신 햇살이 구름 사이를 통하여 새로 덮인 흰 눈을 반짝반짝 무지갯빛으로 물들였었나이다. 저는 그 눈을 밟을 때마다 처녀의 붉은

　　　　　　　　　　　별을 안거든 울지나 말걸

입술 사이에서 때 없이 지저귀는 어린 꾀꼬리의 그 소리같이 연하고도 애처롭게 얼크러지는 듯한 눈 소리를 들으며 무슨 법열권 내에 들어나 간 듯이 다만 R의 손만 붙잡고 멀리 보이는 구부러진 넓은 시골길만 내려다보며 천천히 걸어갔을 뿐이외다.

그러나 R의 기색은 그리 좋지 못하였나이다. 무슨 푸른 비애의 기억이 그를 싸고 돌아가는 것같이 그의 앞을 내다보는 두 눈에는 검은 그림자가 덮여 있는 듯하였나이다. 그리고 때때 내가 주는 말에 대답도 하지 않고 보이지 않게 가벼운 한숨을 쉬며 그의 괴로운 듯한 가슴을 내려앉혔나이다.

때때 거리거리 서울로 향하여 떠돌아 온 시골 나무장사의 소몰이 소리가 한적한 시골의 가만한 공기를 울리어 부질없이 뜨겁게 돌아가는 저의 핏속으로 쓸쓸하게 기어들어 올 뿐이었나이다.

넓고 넓은 벌판에는 보이는 것이 눈뿐이요. 여기저기 군데군데 서 있는 수척한 나무가 보일 뿐이었나이다. 저는 이것을 볼 때마다 저 북쪽 나라를 생각하였으며 정처 없는 방랑의 생활을 생각하였나이다.

그리고 지금 우리 두 사람이 방랑의 길을 떠난다고 가정까지 하여 보았나이다. R은 다만 나의 유쾌하게 뛰어가는 것을 보고 쓸쓸한 웃음을 웃을 뿐이었나이다.

우리가 SC강을 건널 때에는 참으로 유쾌하였지요. 회오리바람만 이 귀퉁이에서 저 귀퉁이로 저 귀퉁이에서 이 귀퉁이로 획획 불어 갈 때에 발이 빠지는 눈 위로 더벅더벅 걸어갈 제 은싸라기 같은 눈가루가 이리로 사르락 저리로 사르락 바람에 불려가는 것이 참으로 껴안을 듯이 깜찍하게 귀여웠나이다. 우리는 그 눈 덮인 모래톱으로 두 손을 마주 잡고 하나, 둘을 부르며 달음질을 하였나이다. 그리고 또다시 SP강에 다다랐을 때에는 보기에는 무서워 보이는 푸른 물결이 음녀(淫女)의 남치맛자락이 바람에 불리어 그의 구김살이 울멍줄멍하는 것같이 움실움실 출렁출렁하고 있었습니다.

우리는 나룻배를 타고 그 강을 건너 주막거리에서 점심을 먹을 때에 R이 나에게 말하기를,

"술 한잔 먹으려나?"

하기에 나는 하도 이상하여,

"술!"

하고 아무 소리도 못하였습니다. 여태까지 술을 먹을 줄 모르는 R이 자진하여 술을 먹자는 것은 한 가지 이상한 일이었나이다.

KC를 무엇하러 가는지도 모르고 가는 저는 또한 R이 술 먹자는 것을 또다시 그 이유까지 물어볼 필요가 없었나이다.

그는 처음으로 술을 먹었나이다.

우리는 또다시 걸어갔나이다. 마액(魔液)은 그 쓸쓸스러운 R을 무한히 흥분시켰나이다. 그는 팔을 내저으며 목소리를 크게 하여 말하기를 시작하였나이다. 그는 나의 손을 힘 있게 쥐며,

"DH."

하고 부르더니 무슨 감격한 듯한 어조로,

"날더러 형님이라고 하게."

별을 안거든 울지나 말걸

하고 조금 있다가 다시,

"나는 DH를 얼마간 이해하고 또한 어디까지 인정하는데."

하였나이다.

아, 얼마나 고마운 소리일까요? 저는 손아래 동생은 있어도 손위의 형님을 가질 운명에서 나지를 못하였나이다. 손목 잡고 뒷동산 수풀 사이나, 등에 업고 앞세워 물가로 데리고 다녀 줄 사람이 없었나이다. 무릎에 얼굴을 비벼 가며 어리광 부려 말할 사람이 없었나이다. 다만 어린 마음 외로운 감정을 그렁저렁한 눈물 가운데 맛볼 뿐이었나이다.

그리고 그리고 할아버지나 할머니의 머리를 쓰다듬어 주시는 부드러운 사랑을 맛보지 못하였나이다. 그리고 아버지 어머니는 본래 젊으시니까…….

그리고 어려서부터 오늘날까지 지낸 과거를 생각하여 보면 웬일인지 한 귀퉁이 가슴속이 메인 듯해요.

그런데 '형님'이라 부르고 '아우'라고 부르라는 소리를 듣는 저는 그 얼마나 기꺼웠을까요? 그 얼마나 반가웠을까요. 그리고 나를 이해하고 나를 얼마간일지라도 인정하여 준다는 말을 들은 나는 얼마나 감사하였을까요?

그러나 그 감사하고 반갑고 기꺼운 말소리에 나는 얼핏 '네' 하지를 아니하였나이다.

그 '네' 하지 않은 것이 잘못일는지 잘못 아닐는지 알 수 없으나 어찌하였든 저는 '네' 소리를 하지 못하였습니다. 그러면 그것이 나를 이해하고 나를 인정하여 주는 그 R의 마음을 더 슬프게 하였을는지 더 무슨 만족을 주었을는지는 알 수 없으나 나는 거기에 이렇게 대답을 하였나이다.

"좋은 말이오, 우리 두 사람이 어떠한 공통 선상에 서서 서로 인정하고 서로 이해함을 서로 받고 주면 그만큼 더 행복스러운 일이 없지. 그러하나 형이라 부르거나 아우라 부르지 않고라도 될 수 있는 일이 아닐까? 도리어 형이라 아우라는 형식을 만들 것이 없지 아니하냐?"

고 말을 하였더니 그는 무엇을 깨달은 듯이,

"딴은 그것도 그렇지."

하고 나의 손을 더 힘 있게 쥐었나이다.

3

금빛 나는 종소리가 파랗게 갠 공중을 울리고 어디로 사라져 버리는지? 그렇지 아니하면 온 우주에 가득 찬 '에테르'를 울리며 멀리멀리 자꾸자꾸 끝없이 가는지, 어떻든 그 예배당 종소리가 우두커니 장안을 내려다보는 인왕산 아래 붉은 벽돌집에서 날 때 저와 R은 C예배당으로 들어갔나이다.

그때에 누님도 거기에 앉아 계시었지요. 그리고 그 MP양도⋯⋯.

처음 보지 않는 MP양이지마는 보면 볼수록 그에게서 볼 수 있는 것이 자꾸자꾸 변하여 갔나이다. 지난번과 이번이 또 다르지요. 지난번 볼 때에는 적지 않은 불안을 가지고 그 여성을 보

별을 안거든 울지나 말걸

았습니다. 그리고 얼마간의 낙망을 가지고 보았을는지도 모르지요. 그러나 이번의 그를 볼 때에는 웬일인지 그에게서 보이지 않게 새어 나오는 무슨 매력이 나의 온 감정을 몽롱한 안개 속으로 헤매는 듯하게 하였나이다.

그리고 그의 육체의 미도 지난번 볼 때에는 어째 흙냄새가 나는 듯이 누런 감정을 나에게 주더니 오늘에는 불그레하게 황금색이 나는 빛을 나에게 던져 주더이다. 그리고 그 황금색이 농후한 액체가 평평한 곳으로 퍼지는 듯이 점점점점 보이지 않게 변하여 동(銅)색의 붉은빛으로 변하고 나중에는 어여쁜 처녀의 분홍 저고리 빛으로 변하기까지 하였나이다.

그리고 그가 고개를 돌릴 듯 돌릴 듯 할 때마다 나의 전신의 혈액은 타오르는 듯하고 천국의 햇발 같은 행복의 빛이 나의 온몸 위에 내리붓는 듯하였나이다.

그리고 한 시간밖에 안 되는 예배 시간이 나의 마음을 공연히 못살게 굴었나이다.

어찌하였든 예배는 끝이 났지요. 그리고 나와 R은 바깥으로 나왔지요. 그때 누님은 나를 기다리었지요. 그리고 저와 누님은 무슨 이야기던가 그 이야기를 할 때 아아, 왜 MP양이 누님을 쫓아오다가 저를 보고 부끄러워 고개를 돌리고 저편으로 줄달음질쳐 달아났을까요? ― 그 그렇지 않다는 그 MP양이.

누님, 그 MP양이 고개를 돌리고 줄달음질을 하거나 부끄러워 얼굴빛이 타오르는 저녁 노을빛 같거나 그것이 나에게 무엇이 되겠습니까?

그러나 왜 나를 보고만 그리하였을까요? 아마 다른 남성을
보고는 그리 안 했을 터이지요? 그리고 그 줄달음질하여 저쪽으
로 돌아가서는 그의 마음이 어떠하였을까요? 더욱 부끄럽지나
아니하였을까요? 그렇지 않으면 후회하는 마음이 나지나 아니
하였을까요?

어떻든 그것이 나에게 준 MP의 첫째 인상이었나이다. 그리하
고 환희와 번뇌의 분기점에 나를 세워 놓은 첫째 동기였나이다.

저는 언제든지 이 시간과 공간을 떠날 날이 있겠지요. 그러나
그 깊이 박힌 인생은 두렵건대 그 시간과 공간에 영원한 흔적을
남겨 둘는지요?

4

사랑하는 누님, 왜 나의 원고는 도적질하여 갖다가 그 MP양
을 보게 하였어요? 그 MP양이 그 글을 보고 얼마나 웃었을까
요?

아아, 그러나 그 누님의 나의 원고를 도적질하여다가 그 MP양
을 보게 한 것이 나의 마음을 얼마나 즐겁게 하였을까요?

누님의 도적질한 것은 그것을 죄를 정할까요, 상을 주어야 할
까요? 저는 꿇어 엎디어 절을 하겠습니다. 그리고 천국의 문을
열어 드릴 터입니다.

그런데 그 원고 OOO이라 한 곳에 서투른 필적이 새로 생기
었어요. 그리고 지울 수도 없는 잉크로 나의 글씨를 흉내를 낸

것인지 그렇지 않으면 그의 필적을 자랑하려 한 것인지?

그렇지만 그런 것은 아니겠지? 그렇지요, 그렇지는 않지요?

그러나 나의 원고를 더럽힌 그에게는 무엇이라 말을 하여야 좋을까요?

그러나 그러나 그 필적은 나의 가슴에 무엇인지를 전하여 주는 듯하였나이다. 사람의 입으로나 붓으로는 조금도 흉내 낼 수 없는 그 무엇을 전하여 주더이다. 다만 취몽 중에 헤매는 젊은이의 가슴을 못살게 구는 그 무엇을?

5

고맙습니다. 누님은 그 MP양과는 또다시 더 어떻게 할 수 없는 형제와 같다 하였지요? 그리고 서로서로 형님 아우하고 지낸다지요. 저는 다만 감사할 뿐이외다. 그리고 영원한 무엇을 바랄 뿐이외다.

그러나 저에게는 그 누님과 MP 사이를 얽어 놓은 형제라 하는 형식의 줄이 나를 공연히 못살게 구나이다. 그리고 모든 불안과 낙망 사이에서 헤매게 하나이다.

누님의 동생이면 나의 누이지요. 아니 나의 누님이지요. ── 그 MP양은 나보다 한 살이 더하니까 ── 그러면 나도 그 MP양을 누님이라 불러야 할 것이지요.

아아, 그러나 그것이 될 일일까요. 누님이라 부르기가 어려운 일이 아니지마는 나의 입으로 그를 누님이라고 부른다 하면 그 부르는 그날로부터는 그의 전신에서 분홍빛 나는 무슨 타는 듯한 빛을 무슨 날카로운 칼로 잘라 버리는 듯이 사라져 버릴 터이지. 아니 사라져 없어지지는 않더라도 제가 이 눈을 감아야지요.

아아, 두려운 누님이란 말. 나는 이 두려운 소리를 입에 올리기도 두려워요.

6

오늘 저는 PC에 보낼 원고를 쓰고 있었습니다. 머리가 아프고 신흥(神興)이 나지가 않아서 펴 놓은 종이를 척척 접어 내던져 버리고 기지개를 한번 켜고 대님을 한번 갈아매고 모자를 집어 쓰고 바깥으로 나갔습니다. 시계는 벌써 일곱 시를 십 분이나 지나고 있었나이다.

저의 가는 곳은 말할 것도 없이 R의 집이지요. 저는 R의 집을 가는 길 가운데에서도 다만 생각하는 것은 MP양뿐이었지요. 그리고 내가 책을 볼 때에나 글씨를 쓸 때에나 길을 걷거나 천장을 바라보고 누워 있을 때나 눈을 감고 명상할 때에나 나의 눈앞을 떠나지 않는 그 MP양을 오늘 R의 집에를 가면서도 또 보았습니다.

저는 언제든지 MP양을 생각합니다. 허무한 환영과 노래하며 춤추며 이야기하며 나중에는 두렵건대 손을 잡고 이 세상의 모든 유열을 극도로 맛보았습니다. 그러나 그것이 한낱 공상인 것을 깨달을 때에는 저도 공연히 심증이 나고 모든 것이 귀찮고 모

별을 안거든 울지나 말걸

든 것이 비관의 종자가 될 뿐이었나이다. 그리고 아아, 과연 다만 일찰나 사이라도 그 MP의 머릿속에서 나의 환영을 찾아낸다 하면 그 얼마나 나의 행복일까 하였나이다. 그리고 그 MP는 나를 조금도 생각지 않는 것만 같아서 공연히 마음이 애달팠나이다.

그날 R은 집에 있지 않았습니다. 저의 마음은 눈물이 날 듯이 공연히 센티멘털로 변하여졌나이다. 그래서 정처 없이 방황하기로 정하고 우선 L의 집으로 가 보았습니다.

제가 그 처녀와 같이 조금도 거짓 없음을 부러워하는 L은 나를 보더니 그 검은 얼굴에 반가워 죽을 듯한 웃음을 띠우고 손목을 잡아 자기 방으로 끌어들이더니 어저께도 왔었는데,

"왜 그동안에 그렇게 오지를 않았나?"

하지요. 그래 나는 그 얼마나 고독히 지내는 그 L을 보고 이때껏 계속하여 왔던 감상이 가슴 한복판으로 모여드는 듯하더니 공연히 눈물이 날 듯……하지요. 그래 억지로 그것을 참고 멀거니 앉아 있었더니 그 L은 또 날더러 독창을 하라지요. 다른 때 같으면 귀가 아프다고 야단을 쳐도 자꾸자꾸 할 저이지마는 오늘은 목구멍에서 무엇이 잡아당기는지 그 목소리가 조금도 나오지를 아니하였나이다. 그래 공연히 앙탈을 하고 일어나기를 싫어하는 그 L을 옷을 입혀 끌고 바깥으로 나갔습니다.

저녁 안개는 달빛을 가리우고 붉은 전등불만이 어두움 속에 진주를 꿰뚫어 놓은 듯이 종로 큰 거리에 나란히 켜 있을 뿐이었나이다.

두 사람이 나오기는 나왔으나 어디로 갈 곳이 없었나이다. 주

머니에 돈이 없으니 하루 저녁을 유쾌히 놀 수도 없고 또 갈 만한 친구의 집도 없고 마음만 점점 더 귀찮고 쓸쓸스러운 생각을 하였나이다.

우리 두 사람은 결국 때 없이 웃는 이의 집으로 가기로 하였나이다. 우리는 한 집에를 갔으나 우리를 기다리지 않는 그는 있지 않았나이다. 그래 하는 수 없이 설영(雪影)의 집으로 가기를 정하고 천변(川邊)으로 내려섰나이다. 골목 안의 전깃불은 누구를 기다리는 것같이 빙그레 웃으며 켜 있었지요. 우리는 그 집에를 들어가 "설영이!" 하고 불렀나이다. 안방에서 영리한 목소리로,

"누구요?"

하는 설영의 목소리가 났습니다. 우리 두 사람은,

"있고나."

하였습니다. 그리고 공연히 마음이 반가웠나이다. 그리고 설영이는 마루 끝까지 나와,

"아이그, 어서 오세요, 왜 그렇게 한 번도 아니 오세요."

하지요.

아, 누님 그 소리가 진정이거나 거짓이거나 관성으로 인하여 우연히 나온 말이거나 아무것이거나 나는 그것을 생각하려고 하지는 않습니다. 다만 감상에 쫓기어 정처 없이 방황하려는 이 불쌍한 사람에게 향하여 그의 성대를 수고롭게 하여 발하여 주는 그의 환영의 말이 얼마나 나의 피곤한 심령을 위로하여 주었을까요.

그는 날더러 '오라버니'라 하여 주기를 맹서하여 주었습니다.

별을 안거든 울지나 말걸

그리고 영원히 오라버니가 되어 달라 하였습니다.

누님, 과연 내가 남에게 오라버니라는 존경을 받을 만한 자격의 소유자가 될 수 있을까요. 물론 그것도 나의 원치 않는 형식입니다. 그러나 나는 그 설영을 친누이동생같이 사랑하렵니다. 그리고 영원히 영원히 나의 누이동생을 만들려 하나이다. 그리고 다만 독신인 설영이도 진정한 오라비 같은 어떠한 남성의 남매 같은 애정을 원하겠지요? 그러나 그러나 무상(無常)인 세상에 그것을 과연 허락할 참신(神)이 어느 곳에 계실는지요? 생각하면 안타까울 뿐이외다.

그날 L은 설영을 공연히 못살게 놀려 먹었나이다. 물론 사념 없는 어린애 같은 유희지요. 그때 L은 설영을 잡으려고 달려들었습니다. 설영은 소리를 지르며 간지러운 웃음을 웃으면서 나의 앞으로 달려들며,

"오라버니! 오라버니!"

하고 그 L을 피하였나이다. 나는 그때 그 설영이 비록 희롱에서 나왔다 하더라도 L에게 쫓기어 나에게 구호함을 청할 때에 아아, 과연 내가 이와 같은 여성의 구호를 청함을 받을 만한 자격의 소유자일까 하였나이다. 그리고 모든 여성은 다 나를 보려고 하지도 않는 생각을 하고 혼자 이 설영이가 나에게 구호함을 청한다는 것은…… 그 설영을 껴안을 듯이 귀여운 생각이 났나이다. 그러나 그러나 나타났다 사라지는 환영의 그림자일까? 팔팔팔 날리는 봄날의 아지랑이일까? 영원이란 무엇일는지요…….

7

날이 매우 따뜻하여졌습니다. 내일쯤 한번 가서 뵈오려 하나이다. 하오에 기다려 주십시오. 그리고 W군은 어저께 동경으로 떠나갔다는 말을 들었습니다. 만나보지 못한 것이 매우 섭섭하외다. 그리고 S군 Y군도 그리로 향하여 수일 후에 떠나간다는 말을 들었습니다. 아아, 저는 외로운 몸이 홀로이 서울에 남아 있게 되겠지요. 정다운 친구들은 모두 다 저 갈 곳으로 가 버리고…….

내일 만나 뵈옵겠습니다.

8

왜 어저께 저는 누님에게를 갔을까요? 그 간 것이 나에게 좋은 기회이었을까요? 그렇지 않으면 좋지 못한 기회이었을까요.

어떻든 어저께 나는 처음으로 그 MP와 말을 하게 되었습니다. 그리고 가까이 서로 보고 앉아 간질간질한 시선으로 그를 보게 되었습니다. 그리고 나의 눈에서 방산하는 시선의 몇 줄기 위로 나의 쉴 새 없이 뛰는 영의 사자를 태워 보내었나이다.

그는 그때 그 예배당 앞에서 나를 보고 고개를 돌리고 줄달음질하던 때와는 아주 달랐습니다. 그의 마음속으로는 나의 전신의 귀퉁이로부터 귀퉁이까지 호의의 비평을 하였을는지 악의

별을 안거든 울지나 말걸

의 비평 — 그렇지는 않겠지요? — 을 하였을는지 어떻든 부단의 관찰로 비평을 하였겠지요. 그러나 그의 눈과 안색은 아주 침착하였나이다. 그리고 그에게서 가장 아름다운 목소리는 아주 나의 마음을 취하게 할 듯이 부드럽고 연하며 은빛이 났나이다.

그리고 나의 글을 너무 칭상(稱賞)하는 것이 조금 나를 부끄럽게 하였으며 또는 선생님이라는 경어가 아주 나를 괴롭게 하였나이다.

누님, 만일 그가 날더러 선생이라 그러지 않고 오라비라고 하였더면? 그 찰나의 나의 모든 것은 다 절망이 되어 버렸을 터이지요. 그 선생이라는 말을 듣기 싫어하는 제가 도리어 그 선생이라는 말을 듣는 것이 행복인 것을 깨달을 날이 있을 줄은 이제 처음으로 알게 되었나이다.

어떻든 저는 그 MP와 만날 기회를 얻었습니다. 그리고 서로 말소리를 바꾸게 되었습니다. 아마 이것이 저와 그 MP 사이에 처음 바꾸는 말소리가 되었겠지요? 그리고 우주의 생명 중에 또 다시 없는 그 어떠한 마디이었겠지요.

그러나 저는 불안을 깨닫습니다. 마음이 못 견딜 만큼 불안합니다. 다만 한 번 있는 그 기회의 순간이 좋은 순간이었을까요? 기쁜 순간이었을까요. 무한한 희망과 영원한 행복을 저에게 열어 주는 그 열쇠 소리가 한 번 째깍 하는 그 순간이었을까요. 그렇지 아니하면 끝없는 의혹과 오뇌 속에서 만일의 요행만 한 줄기 믿음으로 몽롱한 가운데 살아 있다 그대로 사라져 없어졌다면 도리어 행복일 걸 하는 회한의 탄식을 나에게 부어 줄 그 순간이었을까요?

어찌하였든 저는 한옆으로 요행을 꿈꾸며 한옆으로 부질없는 낙망에 헤매나이다.

9

오늘은 아침 아홉 시에 겨우 잠을 깨었나이다. 그것도 어제 저녁에 공연히 돌아다니느라고 늦게 잔 덕택으로 아침에 일어나지 못하는 행복을 얻었더니 그나마 행복이 되어 그리하였는지 R이 찾아와서 못살게 굴지요. 못살게 구는 데 쪼들리어 겨우 잠을 깨어 세수를 하였나이다.

이상한 일이었나이다. 제가 R의 집을 가기는 하여도 R이 저의 집에 찾아오는 일이 없는 그가 오늘 식전 아침에 저를 찾아온 것은 참으로 뜻밖이고 이상합니다.

그는 매우 갑갑한 모양이었나이다. 그리고 요사이 며칠 동안 그의 얼굴은 그리 좋지 못하였으며 언제든지 무슨 실망의 빛이 있었나이다.

오늘도 그는 침묵 속에 있었나이다. 그리고 먼 산만 바라보고 있었나이다.

그는 어디로 산보를 가자 하였나이다. 저는 아침도 먹지 않고 그와 함께 정처 없이 나섰나이다.

우리는 전차를 타고 H와 P의 집에를 가 보았으나 H는 아침 먹고 막 어딘지 가고 없다 하고 P는 집에 일이 있어서 가지를 못하

별을 안거든 울지나 말걸

겠다 하지요. 그래 하는 수 없이 우리 단 두 사람이 또다시 KC를 향하여 떠났나이다.

천기는 청명, 가는 바람은 살살, 아주 좋은 봄날이었나이다. 우리는 전차에서 내렸나이다. 오포(吾砲)가 탕 하였나이다.

멀리멀리 흐르는 HC강은 옛적과 같이 고요히 흐르고 있었나이다. 아무 소리도 없고 아무 향기도 없고 아무 웃는 것도 없고 다만 푸른 물속에 취색(翠色)의 산 그림자를 비추어 있어 다만 "아아 아름답다" 하는 우리 두 사람의 못 견디어 나오는 탄성뿐이 고요한 침묵을 가늘게 울릴 뿐이었나이다. 우리는 언덕으로 내려가 한가히 매어 있는 주인 없는 배 위에 앉아 아무 소리 없이 물 위만 바라보았나이다. 푸른 물 위에는 때때 은사(銀絲)의 맴도는 듯한 파련(波漣)이 가늘게 떨 뿐이었나이다. 그리고 사르렁 사르렁하는 은사의 풀렸다 감겼다 하는 소리가 들리는 듯 하였나이다.

우리는 한참이나 앉아 있었나이다.

우리는 문득 저쪽을 바라보았나이다. 그리고 나의 가슴은 공연히 덜렁덜렁하고 전신에 식은땀이 흐르는 듯하였나이다. 저기 저쪽에는 그 비단결 같은 물 위에 한가히 떠 있어 물속으로 녹아들 듯이 가만히 있는 그 요트 위에는 참으로 뜻밖이었어요, 그 MP가 어떠한 다른 동무하고 나란히 앉아 있었나이다.

그러나 그 MP는 나를 보고도 모르는 체하는지 보지 못하고 모르는 체하는지 다만 저의 볼 것, 저의 들을 것만 보고 들을 뿐이었나이다.

저는 그 MP에게로 달려가고 싶었습니다. 아, 그러나 만일 그가 나를 보고도 못 본 체한다면?

불과 몇십 간 되지 않는 거기에 있는 그가 어째 나를 보지 못하였을까? 못 보았을 리가 있나? 라고만 생각하는 저는 그에게로 가기가 두렵고 공연히 무엇인지 보이지 않는 무엇이 원망스러웠을 뿐이었나이다.

그런데 웬일일까요 — MP를 나 혼자만 아는 줄 아는 저는 R의 기색에 놀라지 아니치 못하였나이다.

R은 나의 손을 잡아당기며,

"MP가 왔네."

하였습니다. 그 소리를 듣는 저는 R이 어떻게 MP를 아는가 하였나이다. 그리고 무엇인지 번개와 같이 저의 머리를 지나가는 것이 있더니 저는 그 R에게서 무슨 공포를 깨달은 것이 있었나이다.

R은 대담하게 MP에게로 갔습니다. 저도 그를 따라갔습니다. R은 모자를 벗고 그에게 예를 하였나이다. 아아 그러나 누님, 정성을 다하지 않고 몽롱한 의심과 적지 않은 불안으로 주는 저의 예에는 그의 입 가장자리로 불그레한 미소가 떠돌았으며 따뜻한 눈동자의 금빛 광채이었나이다. 그리고,

"아이고 어떻게 이렇게 오셨에요?"

하는 그의 전신을 녹이는 듯한 독특한 어조가 저를 그 순간에 환희의 정화 속으로 스며들게 하였나이다.

우리 두 사람은 그를 작별하고 바로 시내로 들어왔나이다. 웬

일인지 저의 마음은 한없이 기뻤나이다. 그리고 전신의 혈액은 더욱더 펄펄 끓기를 시작하였나이다.

그러나 R의 얼굴은 그 전보다 더 비애롭고 실망의 빛이 떠돌았나이다. 쓸쓸한 미소와 쓸쓸한 어조가 노는 저의 동정의 마음을 일으킬 만큼 처참한 듯하였나이다. 저는 R에게,

"어떻게 MP를 알던가?"

하였습니다. 그는 무슨 옛날의 환상을 보는 듯한 표정으로,

"그전부터 알어."

하였나이다. 이 소리를 듣는 저는 '그러면 이성 사이에 만나면 생기는 사랑의 카락(絡)이 그 MP와 이 R 사이에 매여지지나 아니하였나' 하고 여태껏 기꺼웁던 것이 점점 무슨 실망의 감상으로 변하여 버리었나이다. 그리고 차차 의혹 속에 방황하게 되었나이다.

그리하다가도 그 R의 실망하는 빛과 MP의 냉담한 답례가 저에게 눈물 날 만치 R을 동정하는 생각을 나게 하면서도 또 한옆으로는 무슨 승자의 자랑을 마음 한 귀퉁이에서 만족히 여기었으며 불행한 R을 옆에 세우고 다행히 환희를 맛보았습니다.

그날 저는 R의 집에서 자기로 정하였나이다. 밤 열한 시가 지나도록 별로 서로 말을 한 일이 없는 R과 두 사람 사이에는 공연히 마음이 괴로운 간격을 깨닫게 되었나이다. 그리고 그의 푸른 비애와 회색 실망의 빛이 그의 얼굴로 가끔가끔 농후하게 지나갈 때마다 저는 공연히 불안하였나이다.

저는 R에게 그 기색이 좋지 못한 이유를 묻기를 두려워하였나

이다. 그리고 만일 그 비애의 빛과 실망의 빛이 그 MP로 인한 것이 아니고 다른 것으로 인한 것이라 하면 저는 그때 그 R의 그 비애와 실망과 또 같은 비애 실망을 맛보았을 것이지요?

그러나 저는 형제와 같은 그 R의 비애와 실망을 그 MP로 인하여서라고 인정하였나이다. 인정하지를 아니하면 저의 마음이 불안하여 못 견디겠으므로.

그날 저녁 R은 자리에 누워서도 한잠을 자지 못하는 모양이었나이다. 다만 눈만 멀뚱멀뚱하고 천장만 바라보고 있었나이다. 그리고 머리를 짚고 눈을 감고 무엇인지 명상하듯이 가만히 있었을 뿐이었나이다. 그의 엷은 눈썹은 가늘게 떨리고 있었습니다.

저도 웬일인지 잠이 오지 않았습니다. 그래 머리맡 서가에 놓여 있는 『On the Eve』*를 집어 들고 한참이나 보다가 잠이 깜빡 들었나이다.

10

저는 어리석은 사람이 되어 버리었나이다. 꿈을 믿고 길에서 장님을 만나면 두 다리에 풀이 다하도록 실망을 하게 되었나이다.

그리고 꽃의 화판을 "하나 둘" 하며 'MP가 나를 사랑하느냐

---

* 투르게네프의 저서(1860). 농노해방 운동이 전개되던 변혁기 러시아를 배경으로 불가리아 청년과 러시아 소녀 간의 사랑을 다룬 장편소설.

별을 안거든 울지나 말걸

사랑하지 않느냐?' 하며 차례차례 따 보게 되었습니다. 그리고 만일 '사랑한다' 하는 곳에서 맨 나중 꽃 잎사귀가 떨어지면 성공한 것처럼 춤을 출 듯이 만족하였으며 그렇지 않고 '사랑하지 않는다'는 곳에 와서 그 맨 나중 꽃 잎사귀가 떨어지면 공연히 낙망하는 생각이 나며 비로소 그 헛된 것을 조소합니다. 그러나 어느 틈에 또다시 그 꽃 잎사귀를 따 보고 싶어 못 견디게 되나이다. 저는 요행을 바라는 동시에 말할 수 없는 미신자가 되었습니다.

오늘은 제가 누님을 만나 뵈러 가지 않으려 하였으나 W군이 피스(Piece)*를 찾아 달라 하여서 누님에게로 갔습니다.

누님이 나오기를 기다리고 있을 동안에 나는 다만 침착하고 고요한 마음으로 정문 앞 플랫폼을 왔다 갔다 하였나이다.

그러다가 문 열리는 소리가 나더니 나오는 사람은 누님이 아니고 그 MP였습니다. MP는 나를 보더니 쌩긋 웃으며 고개를 숙여 예를 하여 주었나이다. 그리고 그곳에 서 있었나이다. 그 뒤를 따라 나온 이가 누님이었지요!

저의 마음은 이상하게 기뻤나이다. 그리고 아주 무슨 희망을 얻은 듯하였나이다. 길거리로 걸어 다니면서도 혹시나 MP를 만나 인사를 주고받을 만한 순간의 기회를 기대하는 저는, 누님에게로 갈 때마다 그 MP를 만날 수가 있을까 하는 기대를 가지고 다니었나이다. 오늘도 그 기대를 조금일지라도 아니 가지고 간

* 악보.

것이 아니었건마는 그 MP가 있지 않을 줄 안 저는 아주 단념을 하고 갔었습니다. 그래 그 MP를 만난 것은 아주 의외이었지요.

누님 그 MP가 무엇하러 누님보다도 먼저 저를 보러 나왔을까요. 어린 아우를 만나려는 누님의 마음이었을까요. 반가운 정인을 만나려는 애인의 마음이었을까요. 무엇이었을까요?

그는 저와 오랫동안 말을 하였나이다. 그리고 동청(冬靑)이 푸른 잔디 사이를 누님과 저 세 사람이 산보하였지요? 저희가 그 좁은 길로 지나올 때 저는 그 MP에게,

"R을 어떻게 아셨던가요?"

하고 물어보았습니다. 그 MP는 조금 얼굴이 불그레한 중에도 미소를 띠우며,

"네, 그전에 한두어 번 만나본 일이 있었어요."

하고 대답을 하였지요. 그 소리를 듣는 저는 곧,

"R은 참 좋은 사람이야요."

하였지요. 그러니까 그 MP는 곧 다른 말로 옮기어 버렸나이다.

그렇게 한 지 십 분쯤 되어 누님과 우리 두 사람은 무슨 조용히 할 말이나 있는 것처럼 주저주저하였나이다. 그러니까 그 MP는 곧 영리하게 그것을 알아차리고 안으로 들어가 버렸지요.

아아 그때 저의 마음은 아주 섭섭하였습니다. 우리가 우리의 필요한 이야기를 하지 못한다 하더라도 그 MP는 떠나기가 싫었나이다. 그러나 그의 검은 치맛자락의 그림자는 보이지 않게 사라져 버리었나이다. 그때 누님은 절더러 이야기를 하여 주었지

별을 안거든 울지나 말걸

요. 그 MP를 R이 사랑하려다가 그 MP가 배척을 하였다는 것을…… ― 그리고 그 MP가 저의 그 누님이 도적하여 간 원고를 보고 도외(度外)의 찬상을 하더라는 것과, 그러나 그가 한 가지 불만으로 생각하는 것은 신앙이 적더라는 것을.

저는 누님과 작별을 하고 문 밖으로 나오며 뛰어갈 듯이 걸음을 속히 하여 걸어가며,

"내가 행복한 자냐 불행한 자냐?"

하고 혼자 소리를 질러 보았습니다. 그러다가는 그 신앙이 적다고 하는데 대하여는 적지 않은 불쾌와 또 한옆으로는 희미한 실망을 깨달았습니다.

그래 집에 돌아와 아랫목에 누워서 여러 가지로 그 MP와 저 사이를 무지갯빛 나는 아름답고 거룩한 것으로만 얽어 놓아 보다가도 그 신앙이란 말을 생각하고는 곧 의혹 속에 헤매었나이다. 그러다가는 그의 집에서 본 『On the Eve』를 읽던 것이 생각되며 그 여주인공 에레나의 일기가 생각났습니다.

그의 애인 인사로프와 그의 아버지가 그와 결혼시키려는 크르나도스키를 비교하여 인사로프에게는 신앙이 있을지라도 크르나도스키에게는 신앙이 없었다. 자기를 믿는 것만으로는 신앙이 있다고 말할 수 없으니까…….

누님, 저는 이 글을 볼 때 공연히 실망하였습니다. 에레나는 신앙 있는 사람을 사랑하였습니다. 그리고 신앙 없는 사람을 사랑치 않았습니다. 그러면 MP도 언제든지 신앙 있는 사람을 사랑할 터이지요? 그러면 그 MP가 저에게 신앙이 없다고 한 말은 저

를 동생이나 친우로 여길는지는 알 수 없으나 애인으로 생각지는 못하겠다는 것이지요.

누님, 그러면 저는 실망할까요, 낙담할까요? 신앙이란 무엇일까요? 물론 누구에게든지 신앙이 없는 사람이 없습니다. 누구는 예수를 믿고 석가를 믿고 우상을 믿고 여러 가지를 믿습니다.

그리고 또 자기를 믿는 사람이 있기도 합니다. 그리고 누님, 저도 무엇인지 신앙하는 것이 있겠지요? 신앙이 없는 사람이 이 세상에서 생명을 가지고 살아 있다는 것은 거짓말이니까 —누구든지 각각 자기가 신앙하는 것이 있기 때문에 이 세상에 살아 있으니까 저도 또한 이 세상에 살아 있는 사람이라 어떠한 신앙이든지 가지고 있겠지요.

저 어떠한 종교를 어리석게 믿는 사람들은 각각 자기의 신앙만이 참신앙으로 생각합니다. 그리고 남의 신앙을 조소합니다. 그러나 한 번 더 크게 눈을 뜨고 고개를 돌리어 사면을 둘러보는 자는 각각 이것과 저것을 대조할 수가 있을 것이지요. 그리고 각각 장처와 결점을 찾아낼 수가 있을 것이지요. 이불을 뒤집어 쓰고는 물론 그 이불 속뿐이 세상인 줄 알 터이지요. 그리고 그 속에만 참진리가 있는 줄 알 터이지요. 그러하나 그 이불 속만이 세상이 아니고 그 속에만 진리가 있는 것이 아닌 줄 아나 그 이불을 벗어 버린 자는 그 이불 쓴 사람을 불쌍히 여기었을 터이지요. 그러면 이 세상에는 그 이불을 벗은 사람이 여럿이 있었습니다. 그리하여 그 이불을 뒤집어쓴 사람들을 아주 불쌍히 여기었습니다.

그러면 저도 그 이불을 벗은 사람의 하나가 되려 합니다. 다만 어떠한 이름 아래서든지 그 온 우주에 가득 차서 영원부터 영원까지 변치 않는 진리를 믿는 사람이 되려 하나이다. 그리하고 다만 그것을 구할 뿐이요, 그것을 체험하려 할 뿐이외다.

　물론 사람은 약한 것이지요. 심신이 다 강하지는 못하지요. 제가 어떠한 때 본의 아닌 일을 할 때가 있다 하더라도 그것은 다만 약한 까닭이겠지요. 그리고 그것을 깨닫는 때는 그것을 고치겠지요.

　그리고 누님, 한 가지 끊어 말하여 둘 것은 『Quo Vadis(쿠오바디스)』에 있는 비니큐스와 같이 리기아의 신앙과 같은 신앙으로 인하여서 저도 그 비니큐스는 되지 않겠지요.

　아아, 그러나 누님, 제가 어찌하여 이와 같은 말을 쓸까요? 사랑보다 더 큰 신앙이 이 세상에 또 어디 있을까요. 자기의 생명까지 희생하는 것은 사랑이 있을 뿐이지요. 사람이 사랑으로 나고 사랑으로 죽고 사랑으로 살기만 하면 그 사람의 생은 참생이 되겠지요. 그러하나 저희는 사랑을 생각할 때마다 마음이 두근거립니다. 처음은 이성에게 사랑을 구하는 자가 누가 주저하지 않는 자가 있고 누가 가슴이 떨리지 않는 자가 있을까요? 그러면 사랑이란 죄악일까요? 죄 지은 자와 똑같은 떨림과 불안을 깨닫는 것은 어찌함일까요.

　그렇습니다. 우리 인생에게는 두 가지 큰 문제가 있습니다. 그것은 열정과 이지입니다. 이 세상의 역사는 이 두 가지의 싸움입니다. 그리고 모든 불행의 근원은 이 열정과 이지가 서로 용납하지 않는 곳에 있는 것입니다.

그리운 이성을 보고 자기 마음을 피력지 못하고 혼자 의심하고 오뇌하는 것도 이 이지로 인함이지요. 저는 어떻게 하면 이이지를 몰각한 열정만의 인물이 되려 하나, 그 이지를 몰각한 열정의 인물이 되겠다는 것까지도 이지의 부르짖음이지요. 시간이 없어서 두어 마디로 대강만 쓰고 요다음 언제든지 기회 있으면 열정과 이지에 대하여 좀 써 보내려 하나이다.

11

조용한 저녁날에 술주정꾼같이 저는 정처 없이 헤매나이다. 안갯빛 저의 가슴에서는 눈물이 때 없이 솟나이다.

아아, 누님, 누님은 다만 참사람이 되어 주시오. 저도 또한 그렇게 되려 하나이다.

오늘 저는 또다시 R의 집에를 갔었나이다. 그 R은 있지 않았습니다. 그러나 얼마 있지 않으면 곧 들어오리라는 그 집 사람의 말을 듣고 저는 그의 방에서 기다리게 되었나이다. 그러나 R이 저와 형제같이 친하지가 않으면 그와 같이 주인 없는 방 안에 들어가 앉아 있지를 못하였을 터이지요. 그래 그와 친하다 하는 무엇이 저를 그의 방으로 들어가게 하였나이다.

저는 그의 방에 들어가 그의 책상 앞에 앉았나이다. 그때 문득 저의 눈에 보이는 것은 그가 써서 놓은 편지였나이다. 그리고 그 편지 피봉에는 MP라 씌어 있었습니다. 저의 마음은 공연히

272   별을 안거든 울지나 말걸

시기하는 마음이 나며 또한 그 편지를 기어이 보고 싶은 생각이 났었습니다. 마침 다행한 것은 그 편지를 봉하지 않은 것이었나이다.

저는 그것을 보았습니다.

그 속에는 이러한 말이 쓰여 있었습니다.

……DH는 미숙한 문사요, 그리고 일개 'Bourgeois(부르주아)'에 지나지 못하는 사람이오……라고.

아아 누님, 저는 손이 떨리었나이다. 그리고 그 편지를 다시 그 자리에 놓고 그대로 바깥으로 뛰어나왔습니다. 그리고 길거리로 걸어오며 눈물이 날 만큼 모든 것이 원망스럽고 또 한옆으로는 분한 생각이 나서 못 견디었나이다.

그리고 사랑하는 R이 그와 같은 말을 써 보낼 줄 참으로 알지 못하였나이다. 누님, 그렇지요. 저는 글 쓰는 데 미숙하겠지요. 저는 거기에 조금이라도 이의를 말하려 하지 않나이다. 그러나 그 말을 무엇하러 MP에게 할 것일까요.

아아, 누님, 저는 일개 참사람이 되려 할 뿐이외다.

저는 문학가, 문사라는 칭호를 원치 않아요. 다만 참사람이 되기 위하여 글을 봅니다. 그리고 느끼는 바를 견딜 수 없었습니다. 그리고 나와 같은 느낌과 깨달음이 우리 인생을 위하여 조금이라도 보탬이 될까 하였습니다.

그러나 저 일개인의 성공은 얻기가 어려울 터이지요. 제가 느끼고 깨닫는 것은 길고 긴 우주의 생명과 함께 많고 많은 사람들이 깨닫는 것에 다만 몇천만억분의 일이 될락 말락 할 터이지요. 그리고 그 저의 생명이 그치는 날에는 그것보다 조금 더하여질 뿐이지요. 그리고 그것보다 더 큰 무엇을 원할지라도 유한한 저의 육체와 정신은 그것을 용서치 않을 터이지요.

그러면 제가 부르주아나 프롤레타리아나 무엇 어떠한 부름을 듣든지 언제든지 참사람이 되려 할 뿐이외다.

아마 이 세상의 모든 진리를 혼자 깨달은 줄 아는 사람일지라도 이 참사람이 되려는 데서 더 벗어나지는 못하였을 터이지요.

그러나 저는 오늘부터 친애하는 친우 하나를 잃어버리게 되었나이다. 아무리 아무리 제가 너그러운 마음으로써 그전과 같이 R을 대하려 하나 그는 나를 모함한 자이지요. 어찌 그전과 같은 정의(情誼)를 계속할 수가 있을까요.

그러나 저의 마음은 괴롭습니다. 그리고 그 KC를 가면서 저에게 형제와 같이 지내자던 것을 생각하고 또는 그동안 지내오던 정분을 생각하고 그것이 다만 한순간에 깨어지는 것을 생각할 때 저의 마음은 아주 안타까웠나이다. 그러다가도 그 R의 손을 잡고 기꺼워하고 싶었습니다.

12

집에서 나을 때 동생 L이 울며 쫓아 나오면서,

"형님 형님 나하고 가."

하며 부르짖었나이다. 그리고 두 팔을 벌리고 저를 바라보고

별을 안거든 울지나 말걸

있었습니다. 그러나 발이 떨어지지 않지만 하는 수 없이 어머니에게 L은 맡기고 또다시 R을 찾아갔나이다.

어제 저녁 늦도록 잠을 자지 못한 저는 오늘 또다시 새벽에 일찍 일어났으므로 몸이 조금 피곤하였나이다.

저는 R의 집으로 가면서 몇 번이나 가지 않으리라 하여 보았습니다. 날마다 가는 R의 집에를 일주일이나 가지 않은 저는 오늘도 또 가 볼 마음이 그리 많지는 않았습니다. R을 생각하면 할수록 분하고 답답한 저는 언제든지 그 마음을 누르려 하였으나 그리 속마음이 편치는 못하였습니다.

제가 R의 집에 들어갈 때에는 아주 마음이 유쾌치 못하였습니다. R은 저를 보고 힘없이 저의 손을 잡고 인사를 하여 주었습니다. 그리고.

"어서 오게."

하는 소리가 아주 반갑지 못하였습니다. 저는 그 R을 보기 전에는 반갑게 인사를 하리라 한 것이 지금 그를 만나 보니까 공연히 그와 함께 있는 것이 싫은 생각이 나서 그대로 바깥으로 나오고 싶었습니다.

저는 그대로 서서,

"여러 날 만나지 못하여서 조금 보고 나갈까 하고……."

하며 그를 쳐다보았습니다. 그는 다만 고개를 끄덕하며,

"응……."

할 뿐이었나이다. 저는 갑자기 뛰어나오고 싶었습니다. 그래.

"내일 또 봅시다."

하고 그대로 뛰어나왔습니다. 그 R은 아무 말도 없이 자기 방으로 들어가 버렸습니다.

아아, 누님, 우리 두 사람 사이는 어째 이리 멀어졌을까요? 무슨 간격이 생겼을까요? 그리고 무슨 줄이 끊어졌을까요. 저는 그것을 알 수가 없습니다.

제가 종로를 걸어올 때였습니다. 저쪽에서 뜻밖에 그 MP가 걸어왔습니다. 그때 저는 그 MP와 만나 인사를 하리라 하였습니다.

그러나 그 MP는 어떠한 양복 입은 이와 함께 저를 못 보았는지 저의 곁으로 그대로 지나가 버렸나이다. 저는 다만 지나가는 그만 바라보고 있다가 손을 단단히 쥐고, '에― 고만두어라' 하였습니다.

저는 말할 수 없는 번뇌 가운데 '에, 설영에게나 가리라' 하였나이다. 그리고 천변으로 그의 집을 찾아갔습니다. 그때 저의 마음에도 '설영이가 있지 않으리라'는 생각은 없이 으레 만나려니 하였나이다. 그러나 설영을 부르는 저의 목소리에 그 영리하고 귀여운 우리 누이동생의 목소리는 나지 않고 그의 어머니가 "없소" 하고 냉대하듯 보통 손님과 같이 대답을 하였습니다. 그 소리를 듣는 저는 공연히 섭섭한 생각이 나며 또는 설영이가 저를 한날 지나가는 손처럼 생각하는 듯하고 또한 어떠한 정인이나 찾아가지 않았나 할 때 오라비 노릇을 하려는 저도 공연히 질투스러운 마음이 나며, '다 그만두어라' 하는 생각이 나고 공연히 감상의 마음이 났습니다.

별을 안거든 울지나 말걸

저는 그대로 집으로 갔습니다. 집 문간에서 놀던 L은 반기어 맞으면서 두 팔을 벌리고 저에게 턱 안기며 몸을 비비 꼬고 그의 가는 손으로 간지럽고 차디차게 저의 뺨을 문질러 주었나이다. 그때 저는 모든 감상의 감정은 가슴 한복판으로 모아드는 듯하더니 눈물이 날 듯하였나이다. 그때 그 L은,

"형님, 입마……."

하였나이다. 그래 저는 그에게 입을 맞추려 하니까, 그는 무엇이 만족지 못한지,

"아니 아니, 귀 붙잡고."

하며 그의 손으로 저의 두 귀를 붙잡고 입을 맞추어 주려다가 또다시,

"형님도 내 귀 붙잡아."

하였나이다. 저는 그 L의 귀를 붙잡고 입을 맞추었나이다. 그러나 그때 L은 저를 쳐다보며,

"형님이 우네."

하였나이다. 아아, 누님. 저의 눈에는 눈물이 나왔었습니다. 그리고 마음껏 그 L을 껴안고 울고 싶었습니다.

· 끝 ·

제2부

────────

없는 자의 슬픔

그래도 살아가야 하는 이들의 열두 가지 인생 이야기

'없다'는 말처럼 슬픈 단어가 있을까. 어느 시대에나 없이 사는 사람들 있어, 그들은 끊임없이 무언가를 희구한다. 돈과 명예를, 지위와 권력을, 가족과 연인을, 젊음과 용기를, 역량과 지혜를 갈망한다. 그러나 박탈과 결핍이 일상인 세상에서 사람들은 넋을 잃고, 한(恨)을 얻는다.

'대한민국 스토리DNA' 열네 번째 시리즈의 제2부는 그들의 이야기다. 끊임없이 무언가를 찾아 헤맸던 사람들. 그러나 끝내 아무것도 찾지 못했던 사람들의 이야기. 어느 시대에나 존재하는 비애, 그 없는 자의 지극한 슬픔 속으로 깊숙이 파고든다.

강경애, 계용묵, 김동인, 김유정, 백신애, 이상, 이효석, 이태준, 현진건(가나다 순) 등 아홉 작가의 열두 가지 이야기다. 모진 세상속에서 길어낸 이야기들은 어둡지만, 어두운 만큼 강렬하다. 가진것 아무것도 없지만, 그럼에도 살아가야 하는 사람들의 이야기는 처절해서 아름답다.

모든 좌절은 꿈과 희망의 이면 아니던가. 냉담한 운명 앞에서 뭉개진 삶들이 저마다 한 송이의 붉은 꽃을 피워낸다. 그 비애의 꽃, 한의 꽃이 우리들 앞에서 흐드러진다.

2017년 4월
새움출판사

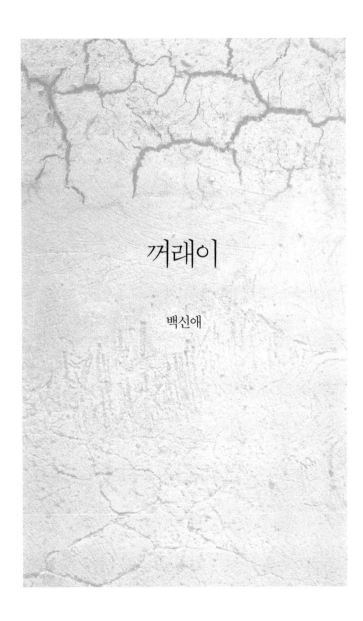

꺼래이

백신애

끌려갔습니다.

순이(順伊)들은 끌려갔습니다.

마치 병든 거러지* 떼와도 같이……

굵은 주먹만큼씩 한 돌멩이를 꼭꼭 짜박은 울퉁불퉁하고도 딱딱한 돌길 위로……

오랜 감금 생활에 울고 있느라고 세월이 얼마나 갔는지는 몰랐으나 여러 가지를 미루어 생각하건대 아마도 동짓달 그믐께나 되는가 합니다.

고국을 떠날 때는 겹저고리에 홑속옷을 입고 왔으므로 아직까지 그때 그 모양대로이니 나날이 깊어 가는 시베리아 냉혹한 바람에 몸뚱어리는 얼어 터진 지가 오래였습니다.

순이의 늙으신 할아버지, 순이 어머니, 그리고 순이와 그 외에 젊은 사내 두 사람, 중국 쿨니** 한 사람, 도합 여섯 사람이 끌려가는 일행이었습니다.

* 거지, 걸인을 뜻하는 경상도 사투리.
** coolie. 육체노동에 종사하는 하층 중국인.

꺼래이

'뾰족삿게'*를 쓰고 기다란 '빨또'**를 입은 군인 두 사람이 총 끝에다 날카로운 창을 끼워 들고 앞뒤로 서서 뚜벅뚜벅 순이들을 몰아갔습니다.

몸뚱어리들은 군데군데 얼어 터져 물이 흐르는데 이따금 뿌리는 눈보라조차 사정없이 휘갈겨 몰려가는 신세를 더욱 애끓게 했습니다. 칼날같이 섬뜩하고 고추같이 매운 묵직한 무게 있는 바람결이 엷은 옷을 뚫고 마음대로 온몸을 에어 냈습니다. 모든 감각을 잃어버리고 마치 로봇같이 어디를 향하여 가는 길인지, 죽음의 길인지 삶의 길인지 아무것도 모르고 얼어붙으려는 혼만이 가물가물 눈을 뜨고 엎어지며 자빠지며 총대에 휘몰려 쩔름쩔름 걸어갔습니다.

"슈다!"

하면 이편 길로

"뚜다!"

하면 저편 길로, 군인의 총 끝을 따라 희미한 삶을 안고 자꾸자꾸 걸었습니다.

길가에 오고 가는 사람들이 발길을 멈추고 애련하다는 표정으로 바라보며, 어린아이들은 어머니 팔에 매달리며 손가락질 했습니다.

그러나 순이들은 부끄러운 줄 몰랐습니다.

'나도 고국에 있을 그 어느 때 순사에게 묶여 가는 죄인을 바

---

* 삿게'는 러시아 모자인 '샤프까'를 가리키는 것으로 보임.
** 외투의 러시아어. 망토.

라보며 무섭고 가엾어서 저렇게 서 있었더니……'

하는 생각이 어렴풋이 나기는 했습니다마는 얼굴을 가리며 모양 없이 웅크린 팔찜*을 펴고 걷기에는 너무나 꽁꽁 언 몸뚱이였으며 너무나 억울한 그때였습니다. 그저 순이들은 바람맞이에서 가물거리는 등불을 두 손으로 보호하듯 냉각된 몸뚱어리 속에서 가물거리는 한 개의 '삶'이란 그것만을 단단히 안고 무인광야를 가듯 웅크릴 대로 웅크리고, 눈물콧물 흘려 가며 쩔름쩔름 걸어갔습니다.

걷고, 걷고 또 걸어 얼마나 걸었는지 순이 일행은 거리를 떠나 파도치는 바닷가에 닿았습니다.

어떻게 된 셈판인지 순이 일행은 커다란 기선 위에 끌려 올라갔습니다.

어느 사이에 기선은 육지를 떠나 만경창파 위에 출렁거리기 시작했습니다.

"아이고 아빠! 우리 아빠!"

"순이 아버지. 아이고, 아이고 순이 아버지."

"순이 애비 어디 있니? 순이 애비……."

순이는 할아버지와 어머니와 서로 목을 얼싸안고 일제히 소리쳐 울었습니다.

가슴이 찢어지고 두 귀가 꽉 먹어지며 자꾸자꾸 소리쳐 불렀습니다.

* 팔짱.

꺼래이

"여봅쇼, 울지들 마오. 얼어 죽는 판에 눈물은 왜 흘려요."

젊은 사내 두 사람은 순이들의 울음을 막으려고 애썼으나 울음소리조차 내지 못하는 순이 할아버지는 그대로 털썩 갑판 위에 주저앉아 짝지* 든 손으로 쾅쾅 갑판을 두들기며 곤두박질했습니다.

"여봅시오, 우리 아버지가 저기서 죽었어요."

순이도 발을 구르며 소리쳤습니다.

"죽은 아들 뼈를 찾으러 온 우리를 무슨 죄로 이 모양이란 말이요."

할아버지는 자기의 하나 아들이 죽어 백골이 되어 누워 있다는 ×××란 곳을 바라보며 곤두박질을 그칠 줄 몰라 했습니다.

그러나 기선은 사정없이 육지와 멀어지며 차차 만경창파 위에서 출렁거리기 시작했습니다. 그때 한 떼의 물결이 철썩하며 갑판 위에 내려덮이며 기선은 나무 잎사귀처럼 흔들리기 시작했습니다. 그 순간 일행은 생명의 최후를 느끼며 일제히 바람 의지가 될 만한 곳으로 달려가 한 뭉치가 되었습니다.

그때 중국 쿨니는 메고 왔던 보퉁이 속에서 이불 한 개를 꺼내어 둘러쓰려 했습니다. 이것을 본 젊은 사내 한 사람이 날랜 곰같이 달려들어 그 이불을 빼틀어** 순이 할아버지를 둘러 주려고 했습니다.

중국 쿨니는 멍하니 잠깐 섰더니 갑자기 얼굴에 꿈틀꿈틀 경

* 지팡이를 대신한 작대기.
** 빼틀다 : 빼앗다.

런을 일으키며 누런 이빨을 내놓고 벙어리 울음같이 시작도 끝도 분별 없는 소리로

"으어……."

하고 울었습니다. 그 눈에서 떨어지는 굵다란 눈물방울인지 내려덮치는 물결 방울인지 바람결에 물방울 한 개가 순이 뺨을 때렸습니다.

순이는 한 손으로 물방울을 씻으며 한 손으로는 이불자락을 당겨 쿨니도 덮으라고 했습니다.

"아이고, 우리를 데리고 온 군인들은 어디로 갔을까?"

누구인지 이렇게 말했으므로 일행은 고개를 들어 살펴보니 과연 군인 두 사람의 흔적이 없었습니다.

"모두들 추우니까 선실 안으로 들어간 게로군. 빌어먹을 자식들?"

하고 젊은 사내는 혀를 찼습니다. 그 말을 듣자 순이는 벌떡 일어나

"우리도 이러다가는 정말 죽을 테니 선실 안으로 들어갑시다."

하고 외쳤습니다.

"안 됩니다. 들어오라고도 않는데 공연히 들어갔다 봉변당하면 어찌 하게."

하고 젊은 사내는 손을 흔들며 반대했습니다.

"봉변은 무슨 오라질 봉변이에요. 이러다가 죽기보담 낫겠지요. 점잖과 체면을 차릴 때입니까?"

순이는 발악을 하듯 외쳤습니다.

꺼래이

"쿨니에게 이불 빼앗을 때는 예사고 선실 안에 들어가는 것은 부끄럽단 말이요? 나는 죽음을 바라고 그대로 있기는 싫어요. 봉변을 주면 힘 자라는 데까지 싸워 보시오."

순이는 그대로 있자는 젊은이들이 얄밉고 성이 났습니다. 자기들의 무력함을 한탄만 하고 있는 무리들이 안타까웠던 것입니다.

순이는 기어이 혼자 선실을 향하여 달려갔습니다. 기선은 연해 출렁거리며 이따금 흰 물결이 철썩 내려 덮치곤 했습니다. 일행의 옷은 물결에 젖고 젖은 옷깃은 얼음이 되어 꼿꼿하게 나뭇가지처럼 되었습니다.

선실로 내려가는 층층대를 순이는 굴러 떨어지는 공과 같이 내려갔습니다.

선실 안에는 훈훈한 공기가 꽉 차 있어 순이는 얼른 정신을 차릴 수가 없었습니다. 잠깐 두리벙두리벙 살펴보다가 한옆에 걸터앉아 있는 군인 두 사람을 찾아냈습니다. 순이는 번개같이 달려가 군인의 어깨를 잡아 제치며

"우리는 죽으란 말이요."

하고 분노에 떨리는 소리로 물었습니다.

군인은 놀란 듯이 잠깐 바라본 후 웃는 얼굴을 지으며 제 나라말로

"모두 이리 내려오너라."

라고 말했습니다.

순이는 선실 안 사람들이 웃는 소리를 귀 밖으로 들으며 다시 갑판 위로 올라갔습니다. 풍랑은 사나울 대로 사나워 잠시라도

훈훈한 공기를 쏘인 순이 창자를 휘둘러 몸에 중심을 잡고 한 발자국도 내디디지 못하게 했습니다. 그러나 순이는 일행이 있는 곳을 바라보았습니다.

이제는 아주 얼음덩이가 된 이불자락에다 머리를 감추고 모두 죽었는지 살았는지 움직이지도 않고 있는 것이 보였습니다.

순이는

"모두 이리 오시요."

하고 소리쳤습니다마는 풍랑 소리에 그 음성은 안타깝게도 짓밟히고 말았습니다.

순이는 더 소리칠 용기가 없이 일행을 향하여 한 발자국 내놓자, 사나운 바람결이 몹쓸 장난꾼같이 보드라운 순이 몸뚱이를 갑판 위에 때려누이고 말았습니다. 다시 일어나려고 발악을 하는 그의 귀에 중국 쿨니의 울음소리가 야곡성*같이 울려 왔습니다.

이윽한 후** 군인 한 사람이 갑판 위로 올라와 본 후 순이를 일으키고 여러 사람도 데리고 선실로 내려왔습니다.

선실 안에 앉았던 사람들은 일행의 모양을 바라보며 모두 찌글찌글 웃었습니다.

병든 문둥이 환자 모양이 그만큼 흉할지 얼고 얼어 푸르고 붉고 검고 한 얼굴로 콧물을 흘리며 엉금엉금 층층대를 내려서는

* 밤에 우는 구슬픈 울음소리.
** 한참이 지난 뒤에, 얼마 있다가.

꺼래이

여섯 사람의 모양을 보고 웃지 않을 이 누가 있었겠습니까.

일행의 몸이 녹기 시작하자 시간은 얼마나 지났는지 기선은 어느 조그만 항구에 닿았습니다.

쌓아둔 짐 뭉치에 기대 누운 순이 할아버지는 뼈끝까지 추위가 사무쳤는지 한결같이 떨며 끙끙 앓기만 하고 순이 어머니는 수건을 폭 내려쓰고 팔짱을 낀 채 역시 웅크리고 앉아 있었습니다.

"여기서 내리는 모양이구려."

젊은 사내가 순이 곁에 오며 말했습니다. 순이는 그곳에서 또다시 내릴 생각을 하니 다시 그 차가운 바람결이 연상되어 금방 기절할 것같이 소름이 끼쳤습니다. 그러는 중에 군인이 일어서서 순이 할아버지를 총대로 툭툭 치며 무어라고 말했습니다.

"안 돼요, 여기서 내릴 수 없소. 이 치운데* 노인을 어떻게……."

순이는 군인의 총대를 밀치며 말했습니다. 군인은 싱글싱글 웃으며 어서 일어나라는 듯이 발을 굴렀습니다.

"아무래도 죽을 판이면 우리는 또 추운 데로 나갈 수 없소"

하고 할아버지를 가로막아 앉으며 손을 내저었습니다. 군인은 한번 어깨를 움쭉 해 보이며 무엇이라 한참 지껄대니까 선실 안에 가득한 그 나라 사람들은 순이를 바라보며 혹은 웃고 혹은 가엾다는 듯이 머리를 흔들고 서로 고개를 끄덕이며 중얼중얼했

* 추운데.

습니다. 순이는 그들의 중얼거리는 말소리에서

"꺼래이, 꺼래이……."

하는 가장 귀 익은 단어가 화살같이 두 귀에 꽂히는 것을 느꼈습니다. '꺼래이'라는 것은 고려(高麗)라는 말이니 즉 조선 사람을 가리키는 것이었습니다.

'꺼래이'라는 그 귀 익고 그리운 소리가 그때의 순이들에게는 끝없는 분노를 자아내는 말 같았습니다.

"우리가 지금 웃음거리가 되어 있는 거로구나. 추위에 못 이겨, 또 아무 죄도 없이 죽음의 길인지 삶의 길인지도 모르고 무슨 까닭에 꾸벅꾸벅 그들의 명령대로만 따르겠느냐."

라고 순이는 부르짖었습니다. 그러나 사람들과 군인들은 순이를 무지몰식한 야만인 그리고 무력하고도 불쌍한 인간들의 표본으로만 보였는지 웃고 떠들고 '꺼래이'만을 연발하는 것이었습니다. 그때까지 웃으며 무엇이라 중얼거리기만 하던 군인 한 사람이 갑자기 정색을 지으며 총대로 순이 옆구리를 꾹 찌르고 한 손으로 기다랗게 땋아 내린 머리채를 거머잡고

"쓰까레."

라고 소리쳤습니다. 이것을 본 순이 어머니는 벌떡 군인 턱 밑에서 솟아 일어서며 지금까지 눌러두었던 분통이 툭 튕기듯이 군인의 멱살을 잡으려 했습니다.

"여보십시오. 공연히 그러지 마시오. 당신이 여기서 발악을 하면 공연히 우리까지 봉변을 하게 됩니다."

하고 젊은 사내는 순이 어머니를 말렸습니다. 군인들은 그 당

장에 자기들이 취할 태도를 얼른 생각해 내지 못하여 눈만 커다 랗게 뜨고 있는 것을 보자 순이는 히스테리 같은 웃음을 꽉 입 안에 깨물며 눈물이 글썽글썽했습니다.

"할아버지, 일어나세요. 아버지 뼈를 찾지는 못했으나 아버지 영혼은 고국으로 가셨을 것입니다. 공연히 남의 땅 사람과 발악 을 하면 뭣 합니까."

순이도 울고 할아버지, 어머니 모두 주르륵 눈물을 흘리며 그 조그마한 항구에 내렸습니다.

일행 여섯 사람은 또다시 군인을 따라 이윽히 걸어가다가 붉 은 기를 꽂은 ×××에 이르렀습니다. 그곳에 이르니 군인 복색 을 한 중국인 같은 사람이 일행을 맞았습니다. 같이 온 군인은 그곳 군인에게 일행을 맡기고 따뜻해 보이는 벽돌집 안으로 들 어갔습니다.

순이들은 이제까지 언어가 통하지 못하여 안타깝던 설운 생각 이 일시에 폭발되어 그 중국 사람 같은 군인 곁을 따라갔습니다.

"여보십시오."

순이는 그 군인이 행여나 조선 사람이었으면…… 하는 기대 에 숨이 막힐 듯이 군인의 입술을 바라보았습니다.

"왜? 이러심둥."

의외에도 그 군인은 조선 사람, 즉 꺼래이의 한 사람이었습니 다. 일행 중 중국 쿨니를 빼고는 모두 너무나 반갑고 기뻐서

"아이고…… 당신 조선 사람이세요?"

하고는 그 군인 팔에 매달리듯 둘러섰습니다.

"내! 나 고려 사람입꼬마."

그 군인은 이렇게 대답하며 순이를 바라보았습니다. 순이는 무슨 말을 먼저 해야 좋을지 몰랐으므로 잠깐 묵묵히 조선말 소리의 반가움에 어찌 할 줄 몰라 했습니다.

"저 젊은이, 당신 남편이오?"

하고 군인은 아무 감동도 없는 무뚝뚝한 표정으로 순이에게 젊은 사내 둘을 가리켰습니다. 그제야 순이는 오랫동안 잊어버렸던 처녀다운 감정을 느끼며, 얼어붙은 얼굴에 잠깐 부끄러운 표정을 지었습니다.

"아니올시다. 이 애는 우리 딸이에요. 이 늙은이는 우리 시아버니랍니다. 저 젊은이들과 중국 사람은 ×××에서 동행이 된 사람인데 알지도 못하는 사람입니다."

순이 어머니는 지금까지 같이 온 젊은이들보다 자기들 세 사람을 어떻게 구원해 달라는 듯이 이렇게 말했습니다.

"여기가 어디예요?"

순이만 자꾸 바라보는 군인에게 순이는 머뭇거리며 물었습니다.

"영기 말임둥? 영기는 ××××××라 합니!"

"여보시오."

곁에서 젊은 사내가 가로질러 말을 건넸습니다.

"우리 두 사람은 해삼위*에 있는……."

* 海蔘威. 블라디보스토크.

꺼래이

하고 말을 꺼냈으나, 그 군인은 들은 척도 아니하고

"어서 들어갑소. 영기 서서 말하는 것 안 임니."

하며 일행을 몰아 마주 보이는 허물어져가는 흰 벽돌집을 가리켰습니다.

"여보세요. 우리를 또 감금하단 말이요? 우리 두 사람은 '코뮤니스트'입니다. 우리는 감금받을 이유가 없습니다."

라고 두 젊은이는 버티었으나 군인은 들은 척도 하지 않고 앞서 걸었습니다.

"여보시오, 나으리, 우리 세 사람은 참 억울합니다. 내 남편이 삼 년 전에 이 땅에 앉아 농사터를 얻어 살았는데 지난봄에 그만 병으로 죽었구려. 우리 세 사람은 고국서 이 소식을 듣고 셋이 목숨이 끊어질지라도 남편의 해골을 찾아가려고 왔는데 ×××에서 그만 붙잡혀 한 마디 사정 이야기도 하지 못한 채 몇 달을 갇혀 있다가 도 이렇게 여기까지 끌려왔습니다. 어떻게든지 놓아주시면 남편의 해골이나 찾아서 곧 고국으로 돌아가겠습니다."

라고 순이 어머니는 군인에게 애걸을 하듯 빌었습니다.

"여보시오 나으리, 이 늙은 몸이 죽기 전에 아들의 백골이나마 찾아다 우리 땅에 묻게 해주시오. 단지 하나뿐인 아들이요, 또 뒤 이을 자식이라고는 이 딸년 하나뿐이니 이 일을 어찌하오."

순이 할아버지도 숨이 막히게 애걸했습니다.

"당신 아들이 왜 영기 왔심둥?"

군인은 울며 떠는 노인을 차마 밀치지 못하여 발길을 멈추고 물었습니다.

"네…… 휴우, 우리도 본래는 남부럽지 않게 살았습니다. 네…… 그런데 잘못되어 있던 토지는 다 남의 손에 가 버리고 먹고 살 길은 없고 하여 삼 년 전에 내 아들이 이 나라에는 돈 없는 사람에게도 토지를 꼭 나누어준다는 말을 듣고 저 혼자 먼저 왔습지요. 우리 세 식구는 오늘이나 내일이나 하고 우리를 불러들이기만 바랐더니 지난봄에 갑자기 죽었다는 소식이 오니……."

노인은 더 말을 계속할 수 없어 그대로 목이 메고 말았습니다. 군인은 체면으로 고개만 끄덕이더니

"영기서 말하면 안 되옵니. 어서 들어갑소. 들어가서 말 듣겠으니."

하고 다시 뚜벅뚜벅 걸어 흰 벽돌집 안에 들어갔습니다.

조금 들어가니 나무로 단든 두터운 문이 있는데 그 문에는 참새들 똥이 말라붙어 있고, 먼지와 말똥, 집수새* 등이 지저분하게 깔려 있어 아무리 보아도 마구간이었습니다. 집 외양은 흰 벽돌이나 그 집의 말 못할 속치장이 다시 놀라게 했습니다.

덜커덕, 하고 그 나무문이 열리자 그 안을 한번 바라본 일행은 하마터면 뒤로 넘어질 뻔했습니다.

그 문 안은 넓이 칠팔 평은 되어 보이는데 놀라지 마십시오.

---

* 지푸라기가 흩어진 모양새. 집 안이 정리가 되지 않은 어수선한 꼴.

거래이

그 안에는 하얀 옷 입은 우리 꺼래이들이 '방이 터져라'고 차 있었습니다.

"아이고머니, 조선 사람들……."

순이 세 식구는 자빠지듯 방 안으로 뛰어 들어갔습니다.

"동무들, 방은 잉것 하나뿐입꼬마. 비좁더라도 들어가 참소."

맨 나중까지 들어가지 않고 버티고 서 있는 젊은 사내 한 사람의 등을 밀어 넣고 덜커덕, 문을 잠그고 군인은 뚜벅뚜벅 가 버렸습니다.

순이들은 잠깐 정신을 차려 방 안을 살펴보니 전날에는 부엌으로 쓰던 곳인지 한쪽 벽에 잇대어 솥 걸던 부뚜막 자리가 있고 그 곁에 블리키* 물통이 놓여 있으며 좁다란 송판을 엉금엉금 걸쳐 공중침대를 만들어 두었습니다. 그 공중 침대 위에는 빽빽하게 백의동포가 □□□□**의 상자 속같이 옹게종게 올라앉아 있었습니다.

좌우간 앉아나 보려 했으나 가뜩이나 비좁은 터에 또 여섯 사람이나 새로 들어앉을 자리가 있을 리가 없었습니다.

땅바닥에라도 앉으려 했으나 대소변이 질퍽하여 발붙일 곳도 없었습니다.

문이라고는 들어온 나무문과, 그 문과 마주 보는 편에 커다란 쇠창살을 박은 겹 유리문이 하나 있을 뿐이었습니다. 그 쇠창살도 부러지고 구부러지고 하여 더욱 그 방의 살풍경을 나타냈습

---

* 브리키라는 회사에서 만들었다는 양철 물통.
** 원전에는 '딸래장자'로 되어 있다.

니다.

"어찌겠소, 잉? 여기 좀 앉소. 우리도 다 이럴 줄 모르고 왔었꽁이."

함경도 사투리로 두 눈에 눈물을 흠뻑 모으며 목 메인 소리로 겨우 자리를 비집어 내며 한 노파가 말했습니다.

가뜩이나 기름을 짜는 판에 새로 온 일행이 덧붙이기를 해놓으니 먼저 온 그들에게는 그리 반가울 것이 없으련마는 그래도 그들은 방이야 터져 나가든 말든 정답게 맞아주며 갖은 이야기를 다 묻고 또 자기네들 신세타령도 했습니다. 그래서 어떻게 빈줄러내었는지* 순이 세 식구와 젊은 사내 둘은 올라앉게 되었는데 이불을 멘 중국 쿨니는 끝까지 자리를 얻지 못하고, 아니 자리를 빈줄러낼 때마다 뒤에 선 젊은 사내들에게 양보하고 맨 나중까지 우두커니 서서 자기 자리도 내어주기를 기다리고 있었습니다. 순이들은 그래도 동포들의 몸과 몸에서 새어 나오는 훈기에 몸이 녹기 시작하자 노곤노곤하니 정신이 황홀해지며 따뜻한 그리운 고향에나 돌아온 것 같이 힘이 났습니다.

"저 되눔**은 앉을 재리가 없나? 왜 저렇게 말뚝 모양으로 서 있기만 해."

하며 고개를 드는 노파의 말소리에 순이는 놀란 듯이 돌아보았습니다. 그때까지 쿨니는 이불을 멘 채 서 있었습니다. 순이는 갑판 위에서 이불을 나눠 덮던 그때 쿨니의 울며 순종하던 얼굴

* 빈줄러내다 : 비좁은 상태에서 서로 조금씩 당겨서 자리를 만들어 내는 것.
** 중국 사람을 낮추어 부르는 말. 되눔.

거래이

을 생각해 보았습니다. 능히 자기가 앉을 수 있었던 자리를 조선 청년에게 양보해 준 그의 마음속이 가여웠습니다. 쿨니가 자리를 물려준 그 마음은 도덕적 예의에 따른 것이 아님은 뻔히 아는 일이었습니다. 그 자리에 자기와 같은 중국 사람이 하나라도 끼어 있었다면 그는 그렇게 서 있지는 않았을 것입니다.

그때 쿨니의 심정은 꺼래이로 태어난 이들에게는, 아니 더구나 보드라운 감정을 가진 처녀 순이는 남 몇 배 잘 살펴볼 수 있었습니다.

순이는 가슴이 찌르르해지며 벌떡 일어나 그 나무문을 두들기기 시작했습니다.

이윽히 두들겨도 아무 반응이 없으므로 그는 얼어 터진 손으로는 더 두들길 수가 없어 한편 신짝을 집어 힘껏 문을 두들겼습니다.

"왜 두들기오, 안 옵누마."

하며 방 안의 사람들은 자꾸 말렸습니다.

그러나 순이는 자꾸만 두들겼더니 갑자기 문이 덜커덕 열렸습니다. 순이는 더 두들기려고 울러 메었던 신짝을 그대로 발에 꿰신으며 바라보니 아까 그 조선 사람 군인이 서 있었습니다.

"어째 불렀습둥?"

하며 퉁명스럽게 그러나 두들긴 사람이 순이였기에 얼마만치 부드러워지며 물었습니다.

"이것 보세요. 이렇게 좁은 자리에 어떻게 이 많은 사람이 앉을 수 있어요. 아무리 앉아 봐도 다는 앉을 수가 없습니다. 다른 방으로 나누어 주든지 어떻게 해주세요."

하고 얼굴이 붉어져 서 있는 쿨니를 가리켰습니다. 군인은 고
국 말씨를 잘 못 알아듣겠다는 듯이 자세히 귀를 기울이고 있더
니

"동무 말소리 잘 모르겠어꼬마, 무시기 말임둥, 앉을 재리가
배잡단 말입꼬이?"

하고 말했습니다. 순이는 기가 막혔습니다.

"참 어이없는 조선 동포시구려!"

김빠진 맥주*같이 순이 입안이 믹믹해졌습니다.** 그때 노파의
손자인 듯한 소년 하나가 하하 웃으며 뛰어나와

"예! 예! 그렇섯꼬이."

하며 순이를 대신하여 군인에게 대답했습니다. 군인은 고개
를 끄덕끄덕하며 두 손을 펴고 어깨를 움찔해 보이며

"할 쉬 없었꼬마. 방이 잉것뿐입꼬마."

하고는 문을 닫아 버리려 했습니다. 순이는 와락 군인의 팔을
잡으며

"한 시간 두 시간이 아니고 오늘 밤을 이대로 둔다면 어떻게
하란 말이오. 상관에게 말해서 좀 구처해 주시오."

하고 말했습니다. 군인은 휙 돌아서며

"동무들, 내가 뭐를 알 쉬 있음둥? 저 위에서 하는 명령대로
영기는 그대로만 합꾸마. 나는 모르겠꽁이."

* 원전에는 '삐루'로 되어 있다.
** 믹믹하다 : 아무 맛도 느낄 수 없는. 밋밋하다. 여기에서는 말문이 막혔다는 뜻.

거래이

하고는 덜컥 그 문을 잠그려 했으나 순이는 한결같이 잠그려는 그 문을 떠밀며

"여보세요. 이대로는 안 됩니다. 무슨 죄예요, 글쎄 무슨 죄들인가요. 왜 우리를, 죄 없는 우리를 이런 고생을 시킵니까. 다 같은 조선 사람인 당신이 모르겠다면 우리는 어떻게 하란 말이요."

군인은 난감하다는 듯이 다시 고개를 문 안으로 들이밀며

"글쎄, 동무들이 무슨 죄 있어 이라는 줄 압꿍이? 다 같은 조선 사람이라도 저 위에 있는 사람들은 맘이 곱지 못하옵니. 나도 동무들같이 욕본 때 있었꼬마. ××에 친한 동무 없음둥? 있거든 쇠줄글(電報) 해서 ×××에게 청을 하면 되오리."

하고 이제는 아주 잠가 버리려 했습니다.

"아니, 보십시오. 그러면 미안합니다마는 전보 한 장 쳐주시겠습니까?"

이제까지 잠잠히 앉았던 젊은 사내 둘은 무슨 의논을 하였는지 군인에게 이렇게 말했습니다.

"무시기?"

군인은 젊은 사내의 말을 알아듣지 못하고 재차 물었습니다.

"전보 말이오. 전보 한 장 쳐 달라 말이오."

하고 젊은 사내가 대답하려는 것을 노파의 손자인 소년이 또하하 웃으며

"안입꼬마. 쇠줄글 말입니."

하고 설명을 했습니다.

"아아! 쇠줄글 말임둥, 내 놓아 드리겠꿍이."

하며 사내들에게 연필과 종이쪽을 내주더니

"동무 둘은 이리 잠깐 나오오."

하며 두 사내를 문 밖으로 데리고 나가 버렸습니다. 순이는 어이없이 서 있다가 문턱에 송판 한 조각이 놓인 것을 집어 들고 문 앞을 떠났습니다. 그 송판을 솥 걸었던 자리에 걸쳐 놓고 그 위에 올라앉으며 그때까지 그대로 서 있는 쿨니를 향하여

"거기 앉아."

하며 자기가 왔었던 자리를 가리켰습니다.

"아! 이 되놈을 그리로 보냄세. 당신이 이리로 오소."

방 안 사람들은 모두 순이를 침대 위로 오라고 했습니다. 쿨니는 그 눈치를 챘는지 순이 자리에 앉으려던 궁둥이를 얼른 들어 손으로 순이를 내려오라고 하며 부뚜막 위로 올라앉습니다.

그의 눈에는 눈물이 핑 돌며

"스파시보 제브슈까."

했습니다. '아가씨 고맙습니다.'라는 뜻인가 보다고 생각하며 순이는 침대 위로 올라앉았습니다. 쿨니는 짐 뭉치 속에서 어느 때부터 감추어 두었던지 새카맣게 된 빵 뭉치를 끄집어내어 한 귀퉁이 뚝 떼더니 순이 앞에 쑥 내밀었습니다. 쿨니의 얼굴은 눈물과 땟물이 질질 흐르고 손은 새카맣게 때가 눌어붙어 기다란 손톱 밑에는 먼지가 꼭꼭 차 있었습니다.

"꾸쉬, 꾸쉬."

한 손에 든 빵 쪽을 묵턱묵턱 베어 먹으며 자꾸 순이에게 먹으라고 했습니다. 순이 눈에 눈물이 고이며 그 빵 쪽을 받아 들

꺼래이

었습니다.

"고맙소."

하고 머리를 끄덕여 보이며 급히 한입 물어뜯으려 했으나, 이미 하루 반 동안을 물 한 모금 먹지 않은 할아버지, 어머니가 곁에 있었습니다. 순이는 입으로 가져가던 손을 얼른 멈추며 할아버지께

"시장하신데 이것이라도……."

하며 권했습니다.

"이리 다고 보자."

어머니는 그제야 수건을 벗고 빵 쪽을 받아 한복판을 뚝 잘라

"이것은 네가 먹어라. 안 먹으면 안 된다."

하고는 또 한 쪽을 할아버지에게 드렸습니다.

할아버지는 남 보기에 목이 막힐까 염려가 될 만치 인사체면 없이 빵을 베어 먹었습니다.

"싫어, 난 먹지 않을 테야."

"왜 이래. 너 먹어라."

하고 순이 모녀는 한참 다투다가 결국 또 절반으로 떼어 한 토막씩 먹게 되었습니다마는 온 방 안 사람이 빵 먹는 사람들의 입을 물끄러미 바라보고 있는 것이었으므로 순이는 차마 먹을 수가 없었습니다.

부뚜막 위에서 내려다보고 앉았던 쿨니는 자기가 먹던 빵을 또 절반 떼어

"순이, 너는 이것 더 먹어라."

라고나 하듯이 순이에게 주었습니다.

순이는 얼른 손이 나가다가 문득 생각났습니다. 자기들은 중국 사람이라고 자리조차 내주지 않던 것이…….

그러나 이미 주린 순이는 두 번째 빵 쪽을 받아 쥐고 있었습니다.

방 안의 사람들은 모두 세 집 식구로 나누어 있는데 도합 열아홉이었습니다. 늙은이, 노파, 젊은 부부, 총각, 처녀들이었습니다. 그들이 순이 모녀를 붙들고 하는 이야기를 들으면 모두 함경도 사람들이며 고국에는 바늘 한 개 꽂을 만한 자기들 소유의 토지라고는 없는 신세라 공으로 넓은 땅을 떼어 농사하라고 준다는 그 나라로 찾아온 것이었는데 국경을 넘어서자 ×××에게 붙들려 순이들처럼, 감금을 당했다가 이리로 끌려왔다는 것이었습니다.

"이 땅에는 돈 없는 사람 살기 좋다고 해서 이렇게 남부여대로 와놓고 보니 이 지경입꾸마. 굶으나 죽으나, 고국에 있었다면 이런 고생은 안 할 것을……."

젊은 여인 하나가 이렇게 한탄했습니다.

"우리는 몇 번이나 재판을 했으니 또 한 번만 더하면 놓이게 되어 땅을 얻어 농사를 하게 되든지 다시 이대로 국경으로 쫓아내든지 한답대."

속옷을 풀어 젖히고 이를 잡기 시작한 노파가 말했습니다.

"우리가 무슨 죄일꼬…… 농사짓는 땅을 공띠어 준다길래 왔지."

늙은이 하나가 끙끙 앓으며 이를 갈 듯이 말하자

"참말 그저 땅을 떼어 준답두마, 우리는 바로 국경에서 붙들렸으니까 ××탐정꾼들인가 해서 이렇게 가두어둔 거지!"

하고 늙은이 아들인 성한 사내가 말했습니다.

"아이고, 말 맙소. 아무래도 우리 내지 땅이 좋습두마, 여기 오니 얼마우자 미워서 살겠습디?"

하고 사내를 반박했습니다.

'얼마우자', 이것은 조선을 떠나온 지 몇 대(代)나 되는, 이 나라에 귀화한 사람들을 이르는 말이니 그들은 조선 사람이면서 조선말을 변변히 할 줄 모르는 것이었습니다. 분명한 '마우자'* 도 되지 못한 '얼'인 '마우자'란 뜻이었습니다.

"못난 사람을 '얼간'이라는 말과 같구려."

하고 순이 어머니가 오래간만에 웃었습니다.

'아까 그 군인도 역시 얼마우자로구면.'

하고 순이가 중얼거렸습니다. 이 말을 들은 노파의 손자는 또 깔깔 웃었습니다.

"어이고 어찌겠니야, 여기서 땅을 아니 떼어주면 우리는 어찌겠니……."

노파는 웃을 때가 아니라는 듯이 걱정을 내놓았습니다.

---

* 毛子. 함경도에서 러시아인을 이르는 말.

"설마 죽겠소. 국경 밖에 쫓아내면 또 한 번 몰래 들어옵지요.. 또 붙들어 쫓아내면 또 들어오고 쫓아내면 또 들어오고, 끝에 가면 뉘가 못 이기는기강 해봅지요. 고향에 돌아간들 발붙일 곳이라고는 땅 한 조각 없지, 어떻게 살겠습니……."

자기가 먼저 설두*를 하여 데리고 온 듯한 사내가 이렇게 말했습니다.

"아이고 듣기 싫소, 이놈의 땅에 와서 이 고생이 뭣고 글쎄."

"아따 참, 몇 번 쫓겨 가도 나중에는 이 땅에 와서 사오 일갈이(四五日耕)쯤 땅을 얻어 놓거든 봅소."

"아이고…… 어찌겠느냐……."

노파는 자꾸 저대로 신음만 했습니다.

한시도 못 참을 것 같은 그 방 안의 생활도 벌써 일주일이 계속되었습니다.

아침에는 일찍 일어나 일제히 밖으로 나가 세수를 시키고, 저녁에 한 번씩 불려 나가 대소변을 보게 하는 것이었습니다. 일정한 변소도 없이 광막한 벌판에서 제 맘대로 대소변을 보게 하는 것이었습니다.

하루는 역시 대소변 시간에 순이는 대소변이 마렵지 않아 혼자 방 안에 남아 있다가 쓸쓸하여 밖으로 나갔습니다.

그날 밤은 보름이었던지 퍽이나 크고도 둥근 달이었습니다.

* 說頭. 앞장서서 일을 주선함.

꺼래이

시베리아다운 넓은 벌판 이곳저곳에서 모두들 뒤를 보고 있고, 군인 한 사람이 총을 짚고 파수를 보고 있었습니다.

물끄러미 뒤보는 사람들을 바라보며 서 있는 순이에게 파수병이 수작을 붙였습니다.

"저 달님이 퍽이나 아름답지?"

라고나 하는지 정답게 제 나라말로 순이 곁에 다가섰습니다. 순이는 웬일인지 그 나라 군인들이 겁나지 않았습니다. 총만 가지지 않았으면 맘대로 친해질 수 있는 정답고 어리석고 우둔한 사람들같이 느꼈습니다.

"……."

순이도 언어가 통하지 않으므로 말을 할 수 없고 하여 달을 가리키고 뒤보는 사람들을 가리킨 후 한번 웃어 보였습니다.

군인은 아주 정답게 나직이 웃고 입술을 닫은 채 팔을 들어 달을 가리키고 순이 얼굴을 가리키고 난 후 싱긋 웃고 순이를 와락 껴안으려 했습니다. 순이는 깜짝 놀라 휙 돌아서 방 안을 향하여 달음질쳤습니다. 군인은 순이를 붙들려고 조금 따라오다가 마침 뒤를 다 본 사람이 서 있는 것을 보고 그대로 서 있었습니다.

그 이튿날이었습니다. 아침에 식료(食料)를 가지고 온 군인 얼굴이 전날과 달랐으므로 순이는 자세히 바라보니 그는 훨씬 큰 키와 하얀 얼굴과 큼직하고 귀염성 있는 눈을 가진 젊은 군인이었습니다.

'어제 저녁 파수 보던 그 군인……'

순이는 속으로 말해 보며 얼른 고개를 돌리려 했습니다. 군인은 싱긋 웃어 보이며 그대로 나갔습니다.

그날 하루가 덧없이 지나간 후 또 대소변 보는 시간이 되었습니다. 공연히 순이는 가슴이 울렁거려 문을 꼭 닫고 방 안에 남아 있었습니다.

이윽고 뒤를 다 본 사람들이 돌아오자 문을 잠그러 온 군인은 역시 그 젊은 군인이었습니다. 순이는 가만히 구부러진 쇠창살을 휘어잡고 달 밝은 시베리아 벌판의 한쪽을 내다보고 있었습니다.

"아이고 어찌겠느냐……."

노파는 밤이나 낮이나 이렇게 애호하며 끙끙 신음을 시작했습니다. 언제나 밤이 되면 한층 더 심하게 안타까워하는 그들이었습니다.

젊은 내외는 트집거리고* 여기저기 신음 소리에 순이의 가슴은 더욱 설레어 적막한 광야의 밤을 홀로 지키듯 잠 못 들어 했습니다.

그 이튿날 아침 일찍 웬일인지 군인 두 사람이 들어와서 먼저 와 있던 여러 사람을 짐 하나 남기지 않고 죄다 데리고 나갔습니다.

"아이고, 우리는 또 국경으로 쫓겨나는구마. 그렇지 않으면 왜 이렇게 일찍 불러내겠느냐."

---

* 트집거리다 : 쓸데없이 트집을 잡아 싸우다.

꺼래이

노파는 벌써 동당발*을 굴리며

"아이고, 아이고 어찌겠느냐."

라고만 소리쳤습니다.

방 안에는 순이들 세 식구만 남아 있고 그 외는 다 불려갔습니다. 갑자기 방 안이 텅 비어지니 쌀쌀한 바람결이 쇠창살을 흔들며 그 방을 얼음 무덤같이 적막하게 했습니다.

세 식구는 창 앞에 가 모여 앉아 장차 자기들 위에 내려질 운명을 예상하고 묵묵히 앉아 있었습니다.

그때 한 떼의 사람들이 일렬로 늘어서서 앞뒤로 말을 탄 군인을 세우고 벌판을 걸어가는 것이 보였습니다.

"어찌겠느냐, 어디를 갑누마……."

노파의 귀 익은 애호성이 화살같이 날아와 순이 세 식구가 내다보는 창을 두드렸습니다.

'이리에게 잡혀가는 모자 잃은 양 떼와도 같이 헤매어 넘어온 국경의 험악한 길을 다시금 쫓겨 넘는 가엾은 흰 옷의 꺼래이 떼…….'

눈물이 좌르룩 흘러내리는 순이 눈에 꼬챙이로 벽에 이렇게 새겨져 있는 것이 보였습니다.

'이 몸도 꺼래이니 면할 줄이 있으랴.'

바로 그 곁에 또 이렇게 씌어 있었습니다. 순이도 무엇이라고 새겨 보고 싶었으나 자꾸만 눈물이 났습니다.

---

* 다급하거나 안타까울 때 제자리에서 발을 구르는 모양.

백신애

'아버지. 아버지는 왜 이 땅에 오셨습니까. 따뜻한 우리 집을 버리시고…… 할아버지와 어머니와 이 딸은 아버지 해골조차 모셔가지 못하옵고 이 지경에 빠졌습니다. 아버지 영혼만은 고향집에 가옵시다. 순이.'

라고 눈물을 닦으며 손톱으로 새겼습니다.

그날 해도 애처로이 서산을 넘고 그 키 큰 젊은 군인이 문을 열어 주어도 세 식구는 뒤보러 나갈 생각도 하지 않고 울었습니다.

그렇게 며칠을 지낸 이른 아침이었습니다. 순이 세 식구는 또 밖으로 불려 나갔습니다. 나가는 문턱에서 그 키 큰 군인이 아무 말 없이 검은 무명으로 지은 헌 덧저고리 세 개를 가지고 차례로 한 개씩 등을 덮어 주었습니다.

"추운데 이것을 입고라야 먼 길을 갈 것이요. 이것은 내가 입던 헌것이니 사양 말아라."

하고 쳐다보는 순이들에게 힘없는 정다운 눈으로 무엇이라 말했습니다.

"감사합니다."

순이들은 치하했으나 군인은 그대로 입을 다물고 순이 등만 툭 쳤습니다. 비록 낡은 덧저고리였으나 순이들은 고향을 떠난 후 처음 맛보는 인정이었습니다.

넓은 마당에 나서자 안장을 지은 두 마리의 말이 고삐를 올리고, 처음 보는 조선 군인이 손에 흰 종이쪽을 쥐고 서서

꺼래이

"동무들 할 수 없었고마, 국경으로 가라 합니……."

하고는 할아버지로부터 차례로 악수를 해준 후

"잘 갑소……."

라고 최후 하직을 했습니다. 순이들은 아버지 백골을 찾아 가게 해달라고 아무리 애걸했으나 다시 무슨 효험이 있을 리 만무했습니다.

"자 갑누마, 잘 갑소."

그 얼마우자 군인도 처량한 얼굴로 길을 재촉하자 두 사람의 군인이 총을 둘러메고 말 위에 올랐습니다. 그중에 한 사람은 그 키 큰 젊은 군인이었습니다.

황량한 시베리아 벌판, 그 냉혹한 찬바람에 시달리며 세 사람은 추방의 길에 올랐습니다. 벌판을 지나 산등도 넘고 얼음길도 건너며 눈구덩이도 휘어가며 두 군인의 말굽 소리를 가슴 위로 들으며 걷고 걸었습니다. 쫓겨 가는 가엾은 무리들의 걸어간 자취 위에 다시 발을 옮겨 디딜 때 자국마다 피눈물이 고여 있었습니다.

말 등 위에 높이 앉은 군인 두 사람은 높이 높이 목을 빼어 유유하게 노래를 불러 그 노래 소리는 찬 벌판을 지나 산 너머로 사라지며 쫓겨 다니는 무리들을 조상하는 것 같았습니다.

이따금 추위와 피로에 발길을 멈추는 세 사람을 군인은 내려다보고 다섯 손가락을 펴 보였습니다. 아직 오십 리 남았다는 뜻이었습니다.

한 떼의 싸리나무 울창한 산길을 지날 때 어느덧 산 그림자는 두터워지며 애끓는 석양이었습니다.

어머니와 순이에게 양팔을 부축 받은 할아버지가 문득 발길을 멈추더니 아무 소리 없이 스르르 쓰러졌습니다.

"할아버지! 할아버지."

"아버님, 아버님."

부르는 소리는 산등허리를 울렸으나 할아버지는 대답이 없었습니다.

말에서 내린 군인들은 할아버지를 주무르고 일으키고 해보며 이윽히 애를 쓴 후 입맛을 다시고 일어서 모자를 벗고 잠깐 묵도를 했습니다.

키 큰 군인은 다시 모자를 쓴 후

"순이!"

하고 부른 후 이미 시체가 된 할아버지 목을 안고 부르짖는 순이 어깨를 가만히 쓰다듬었습니다.

그때 천군만마같이 시베리아 넓은 벌판을 제 맘대로 달려온 바람결이 쏴아, '싸리' 숲을 흔들며,

"순이야, 울지 말고 일어서라."

고 명령하듯 소리쳤습니다.

· 끝 ·

꺼래이

배따라기

김동인

좋은 일기이다.

좋은 일기라도, 하늘에 구름 한 점 없는 — 우리 '사람'으로서는 감히 접근 못할 위엄을 가지고, 높이서 우리 조고만 '사람'을 비웃는 듯이 내려다보는, 그런 교만한 하늘은 아니고, 가장 우리 '사람'의 이해자인 듯이 낮추 뭉글뭉글 엉기는 분홍빛 구름으로서 우리와 서로 손목을 잡자는 그런 하늘이다. 사랑의 하늘이다.

나는, 잠시도 멎지 않고 푸른 물을 황해로 부어내리는 대동강을 향한, 모란봉 기슭 새파랗게 돋아나는 풀 위에 뒹굴고 있었다.

·

이날은 삼월 삼질, 대동강에 첫 뱃놀이하는 날이다. 까맣게 내려다보이는 물 위에는, 결결이 반짝이는 물결을 푸른 놀잇배들이 타고 넘으며, 거기서는 봄 향기에 취한 형형색색의 선율이, 우단보다도 부드러운 봄 공기를 흔들면서 날아온다. 그리고 거기서 기생들의 노래와 함께 날아오는 조선 아악(雅樂)은 느리게, 길게, 유창하게, 부드럽게, 그리고 또 애처롭게, 모든 봄의 정다움과 끝까지 조화하지 않고는 안 두겠다는 듯이, 대동강에 흐르

배따라기

는 시커먼 봄물, 청류벽에 돋아나는 푸르른 풀어음*, 심지어 사람의 가슴속에 봄에 뛰노는 불붙는 핏줄기까지라도, 습기 많은 봄 공기를 다리 놓고 떨리지 않고는 두지 않는다.

봄이다. 봄이 왔다.

부드럽게 부는 조고만 바람이, 시커먼 조선 솔을 꿰며, 또는 돋아나는 풀을 스치고 지나갈 때의 그 음악은, 다른 데서는 듣지 못할 아름다운 음악이다.

아아, 사람을 취케 하는 푸르른 봄의 아름다움이여! 열다섯 살부터의 동경(東京) 생활에, 마음껏 이런 봄을 보지 못하였던 나는, 늘 이것을 보는 사람보다 곱 이상의 감명을 여기서 받지 않을 수 없다.

평양성 내에는, 겨우 툭툭 터진 땅을 헤치면 파릇파릇 돋아나는 나무새기와 돋아나려는 버들의 어음으로 봄이 온 줄 알 뿐 아직 완전히 봄이 안 이르렀지만, 이 모란봉 일대와 대동강을 넘어 보이는 가나안 옥토를 연상시키는 장림(長林)에는 마음껏 봄의 정다움이 이르렀다.

그리고 또 꽤 자란 밀보리들로 새파랗게 장식한 장림의 그 푸른 빛. 만족한 웃음을 띠고 그 벌에 서서 내다보는 농부의 모양은 보지 않아도 생각할 수가 있다.

구름은 자꾸 하늘을 날아다니는 모양이다. 그 밀 위에 비치었던 구름의 그림자는 그 구름과 함께 저편으로 물러가며, 거기

* 움. 풀이나 나무에 새로 돋아 나오는 싹.

는 세계를 아까 만들어 놓은 것 같은 새로운 녹빛이 퍼져 나간다. 바람이나 조곰 부는 때는 그 잘 자란 밀들은 물결같이 누웠다 일어났다 일록일청(一綠一靑)으로 춤을 춘다. 그리고 봄의 한가함을 찬송하는 솔개들은, 높은 하늘에서 동그라미를 그리면서 더욱더 아름다운 봄에 향기로운 정취를 더한다.

"다스한 봄정에 솟아나리다. 다스한 봄정에 솟아나리다."

나는 두어 번 소리 나게 읊은 뒤에 담배를 붙여 물었다. 담뱃내는 무럭무럭 하늘로 올라간다.

하늘에도 봄이 왔다.

하늘은 낮았다. 모란봉 꼭대기에 올라가면 넉넉히 만질 수가 있으리만큼 하늘은 낮다. 그리고 그 낮은 하늘보담은 오히려 더 높이 있는 듯한 분홍빛 구름은 뭉글뭉글 엉기면서 이리저리 날아다닌다.

나는 이러한 아름다운 봄 경치에 이렇게 마음껏 봄의 속삭임을 들을 때는 언제든 유토피아를 아니 생각할 수 없다. 우리가 시시각각으로 애를 쓰며 수고하는 것은, 그 목적은 무엇인가. 역시 유토피아 건설에 있지 않을까. 유토피아를 생각할 때는 언제든 그 '위대한 인격의 소유자'며 '사람의 위대함을 끝까지 즐긴' 진나라 시황(秦始皇)을 생각지 않을 수 없다.

우리가 어쩌면 죽지를 아니할까 하여, 소년 삼백을 배에 태워 불사약을 구하려 떠나보내며, 예술의 사치를 다하여 아방궁을 지으며, 매일 신하 몇천 명과 잔치로써 즐기며, 이리하여 여기 한 유토피아를 세우려던 시황은, 몇만의 역사가가 어떻다고 욕

배따라기

을 하든, 그는 참말로 인생의 향락자이며 역사 이후의 제일 큰 위인이라고 할 수가 있다. 그만한 순전한 용기 있는 사람이 있고야 우리 인류의 역사는 끝이 날지라도 한 '사람'을 가졌었다고 할 수 있다.

"큰사람이었었다."

하면서 나는 머리를 흔들었다.

이때다, 기자묘 근처에서 무슨 슬픈 음률이 봄 공기를 진동시키며 날아오는 것이 들렸다.

나는 무심코 귀를 기울였다.

'영유 배따라기'다. 그것도 웬만한 광대나 기생은 발꿈치에도 밎지 못하리만큼, 그만큼 그 배따라기의 주인은 잘 부르는 사람이었다.

비나이다, 비나이다.

산천후토 일월성신 하나님전 비나이다.

실낱 같은 우리 목숨 살려 달라 비나이다.

에― 야, 어그여지야.

여기까지 이르렀을 때에 저편 아래 물에서 장고(長鼓) 소리와 함께 기생의 노래가 울리어 오며 배따라기는 그만 안 들리게 되었다.

나는 이 년 전 한여름을 영유서 지내 본 일이 있다. 배따라기의 본고장인 영유를 몇 달 있어 본 사람은 그 배따라기에 대하여 언제든 한 속절없는 애처로움을 깨달을 것이다.

영유, 이름은 모르지만 ×산에 올라가서 내다보면 앞은 망망한 황해이니, 그곳 저녁때의 경치는 한번 본 사람은 영구히 잊을 수가 없으리라. 불덩이 같은 커다란 시뻘건 해가 남실남실 넘치는 바다에 도로 빠질 듯 도로 솟아오를 듯 춤을 추며, 거기서 때때로 보이지 않는 배에서 '배따라기'만 슬프게 날아오는 것을 들을 때엔 눈물 많은 나는 때때로 눈물을 흘렸다. 이로 보아서, 어떤 원의 아내가 자기의 모든 영화를 낡은 신같이 내어던지고 뱃사람과 정처 없는 물길을 떠났다 함도 믿지 못할 말이랄 수가 없다.

영유서 돌아온 뒤에도 그 '배따라기'는 내 마음에 깊이 새기어져 잊으려야 잊을 수가 없었고, 언제 한번 다시 영유를 가서 그 노래를 한 번 더 들어 보고 그 경치를 다시 한 번 보고 싶은 생각이 늘 떠나지를 않았다.

·

장고 소리와 기생의 노래는 멎고 배따라기만 구슬프게 날아온다. 결결이 부는 바람으로 말미암아 때때로는 들을 수가 없으되, 나의 기억과 곡조를 종합하여 들은 배따라기는 이 대목이다.

강변에 나왔다가
나를 보더니만
혼비백산하여

318   배따라기

꿈인지 생시인지

와르륵 달려들어

섬섬옥수로 부여잡고

호천망극*하는 말이

하늘로서 떨어지며

땅으로서 솟아났나

바람결에 묻어오고

구름길에 싸여 왔나

이리 서로 붙들고 울음 울 제

인리 제인이며

일가친척이 모두 모여

여기까지 들은 나는 마침내 참지 못하고 벌떡 일어서서 소나
무 가지에 걸었던 모자를 내려 쓰고, 그곳을 찾으러 모란봉 꼭대
기에 올라섰다. 꼭대기는 좀더 노랫소리가 잘 들린다. 그는, 배따
라기의 맨 마지막, 여기를 부른다.

밥을 빌어서

죽을 쑬지라도

제발 덕분에

뱃놈 노릇은 하지 마라

---

* 昊天罔極. 어버이의 은혜가 넓고 큰 하늘과 같이 다함이 없음을 이르는 말. 주로 부모의
  제사에서 축문(祝文)에 쓰는 말.

에— 야 어그여지야

그의 소리로써 방향을 찾으려던 나는 그만 그 자리에 섰다.

"어딘가? 기자묘? 혹은 을밀대(乙密臺)?"

그러나 나는 오래 서 있을 수가 없었다. 어떻든 찾아보자 하고, 현무문으로 가서 문 밖에 썩 나섰다. 기자묘의 깊은 솔밭은 눈앞에 쫙 퍼진다.

"어딘가?"

나는 또 물어보았다.

이때에 그는 또다시 배따라기를 시초부터 부른다. 그 소리는 왼편에서 온다.

왼편이구나 하면서, 소리 나는 곳을 더듬어서 소나무 틈으로 한참 돌다가, 겨우, 기자묘치고는 그중 하늘이 넓고 밝은 곳에 혼자서 뒹굴고 있는 그를 찾아내었다. 나의 생각한 바와 같은 얼굴이다. 얼굴, 코, 입, 눈, 몸집이 모두 네모나고 그의 이마의 굵은 주름살과 시커먼 눈썹은 고생 많이 함과 순진한 성격을 나타낸다.

그는 어떤 신사가 자기를 들여다보는 것을 보고 노래를 그치고 일어나 앉는다.

"왜? 그냥 하지요."

하면서 나는 그의 곁에 가 앉았다.

"머……."

할 뿐 그는 눈을 들어서 터진 하늘을 쳐다본다.

배따라기

좋은 눈이었다. 바다의 넓고 큼이 유감없이 그의 눈에 나타나 있다. 그는 뱃사람이라 나는 짐작하였다.

"고향이 영유요?"

"예, 머, 영유서 나기는 했디만 한 이십 년 영윤 가보디두 않았 시요."

"왜, 이십 넌씩 고향엘 안 가요?"

"사람의 일이라니 마음대로 됩데까?"

그는, 왜 그러는지, 한숨을 짓는다.

"거저, 운명이 데일 힘셉디다."

운명의 힘이 제일 세다는 그의 소리는 삭이지 못할 원한과 뉘 우침이 섞여 있다.

"그래요?"

나는 다만 그를 건너다볼 뿐이다.

한참 잠잠하니 있다가 나는 다시 말하였다.

"자, 노형의 경험담이나 한번 들어 봅시다. 감출 일이 아니면 한번 이야기해 보소."

"머, 감출 일은……."

"그럼, 어디 들어 봅시다그려."

그는 다시 하늘을 쳐다보았다. 그러나 좀 있다가,

"하디요."

하면서 내가 담배를 붙이는 것을 보고 자기도 담배를 붙여 물 고 이야기를 꺼낸다.

"닞히디두 않는 십구 넌 전 팔월 열하룻날 일인데요."

하면서 그가 이야기한 바는 대략 이와 같은 것이다.

·

그의 살던 마을은 영유 고을서 한 이십 리 떠나 있는, 바다를 향한 조고만 어촌이다. 그의 살던 조고만 마을(서른 집쯤 되는)에서는 그는 꽤 유명한 사람이었다.

그의 부모는 모두 열댓 세 났을 때 돌아갔고, 남은 사람이라고는 곁집에 딴살림하는 그의 아우 부처와 그 자기 부처뿐이었다. 그들 형제가 그 마을에서 제일 부자이고 또 제일 고기잡이를 잘하였고 그중 글이 있었고 배따라기도 그 마을에서 빼나게 그 형제가 잘 불렀다. 말하자면 그 형제가 그 동네의 대표적 사람이었다.

팔월 보름은 추석 명절이다. 팔월 열하룻날 그는 명절에 쓸 장도 볼 겸, 그의 아내가 늘 부러워하는 거울도 하나 사올 겸, 장으로 향하였다.

"당손네 집에 있는 것보다 큰 것이요. 닞디 말구요."

그의 아내는 길까지 따라나오면서 잊지 않도록 부탁하였다.

"안 닞어."

하면서 그는 떠오르는 새빨간 햇빛을 앞으로 받으면서 자기 마을을 나섰다.

그는 아내를 (이렇게 말하기는 우습지만) 고와했다. 그의 아내는 촌에는 드물도록 연연하고도 예쁘게 생겼다. (그는 나에게 이렇게 말하였다.)

"성내(평양) 덴줏골(갈보촌)을 가두 그만한 거 쉽디 않갔시요."

그러니까 촌에서는, 그리고 그 당시에는 남에게 우습게 보이도록 그 내외의 새는 좋았다. 늙은이들은 계집에게 혹하지 말라고 흔히 그에게 권고하였다.

부처의 새는 좋았지만 ─ 아니 오히려 좋으므로 그는 아내에게 샘을 많이 하였다. 그리고 그의 아내는 시기를 받을 일을 많이 하였다. 품행이 나쁘다는 것이 아니라, 그의 아내는 대단히 천진스럽고 쾌활한 성질로서 아무에게나 말 잘하고 애교를 잘 부렸다.

그 동네에서는 무슨 명절이나 되면, 집이 그중 정결함을 핑계 삼아 젊은이들은 모두 그의 집에 모이고 하였다. 그 젊은이들은 모두 그의 아내에게 '아즈마니'라 부르고, 그의 아내는 '아즈바니 아즈바니' 하며 그들과 지껄이고 즐기며, 그 웃기 잘하는 입에는 늘 웃음을 흘리고 있었다. 그럴 때마다 그는 한편 구석에서 눈만 힐근거리며 있다가 젊은이들이 돌아간 뒤에는 불문곡직하고 아내에게 덤벼들어 발길로 차고 때리며, 이전에 사다 주었던 것을 모두 걷어 올린다. 싸움을 할 때에는 언제든 곁집에 있는 아우 부처가 말리러 오며, 그렇게 되면 언제든 그는 아우 부처까지 때려 주었다.

그가 아우에게 그렇게 구는 데는 이유가 있었다. 그의 아우는, 시골 사람에게는 쉽지 않도록 늠름한 위엄이 있었고, 맨날 바닷바람을 쏘였지만 얼굴이 희었다. 이것뿐으로도 시기가 된다 하면 되지만, 특별히 아내가 그의 아우에게 친절히 하는 데는,

김동인

그는 속이 끓어 못 견디었다.

그가 영유를 떠나기 반 년 전쯤 — 다시 말하자면 그가 거울을 사러 장에 갈 때부터 반 년 전쯤 그의 생일날이었다. 그의 집에서는 음식을 차려서 잘 먹었는데, 그에게는 괴상한 버릇이 있었으니, 맛있는 음식은 남겨 두었다가 좀 있다 먹고 하는 것이 습관이었다. 그의 아내도 이 버릇은 잘 알 터인데 그의 아우가 점심때쯤 오니까, 아까 그가 아껴서 남겨 두었던 그 음식을 아우에게 주려 하였다. 그는 눈을 부릅뜨고 '못 주리라'고 암호하였지만 아내는 그것을 보았는지 못 보았는지 그의 아우에게 주어 버렸다. 그는 마음속이 자못 편치 못하였다. '트집만 있으면 이년을……' 그는 마음먹었다.

그의 아내는 시아우에게 상을 준 뒤에 물러오다가 그만 그의 발을 조금 밟았다.

"이년!"

그는 힘껏 발을 들어서 아내를 냅다 찼다. 그의 아내는 상 위에 거꾸러졌다가 일어난다.

"이년, 사나이 발을 짓밟는 년이 어디 있어!"

"거 좀 밟아서 발이 부러졌쉐까?"

아내는 낯이 새빨개져서 울음 섞인 소리로 고함친다.

"이년! 말대답이……"

그는 일어서서 아내의 머리채를 휘어잡았다.

"형님! 왜 이리십니까."

아우가 일어서면서 그를 붙잡았다.

배따라기

"가만 있거라, 이놈의 자식."

하며 그는 아우를 밀친 뒤에 아내를 되는대로 내리쳤었다.

"죽일 년, 이년! 나가거라!"

"죽에라, 죽에라! 난, 죽어도 이 집에선 못 나가!"

"못 나가?"

"못 나가디 않구. 뉘 집이게……."

이때다. 그의 마음에는 그 '못 나가겠다'는 아내의 마음이 푹 들이 박혔다. 그 이상 때리기가 싫었다. 우두커니 눈만 흘기고 있다가 그는,

"망할 년, 그럼 내가 나갈라."

하고 그만 문 밖으로 뛰어나와서,

"형님, 어디 갑니까."

하는 아우의 말에는 대답도 안 하고, 곁동네 탁줏집으로 뒤도 안 돌아보고 가서, 거기 있는 술 파는 계집과 술상 앞에 마주 앉았다.

그날 저녁 얼근히 취한 그는 아내를 위하여 떡을 한 돈어치 사 가지고 집으로 돌아왔다.

이리하여 또 서너 달은 평화가 이르렀다. 그러나 이 평화가 언제까지든 계속될 수가 없었다. 그의 아우로 말미암아 또 평화는 쪼개져 나갔다.

오월 초승부터 영유 고을 출입이 잦던 그의 아우는, 오월 그믐께부터는 고을서 며칠씩 묵어 오는 일이 많았다. 함께, 고을에 첩을 얻어두었다는 소문이 퍼졌다. 이 소문이 있은 뒤는 아내는

그의 아우가 고을 들어가는 것을 벌레보다도 더 싫어하고, 며칠 묵어나 오는 때면 곧 아우의 집으로 가서 그와 담판을 하며 심지어 동서 되는 아우의 처에게까지 못 가게 하지 않는다고 싸우는 일이 있었다. 칠월 초승께 그의 아우는 고을에 들어가서 열흘쯤 묵어 온 일이 있었다. 이때도 전과 같이 그의 아내는 그의 아우며 제수와 싸우다 못하여, 마침내 그에게까지 와서 아우가 그런 못된 데를 다니는 것을 그냥 둔다고, 해보자 한다. 그 꼴을 곱게 보지 않았던 그는 첫마디로 고함을 쳤다.

"네게 상관이 무에가? 듣기 싫다."

"못난둥이. 아우가 그런 델 댕기는 걸 말리디두 못하구!"

분김에 이렇게 그의 아내는 고함쳤다.

"이년, 무얼?"

그는 벌떡 일어섰다.

"못난둥이!"

그 말이 채 끝나기 전에 그의 아내는 악 소리와 함께 그 자리에 거꾸러졌다.

"이년! 사나이에게 그따윗 말버릇 어디서 배완!"

"에미네 때리는 건 어디서 배왔노! 못난둥이."

그의 아내는 울음소리로 부르짖었다.

"샹년 그냥? 나갈, 우리 집에 있디 말구 나갈."

그는 내리쬧으면서 부르짖었다. 그리고 아내를 문을 열고 밀쳤다.

"나가디 않으리!"

하고 그의 아내는 울면서 뛰어나갔다.

"망할 년!"

토하는 듯이 중얼거리고 그는 그 자리에 주저앉았다.

그의 아내는 해가 져서 어두워져도 돌아오지 않았다. 일단 내 쫓기는 하였지만 그는 아내의 돌아옴을 기다리고 있었다. 어두 워져서도 그는 불도 안 켜고 성이 나서 우들우들 떨면서 아내의 돌아오기를 기다렸다. 그러나 그의 아내의 참 기쁜 듯이 웃는 소 리가 그의 아우의 집에서 밤새도록 울리었다. 그는 움쩍도 안 하 고 그 자리에 앉아서 밤을 새운 뒤에, 새벽 동터 올 때 아내와 아우를 죽이려고 부엌에 가서 식칼을 가지고 들어와서 문을 벌 컥 열었다.

그의 아내로서 만약 근심스러운 얼굴을 하고 그 문 밖에 우두 커니 서서 문을 들여다보고 있지 않았다면, 그는 아내와 아우를 죽이고야 말았으리라.

그는 아내를 보는 순간 마음에 가득 차는 사랑을 깨달으면서, 칼을 내던지고 뛰어나가서 아내의 머리채를 휘어잡고, 이년 하 면서 들어와서 뺨을 물어뜯으면서 함께 이리저리 자빠져서 뒹굴 었다.

그런 이야기를 다 하려면 끝이 없으되 다만 '그' '그의 아내' '그의 아우' 세 사람의 삼각관계는 대략 이와 같았다.

각설—

거울은 마침 장에 마음에 맞는 것이 있었다. 지금 것과 대보 면 어떤 때는 코도 크게 보이고 입이 작게도 보이는 것이지만,

그 당시에는, 그리고 그런 촌에서는 둘도 없는 귀물이었다.

거울을 사 가지고 장을 본 뒤에 그는 이 거울을 아내에게 주면 그 기뻐할 모양을 생각하며, 새빨간 저녁 햇빛을 받는 넘치는 듯한 바다를 안고, 자기 집으로, 늘 들러 오던 탁줏집에도 안 들러서 돌아왔다.

그러나 그가 그의 집 방 안에 들어설 때에는 뜻도 안 하였던 광경이 그의 눈에 벌이어 있었다.

방 가운데는 떡상이 있고, 그의 아우는 수건이 벗어져서 목 뒤로 늘어지고 저고리 고름이 모두 풀어져 가지고 한편 모퉁이에 서 있고, 아내도 머리채가 모두 뒤로 늘어지고 치마가 배꼽 아래 늘어지도록 되어 있으며, 그의 아내와 아우는 그를 보고 어찌할 줄을 모르는 듯이 움쩍도 안 하고 서 있었다.

세 사람은 한참 동안 어이가 없어서 서 있었다. 그러나 좀 있다가 마침내 그의 아우가 겨우 말했다.

"그놈의 쥐 어디 갔나?"

"흥! 쥐? 훌륭한 쥐 잡댔구나!"

그는 말을 끝내지도 않고 짐을 벗어던지고 뛰어가서 아우의 멱살을 그러잡았다.

"형님! 정말 쥐가—"

"쥐? 이놈! 형수하고 그런 쥐 잡는 놈이 어디 있니?"

그는 아우를 따귀를 몇 대 때린 뒤에 등을 밀어서 문 밖에 내어던졌다. 그런 뒤에 이제 자기에게 이를 매를 생각하고 우들우들 떨면서 아랫목에 서 있는 아내에게 달려들었다.

배따라기

"이년! 시아우와 그런 쥐 잡는 년이 어디 있어!"

그는 아내를 거꾸러뜨리고 함부로 내리찧었다.

"정말 쥐가…… 아이 죽겠다."

"이년! 너두 쥐? 죽어라!"

그의 팔다리는 함부로 아내의 몸 위에 오르내렸다.

"아이, 죽갔다. 정말 아까 적으니(시아우)가 왔기에 떡 먹으라구 내놓았더니—"

"듣기 싫다! 시아우 붙은 년이, 무슨 잔소릴……."

"아이, 아이, 정말이야요. 쥐가 한 마리 나……."

"그냥 쥐?"

"쥐 잡을래다가……."

"샹년! 죽어라! 물에래두 빠데 죽얼!"

그는 실컷 때린 뒤에, 아내도 아우처럼 등을 밀어 내쫓았다. 그 뒤에 그의 등으로,

"고기 배때기에 장사해라!"

하고 토하였다.

분풀이는 실컷 하였지만, 그래도 마음속이 자못 편치 못하였다. 그는 아랫목으로 가서 바람벽을 의지하고 실신한 사람같이 우두커니 서서 떡상만 들여다보고 있었다.

한 시간…… 두 시간…….

서편으로 바다를 향한 마을이라 다른 곳보다는 늦게 어둡지만, 그래도 술시(戌時)쯤 되어서는 깜깜하니 어두웠다. 그는 불을 켜려고 바람벽에서 떠나서 성냥을 찾으러 돌아갔다.

성냥은 늘 있던 자리에 있지 않았다. 그래서 여기저기 뒤적이노라니까, 어떤 낡은 옷뭉치를 들칠 때에 문득 쥐 소리가 나면서 무엇이 후덕덕 뛰어나온다. 그리하여 저편으로 기어서 도망한다.

"역시 쥐댔구나."

그는 조그만 소리로 부르짖었다. 그리고 그만 그 자리에 맥없이 덜썩 주저앉았다.

아까 그가 보지 못한 때의 광경이 활동사진과 같이 그의 머리에 지나갔다.

아우가 집에를 온다. 아우에게 친절한 아내는 떡을 먹으라고 아우에게 떡상을 내놓는다. 그때에 어디선가 쥐가 한 마리 뛰어나온다. 둘(아우와 아내)이서는 쥐를 잡노라고 돌아간다. 한참 성화시키던 쥐는 어느 구석에 숨어 버린다. 그들은 쥐를 찾느라고 뒤룩거린다. 그럴 때에 그가 집에 들어선 것이다.

"샹년, 좀 있으면 안 들어오리……."

그는 억지로 마음먹고 그 자리에 드러누웠다.

그러나 아내는 밤이 가고 날이 밝기는커녕 해가 중천에 올라도 돌아오지를 않았다. 그는 차차 걱정이 나서 찾아보러 나섰다.

아우의 집에도 없었다. 동네를 모두 찾아보아도 본 사람도 없다 한다.

그리하여, 낮쯤 한 삼사 리 내려가서 바닷가에서 겨우 아내를 찾기는 찾았지만 그 아내는 이전 같은 생기로 찬 산 아내가 아니요, 몸은 물에 불어서 곱이나 크게 되고, 이전에 늘 웃음을 흘리던 예쁜 입에는 거품을 잔뜩 문, 죽은 아내였다.

그는 아내를 업고 집으로 돌아오기까지 정신이 없었다.

이튿날 간단하게 장사를 하였다. 뒤에 따라오는 아우의 얼굴에는,

"형님, 이게 웬일이오니까."

하는 듯한 원망이 있었다.

장사를 지낸 이튿날부터 아우는 그 조그만 마을에서 없어졌다. 하루 이틀은 심상히 지냈지만, 닷새 엿새가 지나도 아우는 돌아오지 않았다. 그래서 알아보니까, 꼭 그의 아우같이 생긴 사람이 오륙 일 전에 멧산자* 보따리를 하여 진 뒤에 시뻘건 저녁 해를 등으로 받고 더벅더벅 동쪽으로 가더라 한다. 그리하여 열흘이 지나고 스무 날이 지났지만 한번 떠난 그의 아우는 돌아올 길이 없고, 혼자 남은 아우의 아내는 매일 한숨으로 세월을 보내게 되었다.

그도 이것을 잠자코 보고 있을 수가 없었다. 그 불행의 모든 죄는 죄 그에게 있었다.

그도 마침내 뱃사람이 되어, 적으나마 아내를 삼킨 바다와 늘 접근하며 가는 곳마다 아우의 소식을 알아보려고, 어떤 배를 얻어 타고 물길을 나섰다.

그는 가는 곳마다 아우의 이름과 모습을 말하여 물었으나, 아우의 소식은 알 수가 없었다.

* 뫼 산(山) 자. 보따리의 모양을 이름.

이리하여 꿈결같이 십 년을 지내서 구 년 전 가을, 탁탁히* 긴 안개를 꿰며 연안(延安) 바다를 지나가던 그의 배는, 몹시 부는 바람으로 말미암아 파선을 하여, 벗 몇 사람은 죽고, 그는 정신을 잃고 물 위에 떠돌고 있었다.

 그가 겨우 정신을 차린 때는 밤이었었다. 그리고 어느덧 그는 물 위에 올라와 있었고 그를 말리느라고 새빨갛게 피워 놓은 불빛으로 자기를 간호하는 아우를 보았다.

 그는 이상히도 놀라지도 않고 천연하게 물었다.

 "너, 어딯게 여기 완?"

 아우는 잠자코 한참 있다가 겨우 대답하였다.

 "형님, 거저 다 운명이외다."

 따뜻한 불기운에 깜빡 잠이 들려다가 그는 화닥닥 깨면서 또 말했다.

 "십 년 동안에 되게 파랬구나."

 "형님, 나두 변했거니와 형님두 몹시 늙으셨쉐다."

 이 말을 꿈결같이 들으면서 그는 또 혼혼히 잠이 들었다. 그리하여 두어 시간, 꿀보다도 단 잠을 잔 뒤에 깨어 보니, 아까같이 새빨간 불은 피어 있지만 아우는 어디로 갔는지 없어졌다. 곁엣사람에게 물어보니까, 아우는 형의 얼굴을 물끄러미 한참 들여다보고 있다가 새빨간 불빛을 등으로 받으면서 터벅터벅 아무 말 없이 어둠 가운데로 스러졌다 한다.

---

* 탁탁하다 : (피륙 따위의 바탕이) 촘촘하고 두껍다.

이튿날 아무리 알아보아야 그의 아우는 종적이 없어지고 알수 없으므로 그는 하릴없이 다른 배를 얻어 타고 또 물길을 떠났다. 그리하여 그의 배가 해주에 이르렀을 때, 그는 해주 장에 들어가서 무엇을 사려다가 저편 맞은편 가게에 걸핏 그의 아우 같은 사람이 있으므로 뛰어가서 보니 그는 벌써 없어졌다. 배가 해주에는 오래 머물지 않으므로 그의 마음은 해주에 남겨 두고 또다시 바닷길을 떠났다.

그 뒤 삼 년을 이리저리 돌아다녔어도 아우는 다시 볼 수가 없었다.

그리하여 삼 년을 지내서 지금부터 육 년 전에, 그의 탄 배가 강화도를 지날 때에, 바다를 향한 가파로운 뫼켠에서 바다를 향하여 날아오는 '배따라기'를 들었다. 그것도 어떤 구절과 곡조는 그의 아우 특식으로 변경된, 그의 아우가 아니면 부를 사람이 없는, 그 '배따라기'이다.

배가 강화도에는 머무르지 않아서 그저 지나갔으나, 인천서 열흘쯤 머무르게 되었으므로, 그는 곧 내려서 강화도로 건너가 보았다. 거기서 이리저리 찾아다니다가 어떤 조그만 객줏집에서 물어보니, 이름도 그의 아우요 생긴 모습도 그의 아우인 사람이 묵어 있기는 하였으나, 사나흘 전에 도로 인천으로 갔다 한다. 그는 곧 돌아서서, 인천으로 건너와서 찾아보았지만, 그 조그만 인천서도 그의 아우를 찾을 바가 없었다.

그 뒤에 눈 오고 비 오며 육 년이 지났지만, 그는 다시 아우를 만나 보지 못하고 아우의 생사까지도 알 수가 없다.

말을 끝낸 그의 눈에는 저녁 해에 반사하여 몇 방울의 눈물이 반득인다.

나는 한참 있다가 겨우 물었다.

"노형 계수는?"

"모르디요. 이십 년을 영유는 안 가봤으니깐요."

"노형은 이제 어디루 갈 테요?"

"것두 모르디요. 덩처가 있나요? 바람 부는 대로 몰려댕기디요."

그는 다시 한 번 나를 위하여 배따라기를 불렀다. 아아, 그 속에 잠겨 있는 삭이지 못할 뉘우침, 바다에 대한 애처로운 그리움.

노래를 끝낸 다음에 그는 일어서서 시뻘건 저녁 해를 잔뜩 등으로 받고 을밀대로 향하여 더벅더벅 걸어간다. 나는 그를 말릴 힘이 없어서 멀거니 그의 등만 바라보고 앉아 있었다.

그날 밤, 집에 돌아와서도 그 배따라기와 그의 숙명적 경험담이 귀에 쟁쟁히 울리어서 잠을 못 이루고, 이튿날 아침 깨어서 조반도 안 먹고 기자묘로 뛰어가서 또다시 그를 찾아보았다. 그가 어제 깔고 앉았던, 풀은 모두 한편으로 누워서 그가 다녀감을 기념하되, 그는 그 근처에 보이지 않았다. 그러나, 그러나 배따라기는 어디선가 쟁쟁히 울리어서 모든 소나무들을 떨리지 않고는 안 두겠다는 듯이 날아온다.

배따라기

"모란봉이다. 모란봉에 있다."

하고 나는 한숨에 모란봉으로 뛰어갔다. 모란봉에는 사람이 하나도 없다. 부벽루(浮壁樓)에도 없다.

"을밀대다."

하고 나는 다시 을밀대로 갔다. 을밀대에서 부벽루를 연한, 지옥까지 연한 듯한 골짜기에 물 한 방울을 안 새이리라고 빽빽히 난 소나무의 그 모든 잎잎은 떨리는 배따라기를 부르고 있지만, 그는 여기도 있지 않다. 기자묘의, 하늘을 향하여 퍼져 나간 그 모든 소나무의 천만의 잎잎도, 그 아래쪽 퍼진 천만의 풀들도, 모두 그 배따라기를 슬프게 부르고 있지만, 그는 이 조고만 모란봉 일대에서 찾을 수가 없었다.

강가에 나가서 알아보니 그의 배는 오늘 새벽에 떠났다 한다.

그 뒤에 여름과 가을이 가고 일 년이 지나서 다시 봄이 이르렀으되, 잠깐 평양을 다녀간 그는 그 숙명적 경험담과 슬픈 배따라기를 남겨 두었을 뿐, 다시 조고만 모란봉에 나타나지 않는다.

모란봉과 기자묘에 다시 봄이 이르러서, 작년에 그가 깔고 앉아서 부러졌던 풀들도 다시 곧게 대가 나서 자줏빛 꽃이 피려 하지만, 끝없는 뉘우침을 다만 한낱 '배따라기'로 하소연하는 그는, 이 조고만 모란봉과 기자묘에서 다시 볼 수가 없었다. 다만 그가 남기고 간 '배따라기'만 추억하는 듯이 기념하는 듯이 모든 잎잎이 속삭이고 있을 따름이다.

· 끝 ·

금 따는 콩밭

김유정

땅속 저 밑은 늘 음침하다.

고달픈 간드렛불*. 맥없이 푸르끼하다. 밤과 달라서 낮엔 되우 흐릿하였다.

겉으로 황토 장벽으로 앞뒤 좌우가 콕 막힌 좁직한 구뎅이. 흡사히 무덤 속같이 귀중중하다. 싸늘한 침묵, 쿠더부레한** 흙내와 징그러운 냉기만이 그 속에 자욱하다.

곡괭이는 뻔질 흙을 이르집는다. 암팡스러이 내려쪼며,

퍽 퍽 퍽—

이렇게 메떨어진 소리뿐. 그러나 간간 우수수 하고 벽이 헐린다.

영식이는 일손을 놓고 소맷자락을 끌어당기어 얼굴의 땀을 훑는다. 이놈의 줄이 언제나 잡힐는지 기가 찼다. 흙 한 줌을 집어 코밑에 바싹 들이대고 손가락으로 샅샅이 뒤져 본다. 완연히 버력***은 좀 변한 듯싶다. 그러나 불통버력이 아주 다 풀린 것도 아니었다. 말똥버력이라야 금이 온다는데 왜 이리 안 나오는지.

---

* 간드레(candle). 광산의 갱 안에서 불을 켜 들고 다니는 카바이드 등.
** 쿠더부레하다 : 꿈꿈하다. 물기를 머금어 축축하고 습하다.
*** 광석이나 석탄을 캘 때에 나오는, 광물이 섞이지 않은 작은 잡돌.

금 따는 콩밭

곡괭이를 다시 집어 든다. 땅에 무릎을 꿇고 궁뎅이를 번쩍 든 채 식식거린다. 곡괭이는 무작정 내려찍는다.

바닥에서 물이 스미어 무르팍이 흥건히 젖었다. 굿 엎은 천판에서 흙방울은 내리며 목덜미로 굴러든다. 어떤 때에는 윗벽의 한쪽이 떨어지며 등을 탕 때리고 부서진다. 그러나 그는 눈도 하나 깜짝하지 않는다. 금을 캔다고 콩밭 하나를 다 잡쳤다. 약이 올라서 죽을 둥 살 둥, 눈이 뒤집힌 이판이다. 손바닥에 침을 탁 뱉고 곡괭이자루를 한번 꼬나잡더니 쉴 줄 모른다.

등 뒤에서는 흙 긁는 소리가 드윽드윽 난다. 아직도 버력을 다 못 친 모양. 이 자식이 일을 하나 시줄 하나. 남은 속이 바직바직 타는데 웬 뱃심이 이리도 좋아.

영식이는 살기 띤 시선으로 고개를 돌렸다. 암말 없이 수재를 노려본다. 그제야 꾸물꾸물 바지게에 흙을 담고 등에 메고 사다리를 올라간다.

굿이 풀리는지 벽이 우찔하였다. 흙이 부서져 내린다. 전날이라면 이곳에서 아내 한 번 못 보고 생죽음이나 안 할까 털끝까지 쭈뼛할 게다. 그러나 인젠 그렇게 되고도 싶다. 수재란 놈하고 흙더미에 묻히어 한껍에 죽는다면 그게 오히려 날 게다.

이렇게까지 몹시 몹시 미웠다.

이놈 풍치는 바람에 애꿎은 콩밭 하나만 결딴을 냈다. 뿐만 아니라 모두가 낭패다. 세 벌 논도 못 맸다. 논둑의 풀은 성큼 자란 채 어지러이 널려 있다. 이 기미를 알고 지주는 대로하였다. 내년부터는 농사 질 생각 말라고 발을 굴렀다. 땅은 암만을 파도 지수가 없다. 이만 해도 다섯 길은 훨씬 넘었으리라. 좀더 지펴야 옳을지 혹은 북으로 밀어야 옳을지, 우두커니 망설거린다. 금점 일에는 풋둥이다. 입때껏 수재의 지휘를 받아 일을 하여 왔고, 앞으로도 역시 그러해야 금을 딸 것이다. 그러나 그런 칙칙한 짓은 안 한다.

"이리 와 이것 좀 파게."

그는 어쌘* 위풍을 보이며 이렇게 분부하였다. 그리고 저는 일어나 손을 털며 뒤로 물러선다.

수재는 군말 없이 고분하였다. 시키는 대로 땅에 무릎을 꿇고 벽채로 군버력을 긁어 낸 다음 다시 파기 시작한다.

영식이는 치다 나머지 버력을 짊어진다. 커단 걸대를 뒤룩거리며 사다리로 기어오른다. 굿문을 나와 버력더미에 흙을 마악 내치려 할 제,

"왜 또 파. 이것들이 미쳤나 그래!"

산에서 내려오는 마름과 맞닥뜨렸다. 정신이 떠름하여 그대로 벙벙히 섰다. 오늘은 또 무슨 포악을 들으려는가.

"말라니까 왜 또 파는 게야."

하고 영식이의 바지게 뒤를 지팡이로 꽉 찌르더니,

"갈아 먹으라는 밭이지, 흙 쓰고 들어가라는 거야, 이 미친 것들아. 콩밭에서 웬 금이 나온다구 이 지랄들이야, 그래."

하고 목에 핏대를 올린다. 밭을 버리면 간수 잘못한 자기 탓이

* 어쌔다 : 거들먹거리며 거만한 언행을 함부로 하는 버릇이 있다.

다. 날마다 와서 그 북새를 피우고 금하여도 다음 날 보면 또 여전히 파는 것이다.

"오늘로 이 구뎅이를 도로 묻어 놔야지, 낼로 당장 징역 갈 줄 알게."

너무 감정에 격하여 말도 잘 안 나오고 떠듬떠듬거린다. 주먹은 곧 날아들 듯이 허구리께서 불불 떤다.

"오늘만 좀 해보고 그만두겠어유."

영식이는 낯이 붉어지며 가까스로 한마디 하였다. 그리고 무턱대고 빌었다.

마름은 들은 척도 안 하고 가버린다.

그 뒷모양을 영식이는 멀거니 배웅하였다. 그러나 콩밭 낯짝을 들여다보니 무던히 애통 터진다. 멀쩡한 밭에 구멍이 사면 풍풍 뚫렸다.

예제없이* 버력은 무더기무더기 쌓였다. 마치 사태 만난 공동묘지와도 같이 귀살쩍고 되우 을씨년스럽다. 그다지 잘되었던 콩포기는 거반 버력더미에 다아 깔려 버리고 군데군데 어쩌다 남은 놈들만이 고개를 나풀거린다. 그 꼴을 보는 것은 자식 죽는 걸 보는 게 낫지 차마 못 할 경상이었다.

농토는 모조리 떨어질 것이다. 그러나 대관절 올 밭도지 벼 두섬 반은 뭘로 해내야 좋을지. 게다 밭을 망쳤으니 자칫하면 징역을 갈는지도 모른다.

---

* 예제없다 : 여기나 저기나 구별이 없다.

영식이가 구뎅이 안으로 들어왔을 때 동무는 땅에 주저앉아 쉬고 있었다. 태연 무심히 담배만 뻑뻑 피우는 것이다.

"언제나 줄을 잡는 거야."

"인제 차차 나오겠지."

"인제 나온다?"

하고 코웃음을 치고 엇먹더니 조금 지나매,

"이 새끼."

흙덩이를 집어 들고 골통을 내려친다.

수재는 어쿠 하고 그대로 폭 엎드린다. 그러다 벌떡 일어선다. 눈에 띄는 대로 곡괭이를 잡자 대뜸 달려들었다. 그러나 강약이 부동. 왈살스러운 팔뚝에 퉁겨져 벽에 가서 쿵 하고 떨어졌다. 그 순간에 제가 빼앗긴 곡괭이가 정바기*를 겨누고 날아드는 걸 보았다. 고개를 홱 돌린다. 곡괭이는 흙벽을 퍽 찍고 다시 나간다.

수재 이름만 들어도 영식이는 이가 갈렸다. 분명히 홀딱 속은 것이다.

영식이는 본디 금점에 이력이 없었다. 그리고 흥미도 없었다. 다만 밭고랑에 웅크리고 앉아서 땀을 흘려 가며 꾸벅꾸벅 일만 하였다. 올엔 콩도 뜻밖에 잘 열리고 맘이 좀 놓였다.

하루는 홀로 김을 매고 있노라니까,

"여보게 덥지 않은가, 좀 쉬었다 하게."

* '정수리'의 방언.

금 따는 콩밭

고개를 들어 보니 수재다. 농사는 안 짓고 금점으로만 돌아다니더니 무슨 바람에 또 왔는지 싱글벙글한다. 좋은 수나 걸렸나 하고,

"돈 좀 많이 벌었나. 나 좀 쵀주게*."

"벌구말구. 맘껏 먹고 맘껏 쓰고 했네."

술에 거나한 얼굴로 신껏 주적거린다. 그리고 밭머리에 쭈그리고 앉아 한참 객설을 부리더니,

"자네, 돈벌이 좀 안 하려나. 이 밭에 금이 묻혔네, 금이."

"뭐?"

하니까, 바로 이 산 너머 큰골에 광산이 있다. 광부를 삼백여 명이나 부리는 노다지판인데 매일 소출되는 금이 칠십 냥을 넘는다. 돈으로 치면 칠천 원. 그 줄맥이 큰 산허리를 뚫고 이 콩밭으로 뻗어 나왔다는 것이다. 둘이서 파면 불과 열흘 안에 줄을 잡을 게고, 적어도 하루 서 돈씩은 따리라. 우선 삼십 원만 해도 얼마냐. 소를 산대도 반 필이 아니냐고.

그러나 영식이는 귀담아듣지 않았다. 금점이란 칼 물고 뜀뛰기다. 잘되면이거니와 못 되면 신세만 조진다. 이렇게 전일부터 들은 소리가 있어서였다.

그담 날도 와서 꾀송거리다** 갔다.

셋째 번에는 집으로 찾아왔는데 막걸리 한 병을 손에 들고 영을 피운다. 몸이 달아서 또 온 것이었다. 봉당에 걸터앉아서 저

* 쵀주다 : 빌려주다.
** 달콤하거나 교묘한 말로 자꾸 꾀다.

김유정 343

녁상을 물끄러미 바라보더니 조당수는 몸을 훑인다는 둥 일꾼은 든든히 먹어야 한다는 둥 남들은 논을 사느니 밭을 사느니 떠드는데 요렇게 지내다 그만둘 테냐는 둥 일쩝게 지절거린다.

"아주머니, 이것 좀 먹게 해주시게유."

그리고 비로소 영식이 아내에게 술병을 내놓는다. 그들은 밥상을 끼고 앉아서 즐겁게 술을 마셨다. 몇 잔이 들어가고 보니 영식이의 생각도 적이 돌아섰다. 딴은 일 년 고생하고 끽 콩 몇 섬 얻어먹느니보다는 금을 캐는 것이 슬기로운 짓이다. 하루에 잘만 캔다면 한 해 줄곧 공들인 그 수확보다 훨씬 이익이다. 올봄 보낼 제 비료 값, 품삯, 빚에 빚진 칠 원 까닭에 나날이 졸리는 이 판이다. 이렇게 지지하게 살고 말 바에는 차라리 가로지나 세로지나 사내자식이 한번 해볼 것이다.

"낼부터 우리 파보세. 돈만 있으면이야, 그까진 콩은……."

수재가 안달스리 재우쳐 보채일 제 선뜻 응낙하였다.

"그래 보세, 빌어먹을 거 안 됨 고만이지."

그러나 꽁무니에서 죽을 마시고 있던 아내가 허구리를 쿡쿡 찔렀게 망정이지 그렇지 않았다면 좀 주저할 뻔도 하였다.

아내는 아내대로의 셈이 빨랐다.

시체*는 금점이 판을 잡았다. 섣부르게 농사만 짓고 있다간 결국 비렁뱅이밖에는 더 못 된다. 얼마 안 있으면 산이고 논이고 밭이고 할 것 없이 다 금쟁이 손에 구멍이 뚫리고 뒤집히고 뒤

---

* 時體. 그 시대의 풍습·유행을 따르거나 지식 따위를 받음. 또는 그런 풍습이나 유행.

금 따는 콩밭

죽박죽이 될 것이다. 그때는 뭘 파먹고 사나. 자, 보아라. 머슴들은 짜기나 한 듯이 일하다 말고 혹닥하면 금점으로들 내빼지 않는가. 일꾼이 없어서 올엔 농사를 질 수 없느니 마느니 하고 동리에서는 떠들썩하다. 그리고 번동 포농이조차 호미를 내던지고 강변으로 개울로 사금을 캐러 달아난다. 그러다 며칠 뒤엔 다비*신에다 옥당목을 떨치고 희자를 뽑는** 것이 아닌가.

아내는 콩밭에서 금이 날 줄은 아주 꿈밖이었다. 놀라고도 또 기뻤다. 올에는 노냥 침만 삼키던 그놈 코다리(명태)를 짜장 먹어보겠구나만 하여도 속이 미어질 듯이 짜릿하였다. 뒷집 양근댁은 금점 덕택에 남편이 사다 준 고무신을 신고 나릿나릿 걷는 것이 무척 부러웠다. 저도 얼른 금이나 펑펑 쏟아지면 흰 고무신도 신고 얼굴에 분도 바르고 하리라.

"그렇게 해보지 뭐. 저 양반 하잔 대로만 하면 어련히 잘될라구."

얼떨하여 앉았는 남편을 이렇게 추겼던 것이다.

동이 트기 무섭게 콩밭으로 모였다.

수재는 진언이나 하는 듯이 이리 대고 중얼거리고 저리 대고 중얼거리고 하였다. 그리고 덤벙거리며 이리 왔다가 저리 왔다가 하였다. 제딴은 땅속에 누운 줄맥을 어림하여 보는 맥이었다.

한참을 밭을 헤매다가 산 쪽으로 붙은 한구석에 딱 서며 손

---

* たび(足袋). 엄지발가락이 따로 갈라진 일본식 버선. 다비신은 이러한 모양을 한 신발.
** 잘난 척 흰소리를 하다.

가락을 펴 들고 설명한다. 큰 줄이란 본시 산운, 산을 끼고 도는 법이다. 이 줄이 노다지임에는 필시 이켠으로 버듬히 누웠으리라. 그러니 여기서부터 파들어 가자는 것이었다.

영식이는 그 말이 무슨 소린지 새기지는 못했다마는, 금점에는 난다는 소재이니 그 말대로 하기만 하면 영락없이 금퇴야 나겠지 하고 그것만 꼭 믿었다. 군말 없이 지시해 받은 곳에다 삽을 푹 꽂고 파헤치기 시작하였다.

금도 금이면 애써 키워 온 콩도 콩이었다. 거진 다 자란 허울 멀쑥한 놈들이 삽 끝에 으스러지고 흙에 묻히고 하는 것이다. 그걸 보는 것은 썩 속이 아팠다. 애틋한 생각이 물밀 때 가끔 삽을 놓고 허리를 구부려서 콩잎의 흙을 털어 주기도 하였다.

"아 이 사람아, 맥적게 그건 봐 뭘 해, 금을 캐자니깐."

"아니야, 허리가 좀 아퍼서."

핀잔을 얻어먹고는 좀 열적었다. 하기는 금만 잘 터져 나오면 이까짓 콩밭쯤이야. 이 밭을 풀어 논도 만들 수 있을 것이다. 눈을 감아 버리고 삽의 흙을 아무렇게나 콩잎 위로 획획 내어던진다.

"국으로* 땅이나 파먹지 이게 무슨 지랄들이야!"

동리 노인은 뻔찔 찾아와서 귀 거친 소리를 하고 하였다.

밭에 구멍을 셋이나 뚫었다. 그리고 대고 뚫는 길이었다. 금인가 난장**을 맞을 건가 그것 때문에 농군은 버렸다.

---

* 제 생긴 그대로. 또는 자기 주제에 맞게.
** 난장을 맞다 : 몰매를 맞다.

금 따는 콩밭

이게 필연코 세상이 망하려는 징조이리라. 그 소중한 밭에다 구멍을 뚫고 이 지랄이니 그놈이 온전할 겐가.

노인은 제물화에 지팡이를 들어 삿대질을 아니 할 수 없었다.

"벼락맞느니 벼락맞어!"

"염려 말아유. 누가 알래지유."

영식이는 그럴 적마다 데퉁스리 쏘았다. 골김에 흙을 되는 대로 내꼰지고는 침을 탁 뱉고 구뎅이로 들어간다. 그러나 마음 한 구석에는 언제나 끈— 하였다. 줄을 찾는다고 콩밭을 통히 뒤집어놓았다. 그리고 줄이 언제나 나올지 아직 까맣다. 논도 못 매고 물도 못 보고 벼가 어이 되었는지 그것조차 모른다. 밤에는 잠이 안 와 멀뚱허니 애를 태웠다.

수재는 낙담하는 기색도 없이 늘 하냥이었다. 땅에 웅숭그리고 시적시적 노량으로* 땅만 판다.

"줄이 꼭 나오겠나."

하고 목이 말라서 물으면,

"이번에 안 나오거든 내 목을 비게."

서슴지 않고 장담을 하고는 꿋꿋하였다.

이걸 보면 영식이도 마음이 좀 뇌는 듯싶었다. 전들 금이 없다면 무슨 멋으로 이 고생을 하랴. 반드시 금은 나올 것이다. 그제는 이왕 손해는 하릴없거니와 그만두리라는 절망이 스스로 사라지고 다시금 주먹이 쥐어지는 것이었다.

* 어정어정 놀면서 느릿느릿.

캄캄하게 밤은 어두웠다. 어디선가 뭇개가 요란히 짖어 댄다.

남편은 진흙투성이를 하고 내려왔다. 풀이 죽어서 몸을 잘 가누지도 못하고 아랫목에 축 늘어진다.

이 꼴을 보니 아내는 맥이 다시 풀린다. 오늘도 또 글렀구나. 금이 터지면은 집을 한 채 사간다고 자랑을 하고 왔더니 이내 헛일이었다. 인제 좌지가 나서 낯을 들고 나갈 염의조차 없어졌다.

남편에게 저녁을 갖다 주고 딱하게 바라본다.

"인제 꿰온 양식도 다 먹었는데……."

"새벽에 산제를 좀 지낼 텐데 한 번만 더 꿰와."

남의 말에는 대답 없고 유하게 흘게 늦은 소리뿐. 그리고 드러누운 채 눈을 지그시 감아 버린다.

"죽거리두 없는데 산제는 무슨……."

"듣기 싫어, 요망맞은 년 같으니."

이 호통에 아내는 그만 멈씰하였다. 요즘 와서는 무턱대고 공연스레 골만 내는 남편이 역 딱하였다. 환장을 하는지 밤잠도 아니 자고 소리만 빽빽 지르며 덤벼들려고 든다. 심지어 어린것이 좀 울어도 이 자식 갖다 내꾼지라고 북새를 피우는 것이다.

저녁을 아니 먹으므로 그냥 치워 버렸다. 남편의 영을 거역기 어려워 양근댁한테로 또다시 안 갈 수 없다. 그간 양식은 줄곧 꾸어다 먹고 갚도 못 하였는데 또 무슨 면목으로 입을 벌릴지 난처한 노릇이었다.

그는 생각다 끝에 있는 염치를 보째 쏟아던지고 다시 한 번 찾아가는 것이다마는, 딱 맞닥뜨리어 입을 열고,

　　　　　　　　　　　　　금 따는 콩밭

"낼 산제를 지낸다는데 쌀이 있어야지유."

하자니 영 낯이 화끈하고 모닥불이 날아든다.

그러나 그들은 어지간히 착한 사람이었다.

"암 그렇지요. 산신이 벗나면 죽도 그릅니다."

하고 말을 받으며 그 남편은 빙그레 웃는다. 워낙이 금점에 장구 닳아난 몸인 만치 이런 일에는 적잖이 속이 틔었다. 손수 쌀 닷 되를 떠다 주며,

"산제란 안 지냄 몰라두 이왕 지내려면 아주 정성껏 해야 됩니다. 산신이란 노하길 잘하니까유."

하고 그 비방까지 깨쳐 보낸다.

쌀을 받아 들고 나오며 영식이 처는 고마움보다 먼저 미안에 질리어 얼굴이 다시 빨갰다. 그리고 그들 부부 살아가는 살림이 참으로 참으로 몹시 부러웠다. 양근댁 남편은 날마다 금점으로 감돌며 버력더미를 뒤지고 토록을 주워 온다. 그걸 온종일 장판돌에다 갈면 수가 좋으면 이삼 원. 옥아도 칠팔십 전 꼴은 매일 셈이 되는 것이었다. 그러면 쌀을 산다. 피륙을 끊는다. 떡을 한다. 장리*를 놓는다 — 그런데 우리는 왜 늘 요 꼴인지 생각만 하여도 가슴이 메는 듯 맥맥한 한숨이 연발을 하는 것이었다.

아내는 집에 돌아와 떡쌀을 담그었다. 낼은 뭘로 죽을 쑤어 먹을는지. 윗목에 웅크리고 앉아서 맞은쪽에 자빠져 있는 남편을 곁눈으로 살짝 할퀴어 본다. 남들은 돌아다니며 잘도 금을

---

* 長利. 돈이나 곡식을 꾸어 주고, 받을 때에는 한 해 이자로 본디 곡식의 절반 이상을 받는 변리(邊利). 흔히 봄에 꾸어 주고 가을에 받는다.

김유정

주워 오련만 저 망나니 제 밭 하나를 다 버려도 금 한 톨 못 주워 오나. 에, 에, 변변치도 못한 사나이. 저도 모르게 얕은 한숨이 거푸 두 번을 터진다.

밤이 이슥하여 그들 양주는 떡을 하러 나왔다. 남편은 절구에 쿵쿵 빻았다. 그러나 체가 없다. 동네로 돌아다니며 빌려 오느라고 아내는 다리에 불풍이 났다.

"왜 이리 앉었수, 불 좀 지피지."

떡을 찧다가 얼이 빠져서 멍하니 앉았는 남편이 밉쌀스럽다. 남은 이래저래 애를 죄는데 저건 무슨 생각을 하고 저리 있는 건지. 낫으로 삭정이를 탁탁 조겨서 던져 주며 아내는 은근히 훅닥이었다.

닭이 두 홰를 치고 나서야 떡은 되었다.

아내는 시루를 이고 남편은 겨드랑에 자리때기를 꼈다. 그리고 캄캄한 산길을 올라간다.

비탈길을 얼마 올라가서야 콩밭은 놓였다. 전면이 우뚝한 검은 산에 둘리어 막힌 곳이었다. 가생이로 느티, 대추나무들은 머리를 풀었다.

밭머리 조금 못 미처 남편은 걸음을 멈추자 뒤의 아내를 돌아본다.

"인 내, 그리고 여기 가만히 섰어."

시루를 받아 한 팔로 껴안고 그는 혼자서 콩밭으로 올라섰다. 앞에 쌓인 것이 모두가 흙더미, 그 흙더미를 마악 돌아서려 할 제 아마 돌을 찼나 보다. 몸이 쓰러지려고 우찔끈하니 아내가 기겁을 하여 뛰어오르며 그를 부축하였다.

"부정타라구 왜 올라와, 요망맞은 년."

남편은 몸을 고르잡자 소리를 빽 지르며 아내 얼뺨을 붙인다. 가뜩이나 죽으라 죽으라 하는데 불길하게도 계집년이. 그는 마뜩치 않게 두덜거리며 밭으로 들어간다.

밭 한가운데다 자리를 펴고 그 위에 시루를 놓았다. 그리고 시루 앞에다 공손하고 정성스레 재배를 커다랗게 한다.

"우리를 살려 줍시사. 산신께서 거들어 주지 않으면 저희는 죽을 수밖에 꼼짝 없습니다유."

그는 손을 모으고 이렇게 축원하였다.

아내는 이 꼴을 바라보며 독이 뾰록같이 올랐다. 금점을 합네 하고 금 한 톨 못 캐는 것이 버릇만 점점 글러 간다. 그전에는 없더니 요새로 건듯하면 탕탕 때리는 못된 버릇이 생긴 것이다. 금을 캐랬지 뺨을 치랬나. 제발 덕분에 그놈의 금 좀 나오지 말았으면. 그는 뺨 맞은 앙심으로 맘껏 방자하였다.

하긴 아내의 말 그대로 되었다. 열흘이 썩 넘어도 산신은 깜깜무소식이었다. 남편은 밤낮으로 눈을 까뒤집고 구덩이에 묻혀 있었다. 어쩌다 집엘 내려오는 때이면 얼굴이 헐떡하고 어깨가 축 늘어지고 거반 병객이었다. 그리고서 잠자코 커단 몸집을 방고래에다 쿵 하고 내던지고 하는 것이다.

"제미 붙을, 죽어나 버렸으면."

혹은 이렇게 탄식하기도 하였다.

아내는 바가지에 점심을 이고서 집을 나섰다. 젖먹이는 등을 두드리며 좋다고 끽끽거린다.

이젠 흰 고무신이고 코다리고 생각조차 물렸다. 그리고 '금' 하는 소리만 들어도 입에 신물이 날 만큼 되었다. 그건 고사하고 꿔다 먹은 양식에 졸리지나 말았으면 그만도 좋으리마는.

가을은 논으로 밭으로 누렇게 내리었다. 농군들은 기꺼운 낯을 하고 서로 만나면 흥겨운 농담. 그러나 남편은 애먼 밭만 망치고 논조차 건살 못 하였으니 이 가을에는 뭘 거둬들이고 뭘 즐겨 할는지. 그는 동리 사람의 이목이 부끄러워 산길로 돌았다.

솔숲을 나서서 멀리 밖에를 바라보니 둘이 다 나와 있다. 오늘도 또 싸운 모양. 하나는 이쪽 흙더미에 앉았고 하나는 저쪽에 앉았고 서로들 외면하여 담배만 뻑뻑 피운다.

"점심들 잡숫게유."

남편 앞에 바가지를 내려놓으며 가만히 맥을 보았다.

남편은 적삼이 찢어지고 얼굴에 생채기를 내었다. 그리고 두 팔을 걷고 먼 산을 향하여 묵묵히 앉았다.

수재는 흙에 박혔다 나왔는지 얼굴은커녕 귓속들이 흙투성이다. 코밑에는 피딱지가 말라붙었고 아직도 조금씩 피가 흘러내린다. 영식이 처를 보더니 열적은 모양. 고개를 돌리어 모로 떨어치며 입맛만 쩍쩍 다신다.

금을 캐라니까 밤낮 피만 내다 말라는가. 빚에 졸리어 남은 속을 볶는데 무슨 호강에 이 지랄들인구. 아내는 못마땅하여 눈가에 살을 모았다.

금 따는 콩밭

"산제 지낸다구 꿰온 것은 은제나 갚는다지유?"

뚱하고 있는 남편을 향하여 말끝을 꼬부린다. 그러나 남편은 눈썹 하나 까딱하지 않는다. 이번에는 어조를 좀 돋우며,

"갚지도 못할 걸 왜 꿰오라 했지유!"

하고 얼추 호령이었다.

이 말은 남편의 채 가라앉지도 못한 분통을 다시 건드린다. 그는 벌떡 일어서며 황밤주먹을 쥐어 낭창할 만치 아내의 골통을 후렸다.

"계집년이 방정맞게."

다른 것은 모르나 주먹에는 아찔이었다. 멋없이 덤비다간 골통이 부서진다. 암상을 참고 바르르 하다가 이윽고 아내는 등에 업은 어린애를 끌러 들었다. 남편에게로 그대로 밀어 던지니 아이는 까르륵하고 숨 모는 소리를 친다.

그리고 아내는 돌아서서 혼자말로,

"콩밭에서 금을 딴다는 숙맥도 있담"

하고 빗대 놓고 비양거린다.

"이년아, 뭐!"

남편은 대뜸 달려들며 그 볼치에다 다시 올찬 황밤을 주었다. 적이나하면 계집이니 위로도 하여 주련만 요건 분만 폭폭 질러 노려나. 예이, 빌어먹을 거 이판사판이다.

"너허구 안 산다. 오늘루 가거라."

아내를 와락 떠다밀어 밭둑에 젖혀 놓고 그 허구리를 픽 질렀다. 아내는 입을 헉 하고 벌린다.

"네가 허라구 옆구리를 쿡쿡 찌를 제는 언제냐. 요 집안 망할 년."

그리고 다시 퍽 질렀다. 연하여 또 퍽.

이 꼴들을 보니 수재는 조바심이 일었다. 저러다가 그 분풀이가 다시 제게로 슬그머니 옮아올 것을 지레 채었다. 인제 걸리면 죽는다. 그는 비슬비슬하다 어느 틈엔가 구뎅이 속으로 시나브로 없어져 버린다.

볕은 다사로운 가을 향취를 풍긴다. 주인을 잃고 콩은 무거운 열매를 둥글둥글 흙에 굴린다. 맞은쪽 산 밑에서 벼들을 베며 기뻐하는 농군의 노래.

"터졌네, 터져."

수재는 눈이 휘둥그렇게 굿문을 뛰어나오며 소리를 친다. 손에는 흙 한줌이 잔뜩 쥐었다.

"뭐?"

하다가,

"금줄 잡았어, 금줄."

"응—."

하고 외마디를 뒤남기자 영식이는 수재 앞으로 살같이 달려들었다. 허겁지겁 그 흙을 받아 들고 샅샅이 헤쳐 보니 딴은 재래에 보지 못하던 불그죽죽한 황토이었다. 그는 눈에 눈물이 핑 돌며,

"이게 원줄인가?"

"그럼 이것이 곱색줄이라네. 한 포에 댓 돈씩은 넉넉 잡히대."

　　　　　　　　　　　　금 따는 콩밭

영식이는 기쁨보다 먼저 기가 탁 막혔다. 웃어야 옳을지 울어야 옳을지. 다만 입을 반쯤 벌린 채 수재의 얼굴만 멍하니 바라본다.

"이리 와봐. 이게 금이래."

이윽고 남편은 아내를 부른다. 그리고 내 뭐랬어, 그러게 해보라고 그랬지 하고 설면설면 덤벼 오는 아내가 한결 어여뻤다. 그는 엄지가락으로 아내의 눈물을 지워 주고 그리고 나서 껑충거리며 구뎅이로 들어간다.

"그 흙 속에 금이 있지요."

영식이 처가 너무 기뻐서 코다리에 고래등 같은 집까지 연상할 제, 수재는 시원스러이,

"네, 한 포대에 오십 원씩 나와유."

하고 대답하고 오늘 밤에는 꼭, 정녕코 꼭 달아나리라 생각하였다.

거짓말이란 오래 못 간다. 뽕이 나서* 뼈다귀도 못 추리기 전에 훨훨 벗어나는 게 상책이겠다.

· 끝 ·

* 뽕나다 : (속되게) 비밀이 드러나다.

만무방

김유정

산골에, 가을은 무르녹았다.

　아름드리 노송은 빽빽히 늘어박혔다. 무거운 송낙을 머리에 쓰고 건들건들. 새새이 끼인 도토리, 벚, 돌배, 갈잎 들은 울긋불긋. 잔디를 적시며 맑은 샘이 쫄쫄거린다. 산토끼 두 놈은 한가로이 마주 앉아 그 물을 할짝거리고. 이따금 정신이 나는 듯 가랑잎은 부수수 하고 떨린다. 산산한 산들바람. 귀여운 들국화는 그 품에 새뜩새뜩 넘논다. 흙내와 함께 향긋한 땅김이 코를 찌른다. 요놈은 싸리버섯, 요놈은 잎 썩은 내, 또 요놈은 송이— 아니, 아니, 가시넝쿨 속에 숨은 박하풀 냄새로군.

　웅칠이는 뒷짐을 딱 지고 어정어정 노닌다. 유유히 다리를 옮겨 놓으며 이 나무 저 나무 사이로 호아든다*. 코는 공중에서 벌렸다 오므렸다 연신 이러며 훅, 훅. 구붓한 한 송목 밑에 이르자 그는 발을 멈춘다. 이번에는 지면에 코를 얄이 갖다 대고 한 바퀴 비잉, 나물 끼고 돌았다.

　'아하, 요놈이로군!'

　썩은 솔잎에 덮이어 흙이 봉곳이 돋아 올랐다.

---

* 호아들다 : 이리저리 돌아서 오다.

　　　　　　　　　　　　　　　　　　만무방

그는 손가락을 꾸짖으며 정성스레 살살 헤쳐 본다. 과연 귀여운 송이. 망할 녀석, 조금만 더 나오지. 그걸 뚝 따들고 뒷짐을 지고 다시 어실렁어실렁. 가끔 선하품은 터진다. 그럴 적마다 두 팔을 떡 벌리곤 먼 하늘을 바라보고 늘어지게도 기지개를 늘인다.

때는 한창 바쁠 추수 때이다. 농군치고 송이파적 나올 놈은 생겨나도 않았으리라. 하나 그는 꼭 해야만 할 일이 없었다. 싶으면 하고 말면 말고 그저 그뿐. 그러함에는 먹을 것이 더러 있느냐면 있기는커녕 부쳐 먹을 농토조차 없는, 계집도 없고 자식도 없고. 방은 있대야 남의 곁방이요 잠은 새우잠이요. 하지만 오늘 아침만 해도 한 친구가 찾아와서 벼를 털 텐데 일 좀 와 해달라는 걸 마다하였다. 몇 푼 바람에 그까짓 걸 누가 하느냐보다는 송이가 좋았다. 왜냐면 이 땅 삼천리강산에 늘여 놓인 곡식이 말짱 뉘 것이람. 먼저 먹는 놈이 임자 아니냐. 먹다 걸릴 만치 그토록 양식을 쌓아 두고 일이 다 무슨 난장 맞을 일이람. 걸리지 않도록 먹을 궁리나 할 게지. 하기는 그도 한 세 번이나 걸려서 구메밥*으로 사관**을 틀었다. 마는 결국 제 밥상 위에 올라앉은 제 몫도 자칫하면 먹다 걸리긴 매일반.

올라갈수록 덤불은 욱었다. 머루며 다래, 칡, 게다 이름 모를 잡초. 이것들이 위아래로 이리저리 서리어 좀체 길을 내지 않는다. 그는 잔디길로만 돌았다. 넓적다리가 벌쭉이는 찢어진 고의

---

* 구메밥. 감옥에서 옥문 구멍으로 죄수에게 넣어 주는 밥.
** 四關. 급체나 곽란 등의 치료를 위해 침을 놓는 네 군데의 혈. '사관을 틀었다'는 것은 급하게 조치를 하여 간신히 살아났다는 말.

자락을 아끼며 조심조심 사려 딛는다. 손에는 칡으로 엮어 든 일곱 개 송이. 늙은 소나무마다 가선 두리번거린다. 사냥개 모양으로 코로 쿡, 쿡, 내를 한다. 이것도 송이 같고 저것도 송이 같고. 어떤 게 알짜 송이인지 분간을 모른다. 토끼똥이 소보록한 데 갈잎이 한 잎 뚝 떨어졌다. 그 잎을 살며시 들어 보니 송이 대구리가 불쑥 올라왔다. 매우 큰 송이인 듯. 그는 반색하여 그 앞에 무릎을 털썩 꿇었다. 그리고 그 위에 두 손을 내들며 열 손가락을 다 펴들었다. 가만가만히 살살 흙을 헤쳐 본다. 주먹만 한 송이가 나타난다. 얘 이놈 크구나. 손바닥 위에 따 올려놓고는 한참 들여다보며 싱글벙글한다. 우중충한 구석으로 바위는 벽같이 깎아질렀다. 그 중턱을 얽어 나간 칡잎에서는 물이 쪼록쪼록 흘러내린다. 인삼이 썩어 내리는 약수라 한다. 그는 돌 위에 걸터앉으며 또 한 번 하품을 하였다. 간밤 쓸데없는 노름에 밤을 팬 것이 몹시 나른하였다. 따사로운 햇발이 숲을 새어든다. 다람쥐가 솔방울을 떨어치며, 어여쁜 할미새는 앞에서 알씬거리고. 동리에서는 타작을 하느라고 와글거린다. 흥겨워 외치는 목성. 그걸 억누르고 공중에 웅, 웅, 진동하는 벼 터는 기계 소리. 맞은쪽 산속에서 어린 목동들의 노래는 처량히 울려온다. 산속에 묻힌 마을의 전경을 멀리 바라보다가 그는 눈을 찌긋하며 다시 한 번 하품을 뽑는다. 이 웬 놈의 하품일까. 생각해 보니 어젯저녁부터 여태껏 창자가 곯렸던 것이다. 불현듯 송이꾸러미에서 그중 크고 먹음직한 놈을 하나 뽑아 들었다.

응칠이는 그 송이를 물에 써억써억 부벼서는 떡 벌어진 대구리부터 걸쌍스레 덥석 물어 떼었다. 그리고 넓죽한 입이 움질움질 씹는다. 혀가 녹을 듯이 만질만질하고 향기로운 그 맛. 이렇게 훌륭한 놈을 입맛만 다시고 못 먹다니. 문득 옛 추억이 혀끝에 뱅뱅 돈다. 이놈을 맛보는 것도 참 근자의 일이다. 감불생심이지 어디 냄새나 똑똑히 맡아 보리. 산속으로 쏘다니다 백판 못 따기도 하려니와 더러 딴다는 놈은 행여 상할까 봐 손도 못 대게 하고 집에 내려다 묻고 묻고 하는 것이다. 그러나 요행히 한 꾸러미 차면 금시로 장에 가져다 판다. 이틀 사흘씩 공들인 거로되 잘 하면 사십 전, 못 받으면 이십오 전. 저녁거리를 기다리는 아내를 생각하며 좁쌀 서너 되를 손에 사 들고 어두운 고개를 터덜터덜 올라오는 건 좋으나 이 신세를 뭐에 쓰나 하고 보면 을프냥궂기*가 짝이 없겠고 ― 이까짓 걸 못 먹어 그래 홧김에 또 한 놈을 뽑아 들고 이번엔 물에 흙도 씻을 새 없이 그대로 텁석거린다. 그러나 다른 놈들도 별 수 없으렷다. 이 산골이 송이의 본고향이로되 아마 일 년에 한 개조차 먹는 놈이 드물리라.

'흠, 썩어진 두상들!'

그는 폭넓은 얼굴을 일그러뜨리며 남이나 들으란 듯이 이렇게 비웃는다. 썩었다 함은 데생겼다** 모멸하는 그의 언투였다. 먹다 나머지 송이 꽁댕이를 바로 자랑스러이 입에다 치뜨리곤 트림을 섞어 가며 우물거린다.

송이 두 개가 들어가니 이제는 더 먹을 재미가 없다. 뭔가 좀

* 을프냥궂다 : 우울하고 언짢다.
** 데생기다 : 생김새나 됨됨이가 완전하게 이루어지지 못하여 못나게 생기다.

든든한 걸 먹었으면 좋겠는데. 떡, 국수, 말고기, 개고기, 돼지고기 그렇지 않으면 쇠고기냐. 아따 궁한 판이니 아무거나 있으면 속중으로 여러 가질 먹으며 시름없이 앉았다. 그는 눈꼴이 슬그러미 돌아간다. 웬 놈의 닭인지 암탉 한 마리가 조 아래 무덤 앞에서 빙빙 맨다. 골골거리며 감도는 걸 보매 아마 알자리를 보는 맥이라. 그는 돌에서 궁뎅이를 들었다. 낮은 하늘로 외면하여 못 본 척하고 닭을 향하여 저켠으로 널찍이 돌아내린다. 그러나 무덤까지 왔을 때 몸을 돌리며,

"후, 후, 후, 이 자식이 어딜 가 후―"

두 팔을 벌리고 쫓아간다. 산꼭대기로 치모니 닭은 허둥지둥 갈 길을 모른다. 요리 매낀 조리 매낀, 꼬꼬댁거리며 속만 태울 뿐. 그러나 바위틈에 끼어 와살스러운 그 주먹에 모가지가 둘로 나기에는 불과 몇 분 못 걸렸다.

그는 으슥한 숲속으로 찾아들었다. 닭의 껍질을 홀랑 까고서 두 다리를 들고 찢으니 배창이 옆구리로 꿰진다. 그놈은 긁어 뽑아서 껍질과 한데 뭉치어 흙에 묻어 버린다.

고기가 생기고 보니 연하여 나느니 막걸리 생각. 이걸 부글부글 끓여 놓고 한 사발 떡 겯으면 똑 좋을 텐데 제―기. 응칠이의 고기는 어디 떨어졌는지 술집까지 못 가는 고기였다. 아무려나 고기 먹고 술 먹고 거꾸론 못 먹느냐. 그는 닭의 가슴패기를 입에 들여대고 쭉 찢어 가며 먹기 시작한다. 쫄깃쫄깃한 놈이 제법 맛이 들었다. 가슴을 먹고 넓적다리, 볼기짝을 먹고 거반 반쯤을 다 해내고 나니 어쩐지 맛이 좀 적었다. 결국 음식이란 양념

만무방

을 해야 하는군. 수풀 속으로 그냥 내던지고 그는 설렁설렁 내려온다. 솔숲을 빠져 화전께로 내리려 할 때 별안간 등 뒤에서,

"여보게, 저 응칠이 아닌가."

고개를 돌려 보니 대장간 하는 성팔이가 작달막한 체수에 들갑작거리며 고개를 넘어온다. 그런데 무슨 긴한 일이나 있는지 부리나케 달려들더니,

"자네 응고개 논의 벼 없어진 거 아나?"

응칠이는 그만 가슴이 덜컥 내려앉았다. 이 바쁜 때 농군의 몸으로 응고개까지 앨 써 갈 놈도 없으려니와 또한 하필 절 보고 벼의 없어짐을 말하는 것이 여간 심상치 않은 일이었다.

잡담 제하고 응칠이는,

"자넨 어째서 응고개까지 갔던가?"

하고 대담스레 그 눈을 쏘아보았다. 그러나 성팔이는 조금도 겁먹은 기색 없이,

"아 어쩌다 지났지 뭘 그래."

하며 도리어 얼레발*을 치고 덤비는 수작이다. 고얀 놈, 응칠이는 입때 다녀야 동무를 팔아 배를 채우고 그런 비열한 짓은 안 한다. 낯을 붉히자 눈에 불이 보이며,

"어쩌다 지냈다?"

응칠이가 이 동리에 들어온 것은 어느덧 달이 넘었다. 인제는 물릴 때도 되었고, 좀 떠보고자 생각은 간절하나 아우의 일로

---

* '엉너리'의 방언. 남의 환심을 사기 위하여 어벌쩡하게 서두르는 짓.

말미암아 망설거리는 중이었다.

그는 오라는 데는 없어도 갈 데는 많았다. 산으로 들로 해변으로 발부리 놓이는 곳이 즉 가는 곳이다.

그러나 저물면은 그대로 쓰러진다. 남의 방앗간이고 헛간이고 혹은 강가, 시새장*. 물론 수가 좋으면 괴때기** 위에서 밤을 편히 잘 적도 있었다. 이렇게 하여 강원도 어수룩한 산골로 이리 넘고 저리 넘고 못 간 데 별로 없이 유람 겸 편답하였다.

그는 한구석에 머물러 있음은 가슴이 답답할 만치 되우 괴로웠다.

그렇다고 응칠이가 본시 역마직성***이냐 하면 그런 것도 아니다. 그도 오 년 전에는 사랑하는 아내가 있었고 아들이 있었고 집도 있었고, 그때야 어딜 하루라도 집을 떨어져 보았으랴. 밤마다 아내와 마주 앉으면 어찌 하면 이 살림이 좀 늘어 볼까 불어 볼까, 애간장을 태우며 갖은 궁리를 되하고 되하였다마는, 별 뾰족한 수는 없었다. 농사는 열심으로 하는 것 같은데 알고 보면 남는 건 겨우 남의 빚뿐. 이러다가는 결말엔 봉변을 면치 못할 것이다. 하루는 밤이 깊어서 코를 골며 자는 아내를 깨웠다. 밖에 나아가 우리의 세간이 몇 개나 되는지 세어 보라 하였다. 그리고 저는 벼루에 먹을 갈아 찍어 들었다. 벽에 바른 신문지는 누렇게 끄을렀다. 그 위에다 아내가 불러 주는 물목대로 일일이

* 모래톱.
** 괴꼴. 타작을 할 때에 생기는 벼 낟알이 섞인 짚북데기.
*** 驛馬直星. 늘 분주하게 이리저리 떠돌아다니는 사람을 이르는 말.

만무방

내려 적었다. 독이 세 개, 호미가 둘, 낫이 하나로부터 밥사발, 젓가락, 짚이 석 단까지 그다음에는 제가 빚을 얻어 온 데, 그 사람들의 이름을 쪽 적어 놓았다. 금액은 제각기 그 아래다 달아 놓고, 그 옆으론 조금 사이를 떼어 역시 조선문으로 나의 소유는 이것밖에 없노라. 나는 오십사 원을 갚을 길이 없으매 죄진 몸이라 도망하니 그대들은 아예 싸울 게 아니겠고 서로 의논하여 억울치 않도록 분배하여 가기 바라노라 하는 의미의 성명서를 벽에 남기자 안으로 문들을 걸어 닫고 울타리 밑구멍으로 세 식구가 빠져나왔다.

이것이 응칠이가 팔자를 고치던 첫날이었다.

그들 부부는 돌아다니며 밥을 빌었다. 아내가 빌어다 남편에게, 남편이 빌어다 아내에게. 그러자 어느 날 밤 아내의 얼굴이 썩 슬픈 빛이었다. 눈보라는 살을 에인다. 다 쓰러져 가는 물방앗간 한구석에서 섬을 두르고 어린애에게 젖을 먹이며 떨고 있더니 여보게유 하고 고개를 돌린다. 왜 하니까 그 말이, 이러다간 우리도 고생일 뿐더러 첫째 어린애를 잡겠수, 그러니 서로 갈립시다, 하는 것이다. 하긴 그럴 법한 말이다. 쥐뿔도 없는 것들이 붙어 다닌댔자 별수는 없다. 그보담은 서로 갈리어 제 맘대로 빌어먹는 것이 오히려 가뜬하리라. 그는 선뜻 응낙하였다. 아내의 말대로 개가를 해가서 젖먹이나 잘 키우고 몸 성히 있으면 혹 연분이 닿아 다시 만날지도 모르니깐. 마지막으로 아내와 같이 땅바닥에서 나란히 누워 하룻밤을 새고 나서 날이 훤해지자 그는 툭툭 털고 일어섰다.

매팔자*란 응칠이의 팔자이겠다.

그는 버젓이 게트림**으로 길을 걸어야 걸릴 것은 하나도 없다. 논 맬 걱정도, 호포*** 바칠 걱정도, 빚 갚을 걱정, 아내 걱정, 또는 굶을 걱정도. 호동그란히 털고 나서니 팔자 중에는 아주 상팔자다. 먹고만 싶으면 도야지구, 닭이구, 개구, 언제나 옆을 떠날 새 없겠지. 그리고 돈, 돈도.

그러나 주재소****는 그를 노려보았다. 툭하면 오라, 가라, 하는데 학질이었다. 어느 동리고 가 있다가 불행히 일만 나면 누구보다도 그부터 붙들려 간다. 왜냐면 그는 전과 사범이었다. 처음에는 도박으로, 다음엔 절도로, 또 고 담에는 절도로, 절도로.

그러나 이번 멀리 아우를 방문함은 생활이 궁하여 근대러 왔다거나 혹은 일을 해보러 온 것은 결코 아니었다. 혈족이라곤 단 하나의 동생이요, 또한 오래 못 본지라 때 없이 그리웠다. 그래 모처럼 찾아온 것이 뜻밖에 덜컥 일을 만났다.

지금까지 논의 벼가 서 있다면 그것은 성한 사람의 짓이라 안 할 것이다.

응오는 응고개 논의 벼를 여태 베지 않았다. 물론 응오가 베어야 할 것이다. 누가 듣던지 그 형 응칠이를 먼저 의심하리라. 그럼 여기에 따르는 모든 책임을 응칠이가 혼자 지지 않으면 안 될

* 빈들빈들 놀면서도 먹고사는 걱정이 없는 경우를 이르는 말.
** 거만스럽게 거드름을 피우며 하는 트림.
*** 戶布. 무명이나 모시 등으로 내던 세금.
**** 駐在所. 일제강점기에, 순사가 머무르면서 사무를 맡아보던 경찰의 말단 기관.

만무방

것이다.

응오는 진실한 농군이었다. 나이 서른하나로 무던히 철났다 하고 동리에서 쳐주는 모범 청년이었다. 그런데 벼를 베지 않는다. 남은 다들 거둬들였고 털기까지 하련만 그는 벨 생각조차 않는 것이다.

지주라든 혹은 그에게 장리를 놓은 김참판이든 뻔찔 찾아와 벼를 베라 독촉하였다.

"얼른 털어서 낼 건 내야지."

하면 그 대답은,

"계집이 죽게 됐는데 벼는 다 뭐지유―."

하고 한결같이 내뱉는 소리뿐이었다.

하기는 응오의 아내가 지금 기지사경*이매 틈은 없었다 하더라도 돈이 놀아서 약을 못 쓰는 이 판이니 진시 벼라도 털어야할 것이다.

그러면 왜 안 털었던가.

그것은 작년 응오와 같이 지주 문전에서 타작을 하던 친구라면 묻지는 않으리라. 한 해 동안 애를 졸이며 홑자식 모양으로 알뜰히 가꾸던 그 벼를 거둬들임은 기쁨에 틀림없었다. 꼭두새벽부터 엣, 엣, 하며 괴로움을 모른다. 그러나 캄캄하도록 털고나서 지주에게 도지**를 제하고, 장리쌀을 제하고, 색초*** 를 제하

* 幾至死境. 거의 죽을 지경에 이름.
** 도조(賭租). 남의 논밭을 빌려서 부치고 논밭을 빌린 대가로 해마다 내는 벼.
*** 素草. 잡초를 없애는 데 들어간 비용.

고 보니 남은 것은 등줄기를 흐르는 식은땀이 있을 따름. 그것은 슬프다 하기보다 끝없이 부끄러웠다. 같이 털어 주던 동무들이 뻔히 보고 섰는데 빈 지게로 덜렁거리며 집으로 돌아오는 건 진정 열적기 짝이 없는 노릇이었다. 참다 참다 못해 응오는 눈에 눈물이 흘렀던 것이다.

가뜩한데 엎치고 덮치더라고 올해는 고나마 흉작이었다. 샛바람과 비에 벼는 깨깨 비틀렸다. 이놈을 가을하다*간 먹을 게 남지 않음은 물론이요 빚도 다 못 가릴 모양. 에라, 빌어먹을 거 너들끼리 캐다 먹든 말든 멋대로 하여라, 하고 내던져 두지 않을 수 없다. 벼를 거뒀다고 말만 나면 빚쟁이들은 우― 몰려들 거니깐.

응칠이의 죄목은 여기에서도 또렷이 드러난다. 국으로 가만만 있었더면 좋은 걸 이 사품에 뛰어들어 지주의 뺨을 제법 갈긴 것이 응칠이었다.

처음에야 그럴 작정이 아니었다. 그는 여러 곳 물을 마신 이만치 어지간히 속이 튄 건달이었다. 지주를 만나 까놓고 썩 좋은 소리로 의논하였다. 올 농사는 반실이니 도지도 좀 감해 주는 게 어떠냐고. 그러나 지주는 암말 없이 고개를 모로 흔들었다. 정 이러면 하여튼 일 년 품은 빼야 할 테니 나는 그 논에다 불을 지르겠수, 하여도 잠자코 응치 않는다. 지주로 보면 자기로도 그 벼는 넉넉히 거둬들일 수는 있다마는, 한번 버릇을 잘못 해놓으

---

* 벼나 보리 따위의 농작물을 거두어들이다.

면 어느 작인까지 행실을 버릴까 염려하여 겉으로 독촉만 하고 있는 터이었다. 실상이야 고까짓 벼쯤 있어도 고만 없어도 고만, 그 심보를 눈치 채고 응칠이는 화를 벌컥 낸 것만은 좋으나 저도 모르게 대뜸 주먹뺨이 들어갔던 것이다.

이렇게 문제 중에 있는 벼인데 귀신의 놀음 같은 변괴가 생겼다. 다시 말하면 벼가 없어졌다. 그것도 병들어 쓰러진 쭉정이는 제쳐 놓고 무얼로 그랬는지 알장 이삭만 따갔다. 그 면적으로 어림하면 아마 못 돼도 한 댓 말가량은 될는지!

응칠이가 아침 일찍이 그 논께로 노닐자 이걸 발견하고 기가 막혔다. 누굴 성가시게 굴려고 그러는지. 산속에 파묻힌 논이라 아직은 본 사람이 없는 모양 같다. 하나 동리에 이 소문이 퍼지기만 하면 저는 어느 모로든 혐의를 받아 폐는 좋이 입어야 될 것이다.

응칠이는 송이도 송이려니와 실상은 궁리에 바빴다. 속중으로 지목 갈 만한 놈을 여럿 들어 보았으나 이렇다 찍을 만한 증거가 없다. 어쩌면 재성이나 성팔이 이 둘 중의 짓이리라. 하고 결국 이렇게 생각던 것도 응칠이가 아니면 안 될 것이다.

원수는 외나무다리에서 만났다.

응칠이는 저의 짐작이 들어맞음을 알고 당장에 일을 낼 듯이 성팔이의 눈을 들이 노렸다.

성팔이는 신이 나서 떠들다가 그 눈총에 어이가 질려서 고만 벙벙하였다. 그리고 얼굴이 핼쑥하여 마주 대고 쳐다보더니,

"그래, 자네 왜 그케 노하나. 지내다 보니깐 그렇길래 일테면

자네보고 얘기지 뭐."

하고 뒷갈망을 못 하여 우물쭈물한다.

"노하긴 누가 노해!"

응칠이는 뻐팅겼던 몸에 좀더 힘을 올리며,

"응고개를 어째 갔다냐 말이지?"

"놀러 갔다 오는 길인데 우연히……."

"놀러 갔다, 거기가 노는 덴가?"

"글쎄, 그렇게까지 물을 게 뭔가. 난 응고개 아니라 서울은 못 갈 사람인가."

하다가 성팔이는 속이 타는지 코로 후웅 하고 날숨을 길게 뽑는다.

이렇게 나오는 데는 더 물을 필요가 없었다. 성팔이란 놈도 여간내기가 아니요 구장네 솥인가 뭔가 떼다 먹고 한 번 다녀온 놈이었다. 많이 사귀지는 못했으나 동리 평판이 그놈과 같이 다니다가는 엉뚱한 일 만난다 한다. 이번에 응칠이 저 역시 그 섭수에 걸렸음을 알고,

"그야 응고개라고 못 갈 리 없을 테……."

하고 한 번 엇먹다. 그러나 자네두 알다시피 거 어디야. 거기 바로 길이 있다든지 사람 사는 동리라면 혹 모른다 하지마는 성한 사람이야 응고개에 뭘 먹으러 가나, 그렇지 자네야 심심하니까, 하고 앞을 꽉 눌러 등을 떠본다.

여기에는 대답 없고 성팔이는 덤덤히 쳐다만 본다. 무엇을 생각했는가 한참 있더니 호주머니에서 단풍갑을 꺼낸다. 우선 제

가 한 개를 물고 또 하나를 뽑아 내대며,

"궐련 하나 피우게."

매우 듬직한 낯을 해 보인다.

이놈이 이에 밝기가 몹시 밝은 성팔이다. 턱없이 궐련 하나라도 선심을 쏠 궐자가 아니리라. 생각은 하였으나 그렇다고 예까지 부르대는 건 도리어 저의 처지가 불리하다.

그것은 짜장 그 손에 넘는 짓이니,

"아 웬 궐련은 이래."

하고 슬쩍 눙치며,

"성냥 있겠나?"

일부러 불까지 거 대게 하였다.

응칠이에게 액을 떠넘기어 이용하려는 고 야심을 생각하면 곧 달려들어 다리를 꺾어 놔야 옳을 것이다. 그러나 이 마당에 떠들어 대고 보면 저는 드러누워 침 뱉기. 결국 도적은 뒤로 잡지 앞에서 어르는 법이 아니다. 동리에 소문이 퍼질 것만 두려워하며,

"여보게, 자네가 했건 내가 했건 간."

하고 과연 정다이 그 등을 툭 치고 나서,

"우리 둘만 알고 동리에 말을 내지 말게."

하다가 성팔이가 이 말에 되우 놀라며 눈을 말똥말똥 뜨니,

"그까진 벼쯤 먹으면 어떤가!"

하고 껄껄 웃어 버린다.

성팔이는 한 굽 접히어 말문이 메였는지 얼떨하여 입맛만 다신다.

"아예 말은 내지 말게, 응 알지."

하고 다시 다질 때에야 겨우 주저주저 입을 열어,

"내야 무슨 말을 내겠나."

하고 조금 사이를 떼어 또,

"내야 무슨 말을…… 그건 염려 말게."

하더니 비실비실 몸을 돌리어 저 갈 길을 내걷는다. 그러나 저 앞 고개까지 가는 동안에 두 번이나 돌아다보며 이쪽을 살피고 살피고 한 것만은 사실이었다.

응칠이는 그 꼴을 이윽히 바라보고 입안으로 죽일 놈, 하였다. 아무리 도적이라도 같은 동료에게 제 죄를 넘겨씌우려 함은 도저히 의리가 아니다.

그건 그렇다 치고 응오가 더 딱하지 않은가. 기껏 힘들여 지어놓았다 남 좋은 일 한 것을 안다면 눈이 뒤집힐 일이겠다.

이래서야 어디 이웃을 믿어 보겠는가.

확적히 증거만 있어 이놈을 잡으면 대번에 요절을 내리라 결심하고 응칠이는 침을 탁 뱉어 던지고 산을 내려온다.

그런데 그놈의 행티로 가늠 보면 응칠이 저만치는 때가 못 벗은 도적이다. 어느 미친놈이 논두렁에까지 가새*를 들고 오는가. 격식도 모르는 풋둥이가 그러려면 바로 조 낟가리나 수수 낟가리 말이지 그 속에 들어앉아 가위로 속닥거려야 들킬 리도 없고 일도 편하고 두 포대고 세 포대고 마음껏 딸 수도 있다. 그러나

* '가위'의 방언.

만무방

틈 보고 집으로 나르면 그만이지만 누가 논의 벼를 다…… 그렇게도 벼에 걸신이 들었다면 바로 남의 집 머슴으로 들어가 한 달포 동안 주인 앞에 얼렁거리며 신용을 얻어 오다가 주는 옷이나 얻어 입고 다들 잠들거든 볏섬이나 두둑이 짊어 메고 덜렁거리면 그뿐이다. 이건 맥도 모르는 게 남도 못살게 굴려고 에—이 망할 자식두…… 그는 분노에 살이 다 부들부들 떨리는 듯싶었다. 그러나 이런 좀도적이란 봉이 나기 전에는 바짝 물고 덤비는 법이었다. 오늘 밤에는 요놈을 지켰다 꼭 붙들어 가지고 정강이를 분질러 노리라. 밥을 먹고는 태연히 막걸리 한 사발을 껄떡껄떡 들이켜자,

"커! 가을이 되니깐 맛이 행결 낫군!"

그는 주먹으로 입가를 쓱쓱 훔친 다음 송이 꾸럼에서 세 개를 뽑는다. 그리고 그걸 갈퀴같이 마른 주막 할머니 손에 내어 주며,

"엣수, 송이나 잡숫게유."

하고 술값을 치렀으나,

"아이, 송이두 고놈 참."

간사를 피우는 것이 겉으로는 반기는 척하면서도 좀 시쁜* 모양이다. 제딴은 한 개에 삼 전씩 치더라도 구 전밖에 안 되니깐.

응칠이는 슬며시 화가 나서 그 얼굴을 유심히 들여다보았다. 움푹 들어간 볼때기에 저건 또 왜 저리 멋없이 불거졌는지 툭 나

* 시쁘다 : 마음에 차지 아니하여 시들하다.

온 광대뼈하고 치마 아래로 남실거리는 발가락은 자칫 잘못 보면 황새발목이니 이건 언제 잡아 가려고 남겨 두는 거야 ─ 보면 볼수록 하나 이쁜 데가 없다. 한두 번 먹은 것도 아니요 언젠가 울타리께 풀을 베어 주고 술사발이나 얻어먹은 적도 있었다. 고렇게 야멸치게 따질 건 뭔가. 그는 눈살을 흘깃 맞히고는 하나를 더 꺼내어,

"옜수, 또 하나 잡숫게유!"

내던져 주곤 댓돌에 가래침을 탁 뱉었다.

그제야 식성이 좀 풀리는지 그 가축으로 웃으며,

"아이구 이거 자꾸 주면 어떻게 해."

"어떡하긴 자꾸 살찌게유."

하고 한마디 툭 쏘고 일어서다가 무엇을 생각함인지 다시 툇마루에 주저앉는다.

"그런데 참 요즘 성팔이 보셨수?"

"아─니, 당최 볼 수가 없더구면."

"술도 안 먹으러 와유?"

"안 와!"

하고는 입 속으로 뭐라고 중얼거리며 의아한 낯을 들더니,

"왜, 또 뭐 일이……?"

"아니유, 본 지가 하 오래니깐!"

응칠이는 말끝을 얼버무리고 고개를 돌리어 한데를 바라본다. 벌써 점심때가 되었는지 닭들이 요란히 울어 댄다. 논둑의 미루나무는 부 하고 또 부 하고 잎이 날리며 팔랑팔랑 하늘로

만무방

올라간다.

"성팔이가 이 마을에서 얼마나 살았지요?"

"글쎄, 재작년 가을이지 아마."

하고 장죽을 빡빡 빨더니,

"근데 또 떠난대든가, 홍천인가 어디 즈 성님한테로 간대."

하고 그게 옳지, 여기서 뭘 하느냐, 대장간이라구 일이나 많으면 모르거니와 밤낮 파리만 날리는데 그보다는 즈 형이 크게 농사를 짓는다니 그 뒤나 거들어 주고 국으로 얻어먹는 게 신상에 편하겠지. 그래 불일간 처자식을 데리고 아마 떠나리라고 하고,

"농군은 그저 농사를 지야 돼."

"낼 술 먹으러 또 오지유."

간단히 인사만 하고 응칠이는 다시 일어났다.

주막을 나서니 옷깃을 스치는 개운한 바람이다. 밭 둔덕의 대추는 척척 늘어진다. 멀지 않아 겨울은 또 오렷다. 그는 응오의 집을 바라보며 그간 죽었는지 궁금하였다.

응오는 봉당에 걸터앉았다. 그 앞 화로에는 약이 바글바글 끓는다. 그는 정신없이 들여다보고 앉았다.

우중충한 방에서는 아내의 가쁜 숨소리가 들린다. 색, 색 하다가 아이구, 하고는 까무러지게 콜록거린다. 가래가 치밀어 몹시 괴로운 모양. 뽑아 줄 사이가 없이 풀들은 뜰에 엉겼다. 흙이 드러난 지붕에서 망초가 휘어청휘어청 바람은 가끔 찾아와 싸리문을 흔든다. 그럴 적마다 문은 을씨년스럽게 삐—꺽 삐—꺽. 이웃의 발발이는 부엌에서 한창 바쁘게 달그락거린다. 마는, 아

침에 아내에게 먹이고 남은 조죽밖에야. 아니 그것도 참 남편이
마저 긁었으니 사발에 붙은 찌꺼기뿐이리라.

"거, 다 졸았나 부다."

응칠이는 약이란 다 졸면 못쓰니 고만 짜 먹여라 하였다. 약이
라야 어젯저녁 울 뒤에서 옭아들인 구렁이지만.

그러나 응오는 듣고도 흘렸는지 혹은 못 들었는지 잠자코 고
개도 안 든다.

"옛다. 송이 맛이나 봐라."

하고 형이 손을 내밀 제야 겨우 시선을 들었으나 술이 거나한
그 얼굴을 거북살스레 훑어본다. 그리고 송이를 고맙지 않게 받
아 방에 치뜨리고는,

"이거나 먹어."

하다가,

"뭐?"

소리를 크게 질렀다. 그래도 잘 들리지 않으므로,

"뭐야 뭐야, 좀 똑똑히 하라니깐?"

하고 골피를 찌푸린다. 그러나 아내는 손짓만으로 무슨 소린
지 알 수가 없다. 음성으로 치느니보다 종이 비비는 소리랄지, 그
걸 듣기에는 지척도 멀었다.

가만히 보다 응칠이는 제가 다 불안하여,

"뒤보겠다는 게 아니냐?"

"그럼 그렇다 말이 있어야지."

남편은 이내 짜증을 내며 몸을 일으킨다. 병약한 아내의 음성

이 날로 변하여 감을 시방 안 것도 아니련만—

그는 방바닥에 늘어져 꼬치꼬치 마른 반송장을 조심히 일으키어 등에 업었다.

울 밖 밭머리에 잿간은 놓였다. 머리가 눌릴 만치 납작한 굴속이다. 게다 거미줄은 예제없이 엉키었다. 부춘돌 위에 내려놓으니 아내는 벽을 의지하여 웅크리고 앉는다. 그리고 남편은 눈을 멀뚱멀뚱 뜨고 지키고 섰는 것이다.

이 꼴들을 멀거니 바라보다 응칠이는 마뜩지 않게 코를 횡 풀며 입맛을 다시었다. 응오의 짓이 어리석고 울화가 터져서이다. 요즘 응오가 형에게 잘 말도 않고 왜 어딱비딱하는지 그 속은 응칠이도 모르는 바 아닐 것이다.

응오가 이 아내를 찾아올 때 꼭 삼 년간을 머슴을 살았다. 그처럼 먹고 싶던 술 한 잔 못 먹었고, 그처럼 침을 삼키던 그 개고기 한 메 물론 못 샀다. 그리고 사경을 받는 대로 꼭꼭 장리를 놓았으니 후일 선채로 썼던 것이다. 이렇게까지 근사를 모아 얻은 계집이련만 단 두 해가 못 가서 이 꼴이 되고 말았다.

그러나 이 병이 무슨 병인지 도시 모른다. 의원에게 한 번이라도 변변히 뵌본 적이 없다. 혹 안다는 사람의 말인즉 뇌점*이니 어렵다 하였다. 돈만 있으면야 뇌점이고 염병이고 알 바가 못 될거로되 사날 전 거리로 쫓아 나오며,

"성님!"

* '폐병'의 순우리말.

하고 팔을 챌 적에는 응오도 어지간히 급한 모양이었다.

"왜?"

응칠이가 몸을 돌리니 허둥지둥 그 말이 이제는 별도리가 없다. 있다면 꼭 한 가지가 남았으니 그것은 엊그저께 산신을 부리는 노인이 이 마을에 오지 않았는가. 그 노인이 응오를 특히 동정하여 십오 원만 들이어 산치성을 올리면 씻은 듯이 낫게 해주리라는데.

"성님은 언제나 돈 만들 수 있지유?"

"거, 안 된다. 치성 들여 날 병이 안 낫겠니."

하여 여전히 딱 떼고 그러게 내 뭐래든. 애전에 계집 다 내버리고 날 따라 나서랬지, 하고,

"그래 농군의 살림이란 제 목매기라지!"

그러나 아우가 암말 없이 몸을 홱 돌리어 집으로 들어갈 제 응칠이는 속으로 또 괜한 소리를 했구나, 하였다.

응오는 도로 아내를 업어다 방에 뉘었다. 약은 다 졸았다. 불이 삭기 전 짜야 할 것이다. 식기를 기다려 약사발을 입에 대어주니 아내는 군말 없이 그 구렁이 물을 껄덕껄덕 들이마신다.

응칠이는 마당에 우두커니 앉았다. 사람의 목숨이란 과연 중하군 하였다. 그러나 계집이라는 저 물건이 저렇게 떼기 어렵도록 중할까, 하니 암만해도 알 수 없고.

"너 참 요 건너 성팔이 알지?"

"……."

"너하고 친하냐?"

"……"

"성이 뭐래는데 거 대답 좀 하렴."

하고 소리를 빽 질러도 아우는 대답은 말고 고개도 안 든다. 그러나 응칠이는 하늘을 쳐다보고 트림만 끄윽 하고 말았다. 술기가 코를 꽉꽉 찔러야 할 터인데 이건 풋김치 냄새만 코밑에서 뺑뺑 돈다. 공짜 김치만 퍼먹을 게 아니라 한 잔 더 했더면 좋았을걸. 그는 일어서서 대를 허리에 꽂고 궁둥이의 흙을 털었다. 벼 도둑맞은 이야기를 할까, 하다가 아서라 가뜩이나 울상이 속이 쓰릴 것이다. 그보다는 이놈을 잡아 놓고 낭중 희자를 뽑는 것이 점잖하겠지.

그는 문 밖으로 나와 버렸다.

답답한 아우의 살림을 보니 역 답답하던 제 살림이 연상되고 가슴이 두루 답답하였다. 이런 때에는 무가 십상이다. 사실 하느님이 무를 마련해 낸 것은 참으로 은혜로운 일이다. 맥맥할 때 한 개를 씹고 보면 꿀꺽 하고, 쿡 치는 그 맛이 좋고, 남의 무밭에 들어가 하나를 쑥 뽑으니 가락 무. 이—키, 이거 오늘 운수 대통이로군. 내던지고 그다음 놈을 뽑아 들고 개울로 내려온다. 물에 쓱쓰윽 닦아서는 꽁지는 이로 베어 던지고 어썩 깨물어 붙인다.

개울 둔덕에 포플러는 호젓하게도 매출히 컸다. 자갈돌은 그밑에 옹기종기 모였다. 가생이로 잔디가 소보록하다. 응칠이는 나가자빠져 마을을 건너다보며 눈을 멀뚱멀뚱 굴리고 누웠다. 산이 뺑뺑 둘리어 숨이 콕 막힐 듯한 그 마을.

아리랑 아리랑 아라리요

아리랑 띄어라 노다 가세

증기차는 가자고 왼고동 트는데

정든 님 품 안고 낙누낙누

아리랑 아리랑 아라리요

아리랑 띄어라 노다 가세

낼 갈지 모래 갈지 내 모르는데

옥씨기 강낭이는 심어 뭐 하리

아리랑 아리랑 아라리요

아리랑 띄어라……

　그는 콧노래로 이렇게 흥얼거리다 갑작스레 강릉이 그리웠다.
펄펄 뛰는 생선이 좋고, 아침 햇살이 빗기어 힘차게 출렁거리는
그 물결이 좋고. 이까짓 둠 구석에서 쪼들리는 데 대다니. 그래
도 즈이딴엔 무어 농사 좀 지었답시고 악을 복복 쓰며 잘도 떠
들어 댄다. 하지만 그런 중에도 어디인가 형언치 못할 쓸쓸함이
떠돌지 않는 것도 아니다. 삼십여 년 전 술을 빚어 놓고 쇠를 울
리고 흥에 질리어 어깨춤을 덩실거리고 이러던 가을과는 저 딴
쪽이다. 가을이 오면 기쁨에 넘쳐야 될 시골이 점점 살기만 띠어
옴은 웬일인고. 이렇게 보면 재작년 가을 어느 밤 산중에서 낫
으로 사람을 찍어 죽인 강도가 문득 머리에 떠오른다. 장을 보
고 오는 농군을 농군이 죽였다. 그것도 많이나 되었으면 모르되
빼앗은 것이 한껏 동전 네 닢에 수수 일곱 되, 게다가 흔적이 탄

　　　　　　　　　　　　　　　만무방

로 날까 하여 낫으로 그 얼굴의 껍질을 벗기고 조깃대강이 이기듯 끔찍하게 남기고 조긴 망나니다. 흉악한 자식. 그 알량한 돈 사 전에, 나 같으면 가여워 덧돈을 주고라도 왔으리라. 이번 놈은 그따위 깍다귀나 아닐는지 할 때 찬 김과 아울러 치미는 소름에 머리끝이 다 쭈뼛하였다. 그간 아우의 농사를 대신 돌봐 주기에 이럭저럭 날이 늦었다. 오늘 밤에는 이놈을 다리를 꺾어 놓고 내일쯤은 봐서 설렁설렁 뜨는 것이 옳은 일이겠다. 이 산을 넘을까 저 산을 넘을까 주저거리며 속으로 점을 치다가 슬그머니 코를 골아 올린다.

밤이 내리니 만물은 고요히 잠이 든다. 검푸른 하늘에 산봉우리는 울퉁불퉁 물결을 치고 흐릿한 눈으로 별은 떴다. 그러다 구름떼가 몰려닥치면 깜깜한 절벽이 된다. 또한 마을 한복판에는 거친 바람이 오락가락 쓸쓸히 궁글고 이따금 코를 찌르는 후련한 산사 내음새. 북쪽 산 밑 미루나무에 싸여 주막이 있는데 유달리 불이 반짝인다. 노세, 노세, 젊어서 놀아. 노랫소리는 나직나직 한산히 흘러온다. 아마 벼를 뒷심대고 외상이리라.

응칠이는 잠자코 벌떡 일어나 바깥으로 나섰다. 그리고 다 나와서야 그 집 친구에게 눈치를 안 채이도록,

"내 잠깐 다녀옴세!"

"어딜 가나?"

친구는 웬 영문을 몰라서 뻔히 쳐다보다 밤이 이렇게 늦었으니 나갈 생각 말고 어여 이리 들어와 자라 하였다. 기껏 둘이 앉아서 개코쥐코 떠들다가 갑자기 일어서니까 꽤 이상한 모양이었다.

"건넛마을 가 담배 한 봉 사 올라구."

"담배 여깄는데 또 사 뭐 하나?"

친구는 호주머니에서 굳이 연봉을 꺼내어 손에 들어 보이더니,

"이리 들어와 섬이나 좀 쳐주게."

"아 참, 깜빡……."

하고 응칠이는 미안스러운 낯으로 뒤통수를 긁적긁적한다. 하기는 섬을 좀 쳐달라고 며칠째 당부하는 걸 노름에 몸이 팔려 그만 잊고 잊고 했던 것이다. 먹고 자고 이렇게 신세를 지면서 이건 썩 안됐다, 생각은 했지만,

"내 곧 다녀올걸 뭐."

어정쩡하게 한마디 남기곤 그 집을 뒤에 남긴다.

그러나 이 친구는,

"그럼, 곧 다녀오게!"

하고 때를 재치는 법은 없었다. 언제나 여일같이,

"그럼 잘 다녀오게!"

이렇게 그 신상만 편하기를 비는 것이다.

응칠이는 모든 사람이 저에게 그 어떤 경의를 갖고 대하는 것을 가끔 느끼고 어깨가 으쓱거린다. 백판 모르는 사람도 데리고 앉아서 몇 번 말만 좀 하면 대뜸 구부러진다. 그렇게 장한 것인지 그 일을 하다가, 그 일이라야 도적질이지만, 들어가 욕보던 이야기를 하면 그들은 눈을 커다랗게 뜨고,

"아이구, 그걸 어떻게 당하셨수!"

하고 적이 놀라면서도,

만무방

"그래 그 돈은 어떡했수?"

"또 그럴 생각이 납디까요?"

"참, 우리 같은 농군에 대면 호강살이유!"

하고들 한편 썩 부러운 모양이었다. 저들도 그와 같이 진탕 먹고 살고는 싶으나 주변 없어 못 하는 그 울분에서 그런 이야기만 들어도 다소 위안이 되는 것이다. 응칠이는 이걸 잘 알고 그 누구를 논에다 거꾸로 박아 놓고 달아나다가 붙들리어 경치던 이야기를 부지런히 하며,

"자네들은 안적 멀었네, 멀었어."

하고 흰소리를 치면 그들은, 옳다는 뜻이겠지, 묵묵히 고개만 꺼떡꺼떡하며 속없이 술을 사주고 담배를 사주고 하는 것이다.

그런데 이번 벼를 훔쳐 간 놈은 응칠이를 마구 넘보는 모양 같다.

이렇게 생각하면 응칠이는 더욱 괘씸하였다. 그는 물푸레 몽둥이를 벗 삼아 논둑길을 질러서 산으로 올라간다.

이슥한 그믐 칠야.

길은 어둡고 흐릿한 언저리만 눈앞에 아물거린다.

그 논까지 칠 마장은 느긋하리라. 이 마을을 벗어나는 어귀에 고개 하나를 넘는다. 또 하나를 넘는다. 그러면 그다음 고개와 고개 사이에 수목이 울창한 산중턱을 비겨 대고 몇 마지기의 논이 놓였다. 응오의 논은 그중의 하나이었다. 길에서 썩 들어앉은 곳이라 잘 뵈도 않는다. 동리에 그런 소문이 안 났을 때에는 천행으로 본 놈이 없을 것이나 반드시 성팔이의 성행임에는……

응칠이는 공동묘지의 첫 고개를 넘었다. 그리고 다음 고개의 마루턱을 올라섰을 때 다리가 주춤하였다. 저 왼편 높은 산고랑에서 불이 반짝 하다 꺼진다. 짐승불로는 너무 흐리고…… 아―하, 이놈들이 또 왔군. 그는 가던 길을 옆으로 새었다. 더듬더듬 나뭇가지를 짚으며 큰 산으로 올라간다. 바위는 미끄러 내리며 발등을 쩧는다. 딸기 가시에 종아리는 따갑고 엉금엉금 기어서 바위를 끼고 감돈다.

산, 거반 꼭대기에 바위와 바위가 어깨를 겯고 움쑥 들어간 굴이 있다. 풀들은 뻗치어 굴문을 막는다.

그 속에 돌아앉아서 다섯 놈이 머리를 맞대고 수군거린다. 불빛이 샐까 염려다. 남폿불을 얕이 달아 놓고 몸들을 바싹바싹 여미어 가리운다.

"어서 후딱후딱 쳐, 갑갑해서 원."

"이번엔 누가 빠지나?"

"이 사람이지 뭘 그래."

"다시 섞어, 어서 이따위 수작이야."

하고 한 놈이 골을 내고 화투를 빼앗아 제 손으로 섞다가 깜짝 놀란다. 그리고 버썩 대드는 응칠이를 벙벙히 쳐다보며 얼뚤한다.

그들은 응칠이가 오는 것을 완고척이 싫어하는 눈치였다. 이런 애송이 노름판인데 응칠이를 들였다가는 맥을 못 쓸 것이다. 속으로는 되우 꺼렸지마는 그렇다고 응칠이의 비위를 건드림은 더욱 좋지 못하므로.

만무방

"아, 응칠인가, 어서 들어오게."

하고 선웃음을 치는 놈에,

"난 올 듯하기에, 자넬 기다렸지."

하며 어수대는 놈,

"하여튼 한 케 떠보세."

이놈들은 손을 잡아들이며 썩들 환영이었다.

응칠이는 그 속으로 들어서며 무서운 눈으로 좌중을 한번 훑어보았다.

그런데 재성이도 그 틈에 끼여 있는 것이 아닌가. 사날 전만해도 응칠이더러 먹을 양식이 없으니 돈 좀 취하라던 놈이 의심이 부쩍 일었다. 도둑이란 흔히 이런 노름판에서 씨가 퍼진다. 그 옆으로 기호도 앉았다. 이놈은 며칠 전 제 계집을 팔았다. 그 돈으로 영동 가서 장사를 하겠다던 놈이 노름을 왔다. 제깐 주제에 딸 듯싶은가. 하나는 용구. 농사엔 힘 안 쓰고 노름에 몸이 달았다. 시키는 부역도 안 나온다고 동리에서 손도*를 맞을 놈이다. 그리고 남의 집 머슴 녀석. 뽐을 내고 멋없이 점잔을 피우는 중늙은이 상투쟁이, 이 물건은 어서 날아왔는지 보지도 못하던 놈이다. 체 이것들이 뭘 한다구!

응칠이는 기호의 등을 꾹 찔러 가지고 밖으로 나왔다. 외딴 곳으로 데리고 와서,

"자네 돈 좀 없겠나?"

---

* 損徒. 잘못을 저지른 사람을 그 지역에서 내쫓음.

김유정

하고 돌아서다가,

"웬걸 돈이 어디……."

눈치만 남고 어름어름하니,

"아내와 갈렸다지, 그 돈 다 뭐 했나?"

"아 이 사람아, 빚 갚았지!"

기호는 눈을 내리깔며 매우 거북한 모양이다.

오른편 엄지로 한 코를 막고 흥 하고 내뽑더니 이번 빚에 졸리어 죽을 뻔했네 하고 묻지 않는 발뺌까지 얹어서 설대로 등어리를 긁죽긁죽한다.

그러나 응칠이는 속으로 이놈, 하였다.

응칠이는 실눈을 뜨고 기호를 유심히 쏘아 주었더니,

"꼭 사 원 남았네."

하고 선뜻 알리고,

"빚 갚고 뭣 하고 흐지부지 녹았어."

어색하게도 혼자말로 우물쭈물 웃어 버린다.

응칠이는 퉁명스러이,

"나 이 원만 최게."

하고 손을 내대다 그래도 잘 듣지 않으매,

"따서 둘이 노눌 테야, 누가 떼먹나."

하고 소리가 한번 빽 아니 나올 수 없다.

이 말에야 기호도 비로소 안심한 듯, 저고리 섶을 쳐들고 훔척거리다 쭈뼛쭈뼛 꺼내 놓는다. 딴은 응칠이의 솜씨면 낙자는 없을 것이다. 설혹 재간이 모자라 잃는다면 우격이라도 도로 몰

386   만무방

아갈 테니깐.

"나두 한 케 떠보세."

웅칠이는 우죄스레 굴로 기어든다. 그 콧등에는 자신 있는 그리고 흡족한 미소가 떠오른다. 사실이지 노름만큼 그를 행복하게 하는 건 다시 없었다. 슬프다가도 화투나 투전장을 손에 들면 공연스레 어깨가 으쓱거리고 아무리 일이 바빠도 노름판은 옆에 못 두고 지난다. 그는 이놈 저놈의 눈치를 슬쩍 한번 훑고,

"두 패루 너누지?"

웅칠이는 재성이와 용구를 데리고 한옆으로 비켜 앉았다. 그리고 신바람이 나서 화투를 섞다가 손을 따악 짚으며,

"튀전이래지 이깐 화투는 하튼 뭘 할 텐가, 녹삐킨가 켤텐가?"

"약단이나 그저 보지!"

사방은 매섭게 조용하였다. 바위 위에서 혹 바람에 모래 구르는 소리뿐이다. 어쩌다.

"옛다 봐라."

하고 화투짝이 쩔걱, 한다. 그리곤 다시 쥐죽은 듯 잠잠하다.

그들은 이욕에 몸이 달아서 이야기고 뭐고 할 여지가 없다. 행여 속지나 않는가 하여 눈들이 빨개서 서로 독을 올린다. 어떤 놈이 뜯는 놈이고 어떤 놈이 뜯기는 놈인지 영문 모른다.

웅칠이가 한 장을 내던지고 명월 공산을 보기 좋게 떡 젖혀 놓으니,

"이거 왜 수짜질이야!"

용구는 골을 벌컥 내며 쳐다본다.

"뭐가?"

"뭐라니, 아, 이 공산 자네 밑에서 빼내지 않았나?"

"봤으면 고만이지 그렇게 노할 건 또 뭔가!"

응칠이는 어설피 입맛을 쩍쩍 다시다.

"그럼 이번엔 파토지?"

하고 손의 화투를 땅에 내던지며 껄껄 웃어 버린다.

이때 한옆에서 별안간,

"이 자식, 죽인가!"

악을 쓰는 것이니 모두들 놀라며 시선을 몬다. 머슴이 마주 앉은 상투의 뺨을 갈겼다. 말인즉 매조 다섯 끗을 엎어 쳤다고.

하나 정말은 돈을 잃은 것이 분한 것이다. 이 돈이 무슨 돈이냐 하면 일 년 품을 판 피 묻은 사경이다. 이런 돈을 송두리 먹히다니.

"이 자식, 너는 야마시(사기)꾼이지. 돈 내라."

멱살을 훔켜잡고 다시 두 번을 때린다.

"허, 이놈이 왜 이러누, 어른을 몰라보고."

상투는 책상다리를 잡숫고 허리를 쓰윽 펴더니 점잖이 호령한다. 자식 뻘 되는 놈에게 뺨을 맞는 건 말이 좀 덜 된다. 약이올라서 곧 일을 칠 듯이 엉덩이를 번쩍 들었으나 그러나 그대로 주저앉고 말았다. 악에 바짝 받친 놈을 건드렸다가는 결국 이쪽이 손해다. 더럽단 듯이 허, 허 웃고,

"버릇 없는 놈 다 봤고!"

하고 꾸짖은 것은 잘됐으나 기어이 어이쿠, 하고 그 자리에 푹

엎으러진다. 이마가 터져서 피가 흘렀다. 어느 틈엔가 돌멩이가 날아와 이마의 가죽을 터친 것이다.

응칠이는 싱글거리며 굴을 나섰다. 공연스레 쑥스럽게 일이나 벌어지면 성가신 노릇이다. 그리고 돈 백이나 될 줄 알았더니 다 봐야 한 사십 원 될까 말까. 그걸 바라고 어느 놈이 앉았는가.

그가 딴 것은 본밑을 알라 구 원 하고 팔십 전이다. 기호에게 오 원을 내주고,

"자, 반이 넘네. 자네 계집 잃고 돈 잃고 호강이겠네."

농담으로 비웃어 던지고는 숲속으로 설렁설렁 내려온다.

"여보게, 자네에게 청이 있네."

재성이 목이 말라서 바득바득 따라온다. 그 청이란 묻지 않아도 알 수 있었다. 저에게 돈을 다 빼앗기곤 구문이겠지. 시치미를 딱 떼고 나 갈 길만 걷는다.

"여보게 응칠이, 아, 내 말 좀 들어!"

그제는 팔을 잡아낚으며 살려 달라 한다. 돈을 좀 늘릴까 하고 벼 열 말을 팔아 해보았더니 다 잃었다고. 당장 먹을 게 없어 죽을 지경이니 노름 밑천이나 하게 몇 푼 달라는 것이다. 그러나 벼를 털었으면 그저 먹을 것이지 어쭙잖게 노름은…….

"그런 걸 왜 너보고 하랬어?"

하고 돌아서며 소리를 빽 지르다가 가만히 보니 눈에 눈물이 글썽하다. 잠자코 돈 이 원을 꺼내 주었다.

응칠이는 돌에 앉아서 팔짱을 끼고 덜덜 떨고 있다.

사방은 뺑― 돌리어 나무에 둘러싸였다. 거무튀튀한 그 형상

이 헐없이 무슨 도깨비 같다. 바람이 불적마다 쏴— 하고 쏴— 하고 음충맞게 건들거린다. 어느 때에는 쩍, 쩍 하고 목을 따는 지 비명도 울린다.

그는 가끔 뒤를 돌아보았다. 별일은 없을 줄 아나 호옥 뭐가 덤벼들지도 모른다. 서낭당은 바로 등 뒤다. 족제빈지 뭔지, 요동 통에 돌이 무너지며 바스락바스락한다. 그 소리가 묘하게도 등 줄기를 쪼옥 긁는다. 어두운 꿈속이다. 하늘에서 이슬은 내리어 옷깃을 축인다. 공포도 공포려니와 냉기로 하여 좀체로 견딜 수 가 없었다.

산골은 산신까지도 주렸으렸다. 아들 낳아 달라고 떡 갖다 바칠 이 없을 테니까. 이놈의 영감님 홧김에 덥석 달려들면. 앞뒤를 다시 한 번 휘돌아본 다음 설대를 뽑는다. 그리고 오금팽이로 불을 가리고는 한 대 빽빽 피워 물었다. 논은 여남은 칸 떨어져 그 아래 누웠다. 일심정기를 다하여 나무 틈으로 뚫어보고 앉았다. 그러나 땅에 대를 털려니까 풀숲이 이상스러이 흔들린다. 뱀, 뱀이 아닌가. 구시월 뱀이라니 물리면 고만이다. 자리를 옮겨 앉으며 손으로 입을 막고 하품을 터친다.

아마 두어 시간은 더 넘었으리라. 이놈이 필연코 올 텐데 안 오니 또 무슨 조활까. 이 짓이란 소문이 나기 전에 한 번 더 와 보는 것이 원칙이다. 잠을 못 자서 눈이 빽빽한 것이 제물에 슬금슬금 감긴다. 이를 악물고 눈을 뒵쓰면 이번에는 허리가 노글거린다*. 속은 쓰리고 골치는 때리고. 불꽃 같은 노기가 불끈 일어서 몸을 옥죄인다. 이놈의 다리를 못 꺾어 놔도 애비 없는 후레자식이겠다.

닭들이 세 홰를 운다. 멀―리 산을 넘어오는 그 음향이 퍽은 서글프다. 큰 비를 몰아드는지 검은 구름이 잔뜩 낀다. 하긴 지금도 빗방울이 뚝, 뚝, 떨어진다.

그때 논둑에서 희끄무레한 허깨비 같은 것이 얼씬거린다. 정신을 바짝 차렸다. 영락없이 성팔이, 재성이 그들 중의 한 놈이리라. 이 고생을 시키는 그놈! 이가 북북 갈리고 어깨가 다 식식거린다. 몽둥이를 잔뜩 우려잡았다. 그리고 벌떡 일어나서 나무줄기를 끼고 조심조심 돌아내린다. 하나 도랑쯤 내려오다가 그는 멈씰하여 몸을 뒤로 물렸다. 늑대 두 놈이 짝을 짓고 이편 산에서 저편 산으로 설렁설렁 건너가는 길이었다. 빌어먹을 늑대, 이것까지 말썽이람. 이마의 식은땀을 씻으며 도로 제자리로 돌아온다. 어쩌면 이번 이놈도 재작년 강도 짝이나 안 될는지. 급시로 불길한 예감이 뒤통수를 탁 치고 지나간다.

그는 옷깃을 여미어 한 대를 더 붙였다. 돌연히 풍세는 심하여진다. 산골짜기로 몰아드는 억센 놈이 가끔 발광이다. 다시금 더르르 몸을 떨었다. 가을은 왜 이 지경인지. 여기에서 밤새울 생각을 하니 기가 찼다.

얼마나 되었는지 몸을 좀 녹이고자 일어나서 서성서성할 때

---

* 노글거리다 : 노그라지다. 지쳐서 맥이 빠지고 축 늘어지다.

이었다. 논으로 다가오는 희미한 그림자를 분명히 두 눈으로 보았다. 그러고 보니 피로고, 한고*이고 다 딴소리다. 고개를 내대고 딱 버티고 서서 눈에 쌍심지를 올린다.

흰 그림자는 어느 틈엔가 어둠 속에 사라져 보이지 않는다. 그리고 다시 나올 줄을 모른다. 바람 소리만 왱, 왱, 칠 뿐이다. 다시 암흑 속이 된다. 확실히 벼를 훔치러 논 속으로 들어갔을 것이다. 여깽이 같은 놈이 궂은 날새를 기화 삼아 맘껏 하겠지. 의리 없는 썩은 자식, 격장에서 같이 굶는 터에 — 오냐 대거리만 있거라. 이를 한번 부드득 갈아붙이고 차츰차츰 논께로 내려온다.

응칠이는 논께로 바특이 내려서서 소나무에 몸을 착 붙였다. 섣불리 서둘다간 남의 횡액을 입을지도 모른다. 다 훔쳐 가지고 나올 때만 기다린다. 몸뚱이는 잔뜩 힘을 올린다.

한 식경쯤 지났을까. 도적은 다시 나타난다. 논둑에 머리만 내놓고 사면을 두리번거리더니 그제야 기어 나온다. 얼굴에는 눈만 내놓고 수건인지 뭔지 형겊이 가리었다. 봇짐을 등에 짊어 메고는 허리를 구붓이 뺑손을 놓는다.

그러자 응칠이가 날쌔게 달려들며,

"이 자식, 남의 벼를 훔쳐 가니!"

하고 대포처럼 고함을 지르니 논둑으로 고대로 데굴데굴 굴러서 떨어진다. 얼결에 호되게 놀란 모양이다.

응칠이는 덤벼들어 우선 허리께를 내려조졌다. 어이쿠쿠,

---

* 寒苦. 추위로 인한 괴로움.

만무방

쿠— 하고 처참한 비명이다. 이 소리에 귀가 번쩍 띄어서 그 고개를 들고 팔부터 벗겨 보았다. 그러나 너무나 어이가 없었음인지 시선을 치걷으며 그 자리에 우두망찰한다.

그것은 무서운 침묵이었다. 살뚱맞은 바람만 공중에서 북새를 논다.

한참을 신음하다 도적은 일어나더니,

"성님까지 이렇게 못살게 굴기유?"

제법 눈을 부라리며 몸을 홱 돌린다. 그리고 느끼며 울음이 복받친다. 봇짐도 내버린 채,

"내 것 내가 먹는데 누가 뭐래?"

하고 데퉁스러이 내뱉고는 비틀비틀 논 저쪽으로 없어진다.

형은 너무 꿈속 같아서 멍하니 섰을 뿐이다.

그러다 얼마 지나서 한 손으로 그 봇짐을 들어 본다. 가뿐하니 끽 말가웃이나 될는지. 이까짓 걸 요렇게까지 해가려는 그 심정은 실로 알 수 없다. 벼를 논에다 도로 털어 버렸다. 그리고 아내의 치마이겠지, 검은 보자기를 척척 개서 들었다. 내 걸 내가 먹는다 — 그야 이를 말이랴. 하나 내 걸 내가 훔쳐야 할 그 운명도 얄궂거니와 형을 배반하고 이 짓을 벌인 아우도 아우렷다. 에—이 고얀 놈, 할 제 볼을 적시는 것은 눈물이다. 그는 주먹으로 눈물을 쓱, 비비고 머리에 번쩍 떠오르는 것이 있으니 두레두레한 황소의 눈깔. 시오 리를 남쪽 산으로 들어가면 어느 집 바깥뜰에 밤마다 늘 매여 있는 투실투실한 그 황소. 아무렇게 따지든 칠십 원은 갈 데 없으리라. 그는 부리나케 아우의 뒤를 밟

왔다.

공동묘지까지 거반 왔을 때에야 가까스로 만났다. 아우의 등을 탁 치며,

"얘, 좋은 수 있다. 네 원대로 돈을 해줄게 나하구 잠깐 다녀오자."

씩씩한 어조로 기쁘도록 달랬다. 그러나 아우는 입 하나 열려 하지 않고 그대로 실쭉하였다. 뿐만 아니라 어깨 위에 올려놓은 형의 손을 부질없단 듯이 몸으로 털어 버린다. 그리고 삐익 달아난다. 이걸 보니 하 엄청나고 기가 콱 막히었다.

"이눔아!"

하고 악에 받치어,

"명색이 성이라며?"

대뜸 몽둥이는 들어가 그 볼기짝을 후려갈겼다. 아우는 모로 몸을 꺾더니 시나브로 찌그러진다. 뒤미처 앞정강이를 때리고 등을 팼다. 일어나지 못할 만치 매는 내리었다. 체면을 불고하고 땅에 엎드리어 엉엉 울도록 매는 내리었다.

홧김에 하긴 했으되 그 꼴을 보니 또한 마음이 편할 수 없다. 침을 퇴, 뱉어 던지곤 팔자 드신 놈이 그저 그렇지 별수 있나. 쓰러진 아우를 일으키어 등에 업고 일어섰다. 언제나 철이 날는지 딱한 일이었다. 속 썩는 한숨을 후— 하고 내뿜는다. 그리고 어청어청 고개를 묵묵히 내려온다.

• 끝 •

만무방

날개

이상

'박제(剝製)가 되어 버린 천재'를 아시오? 나는 유쾌하오. 이런 때 연애까지가 유쾌하오.

육신이 흐느적흐느적하도록 피로했을 때만 정신이 은화(銀貨)처럼 맑소. 니코틴이 내 횟배 앓는 뱃속으로 스미면 머릿속에 으레 백지가 준비되는 법이오. 그 위에다 나는 위트와 패러독스를 바둑 포석처럼 늘어놓소. 가증할 상식의 병이오.

나는 또 여인과 생활을 설계하오. 연애 기법에마저 서먹서먹해진 지성의 극치를 흘깃 좀 들여다본 일이 있는, 말하자면 일종의 정신분일자(精神奔逸者) 말이오. 이런 여인의 반(半) ─ 그것은 온갖 것의 반이오 ─ 만을 영수(領受)하는 생활을 설계한다는 말이오. 그런 생활 속에 한 발만 들여놓고 흡사 두 개의 태양처럼 마주 쳐다보면서 낄낄거리는 것이오. 나는 아마 어지간히 인생의 제행(諸行)이 싱거워서 견딜 수가 없게끔 되고 그만둔 모양이오. 굿바이.

굿바이. 그대는 이따금 그대가 제일 싫어하는 음식을 탐식(貪食)하는 아이러니를 실천해 보는 것도 좋을 것 같소. 위트와 패

날개

러독스와…….

그대 자신을 위조하는 것도 할 만한 일이오. 그대의 작품은 한 번도 본 일이 없는 기성품에 의하여 차라리 경편(輕便)*하고 고매(高邁)하리라.

십구세기는 될 수 있거든 봉쇄하여 버리오. 도스토예프스키 정신이란 자칫하면 낭비인 것 같소. 위고를 불란서의 빵 한 조각이라고는 누가 그랬는지 지언(至言)인 듯싶소. 그러나 인생 혹은 그 모형에 있어서 디테일 때문에 속는다거나 해서야 되겠소? 화(禍)를 보지 마오. 부디 그대께 고하는 것이니…….

(테이프가 끊어지면 피가 나오. 생채기도 머지않아 완치될 줄 믿소. 굿바이.)

감정은 어떤 포즈(그 포즈의 소[素]만을 지적하는 것이 아닌지나 모르겠소) 그 포즈가 부동자세에까지 고도화할 때 감정은 딱 공급을 정지합네다.

나는 내 비범한 발육을 회고하여 세상을 보는 안목을 규정하였소.
여왕봉(女王蜂)**과 미망인 — 세상의 하고많은 여인이 본질적

* 가볍고 편하거나 손쉽고 편리함.
** 여왕벌.

으로 이미 미망인 아닌 이가 있으리까? 아니! 여인의 전부가 그 일상에 있어서 개개 '미망인'이라는 내 논리가 뜻밖에도 여성에 대한 모독이 되오? 굿바이.

그 33번지라는 것이 구조가 흡사 유곽이라는 느낌이 없지 않다. 한 번지에 18가구가 죽— 어깨를 맞대고 늘어서서 창호가 똑같고 아궁이 모양이 똑같다. 게다가 각 가구에 사는 사람들이 송이송이 꽃과 같이 젊다. 해가 들지 않는다. 해가 드는 것을 그들이 모른 체하는 까닭이다. 턱살 밑에다 철줄을 매고 얼룩진 이부자리를 널어 말린다는 핑계로 미닫이에 해가 드는 것을 막아버린다. 침침한 방 안에서 낮잠들을 잔다. 그들은 밤에는 잠을 자지 않나? 알 수 없다. 나는 밤이나 낮이나 잠만 자느라고 그런 것은 알 길이 없다. 33번지 18가구의 낮은 참 조용하다.

조용한 것은 낮뿐이다. 어둑어둑하면 그들은 이부자리를 걷어 들인다. 전등불이 켜진 뒤의 18가구는 낮보다 훨씬 화려하다. 저물도록 미닫이 여닫는 소리가 잦다. 바빠진다. 여러 가지 내음새가 나기 시작한다. 비웃* 굽는 내, 탕고도란** 내, 뜨물내, 비눗내……

그러나 이런 것들보다도 그들의 문패가 제일로 고개를 끄덕이게 하는 것이다. 이 18가구를 대표하는 대문이라는 것이 일각이 져서 외따로 떨어지기는 했으나 있다. 그러나 그것은 한 번도 달

* '청어'를 식료품으로 이르는 말.
** 당시 많이 쓰던 화장품 이름.

날개

힌 일이 없는 한길이나 마찬가지 대문인 것이다. 온갖 장사치들은 하루 가운데 어느 시간에라도 이 대문을 통하여 드나들 수 있는 것이다. 이네들은 문간에서 두부를 사는 것이 아니라 미닫이만 열고 방에서 두부를 사는 것이다. 이렇게 생긴 33번지 대문에 그들 18가구의 문패를 몰아다 붙이는 것은 의미가 없다. 그들은 어느 사이엔가 각 미닫이 위 백인당(百忍堂)이니 길상당(吉祥堂)이니 써 붙인 한곁에다 문패를 붙이는 풍속을 가져 버렸다.

내 방 미닫이 위 한 곁에 칼표딱지*를 넷에다 낸 것만 한 내, 아니! 내 아내의 명함이 붙어 있는 것도 이 풍속을 좇은 것이 아닐 수 없다.

나는 그러나 그들의 아무와도 놀지 않는다. 놀지 않을 뿐만 아니라 인사도 않는다. 나는 내 아내와 인사하는 외에 누구와도 인사하고 싶지 않았다.

내 아내 외의 다른 사람과 인사를 하거나 놀거나 하는 것은 내 아내 낯을 보아 좋지 않은 일인 것만 같이 생각이 들었기 때문이다. 나는 이만큼까지 내 아내를 소중히 생각한 것이다.

내가 이렇게까지 내 아내를 소중히 생각한 까닭은 이 33번지 18가구 가운데서 내 아내가 내 아내의 명함처럼 제일 작고 제일 아름다운 것을 안 까닭이다. 18가구에 각기 별러 든 송이송이 꽃들 가운데서도 내 아내가 특히 아름다운 한 떨기의 꽃으로

* 뜯어서 쓰는 딱지.

이 함석지붕 밑 볕 안 드는 지역에서 어디까지든지 찬란하였다. 따라서 그런 한 떨기 꽃을 지키고, 아니 그 꽃에 매달려 사는 나라는 존재가 도무지 형언할 수 없는 거북살스러운 존재가 아닐 수 없었던 것은 물론이다.

나는 어디까지든지 내 방이—집이 아니다. 집은 없다.— 마음에 들었다. 방 안의 기온은 내 체온을 위하여 쾌적하였고, 방 안의 침침한 정도가 또한 내 안력을 위하여 쾌적하였다. 나는 내 방 이상의 서늘한 방도, 또 따뜻한 방도 희망하지 않았다. 이 이상으로 밝거나 이 이상으로 아늑한 방을 원하지 않았다. 내 방은 나 하나를 위하여 요만한 정도를 꾸준히 지키는 것 같아 늘 내 방에 감사하였고 나는 또 이런 방을 위하여 이 세상에 태어난 것만 같아서 즐거웠다.

그러나 이것은 행복이라든가 불행이라든가 하는 것을 계산하는 것은 아니었다. 말하자면 나는 내가 행복되다고도 생각할 필요가 없었고, 그렇다고 불행하다고도 생각할 필요가 없었다. 그냥 그날그날을 그저 까닭 없이 핀둥핀둥 게으르고만 있으면 만사는 그만이었던 것이다.

내 몸과 마음에 옷처럼 잘 맞는 방 속에서 뒹굴면서, 축 처져 있는 것은 행복이니 불행이니 하는 그런 세속적인 계산을 떠난, 가장 편리하고 안일한, 말하자면 절대적인 상태인 것이다. 나는 이런 상태가 좋았다.

이 절대적인 내 방은 대문간에서 세어서 똑 일곱째 칸이다. 럭

키 세븐의 뜻이 없지 않다. 나는 이 일곱이라는 숫자를 훈장처럼 사랑하였다. 이런 이 방이 가운데 장지로 말미암아 두 칸으로 나뉘어 있었다는 그것이 내 운명의 상징이었던 것을 누가 알랴?

아랫방은 그래도 해가 든다. 아침결에 책보만 한 해가 들었다가 오후에 손수건만 해지면서 나가 버린다. 해가 영영 들지 않는 윗방이 즉 내 방인 것은 말할 것도 없다. 이렇게 볕 드는 방이 아내 방이요, 볕 안 드는 방이 내 방이오 하고 아내와 나 둘 중에 누가 정했는지 나는 기억하지 못한다. 그러나 나에게는 불평이 없다.

아내가 외출만 하면 나는 얼른 아랫방으로 와서 그 동쪽으로 난 들창을 열어 놓고, 열어 놓으면 들이비치는 볕살이 아내의 화장대를 비쳐 가지각색 병들이 아롱이 지면서 찬란하게 빛나고 이렇게 빛나는 것을 보는 것은 다시없는 내 오락이다. 나는 쪼끄만 '돋보기'를 꺼내 가지고 아내만이 사용하는 지리가미(휴지)를 끄실려 가면서 불장난을 하고 논다. 평행 광선을 굴절시켜서 한 초점에 모아 가지고 그 초점이 따끈따끈해지다가, 마지막에는 종이를 끄실리기 시작하고 가느다란 연기를 내면서 드디어 구멍을 뚫어 놓는 데까지에 이르는 고 얼마 안 되는 동안의 초조한 맛이 죽고 싶을 만치 내게는 재미있었다.

이 장난이 싫증이 나면 나는 또 아내의 손잡이 거울을 가지고 여러 가지로 논다. 거울이란 제 얼굴을 비출 때만 실용품이다. 그 외의 경우에는 도무지 장난감인 것이다.

이 장난도 곧 싫증이 난다. 나의 유희심은 육체적인 데서 정신적인 데로 비약한다. 나는 거울을 내던지고 아내의 화장대 앞으로 가까이 가서 나란히 늘어 놓인 고 가지각색의 화장품 병들을 들여다본다. 고것들은 세상의 무엇보다도 매력적이다. 나는 그중의 하나만을 골라서 가만히 마개를 빼고 병구멍을 내 코에 가져다 대이고 숨죽이듯이 가벼운 호흡을 하여 본다. 이국적인 센슈얼한(관능적인) 향기가 폐로 스며들면 나는 저절로 스르르 감기는 내 눈을 느낀다. 확실히 아내의 체취의 파편이다. 나는 도로 병마개를 막고 생각해 본다. 아내의 어느 부분에서 요 내음새가 났던가를…… 그러나 그것은 분명치 않다. 왜? 아내의 체취는 여기 늘어섰는 가지각색 향기의 합계일 것이니까.

아내의 방은 늘 화려하였다. 내 방이 벽에 못 한 개 꽂히지 않은 소박한 것인 반대로 아내 방에는 천장 밑으로 쫙 돌려 못이 박히고 못마다 화려한 아내의 치마와 저고리가 걸렸다. 여러 가지 무늬가 보기 좋다. 나는 그 여러 조각의 치마에서 늘 아내의 동(胴)체와 그 동체가 될 수 있는 여러 가지 포즈를 연상하고 연상하면서 내 마음은 늘 점잖지 못하다.

그렇건만 나에게는 옷이 없었다. 아내는 내게는 옷을 주지 않았다. 입고 있는 코르덴 양복 한 벌이 내 자리옷이었고 통상복과 나들이옷을 겸한 것이었다. 그리고 하이 넥의 스웨터가 한 조각 사철을 통한 내 내의다. 그것들은 하나같이 다 빛이 검다. 그것은 내 짐작 같아서는 즉 빨래를 될 수 있는 데까지 하지 않아도 보기 싫지 않도록 하기 위한 것이 아닌가 한다. 나는 허리와 두 가랑이 세 군데 다 고무 밴드가 끼어 있는 부드러운 사루마다*를 입고 그리고 아무 소리 없이 잘 놀았다.

어느덧 손수건만 해졌던 볕이 나갔는데 아내는 외출에서 돌아오지 않는다. 나는 요만 일에도 좀 피곤하였고 또 아내가 돌아오기 전에 내 방으로 가 있어야 될 것을 생각하고 그만 내 방으로 건너간다. 내 방은 침침하다. 나는 이불을 뒤집어쓰고 낮잠을 잔다. 한 번도 걷은 일이 없는 내 이부자리는 내 몸뚱이의 일부분처럼 내게는 참 반갑다. 잠은 잘 오는 적도 있다. 그러나 또 전신이 까칫까칫하면서 영 잠이 오지 않는 적도 있다. 그런 때는 아무 제목으로나 제목을 하나 골라서 연구하였다. 나는 내 좀 축축한 이불 속에서 참 여러 가지 발명도 하였고 논문도 많이 썼다. 시도 많이 지었다. 그러나 그것들은 내가 잠이 드는 것과 동시에 내 방에 담겨서 철철 넘치는 그 흐늑흐늑한 공기에 다 비누처럼 풀어져서 온데간데가 없고 한참 자고 깬 나는 속이 무명 헝겊이나 메밀껍질로 땡땡 찬 한 덩어리 베개와도 같은 한 벌 신경이었을 뿐이고 뿐이고 하였다.

그러기에 나는 빈대가 무엇보다도 싫었다. 그러나 내 방에서는 겨울에도 몇 마리씩의 빈대가 끊이지 않고 나왔다. 내게 근심이 있었다면 오직 이 빈대를 미워하는 근심일 것이다. 나는 빈대

* 팬티보다 조금 긴 속옷을 일컫는 일본말.

에게 물려서 가려운 자리를 피가 나도록 긁었다. 쓰라리다. 그것
은 그윽한 쾌감에 틀림없었다. 나는 혼곤히 잠이 든다.

나는 그러나 그런 이불 속의 사색생활에서도 적극적인 것을
궁리하는 법이 없다. 내게는 그럴 필요가 대체 없었다. 만일 내
가 그런 좀 적극적인 것을 궁리해 내었을 경우에 나는 반드시
내 아내와 의논하여야 할 것이고 그러면 반드시 나는 아내에게
꾸지람을 들을 것이고 ― 나는 꾸지람이 무서웠다느니보다도 성
가셨다. 내가 제법 한 사람의 사회인의 자격으로 일을 해보는 것
도, 아내에게 사설 듣는 것도 나는 가장 게으른 동물처럼 게으
른 것이 좋았다. 될 수만 있으면 이 무의미한 인간의 탈을 벗어
버리고도 싶었다.

나에게는 인간 사회가 스스러웠다. 생활이 스스러웠다. 모두
가 서먹서먹할 뿐이었다.

아내는 하루에 두 번 세수를 한다. 나는 하루 한 번도 세수를
하지 않는다. 나는 밤중 세 시나 네 시 해서 변소에 갔다 달이
밝은 밤에는 한참씩 마당에 우두커니 섰다가 들어오곤 한다. 그
러니까 나는 이 18가구의 아무와도 얼굴이 마주치는 일이 거의
없다. 그러면서도 나는 이 18가구의 젊은 여인네 얼굴들을 거반
다 기억하고 있었다. 그들은 하나같이 내 아내만 못하였다.

열한 시쯤 해서 하는 아내의 첫 번 세수는 좀 간단하다. 그러
나 저녁 일곱 시쯤 해서 하는 두 번째 세수는 손이 많이 간다.
아내는 낮에보다도 밤에 더 좋고 깨끗한 옷을 입는다. 그리고 낮

에도 외출하고 밤에도 외출하였다.

아내에게 직업이 있었던가? 나는 아내의 직업이 무엇인지 알수 없다. 만일 아내에게 직업이 없었다면, 같이 직업이 없는 나처럼 외출할 필요가 생기지 않을 것인데 — 아내는 외출한다. 외출할 뿐만 아니라 내객이 많다. 아내에게 내객이 많은 날은 나는 온종일 내 방에서 이불을 쓰고 누워 있어야만 된다. 불장난도 못 한다. 화장품 내음새도 못 맡는다. 그런 날은 나는 의식적으로 우울해하였다. 그러면 아내는 나에게 돈을 준다. 오십 전짜리 은화다. 나는 그것이 좋았다. 그러나 그것을 무엇에 써야 옳을지 몰라서 늘 머리맡에 던져두고 두고 한 것이 어느 결에 모여서 꽤 많아졌다. 어느 날 이것을 본 아내는 금고처럼 생긴 벙어리*를 사다 준다. 나는 한 푼씩 한 푼씩 고 속에 넣고 열쇠는 아내가 가져갔다. 그 후에도 나는 더러 은화를 그 벙어리에 넣은 것을 기억한다. 그리고 나는 게을렀다. 얼마 후 아내의 머리 쪽에 보지 못하던 누깔잠**이 하나 여드름처럼 돋았던 것은 바로 그 금고형 벙어리의 무게가 가벼워졌다는 증거일까. 그러나 나는 드디어 머리맡에 놓였던 그 벙어리에 손을 대지 않고 말았다. 내 게으름은 그런 것에 내 주의를 환기시키기도 싫었다.

아내에게 내객이 있는 날은 이불 속으로 암만 깊이 들어가도 비 오는 날만큼 잠이 잘 오지는 않았다. 나는 그런 때 아내에게

* 벙어리저금통.
** 눈깔비녀. 비녀의 일종.

는 왜 늘 돈이 있나 왜 돈이 많은가를 연구했다.

내객들은 장지 저쪽에 내가 있는 것을 모르나 보다. 내 아내와 나도 좀 하기 어려운 농을 아주 서슴지 않고 쉽게 해 내던지는 것이다. 그러나 아내의 내객 가운데 서너 사람의 내객들은 늘 비교적 점잖았다고 볼 수 있는 것이 자정이 좀 지나면 으레 돌아들 갔다. 그들 가운데는 퍽 교양이 옅은 자도 있는 듯싶었는데 그런 자는 보통 음식을 사다 먹고 논다. 그래서 보충을 하고 대체로 무사하였다.

나는 우선 내 아내의 직업이 무엇인가를 연구하기에 착수하였으나 좁은 시야와 부족한 지식으로는 이것을 알아내기 힘이 든다. 나는 끝끝내 내 아내의 직업이 무엇인가를 모르고 말려나 보다.

아내는 늘 진솔* 버선만 신었다. 아내는 밥도 지었다. 아내가 밥 짓는 것을 나는 한 번도 구경한 일은 없으나 언제든지 끼니때면 내 방으로 내 조석밥을 날라다 주는 것이다. 우리 집에는 나와 내 아내 외에 다른 사람은 아무도 없다. 이 밥은 분명히 아내가 손수 지었음에 틀림없다.

그러나 아내는 한 번도 나를 자기 방으로 부른 일이 없다. 나는 늘 윗방에서 나 혼자서 밥을 먹고 잠을 잤다. 밥은 너무 맛이 없었다. 반찬이 너무 엉성하였다. 나는 닭이나 강아지처럼 말없이 주는 모이를 넙죽넙죽 받아먹기는 했으나 내심 야속하게 생

* 옷이나 버선 따위가 한 번도 빨지 않은 새것 그대로인 것.

날개

각한 적도 더러 없지 않다. 나는 안색이 여지없이 창백해 가면서 말라들어 갔다. 나날이 눈에 보이듯이 기운이 줄어들었다. 영양 부족으로 하여 몸뚱이 곳곳이 뼈가 불쑥불쑥 내밀었다. 하룻밤 사이에도 수십 차를 돌쳐 눕지 않고는 여기저기가 배겨서 나는 배겨 낼 수가 없었다.

그렇기 때문에 나는 내 이불 속에서 아내가 늘 흔히 쓸 수 있는 저 돈의 출처를 탐색해 보는 일변 장지 틈으로 새어 나오는 아랫방의 음식은 무엇일까를 간단히 연구하였다. 나는 잠이 잘 안 왔다.

깨달았다. 아내가 쓰는 돈은 그, 내게는 다만 실없는 사람들로밖에 보이지 않는 까닭 모를 내객들이 놓고 가는 것에 틀림없으리라는 것을 나는 깨달았다. 그러나 왜 그들 내객은 돈을 놓고 가나. 왜 내 아내는 그 돈을 받아야 되나 하는 예의(禮儀) 관념이 내게는 도무지 알 수 없는 것이었다.

그것은 그저 예의에 지나지 않는 것일까 그렇지 않으면 혹 무슨 대가일까 보수일까. 내 아내가 그들의 눈에는 동정을 받아야만 할 가엾은 인물로 보였던가.

이런 것들을 생각하노라면 으레 내 머리는 그냥 혼란하여 버리곤 하였다. 잠들기 전에 획득했다는 결론이 오직 불쾌하다는 것뿐이었으면서도 나는 그런 것을 아내에게 물어보거나 한 일이 참 한 번도 없다. 그것은 대체 귀찮기도 하려니와 한잠 자고 일어나면 나는 사뭇 딴사람처럼 이것도 저것도 다 깨끗이 잊어버리고 그만두는 까닭이다.

내객들이 돌아가고, 혹 밤 외출에서 돌아오고 하면 아내는 경편한 것으로 옷을 바꾸어 입고 내 방으로 나를 찾아온다. 그리고 이불을 들치고 내 귀에는 영 생동생동한 몇 마디 말로 나를 위로하려 든다. 나는 조소도 고소도 홍소도 아닌 웃음을 얼굴에 띠우고 아내의 아름다운 얼굴을 쳐다본다. 아내는 방그레 웃는다. 그러나 그 얼굴에 떠도는 일말의 애수를 나는 놓치지 않는다.

아내는 능히 내가 배고파하는 것을 눈치챌 것이다. 그러나 아랫방에서 먹고 남은 음식을 나에게 주려 들지는 않는다. 그것은 어디까지든지 나를 존경하는 마음일 것임에 틀림없다. 나는 배가 고프면서도 적이 마음이 든든한 것을 좋아했다. 아내가 무엇이라고 지껄이고 갔는지 귀에 남아 있을 리가 없다. 다만 내 머리맡에 아내가 놓고 간 은화가 전등불에 흐릿하게 빛나고 있을 뿐이다.

고 금고형 벙어리 속에 고 은화가 얼마큼이나 모였을까. 나는 그러나 그것을 쳐들어 보지 않았다. 그저 아무런 의욕도 기원도 없이 그 단추 구멍처럼 생긴 틈사구니로 은화를 떨어뜨려 둘 뿐이었다.

왜 아내의 내객들이 아내에게 돈을 놓고 가나 하는 것이 풀 수 없는 의문인 것같이 왜 아내는 나에게 돈을 놓고 가나 하는 것도 역시 나에게는 똑같이 풀 수 없는 의문이었다. 내 비록 아내가 내게 돈을 놓고 가는 것이 싫지 않았다 하더라도 그것은

　　　　　　　　　　　　　　　　　　　　날개

다만 고것이 내 손가락에 닿는 순간에서부터 고 벙어리 주둥이에서 자취를 감추기까지의 하잘것없는 짧은 촉각이 좋았달 뿐이지 그 이상 아무 기쁨도 없다.

어느 날 나는 고 벙어리를 변소에 갖다 넣어 버렸다. 그때 벙어리 속에는 몇 푼이나 되는지는 모르겠으나 고 은화들이 꽤 들어 있었다.

나는 내가 지구 위에 살며 내가 이렇게 살고 있는 지구가 질풍신뢰의 속력으로 광대무변의 공간을 달리고 있다는 것을 생각했을 때 참 허망하였다. 나는 이렇게 부지런한 지구 위에서는 현기증도 날 것 같고 해서 한시바삐 내려 버리고 싶었다.

이불 속에서 이런 생각을 하고 난 뒤에는 나는 고 은화를 고 벙어리에 넣고 넣고 하는 것조차도 귀찮아졌다. 나는 아내가 손수 벙어리를 사용하였으면 하고 희망하였다. 벙어리도 돈도 사실에는 아내에게만 필요한 것이지 내게는 애초부터 의미가 전연 없는 것이었으니까 될 수만 있으면 그 벙어리를 아내는 아내 방으로 가져갔으면 하고 기다렸다. 그러나 아내는 가져가지 않는다. 나는 내가 아내 방으로 가져다 둘까 하고 생각하여 보았으나 그즈음에는 아내의 내객이 원체 많아서 내가 아내 방에 가볼 기회가 도무지 없었다. 그래서 나는 하는 수 없이 변소에 갖다 집어넣어 버리고 만 것이다.

나는 서글픈 마음으로 아내의 꾸지람을 기다렸다. 그러나 아내는 끝내 아무 말도 나에게 묻지도 하지도 않았다. 않았을 뿐 아니라 여전히 돈은 돈대로 내 머리맡에 놓고 가지 않나? 내 머리맡에는 어느덧 은화가 꽤 많이 모였다.

내객이 아내에게 돈을 놓고 가는 것이나 아내가 내게 돈을 놓고 가는 것이나 일종의 쾌감 — 그 외의 다른 아무런 이유도 없는 것이 아닐까 하는 것을 나는 또 이불 속에서 연구하기 시작하였다. 쾌감이라면 어떤 종류의 쾌감일까를 계속하여 연구하였다. 그러나 그것은 이불 속의 연구로는 알 길이 없었다. 쾌감 쾌감, 하고 나는 뜻밖에도 이 문제에 대해서만 흥미를 느꼈다.

아내는 물론 나를 늘 감금하여 두다시피 하여 왔다. 내게 불평이 있을 리 없다. 그런 중에도 나는 그 쾌감이라는 것의 유무를 체험하고 싶었다.

나는 아내의 밤 외출 틈을 타서 밖으로 나왔다. 나는 거리에서 잊어버리지 않고 가지고 나온 은화를 지폐로 바꾼다. 오 원이나 된다. 그것을 주머니에 넣고 나는 목적을 잊어버리기 위하여 얼마든지 거리를 쏘다녔다. 오래간만에 보는 거리는 거의 경이에 가까울 만치 내 신경을 흥분시키지 않고는 마지않았다. 나는 금시에 피곤하여 버렸다. 그러나 나는 참았다. 그리고 밤이 이슥하도록 까닭을 잊어버린 채 이 거리 저 거리로 지향 없이 헤매었다. 돈은 물론 한 푼도 쓰지 않았다. 돈을 쓸 아무 엄두도 나서지 않았다. 나는 벌써 돈을 쓰는 기능을 완전히 상실한 것 같았다.

나는 과연 피로를 이 이상 견디기가 어려웠다. 나는 가까스로 내 집을 찾았다. 나는 내 방으로 가려면 아내 방을 통과하지 아니하면 안 될 것을 알고 아내에게 내객이 있나 없나를 걱정하면서 미닫이 앞에서 좀 거북살스럽게 기침을 한번 했더니 이것은 참 또 너무 암상스럽게 미닫이가 열리면서 아내의 얼굴과 그 등 뒤에 낯선 남자의 얼굴이 이쪽을 내다보는 것이다. 나는 별안간 내어쏟아지는 불빛에 눈이 부셔서 좀 머뭇머뭇했다.

나는 아내의 눈초리를 못 본 것은 아니다. 그러나 나는 모른 체하는 수밖에 없었다. 왜? 나는 어쨌든 아내의 방을 통과하지 아니하면 안 되니까…….

나는 이불을 뒤집어썼다. 무엇보다도 다리가 아파서 견딜 수가 없었다. 이불 속에서는 가슴이 울렁거리면서 암만해도 까무러칠 것만 같았다. 걸을 때는 몰랐더니 숨이 차다. 등에 식은땀이 쭉 내배인다. 나는 외출한 것을 후회하였다. 이런 피로를 잊고 어서 잠이 들었으면 좋겠다. 한잠 잘 자고 싶었다.

얼마 동안이나 비스듬히 엎드려 있었더니 차츰차츰 뚝딱거리는 가슴 동기(動氣)가 가라앉는다. 그만해도 우선 살 것 같았다. 나는 몸을 돌쳐 반듯이 천장을 향하여 눕고 쭉 다리를 뻗었다.

그러나 나는 또다시 가슴의 동기를 피할 수 없게 되었다. 아랫방에서 아내와 그 남자의 내 귀에도 들리지 않을 만치 옅은 목소리로 소곤거리는 기척이 장지 틈으로 전하여 왔던 것이다. 청각을 더 예민하게 하기 위하여 나는 눈을 떴다. 그리고 숨을 죽였다. 그러나 그때는 벌써 아내와 남자는 앉았던 자리를 툭툭 털며 일어섰고 일어서면서 옷과 모자 쓰는 기척이 나는 듯하더니 이어 미닫이가 열리고 구두 뒤축 소리가 나고 그리고 뜰에 내려서는 소리가 쿵 하고 나면서 뒤를 따르는 아내의 고무신 소리가 두어 발자국 찍찍 나고 사뿐사뿐 나나 하는 사이에 두 사람의 발소리가 대문간 쪽으로 사라졌다.

나는 아내의 이런 태도를 본 일이 없다. 아내는 어떤 사람과도 결코 소곤거리는 법이 없다. 나는 윗방에서 이불을 쓰고 누웠는 동안에도 혹 술이 취해서 혀가 잘 돌아가지 않는 내객들의 담화는 더러 놓치는 수가 있어도 아내의 높지도 얕지도 않은 말소리를 일찍이 한 마디도 놓쳐 본 일이 없다. 더러 내 귀에 거슬리는 소리가 있어도 나는 그것이 태연한 목소리로 내 귀에 들렸다는 이유로 충분히 안심이 되었다.

그렇던 아내의 이런 태도는 필시 그 속에 여간하지 않은 사정이 있는 듯싶이 생각이 되고 내 마음은 좀 서운했으나 그러나 그보다도 나는 좀 너무 피곤해서 오늘만은 이불 속에서 아무것도 연구치 않기로 굳게 결심하고 잠을 기다렸다. 잠은 좀처럼 오지 않았다. 대문간에 나간 아내도 좀처럼 들어오지 않았다. 그러는 동안에 흐지부지 나는 잠이 들어 버렸다. 꿈이 얼쑹덜쑹 종을 잡을 수 없는 거리의 풍경을 여전히 헤맸다.

나는 몹시 흔들렸다. 내객을 보내고 들어온 아내가 잠든 나를 잡아 흔드는 것이다. 나는 눈을 번쩍 뜨고 아내의 얼굴을 쳐다보았다. 아내의 얼굴에는 웃음이 없다. 나는 좀 눈을 비비고 아내의 얼굴을 자세히 보았다. 노기가 눈초리에 떠서 얇은 입술이 바르르 떨린다. 좀처럼 이 노기가 풀리기는 어려울 것 같았다. 나는 그대로 눈을 감아 버렸다. 벼락이 내리기를 기다린 것이다. 그러나 쌔근 하는 숨소리가 나면서 푸시시 아내의 치맛자락 소리가 나고 장지가 여닫히며 아내는 아내 방으로 돌아갔다. 나는 다시 몸을 돌쳐 이불을 뒤집어쓰고는 개구리처럼 엎드리고, 엎드려서 배가 고픈 가운데서도 오늘 밤의 외출을 또 한 번 후회하였다.

  나는 이불 속에서 아내에게 사죄하였다. 그것은 네 오해라고……

  나는 사실 밤이 퍽이나 이슥한 줄만 알았던 것이다. 그것이 네 말따나 자정 전인 줄은 나는 정말이지 꿈에도 몰랐다. 나는 너무 피곤하였었다. 오래간만에 나는 너무 많이 걸은 것이 잘못이다. 내 잘못이라면 잘못은 그것밖에는 없다. 외출은 왜 하였느냐고?

  나는 그 머리맡에 저절로 모인 오 원 돈을 아무에게라도 좋으니 주어 보고 싶었던 것이다. 그뿐이다. 그러나 그것도 내 잘못이라면 나는 그렇게 알겠다. 나는 후회하고 있지 않나?

  내가 그 오 원 돈을 써버릴 수가 있었던들 나는 자정 안에 집에 돌아올 수 없었을 것이다. 그러나 거리는 너무 복잡하였고 사람은 너무도 들끓었다. 나는 어느 사람을 붙들고 그 오 원 돈을 내주어야 할지 갈피를 잡을 수가 없었다. 그러는 동안에 나는 여지없이 피곤해 버리고 말았던 것이다.

나는 무엇보다도 좀 쉬고 싶었다. 눕고 싶었다. 그래서 나는 하는 수 없이 집으로 돌아온 것이다. 내 짐작 같아서는 밤이 어지간히 늦은 줄만 알았는데 그것이 불행히도 자정 전이었다는 것은 참 안된 일이다. 미안한 일이다. 나는 얼마든지 사죄하여도 좋다. 그러나 종시 아내의 오해를 풀지 못하였다 하면 내가 이렇게까지 사죄하는 보람은 그럼 어디 있나? 한심하였다.

한 시간 동안을 나는 이렇게 초조하게 굴지 않으면 안 되었다. 나는 이불을 팍 젖혀 버리고 일어나서 장지를 열고 아내 방으로 비칠비칠 달려갔던 것이다. 내게는 거의 의식이라는 것이 없었다. 나는 아내 이불 위에 엎드러지면서 바지 포켓 속에서 그 돈 오 원을 꺼내 아내 손에 쥐어 준 것을 간신히 기억할 뿐이다.

이튿날 잠이 깨었을 때 나는 내 아내 방 아내 이불 속에 있었다. 이것이 이 33번지에서 살기 시작한 이래 내가 아내 방에서 잔 맨 처음이었다.

해가 들창에 훨씬 높았는데 아내는 이미 외출하고 벌써 내 곁에 있지는 않다. 아니! 아내는 엊저녁 내가 의식을 잃은 동안에 외출한 것인지도 모른다. 그러나 나는 그런 것을 조사하고 싶지 않았다. 다만 전신이 찌뿌드드한 것이 손가락 하나 꼼짝할 힘조차 없었다. 책보보다 좀 작은 면적의 볕이 눈이 부시다. 그 속에서 수없는 먼지가 흡사 미생물처럼 난무한다. 코가 칵 막히는 것 같다. 나는 다시 눈을 감고 이불을 푹 뒤집어쓰고 낮잠을 자기에 착수하였다. 그러나 코를 스치는 아내의 체취는 꽤 도발적이었다. 나는 몸을 여러 번 여러 번 비비 꼬면서 아내의 화장대에 늘어선 고 가지각색 화장품 병들과 고 병들의 마개를 뽑았을 때 풍기던 내음새를 더듬느라고 좀처럼 잠은 들지 않는 것을 나는 어찌하는 수도 없었다.

견디다 못하여 나는 그만 이불을 걷어차고 벌떡 일어나서 내 방으로 갔다. 내 방에는 다 식어 빠진 내 끼니가 가지런히 놓여 있는 것이다. 아내는 내 모이를 여기다 주고 나간 것이다. 나는 우선 배가 고팠다. 한 숟갈을 입에 떠 넣었을 때 그 촉감은 참 너무도 냉회와 같이 써늘하였다. 나는 숟갈을 놓고 내 이불 속으로 들어갔다. 하룻밤을 비워 버린 내 이부자리는 여전히 반갑게 나를 맞아 준다. 나는 내 이불을 뒤집어쓰고 이번에는 참 늘어지게 한잠 잤다. 잘—

내가 잠을 깬 것은 전등이 켜진 뒤다. 그러나 아내는 아직도 돌아오지 않았나 보다. 아니! 들어왔다 또 나갔는지도 알 수 없다. 그러나 그런 것을 삼고(三考)하여 무엇하나?

정신이 한결 난다. 나는 지난밤 일을 생각해 보았다. 그 돈 오 원을 아내 손에 쥐어 주고 넘어졌을 때에 느낄 수 있었던 쾌감을 나는 무엇이라고 설명할 수가 없었다. 그러니 내객들이 내 아내에게 돈 놓고 가는 심리며 내 아내가 내게 돈 놓고 가는 심리의 비밀을 나는 알아낸 것 같아서 여간 즐거운 것이 아니다. 나는 속으로 빙그레 웃어 보았다. 이런 것을 모르고 오늘까지 지내온 나 자신이 어떻게 우스꽝스러워 보이는지 몰랐다. 나는 어깨

춤이 났다.

따라서 나는 또 오늘 밤에도 외출하고 싶었다. 그러나 돈이 없다. 나는 엊저녁에 그 돈 오 원을 한꺼번에 아내에게 주어 버린 것을 후회하였다. 또 고 벙어리를 변소에 갖다 처넣어 버린 것도 후회하였다. 나는 실없이 실망하면서 습관처럼 그 돈이 들어 있던 내 바지 포켓에 손을 넣어 한번 휘둘러 보았다. 뜻밖에도 내 손에 쥐어지는 것이 있었다. 이 원밖에 없다. 그러나 많아야 맛은 아니다. 얼마간이고 있으면 된다. 나는 그만한 것이 여간 고마운 것이 아니었다.

나는 기운을 얻었다. 나는 그 단벌 다 떨어진 코르덴 양복을 걸치고 배고픈 것도 주제 사나운 것도 다 잊어버리고 활갯짓을 하면서 또 거리로 나섰다. 나서면서 나는 제발 시간이 화살 닫듯 해서 자정이 어서 빽 지나 버렸으면 하고 조바심을 태웠다. 아내에게 돈을 주고 아내 방에서 자보는 것은 어디까지든지 좋았지만 만일 잘못해서 자정 전에 집에 들어갔다가 아내의 눈총을 맞는 것은 그것은 여간 무서운 일이 아니었다. 나는 저물도록 길가 시계를 들여다보고 들여다보고 하면서 또 지향 없이 거리를 방황하였다. 그러나 이날은 좀처럼 피곤하지는 않았다. 다만 시간이 좀 너무 더디게 가는 것만 같아서 안타까웠다.

경성역 시계가 확실히 자정을 지난 것을 본 뒤에 나는 집을 향하였다. 그날은 그 일각대문에서 아내와 아내의 남자가 이야기하고 섰는 것을 만났다. 나는 모른 체하고 두 사람 곁을 지나

416   날개

서 내 방으로 들어갔다. 뒤이어 아내도 들어왔다. 와서는 이 밤중에 평생 안 하던 쓰레질을 하는 것이다. 조금 있다가 아내가 눕는 기척을 엿듣자마자 나는 또 장지를 열고 아내 방으로 가서 그 돈 이 원을 아내 손에 덥석 쥐어 주고 그리고 — 하여간 그 이 원을 오늘 밤에도 쓰지 않고 도로 가져온 것이 참 이상하다는 듯이 아내는 내 얼굴을 몇 번이고 엿보고 — 아내는 드디어 아무 말도 없이 나를 자기 방에 재워 주었다. 나는 이 기쁨을 세상의 무엇과도 바꾸고 싶지는 않았다. 나는 편히 잘 잤다.

이튿날도 내가 잠이 깨었을 때는 아내는 보이지 않았다. 나는 또 내 방으로 가서 피곤한 몸이 낮잠을 잤다.

내가 아내에게 흔들려 깨었을 때는 역시 불이 들어온 뒤였다. 아내는 자기 방으로 나를 오라는 것이다. 이런 일은 또 처음이다. 아내는 끊임없이 얼굴에 미소를 띠고 내 팔을 이끄는 것이다. 나는 이런 아내의 태도 이면에 엔간치 않은 음모가 숨어 있지나 않은가 하고 적이 불안을 느끼지 않을 수 없었다.

나는 아내의 하자는 대로 아내 방으로 끌려갔다. 아내 방에는 저녁 밥상이 조촐하게 차려져 있는 것이다. 생각하여 보면 나는 이틀을 굶었다. 나는 지금 배고픈 것까지도 긴가민가 잊어버리고 어름어름하던 차다.

나는 생각하였다. 이 최후의 만찬을 먹고 나자마자 벼락이 내려도 나는 차라리 후회하지 않을 것을. 사실 나는 인간 세상이 너무나 심심해서 못 견디겠던 차다. 모든 일이 성가시고 귀찮았으나 그러나 불의의 재난이라는 것은 즐거웁다.

나는 마음을 턱 놓고 조용히 아내와 마주 이 해괴한 저녁밥을 먹었다. 우리 부부는 이야기하는 법이 없었다. 밥을 먹은 뒤에도 나는 말이 없이 그냥 부스스 일어나서 내 방으로 건너가 버렸다. 아내는 나를 붙잡지 않았다. 나는 벽에 기대어 앉아서 담배를 한 대 피워 물고 그리고 벼락이 떨어질 테거든 어서 떨어져라 하고 기다렸다.

오 분! 십 분!

그러나 벼락은 내리지 않았다. 긴장이 차츰 늘어지기 시작한다. 나는 어느덧 오늘 밤에도 외출할 것을 생각하고 있었다. 돈이 있었으면 하고 생각하고 있었다.

그러나 돈은 확실히 없다. 오늘은 외출하여도 나중에 올 무슨 기쁨이 있나. 나는 앞이 그냥 아뜩하였다. 나는 화가 나서 이불을 뒤집어쓰고 이리 뒹굴 저리 뒹굴 굴렀다. 금시 먹은 밥이 목으로 자꾸 치밀어 올라온다. 메스꺼웠다.

하늘에서 얼마라도 좋으니 왜 지폐가 소낙비처럼 퍼붓지 않나. 그것이 그저 한없이 야속하고 슬펐다. 나는 이렇게밖에 돈을 구하는 아무런 방법도 알지는 못했다. 나는 이불 속에서 좀 울었나 보다. 돈이 왜 없냐면서…….

그랬더니 아내가 또 내 방에를 왔다. 나는 깜짝 놀라 아마 인제서야 벼락이 내리려나 보다 하고 숨을 죽이고 두꺼비 모양으로 엎디어 있었다. 그러나 떨어진 입을 새어 나오는 아내의 말소

날개

리는 참 부드러웠다. 정다웠다. 아내는 내가 왜 우는지를 안다는 것이다. 돈이 없어서 그러는 게 아니냔다. 나는 실없이 깜짝 놀랐다. 어떻게 저렇게 사람의 속을 환—하게 들여다보는구 해서 나는 한편으로 슬그머니 겁도 안 나는 것은 아니었으나 저렇게 말하는 것을 보면 아마 내게 돈을 줄 생각이 있나 보다. 만일 그렇다면 오죽이나 좋은 일일까. 나는 이불 속에 뚤뚤 말린 채 고개도 들지 않고 아내의 다음 거동을 기다리고 있으니까. 옜소— 하고 내 머리맡에 내려뜨리는 것은 그 가뿐한 음향으로 보아 지폐에 틀림없었다. 그리고 내 귀에다 대고, 오늘일랑 어제보다도 좀더 늦게 들어와도 좋다고 속삭이는 것이다. 그것은 어렵지 않다. 우선 그 돈이 무엇보다도 고맙고 반가웠다.

어쨌든 나섰다. 나는 좀 야맹증이다. 그래서 될 수 있는 대로 밝은 거리를 골라서 돌아다니기로 했다. 그리고는 경성역 일이 등 대합실 한곁 티룸에를 들렀다. 그것은 내게는 큰 발견이었다. 거기는 우선 아무도 아는 사람이 안 온다. 설사 왔다가도 곧 가니까 좋다. 나는 날마다 여기 와서 시간을 보내리라 속으로 생각하여 두었다.

제일 여기 시계가 어느 시계보다도 정확하리라는 것이 좋았다. 섣불리 서투른 시계를 보고 그것을 믿고 시간 전에 집에 돌아갔다가 큰코를 다쳐서는 안 된다.

나는 한 부스에 아무것도 없는 것과 마주 앉아서 잘 끓은 커피를 마셨다. 총총한 가운데 여객들은 그래도 한 잔 커피가 즐거운가 보다. 얼른얼른 마시고 무얼 좀 생각하는 것같이 담벼락도 좀 쳐다보고 하다가 곧 나가 버린다. 서글프다. 그러나 내게는 이 서글픈 분위기가 거리의 티룸들의 그 거추장스러운 분위기보다는 절실하고 마음에 들었다. 이따금 들리는 날카로운 혹은 우렁찬 기적 소리가 모차르트보다도 더 가깝다. 나는 메뉴에 적힌 몇 가지 안 되는 음식 이름을 치읽고 내리읽고 여러 번 읽었다. 그것들은 아물아물한 것이 어딘가 내 어렸을 때 동무들 이름과 비슷한 데가 있었다.

거기서 얼마나 내가 오래 앉았는지 정신이 오락가락하는 중에, 객이 슬며시 뜸해지면서 이 구석 저 구석 걷어치우기 시작하는 것을 보면 아마 닫을 시간이 된 모양이다. 열한 시가 좀 지났구나, 여기도 결코 내 안주의 곳은 아니구나, 어디 가서 자정을 넘길까, 두루 걱정을 하면서 나는 밖으로 나섰다. 비가 온다. 빗발이 제법 굵은 것이 우비도 우산도 없는 나를 고생을 시킬 작정이다. 그렇다고 이런 괴이한 풍모를 차리고 이 홀에서 어물어물하는 수는 없고, 에이 비를 맞으면 맞았지 하고 나는 그냥 나서 버렸다.

대단히 선선해서 견딜 수가 없다. 코르덴 옷이 젖기 시작하더니 나중에는 속속들이 스며들면서 처근거린다. 비를 맞아 가면서라도 견딜 수 있는 데까지 거리를 돌아다녀서 시간을 보내려 하였으나 인제는 선선해서 이 이상은 더 견딜 수가 없다. 오한이 자꾸 일어나면서 이가 딱딱 맞부딪는다.

나는 걸음을 재우치면서 생각하였다. 오늘 같은 궂은 날도 아내에게 내객이 있을라구, 없겠지, 하는 생각이 드는 것이다. 집으로 가야겠다. 아내에게 불행히 내객이 있거든 내 사정을 하리라. 사정을 하면 이렇게 비가 오는 것을 눈으로 보고 알아주겠지.

부리나케 와보니까 그러나 아내에게는 내객이 있었다. 나는 그만 너무 춥고 척척해서 얼떨김에 노크하는 것을 잊었다. 그래서 나는 보면 아내가 좀 덜 좋아할 것을 그만 보았다. 나는 감발 자국 같은 발자국을 내면서 덤벙덤벙 아내 방을 디디고 그리고 내 방으로 가서 쭉 빠진 옷을 활활 벗어 버리고 이불을 뒤썼다. 덜덜덜덜 떨린다. 오한이 점점 더 심해 들어온다. 여전 땅이 꺼져 들어가는 것만 같았다. 나는 그만 의식을 잃어버리고 말았다.

이튿날 내가 눈을 떴을 때 아내는 내 머리맡에 앉아서 제법 근심스러운 얼굴이다. 나는 감기가 들었다. 여전히 으스스 춥고 또 골치가 아프고 입에 군침이 도는 것이 씁쓸하면서 다리팔이 척 늘어져서 노곤하다.

아내는 내 머리를 쓱 짚어 보더니 약을 먹어야지 한다. 아내 손이 이마에 선뜩한 것을 보면 신열이 어지간한 모양인데, 약을 먹는다면 해열제를 먹어야지 하고 속생각을 하자니까 아내는 따뜻한 물에 하얀 정제약 네 개를 준다. 이것을 먹고 한잠 푹— 자고 나면 괜찮다는 것이다. 나는 널름 받아먹었다. 씁싸름한 것이 짐작 같아서는 아마 아스피린인가 싶다. 나는 다시 이불을 쓰고 단번에 그냥 죽은 것처럼 잠이 들어 버렸다.

나는 콧물을 훌쩍훌쩍하면서 여러 날을 앓았다. 앓는 동안에 끊이지 않고 그 정제약을 먹었다. 그러는 동안에 감기도 나았다. 그러나 입맛은 여전히 소태처럼 썼다.

이상

나는 차츰 또 외출하고 싶은 생각이 났다. 그러나 아내는 나더러 외출하지 말라고 이르는 것이다. 이 약을 날마다 먹고 그리고 가만히 누워 있으라는 것이다. 공연히 외출을 하다가 이렇게 감기가 들어서 저를 고생을 시키는 게 아니냔다. 그도 그렇다. 그럼 외출을 하지 않겠다고 맹세하고 그 약을 연복(連服)하여 몸을 좀 보해 보리라고 나는 생각하였다.

나는 날마다 이불을 뒤집어쓰고 밤이나 낮이나 잤다. 유난스럽게 밤이나 낮이나 졸려서 견딜 수가 없는 것이다. 나는 이렇게 잠이 자꾸만 오는 것은 내가 몸이 훨씬 튼튼해진 증거라고 굳게 믿었다.

나는 아마 한 달이나 이렇게 지냈나 보다. 내 머리와 수염이 좀 너무 자라서 후틋해서 견딜 수가 없어서 내 거울을 좀 보리라고 아내가 외출한 틈을 타서 나는 아내 방으로 가서 아내의 화장대 앞에 앉아 보았다. 상당하다. 수염과 머리가 참 산란하였다. 오늘은 이발을 좀 하리라 생각하고 겸사겸사 고 화장품 병들 마개를 뽑고 이것저것 맡아 보았다. 한동안 잊어버렸던 향기 가운데서는 몸이 배배 꼬일 것 같은 체취가 전해 나왔다. 나는 아내의 이름을 속으로만 한번 불러 보았다. '연심(蓮心)이' 하고……

오래간만에 돋보기 장난도 하였다. 거울 장난도 하였다. 창에 든 볕이 여간 따뜻한 것이 아니었다. 생각하면 오월이 아니냐.

나는 커다랗게 기지개를 한번 켜보고 아내 베개를 내려 베고 벌떡 자빠져서는 이렇게도 편안하고도 즐거운 세월을 하느님께 흠씬 자랑하여 주고 싶었다. 나는 참 세상의 아무것과도 교섭을

날개

가지지 않는다. 하느님도 아마 나를 칭찬할 수도 처벌할 수도 없는 것 같다.

그러나 다음 순간, 실로 세상에도 이상스러운 것이 눈에 띄었다. 그것은 최면약 아달린* 갑이었다. 나는 그것을 아내의 화장대 밑에서 발견하고 그것이 흡사 아스피린처럼 생겼다고 느꼈다. 나는 그것을 열어 보았다. 똑 네 개가 비었다.

나는 오늘 아침에 네 개의 아스피린을 먹은 것을 기억하고 있었다. 나는 잤다. 어제도 그제도 그끄제도— 나는 졸려서 견딜 수가 없었다. 나는 감기가 다 나았는데도 아내는 내게 아스피린을 주었다. 내가 잠이 든 동안에 이웃에 불이 난 일이 있다. 그때에도 나는 자느라고 몰랐다. 이렇게 나는 잤다. 나는 아스피린으로 알고 그럼 한 달 동안을 두고 아달린을 먹어 온 것이다. 이것은 좀 너무 심하다.

별안간 아뜩하더니 하마터면 나는 까무러칠 뻔하였다. 나는 그 아달린을 주머니에 넣고 집을 나섰다. 그리고 산을 찾아 올라갔다. 인간 세상의 아무것도 보기가 싫었던 것이다. 걸으면서 나는 아무쪼록 아내에 관계되는 일은 일체 생각하지 않도록 노력하였다. 길에서 까무러치기 쉬우니까다. 나는 어디라도 양지가 바른 자리를 하나 골라서 자리를 잡아 가지고 서서히 아내에 관하여서 연구할 작정이었다. 나는 길가의 돌창, 핀 구경도 못 한 진개나리꽃, 종달새, 돌멩이도 새끼를 까는 이야기, 이런 것만 생

*Adalin. 최면제나 진정제로 쓰는 디에틸브롬아세틸 요소로 만든 약품. 쓴맛이 있고 냄새가 없는 흰색의 가루.

각하였다. 다행히 길가에서 나는 졸도하지 않았다.

거기는 벤치가 있었다. 나는 거기 정좌하고 그리고 그 아스피린과 아달린에 관하여 연구하였다. 그러나 머리가 도무지 혼란하여 생각이 체계를 이루지 않는다. 단 오 분이 못 가서 나는 그만 귀찮은 생각이 번쩍 들면서 심술이 났다. 나는 주머니에서 가지고 온 아달린을 꺼내 남은 여섯 개를 한꺼번에 질겅질겅 씹어 먹어 버렸다. 맛이 익살맞다. 그리고 나서 나는 그 벤치 위에 가로 기다랗게 누웠다. 무슨 생각으로 내가 그따위 짓을 했나? 알 수가 없다. 그저 그러고 싶었다. 나는 게서 그냥 깊이 잠이 들었다. 잠결에도 바위 틈을 흐르는 물소리가 졸졸 하고 귀에 언제까지나 어렴풋이 들려 왔다.

내가 잠을 깨었을 때는 날이 환—히 밝은 뒤다. 나는 거기서 일주야를 잔 것이다. 풍경이 그냥 노—랗게 보인다. 그 속에서도 나는 번개처럼 아스피린과 아달린이 생각났다.

아스피린, 아달린, 아스피린, 아달린, 맑스*, 말사스**, 마도로스, 아스피린, 아달린.

아내는 한 달 동안 아달린을 아스피린이라고 속이고 내게 먹였다. 그것은 아내 방에서 이 아달린 갑이 발견된 것으로 미루어 증거가 너무나 확실하다.

무슨 목적으로 아내는 나를 밤이나 낮이나 재웠어야 됐나?

나를 밤이나 낮이나 재워 놓고 그리고 아내는 내가 자는 동안

* 마르크스(Karl Marx). 공산주의 운동의 창시자.
** 맬서스(Malthus). 영국의 경제학자.

에 무슨 짓을 했나?

나를 조금씩 조금씩 죽이려던 것일까?

그러나 또 생각하여 보면, 내가 한 달을 두고 먹어 온 것은 아스피린이었는지도 모른다. 아내는 무슨 근심되는 일이 있어서 밤이면 잠이 잘 오지 않아서 정작 아내가 아달린을 사용한 것이나 아닌지. 그렇다면 나는 참 미안하다. 나는 아내에게 이렇게 큰 의혹을 가졌다는 것이 참 안됐다.

나는 그래서 부리나케 거기서 내려왔다. 아랫도리가 홰홰 내저이면서 어찔어찔한 것을 나는 겨우 집을 향하여 걸었다. 여덟 시 가까이였다.

나는 내 잘못된 생각을 죄다 일러바치고 아내에게 사죄하려는 것이다. 나는 너무 급해서 그만 또 말을 잊어버렸다.

그랬더니 이건 참 너무 큰일 났다. 나는 내 눈으로는 절대로 보아서 안 될 것을 그만 딱 보아 버리고 만 것이다. 나는 얼떨결에 그만 냉큼 미닫이를 닫고 그리고 현기증이 나는 것을 진정시키느라고 잠깐 고개를 숙이고 눈을 감고 기둥을 짚고 섰자니까 일 초 여유도 없이 홱 미닫이가 다시 열리더니 매무새를 풀어 헤친 아내가 불쑥 내밀면서 내 멱살을 잡는 것이다. 나는 그만 어지러워서 게서 그냥 나동그라졌다. 그랬더니 아내는 넘어진 내 위에 덮치면서 내 살을 함부로 물어뜯는 것이다. 아파 죽겠다. 나는 사실 반항할 의사도 힘도 없어서 그냥 넙죽 엎디어 있으면서 어떻게 되나 보고 있자니까 뒤이어 남자가 나오는 것 같더니 아내를 한아름에 덥석 안아 가지고 방으로 들어가는 것이다. 아내는 아무 말 없이 다소곳이 그렇게 안겨 들어가는 것이 내 눈에 여간 미운 것이 아니다. 밉다.

아내는 너 밤새워 가면서 도둑질하러 다니느냐, 계집질하러 다니느냐고 발악이다. 이것은 참 너무 억울하다. 나는 어안이 벙벙하여 도무지 입이 떨어지지를 않았다.

너는 그야말로 나를 살해하려던 것이 아니냐고 소리를 한번 꽥 질러 보고도 싶었으나 그런 긴가민가한 소리를 섣불리 입 밖에 내었다가는 무슨 화를 볼는지 알 수 있나. 차라리 억울하지만 잠자코 있는 것이 우선 상책인 듯싶이 생각이 들길래 나는 이 것은 또 무슨 생각으로 그랬는지 모르지만 툭툭 털고 일어나서 내 바지 포켓 속에 남은 돈 몇 원 몇십 전을 가만히 꺼내서는 몰래 미닫이를 열고 살며시 문지방 밑에다 놓고 나서는 그냥 줄달음박질을 쳐서 나와 버렸다.

여러 번 자동차에 치일 뻔하면서 나는 그대로 경성역을 찾아 갔다. 빈자리와 마주 앉아서 이 쓰디쓴 입맛을 거두기 위하여 무엇으로나 입가심을 하고 싶었다.

커피. 좋다. 그러나 경성역 홀에 한걸음을 들여놓았을 때 나는 내 주머니에는 돈이 한 푼도 없는 것을, 그것을 깜빡 잊었던 것을 깨달았다. 또 아뜩하였다. 나는 어디선가 그저 맥없이 머뭇 머뭇하면서 어쩔 줄을 모를 뿐이었다. 얼빠진 사람처럼 그저 이리 갔다 저리 갔다 하면서…….

나는 어디로 어디로 들입다 쏘다녔는지 하나도 모른다. 다만 몇 시간 후에 내가 미쓰꼬시* 옥상에 있는 것을 깨달았을 때는 거의 대낮이었다.

나는 거기 아무 데나 주저앉아서 내 자라 온 스물여섯 해를 회고하여 보았다. 몽롱한 기억 속에서는 이렇다는 아무 제목도 불그러져 나오지 않았다.

나는 또 나 자신에게 물어보았다. 너는 인생에 무슨 욕심이 있느냐고. 그러나 있다고도 없다고도, 그런 대답은 하기가 싫었다. 나는 거의 나 자신의 존재를 인식하기조차도 어려웠다.

허리를 굽혀서 나는 그저 금붕어나 들여다보고 있었다. 금붕어는 참 잘들도 생겼다. 작은 놈은 작은 놈대로 큰 놈은 큰 놈대로 다 싱싱하니 보기 좋았다. 내리비치는 오월 햇살에 금붕어들은 그릇 바탕에 그림자를 내려뜨렸다. 지느러미는 하늘하늘 손수건을 흔드는 흉내를 낸다. 나는 이 지느러미 수효를 헤어 보기도 하면서 굽힌 허리를 좀처럼 펴지 않았다. 등허리가 따뜻하다.

나는 또 회탁의 거리를 내려다보았다. 거기서는 피곤한 생활이 똑 금붕어 지느러미처럼 흐늑흐늑 허비적거렸다. 눈에 보이지 않는 끈적끈적한 줄에 엉켜서 헤어나지들을 못한다. 나는 피로와 공복 때문에 무너져 들어가는 몸뚱이를 끌고 그 회탁의 거리 속으로 섞여 들어가지 않는 수도 없다 생각하였다.

나서서 나는 또 문득 생각하여 보았다. 이 발길이 지금 어디로 향하여 가는 것인가를……

---

* 당시 있던 백화점 이름. 지금의 신세계백화점 건물.

이상 427

그때 내 눈앞에는 아내의 모가지가 벼락처럼 내려 떨어졌다. 아스피린과 아달린.

우리들은 서로 오해하고 있느니라. 설마 아내가 아스피린 대신에 아달린 정량을 나에게 먹여 왔을까? 나는 그것을 믿을 수가 없다. 아내가 대체 그럴 까닭이 없을 것이니 그러면 나는 날밤을 새면서 도적질을, 계집질을 하였나? 정말이지 아니다.

우리 부부는 숙명적으로 발이 맞지 않는 절름발이인 것이다. 내가 아내나 제 거동에 로직(논리)을 붙일 필요는 없다. 변해(辯解)할 필요도 없다. 사실은 사실대로 오해는 오해대로 그저 끝없이 발을 절뚝거리면서 세상을 걸어가면 되는 것이다. 그렇지 않을까?

그러나 나는 이 발길이 아내에게로 돌아가야 옳은가 이것만은 분간하기가 좀 어려웠다. 가야 하나? 그럼 어디로 가나?

이때 뚜— 하고 정오 사이렌이 울렸다. 사람들은 모두 네 활개를 펴고 닭처럼 푸드덕거리는 것 같고 온갖 유리와 강철과 대리석과 지폐와 잉크가 부글부글 끓고 수선을 떨고 하는 것 같은 찰나. 그야말로 현란을 극한 정오다.

나는 불현듯이 겨드랑이가 가렵다. 아하 그것은 내 인공의 날개가 돋았던 자국이다. 오늘은 없는 이 날개, 머릿속에서는 희망과 야심의 말소된 페이지가 딕셔너리(사전) 넘어가듯 번뜩였다.

나는 걷던 걸음을 멈추고 그리고 어디 한번 이렇게 외쳐 보고 싶었다.

날개야 다시 돋아라.

날자. 날자. 날자. 한 번만 더 날자꾸나.
한 번만 더 날아 보자꾸나.

· 끝 ·

백치 아다다

계용묵

질그릇이 땅에 부딪치는 소리가 났다고 들렸는데, 마당에는 아무도 없다.

부엌에 쥐가 들었나? 샛문을 열어 보려니까,

"아 아 아이 아아 아야!"

하는 소리가 뒤란 곁으로 들려온다. 샛문을 열려던 박씨는 뒷 문을 밀었다.

장독대 밑, 비스듬한 켠 아래, 아다다가 입을 헤 벌리고 넙적 엎더져, 두 다리만을 힘없이 버지럭거리고 있다.

그리고 머리 편으로 한 발쯤 나가선 깨어진 동이 조각이 질서 없이 너저분하게 된장 속에 묻혀 있다.

"아이구테나! 무슨 소린가 했더니 이년이 동애를 또 잡았구 나! 이년아! 너더러 된장 푸래든! 푸래?"

어머니는 딸이 어딘가 다쳤는지 일어나지도 못하고 아파하는 데 가는 동정심보다 깨어진 동이만이 아깝게 눈에 보였던 것이 다.

"어 어마! 아다아다 아다 아다다……"

모닥불을 뒤집어쓰는 듯한 끔찍한 어머니의 음성을 또다시 듣게 되는 아다다는 겁에 질려 얼굴에 시퍼런 물이 들며 넘어진 연유를 말하여 용서를 빌려는 기색이나 말이 되지를 않아 안타까워한다.

아다다는 벙어리였던 것이다. 말을 하렬 때에는 한다는 것이, 아다다 소리만이 연거푸 나왔다. 어찌어찌 가다가 말이 한마디씩 제법 되어 나오는 적도 있었으나, 그것은 쉬운 말에 그치고 만다.

그래서 이것을 조롱 삼아 확실이라는 뚜렷한 이름이 있었지만, 누구나 그를 부르는 이름은 '아다다'였다. 그리하여 이것이 자연히 이름으로 굳어져, 그 부모네까지도 그렇게 부르게 되었거니와, 그 자신조차도 '아다다!' 하고 부르면 마땅히 이름인 듯이 대답을 했다.

"이년까타나 끌이 세누나! 시켠엘 못 갔으문 오늘은 어드메든지 나가서 뒈디고 말아라, 이년아! 이년아! 아, 이년아!"

어머니는 눈알을 가로세워 날카롭게도 흰자위만으로 흘기며 성큼 문턱을 넘어선다.

아다다는 어머니의 손길이 또 자기의 끌채를 감아 쥘 것을 연상하고 몸을 겨우 뒤채 비끄아 일어서서 절룩절룩 굴뚝 모퉁이로 피해 가며 어쩔 줄을 모르고 일변 고개를 좌우로 둘러 살피며 아연하게도,

"아다 어 어마! 아다 어마! 아다다다다다!"

하고 부르짖는다. 다시는 일을 아니 저지르겠다는 듯이, 그리고 한 번만 용서를 하여 달라는 듯싶게. 그러나 사정 모르는 체 기어이 쫓아간 어머니는,

"이년! 어서 뒈데라. 뒈디기 싫건 시집으로 당장 가거라. 못 가간?"

그리고 주먹을 귀 뒤에 넌지시 얼메고 마주 선다.

순간, 주먹이 떨어지면? 하는, 두려운 생각에 오싹 하고 끼치는 소름이 튀해 논 닭같이 전신에 돋아나는 두드러기를 느끼는 찰나, '턱' 하고 마침내 떨어지는 주먹은 어느새 끌채를 감아 쥐고 갈지자로 흔들어 댄다.

"아다 어어 어마! 아 아고 어 어마!"

아다다는 떨며 빌며 손을 몬다.

그러나 소용이 없다. 한번 손을 댄 어머니는 그저 죽어 싸다는 듯이 자꾸만 흔들어 댄다. 하니, 그렇지 않아도 가꾸지 못한 텁수룩한 머리는 물결처럼 흔들리며 구름같이 피어나선 얼크러진다.

그래도 아다다는 그저 빌 뿐이요, 조금도 반항하려고는 않는다. 이런 일은 거의 날마다 지나 보는 것이기 때문에 한대야, 그것은 도리어 매까지 사는 것이 됨을 아는 것이다. 집에 일이 아무리 밀려 돌아가더라도 나 모르는 체 손 싸매고 들어앉았으면 오히려 이런 봉변은 아니 당할 것이, 가만히 앉았지는 못했다.

선천적으로 타고난 천치에 가까운 그의 성격은 무엇엔지 힘에 부치는 노력이 있어야 만족을 얻는 듯했다. 시키건, 안 시키건, 헐하나, 힘차나, 가리는 법이 없이 하여야 될 일로 눈에 띄기만 하면 몸을 아끼는 일이 없이 하는 것이 그였다. 그래서 집안의 모든 고된 일은 실로 아다다가 혼자서 치워 놓게 된다.

　　　　　　　　　　　　　　백치 아다다

그러나 어머니는 그것이 반갑지 않았다. 둔한 지혜로 마련 없이 뼈가 부러지도록 몸을 돌보지 않고, 일종 모험에 가까운 짓을 하게 되므로. 그 반면에 따르는 실수가 되레 일을 저질러 놓게 되어, 그릇 같은 것을 깨쳐 먹는 일은 거의 날마다 있다 하여도 옳을 정도로 있었다.

그래도 아다다의 힘을 빌리지 않고는 집안일을 못 치겠다면 모르지만, 그는 참례를 하지 않아도 행랑에서 차근차근히 다 해줄 일을 쓸데없이 가로맡아선 일을 저질러 놓고 마는 데에 그 어머니는 속이 상했다.

본시 시집을 보내기 전에도 그 버릇은 지금이나 다름이 없어 벙어리인 데다 행동까지 그러하였으므로 내용 아는 인근에서는 그를 얻어가려는 사람이 없었다. 그리하여 열아홉 고개를 넘기도록 처묻어 두고 속을 태우다 못해 깃부(지참금)로 논 한 섬지기를 처넣어 똥 치듯 치워 버렸던 것이. 그만 오 년이 멀다 다시 쫓겨와, 시집에는 아예 갈 생각도 아니 하고 하루 같은 심화를 올렸다. 그래서 어머니는 역겨운 마음에 아다다가 실수를 할 때마다 주릿대를 내리고 참례를 말라건만 그는 참는다는 것이 그 당시뿐이요. 남이 일을 하는 것을 보면 속이 쏘는 듯이 슬그머니 나와서 곁을 슬슬 돌다가는 손을 대고 만다.

바로 사흘 전엔가도 무명 김을 할 때 활짝 단 솥뚜껑을 마련 없이 맨손으로 열다가 뜨거움을 참지 못해 되는대로 집어 엎는 바람에 그만 자배기를 깨쳐서 욕과 매를 한바탕 겪고 났었건만 어제 저녁 행랑 색시더러 오늘은 묵은 된장을 옮겨 담아야 되겠다고 이르는 말을 어느 결에 들었던지 아다다는 아침밥이 끝나자 어느새 나가서 혼자 된장을 퍼 나르다가 그만 또 실수를 한 것이었다.

"못 가간? 시집이! 못 가간? 이년! 못 가갔음 죽어라!"

움켜쥐었던 머리를 힘차게 휙 두르며 밀치는 바람에 손에 감겼던 머리카락이 끊어지는지 빠지는지 무뚝 묻어나며 아다다는 비칠비칠 서너 걸음 물러난다.

순간 정신이 어찔해진 아다다는 넘어지지 않으려고 애써 버지럭거리며 뻐치는 다리에 겨우 진정을 얻어 세우자,

"아다 어마! 아다 어마! 아다 아다!"

하고, 다시 달려들 듯이 눈을 흘기고 섰는 어머니를 향하여 눈물 글썽한 눈을 끔벅 한번 감아 보이고, 그리고 북쪽을 손가락질하여, 어머니의 말대로 시집으로 가든지 그렇지 않으면 죽어라도 버리겠다는 뜻으로 고개를 주억이며 겁에 질려 어쩔 줄을 모르고 허청허청 대문 밖으로 몸을 이끌어 냈다.

나오기는 나왔으나 갈 곳이 없는 아다다는 마당귀를 돌아서선 발길을 더 내놓지 못하고 우뚝 섰다.

시집으로 간다고 하였으나, 아무리 생각해도 남편의 매는 어머니의 그것보다 무섭다. 그러면 다시 집으로 들어가나? 이번에는 외상 없는 매가 떨어질 것 같다. 어디로 가야 하나? 갈 곳 없는 갈 곳을 뒤쨔 보자니 눈물이 주는 위로밖에 쓸데없는 오 년 전 그 시집이 참을 수 없이 그립다.

백치 아다다

— 치울세라, 더울세라, 힘이 들까, 고단할까, 알뜰살뜰히 어루만져주던 시부모, 밤이면 품속에 꼭 껴안아 피로를 풀어 주던 남편. 아! 얼마나 시집에서는 자기를 위하여 정성을 다하던 것인가?

참으로, 아다다가 처음 시집을 가서의 오 년 동안은 온 집안의 사랑을 한몸에 받아 왔던 것이 사실이다.

벙어리라는 조건이 귀에 들어맞는 것은 아니었으나, 돈으로 아내를 사지 아니 하고는 얻어 볼 수 없는 처지에서 스물여덟 살에 아직 장가를 못 들고 있는 신세로 목구멍조차 치기 어려운 형세이었으므로, 아내를 얻게 되기의 여유를 기다리기까지에는 너무도 막연한 앞날이었다. 벙어리나마 일생을 먹여 줄 것까지 가지고 온다는 데 귀가 번쩍 띄어 그 자리를 앗기울까 두렵게 혼사를 지었던 것이니, 그로 의해서 먹고살게 되는 시집에서는 아다다를 아니 위할 수가 없었던 것이다. 그러한 가운데 또한 아다다는 못 하는 일이 없이 일 잘하고, 고분고분 말 잘 듣고, 조금도 말썽을 부리는 일이 없었다. 그래서 생활고가 주는 역겨움이 쓸데없이 서로 눈독을 짓게 하여 불쾌한 말만으로 큰소리가 끊일 새 없이 오고 가던 가족은 일시에 봄비를 맞는 동산같이 화락한 웃음의 꽃을 피웠다.

원래 바른 사람이 못 되는 아다다에게는 실수가 없는 것이 아니었으나, 그로 인해서 밥을 먹게 된 시집에서는 조금도 역겹게 안 여겼고, 되레 위로를 하고 허물을 감추기에 서로 힘을 썼다.

여기에 아다다가 비로소 인생의 행복을 느끼며, 시집가기 전

지난날 어머니 아버지가 쓸데없는 자식이라는 구실 밑에, 아니, 되레 가문을 더럽히는 앙화(殃禍) 자식이라고 사람으로서의 푼수에도 넣어 주지 않고 박대하던 일을 생각하고는 어머니 아버지를 원망하는 나머지 명절 목이나 제향 때이면 시집에서는 그렇게도 가보라는 친정이었건만 이를 악물고 가지 않고, 행복 속에 묻혀 살던 지나간 그날이 아니 그리울 수가 없었다.

그러나 그날은 안타깝게도 다시 못 올 영원한 꿈속에 흘러가고 말았다.

해를 거듭하며 생활의 밑바닥에 깔아 놓았던 한 섬지기라는 거름이 차츰 그들을 여유한 생활로 이끌어, 몇백 원이란 돈이 눈앞에 굴게 되니, 까닭 없이 남편 되는 사람은 벙어리로서의 아내가 미워졌다.

조그만 실수가 있어도 눈을 흘겼다. 그리고 매를 내렸다. 이 사실을 아는 아버지는 그것은 들어오는 복을 차버리는 짓이라고 타이르나, 듣지 않았다. 그리하여 부자간에 충돌이 때때로 일어났다. 이럴 때마다 아버지에게는 감히 하고 싶은 행동을 못 하는 아들은 그 분을 아내에게로 돌려 풀기가 일쑤였다.

"이년, 보기 싫다! 네 집으로 가거라."

그리고, 다음에 따르는 것은 매였다. 그러나 아다다는 참아 가며 아내로서의, 그리고 며느리로서의 임무를 다했다.

이것이 시부모로 하여금 더욱 아다다를 귀엽게 만드는 것이어서, 아버지에게서는 움직일 수 없는 며느리인 것을 깨닫게 된 아들은 가정적으로 불만을 느끼게 되어 한 해의 농사를 지은 추

백치 아다다

수를 온통 팔아 가지고 집을 떠나서 마음의 위안을 찾아 돌다가 주색에 돈을 다 탕진하고 동무들과 물거품같이 밀리어 안동현(安東縣)으로 건너갔다.

그리하여, 이 투기적(投機的)인 도시에서 뒹굴며 노동의 힘으로 밑천을 얻어선 '양화'와 '은떼루'에 투기하여 황금을 꿈꾸어 오던 것이 기적적으로 맞아나기 시작하여 이태 만에는 이만 원에 가까운 돈을 손에 쥐게 되었다. 그리하여 언제나 불만이던 완전한 아내로서의 알뜰한 사랑에 주렸던 그는 돈에 따르는 무수한 여자 가운데서 마음대로 흡족히 골라 가지고 집으로 돌아왔다.

그리고는, 새로운 살림을 꿈꾸는 일변 새로이 가옥을 건축함과 동시에 아다다를 학대함이 전에 비할 정도가 아니었다. 이에는, 그 아버지도 명민하고 인자한 남부끄럽지 않은 뻐젓한 새며느리에게 마음이 쏠리는 나머지, 이미 생활은 걱정이 없이 되었으니, 아다다의 깃부로써가 아니라도 유족할 앞날의 생활을 돌아볼 때 아들로서의 아다다에게 대하는 태도는 소모도 마음에 걸리는 것이 없었다. 그리하여 시부모의 눈에서까지 벗어나게 된 아다다는 호소할 곳조차 없는 사정에 눈감은 남편의 매를 견디다 못해 집으로 쫓겨 오게 되었던 것이니, 생각만 하여도 옛 매 자리가 아픈 그 시집은 죽으면 죽었지 다시는 찾아갈 생각이 없었던 것이다.

그래서 집에 있게 되니 그것보다는 좀 헐할망정, 어머니의 매도 결코 견디기에 족한 것이 아니다. 그리고 그것은 날마다 더

심해만 왔다. 오늘도 조금만 반항이 있었던들, 어김없이 매는 떨어지고 말았을 것이다.

그러나 어디로 가나? 아무리 생각을 해보아야 그저 이 세상에서는 수롱이네 집밖에 또 찾아갈 곳은 없었다.

수롱은 부모 동생조차 없이 삼십이 넘은 총각으로, 누구보다도 자기를 사랑하여 준다고 믿는 단 한 사람이었다. 그리하여 쫓기어날 때마다 그를 찾아가선 마음의 위안을 얻어 오던 것이다.

아다다는 문득 발걸음을 떼어 아지랑이 얼른거리는 마을 끝 산턱 아래 떨어져 박힌 한 채의 오막살이를 향하여 마당귀를 꺾어 돌았다.

수롱은 벌써 일 년 전부터 아다다를 꾀어 왔다. 시집에서까지 쫓겨난 벙어리였으나, 김 초시의 딸이라, 스스로도 낮추 보여지는 자신으로서는 거연히 염을 내지 못하고 뜻 있는 마음을 건너 볼 길이 없어 속을 태워 가며 눈치만 보아 오던 것이, 눈치에서보다는 베풀어진 동정이 마침내, 아다다의 마음을 사게 된 것이었다.

아이들은 아다다를 보기만 하면 따라다니며 놀렸다. 아니, 어른까지도 '아다다, 아다다' 하고 골을 올려서 분하나, 말을 못 하고 이상한 시늉을 하며 두덜거리는 것을 보므로 좋아라고 손뼉을 치며 웃었다.

그래서 아다다는 사람을 싫어하였다. 집에 있으면 어머니의 욕과 매, 밖에 나오면 뭇사람들의 놀림, 그러나 수롱이만은 자기를 사랑하는 것이었다. 아이들이 따라다닐 때에도 남 아니 말려 주는 것을 그는 말려 주고, 그리고 매에 터질 듯한 심정을 풀어 주는 것이었다.

그리하여 아다다는 마음이 불편할 때마다 수롱을 생각해 오던 것이, 얼마 전부터는 찾아다니게까지 되어 동네의 눈치에도 이미 오른 지 오랬다.

그러나 아다다의 집에서도 그 아버지만이 지처(地處)를 가지기 위하여 깔맵게* 아다다의 행동을 경계하는 듯하고, 그 어머니는 도리어 수롱이와 배가 맞아서 자기 눈앞에 보이지 아니하고, 어디로든지 달아났으면 하는 눈치를 알게 된 수롱이는 지금에 와서는 어느 정도까지 내어놓다시피 그를 사귀어 온다.

아다다는 제집이나처럼 서슴지도 않고 달리어 오자마자 수롱이네 집 문을 벌컥 열었다.

"아, 아다다!"

수롱은 의외에 벌떡 일어섰다.

"너 또 울었구나!"

울었다는 것이 창피하긴 하였으나, 숨길 차비가 아니다. 호소할 길 없는 가슴속에 꽉 찬 설움은 수롱이의 따뜻한 위무가 어떻게도 그리웠는지 모른다.

방 안에 들어서기가 바쁘게 쫓기어난 이유를 언제나같이 낱낱이 말했다.

"그러기 이젠 아야, 다시는 집으로 가지 말구 나하구 둘이서

---

* 깔맵다 : 성질이 깔끔하고 매섭게 독하거나 사납다.

살아, 응?"

그리고 수롱은 의미 있는 웃음을 벙긋벙긋 웃어 가며 아다다의 등을 척척 두드려 달랬다. 오늘은 어떻게 해서든지 자기의 것을 영원히 만들어 보고 싶은 욕망에 불탔던 것이다.

그러나 아다다는,

"아다 무 무서! 아바 무 무서! 아다아다다다!"

하고, 그렇게 한다면 큰일 난다는 듯이 눈을 둥그렇게 뜬다. 집에서 학대를 받고 있느니보다는 수롱의 사랑 밑에서 살았으면 오죽이나 행복되랴! 다시 집으로는 아니 들어가리라는 생각이 없었던 바도 아니었으나, 정작 이런 말을 듣고 보니, 무엇엔지 차마 허하지 못할 것이 있는 것 같고 그렇지 않은지라 눈을 부릅뜨고 수롱이한테 다니지 말라는 아버지의 이르던 말이 연상될 때 어떻게도 그 말은 엄한 것이었다.

"우리 둘이 달아났음 그만이디 무섭긴 뭐이 무서워?"

"……."

아다다는 대답이 없다.

딴은 그렇기도 한 것이다. 당장 쫓기어난 몸이 갈 곳이 어딘고? 다시 생각을 더듬어 볼 때 어머니의 매는 아버지의 그 눈총보다도 몇 배나 더한 두려움으로 견딜 수 없이 아픈 것이다. 그러마고 대답을 못 하고 거역한 것이 금시 후회스러웠다.

"안 그래? 무서울 게 뭐야. 이젠 아야 집으루 가지 말구 나하구 있어, 응?"

"응, 아다 이 있어, 아다 아다."

　　　　　　　　　　　　백치 아다다

하고. 아다다는 다시 있자는 수룡이의 말이 나오기를 기다렸던 듯이, 그리고 살 길은 이제 찾기었다는 듯이, 한숨과 같이 빙긋 웃으며 있겠다는 뜻을 명백히 보이기 위하여 고개를 주억이며 혓바닥을 손으로 툭툭 뚜드려 보인다.

"그렇지 그래, 정 있으야 돼, 응?"

"응, 이서 이서 아다 아다."

"정말이야?"

"으, 응 저 정 아다 아다."

단단히 강문을 받고 난 수룡이는 은근히 솟아나는 미소를 금할 길이 없었다.

벙어리인 아다다가 흡족할 이치는 없었지만, 돈으로 사지 아니하고는 아내라는 것을 얻어 볼 수 없는 처지였다. 그저 생기는 아내는 벙어리였어도 족했다. 그저 자기의 하는 일이나 도와주고 아들딸이나 낳아 주었으면 자기는 게서 더 바랄 것이 없었다. 아내를 얻으려고 십여 년 동안을 불피풍우 품을 팔아 꿰 속에 꽁꽁 묶어 둔 일백오십 원이란 돈이 지금에 와서는, 아내 하나를 얻기에 그리 부족할 것은 아니나, 장가를 들지 아니하고 아다다를 꾀여 온 이유도, 아다다를 꾀임으로 돈을 남겨서, 그 돈으로는 살림의 밑천을 만들어 가정의 마루를 얹자는 데서였던 것이다. 이제 그 계획이 은근히 성공에 가까워 오매 자기도 남과 같이 가정을 이루어 보게 되누나 하니 바라지도 못하였던 인생의 행복이 자기에게도 이제 찾아오는 것 같았다.

"우리 아다다."

수롱이는 아다다의 등에 손을 얹으며 빙그레 웃었다.

"아다 다다."

아다다도 만족한 듯이 히쭉 입이 벌어졌다.

그날 밤을 수롱의 품안에서 자고 난 아다다는 이미 수롱의 아내 되기에 수줍음조차 잊었다. 아니, 집에서 자기를 받들어 들인다 하더라도 수롱을 떨어져서는 살 수 없으리만큼 마음은 굳어졌다. 수롱이가 주는 사랑은 이 세상에서는 더 찾을 수 없는 행복이리라 느끼어졌던 것이다.

그러나 영원한 행복을 위하연 이 자리에 그대로 박혀서는 누릴 수 없을 것이 다음에 남은 근심이었다. 수롱이와 같이 살자면, 첫째 아버지가 허하지 않을 것이요. 동네 사람도 부끄럽지 않은 노릇이 아니다. 이것은 수롱이도 짐짓 근심이었다. 밤이 깊도록 의논을 하여 보았으나 동네를 피하여 낯모르는 곳으로 감쪽같이 달아나는 수밖에 다른 묘책이 없었다.

예식 없는 가약을 그들은 서로 맹세하고 그날 새벽으로 그 마을을 떠나, '신미도'라는 섬으로 흘러가서, 그곳에 안주를 정하였다. 그러나 생소한 곳이므로, 직업을 찾을 길이 없었다. 고기를 잡아먹고 사는 섬이라, 뱃놀음을 하는 것이 제 길이었으나, 이것은 아다다가 한사코 말렸다. 몇 해 전에 자기네 동네에서도 농토를 잃은 몇몇 사람이 이 섬으로 들어와 첫 배를 타다가 그만 풍랑에 몰살을 당하고 만 일이 있던 것을 잊지 못하는 때문이었다.

그렇지 않은지라, 수롱이조차도 배에는 마음이 없었다. 섬으

백치 아다다

로 왔다고는 하지만 땅을 파서 먹는 것이 조마구 빨 때부터 길러 온 습관이요, 손 익은 일이었기 때문에 그저 그 노릇만이 그리웠다.

그리하여 있는 돈으로 어떻게, 밭날갈이나 사서 조 같은 것이나 심어 가지고 겨울의 시탄과 양식을 대게 하고 짬짬이 조개나 굴, 낙지, 이런 것들을 캐어서 그날그날을 살아갔으면 그것이 더할 수 없는 행복일 것만 같았다.

그러지 않아도 삼십 반생에 자기의 소유라고는 손바닥만 한 것조차 없어, 어떻게도 몽매에 그리던 땅이었는지 모른다. 완전한 아내를 사지 아니하고 아다다를 꾀어 온 것도 이 소유욕에서였다. 아내가 얻어진 이제, 비록 많지는 않은 땅이나마 가져 보고 싶은 마음도 간절하였거니와, 또는 그만한 소유를 가지는 것이 자기에게 향한 아다다의 마음을 더욱 굳게 하는 데도 보다 더한 수단일 것 같았기 때문이다.

그런 데다 본시 뱃놀음판인 섬인데, 작년에 놀구지*가 잘되었다 하여 금년에 와서 더욱 시세를 잃은 땅은 비록 때가 기경시(起耕時)**라 하더라도 용이히 살 수까지 있는 형편이었으므로, 그렇게 하리라 일단 마음을 정하니, 자기도 땅을 마침내 가져 보누나 하는 생각에 더할 수 없는 행복을 느끼며 아다다에게도 이 계획을 말하였다.

"우리 밭을 한 뙈기 사자, 그래두 농살 허야 사람 사는 것 같

---

* 벼의 뿌리를 파먹는 작고 흰 벌레 '놀'을 이름.
** 논이나 밭을 갈아야 할 시기.

디. 내가 던답을 살라구 묶어 둔 돈이 있거든."

하고 수룡이는 봐라는 듯이 실겅* 위에 얹힌 석유통 궤 속에서 지전뭉치를 뒤져 내더니, 손끝에다 침을 발라 가며 펄떡펄떡 뒤져 보인다.

그러나 그 돈을 본 아다다는 어쩐지 갑자기 화기가 줄어든다.

수룡이는 그것이 이상했다. 돈을 보면 기꺼워할 줄 알았던 아다다가 도리어 화기를 잃은 것이다. 돈이 있다니 많은 줄 알았다가 기대에 틀림으로써인가?

"이거 봐! 그래봐두, 이게 일천오백 냥(일백오십 원)이야. 지금 시세에 밭 이천 평은 한참 놀다가두 떡 먹두룩 살 건데."

그래도 아다다는 아무 대답이 없다. 무엇 때문엔지 수심의 빛까지 역연히 얼굴에 떠오른다.

"아니 밭이 이천 평이문 조를 심는다 하구, 잘만 가꿔 봐, 조가 열 섬에 조짚이 백여 목 날 터이야. 그래, 이걸 개지구 겨울 한동안이야 못 살아? 그럭허구 둘이 맞붙어 몇 해만 벌어 봐? 그 적엔 논이 또 나오는 거야. 이건 괜히 생······."

아다다는 말없이 머리를 흔든다.

"아니, 내레 이게, 거즈뿌레기야? 아 열 섬이 못 나?"

아다다는 그래도 머리를 흔든다.

"아니, 고롬 밭은 싫단 말인가?"

"아다 시 싫어."

* '시렁'의 방언. 물건을 얹어 놓기 위하여 방이나 마루 벽에 두 개의 긴 나무를 가로질러 선반처럼 만든 것.

백치 아다다

그리고 힘없이 눈을 내리깐다.

아다다는 수롱이에게 돈이 있다 해도 실로 그렇게 많은 돈이 있는 줄은 몰랐다. 그래서 그 많은 돈으로 밭을 산다는 소리에, 지금까지 꿈꾸어 오던 모든 행복이 여지없이도 일시에 깨어지는 것만 같았던 것이다. 돈으로 인해서 그렇게 행복할 수 있던 자기의 신세는 남편(전남편)의 마음을 악하게 만들므로, 그리고, 시부모의 눈까지 가리는 것이 되어, 필야엔 쫓겨나지 아니치 못하게 되던 일을 생각하면, 돈 소리만 들어도 마음은 좋지 않던 것인데, 이제 한 푼 없는 알몸인 줄 알았던 수롱이에게도 그렇게 많은 돈이 있어 그것으로 밭을 산다고 기꺼워하는 것을 볼 때, 그돈의 밑천은 장래 자기에게 행복을 가져다주기보다는 몽둥이를 가져다주는 데 지나지 못하는 것 같았고, 밭에다 조를 심는다는 것은 불행의 씨를 심는다는 것만 같았기 때문이다.

아다다는 그저 섬으로 왔거니 조개나 굴 같은 것을 캐어서 그날그날을 살아가야 할 것만이 수롱의 사랑을 받는 데 더할 수 없는 살림인 줄만 안다. 그래서 이러한 살림이 얼마나 즐거우랴! 혼잣속으로 축복을 하며 수롱을 위하여 일층 벌기에 힘을 써야 할 것을 생각해 오던 것이다.

"고롬 논을 사재나? 밭이 싫으문?"

수롱은 아다다의 의견을 알고 싶어 이렇게 또 물었다.

그러나 아다다는 그냥 힘없는 고개만 주억일 뿐이었다. 논을 산대도 그것은 똑같은 불행을 사는 데 있을 것이다. 돈이 있는 이상 어느 것이든지 간 사기는 반드시 사고야 말 남편의 심사이었음에 머리를 흔들어 댔자 소용이 없을 것이었다. 그리하여 그 근본 불행인 돈을 어찌할 수 없는 이상엔 잠시라도 남편의 마음을 거슬리므로 불쾌하게 할 필요는 없다고 아는 때문이었다.

"흥! 논이 좋은 줄은 너두 아누나! 그러나 가난한 놈에겐 밭이 논보다 나았디 나아."

하고, 수룡이는 기어이 밭을 사기로, 그 달음에 거간을 내세웠다.

그날 밤.

아다다는 자리에 누웠으나 잠이 오지 않았다.

남편은 아무런 근심도 없는 듯이 세상모르고 씩씩 초저녁부터 자네건만, 아다다는 그저 돈 생각을 하면 장차 닥쳐올 불길한 예감에 잠을 이룰 수가 없었다. 이불을 붙안고 밤새도록 쥐어뜯며 아무리 생각을 해야 그 돈을 그대로 두고는 수룡의 사랑 밑에서 영원한 행복을 누릴 수 있으리라고는 믿기지 않았다.

짧은 봄밤은 어느덧 새어 새벽을 알리는 닭의 울음소리가 사방에서 처량히 들려온다.

밤이 벌써 새누나 하니, 아다다의 마음은 더욱 조급하게 탔다. 이 밤으로 그 돈에 대한 처리를 하지 못하는 한, 내일은 기어이 거간이 밭을 흥정하여 가지고 올 것이다. 그러면 그 밭에서 나는 곡식은 해마다 돈을 불려 줄 것이다. 그때면 남편은 늘어 가는 돈에 따라 차차 눈은 어둡게 되어 점점 정은 멀어만 가게 될 것이다. 그다음에는? 그다음에는 더 생각하기조차 무서웠다.

닭의 울음소리에 따라 날은 자꾸만 밝아 온다. 바라보니 어느 덧 창은 희끄스름하게 비친다. 아다다는 더 누워 있을 수가 없었 다. 옆에 누운 남편을 지그시 팔로 밀어 보았다. 그러나 움찍하 지도 않는다. 그래도 못 믿기는 무엇이 있는 듯이 남편의 코에다 가까이 귀를 가져다 대고 숨소리를 엿들었다. 씨근씨근 아직도 잠은 분명히 깨지 않고 있다. 아다다는 슬그머니 이불 속을 새어 나왔다. 그리고 실경 위의 석유통을 휩쓸어 그 속에다 손을 넣 었다. 그리하여 마침내 지전뭉치를 더듬어서 손에 쥐고는 조심 조심 발자국 소리를 죽여 가며 살그머니 문을 열고 부엌으로 내 려갔다.

그러고는 일찍이 아침을 지어 먹고 나무새기를 뽑으러 간다고 바구니를 끼고 바닷가로 나섰다. 아무도 보지 못하게 깊은 물속 에다 그 돈을 던져 버리자는 것이다.

솟아오르는 아침 햇발을 받아 붉게 물들며 잔뜩 밀린 조수는 거품을 부걱부걱 토하며 바람결조차 철썩철썩 해안에 부딪힌다.

아다다는 바구니를 내려놓고 허리춤 속에서 지전뭉치를 쥐어 들었다. 그러고는 몇 겹이나 쌌는지 알 수 없는 헝겊조각을 둘둘 풀었다. 헤집으니 일 원짜리, 오 원짜리, 십 원짜리 무수한 관 쓴 영감들이 나를 박대해서는 아니 된다는 듯이, 모두들 마주 바 라본다. 그러나 아다다는 너 같은 것을 버리는 데는 아무런 미 련도 없다는 듯이, 넘노는 물결 위에다 획 내어뿌렸다. 세찬 바 닷바람에 채인 지전은 바람결 쫓아 공중으로 올라가 팔랑팔랑 허공에서 재주를 넘어 가며 산산이 헤어져, 멀리, 그리고 가깝게 하나씩 하나씩 물 위에 떨어져서는 넘노는 물결조차 잠겼다 떴다 소꾸막질을 한다.

어서 물속으로 가라앉든지, 그렇지 않으면 흘러 내려가든지 했으면 하고 아다다는 멀거니 서서 기다리나 너저분하게 물 위를 덮은 지전조각들은 차마 주인의 품을 떠나기가 싫은 듯이 잠겨 버렸는가 하면 다시 기웃거리며 솟아올라서는 물 위를 빙글빙글 돈다.

하더니, 썰물이 잡히자부터야 할 수 없는 듯이 슬금슬금 밑이 떨어져 흐르기 시작한다.

아다다는 상쾌하기 그지없었다. 밀려 내려가는 무수한 그 지전조각들은 자기의 온갖 불행을 모두 거두어 가지고 다시 돌아올 길이 없는 끝없는 한 바다로 내려갈 것을 생각할 때 아다다는 춤이라도 출 듯이 기꺼웠다.

그러나 그 돈이 완전히 눈앞에 보이지 않게 흘러 내려가기지에는 아직도 몇 분 동안을 요하여야 할 것인데, 뒤에서 허덕거리는 발자국 소리가 들리기에 돌아다보니 뜻밖에도 수롱이가 헐떡이며 달려오는 것이 아닌가.

"야! 야! 아다다야! 너, 돈 돈 안 건새핸? 돈, 돈 말이야, 돈?"

청천의 벽력 같은 소리였다.

아다다는 어쩔 줄을 모르고 남편이 이까지 이르기 전에 어서 어서 물결은 휩쓸려 돈을 모두 거둬 가지고 흘러 버렸으면 하나, 물결은 안타깝게도 그닐그닐 한가히 돈을 이끌고 흐를 뿐, 아다다는 그 돈이 어서 자기의 눈앞에서 자취를 감추어 버리는 것을 보기 위하여 거덜거리고 있는 돈 위에다 쏘아 박은 눈을 떼지 못하고 쩔쩔매는 사이, 마침내 달려오게 된 수룡이 눈에도 필경 그 돈은 띄고야 말았다.

뜻밖에도 바다 가운데 무수하게 지전조각이 널려서 앞서거니 뒤서거니 둥둥 떠내려가는 것을 본 수룡이는 아다다에게 그 연유를 물을 필요도 없이 미친 듯이 옷을 훨훨 벗고 첨버덩 물속으로 뛰어들었다.

그러나 헤엄을 칠 줄 모르는 수룡이는 돈이 엉키어 도는 한복판으로 들어갈 수가 없었다. 겨우 가슴패기까지 잠기는 깊이에서 더 들어가지 못하고 흘러 내려가는 돈더미를 안타깝게도 바라보며 허우적허우적 달려갔다. 차츰 물결은 휩쓸려 떠내려가는 속력이 빨라진다. 돈들은 수룡이더러 어디 달려와 보라는 듯이 획획 소꾸막질을 하며 흐른다. 그러나 물결이 세어질수록 더욱 걸음발은 자유로 놀릴 수가 없게 된다. 더퍽더퍽 물과 싸움이나 하듯 엎어졌다가는 일어서고, 일어섰다가는 다시 엎어지며 달려가나 따를 길이 없다. 그대로 덤비다가는 몸조차 물속으로 휩쓸려 들어갈 것 같아 멀거니 서서 바라보니 벌써 지전조각들은 가물가물하고 물거품인지도 분간할 수 없으리만큼 먼 거리에서 흐르고 있다. 그러나 그것도 한순간이었다. 눈앞에는 아무것도 보이는 것이 없다. 획획 하고 밀려 내려가는 거품진 물결뿐이다.

수룡이는 마지막으로 돈을 잃고 말았다고 아는 정도의 물결 위에 쏘아진 눈을 돌릴 길이 없이 정신 빠진 사람처럼 그냥그냥 바라보고 섰더니, 쏜살같이 언덕켠으로 달려오자 아무런 말도 없이 벌벌 떨고 섰는 아다다의 중동을 사정없이 발길로 제겼다.

"흥앗!"

소리가 났다고 아는 순간, 철썩 하고 감탕*이 사방으로 뛰자 보니, 벌써 아다다는 해안의 감탕판에 등을 지고 쓰러져 있다.

"이— 이— 이……."

수롱이는 무슨 말인지를 하려고는 하나, 너무도 기에 차서 말이 되지를 않는 듯 입만 너불거리다가 아다다가 움찍하는 것을 보더니 아직도 살았느냐는 듯이 번개같이 쫓아 내려가 다시 한번 발길로 제겼다.

"풕!"

하는 소리와 같이 아다다는 꺼꿉센 언덕을 떨어져 덜덜덜 굴러서 물속에 잠긴다.

한참 만에 보니 아다다는 복판도 한복판으로 밀려가서 솟구어 오르며 두 팔을 물 밖으로 허우적거린다. 그러나 그 깊은 파도 속을 어떻게 헤어나랴! 아다다는 그저 물 위를 둘레둘레 굴며 요동을 칠 뿐, 그러나 그것도 한순간이었다. 어느덧 그 자체는 물속에 사라지고 만다.

주먹을 부르쥔 채 우상같이 서서, 굽실거리는 물결만 그저 뚫어져라 쏘아보고 섰는 수롱이는 그 물속에 영원히 잠들려는 아다다를 못 잊어함인가? 그렇지 않으면, 흘러 버린 그 돈이 차마 아까워서인가?

---

* 갯가나 냇가 따위에 깔려 있는, 몹시 질어서 질꺽질꺽한 진흙.

　　　　　　　　　　　　　　　　백치 아다다

짝을 찾아 도는 갈매기 떼들은 눈물겨운 처참한 인생 비극이 여기에 일어난 줄도 모르고 '끼약끼약' 하며 흥겨운 춤에 훨훨 날아다니는 깃 치는 소리와 같이 해안의 풍경만 돕고 있다.

· 끝 ·

지하촌

강경애

해는 서산 위에서 이글이글 타고 있다.

칠성이는 오늘도 동냥자루를 비스듬히 어깨에 메고 비틀비틀이 동리 앞을 지났다. 밑 뚫어진 밀짚모자를 연신 내려 쓰나 이마는 따갑고 땀방울이 흐르고 먼지가 연기같이 끼어 그의 코밑이 매워 견딜 수 없다.

"이애 또 온다."

"어야."

동리서 놀던 애들은 소리를 지르며 달려온다. 칠성이는 조놈의 자식들을 또 만나누나 하면서 속히 걸었으나, 벌써 애들은 그의 옷자락을 툭툭 잡아당겼다.

"이애 울어라 울어."

한 놈이 칠성의 앞을 막아서고 그 큰 입을 헤벌리고 웃는다. 여러 애들은 죽 돌아섰다.

"이애 이애, 네 나이 얼마?"

"거게 뭐 얻어 오니? 보자꾸나."

한 놈이 동냥자루를 툭 잡아채니 애들은 손뼉을 치며 좋아한다. 칠성이는 우뚝 서서 그중 큰 놈을 노려보고 가만히 서 있었다. 앞으로 가려든지 또 욕을 건네면 애들은 더 흥미가 나서 달

지하촌

라붙는 것임을 잘 알기 때문이다.

"바루 바루 점잖은데."

머리 뾰족 나온 놈이 나무 꼬챙이로 갓 눈 듯한 쇠똥을 찍어 들고 대들었다. 칠성이도 여기는 참을 수 없어서 막 서두르며 내 달아 갔다.

두 팔을 번쩍 들고 부르르 떨면서 머리를 비틀비틀 꼬다가 한 발 지척 내디디곤 했다. 애들은 이 흉내를 내며 따른다. 앞으로 막아서고 뒤로 따르면서 깡충깡충 뛰어 칠성의 얼굴까지 똥칠 을 해놓는다. 그는 눈을 부릅뜨고,

"이 이놈들."

입을 실룩실룩 하다가 겨우 내놓은 말이다. 애들은,

"이 이놈들."

하고 또한 흉내를 내고는 대굴대굴 굴면서 웃는다. 쇠똥이 그 의 입술에 올라가자, 앱 투 하고 침을 뱉으면서 무섭게 눈을 떴다.

"무섭다, 바루 바루."

애들은 참말 무섭게 보았는지 슬금슬금 꽁무니를 빼기 시작 하였다. 칠성이는 팔로 입술을 비비치고 떠들며 돌아가는 애들 을 물끄러미 바라보았다. 웬일인지 자신은 세상에서 버림을 받 은 듯 그렇게 고적하고 분하였다.

그들이 물러간 후에 신작로는 적적하고 죽 뻗어 나가다가 조 밭을 끼고 조금 굽어진 저 앞이 뚜렷했다. 그 위에 수수밭 그림 자 서늘하고…… 그는 걸었다. 옷에 묻은 쇠똥을 털었으나, 떨어 지지 않을 뿐만 아니라 퍼렇게 물이 든다. 그는 어디라 없이 멍하

니 바라보다가, 산 밑으로 와서 주저앉는다.

긴 풀에 잔바람이 홀홀히 감기고 이따금 들리는 벌레 소리, 어디 샘물이 있는가 싶었다. 그는 보기 싫게 돋은 머리를 벅벅 긁어 당기며 무심히 앞을 보았다. 수림 속에 햇발이 길게 드리웠고 찍찍 하는 새소리 처량하게 들렸다. 난 왜 병신이 되어 그놈의 새끼들한테까지 놀림을 받나 하고 불쑥 생각하면서 곁의 풀대를 북 뽑았다. 손목은 찌르르 울렸다.

큰년이가 살까! 그는 눈이 멀고도 사는데 난 그보다야 훨씬 낫지. 강아지의 털같이 보드라운 털을 가진 풀열매를 바라보며 이렇게 생각하였다. 큰년이가 천천히 떠오른다. 곱게 감은 눈, 고것 참! 그는 진저리를 쳤다. 그리고 곁에 놓인 동냥자루를 보면서 오늘 얻어 온 것 중에 가장 맛있고 좋은 것으로 큰년에게 보내야지 하였다. 어떻게 보낼까. 밤에 바자위로 넘겨줄까. 큰년이가 나와 바자 곁에 서 있어야 되지. 그럼 누구 나오라고는 해 둬야지. 누구가 그래. 안 되어. 그럼 칠운이 들여서 보내지. 아니 아니, 안 되어. 큰년의 어머니가 알게 되고, 또 우리 어머니 알지. 안 되어. 낮에 김들 매러 간 담에 몰래 바자로 넘겨주지. 그는 가슴이 설레어서 부스스 일어나고 말았다.

가죽을 벗겨낼 듯이 쪼이던 해도 어느덧 산속으로 숨어 버리고, 어디선가 불어오는 바람이 풀잎을 살랑살랑 흔들고 그의 몸에 스며든다. 그는 동냥자루를 매만지다가, 어깨에 메고 지척하고 발길을 내디디었다.

하늘은 망망한 바다와 같이 탁 터지고, 저 멀리 붉은 놀이 유

지하촌

유히 떠돌고 있다. 그는 밀짚모자를 젖혀 쓰고 산 밑을 떠났다. 걸음에 따라 쇠똥내가 물씬하고 났다.

그가 산모롱이를 돌아 동리 앞까지 왔을 때 그의 동생인 칠운이가 아기를 업고 쪼루루 달려온다.

"성 이제 오네. 히, 자꾸자꾸 봐도 안 오더니."

큰 눈에 웃음을 북슬북슬 띠우고 형의 곁으로 다가서는 칠운이는 시커먼 동냥자루를 덥썩 쥐어 무엇을 얻어 온 것을 어서 알려고 하였다.

"오늘도 과자 얻어 왔어?"

"아 아니."

칠성이는 얼른 동냥자루를 옮기고 주춤 물러섰다. 칠운이는 따라 섰다.

"나 하나만 응야, 성아."

침을 꿀떡 넘기고 새카만 손을 내민다. 그 바람에 아기까지 두 손을 쭉 펴들고 칠성이를 말뚝히 쳐다본다.

"이 이 새끼는."

칠성이는 홱 돌아섰다. 칠운이는 넘어질 듯이 쫓아갔다.

"응야 성아, 나 하나만."

"없 없어!"

형은 눈을 치떴다. 칠운이는 금시로 눈물이 글썽글썽해서 형을 보았다.

"난 어마이 오면 이르겠네 씨, 도무지 안 준다고. 아까아까 어마이가 밭에 가면서 아기 보라면서 저 성이 사탕 얻어다 준다구

했는데 씨, 난 안 준다고 다 일러 씨, 흥."

칠운이는 입을 비쭉하더니 주먹으로 눈물을 씻는다. 아기는 영문도 모르고 "으아" 하고 울음을 내쳤다.

주위는 감실감실 어두워 오는데 칠운이는 흑흑 느껴 울면서 그들의 어머니가 올라가 있을 저 산을 바라고 뛰어간다.

"어머이 어머이!"

하고 칠운이는 목메어 부르면 번번이 아기도,

"엄마 엄마!"

하고 또랑또랑히 불렀다. "응응" 하는 앞산의 반응은 어찌 들으면 어머니의 "왜" 하는 대답 같기도 했다. 칠성이는 칠운이와 영애가 보이지 않는 것으로만 다행으로 돌아서 걸었다.

동네는 어둠에 폭 싸여 아무것도 보이지 않으나 동네 앞으로 우뚝 서 있는 늙은 홰나무만이 별을 따려는 듯 높아 보였다. 그는 이제 어떻게 해서라도 큰년이를 만날 것과 또 얻어 오는 이 과자를 큰년의 손에 꼭 쥐어 줄 것을 생각하며 걸었다.

"칠성이냐?"

어머니의 음성이 들린다. 그는 돌아보았다. 나무를 한 임 이고 이리로 오는 어머니의 얼굴은 보이지 않으나 웬일인지 그의 머리가 숙여지는 듯해서 번쩍 머리를 들었다.

"왜 오늘 늦었냐?"

아까 밭에서 산으로 올라갈 때 몇 번이나 아들이 나오는가 하여 눈이 가물가물해지도록 읍길을 바라보아도 안 보이므로, 어디가 넘어져 애를 쓰는가? 또 애새끼들한테서 돌팔매질을 당하는가 하여 읍에까지 가볼까 하였던 것이다. 칠성이는 어머니의 이 같은 물음에 애들에게 쇠똥질 당하던 것이 불시에 떠오르고 코허리가 살살 간지럽기 시작하였다.

어머니는 갈잎내를 확 풍기면서 그의 곁으로 다가선다. 그 큰 임을 이고도 아기까지 둘러 업었다.

"어마이, 나 사탕. 성은 안 준다야 씨."

칠운이는 어머니의 치마귀를 잡고 늘어진다. 그 바람에 어머니는 앞으로 쓰러질 듯했다가 도로 서서 한 손으로 칠운이를 어루만졌다.

"저놈의 새 새끼, 주 죽이고 말라."

칠성이는 발길로 칠운이를 차려 했다. 어머니는 또 쓰러질 듯 막아섰다.

"그러지 말어라. 원 그것이 해종일 아기 보느라 혼났다. 허리엔 땀띠가 좁쌀알같이 쭉 돋았구나. 여북 아프겠니 원."

어머니는 말 끝에 한숨을 푹 쉰다. 칠성이는 문득 쇠똥내를 물큰 맡으면서 화를 버럭 올리었다.

"누 누구는 가 가만히 앉아 있었나!"

"아니 그렇게 하는 말이 아니어. 칠성아."

어머니는 목이 메어 다시 말을 계속하지 못한다. 그들은 잠잠히 걸었다.

집에 온 그들은 나뭇단 위에 되는대로 주저앉았다. 어머니는 칠성의 맘을 위로하느라고 이 말 저 말 끄집어냈다.

"올해는 웬 살쐐기* 그리 많으냐. 손이 얼벌벌하구나."

어머니는 그 손을 한 번쯤 들여다보고 싶은 것을 참고, 아기를 어루만지다가 젖을 꺼냈다. 칠운이는 나뭇단을 통통 차면서 흥흥거린다. 칠성이는 동생들이 미워서 더 앉아 있을 수가 없어 일어났다. 그는 어둠 속을 휘 살피고 큰년이가 저 속에 어디 섰지 않는가 했다.

방으로 들어온 칠성이는 이제 툇돌에 움찔린 발가락을 엉덩이로 꼭 눌러 앉고 일변 칠운이가 들어오지 않는가 귀를 기울이며 문을 걸었다. 그리고 동냥자루를 가만히 쏟았다. 흩어지는 성냥과 쌀알 흐르는 소리. 솜털이 오싹 일어 그는 몸을 움찔하면서 얼른 손을 내밀어 하나하나 만져보았다. 역시 거지 안에 있는 돈 생각이 나서 돈마저 꺼내 가지고 우두커니 들여다보았다. 비록 방 안이 어두워서 그 모든 것들이 보이지는 않으나 눈곱같이 눈 구석에 박혀 있는 듯했다.

성냥갑 따로, 쌀과 과자 부스러기 따로 골라 놓고, 문득 큰년이를 생각하였다. 어느 것을 주나, 얼른 과자를 쥐며, 이것을 주지 하고 하나 집어 입에 넣었다. 바작 소리가 이 사이에 돌고 달큼한 물이 사르르 흐른다. 그는 입맛을 다시고 나서 칠운이가 엿듣는가 다시 한번 조심했다.

그는 온 손에 땀이 나도록 쥐고 있는 돈을 펴서 보고 한 푼 두 푼 세어 보다가, 이것으로 큰년이의 옷감을 끊어다 주면 얼마나

---

* 여름철에 나는 피부병. 쐐기에 쏜 것같이 살이 부르터 가렵고 따끔거린다.

　　　　　　　　　　　　　　　　지하촌

큰년이가 좋아할까. 그의 가슴은 씩씩 뛰었다. 고것, 왜 우리 집엘 안 올까? 오면 내가 돈두 주고 이 과자도 주고, 또 또 큰년이가 달라는 것이면 내 다 주지. 응 그래. 이리 생각되자 그는 어쩐지 맘이 송구해졌다. 해서 성냥갑과 과자 부스러기를 한데 싸서 저편 갈자리 밑에 밀어 넣고, 돈은 거지에 넣은 담에 쌀만 아랫방에 내려놨다. 그리고 뒷문 곁으로 바싹 다가앉아서 큰년네 바자를 바라보았다.

바자에 호박넝쿨이 엉키었고 그 위에 벌들이 팔팔 날았다. 어떻게 만날까. 그는 무심히 발가락을 쥐고 아픔을 느꼈다. 서늘한 바람이 그의 볼 위에 흘러내렸다. 그는 안타까웠다. 지금 이 발끝이 아픈 것보다는 어딘가 모르게 또 아픈 것을 느낀다.

"이애 밥 먹어."

칠성이는 놀라 돌아보았다. 어머니가 샛문 밖에 서 있다는 것을 알자 웬일인지 가슴 한구석에 공허를 아뜩하게 느꼈다.

"왜 문을 걸었나."

어머니는 문을 잡아챈다. 과자를 달라거나 돈을 달래려고 저리도 문을 잡아 흔드는 것 같다. 그는 와락 미운 생각이 치올랐다.

"난 난 안 먹어!"

꽥 소리쳤다. 전신이 후루루 쩔린다.

"장에서 뭐 먹고 왔니."

어머니의 음성은 가늘어진다. 언제나 칠성이가 화를 낼 땐 어머니는 저리도 기운이 없어진다. 한참 후에,

"좀더 먹으렴."

"시 싫어."

역시 소리를 질렀다. 그러니 어머니는 뭐라구 웅얼웅얼 하더니 잠잠해 버린다. 칠성이는 우두커니 앉았노라니 자꾸만 갈자리 속에 넣어 둔 과자가 먹고 싶어 가만히 갈자리를 들썩하였다. 먼지내가 싸하게 올라오고 빈대 냄새 역하다. 그는 갈자리를 도로 놓고 내일 아침에 큰년이 줄 것인데 내가 먹으면 안 되지 하고 휙 돌아앉고도 부지중에 손은 갈자리를 어루쓸고 있다. 큰년이 줘야지. 냉큼 손을 떼고 문턱을 꽉 붙들었다.

마침 바람이 산들산들 밀려들어 이마에 흐른 땀을 선뜻하게 한다. 그는 얼른 적삼을 벗어 던지고 그 바람을 안았다. 온몸이 가려운 듯하여 벽에다 몸을 비비치니 어떤 쾌미가 일어, 부지중에 그는 몸을 사정없이 비비치고 나니 숨이 차고 등가죽이 벗겨져 아팠다. 그래서 벽을 붙들고 일어나 나왔다.

몸을 움직이니 아니 아픈 곳이 없다. 손끝에 가시가 박혔는지 따끔거리고 팔뚝이 쓰라리고 아까 다친 발가락이 새삼스러이 더 쏘고, 그는 꾹 참고 걸었다.

울바자 밑에 나란히 서 있는 부초종 끝에 별빛인가도 의심나게 흰 꽃이 다문다문 빛나고 간혹 맡을 수 있는 부초 냄새는 계집이 곁에 와 섰는가 싶게 야릇했다. 그는 바자 곁으로 다가섰다.

큰년네 집에선 모깃불을 피우는지 향긋한 쑥내가 솔솔 넘어오고 이따금 모깃불이 껌벅껌벅하는데 두런두런하는 소리에 귀를 세우니 바자가 바삭바삭 소리를 내고 호박잎의 솜털이 그의 볼에 따끔거린다. 문득 그는 바자 저편에 큰년이가 숨어서 나를

지하촌

엿보지나 않나 하자 얼굴이 확확 달았다.

어느 때인가 되어 가만히 둘러보니 옷에 이슬이 촉촉하였고 부초꽃이 물속에 잠긴 차돌처럼 그 빛을 환히 던지고 있다. 모깃불도 보이지 않고 캄캄하며, 어디선가 벌레 소리가 쓰르를 하고 났다. 그는 방으로 들어서자 가슴이 답답하였다.

이튿날 아침에 눈을 뜨니 벌써 뒤뜰은 햇빛으로 가득하였다. 칠성이는 일어나는 참 어머니와 칠운이가 아직도 집에 있는가 살편 담에 아무도 없음을 알고 뒷문턱에 걸터앉아서 큰년네 바자를 물끄러미 바라보았다. 큰년의 아버지 어머니도 김매러 갔을 테고 고것 혼자 있을 터인데…… 혹 마을꾼이나 오지 않았는지 오늘은 꼭 만나야 할 터인데. 이러한 생각을 하다가 무심히 그의 팔을 들여다보았다. 다 해진 적삼소매로 맥없이 늘어진 팔목은 뼈도 살도 없고 오직 누렇다 못해서 푸른 빛이 도는 가죽만이 있을 뿐이다. 갑자기 슬픈 마음이 들어 그는 머리를 들고 한숨을 푹 쉬었다. 큰년이가 눈을 감았기로 잘했지. 만일 두 눈이 동글하게 띄었다면 이 손을 보고 십 리나 달아날 것도 같다. 그러나 큰년이가 이 손을 만져보고 왜 이리 맥이 없어요. 이 손으로 뭘 하겠소 할 때엔…… 그는 가슴이 답답해서 견딜 수 없다. 그저 한숨만 맥없이 내쉬고 들이쉬다가 문득 약이 없을까? 하였다. 약이 있기는 있을 터인데…… 큰년네 바자 위에 둥글게 심어 붙인 거미줄에는 수없는 이슬방울이 대롱대롱 했다. 저런 것도 약이 될지 모르지. 그는 벌떡 일어 나왔다.

거미줄에서 빛나는 저 이슬방울들이 참으로 약이 되었으면 하면서, 그는 조심히 거미줄을 잡아당겼다. 팔을 맥을 잃고 뿐만 아니라 자꾸만 떨리어 거미줄을 잡을 수도 없지만 바자만 흔들리고, 따라서 이슬방울이 후두두 떨어진다. 그는 손으로 떨어져 내려오는 이슬방울을 받으려고 했다. 그러나 한 방울도 그의 손에는 떨어지지 않았다.

"에이, 비 빌어먹을 것!"

그는 이런 경우를 당할 때마다 이렇게 소리치고 말없이 하늘을 노려보는 버릇이 있다. 한참이나 이러하고 있을 때, 자박자박하는 신발 소리에 그는 가만히 머리를 돌리어 바라보았다. 호박 잎이 그의 눈 끝에 삭삭 비비치자 눈물이 핑그르르 돈다. 눈물 속에 비치는 저 큰년이! 그는 눈가가 가려운 것도 참고 눈을 점점 더 크게 떴다.

빨래함지를 무겁게 든 큰년이는 이리로 와서 빨래함지를 쿵 내려놓고 일어난다. 눈은 자는 듯 감았고 또 어찌 보면 감은 듯 뜬 것같이 보였다. 이제 빨래를 했음인지 양 볼의 붉은 점이 한 점 두 점 보이고 턱이 뾰족한 것이 어디 며칠 앓은 사람 같다. 큰년이는 빨래를 한 가지씩 들어 활 펴 가지고 더듬더듬 바자에 넌다.

칠성이는 숨이 턱턱 박혀서 견딜 수 없다. 소리 나지 않게 숨을 쉬려니 가슴이 터지는 것 같고 뱃가죽이 다 잡아 씌웠다. 그는 잠깐 머리를 숙여 눈물을 씻어낸 후에 여전히 들여다보았다. 지금 그의 머리엔 아무런 생각도 할 수 없다. 그저 큰년의 동작으로 가득했을 뿐이다. 큰년이는 한 가지 남은 빨래를 마저 가지고 그의 앞으로 다가온다. 그때 칠성이는 손이라도 쑥 내밀어 큰년의 손을 덥석 잡아 보고 싶었으나 몸은 움찍 뒤로 물러나지며 온 전신이 풀풀 떨리었다.

바삭바삭 빨래 널리는 소리가 칠성의 귓바퀴에 돌아 내릴 때 가슴엔 웬 새 새끼 같은 것이 수없이 팔딱거리고 귀가 우석우석 울고 눈은 캄캄하였다. 큰년의 신발 소리가 멀리 들릴 때 그는 비로소 몸을 움직일 수 있었고 또 호박잎을 젖히고 들여다보았다. 큰년이는 빈 함지를 들고 부엌문을 향하여 들어가고 있다. 그는 급하여 소리라도 쳐서 큰년이를 멈추고 싶었으나, 역시 맘뿐이었다. 큰년의 해어진 치마폭 사이로 뻘건 다리가 두어 번 보이다가 없어진다. 또 나올까 해서 그 컴컴한 부엌문을 뚫어지도록 보았으나 끝끝내 큰년이는 나오지 않았다. 그는 후 하고 숨을 내쉬고 물러섰다. 햇볕은 따갑게 내려 � 쬔다. 과자나 들려줄걸…… 돈이나 줄 것을. 아니 돈은 내가 모았다가 치마나 해주지 하고 다시 들여다보았다. 바자만 바삭바삭 소리를 내고 고요하다. 이제 큰년의 손으로 넌 빨래는 희다 못해서 햇빛같이 빛나고 그는 눈을 떼고 돌아섰다. 자기가 옷가지라도 해주지 않으면 큰년이는 언제나 그 뻘건 다리를 감추지 못할 것 같다.

"성아, 나 사탕 좀"

돌아보니 칠운이가 아기를 업고 부엌문으로 나온다. 그는 도둑질이나 하다가 들킨 것처럼 무안해서 얼른 바자 곁을 떠났다. 칠운이는 저를 다그쳐 형이 저리도 급히 오는 것으로 알고 부엌으로 달아나다가 살짝 돌아보고 또 이리 온다.

"응야, 나 하나만……."

손을 내민다.

아기도 머리를 갸웃하여 오빠를 바라보고 손을 내민다. 아기의 조 머리엔 종기가 지질하게 났고, 거기에는 언제나 진물이 마를 사이 없다. 그 위에 가늘고 노란 머리카락이 이기어 달라붙었고 또 파리가 안타깝게 달라붙어 떨어지지 않는다. 아기는 자꾸 그 가는 손가락으로 머리를 쥐어 당기고 종기 딱지를 떼어 오물오물 먹고 있다.

아기는 그 손을 오빠 앞에 쳐들었다. 손가락을 모을 줄 모르고 쫙 펴들고 조른다. 칠성이는 눈을 부릅떠 보이고 방으로 들어왔다. 칠운이는 문앞에 딱 막아서서 흥흥거렸다.

"응야 성아, 한 알만 주면 안 그래."

시퍼런 코를 홀떡 들여 마신다.

"보 보기 싫다!"

칠운이 역시 옷이 없어 잠방이만 입었고 그래서 저 등은 햇빛에 타다 못해서 허옇게 까풀이 일고 있으며 아기는 그나마도 없어서 쫄 벗겨 주었다. 동생들의 이러한 모양을 바라보는 그의 눈에서 불이 확확 일어난다. 눈을 돌리어 벽을 바라보자 문득 읍의 상점에 첩첩이 쌓인 옷감을 생각하였다. 그는 자기도 모르게 손을 번쩍 들어 칠운이를 치려 했으나 그 손은 맥을 잃고 늘어진다.

"난 그럼, 아기 안 보겠다야, 씨."

칠운이는 아기를 내려놓고 달아난다. 그러니 아기는 악을 쓰고 운다. 칠성이는 눈도 거듭 떠보지 않고 돌아앉아 파리가 우글우글 끓는 곳을 바라보니 밥그릇이 눈에 띄었다. 언제나 어머니는 그가 늦게 일어나므로 저렇게 밥바리에 보를 덮어 놓고 김매러 가는 것이다. 그는 슬그머니 다가앉아 술을 들고 보를 들치었다. 국에는 파리가 빠져 둥둥 떠다니고 밥바리에 붙었던 수없는 바퀴떼는 기겁을 해서 달아난다. 그는 파리를 건져내고 밥을 푹 떠서 입에 넣었다. 밥이란 도토리뿐으로 밥알은 어쩌다가 씹히곤 했다. 씹히는 그 밥알이야말로 극히 부드럽고 풀기가 있으며 그 맛이 달큼해서 기침을 할 지경이었다. 그러나 그 맛은 잠깐이고 또 도토리가 미끈하게 씹혀 밥맛이 쓰디쓴 맛으로 변한다. 그래 도토리만은 잘 씹지 않고 우물우물해서 얼른 삼키려면 그만큼 더 넘어가지 않고 쓴 물을 뿌리며 혀 끝에 넘나들었다.

얼마 후에 바라보니 아기가 언제 울음을 그쳤는지 눈이 보송보송해서 발발 기어오다가 오빠를 보고 멀거니 쳐다보다가는 그 눈을 밥그릇에 돌리곤 또 오빠의 눈치를 살핀다. 칠성이는 그 듣기 싫은 울음을 그친 것이 대견해서 얼른 밥알을 골라 내쳐 주었다. 그러니 아기는 그 조그만 손으로 밥알을 쥐어 먹다가 성이 차지 않아서 납작 엎드리어서 밥알을 쫄쫄 핥아 먹고는 또 멀거니 오빠를 본다. 이번에는 도토리 알을 내쳐 주었다. 아기는 웬일인지 당길성 없게 도토리를 쥐고는 손으로 조몰락조몰락 만지기만 하고 먹지는 않는다.

"아, 안 먹게이!"

도토리를 분간해서 아는 아기가 어쩐지 미운 생각이 왈칵 들어 그는 이렇게 소리쳤다. 그러니 아기는 입을 비죽비죽하다가 으아 하고 울었다.

"우 울겠니?"

칠성이는 발길로 아기를 찼다. 아기는 눈을 꼭 감고 방바닥에 쓰러졌다. 그 바람에 아기 머리의 파리는 웅 하고 조금 떴다가 곧 달라붙는다. 칠성이는 재차 차려고 달려드니, 아기는 코만 풀찐풀찐 하면서 울음소리를 뚝 끊었다. 그러나 그 눈엔 눈물이 샘솟듯 흐른다. 칠성이는 모른 체하고 돌아앉아 밥만 퍼먹다가 캑 하는 소리에 머리를 돌렸다.

아기는 언제 그 도토리를 먹었던지 캑캑하고 게워 놓는다. 깨느르르한 침에 섞이어 나오는 도토리 쪽은 조금도 씹히지 않은 그대로였고 그 빛이 약간 붉은 기를 띤 것을 보아 피가 묻어 나오는 것임을 알 수가 있었다. 아기의 얼굴은 빨갛게 상기되고 목에 힘줄이 불쑥 일어났다.

그 찰나에 칠성이는 입에 문 도토리가 모래알 같아 씹을 수 없고, 쓴 내가 콧구멍 깊이 칵 올려 받혀 견딜 수 없었다. 그는 술을 텡겅 내치고 애기를 번쩍 들어 문밖으로 내놓았다. 그리고 뼈만 남은 아기의 볼기를 짝 붙이니 얼굴이 새카매지면서도 여전히 윽윽 게운다. 이번에는 밥그릇을 냅다 차서 요란스레 굴리고 웃방으로 올라오나 게우는 소리에 몸이 오시러워서 가만히 있을 수 없었다. 문득 갈자리 속의 과자를 생각하고 그것을 남김없이 꺼내다가 아기 앞에 팽개치고 뒤들로 나와 버렸다. 그는 빙빙 돌다 기침을 탁 뱉었다.

　　　　　　　　　　　　　　　　　지하촌

한참 만에 칠성이는 방으로 들어오니 방 안은 단 가마 속 같았다.

그는 앉았단 섰다 안달을 하다가 머리를 기웃하여 보이 아기는 손을 깔고 봉당에 엎디어 잠들었고, 게워 놓은 자리엔 쉬파리가 날개 없는 듯이 벌벌 기고 있으며, 아기 머리와 빠끔히 벌린 입에는 잔파리 왕파리가 아글바글 들싼다. 과자! 그는 놀라 둘러보았다. 부스러기도 볼 수 없었다. 아기가 다 먹을 수 없고 필시 칠운이가 들어왔던 것이라 생각될 때 좀 남기고 줄 것을 하는 후회가 일며 칠운이를 보면 실컷 때리고 싶었다. 그는 달려 나오면서 발길로 애기를 차고 나왔다. 손을 거북스레 깔고 모로 누운 꼴이 눈에 꺼리고 또 여윈 팔다리가 보기 싫어서 이러하고 나온 것이다.

아기 울음소리를 들으면서 그는 칠운이를 찾았다. 저편 버드나무 아래에 애들이 몰려 떠든다. 옳지 저게 있구나 하고 씩씩거리며 그리로 발길을 떼어 놓았다.

몰래몰래 오느라 했건만 칠운이는 벌써 형을 보고서 달아난다. 애들은 수숫대를 시시하고 씹고 서서 칠성이를 힐끔힐끔 보다가는 히히 웃었다. 어떤 놈은 칠성의 걸음 흉내를 내기도 한다.

칠운이는 조밭으로 들어갔는지 보이지도 않는다. 그가 잡풀에 얽히어 넘어지니 뒤에 따르던 애들은 허 하고 웃고 떠든다. 칠성이는 겨우 일어나서 애들을 노려보았다. 이놈들도 달려들지나 않으려나 하는 불안이 약간 일어 이렇게 딱 버티어 보인 것이다. 애들은 무서웠던지 슬금슬금 달아난다. 애들 같지 않고 무슨 원숭이 무리가 먹을 것을 구하려 눈이 뒤집혀서 다니는 것 같았다. 이 동네 애들은 모두가 미운 애들만이라고 부지중에 생각되어 한참이나 바라보다가 걸었다. 이마가 따갑고 발가락이 따가운데 또 애들이 벗겨 버린 수숫대 껍질이 발 끝에 따끔거린다. 애들은 내를 바라고 달아난다. 그 무리에 칠운이도 섞이었을 것이라 하고 그는 버드나무 아래로 왔다. 여기는 수숫대 껍질이 더 많고 또 소를 갖다 매는 탓인지 소똥이 지저분했다. 버드나무에 기대서서 그는 바라보았다. 저절로 그의 큰 눈이 큰년네 집에 멈추고 또 큰년이를 만나 볼 마음으로 가득하다. 지금 혼자 있을 텐데 가 볼까. 그러다 누가 있으면…… 무엇이 따끔하기에 보니, 왕개미 몇 마리가 다리로 올라온다. 그는 툭툭 털고 다시 보았다.

멀리 큰년네 바자엔 빨래가 희게 널렸는데 방금 날으려는 새와 같이 되룩되룩하여 쉬 하면 푸르릉 날 듯하다. 있기는 누가 있어, 김매러 다 갔을 터인데…… 신발 소리에 그는 돌아보았다. 개똥 어머니가 어떤 여인을 무겁게 업고 숨이 차서 온다. 전 같으면 "요새 성냥 많이 벌었겠구먼, 한 갑 선사하게나" 하고 농담을 건넬 터인데 오늘은 울상을 하고 잠잠히 지나친다. 이마에 비지땀이 흐르고 다리가 비틀비틀 꼬이고 숨이 하늘에 닿고 그는 머리를 들어 보니 등에 업힌 여인인즉 죽은 시체 같았다. 흩어진 머리 주제며 이에 끓는 거품 꼴, 피투성이 된 옷! 눈을 크게 뜨고 머리카락에 휩싸인 여인의 얼굴을 똑바로 보니 큰년의 어머니였다. 그는 놀랐다. 해서 뭐라고 묻고 싶은데 벌써 개똥 어머니는 버드나무를 지나 퍽이나 갔다. 웬일일까? 어디 넘어졌나, 누

　　　　　　　　　　　　　　　　　　　　　　지하촌

구와 쌈을 했나 하고 두루 생각하다가, 못 견디어 일어나 따랐다. 맘대로 하면 얼른 가서 개똥 어머니에게 어찌 된 곡절을 묻겠는데 다리가 말을 듣지 않고 점점 더 비틀거리기만 하고 앞으로 가지지는 않는다. 그는 화를 더럭 내고 몸짓만 하다가 팍 꺼꾸러졌다. 한참이나 버둥거리다가 일어나서 천천히 걸었다.

큰년네 굴뚝에는 연기가 흐른다. 옳구나. 큰년의 어머니가 어찌해서 그 모양이 되었을까. 또다시 이러한 궁금증이 일어난다. 그가 큰년네 마당까지 오니 큰년네 집으로 들어가고 싶어 발길이 자꾸만 돌려진다. 그런 것을 참고 무슨 소리나 들을까 하여 한참이나 왔다 갔다 하다가 집으로 왔다.

봉당에 들어서니 파리가 와그그 끓는데. 그 속에서 아기가 똥을 누고 있다. 깽깽 힘을 쓰니, 똥은 안 나오고 밑이 손길같이 빠지고 거기서 빨간 핏방울이 똑똑 떨어진다. 아기는 기를 쓰느라 두 눈을 동그랗게 비켜 뜨니, 얼굴의 힘줄이 칼날같이 일어난다. 그 조그만 이마에 땀이 비 오듯 하고. 그는 못 볼 것이나 본 것처럼 머리를 돌리고 방으로 들어왔다. 마음대로 하면 아기를 콱 밟아 죽여 버리든지 어디 멀리로 들어다 버리든지 했으면 오히려 시원할 것 같았다.

칠성이는 발길에 채어 구르는 도토리를 집어 먹으며 아기 기쓰는 소리에 눈살을 잔뜩 찌푸리고 그만 뒤뜰로 나와 버렸다. 아기로 인하여 잠깐 잊었던 큰년 어머니의 생각이 또 나서, 그는 바자 곁으로 다가섰다.

"으아 으아."

강경애   473

하는 아기 울음소리에 머리를 돌렸다. 영애의 울음소리가 아니요. 아주 갓난 어린아기의 울음인 것을 직각하자 큰년의 어머니가 아기를 낳았는가 했다. 그러나 불안하던 마음이 다소 덜리나 아기 하고 입에만 올려도 입에서 신물이 돌 지경이었다. 지금 봉당에서 피똥을 누느라 병든 고양이 꼴한 그런 아기를 낳을 바엔 차라리 진자리에서 눌러 죽여 버리는 것이 훨씬 나을 것 같았다.

큰년이 같은 그런 계집애를 낳았다. 또 눈먼 것을…… 그는 히 하고 웃음이 터졌다. 그 웃음이 입가에서 사라지기도 전에 왜 이 동네 여인들은 그런 병신만을 낳을까? 하니, 어쩐지 이상하였다. 하기야 큰년이가 어디 나면서부터 눈멀었다니, 우선 나도 네 살 때에 홍역을 하고 난 담에 경풍이라는 병이 걸리어 이런 병신이 되었다는데 하자, 어머니가 항상 외우던 말이 생각되었다.

그때 어머니는 앓는 자기를 업고 눈이 길같이 쌓여 길도 찾을 수 없는 데를 눈 속에 푹푹 빠지면서 읍의 병원에를 갔다는 것이다. 의사는 보지도 못한 채 어머니는 난로도 없는 복도에 한껏이나 서 있다가, 하도 갑갑해서 진찰실 문을 열었더니 의사가 눈을 거칠게 떠 보이고, 어서 나가 있으라는 뜻을 보이므로, 하는 수 없이 복도로 와서 해가 지도록 기다리는데 나중에 심부름하는 애가 나와서 어머니 손가락만 한 병을 주고 어서 가라고 하였다는 것이다.

어머니는 그 말만 하면 흥분이 되어 의사를 욕하고 또 세상을

지하촌

원망하는 것이다. 그때마다 그는 어머니를 핀잔하고 그 말을 막아 버리곤 하였다. 무엇보다도 불쾌하여 견딜 수 없었던 것이다.

약만 먹으면 이제라도 내 병이 나을까. 큰년이 병도…… 아니야. 이미 병신이 된 담에야 약을 쓴다고 나을까. 그래도 알 수가 있나. 어쩌다 좋은 약만 쓰면 나도 남처럼 다리 팔을 맘대로 놀리고 해서 동냥도 하러 다니지 않고, 내 손으로 김도 매고 또 산에 가서 나무도 쾅쾅 찍어 오고, 애새끼들한테서 놀림도 받지 않고…… 그의 가슴은 우쩍하였다. 눈을 번쩍 떴다. 병원에나 가서 물어볼까…… 그까짓 놈들이 돈만 알지 뭘 알아. 어머니의 하던 말 그대로 되풀이하고 맥없이 주저앉았다.

큰년네 집도 조용하고 아기의 울음소리도 그쳤는데 배가 쌀쌀 고팠다. 그는 해를 짐작해 보고, 어머니가 이제 들어오면 얼굴이 수심을 띠우고 귀밑에 머리카락을 담뿍 흘리고서, 너 왜 동냥하러 가지 않았니, 내일은 뭘 먹겠니 할 것을 머리에 그리며 무심히 옆에 서 있는 댑싸리나무를 바라보았다.

혹시 이 댑싸리나무가 내 병에 약이 되지나 않을까. 그는 댑싸리나무 냄새를 코밑에 서늘히 느끼자, 이러한 생각이 불쑥 일어, 댑싸리나무 곁으로 가서 한입 뜯어 물었다. 잘강잘강 씹으니, 풀내가 역하게 일며 욱하고 구역질이 나온다. 그래도 눈을 푹 감고 숨도 쉬지 않고 대강 씹어서 삼켰다. 목이 찢어지는 듯이 아프고 맑은 침이 자꾸만 흘러내린다. 그는 이 침마저 삼켜야 약이 될 듯해서 눈을 꿈쩍거리면서 그 침을 삼키고 나니, 까닭없이 두 줄기 눈물이 주루루 흘러내린다.

그는 하늘을 바라보고 제발 이 손을 조금만이라도 놀려서 어머니가 하는 나무를 내가 하도록 합시사 하였다. 평소에 이런 생각을 한 번도 해본 적이 없건만, 어머니가 나무를 무겁게 이고 걸음도 잘 걷지 못하는 것을 보아도 무심했건만, 웬일인지 이 순간엔 이러한 생각이 일었다.

한참이나 꿈쩍 않고 있던 그는 손을 가만히 들어 보고 이번에나 하는 마음이 가슴에서 후닥닥거렸다. 하나 손은 여전히 떨리어 옴츠러든다. 갑자기 윽 하고 구역질을 하자 땅에 머리를 쾅! 들이쪼고 훌쩍훌쩍 울었다.

아주 캄캄해서야 어머니는 돌아왔다. 또 산으로 가서 나무를 해 이고 온 것이다.

"어디 아프냐?"

어둠 속에 약간 드러나는 어머니의 윤곽은 피로에 쌓여 넘어질 듯했다. 그리고 짙은 풀내가 치마폭에 흠씬 배어 마늘내같이 강하게 품겼다.

"이애야, 왜 대답이 없어."

아들의 몸을 어루만지는 장작개비 같은 그 손에도 온기만은 돌았다.

칠성이는 어머니의 손을 뿌리치고 돌아누웠다. 어머니는 물러앉아 아들의 눈치를 살피다가 혼자 하는 말처럼,

"어디가 아픈 모양인데, 말을 해야지 잡놈 같으니라구."

이 말을 남기고 일어서 나갔다. 한참 후에 어머니는 푸성귀 국에다 밥을 말아 가지고 들어와서 아들을 일으켰다. 칠성이는

언제나처럼 어머니 팔목에서 뚝 하는 소리를 들으면서 일어앉아 떨리는 손으로 술을 붙들었다.

"이애야, 어디 아프냐?"

아까와 달리 어머니 옷가에 그을음내가 품기고 숨소리에 따라 밥내 구수한데 무겁던 몸이 가벼워진다.

"아 아니."

맘을 졸이던 끝에 비로소 안심하고 아들이 국 마시는 것을 들여다보았다.

"에그 큰년네 어머니는 오늘 밭에서 애기를 낳았다누나. 내남 없이 가난한 것들에게 새끼가 무어겠니?"

아까 버드나무 아래서 본 큰년의 어머니가 떠오르고 "으아으아" 울던 애기 울음소리가 들리는 듯, 또 영애의 그 꼴이 선히 나타난다. 그는 눈살을 찌푸렸다.

"글쎄, 새끼가 왜 태여, 진절머리 나지."

한숨 섞어 어머니는 이렇게 탄식하고, 빈 그릇을 들고 나가 버린다. 칠성이는 방 안이 덥기도 하지만, 큰년네 일이 궁금해서 그만 일어나 나왔다.

뜰 한 모퉁이에 쌓여 있는 나뭇단에서 짙은 풀내가 산속인 듯싶게 흘러나오고, 검푸른 하늘의 별들은 아기 눈같이 이쁘다.

왱왱거리는 모기를 쫓으면서 나무 말려 모아놓은 곳에 주저앉았다. 마른 갈잎이 버석버석 소리를 내고 더운 김에 밑이 뜨뜻하였다. 어머니가 저리로부터 온다.

"칠성이냐? 왜 나왔니."

버석 소리를 내고 곁에 앉는다. 땀내와 영애의 똥내가 훅 끼치므로 그는 머리를 돌리었다. 어머니는 젖을 꺼내 아기에게 물리고 한숨을 푹 쉰다. 무슨 말을 하려나 하고 칠성이는 어머니의 눈치를 살피나, 안타깝게 병든 고양이 새끼 같은 영애를 어루만지기만 하고, 쉽사리 입을 열지 않았다.

해종일 김매기에 그 몸이 고달팠겠고 더구나 산에 가서 나무를 해 오려기에 그 몸이 지칠 대로 지쳤으련만, 또 아기에게서라도 시달림을 받으니, 오늘 밤이라도 잠만 들면 깨지 못할 것 같다. 그렇게 피로한 몸을 돌아보지 않는 어머니가 어딘지 모르게 미웠다.

"저 계집애는 자지도 않아!"

칠성이는 보다 못해서 꽥 소리쳤다. 영애는 젖꼭지를 문 채 울음을 내쳤다. 그 애가 어디 자게 되었니. 몸이 아픈 데다 해동일 굶었고, 또 이리 젖이 안 나니까 하는 말이 혀끝에서 똑 떨어져 버리려는 것을 꾹 참으니 눈물이 핑그르르 돌았다.

"오오, 널보고 안 그런다. 어서 머."

겨우 말을 마치자, 눈물이 줄줄 흘렀다. 문득 어머니는 이 눈물이 젖으로 흘러서 영애의 타는 목을 축여 줬으면 가슴이 이다지도 쓰리지 않으련만 하였다.

한참 후에 어머니는,

"글쎄 살지도 못할 것이 왜 태어나서 어미만 죽을 경을 치게 하것니. 이제 가보니 큰년네 아기는 죽었더구나. 잘되기는 했더라만…… 에그 불쌍하지. 얼마나 밭고랑을 타고 헤매이었는지

지하촌

아기 머리는 그냥 흙투성이라더구나. 그게 살면 또 병신이나 되지 뭘 하겠니. 눈에 귀에 흙이 잔뜩 들었더라니, 아이구 죽기를 잘했지, 잘했지!"

어머니는 흥분이 되어 이렇게 중얼거린다. 칠성이도 가슴이 답답해서 숨을 크게 쉬었다. 그리고 자신도 어려서 죽었더라면 이 모양은 되지 않을 것을 하였다.

"사는 게 뭔지 큰년네 어머니는 내일 또 김매러 가겠다더구나. 하루쯤 쉬어야 할 텐데. 이게 이게 어느 때냐. 그럴 처지가 되어야지. 없는 놈에게 글쎄 자식이 뭐냐, 웬 자식이냐."

영애를 낳아 놓고 그다음 날로 보리마당질 하던, 그 지긋지긋 하던 때가 떠오른다. 하늘이 노랗고, 뱅뱅 돌고, 보리 이삭이 작 았다 커 보이고, 도리깨를 들 때, 내릴 때, 아래서는 무엇이 뭉클 뭉클 나오다가 나중엔 무엇이 묵직하게 매어달리는 듯해서 좀 만져 보려 했으나, 사이도 없고 또 남들이 볼까 꺼리어 그냥 참 고 있다가 소변보면서 보니 허벅다리엔 피가 홍건했고 또 주먹 같은 살덩이가 축 늘어져 있었다. 겁이 더럭 났지만 누구보고 물 어보기도 부끄럽고 해서 그냥 내버려 두었더니, 그 살덩이가 오 늘까지 늘어져서 들어갈 줄 모르고 또 무슨 물을 줄줄 흘리고 있다.

그것 때문에 여름에는 더 덥고 또 고약스러운 악취가 나고, 겨울엔 더 춥고 항상 몸살이 오는 듯 오삭오삭 추웠다. 먼 길이 나 걸으면 그 살덩이가 불이 붙는 듯 쓰라리고 또 염증을 일으 켜 통통 부어서 걸음 걸을 수가 없으며 나중엔 주위로 수없는 종기가 나서 그것이 곪아 터지느라 기막히게 아팠다. 이리 아파도 누구에게 아프다는 말도 할 수 없는 그런 종류의 병이었다.

어머니는 지금도 척척히 늘어져 있는 그 살덩이를 느끼면서 한숨을 푹 쉬었다. 갈잎이 바삭바삭 소리를 낸다. 마침 영애는 젖꼭지를 깍 깨물었다. "아이그!" 소리까지 내치고도 얼른 칠성이가 이런 줄을 알면 욕할 것이 싫어서 그다음 말은 뚝 그치고 손으로 영애의 머리를 꾹 눌러 아프다는 뜻을 영애에게만 알리었다. 그러고도 너무 눌렀는가 하여 누른 자리를 금시로 어루만져 주었다.

"정말 오늘 그 난시에 글쎄 큰년네 집에는 손님이 와서 방 안에 앉아도 못 보고 갔다누나."

칠성이는 머리를 들었다. 어디서 불려오는 모기 쑥내는 향긋하였다.

"전에부터 말 있던 그 집에서 왔다는데 넌 정 모르기 쉽겠구나. 읍에서 무슨 장사를 한다나, 꽤 돈푼이나 있다더라. 한데, 손을 이때까지 못 보았누나, 해서, 첩을 여나믄두 넘어 얻었으나 이때까지 못 낳았단다. 에그 그런 집에나 태이지."

어머니는 영애를 잠잠히 내려다본다. 칠성이는 이야기하면서도 아기를 생각하는 어머니가 보기 싫었다. 하나 다음 말을 들으려니 가만히 앉아 있었다.

"그런데 어찌어찌 하다가 큰년의 말이 났는데 사내는 펄쩍 뛰더란다. 그래두 안으로 맘이 켕기어서 그러하다고 하더니, 하필 오늘 같은 날, 글쎄 선보러 왔다 갔다니…… 큰년이는 이제 복

좋을라! 언제 봐도 덕성스러워. 그 애가 눈이 멀었다 뿐이지 못 하는 게 뭐 있어야지. 허드렛일이나 앉아 하는 일이나 휭 잡았으 니 눈 뜬 사람보다 낫다. 이제 그런 집으로 시집가게 되고 달덩 이 같은 아들을 낳아 놓을 게다. 아이그, 좀 잘살아야지……."

"눈 눈먼 것을 얻어다 뭘 뭘을 해!"

칠성이는 뜻밖에 이런 말을 퉁명스레 내친다. 그의 가슴은 지 금 질투의 불길로 꼭 찼고, 누구든지 큰년이만 다친다면 사생을 결단하리라 하였다. 이러고 나니 머리에 열이 오르고 다리 팔이 풀풀 떨리었다.

"그 그래, 시 시집가기로 됐나?"

어머니는 아들의 눈치를 살피고 어쩐지 대답하기가 어려웠다. 동시에 저것도 계집이 그리우려니 하니 불쌍한 마음이 들고 또 아들의 장래가 캄캄해 보이었다.

"아직은 되지 않았더라만은……."

이 말에 그의 맘은 다소 가라앉은 듯하나, 웬일인지 슬픈 생 각이 들어 그는 일어났다.

"들어가 자거라. 내일은 일찍이 읍에 가게 해. 어떡하겠니?"

칠성이는 화를 버럭 내고 어머니 곁을 떠나 되는대로 걸었다.

발걸음에 따라 모기쑥내 없어지고 산뜻한 공기 속에 풀내 가 득히 흐른다. 멀리 곡식대 비벼치는 소리 바람결에 은은하고, 산 기를 띤 실바람이 그의 몸에 싸물싸물 기고 있다. 잠방이 가랑 이 이슬에 젖고, 벌레 소리 발끝에 채어 요리 졸졸졸, 조리 쏠쏠 쏠……

그는 우뚝 섰다. 저 앞은 지척을 분간할 수 없는 어둠으로 덮었고, 하늘 아래 저 불타산의 윤곽만이 검은 구름같이 뭉실뭉실 떠 있다. 그 위에 별들이 너도나도 빛나고, 별빛이 눈가에 흐르자 눈물이 핑그르르 돌며 통곡이라도 하고 싶었다. 저 산도 저 하늘도 너무 그에겐 무심한 것 같다.

"이애야, 들어가자."

어머니의 기운 없는 음성이 들린다.

"왜 왜 쫓아다녀유."

칠성이는 마음에 잠겼던 어떤 원한이 일시에 머리를 들려고 하였다.

"제발 들어가. 이리 나오면 어쩌겠니?"

어머니는 그의 손을 붙들었다. 칠성이는 뿌리쳤으나 힘이 부친다. 길 풀이 그들의 옷에 비비쳐 실실 소리를 낸다. 어머니는 절반 울면서 사정을 하였다. 그는 어머니 손에 붙들리어 돌아오면서, 오냐 내일 저를 만나 보고 시집가는지 안 가는지 물어보고, 또 나한테 시집오겠니도 물어야지 할 때 가슴은 씩씩 뛰고 어떤 실 같은 희망이 보인다.

"날 보고 네 동생들을 봐라."

어머니는 이러한 말을 하여 아들을 달래려고 한다. 칠성이는 말없이 그의 집으로 왔다.

이튿날 일부러 늦게 일어난 칠성이는 오늘은 기어코 큰년이를 만나 무슨 말이든지 하리라, 만일 시집가기로 되었다면…… 그는 아뜩하였다. 그때는 그만 죽어 버릴까, 나두 그 칼에 죽지 하

지하촌

고 뒤뜰로 나와서 바자 곁에 다가섰다. 큰년네 집은 고요하고 뜨물동이에서 왕왕거리는 파리 소리만이 간혹 들릴 뿐이다. 가자! 바자에서 선뜻 물러섰다. 눈에 마주 띄는 저 앞의 큰 차돌은 웬일인지 노랗게 보이었다.

그는 숨이 차서 방으로 들어왔다. 옷을 이 모양을 하구 가, 하고 굽어보았다. 쇠똥자국이 여기저기 있고, 군데군데 해졌고, 뭘 눈이 멀었는데 이게 보이나, 그럼 만나서는 뭐라구 말을 해야지. 그는 천정을 바라보고 생각하였다. 입가에 흐르는 침을 몇 번이나 시하고 들여마시나 그저 캄캄한 것뿐이다. 생전 말이라고는 못해 본 것처럼 아뜩하였다.

내가 병신임을 저가 아나, 하는 불안이 불쑥 일어 맥이 탁 풀린다. "너까짓 것에게 시집가!" 하는 큰년의 말이 들리는 듯해서 그는 시름없이 밖을 내다보았다.

바자에 얽힌 호박넝쿨, 박넝쿨, 그 옆으로 옥수숫대, 썩 나와서 살구나무, 적고 큰 댑싸리가 아무 기탄 없이 하늘을 바라보고 가지가지를 쭉쭉 쳤으며 잎이 자유스럽게 미풍에 흔들리지 않는가. 웬일인지 자신은 저러한 초목만큼도 자유롭지 못한 것을 전신에 느끼고 한숨을 후 쉬었다.

한참 후에 칠성이는 마음을 단단히 먹고 마당으로 나와서 큰년네 집 앞으로 몇 번이나 왔다 갔다 하다가 싸리문을 가만히 밀고 껑충 뛰어들었다.

봉당문도 꼭 닫히었고 싸리비만이 한가롭게 놓여 있다. 얼떨결에 봉당문을 삐꺽 열었을 때 고양이 한 마리가 야옹 하고 뛰어

나간다. 그는 어찌 놀랐는지 숨이 하늘에 닿을 것처럼 뛰었다. 봉당으로 들어서서 한참이나 망설이다가 방문을 열어보았다. 무거운 공기만이 밀려나오고 큰년이는 없었다. 시집을 갔나? 하고 얼른 생각하면서, 부엌으로 뒤뜰로 인기척을 찾으려 하였으나 조용하였다. 그는 이러하고 언제까지나 있을 수가 없어서 발길을 돌리려 했을 때 싸리문 소리가 난다. 그는 얼떨결에 기둥 이편으로 와서 그 뒤 멍석 곁에 바싹 다가섰다. 부엌문 소리가 덜거렁 나더니 큰년이가 빨래함지를 이고 들어온다. 그의 눈은 캄캄해지고 전신이 나른해진다. 큰년이가 그를 알아보고 이리 오는 것만 같고, 그의 눈은 먼 것이 아니고 언제나 창틈으로 볼 수 있는 별눈을 빠꼼히 뜨고서 쳐다보는 듯했다. 숨이 차서 견딜 수 없으므로 멍석 아래 뒤로 돌아가며 숨을 죽이었으나 점점 더 숨결이 항항거리고 멍석눈에 코가 맞닿아서 기절을 할 지경이었다.

큰년이는 뒤뜰로 나간다. 짤짤 끄는 신발 소리를 들으면서 머리를 내밀어 밖을 살피고 발길을 옮기려 했으나 온몸이 비비 꼬이어 한 보를 옮길 수다 없다. 어색하여 그만 집으로 가려고도 했다. 그의 몸은 돌로 된 것 같았으나 마침 빨래 널리는 소리가 바삭바삭 나자 큰년이가 읍으로 시집간다! 하는 생각이 들며 발길이 허둥하고 떨어진다.

큰년이는 빨래를 바자에 걸치다가 휘끈 돌아보고 주춤한다. 칠성이는 차마 큰년이를 쳐다보지 못하고 우두커니 서 있다.

"누구요?"

"……"

484   지하촌

"누구야요?"

큰년의 음성은 떨려 나왔다. 칠성이는 무슨 말이든지 해야 할 터인데 입이 꽉 붙고 떨어지지 않는다. 한참 후에 발길을 지척하고 내디디었다.

"난 누구라구……."

큰년이는 바자 곁으로 다가서고 머리를 다소곳 한다. 곱게 감은 그의 눈등은 발랑발랑 떨렸다. 칠성이는 자기를 알아보는 것을 알고 조금 마음이 대담해졌다. 이번엔 밖이 걱정이 되어 연신 눈이 그리로만 간다.

"나가. 야, 어머니 오신다."

큰년이는 암팡지게 말을 했다. 어려서 음성이 그대로 남아 있다.

"너 너 시집간다지. 조 좋겠구나!"

"새끼두 별소리 다 하네. 나가 야."

큰년이는 빨래를 조물락거리고 서서 숨을 가볍게 쉰다. 해어진 적삼 등에 흰 살이 불룩 솟아 있다. 칠성이는 무의식간에 다가섰다.

"아이구머니!"

큰년이는 바자를 붙들고 소리쳤다. 칠성이는 와락 겁이 일어 주춤 물러서고 나갈까도 했다. 앞이 캄캄해지고 또 빙글빙글 돌아가는 것 같았다.

"어머니 오신다 야."

칠성이는 잠깐 눈을 감았다가 덜덜 떨리어 나오는 이 소리에

강경애

485

눈을 떴다. 등어리로 흘러내려 온 삼단 같은 머리채는 큰년의 냄새를 물씬물씬 피우고 있다. 칠성이는 얼른 큰년의 발을 짐짓 밟았다. 큰년이는 얼굴이 새빨개서 발을 냉큼 빼어 가지고 저리로 간다. 손에 들었던 빨래는 맥없이 툭 떨어진다.

재가 돌을 집어 치려고 저러나 하고 겁을 먹었으나, 큰년이는 바자 곁에 다가서서 바자를 보시락보시락 만지고 있는데, 댕기 꼬리는 풀풀 날린다. 야물야물 하던 말도 쏙 들어가고 애꿎이 바자만 만지고 있다.

"사탕두 주구, 옷 옷감두 주 주께, 시집 안 가지?"

큰년이는 언제까지나 잠잠하고 있다가, 조금 머리를 드는 척하더니,

"누가…… 사탕…… 히."

속으로 웃는다. 칠성이도 따라 웃고,

"응 야 안 안 가지?"

"내가 아니, 아버지가 알지."

이 말엔 말이 막힌다. 그래서 우두커니 섰노라니,

"어서 나가 야."

큰년이는 얼굴을 돌린다. 곱게 감은 눈에 속눈썹이 가무레하게 났는데 그 눈썹 끝에 걱정이 대글대글 맺혀 있다.

"그 그럼 시집 가 가겠나?"

큰년이는 머리를 푹 숙이고, 발끝으로 돌을 굴리고 있다. 칠성이는 슬픈 맘이 들어 울고 싶었다.

"안 안 안 가지, 응야?"

지하촌

큰년이는 대답 대신으로 한숨을 푹 쉬고 머리를 들여다가 돌아선다. 그때 어린애 울음소리가 들렸다. 칠성이는 놀라 뛰어나왔다.

집에 오니, 칠운이가 아기를 부엌 바닥에 내려굴리고 띠로 아기를 꽁꽁 동이려고 한다. 아기는 다리 팔을 함부로 놀리고 발악을 하니, 칠운이는 사뭇 죽일 고기를 다루듯 아기를 콱콱 쥐어박는다.

"이 계집애 자것니 안 자것니. 안 자면 죽이고 말겠다."

시퍼런 코를 쌍줄로 흘리고서 주먹을 겨누어 보인다. 아기는 바르르 떨면서 눈을 꼭 감고 눈물을 줄줄 흘리고 있다.

"그러구 자라. 이 계집애."

칠운이는 아기 옆에 엎어지고 한 손으로 그의 허리를 꼬집어 당긴다.

"어마이, 난 여기 자꾸자꾸 아파서 아기 못 보겠다야 씨…… 흥."

코를 혀끝으로 빨아 올리면서 칠운이는 이렇게 중얼거렸다. 그 눈에 졸음이 가득하더니 그만 씩씩 자 버린다.

칠성이는 무심히 이 꼴을 보고 봉당으로 들어섰다.

"엄마!"

자는 줄 알았던 아기가 눈을 동그랗게 뜨고 오빠를 바라본다. 칠성이는 머리끝이 쭈뼛하도록 놀랐다. 해서 얼결에 발을 이어 찰 것처럼 하고 눈을 딱 부릅떠 보이니 아기는 그 얇은 입술을 비죽비죽하며 눈을 감는다.

"엄마! 엄마!"

아기는 그 입으로 이렇게 부르고 있었다. 칠성이는 방으로 들어와서 빙빙 돌다가 뒤뜰로 나와 큰년이가 아직도 그 자리에 서 있으면 하고 바자를 가만히 뻐기고 들여다보니 큰년이는 보이지 않고 빨래만이 가득히 널려 있었다.

방으로 들어와서 벽에 걸린 동냥자루를 한참이나 바라보면서 큰년의 옷감 끊어다 줄 궁량을 하고, 그러면 큰년이와 그의 부모들도 나에게로 뜻이 옮겨질지 누가 아나 하고, 동냥자루를 벗겨 메구서 밀짚모를 비스듬히 제껴 쓴 다음에 방문을 나섰다. 눈결에 보니 아기는 무엇을 먹고 있으므로, 그는 머리를 넘석하여 보았다. 애기는 띠 동인 데서 벗어나와 아궁 곁에 오줌을 눈 듯한데 그 오줌을 쪽쪽 핥아 먹고 있다.

"이애! 이 계집애!"

칠성이는 이렇게 버럭 소리 지르고 밖으로 나왔다. 뜨거운 물속에 들어서는 듯 전신이 후끈하였다. 신작로에 올라서며 그는 옷을 바로 하고 모자를 고쳐 쓰고 아주 점잖은 양 하였다. 이제부터는 이래야 할 것 같았다. 에헴! 하고 큰기침도 하여 보고, 걸음도 천천히 걸으려 했다. 이러면 애들도 달려들지 못하고 어른들도 놀리지 못할 테지, 할 때 큰년이가 떠오른다. 슬며시 돌아보니, 벌써 그의 마을은 보이지 않고, 수수밭이 탁 막아섰다. 수수밭 곁으로 다가서니, 싱싱한 수수잎 내가 후끈 끼치고, 등허리가 근질근질하게 땀이 흘러내린다. 두어 번 몸을 움직이고 어디라 없이 바라보았다.

수수밭 머리로 파랗게 보이는 저 불타산은 몇 발걸음 옮기면 올라갈 듯이 그렇게 가까워 보인다. 그의 집 창문 곁에 비껴 서서 맘 놓고 바라볼 수 있는 것은 저 산이요, 또 이런 수수밭 머리에서 쉬어가며 바라볼 수 있는 것이 저 산이다.

그는 한숨을 푹 쉬었다. 언제나 저 산을 바라볼 때엔 흩어졌던 마음이 한데 모이는 듯하고 또한 깜박 잊었던 옛날 일이 한두 가지 생각되곤 하였다.

먼 산에 아지랑이 아물아물 기는 어느 봄날. 그는 자리에서 일어나 창문 곁에 서니, 동무들이 조그만 지게를 지고, 지팡이를 지게에 끼웃이 꽂아 가지고, 열을 지어 산으로 가고 있다. 어찌나 부럽던지 한숨에 뛰어나와서, 우두커니 바라볼 때, 언제나 나도 이 병이 나아서 쟤들처럼 지팡이를 저리 꽂아 가지고 나무하러 가보나. 난 어른이 되면 저 산에 가서 이런 굵은 나무를 탕탕 찍어서 한참 잔뜩 지고 올 테야.

여기까지 생각한 그는 흠 하고 코웃음 쳤다. 뼈 마디마디가 짜릿해 오고, 가슴이 죄어지는 것 같다. 두어 번 머리를 설레설레 흔들고 터벅터벅 걸었다. 지금 그의 앞엔 큰년이가 있을 따름이다.

이틀 후.

칠성이는 그의 마을로부터 육 리나 떨어져 있는 송화읍 어구에 우두커니 서 있었다. 읍에 와서 돌아다니나 수입이 잘되지 않으므로 이렇게 송화읍까지 오게 되었고, 그래서야 겨우 큰년의 옷감을 인조견으로 바꾸어 가지고 돌아오는 길이었던 것이다.

이 밤이나 어디서 지낼까 망설이나, 어서 빨리 이 옷감을 큰년의 손에 쥐어주고 싶은 마음, 또는 큰년의 혼사 사건이 궁금하고 불안해서 그는 가기로 결정하고 걸었다.

쳐다보니, 별도 없는 하늘 검정 강아지 같은 어둠이 눈 속을 아물아물하게 하는데, 웬일인지 맘이 푹 놓이고 어떤 희망으로 그의 눈은 차차로 열렸다. 산과 물은 그의 맘속에 파랗게 솟아 있는 듯, 그렇게 분명히 구별할 수 있고, 신작로에 깔린 조약돌은 심심하면 장난치기 알맞았다.

사람들이 연락부절하고, 자동차가 먼지를 피우며 달아나는 그 낮길보다는 오히려 이 밤길이 그에게는 퍽이나 좋게 생각되었다. 그래서 다리 아픈 것도 모르고 걸었다.

가다가 우뚝 서면 산냄새 그윽하고, 또 가다가 들으면 물소리 돌돌 하는데, 논물내 확 품기고, 간혹 산새 울음 끊었다 이어질 제, 멀리 깜박여 오는 동네의 등불은 포르릉 날아오는 것 같다가도 다시 보면 포르릉 날아간다.

그가 숨을 크게 쉴 때마가 가슴에 품겨 있는 큰년의 옷감은 계집의 살결 같아 조약돌을 밟는 발가락이 찌르르 울리었다. "고것 어떡허나" 그는 무의식간에 입을 쩍 벌리고 무엇을 물어 당길 것처럼 하였다. 지금 큰년이와 마주 섰던 것을 머리에 그려 본 것이다. 이제 가서 이 옷감을 들려 주면 큰년이는 너무 좋아서 그 가무레한 눈썹 끝에 웃음을 띨 테지 가슴은 소리를 내고 뛴다.

차츰 동녘 하늘이 바다와 같이 훤해 오는데 난데없는 빗방울이 뚝뚝 떨어진다. 그는 놀라 자꾸 뛰었으나, 비는 더 쏟아지고,

멀리서 비 몰아오는 소리가 참새 무리들 건너듯 했다. 그는 어쩔까 잠시 망설이다가, 빗물에 묻히어 어림해 보이는 저 동리로 부득이 발길을 옮겼다. 큰년의 옷감이 아니면 이 비를 맞으면서도 가겠으나 모처럼 끊은 이 옷감이 비에 젖을 것이 안되어 동네로 발길을 옮긴 것이다.

한참 오다가 돌아보니, 신작로가 뚜렷이 보이고 어쩐지 맘이 수선해서 발길이 딱 붙는 것을 겨우 떼어 놓았다.

동네까지 오니, 비에 젖은 밀짚내 콜콜 올라오고, 변소 옆을 지나는지 거름내가 코밑에 살살 기고 있다. 그는 어떤 집 처마 아래로 들어섰다. 몸이 오솔오솔 춥고 눈이 피로해서 바싹 벽으로 다가서서 웅크리고 앉았다. 그의 마음 앞의 홰나무가 보이고 큰년이가 나타나고…… 눈을 번쩍 떴다.

빗발 속에 날이 밝았는데, 먼 산이 보이고 또 지붕이 옹기종기 나타나고, 낙숫물 소리 요란하고. 그는 용기를 내어 일어나 둘러보았다.

그가 서고 있는 이 집이란 돈푼이나 좋이 있는 집 같았다. 우선 벽이 회벽으로 되었고, 지붕은 시커먼 기와로 되었으며 널빤지로 짠 문의 규모가 크고 또 주먹 같은 못이 툭툭 박힌 것을 보아 짐작할 수 있었다. 그의 얼었던 마음이 다소 풀리는 듯하였다.

흰 돌로 된 문패가 빗소리 속에 적적한데 칠성이는 눈썹 끝이 희어지도록 이 문패를 바라보고 생각을 계속하였다. 오냐, 오늘은 내게 무슨 재수가 들어 닿나 보다. 이 집에서 조반이나 톡톡히 얻어먹고, 돈이나 쌀이나 큼직히 얻으리라……. 얼른 눈을 꾹 감아 보고, 눈도 먼 체할까. 그러면 더 불쌍하게 봐서 쌀이랑 돈을 더 줄지 모르지. 애써 눈을 감고, 한참을 견디려 했으나 눈들이 간지럽고 속눈썹이 자꾸만 떨리고 흰 문패가 가로세로 나타나고 못 견디어 눈을 뜨고 말았다.

어떡허나 내 옷이 너무 희지. 단숨에 뛰어나와서 흙물에 주저앉았다가, 일어나 섰던 자리로 왔다. 아까보다 더 춥고 입술이 떨린다. 그는 대문 틈에 눈을 대고 안을 엿보려 할 때, 신발 소리가 절벅절벅 나므로, 날래 몸을 움직여 비껴 섰다. 대문은 요란스러운 소리를 내고 열렸다. 언제나처럼 칠성이는 머리를 푹 숙이고 어떤 사람의 시선을 거북스러이 느꼈다.

"웬 사람이야."

굵직한 음성. 머리를 드니 사나이는 눈이 길게 찢어졌고, 이 집의 고용인 듯 옷이 캄캄하다.

"한술 얻어먹으러 왔수."

"오늘은 첫새벽부터야."

사나이는 이렇게 지껄이고 나서 돌아서 들어간다. 이 집의 인심은 후하구나. 다른 집 같으면 으레 한두 번은 가라고 할 터인데 하고, 으쓱해서 안을 보았다.

올려다보이는 퇴 위에 높직이 앉은 방은 사랑인 듯했고, 그 옆으로 조그만 대문이 좀 삐딱해 보이고, 그리고 안 대청마루가 잠깐 보인다. 사랑채 왼편으로 죽 달려 이 문간에 와서 멈춘 방은 얼른 보아 창고인 듯, 앞으로 밀짚낟가리들이 태산같이 가리어 있다. 밀짚대에서 빗방울이 다룽다룽 떨어진다. 약간 누런 빛

지하촌

을 띠었다. 뜰이 휘휘하게 넓은데 빗물이 골이 져서 흘러내린다.

저리로 들어가야 밥술이나 얻어먹을 텐데, 그는 빗발 속에 보이는 안대문을 바라보고 서먹서먹한 발길을 옮겼다. 중대문을 들어서자, 안부엌으로부터 개 한 마리가 쏜살같이 달려나온다.

으르릉 하고 달려들므로 그는 개를 얼릴 양으로 주춤 물러서서 혀를 쩍쩍 채었다. 개는 날카로운 이를 내놓고 뛰어오르며 동냥자루를 확 물고 늘어진다. 그는 아질하여 소리를 지르고 중문 밖으로 튀어나오자, 사랑에 사람이 있나 살피며 개를 꾸짖어 줬으면 했으나 잠잠하였다. 개는 눈을 뒤집고서 앞발을 버티고 뛰어오른다. 칠성이는 동냥자루를 입에 물고 몸을 굽혔다 폈다 하다가도 못 이겨서 비슬비슬 쫓겨 나왔다. 개는 여전히 따라 큰대문에 와서는 칠성이가 용이히 움직이지 않으므로 으르릉 달려들어 잠방이 가랑이를 물고 늘어진다. 그는 악 소리를 지르고 달려나왔다. 아까 나왔던 사내가 안으로부터 나왔다.

"워리워리."

개는 들은 체하지 않고 삐죽한 주둥이로 자꾸 짖었다. 저놈의 개를 죽일 수가 없을까 하는 마음이 부쩍 일어 그는 휙 돌아서서 노려볼 때 사내는 손짓을 하여 개를 부른다. 그러니 개는 슬금슬금 물러나면서도 칠성에게서 눈을 떼지 않았다.

갑자기 속이 메슥해지고 등허리가 오싹하더니 온몸에 열이 화끈 오른다. 개를 찾았으나 보이지 않고, 큰 대문만이 보기 싫게 버티고 있었다. 또 가볼까 하는 맘이 다소 머리를 드나, 그 개를 만날 것을 생각하니 진저리가 났다. 해서 단념하고 시죽시죽 걸었다.

비는 바람에 섞이어 모질게 갈겨 치고, 나무 흔들리는 소리 도랑물 흐르는 소리에 귀가 뺑뺑할 지경이다. 붉은 물이 이리 몰리고 저리 몰리는 그 위엔 밀짚이 허옇게 떠 있고, 파랑새 같은 나뭇잎이 뱅글뱅글 떠돌아 간다.

비에 젖은 옷은 사정없이 몸에 착 달라붙고 지동치듯 부는 바람결에 숨이 흑흑 막혔다. 어쩔까 하고 둘러보았으나 집집이 문을 꼭 잠그고 아침연기만 풀풀 피우고 있다. 혹 빈집이나 방앗간 같은 게 없나 했으나 눈에 뜨이지 않고, 무거운 눈엔 그 개가 자꾸만 얼른거리고 또 뒤에 다우쳐 오는 것 같다. 개에게 찢긴 잠방이 가랑이가 걸음에 따라 너덜너덜하여 그의 누런 다리 마디가 환히 들여다보이고, 푹 눌러쓴 밀짚모자에선 방울져 떨어지는 빗방울이 눈물같이 건건한 것을 입술에 느꼈다. 문득 그는 큰년의 옷감이 젖는구나 생각되자, 소리를 내어 칵 울고 싶었다.

그는 우뚝 섰다. 들은 자욱하여 어디가 산인지 물인지 길인지 분간할 수 없고, 곡식대들이 미친 듯이 날뛰는 그 속으로 무슨 큰 짐승이 윙윙 우는 듯한 그런 크고도 굵은 소리가 대지를 울린다.

지금 그는 빗발에 확확 일어나는 어떤 반항을 전신에 느끼면서 마음만은 앞으로 앞으로 가고 싶은데 발길이 딱 붙고 떨어지지 않는다. 돌아보니 동네도 거반 지나온 셈이요, 앞으로 조만 집이 두셋이 남아 있다. 그리로 발길을 돌렸으나, 저 들에 미련이 남아 있는 듯 자주자주 멍하니 들을 바라보았다.

그가 개에게 쫓긴 것이 이번뿐이 아니오, 때로는 같은 사람한 테도 학대와 모욕을 얼마든지 당하였건만, 오늘 일은 웬일인지 견딜 수 없는 분을 일으키게 된다.

"이 친구, 왜 그러구 섰수."

그는 놀라보니 자기는 어느덧 조그만 집 앞에 섰고, 그 조그 만 집은 연자간이라는 것을 알았다. 머리를 넘석하여 내다보는 사내는 얼른 보아서, 오십 되었겠고 자기와 같은 불구자인 거지 라는 것을 즉석에서 알았다. 사내는 쫑긋이 웃는다. 그는 이리 찾아오고도 저 사나이를 보니, 들어가고 싶지 않아 머뭇거리다 가도 하는 수 없이 들어갔다. 쌀겨내 가득히 흐르는 그 속에 말 똥내도 훅훅 품겼다.

"이리 오우, 저 옷이 젖어서 원······."

사내는 나무다리를 짚고 일어나서 깔고 앉았던 거적자리를 다시 펴고 자리를 내놓고 비켜 앉는다. 칠성이는 얼른 히뜩히뜩 센 머리털과 수염을 보고 늙은 것이 동냥해 온 것을 빼앗으려나 하는 겁이 나고 싫어진다.

"그 옷 땜에 춥겠수. 우선 내 헌 옷을 입고 벗어서 말리우."

사나이는 그의 보따리를 뒤적뒤적 하더니,

"자 입소. 이리 오우."

칠성이는 돌아보았다. 시커먼 양복인데 군데군데 기운 것이 다. 그 순간 어디서 좋은 옷 얻었는데, 나두 저런 게나 얻었으면, 하면서 이상한 감정에 싸여 사나이의 웃는 눈을 정면으로 보았 을 때 동냥자루나 뺏을 사람 같지 않았다. 그는 머리를 숙이고

강경애 495

소매에서 떨어지는 물방울을 보았다. 사나이는 나무다리를 짚고 이리로 온다.

"왜 그러구 섰수. 자 입으시우."

"아 아니유."

칠성이는 성큼 물러서서 양복저고리를 보았다. 나서 생전 입어 보지 못한 그 옷 앞에 어쩐지 가슴까지 두근거린다.

"허! 그 친구 고집 대단한데, 그럼, 이리 와 앉기나 해유."

사나이는 그의 손을 끌고 거적자리로 와서 앉힌다. 눈결에 사내의 뭉툭한 다리를 보고 못 본 것처럼 하였다.

"아침 자셨수."

칠성이는 이자가 내 동냥자루에 아침 얻어 온 줄로 알고 이러는가 하여, 힐끔 동냥자루를 보았다. 거기에서도 물이 떨어지고 있다.

"아니유."

사내는 잠잠하였다가,

"안되었구려. 뭘 좀 먹어야 할 터인데……."

사내는 또 무슨 생각을 하는 듯하더니, 그의 보따리를 뒤진다.

"자, 이것 적지만 자시유."

신문지에 싼 것을 내들어 펴 보인다. 그 종이엔 노란 조밥이 고실고실 말라가고 있다.

밥을 보니 구미가 버쩍 당기어 부지중에 손을 내밀었으나, 손이 말을 안 듣고 떨리어서 흠칫하였다. 사나이는 이 눈치를 채었음인지, 종이를 그의 입 가까이 갖다 대고,

지하촌

"적어 안되었수."

부끄럼이 눈썹 끝에 일어 칠성이는 눈을 내려뜨고 애꿎이 코를 들여마시며 종이를 무릎에 놓고 입을 대고 핥아 먹었다. 신문지내가 이 사에이 나들고 약간 쉰 듯한 밥알이 씹을수록 고소하였다. 입맛을 다실 때마다 좀더 있으면 하는 아수한 마음이 혀 끝에 날름거리고 사나이 편을 향한 귓바퀴가 어쩐지 가려운 듯 따가움을 느꼈다.

"적어서 원……."

사나이의 이러한 말을 들으며 신문지에서 입을 떼고 히 하고 웃어 보이었다. 사나이도 따라 웃고 무심히 칠성의 다리를 보았다.

"어디 다쳤나 보! 피가 나우."

허리를 굽히어 들여다본다. 칠성은 얼른 아픔을 느끼고 들여다보니 잠방이 가랑에 피가 빨갛게 묻었고 다리엔 방금 선혈이 흐르고 있다. 별안간 속이 무쭉해서 그는 다리를 움츠리고 머리를 들었다. 바람결에 개비린내 같은 것이 훌씬 끼친다.

"개, 개한테 그리 되었지우."

"아, 그 기와집에 가셨구…… 그놈네 개를 길러도 흉악한 개를 기르거든. 흥! 돈 있는 놈이라도 모두 한놈이 아니우. 어디 이리 내놓우. 개에게 물린 것이 심상히 여길 것이 못 되우."

사나이는 그의 다리를 잡아당기었다. 그는 얼른 다리를 치우면서도 형용할 수 없는 울분이 젖은 옷에까지 오싹오싹 기어오르고 코 안이 싸해서 몇 번 코를 움직일 때, 뜻하지 않은 눈물이 주르르 흘러내린다. 사나이는 이 눈치를 채고 허허 웃으면서 그의 등을 가볍게 두드렸다.

"이 친구 우오. 울기로 하자면…… 허허 울어선 못쓰오. 난 공장에서 생생하던 이 자리가 기계에 물려 이리 되었소만, 지금 세상이 어떤 줄 아시우."

칠성이는 머리를 번쩍 들어 사내를 바라보니 눈에 분노의 빛이 은은하였다. 다시 다리로 시선이 옮겨질 때, 가슴이 턱 막히고 목에 무엇인 가로 걸리는 것 같아 시름없이 머리를 숙이고 무심히 부드러운 먼지를 쥐어 상처를 발랐다.

"어이구! 먼지를 바르면 되우?"

사나이는 칠성의 손을 꽉 붙들었다. 칠성이는 어린애같이 웃고 나서,

"이러면 나아유."

"아 원. 그런 일 다시는 하지 마우. 약이 없으면 말지, 그런 일 하면 되우. 더 성해서 앓게 되우."

칠성이는 약간 무안해서 다리를 움츠리고 밖을 바라보았다. 사나이는 또다시 무슨 생각에 깊이 잠기는 것 같다.

바람이 비를 안고 싸싸 밀려들고, 천장의 수없는 거미줄은 끊어져 연기같이 나부꼈다. 바라뵈는 버드나무의 잎은 팔팔 떨고 아래로 시뻘건 물이 좔좔 소리를 내고 흐른다. 어깨 위가 어찔해서 돌아보면 큰 매통이 쌀겨를 뽀얗게 쓰고서 얼음 같은 서늘한 기를 품품 피우고 있다.

"배 안의 병신이우?"

지하촌

사나이는 문득 이렇게 물었다. 칠성이는 머리를 숙이고 머뭇머뭇하다가,

"아 아니유."

"그럼 앓다가 그리 되었구려……. 약 써 봤수?"

칠성이는 또다시 말하기가 힘든 듯이 우물쭈물하고 다리만 보았다. 한참 후에,

"아 아니유, 못 못 썼어유."

"흥! 말짱한 생다리도 꺾이는 지경인데 약 못 쓰는 것쯤이야, 허허."

사나이는 허공을 향하여 웃는다. 그 웃음소리에 소름이 오싹 끼쳐 힐끔 사나이를 보았다. 눈을 무섭게 뜨고 밖으로 내다보는데, 이마엔 퍼런 힘줄이 불쑥 일었고, 입은 꾹 다물고 있다.

"허, 치가 떨려서. 내가 왜 그리 어리석었던지. 지금만 같으면 지금이라면 죽더라고 해볼걸. 왜 그 꼴이었어! 흥!"

칠성이는 귀를 밝혀 이 말을 새겨들으려 했으나 무엇을 의미한 말인지 알 수가 없었다. 사나이는 칠성이를 돌아보았다. 눈 아래 두어 줄의 주름살이 돌아가신 그의 아버지와 흡사했다.

"이 친구, 나도 한 가정을 가졌던 놈이우. 공장에선 모범공인이었구. 허허 모범공인! ……다리가 꺾인 후에 돈 한 푼 못 가지고 공장에서 나오니, 계집은 달아나고, 어린것들은 배고파 울고, 부모는 근심에 지레 돌아가시구…… 허 말해서 뭘 하우. 우리를 이렇게 못살게 하는 놈이 저 하늘인 줄 아우? 이 땅인 줄 아우?"

사나이는 칠성이를 딱 쏘아본다. 어쩐지 칠성의 가슴은 까닭

없이 두근거려 차마 사나이를 정면으로 보지 못하고 꺾인 다리를 보았다. 그리고 사나이의 다리 밑에 황소같이 말 없는 땅을 보았다.

"아니우, 결코 아니우. 비록 우리가 이 꼴이 되었는지 알아야 하지 않소…… 내 다리를 꺾게 한 놈두, 친구를 저런 병신으로 되게 한 놈두, 다 누구겠소? 알아들었수? 이 친구."

사나이의 이 같은 말은 칠성의 뼈끝마다 짤짤 저리게 하였고, 애꿎은 하늘과 땅만 저주하던 캄캄한 속에 어떤 번쩍하는 불빛을 던져주는 것 같으면서도 다시 생각하면 아찔해지고 팽팽 돌아간다. 무엇인가 묻고 싶어 머리를 번쩍 들었으나 입이 꽉 붙고 만다. 그는 시름없이 하늘을 물끄러미 보았다.

어느덧 밖은 안개비로 자욱하였고 먼 산이 눈물을 머금고, 구불구불 솟아 있으며. 빗소리에 잠겼던 개구리 소리가 그의 동네 앞인가도 싶게 했고, 또한 큰년의 뒷매가 홰나무 아래 얼른거려 보인다. 칠성이는 부스스 일어났다.

"난 난 집에 가겠수."

사나이는 따라 일어난다.

"아, 집이 있수? ……가보우."

칠성이는 머리를 드니, 사나이가 곁에 와서 밀짚모자를 잘 씌워 주고 빙긋이 웃는다. 어머니를 대한 것처럼 어딘가 모르게 의지하고 싶은 생각과 믿는 맘이 들었다.

"잘 가우…… 세월 좋으면 또 만나지……."

대답 대신으로 그는 마주 웃어 보이고 걸었다. 한참이나 오다

지하촌

가 돌아보니 사나이는 우두커니 서 있다. 주먹으로 눈을 닦고 보고 또 보았다.

길 좌우에 늘어앉은 조밭 수수밭은 이랑마다 물이 충충했고, 조이삭 수수이삭이 절반 넘어져 물에 잠겨 있다. 올해도 흉년이구나 할 때 어디서 "맹" 하니 또 어디서 "꽁" 하는 소리가 들렸다. 저 멀리 귀 시끄럽게 우지짖는 개구리 소리는 무심한데, 이제 그 어딘가 곁에서 "맹꽁" 한 그 소리는 사람의 음성같이 무게가 있었다.

안개비 나실나실 내려온다. 조금 말라오려던 옷이 또 촉촉이 젖고 눈썹 끝에 안개비 엉키어 마음까지 묵중하고 알 수 없는 의문이 뒤범벅이 되어 돌아간다.

그가 그의 마을까지 왔을 때는 다시 빗발이 굵어지고 바람이 슬슬 불기 시작하였다. 언제나 시원해 보이는 홰나무도 찡그린 하늘 아래 우울해 있고, 동네 뒤로 나지막이 둘러 있는 산도 빗발에 묻히어 잘 보이지 않았다. 그러나 큰년이가 물동이를 이고 이 비를 맞으면서도 저 산아래 박우물로 달려가지나 않나 하는 생각이, 집집의 울바자며 채마밭에 긴바자가 차츰 선명히 보일 때 선뜻 들어 그의 발길은 허둥거렸다.

집에까지 오니 어머니는 눈물이 그득해서 나왔다.

"이놈아, 어미 기다릴 것은 생각지 않고 어딜 그리 다니느냐?"

어머니는 동냥자루를 받아 쥐고 쿨쩍쿨쩍 울었다. 칠성이는 잠잠히 방으로 들어오니, 빗물 받는 그릇으로 절반 차지했고 뚝뚝 듣는 빗소리가 장단 맞춰 났다. 칠성이는 그만 우두커니 서서 어쩔 줄을 몰랐다. 몸은 아까보다 더 춥고 떨리어서 견딜 수가 없다.

칠운이와 아기는 아랫목에 누워 있고 아기 머리엔 무슨 헝겊으로 허옇게 싸매 있었다. 그들의 그 작은 몸에도 빗방울이 간혹 떨어진다.

"아무 데나 앉으렴. 어쩌겠니…… 에그, 난 어젯밤 널 찾아 읍에 가서 밤새 싸다니다 왔다. 오죽해야 술집 문까지 두드렸겠니? 이놈아, 어딜 가면 간다고 하지 그게 뭐야."

이번에는 소리까지 내어 운다.

남편을 잃은 뒤 그나마 저 병신 아들을 하늘같이 중히 의지해 살아가는 어머니의 맘을 엿볼 수가 있다. 칠운이는 울음소리에 벌떡 일어났다.

"성 왔네! 성 왔네!"

눈을 잔뜩 움켜쥐고 뛰었다. 그 통에 파리는 우구구 끓고 아기까지 키성키성 보채인다. 칠운이는 두 손으로 눈을 비비치고 형을 보려다가는 못 보고 또 비비친다.

"이 새끼야, 고만두라구. 그러니 더 아프지. 에그 너 없는 새 저것들이 자꾸만 앓아서 죽것다. 거게다 눈까지 더치니, 그런데 이 동리는 웬일이냐. 지금 눈병 때문에 큰일이구나. 아이 어른이 모두 눈병에 걸려 눈을 못 뜬다."

칠성이는 지금 아무 말도 귀에 거치지 않고 비 새지 않는 곳에 누워 한잠 푹 들고 싶었다. 칠운이는 마침내 응응 울다가 무슨 생각을 하고 뒷문 밖으로 나가더니 오줌을 내뻗치우며 그 오

502   지하촌

줌을 눈에 바른다.

"잘 발라라. 눈등에만 바르지 말고 눈 속에까지 발러…… 저 것도 널 보고 반가워서 저리도 눈을 뜨려누나. 어제는 성아 성아 찾더구나."

어머니는 또 운다. 칠성이는 등에 선뜻 떨어지는 빗방울을 피 하여 앉으니 이번엔 콧등에 떨어져 입술로 흐른다. 그는 콧등을 후려치고 화를 버럭 내었다.

"제 제길!"

"글쎄 비는 왜 오것니. 바람이나 불지 말아야 할 터인데 저 바 람! 기껏 키운 조는 다 쓰러져 싹이 나겠구나. 아이구 이 노릇을 어찌 해야 좋으냐. 하느님 맙시사!"

두 손을 곧추 들고 애걸한다. 그의 머리는 비에 젖어 이마에 붙었고 눈은 눈곱에 탁 엉기었고 그 속으로 핏줄이 뻘겋에 일어 눈이 시큼해서 바라볼 수 없는데 시커먼 옷에 천정물이 어룽어 룽 젖었다.

칠성이는 얼른 샛문턱에 걸쳐 앉아 눈을 딱 감아 버렸다. 눈 이 자꾸만 피곤하고 그래선지 속눈썹이 가시같이 눈 속을 꼭꼭 찌른다.

그는 눈을 두어 번 굴렸을 때 문득 방앗간이 떠오른다.

"어제 개똥네 논에 동이 터졌는데 전부 쓸려 나갔다누나. 에 구 무서워. 저게 무슨 바람이냐. 저 바람! 우리 밭은 어쩌나."

어머니는 밖으로 뛰어나간다. 칠운이는 울면서 따르다가 문턱 에 걸려 공중 나가 넘어지고 시재 가르려는 소리를 하였다. 칠성이는 눈을 부릅떴다.

"저 저놈의 새끼, 주 죽이고 말까 부다!"

어머니는 얼른 칠운이를 업고 물러나서 정신없이 밖을 바라보고, 또 나갔다가 들어왔다. 칠운이를 때리다가 중얼중얼하며 돌아간다.

칠성이는 이 꼴이 보기 싫어 모로 앉아 눈을 감았다. 무엇에 놀라 눈을 뜨니, 아랫목에 누워 할딱할딱하는 아기가 일어나려다 쓰러지고 소리없는 울음을 입으로 운다. 머리를 갈자리에 비비치다가도 시원치 않은지 손이 올라가서 헝겊을 쥐고 박박 할퀴는 소리란 징그러워 들을 수 없었다.

칠성이는 눈을 안 뜨자 하다가도 어느새 문득 뜨게 되고 아기의 저 노란 손가락이 머리를 쥐어뜯는 것을 보게 된다. 조놈의 계집애는 죽었으면! 하면서 눈을 감는다.

바람은 점점 더 세차게 분다. 살구나무 꺾이는 소리가 뚝뚝 나고 집기 등이 쏠리는지 씩컥 쿵! 하는 소리가 샛문에 울렸다. 칠운이는 방으로 들어와서 눕는다.

"성아, 내일은 눈약두 얻어 오렴. 개똥이는 저 아버지가 읍에 가서 눈약 사왔다는데, 저 그 약을 넣으니까, 눈이 나았다더라 웅야."

칠성이는 잠잠히 들으며, 얼른 가슴에 품겨 있는 큰년의 옷감을 생각하였다. 차라리 눈약이나 사올 것을 하는 마음이 잠깐 들었으나 어떻게 큰년에게 이 옷감을 들려 줄까 하였다.

부엌에서 성냥 긋는 소리가 들리더니, 어머니가 들어온다.

지하촌

"아궁에 물이 가득하니 이를 어쩌냐. 저것들도 아무것도 못 먹었는데…… 너두 배고프겠구나."

이런 말을 하고 밖으로 나가더니 곧 뛰어 들어온다.

"큰년네 논두 동이 터졌단다. 그리 튼튼하던 동두, 저를 어쩌니."

칠성이는 눈을 둥그렇게 떴다.

"좀 자려무나. 요 계집애야 왜 자꾸만 머리를 뜯니. 조놈의 계집애는 며칠째 안 자고 새웠단다. 개똥 어머니가 쥐가죽이 약이라기 쥐를 잡아 저리 붙였는데 자꾸만 떼려구 저러니, 아마 나으려구 가려운 모양인지."

그렇다고 해줘야 어머니는 맘이 놓일 모양이다. 큰년네 말에 칠성이는 눈을 떴는데 딴 푸념을 하니 듣기 싫었다. 하나 꾹 참고,

"그 그래. 큰년네두 논이 떴대?"

"그래! 젖이 안 나니……."

어머니는 연신 애기를 보고 그의 젖을 주물러 본다. 명주 고름끝같이 말큰거린다.

애기는 점점 더 할딱할딱 숨이 차오고 이젠 손을 놀릴 기운도 없는지 손이 귀밑으로 올라가고는 맥을 잃고 다르르 굴러떨어진다. 어머니는 바람 소리를 듣더니,

"이전 우리 조는 못쓰게 되었겠다! 큰년네 논이 뜨는데 견디겠니…… 참 큰년이는 복 좋아, 글쎄 이런 꼴 안 보렴인지 어제 시집갔단다."

"큰년이가?"

칠성이는 버럭 소리쳤다. 그의 가슴이 곤히 안겨 있던 큰년의 옷감은 돌같이 딱 맞질리운다. 어머니는 아들의 태도에 놀라 바라보았다.

"어마이! 저것 봐!"

칠운이는 뛰어 일어나서 응응 운다. 그들은 놀라 일시에 바라보았다. 아기는 언제 그 헝겊을 찢었는지 반쯤 헝겊이 찢어졌고 그리로부터 쌀알 같은 구더기가 설렁설렁 내달아오고 있다.

"아이구머니. 이게 웬일이야 응, 이게 웬일이어!"

어머니는 와락 기어가서 헝겊을 잡아 걷으니 쥐가죽이 딸려 일어나고 피를 문 구더기들이 아글바글 떨어진다.

"아가 아가 눈 떠, 눈 떠라, 아가!"

이 같은 어머니의 비명을 들으며 칠성이는 "엑!" 소리를 지르고 우둥퉁둥 밖으로 나와 버렸다.

비는 좍좍 쏟아지고 바람은 미친 듯 몰아치는데 가다가 우르릉 쾅쾅 하고 하늘이 울고 번갯불이 제멋대로 쭉쭉 찢겨 나가고 있다.

칠성이는 묵묵히 저 하늘을 노려보고 있었다.

· 끝 ·

　　　　　　　　　　　　　　　지하촌

원고료 이백 원

강경애

친애하는 동생 K야.

간번 너의 편지는 반갑게 받아 읽었다. 그러고 약해졌던 너의
몸도 다소 튼튼해짐을 알았다. 기쁘다. 무어니 무어니 해야 건강
밖에 더 있느냐.

K야, 졸업기를 앞둔 너는 기쁨보다는 괴롬이 앞서고 희망보다
도 낙망을 하게 된다고? 오냐, 네 환경이 그러하니만큼 응당 그
러하리라. 그러나 너는 그 괴롬과 낙망 가운데서 단연히 깨달음
이 있어야 한다. 그래서 기쁘고 희망에 불타는 새로운 길을 발견
해야 한다.

K야, 네가 물은 바 이 언니의 연애관과 내지 결혼관은 간단하
게 문장으로 표현할 만한 지식이 아직도 나는 부족하구나. 그러
니 나는 요새 내가 지내는 생활 전부와 그 생활로부터 일어나는
나의 감정 전부를 아무 꾸밀 줄 모르는 서투른 문장으로 적어
놓을 터이니 현명한 너는 거기서 버릴 것은 버리고 취하여다고.

K야, 내가 요새 D신문에 장편소설을 연재하여 원고료로 이백
여 원을 받은 것은 너도 잘 알지. 그것이 내 일생을 통하여 처음
으로 많이 가져 보는 돈이구나. 그러니 내 머리는 갑자기 활기를
얻어 온갖 공상을 다 하게 되더구나.

K야, 너도 짐작하는지 모르겠다마는! 나는 어려서부터 순조롭지 못한 가정에서 자랐고 또 커서까지라도 순경에 처하지 못한 나는 그나마 쥐꼬리만큼 배운 이 지식까지라도 우리 형부의 덕이었느라. 그러니 어려서부터 명일빔 한 벌 색들여 못 입어 봤으며 먹는 것이란 언제나 조밥이었구나. 그리고 학교에 다니면서도 맘대로 학용품을 어디 써 보았겠니. 학기 초마다 책을 못 사서 울고 울다가는 겨우 남의 낡은 책을 얻어 가졌으며 종이와 붓이 없어 나의 조고만 가슴은 그 몇 번이나 달막거리었는지 모른다.

K야, 나는 아직도 잘 기억한다. 내가 학교 일 년급 때 일이다. 내일처럼 학기 시험을 치겠는데 나는 종이 붓이 없구나. 그래서 생각다 못해서 나는 옆의 동무의 것을 훔치었다가 선생님한테 얼마나 꾸지람을 받았겠니. 그리구 애들한테서는 '애! 도적년 도적년' 하는 놀림을 얼마나 받았겠니. 더구나 선생님은 그 큰 눈을 부라리면서 놀 시간에도 나가 놀지 못하게 하고 벌을 세우지 않겠니. 나는 두 손을 벌리고 유리창 곁에 우두커니 서 있었구나. 동무들은 운동장에서 눈사람을 맨들어 놓고 손뼉을 치며 좋아하지 않겠니. 나는 벌을 서면서도 눈사람의 그 입과 그 눈이 우스워서 킥 하고 웃다가 또 울다가 하였다.

K야, 어려서는 천진하니까 남의 것을 훔칠 생각을 했지만 소위 중학교까지 오게 된 나는 아무리 바쁘더라도 그러한 맘은 먹지 못하였다. 형부한테서 학비로 오는 돈은 겨우 식비와 월사금밖에는 못 물겠더구나. 어떤 때는 월사금도 못 물어서 머리를 들

고 선생님을 바루 보지 못한 적이 많았으며 모르는 학과가 있어도 맘 놓고 물어보지를 못했구나. 그러니 나는 자연히 기운이 죽고 바보같이 되더라. 따라서 친한 동무 한 사람 가져 보지 못하였다. 이렇게 외로운 까닭에 하느님을 더 의지하게 되었으니 나는 밤마다 기숙사 강당에 들어가서 목을 놓고 울면서 기도하였다. 그러나 그 괴롬은 없어지지 않고 날마다 달마다 자라만 가더구나. 동무들은 양산을 가진다. 새루 치마저고리를 입는다, 털목도리 자켓을 짠다, 시계를 가진다. 지금 생각하면 그 모든 것이 우습게 생각되지마는 그때는 왜 그리도 부러운지 눈물이 날 만큼 부럽더구나. 그 폭신폭신한 털실로 목도리를 짜는 동무를 보면 나도 모르게 그 실을 만져 보다가는 앞서는 것이 눈물이더구나. 여학교 시대가 아니구서는 맛보지 못하는 이 털실의 맛! 어떤 때 남편은 당신은 왜 자켓 하나 짤 줄 모루? 하고 쳐다볼 때마다 나는 문득 여학교 시절을 회상하며 동무가 가진 털실을 만지며 간이 짜르르하게 느끼던 그 감정을 다시 한 번 느끼곤 하였다.

K야. 어느 여름인데 내일같이 방학을 하고 고향을 떠날 터인데 동무들은 떠날 준비에 바쁘구나. 그때는 인조견이 나지 않았을 때이다. 모두가 쟁친 모시 치마 적삼을 잠자리 날개처럼 가볍게 해 입고 흰 양산 검은 양산 제각기 사더구나. 그때에 나는 어째야 좋을지 모르겠더라. 무엇보다도 양산이 가지고 싶어 영죽겠더구나. 지금은 여염집 부인들도 양산을 가지지만 그때야말로 여학생이 아니고서는 양산을 못 가지는 줄로 알았다. 그러

　　　　　　　　　　　원고료 이백 원

니 양산이야말로 무언중에 여학생을 말해 주는 무슨 표인 것같이 생각되었느니라. 철없는 내 맘에 양산을 못 가지면 고향에도 가고 싶지를 않더구나. 그래서 자꾸만 울지 않았겠니. 한방에 있는 동무 하나가 이 눈치를 채었음인지 혹은 나를 놀리느라고 그랬는지는 모르나 대 부러진 낡은 양산 하나를 어데서 갖다 주더구나. 나는 그만 기뻤다. 그러나 어쩐지 화끈 달며 냉큼 그 양산을 가질 수가 없더구나. 그래서 새침하고 앉았노라니 동무는 킥 웃으며 나가더구나. 그 동무가 나가자마자 나는 얼른 양산을 쥐고 펼쳐 보니 하나도 성한 곳이 없더라. 그때 나는 무어라 말할 수 없는 울분과 슬픔이 목이 박히도록 치받치더구나. 그러나 나는 그 양산을 버리지는 못하였다.

　K야, 나는 너무나 딴 길로 달아나는 듯싶다. 이만하면 나의 과거 생활을 너는 짐작할 터이지…… 나의 현재를 말하려니 말하기 싫은 과거까지 들추어 놓았다. 그런데 K야, 아까 말한 그 원고료가 오기 전에 나는 밤 오래도록 잠을 못 이루고 그 돈으로 무엇을 할까? 하고 생각하였다. 지금 생각하면 부끄러운 말이지만 '우선 겨울이니 털외투나 하고, 목도리, 구두, 내 앞니가 너무 새가 넓으니 가늘게 금니나 하고, 가늘게 금반지나 하고, 시계나…… 아니 남편이 뭐랄지 모르지. 그래두 뭘 내 벌어서 내 해 가지는 데야 제가 입이 열이니 무슨 말을 한담. 이번 기회에 못하면 나는 금시계 하나도 못 가지게. 눈 딱 감고 한다. 그러고 남편의 양복이나 한 벌 해줘야지. 양복이 그 꼴이니.' 나는 이렇게 깡그리 생각해 두었구나. 그런데 어느 날 원고료가 내 손에 쥐어

졌구나. K야. 남편과 나와는 어쩔 줄을 모르게 기뻐했다.

그날 밤 나는 유난히 빛나는 등불을 바라보면서,

"이 돈으로 뭘 하는 것이 좋우?"

남편의 말을 들어 보기 위하여 나는 이렇게 물었구나. 남편은 묵묵히 앉았다가 혼자 하는 말처럼,

"거참 우리 같은 형편에는 돈이 없는 것이 오히려 맘 편하거든…… 글쎄 이왕 생긴 것이니 써야지. 우선 제일 급한 것이 응호 동무를 입원시키는 게지……."

나는 이같이 뜻밖의 말에 앞이 아뜩해지며 아무 말도 할 수가 없더구나. 그러고 나를 쳐다보는 남편의 그 얼굴이 금시로 개 모양 같고 또 그 눈이 예전 소눈깔 같더구나.

"그리고 다음으로는 홍식의 부인이지. 이 겨울 동안은 우리가 돌봐야지 어쩌겠수?"

나는 이 이상 남편의 말을 듣고 싶지 않더라. 그래서 머리를 돌려 저편 벽을 물끄러미 바라보았구나. 물론 남편의 동지인 응호라든지 혹은 같은 친구인 홍식의 부인이라든지를 나 역시 불쌍하게 생각하지 않는 바는 아니오. 그래서 이 돈이 오기 전까지는 우리의 힘 미치는 데까지는 도와주고 싶은 맘까지 가졌지만 그러나 막상 내 손에 이백 원이라는 돈을 쥐고 나니 그때의 그 생각은 흔적도 없이 사라지더구나. 어쩔 수 없는 나의 감정이더라. 남편은 대답이 없는 나를 한참이나 바라보다가 약간 거세인 음성으로,

"그래 당신은 그 돈을 어떻게 썼으면 좋은 듯싶소?"

원고료 이백 원

그 물음에 나는 혀를 깨물고 참았던 눈물이 샘솟듯 쏟아지더구나. 그 순간에 남편이야말로 돌이나 깎아 놓은 듯 그렇게 답답하고 안타깝게 내 눈에 비쳐지더구나. 무엇보다도 제가 결혼 당시에 있어서도 남들이 다 하는 결혼반지 하나 못 해주었고 구두 한 켤레 못 사주지 않았겠니. 물론 그것이야 제가 돈이 없어서 그리한 것이니 내가 그만한 것은 이해 못하는 것은 아니다. 그러나 돈이 생긴 오늘에 그것도 남편이 번 것도 아니요, 내 손으로 번 돈을 가지고 평생의 원이던 반지나 혹은 구두나를 선선히 해 신으라는 것이 떳떳한 일이 아니겠니. 그런데 이 등신 같은 사내는 그런 것은 염두에도 먹지 않는 모양이더라. 나는 이것이 무엇보다도 원망스러웠다. 그러고 지금 신는 구두는 몇 해 전에 내가 중이염으로도 서울 갔을 때 남편의 친구인 김경호가 그의 아내가 신다가 벗어 놓은 구두를 자꾸만 신으라구 하더구나. 내 신발이 오죽잖아야 그리했겠니. 그때 나의 불쾌함이란 말할 수 없었다. 사람의 맘은 일반이지 낸들 왜 남이 신다 벗어 놓은 것을 신고 싶겠니. 그러나 내 신발을 굽어볼 때는 차마 딱 잘라 거절할 수가 없더구나. 그래서 그 구두를 둘러보니 구멍난 곳은 없더라. 그래서 약간 신고 싶은 맘이 있지만 남편이 알면 뭐라고 할지 몰라 그다음으로 남편에게 편지를 했구나. 며칠 후에 남편에게서 승낙의 편지가 왔겠지. 그래서 나는 그 구두를 신게 되지 않았겠니. 그러나 항상 그 구두를 볼 때마다 나는 불쾌한 맘이 사라지지 않더구나. 그런데 오늘 밤 새삼스러이 그 구두를 빌어 신던 그때의 감정이 목구멍까지 치받치며 참을 수 없이 울음이 응응 터지는구나. 나는 마침내 어린애같이 입을 벌리고 울지 않았겠니. 남편은 벌떡 일어나며 윙 소리가 나도록 나의 뺨을 후려치누나. 가뜩이나 울분에 못 이겨 울던 나도 악이 있는 대로 쓸어나더구나.

"왜 때려. 날 왜 때려!"

나는 달려들지 않았겠니. 남편은 호랑이눈 같은 눈을 번쩍이며 재차 달려들더니 나의 머리끄댕이를 치는 바람에 등불까지 왱그렁 젱 하고 깨지더구나. 따라서 온 방 안에 석유내가 확 뿜기누나.

"죽여라. 죽여라."

나는 목이 메어 소리쳤다. 이제야말로 이 사나이와는 마지막이다 싶더라. 남편은 씨근벌떡이며,

"응, 너 따위는 백 번 죽여 싸다. 내 네 맘을 모르는 줄 아니. 흥 돈푼이나 생기니까 남편을 남편같이 안 알구. 에이 치사한 년. 가라! 그 돈 다 가지고 내일 네 집으로 가. 너 같은 치사한 년과는 내 못 살아. 온 여우 같은 년…… 너도 요새 소위 모던걸이라는 두리홰능년이 되고 싶은 게구나. 아, 일류 문인으로서 그리해야 하는 게지. 허허 난 그런 일류 문인의 사내 될 자격은 못 가졌다. 머리를 지지고 볶고. 상판에 밀가루 칠을 하구 금시계에 금강석 반지에 털외투를 입고, 입으로만 아! 무산자여 하고 부르짖는 그런 문인이 되고 싶단 말이지. 당장 나가라!"

내 손을 잡아 끌어내누나. 나는 문밖으로 쫓겨났구나.

K야. 북국의 바람이 얼마나 찬 것은 이루 말할 수 없다. 내가

원고료 이백 원

여기에 온 지 4개 성상을 맞이했건만 그날 밤 같은 그러한 매서운 바람은 맛보지 못하였다. 온 세상이 얼음덩이로 된 듯하더구나. 쳐다보기만 해도 눈등이 차오는 달은 중천에 뚜렷한데 매서운 바람결에 가루눈이 씽씽 날리누나. 마치 예리한 칼끝으로 내 피부를 찌르는 듯 내 몸에 부딪치는 눈발이 그렇게 따굽구나. 나는 팔짱을 찌르고 우두커니 눈 위에 서 있었다. 그때에 나의 머리란 너무나 많은 생각으로 터질 듯하더구나. 어떻게 하나? 나는 이 여러 가지 생각 중에서 어떤 결정적 태도를 취하려고 이렇게 중얼거리며 머릿속에 돌아가는 생각을 한 가지씩 붙잡아내었다. 제일 먼저 내달아오는 것이 저 사나이와는 이젠 못 사는 게다. 금을 줘도 못 사는 게다. 그러면 나는 어떡하나. 고향으로 가나? 고향…… 저년 또 다 살았나, 글쎄 그렇지. 며칠 살겠기, 저런 홰능년하고 비웃는 고향 사람들의 얼굴과 어머니의 안타까워하는 모양! 나는 흠칫하였다. 그러면 서울로 가서 어느 신문사나 잡지사에 취직을 해? 종래의 여기자들이 염문만 펴친 것을 보아 나 역시 별다른 인간이 못 된다는 것을 깨닫자 그 말로는 타락할 것밖에 없는 듯…… 그러면 어디로 어떡하나. 동경으로 가서 공부나 좀 해봐. 학비는 무엇이 대구. 내 처지로서는 공부가 아니라 타락 공부가 될 것 같다. 나는 이러한 결론을 얻을 때 어쩐지 이 세상에서 버림을 받은 듯, 나는 여기를 가나 저기를 가나 누가 반가이 맞받아줄 사람이라고는 없는 듯하구나. 그나마 호랑이같이 씨근거리며 저 방 안에 앉아 있을 저 사나이가 아니면 이 손을 잡아 줄 사람이 없는 듯하구나.

강경애

515

K야, 이것이 애정일까? 무엇일까. 나는 그때 또다시 더운 눈물을 푹푹 쏟았다. 동시에 그 호랑이 같은 사나이가 넓적넙쩍 지껄이던 말을 문득 생각하였다. 그리고 홍식의 부인이며 그 어린것이 헐벗은 모양, 또는 뼈만 남은 웅호의 얼굴이 무시무시하리만큼 떠오르는구나. 남편을 감옥에 보내고 떠는 그들 모자! 감옥에서 심장병을 얻어 가지고 나와서 신음하는 웅호! 내 손에 쥐여진 이백여 원…… 이것이면 그들을 구할 수가 있는 것이다. 나는 아직까지 몸이 성하다. 그리고 헐벗지는 않았다. 이 위에 무엇을 더 바라는 것이 허영 그것이 아니냐! 나는 갑자기 이때까지 어떤 위태한 꿈을 꾸고 있었다는 것을 확실히 알았다.

K야, 나와 같은 처지에서 금시계 금반지 털외투가 무슨 소용이 있는 게냐. 그것을 사는 돈으로 동지의 한 생명을 구원할 수 있다면 구원하는 것이 얼마나 떳떳한 일이냐. 더구나 남편의 동지임에랴. 아니 내 동지가 아니냐. 나는 단박에 문앞으로 뛰어갔다.

"여보, 나 잘못했소."

뒤미처 문이 확 열리두나. 그래서 나는 뛰어 들어가 남편을 붙들었다.

"여보, 나 잘못했소. 다시는 응."

목이 메어 울음이 쏠어 나왔다. 이 울음은 아까 그 울음과는 아주 차이가 있는 울음이었던 것만은 알아다고. K야, 남편은 한숨을 푹 쉬면서 내 머리를 매만진다.

"당신의 맘을 내 전연히 모르는 바는 아니오. 단벌 치마에 단벌 저고리를 입고 있으니…… 그러나 벗지는 않았지. 입었지. 무슨 걱정이 있소. 그러나 응호 동무라든가 홍식의 부인을 보구려. 그래 우리 손에 돈이 있으면서 동지는 앓아 죽거나 굶어 죽거나 내버려 둬야 옳단 말이오…… 그러기에 환경이 같아야 하는 게야, 환경이. 나부터라도 그 돈이 생기기 전과는 확실히 다르니까."

남편은 입맛을 다시며 잠잠하다. 그도 나 없는 동안에 이리저리 생각해 본 후의 말이며 그가 그렇게 분풀이를 한 것도 내게 함보다도 자기 자신에서 일어나는 모든 불쾌한 생각을 제어하고저 함이었던 것을 나는 알 수가 있었다. 나는 도리어 대담해지며 가슴에서 뜨거운 불길이 확 일어나더구나.

"여보. 값 헐한 것으로 우리 옷이나 한 벌씩 하고 쌀이나 한 말, 나무나 한 바리 사구는 그들에게 노나줍시다! 우리는 앞으로 또 벌지 않겠소."

남편은 와락 나를 쓸어안으며,

"잘 생각했소!"

K야, 내가 지루할 줄도 모르고 내 말만 길게 늘어놓았구나. 너는 지금 졸업기를 앞두고 별의별 공상을 다 할 줄 안다. 물론 그 공상도 한때는 없지 못할 것이니 나는 결코 너의 그 공상을 나무라려고 드는 것이 아니다. 그러나 그 공상에서 한 보 뛰어나와서 현실에 착안하여라.

지금 삼남의 이재민은 어떠하냐? 그리운 고향을 등지고 쓸쓸한 이 만주를 향하여 몇만의 군중이 달려오고 있지 않느냐. 만주에 와야 누가 그들에게 옷을 주고 밥을 주더냐. 그러나 행여

고향보다는 날까 하고 와서는 처자는 요릿간에, 혹은 부호의 첩으로 빼앗기우고 울고불고 하며 이 넓은 벌을 헤매지 않느냐. 하필 삼남의 이재민뿐이냐. 요전에 울릉도에서도 수많은 군중이 남부여대하여 원산에 상륙하지 않았더냐. 하여간 전 조선의 빈한한 군중은, 아니 전 세계의 무산 대중은 방금 기아선상에서 헤매고 있는 것을 너는 아느냐 모르느냐.

K야, 이 간도는 토벌단이 들이밀리어서 지금 한창 총소리와 칼소리에 전 대중이 공포를 떨고 있는 중이다. 그러니 농민들은 들에서 농사를 짓지 못하였으며 또 산에서 나무를 베지 못하고 혹시 목숨이나 구해 볼까 하여 비교적 안전지대인 용정시와 국자가 같은 곳으로 몰려드나 장차 그들은 무엇을 먹고 살겠느냐. 이곳에서는 개 목숨보다도 사람의 목숨이 헐하구나.

K야, 너는 지금 상급학교에 가게 되지 못한다고, 혹은 스위트 홈을 이루게 되지 못한다고 비관하느냐? 너의 그러한 비관이야 말로 얼마나 값없는 비관인가를 눈 감고 가만히 생각해 보아라. 네가 만일 어떠한 기회로 잠시 동안 너의 이상하는 바가 실현될지 모르나 그러나 그것은 잠깐 동안이고 너는 또다시 대중과 같은 그러한 처지에 서게 될 터이니 너는 그때에는 그만 자살하려느냐.

K야, 너는 책상 위에서 배운 그 지식은 그것만으로도 훌륭하다. 이제야말로 실천으로 말미암아 참된 지식을 얻어야 할 때이다. 그리하여 너는 오직 너의 사회적 가치를 향상시킴에 힘써야 한다. 이 사회적 가치를 떠난 그야말로 교환가치를 향상시킴에

원고료 이백 원

만 몰두한다면 너는 낙오자요 퇴패자이다. 이것은 결코 너를 상품시 혹은 물건시 하는 데서 하는 말이 아니요, 사람이란 인격상 취하는 방면도 이러한 두 방면이 있다는 것을 네게 알려주고자 함이다.

・끝・

운수 좋은 날

현진건

새침하게 흐린 품이 눈이 올 듯하더니 눈은 아니 오고 얼다가 만 비가 추적추적 내리는 날이었다.

　이날이야말로 동소문 안에서 인력거꾼 노릇을 하는 김 첨지에게는 오래간만에도 닥친 운수 좋은 날이었다. 문안에 (거기도 문밖은 아니지만) 들어간답시는 앞집 마마님을 전찻길까지 모셔다 드린 것을 비롯으로 행여나 손님이 있을까 하고 정류장에서 어정어정하며 내리는 사람 하나하나에게 거의 비는 듯한 눈결을 보내고 있다가 마침내 교원인 듯한 양복쟁이를 동광학교(東光學校)까지 태워다 주기로 되었다.

　첫 번에 삼십 전, 둘째 번에 오십 전 — 아침 댓바람에 그리 흉치 않은 일이었다. 그야말로 재수가 옴 붙어서 근 열흘 동안 돈 구경도 못한 김 첨지는 십 전짜리 백동화 서 푼, 또는 다섯 푼이 찰깍 하고 손바닥에 떨어질 제 거의 눈물을 흘릴 만큼 기뻤었다. 더구나 이날 이때에 이 팔십 전이란 돈이 그에게 얼마나 유용한지 몰랐다. 컬컬한 목에 모주 한 잔도 적실 수 있거니와 그보다도 앓는 아내에게 설렁탕 한 그릇도 사다 줄 수 있음이다.

　그의 아내가 기침으로 쿨룩거리기는 벌써 달포가 넘었다. 조밥도 굶기를 먹다시피 하는 형편이니 물론 약 한 첩 써본 일이 없다. 구태여 쓰려면 못 쓸 바도 아니로되 그는 병이란 놈에게 약을 주어 보태면 재미를 붙여서 자꾸 온다는 자기의 신조(信條)에 어디까지 충실하였다. 따라서 의사에게 보인 적이 없으니 무슨 병인지는 알 수 없으되 반듯이 누워 가지고 일어나기는 새려* 모로도 못 눕는 것을 보면 중증은 중증인 듯. 병이 이토록 심해지기는 열흘 전에 조밥을 먹고 체한 때문이다. 그때도 김 첨지가 오래간만에 돈을 얻어서 좁쌀 한 되와 십 전짜리 나무 한 단을 사다 주었더니, 김 첨지의 말에 의지하면 그 오라질 년이 천방지축으로 냄비에 대고 끓였다. 마음은 급하고 불길은 달지 않아 채 익지도 않은 것을 그 오라질 년이 숟가락은 고만두고 손으로 움켜서 두 뺨에 주먹덩이 같은 혹이 불거지도록 누가 빼앗을 듯이 처박질하더니만 그날 저녁부터 가슴이 땅긴다. 배가 켕긴다고 눈을 홉뜨고 지랄병을 하였다. 그때 김 첨지는 열화와 같이 성을 내며,

"에이 오라질 년, 조랑복**은 할 수가 없어. 못 먹어 병, 먹어서 병! 어쩌란 말이야. 왜 눈을 바루 뜨지 못해!"

하고 김 첨지는 앓는 이의 뺨을 한 번 후려갈겼다. 홉뜬 눈은 조금 바루어졌건만 이슬이 맺히었다. 김 첨지의 눈시울도 뜨끈뜨끈한 듯하였다.

이 환자가 그러고도 먹는 데는 물리지 않았다. 사흘 전부터 설렁탕 국물이 마시고 싶다고 남편을 졸랐다.

* 새로에 : '고사하고', '그만두고', '커녕'의 뜻을 나타내는 보조사.
** 조롱복. 아주 짧게 타고난 복(福).

"이런 오라질 년! 조밥도 못 먹는 년이 설렁탕은, 또 처먹고 지랄병을 하게."

라고 야단을 쳐 보았건만 못 사주는 마음이 시원치는 않았다.

인제 설렁탕을 사줄 수도 있다. 앓는 어미 곁에서 배고파 보채는 개똥이(세 살먹이)에게 죽을 사줄 수도 있다 — 팔십 전을 손에 주니 김 첨지의 마음은 푼푼하였다.

그러나 그의 행운은 그걸로 그치지 않았다. 땀과 빗물이 섞여 흐르는 목덜미를 기름 주머니가 다 된 왜목 수건으로 닦으며 그 학교 문을 돌아 나올 때였다. 뒤에서 "인력거!" 하고 부르는 소리가 난다. 자기를 불러 멈춘 사람이 그 학교 학생인 줄 김 첨지는 한 번 보고 짐작할 수 있었다. 그 학생은 다짜고짜로,

"남대문 정거장까지 얼마요?"

라고 물었다. 아마도 그 학교 기숙사에 있는 이로 동기 방학을 이용하여 귀향하려 함이리라. 오늘 가기로 작정은 하였건만 비는 오고 짐은 있고 해서 어찌할 줄 모르다가 마침 김 첨지를 보고 뛰어나왔음이리라. 그렇지 않으면 왜 구두를 채 신지도 못해서 질질 끌고 비록 고구라* 양복일망정 노박이로** 비를 맞으며 김 첨지를 뒤쫓아 나왔으랴.

"남대문 정거장까지 말씀입니까?"

하고 김 첨지는 잠깐 주저하였다. 그는 이 우중에 우장도 없이 그 먼 곳을 철벅거리고 가기가 싫었음일까? 처음 것 둘째 것으

---

* 고쿠라오리. 굵은 실로 두껍게 짠 면직물. 규슈의 고쿠라 지방에서 생산되어 붙은 이름.
** 줄곧 한 가지에만 붙박이로. 줄곧 계속적으로.

운수 좋은 날

로 그만 만족하였음일까? 아니다. 결코 아니다. 이상하게도 꼬리를 맞물고 덤비는 이 행운 앞에 조금 겁이 났음이다. 그리고 집을 나올 제 아내의 부탁이 마음이 켕기었다 — 앞집 마마한테서 부르러 왔을 제 병인은 그 뼈만 남은 얼굴에 유일의 생물 같은, 유달리 크고 움푹한 눈에 애걸하는 빛을 띠며,

"오늘은 나가지 말아요. 제발 덕분에 집에 붙어 있어요. 내가 이렇게 아픈데……."

라고 모깃소리같이 중얼거리고 숨을 거르렁거르렁하였다. 그때에 김 첨지는 대수롭지 않은 듯이,

"압다, 젠장맞을 년, 별 빌어먹을 소리를 다 하네. 맞붙들고 앉았으면 누가 먹여 살릴 줄 알아."

하고 홀쩍 뛰어나오려니까 환자는 붙잡을 듯이 팔을 내저으며,

"나가지 말라도 그래. 그러면 일찍이 들어와요."

하고 목 메인 소리가 뒤를 따랐다.

정거장까지 가잔 말을 들은 순간에 경련적으로 떠는 손, 유달리 큼직한 눈, 울 듯한 아내의 얼굴이 김 첨지의 눈앞에 어른어른하였다.

"그래, 남대문 정거장까지 얼마란 말이오?"

하고 학생은 초초한 듯이 인력거꾼의 얼굴을 바라보며 혼잣말같이,

"인천 차가 열한 점에 있고 그다음에는 새로 두 점이던가?"

라고 중얼거린다.

"일 원 오십 전만 줍시오."

이 말이 저도 모를 사이에 불쑥 김 첨지의 입에서 떨어졌다. 제 입으로 부르고도 스스로 그 엄청난 돈 액수에 놀랐다. 한꺼번에 이런 금액을 불러라도 본 지가 그 얼마 만인가! 그러자 그 돈 벌 욕기가 병자에 대한 염려를 사르고 말았다. 설마 오늘 내로 어떠랴 싶었다. 무슨 일이 있더라도 제일 제이의 행운을 값친 것보다도 오히려 곱절이 많은 이 행운을 놓칠 수 없다 하였다.

"일 원 오십 전은 너무 과한데."

이런 말을 하며 학생은 고개를 기웃하였다.

"아니올시다. 이수*로 치면 여기서 거기가 시오 리가 넘는답니다. 또 이런 진날은 좀더 주셔야지요."

하고 빙글빙글 웃는 차부의 얼굴에는 숨길 수 없는 기쁨이 넘쳐흘렀다.

"그러면 달라는 대로 줄 터이니 빨리 가요."

관대한 어린 손님은 이런 말을 남기고 총총히 옷도 입고 짐도 챙기러 제 갈 데로 갔다.

그 학생을 태우고 나선 김 첨지의 다리는 이상하게 거뿐하였다. 달음질을 한다느니보다 거의 나는 듯하였다. 바퀴도 어떻게 속히 도는지 구른다느니보다 마치 얼음을 지쳐 나가는 스케이트 모양으로 미끄러져 가는 듯하였다. 언 땅이 비가 내려 미끄럽기도 하였지만.

* 里數. 거리를 '리(里)'의 단위로 나타낸 수.

운수 좋은 날

이윽고 끄는 이의 다리는 무거워졌다. 자기 집 가까이 다다른 까닭이다. 새삼스러운 염려가 그의 가슴을 눌렀다.

"오늘은 나가지 말아요. 내가 이렇게 아픈데!"

이런 말이 잉잉 그의 귀에 울렸다. 그리고 병자의 움쑥 들어간 눈이 원망하는 듯이 자기를 노리는 듯하였다. 그러자 엉엉 하고 우는 개똥이의 곡성을 들은 듯싶다. 딸국 딸국하고 숨 모으는 소리도 나는 듯싶다……

"왜 이러우? 기차 놓치겠구면."

하고 탄 이의 초조한 부르짖음이 간신히 그의 귀에 들어왔다. 언뜻 깨달으니 김 첨지는 인력거 채를 쥔 채 길 한복판에 엉거주춤 멈춰 있지 않은가.

"예예."

하고 김 첨지는 또다시 달음질하였다. 집이 차차 멀어갈수록 김 첨지의 걸음에는 다시금 신이 나기 시작하였다. 다리를 재게 놀려야만 쉴 새 없이 자기의 머리에 떠오르는 모든 근심과 걱정을 잊을 듯이.

정거장까지 끌어다 주고 그 깜짝 놀란 일 원 오십 전을 정말 제 손에 쥐매, 제 말마따나 십 리나 되는 길을 비를 맞아가며 질퍽거리고 온 생각은 아니하고 거저나 얻은 듯이 고마웠다. 줄부나 된 듯이 기뻤다. 제 자식뻘밖에 안 되는 어린 손님에게 몇 번 허리를 굽히며,

"안녕히 다녀오십시오."

라고 깍듯이 재우쳤다.

그러나 빈 인력거를 털털거리며 이 우중에 돌아갈 일이 꿈밖이었다. 노동으로 하여 흐른 땀이 식어지자 굶주린 창자에서, 물 흐르는 옷에서 어슬어슬 한기가 솟아나기 비롯하매 일 원 오십 전이란 돈이 얼마나 괴치* 않고 괴로운 것인 줄 절절히 느끼었다. 정거장을 떠나가는 그의 발길은 힘 하나 없었다. 온몸이 옹송그려지며 당장 그 자리에 엎어져 못 일어날 것 같았다.

"젠장맞을 것, 이 비를 맞으며 빈 인력거를 털털거리고 돌아를 간담? 이런 빌어먹을, 제 할미를 붙을 비가 왜 남의 상판을 딱딱 따려!"

그는 몹시 화증을 내며 누구에게 반항이나 하는 듯이 게걸거렸다. 그럴 즈음에 그의 머리엔 또 새로운 광명이 비쳤나니 그것은,

'이러구 갈 게 아니라 이 근처를 빙빙 돌며 차 오기를 기다리면 또 손님을 태우게 되는지도 몰라.'

란 생각이었다. 오늘은 운수가 괴상하게도 좋으니까 그런 요행이 또 한 번 없으리라고 누가 보증하랴. 꼬리를 굴리는 행운이 꼭 자기를 기다리고 있다고 내기를 해도 좋을 만한 믿음을 얻게 되었다. 그렇다고 정거장 인력거꾼의 등쌀이 무서우니 정거장 앞에 섰을 수는 없었다. 그래 그는 이전에도 여러 번 해본 일이라 바로 정거장 앞 전차 정류장에서 조금 떨어지게, 사람 다니는 길과 전찻길 틈에 인력거를 세워 놓고 자기는 그 근처를 빙빙 돌

* 괴다 : 특별히 귀여워하고 사랑하다.

며 형세를 관망하기로 하였다.

얼마 만에 기차는 왔고 수십 명이나 되는 손이 정류장으로 쏟아져 나왔다. 그중에서 손님을 물색하는 김 첨지의 눈엔 양머리에 뒤축 높은 구두를 신고 망토까지 두른 기생 퇴물인 듯 난봉 여학생인 듯한 여편네의 모양이 띄었다. 그는 슬근슬근 그 여자의 곁으로 다가들었다.

"아씨, 인력거 아니 타시랍시오?"

그 여학생인지 뭔지가 한참은 매우 태깔을 빼며 입술을 꼭 다문 채 김 첨지를 거들떠보지도 않았다. 김 첨지는 구걸하는 거지나 무엇같이 연해연방 그의 기색을 살피며,

"아씨, 정거장 애들보다 아주 싸게 모셔다 드리겠습니다. 댁이 어데신가요?"

하고 추근추근하게 그 여자의 들고 있는 일본식 버들고리짝에 제 손을 대었다.

"왜 이래, 남 귀찮게."

소리를 벽력같이 지르고는 돌아선다. 김 첨지는 어랍시오 하고 물러섰다.

전차가 왔다. 김 첨지는 원망스럽게 전차 타는 이를 노리고 있었다. 그러나 그의 예감은 틀리지 않았다. 전차가 빡빡하게 사람을 싣고 움직이기 시작하였을 제 타고 남은 손 하나가 있었다. 굉장하게 큰 가방을 들고 있는 걸 보면 아마 붐비는 차 안에 짐이 크다 하여 차장에게 밀려 내려온 눈치였다. 김 첨지는 대어 섰다.

"인력거를 타시랍시오?"

한동안 값으로 승강이를 하다가 육십 전에 인사동까지 태워다 주기로 하였다. 인력거가 무거워지며 그의 몸은 이상하게도 가벼워졌다. 그러고 또 인력거가 가벼워지니 몸은 다시금 무거워졌건만 이번에는 마음조차 초초해 온다. 집의 광경이 자꾸 눈앞에 어른거려 인제 요행을 바랄 여유도 없었다. 나뭇등걸이나 무엇 같고 제 것 같지도 않은 다리를 연해 꾸짖으며 갈팡질팡 뛰는 수밖에 없었다.

'저놈의 인력거꾼이 저렇게 술이 취해 가지고 이 진 땅에 어찌 가노?'

라고 길 가는 사람이 걱정을 하리만큼 그의 걸음은 황급하였다. 흐리고 비 오는 하늘은 어둠침침하게 벌써 황혼에 가까운 듯하다. 창경원 앞까지 다다라서야 그는 턱에 닿은 숨을 돌리고 걸음도 늦추잡았다. 한 걸음 두 걸음 집이 가까워 갈수록 그의 마음조차 괴상하게 누그러웠다. 그런데 그 누그러움은 안심에서 오는 게 아니요 자기를 덮친 무서운 불행을 빈틈없이 알게 될 때가 박두한 것을 두려워하는 마음에서 오는 것이다. 그는 불행에 다닥치기 전 시간을 얼마쯤이라도 늘이려고 버르적거렸다. 기적에 가까운 벌이를 하였다는 기쁨을 할 수 있으면 오래 지니고 싶었다. 그는 두리번두리번 사면을 살피었다. 그 모양은 마치 자기 집 — 곧 불행을 향하고 달려가는 제 다리를 제 힘으로는 도저히 어찌할 수가 없으니 누구든지 나를 좀 잡아다고, 구해다고 하는 듯하였다.

그럴 즈음에 마침 길가 선술집에서 그의 친구 치삼이가 나온다. 그의 우글우글 살찐 얼굴에 주홍이 돋는 듯, 온 턱과 뺨을 시커멓게 구레나룻이 덮였거든, 노르탱탱한 얼굴이 바짝 말라서 여기저기 고랑이 파이고 수염도 있대야 턱밑에만 마치 솔잎 송이를 거꾸로 붙여 놓은 듯한 김 첨지의 풍채하고는 기이한 대상을 짓고 있었다.

"여보게, 김 첨지. 자네 문안 들어갔다 오는 모양일세그려. 돈 많이 벌었을 테니 한잔 빨리게."

뚱뚱보는 말라깽이를 보던 맡에 부르짖었다. 그 목소리는 몸집과 딴판으로 연하고 싹싹하였다. 김 첨지는 이 친구를 만난 게 어떻게 반가운지 몰랐다. 자기를 살려준 은인이나 무엇같이 고맙기도 하였다.

"자네는 벌써 한잔한 모양일세그려. 자네도 오늘 재미가 좋아 보이."

하고 김 첨지는 얼굴을 펴서 웃었다.

"압다, 재미 안 좋다고 술 못 먹을 낸가? 그런데 여보게, 자네 왼몸이 어째 물독에 빠진 생쥐 같은가? 어서 이리 들어와 말리게."

선술집은 훈훈하고 뜻뜻하였다. 추어탕을 끓이는 솥뚜껑을 열 적마다 뭉게뭉게 떠오르는 흰 김, 석쇠에서 뻐지짓뻐지짓 구워지는 너비아니, 굴이며 제육이며 간이며 콩팥이며 북어며 빈대떡…… 이 너저분하게 늘어 놓은 안주 탁자, 김 첨지는 갑자기 속이 쓰려서 견딜 수 없었다. 마음대로 할 양이면 거기 있는 모든 먹음먹이를 모조리 깡그리 집어삼켜도 시원치 않았다. 하되 배고픈 이는 우선 분량 많은 빈대떡 두 개를 쪼이기로 하고 추어탕을 한 그릇 청하였다. 주린 창자는 음식 맛을 보더니 더욱더욱 비어지며 자꾸자꾸 들이라 들이라 하였다. 순식간에 두부와 미꾸라지 든 국 한 그릇을 그냥 물같이 들이켜고 말았다. 셋째 그릇을 받아 들었을 제 덥히던 막걸리 곱빼기 두 잔이 데워졌다. 치삼이와 같이 마시자 원원이* 비었던 속이라 찌르르 하고 창자에 퍼지며 얼굴이 화끈하였다. 눌러 곱빼기 한 잔을 또 마셨다.

김 첨지의 눈은 벌써 개개풀리기 시작하였다. 석쇠에 얹힌 떡 두 개를 숭덩숭덩 썰어서 볼을 불룩거리며 또 곱빼기 두 잔을 부어라 하였다.

치삼은 의아한 듯이 김 첨지를 보며,

"여보게. 또 붓다니? 벌써 우리가 넉 잔씩 먹었네. 돈이 사십 전일세."

라고 주의시켰다.

"아따 이놈아, 사십 전이 그리 끔찍하냐? 오늘 내가 돈을 막 벌었어. 참 오늘은 운수가 좋았느니."

"그래 얼마를 벌었단 말인가?"

"삼십 원을 벌었어, 삼십 원을! 이런 젠장맞을, 술을 왜 안 부어? ……괜찮다 괜찮아, 막 먹어도 상관이 없어. 오늘 돈 산더미같이 벌었는데."

"어, 이 사람 취했군. 고만두세."

---

* 어떤 사물이 전하여 내려온 그 처음부터. 또는 본디부터.

운수 좋은 날

"이놈아, 그걸 먹고 취할 내냐? 어서 더 먹어."

하고는 치삼의 귀를 잡아치며 취한 이는 부르짖었다. 그리고 술을 붓는 열오륙 세 됨 직한 중대가리에게로 달려들며,

"이놈, 오라질 놈, 왜 술을 붓지 않어?"

라고 야단을 쳤다. 중대가리는 희희 웃고 치삼을 보며 문의하는 듯이 눈짓을 하였다. 주정꾼이 이 눈치를 알아보고 화를 버럭 내며,

"네미를 붙을 이 오라질 놈들 같으니. 이놈, 내가 돈이 없을 줄 알고."

하자마자 허리춤을 훔칫훔칫하더니 일 원짜리 한 장을 꺼내어 중대갈 앞에 펄쩍 집어 던졌다. 그 사품에 몇 푼 은전이 잘그랑하며 떨어진다.

"여보게 돈 떨어졌네. 왜 돈을 막 끼없나?"

이런 말을 하며 치삼은 일변 돈을 줍는다. 김 첨지는 취한 중에도 돈의 거처를 살피려는 듯이 눈을 크게 떠서 땅을 내려보다가 불시에 제 하는 짓이 너무 더럽다는 듯이 고개를 소스라치자 더욱 성을 내며,

"봐라 봐! 이 더러운 놈들아! 내가 돈이 없나. 다리 뼉다구를 꺾어 놓을 놈들 같으니."

하고 치삼의 주워 주는 돈을 받아,

"이 원수엣 돈! 이 육시를 할 돈!"

하면서 팔매질을 친다. 벽에 맞아 떨어진 돈은 다시 술 끓이는 양푼에 떨어지며 정당한 매를 맞는다는 듯이 쨍 하고 울었다.

곱빼기 두 잔은 또 부어질 겨를도 없이 말려 가고 말았다. 김 첨지는 입술과 수염에 붙은 술을 빨아들이고 나서 매우 만족한 듯이 그 솔잎 송이 수염을 쓰다듬으며,

"또 부어, 또 부어."

라고 외쳤다.

또 한 잔 먹고 나서 김 첨지는 치삼의 어깨를 치며 문득 깔깔 웃는다. 그 웃음소리가 어떻게 컸던지 술집에 있는 이의 눈은 모두 김 첨지에게로 몰리었다. 웃는 이는 더욱 웃으며,

"여보게 치삼이, 내 우스운 이야기 하나 할까? 오늘 손을 태우고 정거장에 가지 않았겠나?"

"그래서?"

"갔다가 그저 오기가 안됐데그려. 그래 전차 정류장에서 어름 어름하며 손님 하나를 태울 궁리를 하지 않았나? 거기 마침 마마님이신지 여학생님이신지(요새야 어데 논다니와 아가씨를 구별할 수 있던가) 망토를 잡수시고 비를 맞고 서 있겠지. 슬근슬근 가까이 가서 인력거를 타시랍시오 하고 손가방을 받으려니까 내 손을 탁 뿌리치고 빽 돌아서더만 '왜 남을 이렇게 귀찮게 굴어!' 그 소리야말로 꾀꼬리 소리지, 허허."

김 첨지는 교묘하게도 정말 꾀꼬리 같은 소리를 내었다. 모든 사람은 일시에 웃었다.

"빌어먹을 깍쟁이 같은 년, 누가 저를 어쩌나. '왜 남을 귀찮게 굴어!' 어이구 소리가 체신도 없지 허허."

웃음소리들은 높아졌다. 그러나 그 웃음소리들이 사라지기

운수 좋은 날

전에 김 첨지는 훌쩍훌쩍 울기 시작하였다.

치삼은 어이없이 주정뱅이를 바라보며,

"금방 웃고 지랄을 하더니 우는 건 또 무슨 일인가?"

김 첨지는 연해 코를 들여마시며,

"우리 마누라가 죽었다네."

"뭐, 마누라가 죽다니, 언제?"

"이놈아 언제는, 오늘이지."

"에끼 미친놈, 거짓말 말아."

"거짓말을 왜? 참말로 죽었어, 참말로…… 마누라 시체를 집에 뻐들쳐 놓고 내가 술을 먹다니, 내가 죽일 놈이야, 죽일 놈이야."

하고 김 첨지는 엉엉 소리를 내어 운다.

치삼이는 흥이 조금 깨어지는 얼굴로,

"원 이 사람이, 참말을 하나 거짓말을 하나? 그러면 집으로 가세, 가."

하고 우는 이의 팔을 잡아당기었다.

치삼의 잡는 손을 뿌치리더니 김 첨지는 눈물이 글썽글썽한 눈으로 싱그레 웃는다.

"죽기는 누가 죽어?"

하고 득의가 양양.

"죽기는 왜 죽어? 생때같이* 살아만 있단다. 그 오라질 년이

---

* 생때같다 : 아무 탈 없이 멀쩡하다.

밥을 죽이지. 인제 나한테 속았다, 인제 나한테 속았다."

하고 어린애 모양으로 손뼉을 치며 웃는다.

"이 사람이 정말 미쳤단 말인가? 나도 아주먼네가 앓는단 말은 들었는데"

하고 치삼이도 어느 불안을 느끼는 듯이 김 첨지에게 또 돌아가라고 권하였다.

"안 죽었어. 안 죽었대도 그래."

김 첨지는 화증을 내며 확신 있게 소리를 질렀으되 그 소리엔 안 죽을 것을 믿으려고 애쓰는 가락이 있었다. 기어이 일 원어치를 채워서 곱빼기 한 잔씩 더 먹고 나왔다. 궂은비는 의연히 추적추적 내린다.

김 첨지는 취중에도 설렁탕을 사 가지고 집에 다다랐다. 집이라 해도 물론 셋집이요 또 집 전체를 세 든 게 아니라 안과 뚝 떨어진 행랑방 한 칸을 빌려 든 것인데 물을 길어대고 한 달에 일 원씩 내는 터이다. 만일 김 첨지가 주기를 띠지 않았던들 한 발을 대문 안에 들여놓았을 제 그곳을 지배하는 무시무시한 정적 — 폭풍우가 지나간 뒤의 바다 같은 정적에 다리가 떨렸으리라. 쿨룩거리는 기침 소리도 들을 수 없다. 그르렁거리는 숨소리조차 들을 수 없다. 다만 이 무덤 같은 침묵을 깨뜨리는 — 깨뜨린다느니보다 한층 더 침묵을 깊게 하고 불길하게 하는 빡빡 하는 그윽한 소리, 어린애의 젖 빠는 소리가 날 뿐이다. 만일 청각이 예민한 이 같으면 그 빡빡 소리는 빨 따름이요 꿀떡꿀떡 하고 젖 넘어

운수 좋은 날

가는 소리가 없으니 빈 젖을 빤다는 것도 짐작할는지 모르리라.

혹은 김 첨지도 이 불길한 침묵은 짐작했는지도 모른다. 그렇지 않으면 대문에 들어서자마자 전에 없이,

"이 난장 맞을 년, 남편이 들어오는데 나와 보지도 안 해. 이 오라질 년!"

이라고 고함을 친 게 수상하다. 이 고함이야말로 제 몸을 엄습해 오는 무시무시한 증을 쫓아버리려는 허장성세인 까닭이다.

하여간 김 첨지는 방문을 왈칵 열었다. 구역을 나게 하는 추기* — 떨어진 삿자리 밑에서 올라온 먼지내, 빨지 않은 기저귀에서 나는 똥내와 오줌내, 가지각색 때가 켜켜이 앉은 옷내, 병인의 땀 썩은 내가 섞인 추기가 무딘 김 첨지의 코를 찔렀다.

방 안에 들어서며 설렁탕을 한구석에 놓을 사이도 없이 주정꾼은 목청을 있는 대로 다 내어 호통을 쳤다.

"이런 오라질 년, 주야장천 누워만 있으면 제일이야. 남편이 와도 일어나지를 못해!"

라고 소리와 함께 발길로 누운 이의 다리를 몹시 찼다. 그러나 발길에 차이는 건 사람의 살이 아니고 나뭇등걸과 같은 느낌이 있었다. 이때에 빽빽 소리가 응아 소리로 변하였다. 개똥이가 물었던 젖을 빼어놓고 운다. 운대도 온 얼굴을 찡그려 붙여서 운다는 표정을 할 뿐이다. 응아 소리도 입에서 나는 것이 아니고 마치 뱃속에서 나는 듯하였다. 울다가 목도 잠겼고 또 울 기운조

* 송장이 썩어서 흐르는 물(추깃물) 또는 그 냄새.

현진건 537

차 시진(澌盡)한 것 같다.

발로 차도 그 보람이 없는 걸 보자 남편은 아내의 머리맡으로 달려들어 그야말로 까치집 같은 환자의 머리를 꺼들어 흔들며,

"이년아, 말을 해, 말을! 입이 붙었어? 이 오라질 년!"

"……."

"으응, 이것 봐, 아무 말이 없네."

"……."

"이년아, 죽었단 말이냐, 왜 말이 없어?"

"……."

"으응, 또 대답이 없네. 정말 죽었나 버이."

이러다가 누운 이의 흰창이 검은창을 덮은, 위로 치뜬 눈을 알아보자마자,

"이 눈깔! 이 눈깔! 왜 나를 바라보지 못하고 천장만 보느냐, 응?"

하는 말끝엔 목이 메었다. 그러자 산 사람의 눈에서 떨어진 닭의 똥 같은 눈물이 죽은 이의 뻣뻣한 얼굴을 어룽어룽 적신다. 문득 김 첨지는 미친 듯이 제 얼굴을 죽은 이의 얼굴에 한데 비비대며 중얼거렸다.

"설렁탕을 사다 놓았는데 왜 먹지를 못하니, 왜 먹지를 못하니? ……괴상하게도 오늘은 운수가 좋더니만……."

· 끝 ·

술 권하는 사회

현진건

"아이그 아야."

홀로 바느질을 하고 있던 아내는 얼굴을 살짝 찌푸리고 가늘고 날카로운 소리로 부르짖었다. 바늘 끝이 왼손 엄지손가락 손톱 밑을 찔렀음이다. 그 손가락은 가늘게 떨며 하얀 손톱 밑으로 앵두 같은 피가 비친다. 그것을 볼 사이도 없이 아내는 얼른 바늘을 빼고, 다른 손 엄지손가락으로 그 상처를 누르고 있다. 그러면서 하던 일가지를 팔꿈치로 고이고이 밀어 내려놓았다. 이윽고 눌렀던 손을 떼어보았다. 그 언저리는 인제 다시 피가 아니 나려는 것처럼 혈색이 없다. 하더니, 그 희던 꺼풀 밑에 다시금 꽃물이 차츰차츰 밀려온다. 보일 듯 말 듯한 그 상처로부터 좁쌀낟 같은 핏방울이 송송 솟는다. 또 아니 누를 수 없다. 이만하면 그 구멍이 아물었으려니 하고 손을 떼면 또 얼마 아니 되어 피가 비치어 나온다.

인제 헝겊 오락지*로 처매는 수밖에 없다. 그 상처를 누른 채 그는 바느질고리에 눈을 주었다. 거기 쓸 만한 오락지는 실패 밑에 있다. 그 실패를 밀어내고 그 오락지를 두 새끼손가락 사이에

* '오라기'의 방언. 실, 헝겊, 종이, 새끼 따위의 길고 가느다란 조각.

집어 올리려고 한동안 애를 썼다. 그 오락지는 마치 풀로 붙여 둔 것같이 고리 밑에 착 달라붙어 세상 집혀지지 않는다. 그 두 손가락은 헛되이 그 오락지 위를 긁적거리고 있을 뿐이다.

"왜 집혀지지를 않아!"

그는 마침내 울 듯이 부르짖었다. 그리고 그것을 집어 줄 사람이 없나 하는 듯이 방 안을 둘러보았다. 방 안은 텅 비어 있다. 어느 뉘 하나 없다. 호젓한 허영(虛影)만 그를 휩싸고 있다. 바깥도 죽은 듯이 고요하다. 시시로 퐁퐁 하고 떨어지는 수도의 물방울 소리가 쓸쓸하게 들릴 뿐. 문득 전등불이 광채를 더하는 듯하였다. 벽상에 걸린 괘종의 거울이 번들하며 새로 한 점을 가리키려는 시침이, 위협하는 듯이 그의 눈을 쏜다. 그의 남편은 그때껏 돌아오지 않았다.

아내가 되고, 남편이 된 지는 벌써 오래의 일이다. 어느덧 칠 팔 년이 지내었으리라. 하건만 같이 있어 본 날을 헤아리면 단 일 년이 될락 말락 한다. 막 그의 남편이 서울서 중학을 마쳤을 제 그와 결혼하였고 그러자마자 그만 동경에 부급(負笈)*한 까닭이다. 거기서 대학까지 졸업을 하였었다. 이 길고 긴 세월에 아내는 얼마나 괴로웠으며 외로웠으랴! 봄이면 봄, 겨울이면 겨울, 웃는 꽃을 한숨으로 맞았고 얼음 같은 베개를 뜨거운 눈물로 덥히었다. 몸이 아플 제, 마음이 쓸쓸할 제, 얼마나 그가 그리웠으랴! 하건만 아내는 이 모든 고생을 이를 악물고 참았었다. 참을

* 책 상자를 진다는 뜻으로, 타향으로 공부하러 감을 이르는 말.

뿐이 아니라 달게 받았었다. 그것은 남편이 돌아오기만 하면! 하는 생각이 그에게 위로를 주고 용기를 준 까닭이었다. 남편이 동경에서 무엇을 하고 있나? 공부를 하고 있다. 공부가 무엇인가? 자세히는 모른다. 또 알려고 애쓸 필요도 없다. 어찌하였든지 이 세상에 제일 좋고 제일 귀한 무엇이라 한다. 마치 옛날이야기에 있는 도깨비의 부자 방망이 같은 것이어니 한다. 옷 나오라면 옷 나오고 밥 나오라면 밥 나오고, 돈 나오라면 돈 나오고…… 저하고 싶은 무엇이든지, 청해서 아니 되는 것이 없는 무엇을, 동경에서 얻어 가지고 나오려니 하였었다. 가끔 놀러 오는 친척들의 비단옷 입은 것과 금지환 낀 것을 볼 때에 그 당장엔 그윽이 부러워도 하였지만 나중엔,

"남편만 돌아오면!"

하고 그것에 경멸하는 시선을 던지었다.

남편이 돌아왔다. 한 달이 지나가고 두 달이 지나간다. 남편의 하는 행동이 자기의 기대하던 바와 조금 배치되는 듯하였다. 공부 아니 한 사람보다 조금도 다른 것이 없었다. 아니다. 다르다면 다른 점도 있다. 남은 돈벌이를 하는데 그의 남편은 도리어 집안 돈을 쓴다. 그러면서도 어디인지 분주히 돌아다닌다. 집에 들면 정신없이 무슨 책을 보기도 하고, 또는 밤새도록 무엇을 쓰기도 하였다.

'저러는 것이 참말 부자 방망이를 맨드는 것인가 보다.'

아내는 스스로 이렇게 해석하였다.

또 두어 달 지나갔다. 남편의 하는 일은 늘 한 모양이었다. 한

가지 더한 것은 때때로 깊은 한숨을 쉬는 것뿐이었다. 그리고 무슨 근심이 있는 듯이 얼굴을 펴지 않았다. 몸은 나날이 축이 나간다.

'무슨 걱정이 있는고?'

아내도 따라서 근심을 하게 되었다. 하고는 그 여윈 것을 보충하려고 갖가지로 애를 썼다. 곧 될 수 있는 대로 그의 밥상에 맛난 반찬 가지를 붙게 하며 또 '곰*' 같은 것도 만들었다. 그런 보람도 없이 남편은 입맛이 없다 하며 그것을 잘 먹지도 않았었다.

또 몇 달 지나갔다. 인제 출입을 뚝 끊고 늘 집에 붙어 있다. 걸핏하면 성을 낸다. 입버릇 모양으로 화난다, 화난다 하였다.

어느 밤 새벽, 아내가 어렴풋이 잠을 깨어, 남편의 누웠던 자리를 더듬어 보았다. 쥐이는 것은 이불자락뿐이다. 잠결에도 조금 실망을 아니 느낄 수 없었다. 잃은 것을 찾으려는 것처럼, 눈을 부스스 떴다. 책상 위에 머리를 쓰러뜨리고, 두 손으로 그것을 움켜쥐고 있는 남편을 보았다. 흐릿한 의식이 돌아옴을 따라 남편의 어깨가 들썩들썩 움직임도 깨달았다. 흑흑 느끼는 소리가 귀를 울린다. 아내는 정신을 바짝 차리었다. 불현듯 몸을 일으켰다. 이윽고 아내의 손은 가볍게 남편의 등을 흔들며, 목에 걸리고 잘 나오지 않는 소리로,

"왜 이러고 계셔요?"

라고 물어보았다.

---

* 고기나 생선을 진한 국물이 나오도록 푹 삶은 국.

"……."

남편은 아무 대답이 없다. 아내는 손으로 남편의 얼굴을 괴어 들려고 할 즈음에, 그것이 뜨뜻하게 눈물에 젖은 것을 깨달았다.

또 한 두어 달 지나갔다. 처음처럼 다시 출입이 자조로웠다. 구역이 날 듯한 술 냄새가 밤늦게야 돌아오는 남편의 입에서 나게 되었다. 그것은 요사이 일이다. 오늘 밤에도 지금까지 돌아오지 않았다. 초저녁부터 아내는 별별 생각을 다 하면서 남편을 고대고대하고 있었다. 지루한 시간을 속히 보내려고 치웠던 일가지를 또 꺼내었었다. 그것조차 뜻같이 아니 되었다. 때때로 바늘은 헛되이 움직이었다. 마침내 그것에 찔리고 말았다.

"어데를 가서 이때껏 오시지 않아!"

아내는 인제 아픈 것도 잊어버리고 짜증을 내었다. 잠깐 그를 떠났던 공상과 환영이 다시금 그의 머리에 떠돌기 시작하였다. 이상한 꽃을 수놓은, 흰 보 위에 맛난 요리를 담은 접시가 번쩍인다. 여러 친구와 술을 권커니 작커니 하는 광경이 보인다. 어떤 기생년이 애교가 흐르는 웃음을 띠고, 살근살근 제 남편에게로 다가드는 꼴이 보인다. 그의 남편은 미친 듯이 껄껄 웃는다. 나중에는 검은 휘장이 스르르 덮이는 듯이 그 모든 것이 사라져 버리더니 낭자한 요리상만이 보이기도 하고 술병만 희게 빛나기도 하고, 아까 그 기생이 한 팔로 땅을 짚고 진저리를 쳐 가며 웃는 꼴이 보이기도 하였다. 또는 남편이 길바닥에 쓰러져 우는 것도 보이었다.

"문 열어라!"

술 권하는 사회

문득 대문이 덜컥 하고 혀가 꼬부라진 소리로 부르는 듯하였다.

"네."

저도 모르게 대답을 하고 급히 마루로 나왔다. 잘못 신은, 발에 아니 맞는 신을 질질 끌면서 대문으로 달렸다. 중문은 아직 잠그지도 않았고 행랑방에 사람이 없지 않지마는 으레 깊은 잠에 떨어졌을 줄 알고 자기가 뛰어나감이었다. 가느름한 손이 어둠 속에서 희게 빗장을 잡고 한참 실랑이를 한다. 대문은 열렸다.

밤바람이 선득하게 얼굴에 앉힌다. 문밖에는 아무도 없다! 온 골목에 사람의 그림자도 볼 수 없다. 검푸른 밤빛이 허연 길 위에 그믈그믈 깃들었을 뿐이었다.

아내는 무엇에 놀란 사람 모양으로 한참 멀거니 서 있었다. 문득 급거히 대문을 닫친다. 마치 그 열린 사이로 악마나 들어올 것처럼.

"그러면 바람 소리였구면."

하고 싸늘한 뺨을 쓰다듬으려, 해쭉 웃고 발길을 돌리었다.

"아니, 내가 분명히 들었는데…… 혹 내가 잘못 보지를 않았나? ……길바닥에나 쓰러져 있으면 보이지도 않을 터야……."

중문간까지 다다르자 별안간 이런 생각이 그의 걸음을 멈추게 하였다.

"대문을 또 좀 열어 볼까? ……아니야, 내가 헛들었지…… 그래도 혹…… 아니야, 내가 헛들었지."

망설거리면서도 꿈꾸는 사람 모양으로, 저도 모를 사이에, 마루까지 올라왔다. 매우 기묘한 생각이 번개같이 그의 머리에 번쩍인다.

"내가 대문을 열었을 제 나 몰래 들어오지나 않았나……?"

과연 방 안에 무슨 소리가 나는 것 같았다. 확실히 사람의 기척이 있다. 어른에게 꾸중 모시러 가는 어린애처럼 조심조심 방문 앞에 왔다. 그리고 문간 아래로 손을 대며 하염없이 웃는다. 그것은 제 잘못을 용서해 주십사 하는 어린애 같은 웃음이었다. 조심조심 방문을 열었다. 이불이 어째 움직움직하는 듯하였다.

'나를 속이려고 이불을 쓰고 누웠구면.'

하고 마음속으로 소곤거렸다. 가만히 내려앉는다. 그 모양이 이것을 건드려서는 큰일이 나지요 하는 듯하였다. 이불을 펄쩍 쳐들었다. 빈 요가 하얗게 드러난다. 그제야 확실히 아니 온 줄 안 것처럼,

"아니 왔구면, 안 왔어!"

라고 울 듯이 부르짖었다.

남편이 돌아오기는 새로 두 점을 훨씬 지낸 뒤였다. 무엇이 털썩 하는 소리가 들리고 잇따라,

"아씨, 아씨!"

라고 부르는 소리가 귀를 때릴 때에야 아내는 비로소 아직도 앉았을 자기가 이불 위에 쓰러져 있음을 깨달았다. 기실, 잠귀 어두운 할멈이 대문을 열었으리만큼 아내는 깜박 잠이 깊이 들었다. 하건만, 그는 몽경에서 방황하는 정신을 당장에 수습하

술 권하는 사회

였다. 두어 번 얼굴을 쓰다듬자마자 불현듯 밖으로 나왔다.

남편은 한 다리를 마루 끝에 걸치고 한 팔을 베고 옆으로 누워 있다. 숨소리가 씨근씨근한다.

막 구두를 벗기고 일어난 할멈은 검붉은 상을 찡그려 붙이며,

"어서 일어나 방으로 들어가셔요."

라고 한다.

"응, 일어나지."

'나리'는 혀를 억지로 돌리어 코와 입으로 대답을 하였다. 그래도 몸은 꿈쩍도 않는다. 도리어 그 개개풀린 눈을 자려는 것처럼 스르르 감는다. 아내는 눈만 비비고 서 있다.

"어서 일어나셔요. 방으로 들어가시라니까."

이번에는 대답조차 아니 한다. 그 대신, 무엇을 잡으려는 손처럼 손을 내어 젓더니,

"물 물! 냉수를 좀 주어."

라고 중얼거렸다.

할멈은 얼른 물을 떠다 이취자(泥醉者)의 코밑에 놓았건만, 그 사이에 벌써 아까 청을 잊은 것같이 취한 이는 물을 먹으려고도 않는다.

"왜 물을 아니 잡수셔요?"

곁에서 할멈이 깨우쳤다.

"응, 먹지 먹어."

하고 그제야 주인은 한 팔을 짚고 고개를 든다. 한꺼번에 물 한 대접을 다 들이켜 버렸다. 그러고는 또 쓰러진다.

"에그, 또 눕네."

하고 할멈은 우물로 기어드는 어린애를 안으려는 모양으로 두 손을 내어민다.

"할멈은 고만 가 자게."

주인은 귀찮다 하는 듯이 말을 한다.

이를 어찌해, 하는 듯이 멀거니 서 있는 아내도, 할멈이 그만 갔으면 하였다. 남편을 붙들어 일으킬 생각이야 간절하지마는 할멈 보는데, 어찌 그럴 수 없는 것 같았다. 혼인한 지가 칠팔 년이 되었으니 그런 파수(破羞)야 되었으련만, 같이 있어 본 날을 꼽아 보면 그는 아직 갓 시집온 색시였다.

"할멈은 가 자게."

란 말이 목까지 올라왔지만 입술에서 사라지고 말았다. 마음 그윽이 할멈이 돌아가기만 기다릴 뿐이다.

"좀 일으켜 드려야지."

가기는커녕 이런 말을 하고 할멈은 선웃음을 치면서 마루로 부득부득 올라온다. 그 모양은 마치 주인 나리가 약주가 취하시거든 방에까지 모셔다드려야 제 도리에 옳지요 하는 듯하였다.

"자아, 자아."

할멈은 아씨를 보고 히히 웃어가며, 나리의 등 밑으로 손을 넣는다.

"왜 이래 왜 이래. 내가 일어날 터야."

하고 몸을 움직이더니, 정말 주인은 부스스 일어난다. 마루를 쾅쾅 눌러 디디며 비틀비틀 곧 쓰러질 듯한 보조로 방문을 향하고 걸어간다. 와직끈 하며 문을 열어 젖히고는 방 안으로 들어간다. 아내도 뒤따라 들어왔다. 할멈은 중문 턱을 넘어설 제 몇 번 혀를 차고는 저 갈 데로 가 버렸다.

벽에 엇비슷하게 기대 서 있는 남편은 무엇을 생각하는 듯이 고개를 숙이고 있다. 그의 말라붙은 관자놀이에 펄떡거리는, 푸른 맥을 아내는 걱정스럽게 바라보면서 남편 곁으로 다가온다. 아내의 한 손은 양복 깃을, 또 한 손은 그 소매를 잡으며 화한 목성으로,

"자아, 벗으셔요."

하였다.

남편은 문득 미끄러지는 듯이 벽을 타고 내려앉는다. 그의 쭉 뻗친 발끝에 이불자락이 저리로 밀려간다.

"에그, 왜 이리 하셔요? 벗자는 옷은 아니 벗으시고"

그 서슬에 넘어질 뻔한 아내는 애달프게 부르짖었다. 그러면서도 같이 따라 앉는다. 그의 손은 또 옷을 잡았다.

"옷이 구겨집니다. 제발 좀 벗으셔요."

라고 아내는 애원을 하며, 옷을 벗기려고 애를 쓴다. 하나 취한 이의 등이 천근같이 벽에 척 들러붙었으니 벗겨질 리가 없다. 애를 쓰다 쓰다 옷을 놓고 물러앉으며,

"원 참, 누가 술을 이처럼 권하였노?"

라고 짜증을 낸다.

"누가 권하였노? 누가 권하였노? 흥흥."

남편은 그 말이 몹시 귀에 거슬리는 것처럼 곱삶는다.

"그래 누가 권했는지, 마누라가 좀 알아내겠소?"

하고 껄껄 웃는다. 그것은 절망의 가락을 띤 쓸쓸한 웃음이었다. 아내도 따라 방긋 웃고는 또 옷을 잡으며,

"자아, 옷이나 먼저 벗으셔요. 이야기는 나중에 하지요. 오늘 밤에 잘 주무시면 내일 아침에 알려드리지요."

"무슨 말이야, 무슨 말이야? 왜 오늘 일을 내일로 미루어? 할 말이 있거든 지금 해!"

"지금은 약주가 취하셨으니, 내일 약주가 깨시거든 하지요."

"무엇? 약주가 취해서?"

하고 고개를 쩔레쩔레 흔들며,

"천만에, 누가 술이 취했단 말이오? 내가 공연히 이러지, 정신은 말똥말똥하오. 꼭 이야기하기 좋을 만해. 무슨 말이든지……자아."

"글쎄, 왜 못 잡수시는 약주를 잡수셔요? 그러면 몸에 축이 나지 않아요?"

하고, 아내는 남편의 이마에 흐르는 진땀을 씻는다.

이취자는 머리를 흔들며,

"아니야 아니야, 그런 말을, 듣자는 것이 아니야."

하고 아까 일을 추상하는 것처럼 말을 끊었다가, 다시금 말을 이어,

"옳지, 누가 나에게 술을 권했단 말이오? 내가 술이 먹고 싶어서 먹었단 말이오?"

"자시고 싶어 잡수신 건 아니지요. 누가 당신께 약주를 권하

는지, 내가 알아낼까요. 저…… 첫째는 화증이 술을 권하고, 둘째는, 하이칼라가 약주를 권하지요."

아내는 살짝 웃는다. 내가 어지간히 알아맞혔지요 하는 모양이었다.

남편은 고소(苦笑)한다.

"틀렸소. 잘못 알았소. 화증이 술을 권하는 것도, 아니고, 하이칼라가, 술을 권하는 것도 아니오. 나에게 권하는 것은 따로 있어. 마누라가 내가 어떤 하이칼라한테나 홀려 다니거니, 그 하이칼라가 늘 내게 술을 권하거니, 하고, 근심을 했으면, 그것은 헛걱정이지. 나에게 하이칼라는 아무 소용도 없소. 나의 소용은 술뿐이오. 술이 창자를 휘돌아, 이것저것을 잊게 맨드는 것을 나는 취(取)할 뿐이오."

하더니 홀연 어조를 고쳐 감개무량하게,

"아아 유위유망(有爲有望)*한 머리를, 알코올로 마비 아니 시킬 수 없게 하는, 그것이 무엇이란 말이오?"

하고 긴 한숨을 내어쉰다. 물큰물큰한 술 냄새가 방 안에 흩어진다.

아내에게는 그 말이 너무 어려웠다. 그만 묵묵히 입을 다물었다. 눈에 보이지 않는 무슨 벽이 자기와 남편 사이에 가리는 듯하였다. 남편과 말이 길어질 때마다 아내는 이런 쓰디쓴 경험을 맛보았다. 이런 일은 한두 번이 아니었다.

---

* 쓸모도 있고 희망도 있음.

현진건

이윽고 남편은 기막힌 듯이 웃는다.

"흥, 또 못 알아듣는군. 묻는 내가 그르지. 마누라야 그런 말을 알 수 있겠소? 내가 설명을 해드리지. 자세히 들어요. 내게 술을 권하는 것은, 화증도 아니고, 하이칼라도 아니요. 이 사회란 것이 내게 술을 권한다오. 이 조선 사회란 것이, 내게 술을 권한다오. 알았소? 팔자가 좋아서 조선에 태어났지, 딴 나라에 났더면 술이나 얻어먹을 수 있나……."

사회란 것이 무엇인가? 아내는 또 알 수가 없었다. 어찌하였든, 딴 나라에는 없고, 조선에만 있는 요릿집 이름이어니 한다.

"조선에 있어도 아니 다니면 그만이지요."

남편은 또 아까 웃음을 재우친다. 술이 정말 아니 취한 것같이, 또렷또렷한 어조로,

"허허, 기막혀. 그 한 분자 된 이상에 다니고 아니 다니는 게 무슨 상관이야? 집에 있으면 아니 권하고, 밖에 나가야 권하는 줄 아는가 보아? 그런 게 아니야. 무슨 사회란 사람이 있어서, 밖에만 나가면, 나를 꼭 붙들고 술을 권하는 게 아니야…… 무어라 할까…… 저어 우리 조선 사람으로 성립된 이 사회란 것이 내게 술을 아니 못 먹게 한단 말이오…… 어째 그렇소? ……또 내가 설명을 해드리지. 여기 회를 하나 꾸민다 하시다. 거기 모이는 사람놈치고, 처음은 민족을 위하느니, 사회를 위하느니 그러는데, 제 목숨을 바쳐도 아깝지 않다 아니하는 놈이 하나도 없지. 하다가, 단 이틀이 못 되어, 단 이틀이 못 되어……."

한층 소리를 높이며 손가락을 하나씩 둘씩 꼽으며,

술 권하는 사회

"되지못한 명예 싸움, 쓸데없는 지위 다툼질, 내가 옳으니, 네가 그르니, 내 권리가 많으니, 네 권리가 적으니…… 밤낮으로 서로 찢고 뜯고 하지. 그러니 무슨 일이 되겠소? 무슨 사업을 하겠소? 회뿐이 아니지. 회사고 조합이고…… 우리 조선 놈들이 조직한 사회는 다 그 조각이지. 이런 사회에서 무슨 일을 한단 말이오? 하려는 놈이 어리석은 놈이야. 적이 정신이 바루 박힌 놈은, 피를 토하고, 죽을 수밖에 없지. 그렇지 않으면, 술밖에 먹을 게 도무지 없지. 나도 전자에는 무엇을 좀 해보겠다고, 애도 써 보았어. 그것이 모두 수포야. 내가 어리석은 놈이었지. 내가 술을 먹고 싶어 먹는 게 아니야. 요사이는 좀 낫지마는, 처음 배울 때에는, 마누라도 알다시피, 죽을 애를 썼지. 그 먹고 난 뒤에 괴로운 것이야, 겪어 본 사람 아니면 알 수 없지. 머리가 지끈지끈 아프고, 먹은 것이 다 돌아 올라오고…… 그래도 아니 먹은 것보담 나았어. 몸은 괴로워도, 마음은 괴롭지 않았으니까. 그저 이 사회에서 할 것은, 주정꾼 노릇밖에 없어……."

"공연히, 그런 말 말아요. 무슨 노릇을 못 해서 주정꾼 노릇을 해요! 남이라서……."

아내는 부지불식간에 흥분이 되어, 열기 있는 눈으로 남편을 바라보고, 불쑥 이런 말을 하였다. 그는 제 남편이 이 세상에 가장 거룩한 사람이어니 한다. 따라서 어느 뉘보다 제일 잘될 줄 믿는다. 몽롱하나마 그의 목적이 원대하고 고상한 것도 알았다. 얌전하던 그가 술을 먹게 된 것은 무슨 일이 맘대로 아니 되어 화풀이로 그러는 줄도 어렴풋이 깨달았다. 그러나 술은 노상 먹을 것이 아니다. 그러면 패가망신하고 만다. 그러므로 하루바삐 그 화가 풀리었으면, 또다시 얌전하게 되었으면 하는 생각이 그의 머리를 떠날 때가 없었다. 그리고 그날이 꼭 올 줄 믿었었다. 오늘부터는 내일부터는…… 하건만 남편은 어제도 술이 취하였다. 오늘도 한 모양이다. 자기의 기대는 나날이 틀려간다. 좇아서 기대에 대한 자신도 엷어간다. 애달프고 원통한 생각이 가끔 그의 가슴을 누른다. 더구나 수척해 가는 남편의 얼굴을 볼 때에, 그런 감정을 걷잡을 수 없었다. 지금 저도 모르게 흥분한 것이 또한 무리가 아니었다.

"그래도, 못 알아듣네그려. 참, 사람 기막혀. 본정신 가지고는, 피를 토하고 죽든지, 물에 빠져 죽든지 하지. 하루라도 살 수가 없단 말이야, 흉장(胸臟)이 막혀서, 못 산단 말이야. 에엣, 가슴 답답해."

라고, 남편은 소리를 지르고 괴로워서 못 견디는 것처럼 얼굴을 찌푸리며 미친 듯이 제 가슴을 쥐어뜯는다.

"술 아니 먹는다고, 흉장이 막혀요!"

남편의 하는 짓은 본체만체하고, 아내는 얼굴을 더욱 붉히며 부르짖었다.

그 말에 몹시 놀란 것처럼 남편은 어이없이 아내의 얼굴을 바라보더니 그다음 순간에는 말할 수 없는 고뇌의 그림자가 그의 눈을 거쳐간다.

"그르지, 내가 그르지. 너 같은 숙맥더러 그런 말을 하는 내가 그르지. 너한테 조금이라도 위로를 얻으려는 내가 그르지, 후

술 권하는 사회

우."

스스로 탄식한다.

"아아 답답해!"

문득 기막힌 듯이, 외마디 소리를 치고는 벌떡 몸을 일으킨다. 방문을 열고 나가려 한다.

왜 내가 그런 말을 하였던고? 아내는 불시에 후회하였다. 남편의 저고리 뒷자락을 잡으며 안타까운 소리로,

"왜 어데를 가셔요? 이 밤중에 어데를 나가셔요? 내가 잘못하였습니다. 인제는, 다시 그런 말을, 아니 하겠습니다…… 그러게 내일 아침에 말을 하자니까……."

"듣기 싫어. 놓아, 놓아요."

하고 남편은 아내를 떠다 밀치고 밖으로 나간다. 비틀비틀 마루 끝까지 가서는 털썩 주저앉아 구두를 신기 시작한다.

"에그, 왜 이리 하셔요? 인제 다시 그런 말을 아니 한대도……."

아내는 뒤에서, 구두 신으려는 남편의 팔을 잡으며 말을 하였다. 그의 손은 떨고 있었다. 그의 눈에는 단박에 눈물이 쏟아질 듯하였다.

"이건 왜 이래, 저리로 가!"

뱉는 듯이 말을 하고 획 뿌리친다. 남편의 발길은 뚜벅뚜벅 중문에 다다랐다. 어느덧 그 밖으로 사라졌다. 대문 빗장 소리가 덜컥 하고 난다. 마루 끝에 떨어진 아내는 헛되이 몇 번,

"할멈, 할멈!"

이라고 불렀다. 고요한 공기를 울리는 구두 소리는 점점 멀어 간다. 발자취는 어느덧 골목 끝으로 사라져 버렸다. 다시금 밤은 적적히 깊어간다.

"가 버렸구면, 가 버렸어!"

그 구두 소리를 영구히 아니 잃으려는 것처럼 귀를 기울이고 있는 아내는 모든 것을 잃었다 하는 듯이 부르짖었다. 그 소리가 사라짐과 함께 자기의 마음도 사라지고, 정신도 사라진 듯하였다. 심신이 텅 비어진 듯하였다. 그의 눈은 하염없이 검은 밤안개를 물끄러미 바라보고 있다. 그 사회란 독한 꼴을 그려보는 것같이.

이 쓸쓸한 새벽바람이 싸늘하게 가슴에 부딪친다. 그 부딪치는 서슬에 잠 못 자고 피곤한 몸이 부서질 듯이 지극하였다.

죽은 사람에게뿐, 볼 수 있는 해쓱한 얼굴이 경련적으로 떨며 절망한 어조로 소곤거렸다.

"그 못쓸 사회가, 왜 술을 권하는고!"

· 끝 ·

술 권하는 사회

돈(豚)

이효석

옛성 모롱이* 버드나무 까치둥우리 위에 푸르둥한 하늘이 얇게 드리웠다. 토끼우리에서는 하아얀 양토끼가 고슴도치 모양으로 까칠하게 웅크리고 있다. 능금나무 가지를 간들간들 흔들면서 벌판을 불어오는 바닷바람이 채 녹지 않은 눈 속에 덮인 종묘장(種苗場) 보리밭에 휩쓸려 도야지우리에 모질게 부딪친다.

우리 밖 네 귀의 말뚝 안에 얽어 매인 암토야지는 바람을 맞으면서 유난히 소리를 친다. 말뚝을 싸고도는 종묘장 씨돈(種豚)은 시뻘건 입에 거품을 품으면서 말뚝의 뒤로 돌아 그 위에 덥석 앞다리를 걸었다. 시꺼먼 바위 밑에 눌린 자라 모양인 암토야지는 날카로운 비명을 울리며 전신을 요동한다. 미끄러진 씨돈은 게걸떡거리며 다시 말뚝을 싸고돈다. 앞뒤 우리에서 웅하는 도야지들 고함에 오후의 종묘장 안은 떠들썩한다.

반시간이 넘어도 여의치 않았다. 둘러싸고 보던 사람들도 흥이 식어서 주춤주춤 움직인다. 여러 번째 말뚝 위에 덮쳤을 때에 육중한 힘에 말뚝이 와싹 무지러지면서 그 바람에 밑에 깔렸던 도야지는 말뚝의 테두리로 벗어져서 뛰어나갔다.

* 산모퉁이의 휘어 둘린 곳.

"어려서 안 되겠군."

종묘장 기수가 껄껄 웃는다.

"황소 앞에 암탉 같으니 쟁그러워서 볼 수 있나."

"겁을 먹고 달아나는데."

농부는 날쌔게 우리 옆을 돌아 뛰어가는 도야지의 앞을 막았다.

"달포 전에 한번 왔다 갔으나 씨가 붙지 않아서 또 끌고 왔는데요."

식이는 겸연쩍어서 얼굴이 붉어졌다.

"아무리 짐승이기로 저렇게 어리구야 씨가 붙을 수 있나."

농부의 말에 식이는 다시 얼굴을 붉혔다.

"빌어먹을 놈의 짐승."

무안도 무안이려니와 귀치않게 구는 짐승에 식이는 화를 버럭 내면서 농부의 부축을 하여 달아나는 도야지의 뒤를 쫓는다. 고무신이 진창에 빠지고 바지춤이 흘러내린다.

도야지의 허리를 맨 바를 붙들었을 때에 그는 홧김에 바를 뒤로 잡아나꾸며 기운껏 매질한다. 어린 짐승은 바들바들 뛰면서 비명을 울린다. 농가 일 년의 생명선 — 좀 있으면 나올 제일기 세금과 첫여름 감자가 나올 때까지의 가족의 양식의 예산의 부담을 맡은 어린 짐승에 대한 측은한 뉘우침이 나중에는 필연코 나련마는 종묘장 사람들 숲에서의 무안을 못 이겨 식이의 흔드는 매는 자연 가련한 짐승 위에 잦게 내렸다.

"그만 갖다 매시오."

말뚝을 고쳐 든든히 박고 난 농부는 식이에게 손짓한다.

겁과 불안에 떨며 허둥거리는 짐승을 이번에는 한결 더 든든히 말뚝 안에 우겨 넣고 나뭇대를 가로질러 배까지 떠받쳐 올려 꼼짝 요동하지 못하게 탐탁하게 얽어매었다.

털몸을 근실근실 부딪치며 그의 곁을 궁싯궁싯 굼도는 씨돈은 미처 식이의 손이 떨어지기도 전에 화차와도 같이 말뚝 위를 엄습한다. 시뻘건 입이 욕심에 목메어서 풀무같이 요란히 울린다. 깔린 암돈은 목이 찢어져라 날카롭게 고함친다.

둘러선 좌중은 일제히 웃음소리를 멈추고 일시 농담조차 잊은 듯하다.

문득 분이의 자태가 눈앞에 떠오른다. 식이는 말뚝에서 시선을 돌려 딴전을 보았다.

'분이 고것 지금엔 어디 가 있는구.'

제 이기분은새레* 일기분 세금조차 밀려오는 농가의 형편에 도야지보다 나은 부업이 없었다. 한 마리를 일 년 동안 충실히 기르면 세금도 세금이려니와 잔돈푼의 가용돈은 훌륭히 우리나왔다. 이 도야지의 공용을 잘 아는 식이다. 푼푼이 모은 돈으로 마을 사람들의 본을 받아 종묘장에서 가제** 난 양도야지 한 자웅을 사온 것이 지난여름이었다. 기름이 자르르 흐르는 새까만 자웅을 식이는 사람보다도 더 귀히 여겨 가제 사왔던 무렵에는 우리에 넣기가 아까워 그의 방 한구석에 짚을 펴고 그 위에

* '새로에'의 북한어.
** '갓'의 방언. 이제 막.

돈(豚)

재우기까지 하던 것이 젖이 그리워서인지 한 달도 못 돼서 숫놈이 죽었다. 나머지의 암놈을 식이는 애지중지하여 단 한 벌의 그의 밥그릇에 물을 받아 먹이기까지 하였다. 물도 먹지 않고 꿀꿀 앓을 때에는 그는 나무하러 가는 것도 그만두고 종일 짐승의 시중을 들었다. 여섯 달을 기르니 겨우 암토야지 티가 났다. 달포 전에 식이는 첫 시험으로 십 리가 넘는 읍내 종묘장까지 끌고 왔었다. 피돈 오십 전이나 내서 씨를 받은 것이 종시 붙지 않았다. 식이는 화가 났다. 때마침 정을 두고 지내던 이웃집 분이가 어디론지 도망을 갔다. 식이는 속이 상해서 며칠 동안 일이 손에 잡히지 않았다. 늘 뾰로통해서 쌀쌀하게 대꾸하더니 그 고운 살을 한 번도 허락하지 않고 늙은 아비를 혼자 둔 채 기어코 도망을 가 버렸구나 생각하니 분이가 괘씸하였다. 그러나 속 깊은 박 초시의 일이니 자기 딸 조처에 무슨 꿍꿍이 수작을 대었는지 도무지 모를 노릇이었다. 청진으로 갔느니 서울로 갔느니 며칠 전에 박 초시에게 돈 십 원이 왔느니 소문은 갈피갈피였으나 하나도 종잡을 수 없었다. 이래저래 상할 대로 속이 상했다. 능금꽃 같은 두 볼을 잘강잘강 씹어 먹고 싶던 분이인 만큼 식이는 오늘까지 솟아오르는 심화를 억제할 수 없었다.

"다 됐군"

딴전만 보고 섰던 식이는 농부의 목소리에 그쪽을 보았다. 씨돈은 만족한 듯이 여전히 꿀꿀 짖으면서 그곳을 떠나지 않고 빙빙 돈다.

파장 후의 광경이건만 분이의 그림자가 눈앞에 어른거리는 식이는 몹시도 겸연쩍었다. 잠자코 섰는 까칠한 암토야지와 분이의 자태가 서로 얽혀서 그의 머릿속에 추근하게 떠올랐다. 음란한 잡담과 허리 꺾는 웃음소리에 얼굴이 더한층 붉어졌다. 환영을 떨쳐 버리려고 애쓰면서 식이는 얽어매었던 도야지를 풀기 시작하였다. 농부는 여전히 게걸떡거리며 어른어른 싸도는 욕심 많은 씨돈을 몰아 우리 속에 가두었다.

"이번에는 틀림없겠지."

장부에 이름을 올리고 오십 전을 치러 주고 종묘장을 나오니 오후의 해가 느지막하였다.

능금밭 건너편 양옥 관사의 지붕이 흐린 석양에 푸르둥둥하게 빛난다. 옛성 어귀에는 드나드는 장꾼의 그림자가 어른어른한다. 성안에서 한 채의 버스가 나오더니 폭 넓은 이등 도로를 요란히 달려온다. 도야지를 몰고 길 왼편 가로 피한 식이는 퍼뜩 지나는 버스 안을 흘끗 살펴본다. 분이를 잃은 후로부터는 그는 달아나는 버스 안까지 조심스럽게 살피게 되었다. 일전에 나남에서 버스 차장 시험이 있었다더니 그런 데로나 뽑혀 들어가지 않았을까? 분이의 간 길을 이렇게도 상상하여 보았기 때문이다.

'장이나 한 바퀴 돌아올까?'

북문 어귀 성밑 돌 틈에 도야지를 매놓고 식이는 성을 들어가 남문 거리로 향하였다.

분이가 없는 이제 장꾼의 눈을 피하여 으슥한 가게 앞에 가서 겸연쩍은 태도로 매화분을 살 필요도 없어진 식이는 석유 한 병과 마른 명태 몇 마리를 사들고 장판을 오르락내리락하였다. 한

동리 사람의 그림자도 눈에 띄지 않기에 그는 곧게 성 밖으로 나와 마을로 향하였다.

어기적거리며 도야지의 걸음이 올 때만큼 재지 못하였다. 그러나 이제 매질할 용기는 없었다.

철로를 끼고 올라가 정거장 앞을 지나 오촌포 행길에 나서니 장 보고 돌아가는 사람의 그림자가 드문드문 보인다. 산모롱이가 바닷바람을 막아 아늑한 저녁빛이 행길 위를 덮었다. 먼 산 위에는 전기의 고가선이 솟고 산 밑을 물줄기가 돌아 내렸다. 온천 가는 넓은 도로가 철로와 나란히 누워서 남쪽으로 줄기차게 뻗쳤다. 저물어 가는 강산 속에 아득하게 뻗친 이 두 줄의 길이 새삼스럽게 식이의 마음을 끌었다. 걸어가는 그의 등 뒤에서는 산모롱이를 돌아오는 기차 소리가 아련히 들린다. 별안간 식이에게는 이상한 생각이 들었다.

'이 길로 아무 데로나 달아날까.'

장에 가서 도야지를 팔면 노자가 되겠지. 차 타고 노자 자라는 곳까지 달아나면 그곳에 곧 분이가 있지 않을까. 어디서 들었는지 공장에 들어가기가 분이의 소원이더니. 그곳에서 여직공 노릇 하는 분이와 만나 나도 노동자가 되어 같이 살면 오죽 재미있을까. 공장에서 버는 돈을 달마다 고향에 부치면 아버지도 더 고생하실 것 없겠지. 도야지를 방에서 기르지 않아도 좋고 세금 못 냈다고 면소 서기들한테 밥솥을 뺏길 염려도 없을 터이지. 농사같이 초라한 업이 세상에 또 있을지. 아무리 부지런히 일해도 못살기는 일반이니……. 분이 있는 곳이 어디인가……. 도야지를 팔면 얼마나 받을까. 암토야지 양도야지…….

"앗!"

날카로운 소리에 번쩍 정신이 깨었다.

찬바람이 휙 앞을 스치고 불시에 일신이 딴세상에 뜬 것 같았다. 눈 보이지 않고, 귀 들리지 않고 ─ 잠시간 전신이 죽고 감각이 없어졌다. 캄캄하던 눈앞이 차차 밝아지며 거물거물 움직이는 것이 보이고 귀가 뚫리며 요란한 음향이 전신을 쓸어 없앨 듯이 우렁차게 들렸다 ─ 우레 소리가…… 바닷소리가…… 바퀴 소리가……. 별안간 눈앞이 환해지더니 열차의 마지막 바퀴가 쏜살같이 눈앞을 달아났다.

"앗, 기차!"

다 지나간 이제 식이는 정신이 아찔하며 몸이 부르르 떨린다.

진땀이 나는 대신 소름이 쪽 돋는다. 전신이 불시에 빈 듯이 거뿐하다. 글자대로 전신은 비었다. 한쪽 팔에 들었던 석유병도 명태 마리도 간 곳이 없고 바른손으로 이끌던 도야지도 종적이 없다.

"아, 도야지!"

"도야지구 무어구 미친놈이지, 어디라구 후미키리(건널목)를 막 건너."

따귀를 철썩 맞고 바라보니 철로 망보는 사람이 성난 얼굴로 그를 노리고 섰다.

"도야지는 어찌 됐단 말이오."

"어젯밤 꿈 잘 꾸었지. 네 몸 안 치인 것이 다행이다."

돈(豚)

"아니 그럼 도야지가 치었단 말요."

"다음부터 차에 주의해!"

독하게 쏘아붙이면서 철로 망꾼은 식이의 팔을 잡아 나꿔 후미키리 밖으로 끌어냈다.

"아 도야지가 치었다니 두 번이나 종묘장에 가서 씨받은 내 도야지 암토야지 양도야지……."

엉겁결에 외치면서 홅어보았으나 피 한 방울 찾아볼 수 없다. 흔적조차 없다니― 기차가 달롱 들고 간 것 같아서 아득한 철로 위를 바라보았으나 기차는 벌써 그림자조차 없다.

"한방에서 잠 재우고, 한그릇에 물 먹여서 기른 도야지, 불쌍한 도야지……."

정신이 아찔하고 일신이 허전하여서 식이는 금시에 그 자리에 푹 쓰러질 것도 같았다.

· 끝 ·

이효석

복덕방

이태준

철석, 앞집 판장 밑에서 물 내버리는 소리가 났다. 주먹구구에 골독했던 안 초시에게는 놀랄 만한 폭음이었던지, 다리 부러진 돋보기 너머로, 똑 모이를 쪼으려는 닭의 눈을 해가지고 수챗구멍을 내다본다. 뿌연 뜨물에 휩쓸려 나오는 것이 여러 가지다. 호박 꼭지, 계란 껍질, 거피해 버린 녹두 껍질.

"녹두 빈자떡을 부치는 게로군, 흥……."

한 오륙 년째 안 초시는 말끝마다 '젠—장……'이 아니면 '흥!' 하는 코웃음을 잘 붙이었다.

"추석이 벌써 낼 모레지! 젠—장……."

안 초시는 저도 모르게 입맛을 다시었다. 기름내가 코에 풍기는 듯 대뜸 입안에 침이 흥건해지고 전에 괜찮게 지낼 때, 충치니 풍치니 하던 것은 거짓말이었던 것처럼 아래윗니가 송곳 끝같이 날카로워짐을 느끼었다.

안 초시는 그 날카로워진 이를 빈 입인 채 빠드득 소리가 나게 한번 물어보고 고개를 들었다.

하늘은 천리같이 트였는데 조각구름들이 여기저기 널리었다. 어떤 구름은 깨끗이 바래 말린 옥양목처럼 흰빛이 눈이 부시다. 안 초시는 이내 자기의 때 묻은 적삼 생각이 났다. 소매를 내려

복덕방

다보는 그의 얼굴은 날래 들리지 않는다. 거기는 한 조박의 녹두 빈자나 한 잔의 약주로써 어쩌지 못할, 더 슬픔과 더 고적함이 품겨 있는 것 같았다.

혹혹 소매 끝을 불어 보고 손끝으로 튀겨 보기도 하다가 목침을 세우고 눕고 말았다.

"이사는 팔하고 사오는 이십이라 천이 되지…… 가만…… 천이라? 사로 했으니 사천이라 사천 평…… 매 평에 아주 줄여 잡아 오 환씩만 하게 돼두 사 환 칠십오 전씩이 남으니, 그럼…… 사사는 십륙 일만 육천 환하구……."

안 초시가 다시 주먹구구를 거듭해서 얻어 낸 총액이 일만 구천 원, 단 천 원만 들여도 일만 구천 원이 되리라는 셈속이니, 만 원만 들이면 그게 얼만가? 그는 벌떡 일어났다. 이마가 화끈했다. 도사렸던 무릎을 얼른 곧추세우고 뒤나 보려는 사람처럼 쪼그렸다. 마코* 갑이 번연히 빈 것인 줄 알면서도 다시 집어다 눌러 보았다. 주머니에는 단돈 십 전, 그도 안경다리를 고친다고 벌써 세 번짼가 네 번째 딸에게서 사오십 전씩 얻어 가지고는 번번이 담뱃값으로 다 내어보내고 말던 최후의 십 전, 안 초시는 주머니에 손을 넣어 그것을 집어내었다. 백통화 한 푼을 얹은 야윈 손바닥, 가만히 떨리었다. 서 참의(徐參議)의 투박한 손을 생각하면 너무나 얇고 잔망스러운 손이거니 하였다. 그러나, 이따금 술잔은 얻어먹고, 이렇게 내 방처럼 그의 복덕방(福德房)에서

---

* 1921년 일제강점기에 발매된 담배의 상호명.

잠까지 빌려 자건만 한 번도, 집 거간이나 해먹는 서 참의의 생활이 부럽지는 않았다. 그래도 언제든지 한번쯤은 무슨 수가 생기어 다시 한 번 내 집을 쓰게 되고, 내 밥을 먹게 되고, 내 힘과 내 낯으로 다시 한 번 세상에 부딪혀 보려니 믿어졌다.

초시는 전에 어떤 관상쟁이의 '엄지손가락을 안으로 넣고 주먹을 쥐어야 재물이 나가지 않는다'는 말이 생각났다. 늘 그렇게 쥐노라고는 했지만 문득 생각이 나 내려다볼 때는, 으레 엄지손가락이 얄밉도록 밖으로만 쥐어져 있었다. 그래 드팀전을 하다가도 실패를 하였고, 그래 집까지 잡혀서 장전을 내었다가도 그만 화재를 보았거니 하는 것이다.

"이놈의 엄지손가락아, 안으로 좀 들어가아, 젠—장."

하고 연습 삼아 엄지손가락을 먼저 안으로 넣고 아프도록 두 주먹을 꽉 쥐어 보았다. 그리고 당장 내어보낼 돈이면서도 그 십전짜리를 그렇게 쥔 주먹에 단단히 넣고 담배 가게로 나갔다.

•

이 복덕방에는 흔히 세 늙은이가 모이었다.

언제, 누가 와, 집 보러 가잘지 몰라, 늘 갓을 쓰고 앉아서 행길을 잘 내다보는, 얼굴 붉고 눈방울 큰 노인은 주인 서 참의다. 참의로 다니다가 합병 후에는 다섯 해를 놀면서 시기를 엿보았으나 별수가 없을 것 같아서 이럭저럭 심심파적으로 갖게 된 것이 이 가옥 중개업(家屋仲介業)이었다. 처음에는 겨우 굶지 않을 만한 수입이었으나 대정 팔구년 이후로는 시골 부자들이 세금(稅金)에 몰려, 혹은 자녀들의 교육을 위해 서울로만 몰려들고, 그런 데다 돈은 흔해져서 관철동(貫鐵洞), 다옥정(茶屋町) 같은 중앙지대에는 그리 고옥만 아니면 만 원대를 예사로 훌훌 넘었다. 그 판에 봄가을로 어떤 달에는 삼사백 원 수입이 있어, 그러기를 몇 해를 지나 가회동(嘉會洞)에 수십 간 집을 세웠고 또 몇 해 지나지 않아서는 창동(倉洞) 근처에 땅을 장만하기 시작하였다. 지금은 중개업자도 많이 늘었고 건양사(建陽社) 같은 큰 건축 회사가 생기어서 당자끼리 직접 팔고 사는 것이 원칙처럼 되어 가기 때문에 중개료의 수입은 전보다 훨씬 준 셈이다. 그러나 이 십여 간 집에 학생을 치고 싶은 대로 치기 때문에 서 참의의 수입이 없는 달이라고 쌀값이 밀리거나 나뭇값에 졸릴 형편은 아니다.

"세상은 먹구살게는 마련야……."

서 참의가 흔히 하는 말이다. 칼을 차고 훈련원에 나서 병법을 익힐 제는, 한번 호령만 하고 보면 산천이라도 물러설 것 같던, 그 기개와 오늘의 자기, 한낱 가쾌(家儈)로 복덕방 영감으로 기생, 갈보 따위가 사글셋방 한 간을 얻어 달래도 네— 네 하고 따라나서야 하는, 만인의 심부름꾼인 것을 생각하면 서글픈 눈물이 아니 날 수도 없는 것이다. 워낙 술을 즐기기도 하지만 어떤 때는 남몰래 이런 감회(感懷)를 이기지 못해서 술집에 들어선 적도 여러 번이다.

그러나 호반(武人)들의 기개란 흔히 혈기(血氣)에서 나오는 것이기 때문이지 몸에서 혈기가 줆을 따라 그런 감회를 일으킴조차 요즘은 적어지고 말았다. 하루는 집에서 점심을 먹다 듣노라니 무슨 장사치의 외는 소리인데 아무래도 귀에 익은 목청이다. 자세히 귀를 기울이니 점점 가까이 오는 소리인데 제법 무엇을 사라는 소리가 아니라 '유리병이나 간장통 팔거—쏘—' 하는 소리이다. 그런데 그 목청이 보면 꼭 알 사람 같아 일어서 마루 들창으로 내어다보니, 이번에는 '가마니나 신문 잡지나 팔거—쏘—' 하면서 가마니 두어 개를 지고 한 손에는 저울을 들고 중노인이나 된 사나이가 지나가는데 아는 사람은 확실히 아는 사람이다. 그러나 그를 어디서 알았으며 성명이 무엇이며 애초에는 무엇을 하던 사람인지가 감감해지고 말았다.

"오—라! 그렇군…… 분명…… 저런!"

하고 그는 한참 만에 고개를 끄덕이었다. 그 유리병과 간장통을 외는 소리가 골목 안으로 사라져 갈 즈음에야 서 참의는 그가 누구인 것을 깨달아 낸 것이다.

"동관(同官) 김 참의…… 허!"

나이는 자기보다 훨씬 연소하였으나 학식과 재기가 있는 데다 호령 소리가 좋아 상관에게 늘 칭찬을 받던 청년 무관이었었다. 이십여 년 뒤에 들어도 갈 데 없이 그 목청이요 그 모습이었다. 전날의 그를 생각하고 오늘의 그를 보니 적이 감개에 사무치어 밥숟가락을 멈추고 냉수만 거듭 마시었다.

그러나 전에 혈기 있을 때와 달라 그런 기분이 오래 가지는 않았다. 중학교 졸업반인 둘째 아들이 학교에 갔다 들어서는 것을 보고, 또 싸전에서 쌀값 받으러 와 마누라가 선선히 시퍼런 지전을 내어 헤는 것을 볼 때 서 참의는 이내 속으로,

'거저 살아야지 별수 있나. 저렇게 개가죽을 쓰고 돌아다니는 친구도 있는데…… 에헴.'

하였을 뿐 아니라 그런 절박한 친구에다 대면 자기는 얼마나 훌륭한 지체냐 하는 자존심도 없지 않았다.

'지난 일 그까짓 생각할 건 뭐 있나. 사는 날까지…… 허허.'

여생을 웃으며 살 작정이었다. 그래 그런지 워낙 좀 실없는 티가 있는 데다 요즘 와서는 누구에게나 농지거리가 늘어 갔다. 그래 늘 눈이 달리고 뾰로통한 입으로는 말끝마다 젠—장 소리만 나오는 안 초시와는 성미가 맞지 않았다.

"쫌보야, 술 한잔 사 주랴?"

쫌보라는 말이 자기를 업수이여기는 것 같아서 안 초시는 이내 발끈해 가지고,

"네깟 놈 술 더러 안 먹는다."

한다.

"화투패나 밤낮 떼면 너이 어멈이 살아온다덴?"

하고 서 참의가 발끝으로 화투장들을 밀어 던지면 그만 얼굴이 새빨개져서 쌔근쌔근하다가 부채면 부채, 담뱃갑이면 담뱃갑, 자기의 것을 냉큼 집어 들고 다시 안 올 듯이 새침해 나가 버리는 것이다.

"조게 계집이문 천생 남의 첩감이야."

하고 서 참의는 껄껄 웃어 버리나 안 초시는 이렇게 돼서 올라

가면 한 이틀씩 보이지 않았다.

　한번은 안 초시의 딸의 무용회(舞踊會) 날 밤이었다. 안경화(安京華)라고, 한동안 토월회(土月會)에도 다니다가 대판(大阪)*에 가 있느니 동경(東京)에 가 있느니 하더니 오륙 년 뒤에 무용가로라 이름을 날리며 서울에 나타났다. 바로 제일회 공연 날 밤이었다. 서 참의가 조르기도 했지만, 안 초시도 딸의 사진과 이야기가 신문마다 나는 바람에 어깨가 으쓱해서 공표를 얻을 수 있는 대로 얻어 가지고 서 참의뿐 아니라 여러 친구를 돌라줬던 것이다.

　"허! 저기 한가운데서 지금 한창 다릿짓하는 게 자네 딸인가?"

　남은 다 멍멍히 앉았는데 서 참의가 해괴한 것을 보는 듯 마땅치 않은 어조로 물었다.

　"무용이란 건 문명국일수록 벗구 한다네그려."

　약기는 한 안 초시는 미리 이런 대답으로 막았다.

　"모르겠네 원……. 지금 총각 놈들은 모두 등신인가 바……."

　"왜?"

　하고 이번에는 다른 친구가 탄하였다.

　"우린 총각 시절에 저런 걸 보문 그냥 못 배기네."

　"빌어먹을 녀석…… 나잇값을 못 하구 개야 저건 개……."

　벌써 안 초시는 분통이 발끈거려서 나오는 소리였다.

　한 가지가 끝나고 불이 환하게 켜졌을 때다.

* 오사카.

"도루, 차라리 여배우 노릇을 댕기라구 그래라. 여배운 그래두 저렇게 넓적다린 내놓구 덤비지 않더라."

"그 자식 오지랖 경치게 넓네. 네가 안방 건는방이 몇 칸이요나 알았지 뭘 쥐뿔이나 안다구 그래? 보기 싫건 나가렴."

하고 안 초시는 화를 발끈 내었다. 그러니까 서 참의도 안방 건넌방 말에 화가 나서 꽤 높은 소리로,

"넌 또 뭘 아니? 요 쫌보야."

하고 일어서 버리었다.

이 일이 있은 후 안 초시는 거의 달포나 서 참의의 복덕방에 나오지 않았었다. 그런 걸 박희완(朴喜完) 영감이 가서 데리고 왔었다.

·

박희완 영감이란 세 영감 중의 하나로 안 초시처럼 이 복덕 방에 와 자기까지는 안 하나 꽤 쏠쏠히 놀러 오는 늙은이다. 아 니 놀러 오기만 하는 것이 아니라 와서는 공부도 한다. 재판소 에 다니는 조카가 있어 대서업(代書業) 운동을 한다고 『속수국어 독본(速修國語讀本)』을 노상 끼고 와 그 『삼국지(三國志)』 읽던 투로,

"긴—상 도코—에 유키이마스카."

어쩌고를 외고 있는 것이다.

그러나 『속수국어독본』 뚜껑이 손때에 절고, 또 어떤 때는 목

침 위에 받쳐 베고 낮잠도 자서 머리때까지 새까맣게 절어 '조선
총독부편찬(朝鮮總督府編纂)'이란 잔글자들은 보이지 않게 되도
록, 대서업 허가는 의연히 나오지 않는 모양이었다.

"너나 내나 다 산 것들이 업은 가져 뭘 허니. 무슨 세월에……
흥!"

하고 어떤 때, 안 초시는 한나절이나 화투패를 떼다 안 떨어
지면 그 화풀이로 박희완 영감이 들고 중얼거리는 『속수국어독
본』을 툭 채어 행길로 팽개치며 그랬다.

"넌 또 무슨 재술 바라구 밤낮 화투패나 떨어지길 바라니?"

"난 심심풀이지."

그러나 속으로는 박희완 영감보다 더 세상에 대한 야심이 끓
었다. 딸이 평양으로 대구로 다니며 지방 순회까지 하여서 제법
돈냥이나 걷힌 것 같으나 연구소를 내느라고 집을 뜯어고친다,
유성기를 사들인다, 교제를 하러 돌아다닌다 하느라고, 더구나
귀찮게만 아는 이 애비를 위해 쓸 돈은 예산에부터 들지 못하는
모양이었다.

"얘? 낡은 솜이 돼 그런지, 삯바느질이 돼 그런지 바지 솜이 모
두 치어서 어떤 덴 홑옷이야. 암만해두 샤쯜 한 벌 사 입어야겠
다."

하고 딸의 눈치만 보아 오다 한번은 입을 열었더니,

"어련히 인제 사드릴라구요."

하고 딸은 대답은 선선하였으나 샤쯠는 그해 겨울이 다 지나
도록 구경도 못 하였다. 샤쯠는커녕 안경다리를 고치겠다고 돈

일 원만 달래도 일 원짜리를 군이 바꿔다가 오십 전 한 닢만 주었다. 안경은 돈을 좀 주무르던 시절에 장만한 것이라 테만 오륙 원 먹은 것이어서 오십 전만으로 그런 다리는 어림도 없었다. 오십 전짜리 다리도 있지만 살 바에는 조촐한 것을 택하던 초시의 성미라 더구나 면상에서 짝짝이로 드러나는 것을 사기가 싫었다. 차라리 종이 노끈인 채 쓰기로 하고 오십 전은 담뱃값으로 나가고 말았다.

"왜 안경다린 안 고치셨어요?"

딸이 그날 저녁으로 물었다.

"흥……."

초시는 말은 하지 않았다. 딸은 며칠 뒤에 또 오십 전을 주었다. 그러면서 어떻게 들으라고 하는 소리인지,

"아버지 보험료만 해두 한 달에 삼 원 팔십 전씩 나가요."

하였다. 보험료나 타먹게 어서 죽어 달라는 소리로도 들리었다.

"그게 내게 상관있니?"

"아버지 위해 들었지 누구 위해 들었게요 그럼?"

초시는 '정말 날 위해 하는 거문 살아서 한 푼이라두 다우. 죽은 뒤에 내가 알 게 뭐냐' 소리가 나오는 것을 억지로 참았다.

"오십 전이문 왜 안경다릴 못 고치세요?"

초시는 설명하지 않았다.

"지금 아버지가 좋고 낮은 걸 가리실 처지야요?"

그러나 오십 전은 또 마코 값으로 다 나갔다. 이러기를 아마

서너 번째다.

"자식도 소용없어. 더구나 딸자식…… 그저 내 수중에 돈이 있어야……."

초시는 돈의 긴요성(緊要性)을 날로 날로 더욱 심각하게 느끼었다.

"돈만 가지면야 좀 좋은 세상인가!"

심심해서 운동 삼아 좀 나다녀 보면 거리마다 짓느니 고층 건축들이요 동네마다 느느니 그림 같은 문화주택들이다. 조금만 정신을 놓아도 물에서 갓 튀어나온 메기처럼 미끈미끈한 자동차가 등덜미에서 소리를 꽥 지른다. 돌아다보면 운전수는 눈을 부릅떴고 그 뒤에는 금시곗줄이 번쩍거리는, 살진 중년 신사가 빙그레 웃고 앉았는 것이었다.

"예순이 낼모레…… 젠—장할 것."

초시는 늙어 가는 것이 원통하였다. 어떻게 해서나 더 늙기 전에 적게 돈 만 원이라도 붙들어 가지고 내 손으로 다시 한 번 이 세상과 교섭해 보고 싶었다. 지금 이 꼴로서야 문화주택이 암만 서기로 내게 무슨 상관이며 자동차, 비행기가 개미 떼나 파리 떼처럼 퍼지기로 나와 무슨 인연이 있는 것이냐. 세상과 자기와는 자기 손에서 돈이 떨어진, 그 즉시로 인연이 끊어진 것이라 생각되었다.

"그러면 송장이나 다름없지 뭔가?"

초시는 이런 질문을 자신에게 던지는 지가 이미 오래였다.

"무슨 수가 없을까?"

또,

"무슨 그루테기가 있어야 비비지!"

그러다도,

"그래도 돈냥이나 엎질러 본 녀석이 벌기도 하는 게지."

하고 그야말로 무슨 그루터기만 만나면 꼭 벌기는 할 자신이
었다.

　　　　　　　　　●

그러다가 박희완 영감에게서 들은 말이었다. 관변에 있는 모
유력자를 통해 비밀리에 나온 말인데 황해 연안에 제이의 나진
(羅津)이 생긴다는 말이었다. 지금은 관청에서만 알 뿐이나 축항
용지(築港用地)는 비밀리에 매수되었으므로 불원하여 당국자로
부터 공표가 있으리라는 것이다.

"그럼, 거기가 황무진가? 전답들인가?"

초시는 눈이 뻘개 물었다.

"밭이라데."

"밭? 그럼 매평 얼마나 간다나?"

"좀 올랐대. 관청에서 사는 바람에 아무리 시굴 사람들이기
루 그만 눈치 없겠나. 그래두 무슨 일루 관청서 사는진 모르거
든……."

"그래?"

"그래, 그리 오르진 않었대…… 아마 평당 이십오륙 전씩이면

살 수 있다나 보데. 그러니 화중지병이지 뭘 허나 우리가……."

"음……."

초시는 관자놀이가 욱신거리었다. 정말이기만 하면 한 시각이라도 먼저 덤비는 놈이 더 먹는 판이다. 나진도 오륙 전 하던 땅이 한번 개항된다는 소문이 나자 당년으로 오륙 전의 백배 이상이 올랐고 삼사 년 뒤에는, 땅 나름이지만 어떤 요지(要地)는 천배 이상이 오른 데가 많다.

'다 산 나이에 오래 끌 건 뭐 있나. 당년으로 넘겨두 최소한도 오 환씩야 무려할 테지…….'

혼자 생각한 초시는,

"대관절 어디란 말야 거기가?"

하고 나앉으며 물었다.

"그걸 낸들 아나?"

"그럼?"

"그 모씨라는 이만 알지. 그리게 날더러 단 만 원이라도 자본을 운동하면 자기는 거기서도 어디어디가 요지라는 걸 설계도를 복사해 낸 사람이니까 그 요지만 산단 말이지. 그리구 많이두 바라지 않어, 비용 죄다 제치구 순이익의 이 할만 달라는 거야."

"그럴 테지…… 누가 그런 자국을 일러 주구 구경만 하자겠나…… 이 할이라…… 이 할……."

초시는 생각할수록 이것이 훌륭한, 그 무슨 그루터기가 될 것 같았다. 나진의 선례도 있거니와 박희완 영감 말이 만주국이 되는 바람에 중국과의 관계가 미묘해지므로 황해 연안에도 으레 나진과 같은 사명을 갖는 큰 항구가 필요할 것은 우리 상식으로도 추측할 바이라 하였다. 초시의 상식에도 그것을 믿을 수 있었다.

●

오늘은 오래간만에 피죤*을 사서, 거기서 아주 한 대를 피워 물고 왔다. 어째 박희완 영감이 종일 보이지 않는다. 다른 데로 자금 운동을 다니나 보다 하였다. 서 참의는 점심 전에 나간 사람이 어디서 흥정이 한 자리 떨어지느라고인지 아직 돌아오지 않는다. 안 초시는 미닫이틀 위에서 낡은 화투를 꺼내었다.

"허, 이거 봐라!"

여간해선 잘 떨어지지 않던 거북패가 단번에 뚝 떨어진다. 누가 옆에 있어 좀 보아 줬으면 싶었다.

"아무래두 이게 심상치 않어…… 이제 재수가 티나 부다!"

초시는 반도 타지 않은 담배를 행길로 내어던졌다. 출출하던 판에 담배만 몇 대를 피고 나니 목이 컬컬해진다. 앞집 수채에는 뜨물에 떠내려가다 막힌 녹두 껍질이 그저 누렇게 보인다.

"오냐, 내년 추석엔……."

초시는 이날 저녁에 박희완 영감에게서 들은 이야기를 딸에게 하였다. 실패는 했을지라도 그래도 십수 년을 상업계에서 논 안 초시라 출자(出資)를 권유하는 수작만은 딸이 듣기에도 딴사

---

* 일제강점기에 판매되던 담배의 상호명. 마코보다 곱절은 비쌌다.

람인 듯 놀라웠다. 딸은 즉석에서는 가부를 말하지 않았으나 그의 머릿속에서도 이내 잊혀지지는 않았던지 다음 날 아침에는, 딸 편이 먼저 이 이야기를 다시 꺼내었고, 초시가 박희완 영감에게 묻던 이상으로 시시콜콜히 캐어물었다. 그러면 초시는 또 박희완 영감 이상으로 손가락으로 가리키듯 소상히 설명하였고 일 년 안에 청장을 하더라도 최소한도로 오십 배 이상의 순이익이 날 것이라 장담 장담하였다.

딸은 솔깃했다. 사흘 안에 연구소 집을 어느 신탁회사(信託會社)에 넣고 삼천 원을 돌리기로 하였다. 초시는 금시 발복*이나 된 듯 뛰고 싶게 기뻤다.

"서 참의 이놈, 날 은근히 멸시했것다. 내 굳이 널 시켜 네 집보다 난 집을 살 테다. 네깟 놈이 천생 가쾌지 별거냐……."

그러나 신탁회사에서 돈이 되는 날은 웬 처음 보는 청년 하나가 초시의 앞을 가리며 나타났다. 그는 딸의 청년이었다. 딸은 아버지의 손에 단 일 전도 넣지 않았고 꼭 그 청년이 나서 돈을 쓰며 처리하게 하였다. 처음에는 팩 나오는 노염을 참을 수가 없었으나 며칠 밤을 지내고 나니, 적어도 삼천 원의 순이익이 오륙만 원은 될 것이라, 만 원 하나야 어디로 가랴 하는 타협이 생기어서 안 초시는 으슬으슬 그, 이를테면 사위 녀석 격인 청년의 뒤를 따라나섰다.

* 發福. 운이 틔어서 복이 닥침. 또는 그 복.

복덕방

일 년이 지났다.

모두 꿈이었다. 꿈이라도 너무 악한 꿈이었다. 삼천 원어치 땅을 사놓고 날마다 신문을 훑어보며 수소문을 하여도 거기는 축항이 된단 말이 신문에도, 소문에도 나지 않았다. 용당포(龍塘浦)와 다사도(多獅島)에는 땅값이 삼십 배가 올랐느니 오십 배가 올랐느니 하고 졸부들이 생겼다는 소문이 있어도 여기는 감감소식일 뿐 아니라 나중에, 역시, 이것도 박희완 영감을 통해 알고 보니 그 관변 모 씨에게 박희완 영감부터 속아 떨어진 것이었다. 축항 후보지로 측량까지 하기는 하였으나 무슨 결점으로인지 중지되고 마는 바람에 너무 기민하게 거기다 땅을 샀던, 그 모 씨가 그 땅 처치에 곤란하여 꾸민 연극이었다.

돈을 쓸 때는 일 원짜리 한 장 만져도 못 봤지만 벼락은 초시에게 떨어졌다. 서너 끼씩 굶어도 밥 먹을 정신이 나지도 않았거니와 밥을 먹으러 들어갈 수도 없었다.

"재물이란 친자간의 의리도 배추 밑 도리듯 하는 건가?"

탄식할 뿐이었다. 밥보다는 술과 담배가 그리웠다. 물론 안경다리는 그저 못 고치었다. 그러나 이제는 오십 전짜리는커녕 단십 전짜리도 얻어 볼 길이 없다.

추석 가까운 날씨는 해마다의 그때와 같이 맑았다. 하늘은 천 리같이 트였는데 조각구름들이 여기저기 널리었다. 어떤 구름은 깨끗이 바래 말린 옥양목처럼 흰빛이 눈이 부시다. 안 초시는 이번에도 자기의 때 묻은 적삼 생각이 났다. 그러나 이번에는 소매 끝을 불거나 떨지는 않았다. 고요히 흘러내리는 눈물을 그 더러운 소매로 닦았을 뿐이다.

●

여름이 극성스럽게 덥더니, 추위도 그럴 징조인지 예년보다 무서리가 일찍 내리었다. 서 참의가 늘 지나다니는 식은관사(殖銀官舍)에들 울타리가 넘게 피었던 코스모스들이 끓는 물에 데쳐 낸 것처럼 시커멓게 무르녹고 말았다.

참의는 머리가 땅— 하였다. 요즘 와서 울기 잘하는 안 초시를 한번 위로해 주려, 엊저녁에는 데리고 나와 청요릿집으로, 추탕집으로 새로 두 점을 치도록 돌아다닌 때문 같았다. 조반이라고 몇 술 뜨기는 했으나 혀도 그냥 뻑뻑하다. 안 초시도 그럴 것이니까 해는 벌써 오정 때지만 끌고 나와 해장술이나 먹으리라 하고 부지런히 내려와 보니, 웬일인지 복덕방이라고 쓴 베 발이 아직 내어걸리지 않았다.

"이 사람 봐아…… 어느 땐 줄 알구 코만 고누……."

그러나 코 고는 소리는 들리지 않았다. 미닫이를 밀어 젖힌 서 참의는 정신이 번쩍 났다. 안 초시의 입에는 피, 얼굴은 잿빛이다. 방 안은 움 속처럼 음습한 바람이 횡— 끼친다.

"아니?"

복덕방

참의는 우선 미닫이를 닫고 눈을 비비고 초시를 들여다보았다. 안 초시는 벌써 아니요, 안 초시의 시체일 뿐, 둘러보니 무슨 약병인 듯한 것 하나가 굴러져 있다.

참의는 한참 만에야 이 일이 슬픈 일인 것을 깨달았다.

"허!"

파출소로 갈까 하다 그래도 자식한테 먼저 알려야겠다 하고 말만 듣던 그 안경화 무용연구소를 찾아가서 안경화를 데리고 왔다. 딸이 한참 울고 난 뒤다.

"관청에 어서 알려야지?"

"아니야요. 앗으세요."

딸은 펄쩍 뛰었다.

"앗으라니?"

"저……."

"저라니?"

"제 명예도 좀……."

하고 그는 애원하였다.

"명예? 안 될 말이지, 명옐 생각하는 사람이 애빌 저 모양으루 세상 떠나게 해?"

"……."

안경화는 엎드려 다시 울었다. 그러다가 나가려는 서 참의의 다리를 끌어안고 놓지 않았다. 그리고,

"절 살려 주세요."

소리를 몇 번이나 거듭하였다.

"그럼, 비밀은 내가 지킬 테니 나 하자는 대루 할까?"

"네."

서 참의는 다시 앉았다.

"부친 위해 보험 든 거 있지?"

"네, 간이보험이야요."

"무슨 보험이든…… 얼마나 타게 되누?"

"사백팔십 원요."

"부친 위해 들었으니 부친 위해 다 써야지?"

"그럼요."

"에헴, 그럼…… 돌아간 이가 늘 속샤쓸 입구퍼 했어. 상등 털 샤쓰를 사다 입히구, 그 우에 진견으로 수의 일습 구색 맞춰 짓게 허구…… 선산이 있나, 묻힐 데가?"

"웬걸요, 없어요."

"그럼 공동묘지라도 특등지루 널찍하게 사구…… 장례식을 장— 하게 해야 말이지 초라하게 해버리면 내가 그저 안 있을 게야, 알아들어?"

"네에."

하고 안경화는 그제야 핸드백을 열고 눈물 젖은 얼굴을 닦았다.

•

안 초시의 소위 영결식(永訣式)이 그 딸의 연구소 마당에서 열리었다.

서 참의와 박희완 영감은 술이 거나하게 취해 갔다. 박희완 영감이 무얼 잡혀서 가져왔다는 부의(賻儀) 이 원을 서 참의가,

"장례비가 넉넉하니 자네 돈 그 계집애 줄 거 없네."

하고 우선 술집에 들러 거나하게 곱빼기들을 한 것이다.

영결식장에는 제법 반반한 조객들이 모여들었다. 예복을 차리고 온 사람도 두엇 있었다. 모두 고인을 알아 온 것이 아니요, 무용가 안경화를 보아 온 사람들 같았다. 그중에는, 고인의 슬픔을 알아 우는 사람인지, 덩달아 기분으로 우는 사람인지 울음을 삼키느라고 끽끽 하는 사람도 있었다. 안경화도 제법 눈이 젖어 가지고 신식 상복이라나 공단 같은 새까만 양복으로 관 앞에 나와 향불을 놓고 절하였다. 그 뒤를 따라 한 이십 명 관 앞에 와 꾸벅거리었다. 그리고 무어라고 지껄이고 나가는 사람도 있었다.

그들의 분향이 거의 끝난 듯하였을 때,

"에헴!"

하고 얼굴이 시뻘건 서 참의도 한마디 없을 수 없다는 듯이 나섰다. 향을 한 움큼이나 집어 놓아 연기가 시커멓게 올려 솟더니 불이 일어났다. 후— 후— 불어 불을 끄고, 수염을 한번 쓰다듬고 절을 했다. 그리고 다시,

"헴……."

하더니 조사(弔辭)를 하였다.

"나 서 참일세, 알겠나? 흥…… 자네 참 호살세 호사야…… 잘 죽었느니. 자네 살았으문 이만 호살 해보겠나? 인전 안경다리

고칠 걱정두 없구…… 아무튼지…….”

하는데 박희완 영감이 들어서더니,

“이 사람 취했네그려.”

하며 서 참의를 밀어냈다.

박희완 영감도 가슴이 답답하였다. 분향을 하고 무슨 소리를 한마디 했으면 속이 후련히 트일 것 같아서 잠깐 멈칫하고 서 있어 보았으나,

“으흐 …….”

하고 울음이 먼저 터져 그만 나오고 말았다.

서 참의와 박희완 영감도 묘지까지 나갈 작정이었으나 거기 모인 사람들이 하나도 마음에 들지 않아 도로 술집으로 내려오고 말았다.

· 끝 ·

복덕방

작가
소개

강경애

1906. 4. 20. 황해도 송화에서 출생.
1911. 아버지를 여의고 생활고를 겪음.
1921. 평양 숭의여학교 입학.
1923. 동맹휴학에 가담한 혐의로 퇴학 처분을 받음.
1924. 야학운동에 참여하여 농민 지도.
    《금성》에 '강가마'라는 필명으로 시 「책 한 권」을 발표.
1927. 항일독립운동단체인 신간회에 참여. 여성 조직인 근우회에 가입.
1931. 간도 여행 후 본격적인 작품 활동 시작.
    《조선일보》에 첫 단편 「파금(破琴)」을 발표.
    장하일(張河一)과 결혼하여 다시 간도로 이주. 작품 활동 지속.
1934. 《동아일보》에 장편 『인간문제』 연재.
1935. 《신가정》에 「원고료 이백 원」 발표.
1936. 《조선일보》에 단편 「지하촌」 발표.
1942. 건강 악화로 남편과 함께 귀국.
1944. 4. 26. 황해도 장연에서 요양 중 작고.

강경애(姜敬愛)는 1924년 양주동(梁柱東) 등이 참여한 잡지 《금성》에 시 「책
한 권」을 발표하며 문학에 뛰어들었다. 이후 《조선일보》에 독자 투고 형식으
로 4편의 글을 게재했으며, 1931년 단편 「파금」을 통해 정식으로 등단했다.
강경애는 첫 장편 『어머니와 딸』(1932)을 통해 식민지 시대 여성의 목소리를
대변했다. 그리고 대표작인 『인간문제』(1934)와 「지하촌」(1936) 등에서는 자
신의 빈궁 체험에 바탕을 둔 사실적인 필치로 일제하 극빈층의 고난과 비참
한 현실을 극한까지 묘사하여 1930년대 리얼리즘의 최고 성과 중 하나라는
평가를 받았다.

강신재

1924. 5. 8. 서울 남대문로에서 출생.
1932. 함경남도 천마소학교 입학.
1937. 부친 사망 후 서울로 이주해 덕수소학교 졸업.

1943. 경기여고 졸업. 이화여전 입학.
1944. 서임수(徐任壽)와 결혼. 학칙에 따라 이화여전 중퇴.
1944. 《문예》에 단편 「얼굴」로 등단.
1960. 《사상계》에 「젊은 느티나무」 발표.
1982. 여류문학인회 회장 취임.
1983. 대한민국 예술원 정회원 자격 획득.
1987. 소설가협회 대표위원회 위원장 취임.
2001. 5. 12. 숙환으로 작고.

강신재(康信哉)는 1949년 김동리의 추천으로 「얼굴」, 「정순이」를 《문예》에 발표하며 등단했다. 그녀는 1950년대와 1960년대에 아들의 친구와 사랑에 빠진 여인을 다룬 「표 선생 수난기」(1957), 재혼으로 오누이가 된 남녀의 사랑을 다룬 「젊은 느티나무」(1960) 등 파격적인 소재를 다룬 애정 소설을 발표하며 대표 여성 작가로 자리매김했다. 특히 감각적이면서 신선한 문체는 대중소설의 위상을 한 단계 올려놓았다는 평가를 받았다. 소설집으로 『희화』(1958), 『청춘의 불문율』(1966), 『젊은 느티나무』(1970), 『파도』(1970), 『황량한 날의 동화』(1976), 『사랑의 묘약』(1986), 『간신의 처』(1989) 등이 있다. 1959년에는 단편 「절벽」으로 한국문협상을 수상했으며 1967년에는 장편 『이 찬란한 슬픔을』로 제3회 여류문학상을 수상했다.

계용묵

1904. 9. 8. 평안북도 선천군에서 출생.
1921. 고향의 삼봉공립보통학교 졸업 후 상경. 경성 휘문고등보통학교 입학.
1927. 《조선문단》에 단편 「상환」을 발표하여 정식으로 등단.
1931. 일본 도요대학(東洋大學)에서 수학 중 가세가 기울어 귀국.
1935. 《조선문단》에 대표작 「백치 아다다」 발표.
1938. 조선일보사 출판부에서 근무.
1939. 《여성》 1월호에 「병풍에 그린 닭이」 발표.
1945. 정비석(鄭飛石)과 함께 잡지 《조선》을 창간.
1946. 《동아일보》에 「별을 헨다」 연재.
1961. 8. 9. 서울시 성북구 정릉동 자택에서 위암으로 타계.

계용묵(桂鎔黙)은 1925년《조선문단》에 「상환」을 발표하며 등단한 이래 40여 편의 단편을 남겼다. 초기에는 「최서방」(1927), 「인두지주」(1928) 등의 작품을 통해 지주와 소작인의 갈등을 그려내어 현실적이고 경향파적인 면모를 보였으나, 「백치 아다다」(1935)를 기점으로 세련된 문장기교를 선보이며 정치와 이념을 벗어난 순수 문학을 지향했다는 평을 받았다. 특히 짧은 단편에서 역량을 발휘하여 「별을 헨다」(1946), 「바람은 그냥 불고」(1947), 「이불」(1947) 등의 작품에서는 압축된 정교한 미학을 보여주었다. 단편집으로 『병풍에 그린 닭이』(1944), 『백치 아다다』(1945), 『별을 헨다』(1954)가 있고 수필집으로 『상아탑』(1955)이 있다.

김동인

1900. 10. 2. 평안남도 평양에서 출생.
1907. 기독교학교인 평양숭덕소학교에 입학.
1914. 숭실고등보통학교 중퇴 후 일본에 유학하여 도쿄학원 중학부 입학.
1917. 도쿄의 미술학교인 가와바타화숙(川端畵塾)에 입학.
      유학 중 이광수(李光洙), 안재홍(安在鴻) 등과 교제.
1919. 《창조》를 창간한 후 단편 「약한 자의 슬픔」을 발표하며 등단.
1921. 첫 창작집 『목숨』을 출판하고 《창조》에 「배따라기」 발표.
1924. 폐간된 《창조》의 후신격인 동인지 《영대》 창간.
1925. 《조선문단》에 「감자」 발표.
1930. 《삼천리》에 「광염소나타」 발표.
1933. 조선일보사 학예부에 근무. 《조선일보》에 장편 『운현궁의 봄』 연재.
1938. 《매일신보》에 산문 「국기」를 쓰며 내선일체와 황민화 주장.
1946. 《태양신문》에 장편 『을지문덕』을 연재 중 중단.
1951. 1. 5. 한국전쟁 중 서울 하왕십리 자택에서 숙환으로 타계.

김동인(金東仁)은 1919년 우리나라 최초의 문학 동인지 《창조》를 창간하고 「약한 자의 슬픔」을 발표하며 등단한 뒤 「배따라기」(1921)로 작가로서의 명성을 확고히 했다. 이광수(李光洙)의 계몽주의적 경향에 맞서 사실주의적 수법을 사용하고, 1920년대 중반 유행하던 신경향파 문학에 맞서 예술지상주의를 표방하며 순수문학 운동을 벌였다. 김동인은 이광수 비판에의 집착, 여성 문인에 대한 혐오, 극단적인 미의식, 작가우위적 창작태도, 일제 말기의 친일행적 등으로 많은 비판을 받았다. 그러나 작중인물의 호칭에 있어 이전까지 사용되지 않았던 '그'를 도입했고, 용언에서 과거시제인 '였다'를 써 문장에서 시간관념을 명백히 하였으며, 짧고 명쾌한 간결체를 구사하여 우리나라 단편소설의 전형을 확립한 것으로 평가받았다. 1955년《사상계》가 '동인문학상'을 제정하였고 1987년 이후 조선일보가 주관하고 있다.

김유정

1908. 2. 12. 강원도 춘천에서 출생.
1920. 재동공립보통학교 입학.
1929. 휘문고등보통학교 졸업.
1930. 연희전문학교 문과에 진학.
1931. 연희전문학교 중퇴. 보성전문학교에 입학했으나 자퇴.
1932. 브나로드 운동에 참여. 고향 실레마을에 금병의숙(錦屛義塾)을 세워 문맹퇴치운동 실시. 금광 사업에 참여.
1935.《조선일보》신춘문예에 「소낙비」, 《조선중앙일보》에 「노다지」가 각각 당선되며 등단. 《조광》에 「봄 · 봄」, 《개벽》에 「금 따는 콩밭」 발표. 《조선일보》에 「만무방」 연재.
1936.《조광》에 「동백꽃」을 발표.
1937. 3. 29. 폐결핵으로 경기도 광주에서 요양 치료 중 타계.

김유정(金裕貞)은 1935년 단편소설 「소낙비」가 《조선일보》에, 「노다지」가 《조선중앙일보》의 신춘문예에 각각 당선되어 문단에 올랐다. 등단하던 해에 「금 따는 콩밭」, 「떡」, 「산골」, 「만무방」, 「봄 · 봄」 등을, 그 이듬해인 1936년에 「봄과 따라지」, 「동백꽃」 등을, 1937년에는 「땡볕」, 「따라지」 등을 발표했으나 그해 지병이 악화되어 30세를 일기로 요절했다. 그는 불과 2년 남짓한 작가 생활 동안 30편 내외의 단편과 1편의 미완성 장편, 그리고 1편의 번역 소설을 남길 만큼 왕성한 창작 의욕을 보였다. 사후인 1965년, 서울시문화상을 수상했다. 김유정기념사업회의 주최로 2007년 '김유정문학상'이 제정되었다.

나도향

1902. 3. 30.(음) 서울 청파동에서 출생.
1917. 배재고등보통학교 졸업. 경성의학전문학교 입학 후 중퇴.
1920. 경상북도 안동에서 보통학교 교사로 근무.
1921. 《신청년》에 「나의 과거」,《배재학보》에 「출학」 발표.
1922. 《백조》 창간호에 「젊은이의 시절」 발표.
　　　제2호에 「별을 안거든 울지나 말걸」 발표.
1923. 「은화·백동화」, 「17원 50전」, 「행랑 자식」 발표.
1924. 《시대일보》 기자로 근무. 《개벽》에 「자기를 찾기 전」 발표.
1925. 「벙어리 삼룡이」, 「물레방아」, 「뽕」 발표. 《시대일보》에 『어머니』 연재.
1926. 8. 26. 일본에서 귀국 후 폐병으로 작고.

나도향(羅稻香)은 가업인 의업(醫業)을 이르라는 조부의 고집에 따라 경성의
학전문학교에 입학했으나 문학에 뜻을 두어 이를 중퇴하고 1917년 일본으로
유학했다. 귀국 후 안동에서 교사로 근무했고 1922년에는 현진건, 이상화, 박
종화 등과 함께 《백조》의 창간호를 만들어 「젊은이의 시절」을 발표하면서 작
가 활동을 시작했다. 초기에는 「옛날 꿈은 창백하더이다」(1922), 「17원 50전」
(1923), 「춘성」(1923) 등 감상적인 작품을 발표했으나 이후 「여이발사」, 「행랑
자식」 등의 사실주의적인 작품을 썼다. 그리고 1925년에 「물레방아」, 「뽕」,
「벙어리 삼룡이」를 발표하며 대표작을 남긴 뒤 이듬해 여름 폐병으로 요절했
다. 사후에 장편 『어머니』(1939)가 출간되었다.

백신애

1908. 5. 20. 경상북도 영천군에서 출생.
1923. 영천보통학교 졸업 후 경북공립사범학교 강습과에 입학.
1924. 경상북도의 첫 번째 여교사로 영천공립보통학교에 부임.
1926. 조선여성동우회 영천지회 조직 건으로 해임.
　　　상경하여 조선여성동우회, 경성여자청년동맹 상임위원 취임.
1929. 《조선일보》 신춘문예에 단편 「나의 어머니」가 당선되며 등단.
1934. 《신여성》에 「꺼래이」, 《개벽》에 「적빈」 발표.

1938. 《조선일보》에 단편 「광인수기」를 연재.
1939. 6. 23. 췌장암으로 경성제국대학병원 입원 치료 중 타계.

백신애(白信愛)는 1929년 《조선일보》 신춘문예에 필명 박계화(朴啓華)로 「나의 어머니」를 발표하면서 등단했다. 본격적으로 작품을 발표하기 시작한 것은 경산군 반야월의 과수원에 기거하기 시작한 1934년부터로, 이때 체험한 가난한 농촌민들의 생활이 「복선이」(1934), 「채색교(彩色橋)」(1934), 「적빈(赤貧)」(1934), 「악부자(顎富者)」(1935), 「식인(食因)」(1936) 등의 바탕이 되었다. 작품 세계는 다양한 모습을 보여 「꺼래이」(1934)에서는 식민지 조국을 떠나 만주와 시베리아에서 방황하는 실향민들을 그렸고, 유고작인 「아름다운 노을」(1939)에서는 어린 소년을 사랑하는 화가를 통해 여성의 애욕을 그려냈다. 백신애 기념사업회에서 '백신애문학상'을 제정하여 2008년부터 시상하고 있다.

오영수

1909. 2. 11. 울산에서 출생.
1920. 언양공립보통학교 입학.
1927. 동아일보에 동시 「병아리」 발표.
1937. 일본 도쿄국민예술원에 입학, 2년 뒤 졸업.
1945. 귀국 후 경남여고에 교사로 취임.
1946. 《중성》에 시 「바다」 발표.
1949. 김동리의 추천으로 《신천지》에 「남이와 엿장수(고무신)」 발표.
1950. 단편 「머루」가 《서울신문》 신춘문예에 입선.
1955. 편집장으로 현대문학사 설립, 《현대문학》 창간호 발행.
1974. 『오영수대표작선집』 전7권 간행.
1979. 《문학사상》에 「특질고」 발표로 필화를 겪은 후 절필.
        5월 15일 건강 악화로 사망.

오영수(鳴永壽)는 일본 유학 생활 이후 만주 등지를 방랑하다가 광복 이후 귀국, 경남여고에서 교편을 잡으면서 시와 소설을 발표하기 시작했다. 1950년 단편 「머루」가 《서울신문》 신춘문예에 입선되면서 본격적으로 작품 활동을 시작. 1954년 창작집 『머루』, 1956년 『갯마을』, 1958년 『명암』, 1960년 『메아리』, 1965년 『수련』 등 잇달아 창작집을 간행했다. 오영수는 "하나의 예술품을 담는 그릇으로선 장편보다 단편이 적당하다"는 작품관에 따라 오직 단편만을 고집하여 150여 편의 작품을 남겼으며, 한국의 소박한 인정에 주목하며 도시보다는 향촌을, 기계문명보다는 자연을 예찬하는 경향을 보였다. 1955년 한국문학가협회상, 1977년 대한민국예술원상 등을 받았다. 1993년 울산매일신문사에서 '오영수문학상'을 제정하여 시행하고 있다.

이상

1910. 9. 23. 서울 사직동에서 출생.
1912. 백부에게 입양되어 장손으로 성장.
1926. 보성고등보통학교 졸업.
1929. 경성고등공업학교 건축과 수석졸업 후 총독부 건축과 기수로 근무.
1930. 《조선》에 첫 장편 「12월 12일」을 연재.
1931. 《조선과 건축》에 일문시(日文詩) 「이상한 가역반응」 발표.
1932. 《조선과 건축》에 「건축무한육면각체」, 《조선》에 「지도의 암실」 발표.
1934. 구인회에 가입하여 본격적인 문학 활동 시작.
　　　《조선중앙일보》에 연작시 「오감도」를 연재하였으나 중단.
1936. 《조광》에 단편 「날개」, 《여성》에 「봉별기」 발표.
　　　이후 도쿄로 가 「종생기」, 「권태」 집필.
1937. 4. 17. 사상불온 혐의로 일본 경찰에 체포, 수감된 뒤
　　　병보석으로 출감해 도쿄대학교 부속병원에서 객사.

이상(李箱)의 본명은 김해경(金海卿)으로 '이상'이라는 필명은 1932년 「건축무한육면각체」를 발표하며 처음으로 사용했다. 1934년 구인회의 김기림, 박태원 등과 교우하며 문단과 교우를 맺었으며 이태준의 주선으로 《조선중앙일보》에 연작시 「오감도」를 연재하였으나 난해함에 항의하는 독자들의 반발로 중단되었다. 이상의 문학에는 억압되고 좌절된 욕구를 가진 무력한 자아의 불안과 공포 및 탈출 시도, 그리고 무의식의 개념을 도입한 자기 분열과 비합리적인 내면세계가 그려져 있어 흔히 난해한 초현실주의적인 작가로 일컬어진다. 그러나 기존 문학의 형태를 해체하여 이전까지는 없었던 전혀 새로운 의식과 언어로 구축한 작품세계는 시대를 초월하여 문학의 새로운 가능성을 보여준 것으로 평가받는다. 1977년 문학사상사에서 '이상문학상'을 제정하여 시행하고 있다.

이태준

1904. 11. 4. 강원도 철원군 묘장면에서 출생.
1921. 휘문고등보통학교 입학 후 동맹휴학 주도로 퇴교.
1925.《시대일보》에「오몽녀」가 입선되며 작품 활동 시작.
1929. 이화여자전문학교 강사 재임 후《개벽》에 입사.
1931.《조선중앙일보》학예부장으로 재직.
1933. 김기림(金起林), 정지용(鄭芝溶) 등과 함께 '구인회'를 결성.
1934. 첫 단편집『달밤』발간.
1937.《조광》에「복덕방」발표.
1939.《문장》의 편집자로 재임하며 최태응, 임옥인 등 작가 발굴.
1940.《문장》에 연재했던 이태준의 문장론을 모아『문장강화』출간.
1946.「해방전후」로 제1회 해방기념조선문학상 수상. 이후 월북.
1950. 종군작가로 전선에 참여하여「고향길」집필.
1952. 단편집『고향길』과『신문장강화』출간.
1953. 김일성을 영웅화하라는 노동당의 지시를 거부했다는 이유로 숙청.
1960년대 초. 압록강 중류의 자강도에서 병사한 것으로 추정.

이태준(李泰俊)은 1930년대에 구인회를 결성하고 순수 문예운동을 주도했다.
문장의 묘미를 강조하여 "상허(이태준)의 산문, 지용(정지용)의 운문."이란 소
리를 들을 정도로 당대에 빼어남을 자랑했고, 월간《문장》에 연재된 이태준
의 문장론을 엮어 만든『문장강화』(1940)는 이후로도 오랫동안 작가들의 전
범이 되다시피 했다. 이태준은 창작에 있어 인물의 형상화에 집중하였고, 그
내면을 관조하는 섬세한 묘사가 작품의 서정성을 높여 예술적 완성도와 깊이
에서도 높은 성취를 이루었다는 평가를 받았다. 월북한 뒤 숙청되어 1960년
대 초 사망한 것으로 추정된다. 이태준 기념사업회에서 2016년부터 '이태준
문학상'을 제정하여 시행하고 있다.

이효석

1907. 2. 23. 강원도 평창군에서 출생.

1920. 평창공립보통학교 졸업. 경성제일고등보통학교 입학.
1928. 경성제국대학 재학 중 단편 「도시와 유령」 발표.
1931. 첫 단편집 『노령근해』 발표.
1933. 구인회의 창립회원이 됨. 《조선문학》에 「돈(豚)」 발표.
1935. 단편 「계절」, 중편 「성화」 발표.
1936. 평양 숭실전문학교 교수 취임.
　　　「메밀꽃 필 무렵」, 「들」, 「인간산문」, 「분녀」 등 발표.
1939. 장편 『화분』, 단편 「향수」 등 발표.
1940. 《매일신보》에 『창공』 연재.
1941. 『이효석 단편선』, 『창공』을 개칭한 『벽공무한』 출간.
1942. 5. 25. 평양에서 뇌막염으로 타계.

이효석(李孝石)은 1928년 《조선지광》에 「도시와 유령」을 발표하며 정식으로 문학 활동을 시작했다. 초기작은 경향문학의 성격이 짙었으나 생활이 안정되기 시작한 1932년경부터는 순수문학을 추구하여 향토적, 이국적, 성적 모티프를 중심으로 한 독특한 작품 세계를 펼쳤다. 1933년 무렵부터 왕성하게 작품 활동을 하여 「돈(豚)」, 「수탉」(1933), 「산」, 「들」, 「메밀꽃 필 무렵」(1936), 「석류」(1936), 「성찬」(1937), 「개살구」(1937), 「장미 병들다」(1938), 「해바라기」(1938), 「황제」(1939), 「여수」(1939) 등의 단편과 『화분』(1939), 『벽공무한』(1941) 등의 장편을 발표했다. 2000년 이효석문학선양회에서 '이효석문학상'을 제정하였으며 2011년부터 이효석문학재단에서 주관하고 있다.

주요섭

1902. 12. 23. 평안남도 평양에서 출생.
1918. 숭실중학교 3학년 재학 중 일본으로 건너가 도쿄 아오야마 학원 편입.
1919. 3·1운동 후 귀국. 지하신문을 발행하다 10개월 동안 수감.
1921. 상하이 후장대상 부속 중학 졸업. 《개벽》에 「추운 밤」을 발표해 등단.
1928. 미국 스탠포드 대학원에서 교육심리학 전공 후 이듬해 귀국.
1931. 동아일보사에 입사하여 《신동아(新東亞)》의 주간으로 재임.
1934. 중국 베이징 푸런대학 교수로 취임.
1935. 《조광》에 「사랑손님과 어머니」 발표.
1943. 일본의 대륙 침략에 협조하지 않는다는 이유로 중국에서 추방돼 귀국.

1946. 상호출판사 주간과 《코리아타임스》의 주필 역임.

1953. 경희대학교 교수 취임.

1959. 독일 프랑크푸르트에서 열린 국제펜클럽 제30차 세계작가대회 참가.

1967. 《현대문학》에 「열 줌의 흙」 발표.

1972. 11. 14. 서울 자택에서 심근경색으로 타계.

주요섭(朱耀燮)은 1921년 4월 《개벽》에 단편 「추운 밤」을 발표하면서 작품 활동을 시작했다. 초기에는 하층계급의 생활과 저항을 그려 신경향파 작가로 불렸으나, 차츰 휴머니즘에 눈을 돌려 「사랑손님과 어머니」(1935), 「아네모네의 마담」(1936), 「추물」(1936) 등을 발표하면서 문단의 주목을 받았다. 1970년 「여대생과 밍크코트」에 이르기까지 모두 40편가량의 단편소설을 발표했고 『구름을 잡으려고』(1923)와 『길』(1938) 등 4편의 장편소설과 『첫사랑』(1925), 『미완성』(1936) 등 2편의 중편소설을 썼다. 『김유신(Kim Yu Shin)』(1947)과 『The Frost of the White Rock』(1963) 등의 영문 소설을 남기기도 했다.

현진건

1900. 8. 3. 대구에서 출생.

1912. 일본으로 건너가 세이조중학교 입학.

1918. 형이 있던 중국 상하이로 가 후장대학에 입학. 이듬해 중퇴 후 귀국.

1920. 《개벽》에 첫 단편 「희생화」 발표.

1921. 《개벽》에 「빈처」, 「술 권하는 사회」 발표.
　　　나도향·박종화 등과 함께 《백조》의 동인으로 활동.

1924. 《개벽》에 「단편 운수 좋은 날」 발표. 동아일보사 사회부장 재임.

1925. 《조선문단》에 단편 「B사감과 러브레터」 발표.

1936. 베를린 올림픽 손기정 선수의 마라톤 우승 사진에서 일장기를
　　　말소하고 보도한 사건으로 투옥됨.

1941. 『현진건 단편선』, 『무영탑』 출간.

1943. 4. 25. 장결핵으로 사망.

현진건(玄鎭健)은 1920년 《개벽》에 단편 「희생화」를 발표하면서 등단하였고 이듬해 발표한 「빈처」부터 문단의 주목을 받기 시작했다. 《백조》의 동인으로 활동했으며 김동인, 염상섭과 더불어 한국 근대문학 초기에 단편소설 양식을

개척하고 사실주의 문학의 기틀을 마련한 것으로 평가된다. 대표적인 단편으로는 「술 권하는 사회」(1921), 「할머니의 죽음」(1923), 「운수 좋은 날」(1924), 「불」(1925), 「B사감과 러브레터」(1925), 「고향」(1926) 등이 있고, 『타락자』(1922), 『조선의 얼골』(1926), 『현진건 단편선』(1941) 등의 단편집과 『적도』(1939), 『무영탑』(1941) 등의 장편소설이 있다. 2009년 매일신문과 현진건문학상 운영위원회의 공동 주최로 '현진건문학상'이 제정되었다.

황순원

1915. 3. 26. 평안남도 대동군에서 출생.
1929. 평양 숭덕소학교 졸업. 정주 오산중학교 입학.
1934. 평양 숭실중학교로 전학 후 졸업.
　　　일본으로 건너가 도쿄 와세다 제2고등학원 진학.
1936. 와세다대학 영문과 입학.
1939. 대학 졸업 후 귀국. 창작 활동.
1946. 월남하여 서울중고등학교 교사로 취임.
1953. 《신문학》에 「소나기」 발표.
1957. 경희대 문리대 국어국문학과 교수 취임.
　　　대한민국 예술원 회원 자격 획득.
1980. 경희대학교 정년퇴임.
2000. 9. 14. 서울 자택에서 86세로 작고.

황순원(黃順元)은 1931년 시 「나의 꿈」을 《동광》에 발표하며 먼저 시인으로 등단했다. 소설을 쓰기 시작한 것은 1937년경으로 1940년 첫 단편집 『늪』을 출간했다. 그 후 『목넘이마을의 개』(1948), 『기러기』(1951), 『학』(1956), 『잃어버린 사람들』(1958), 『너와 나만의 시간』(1964), 『탈』(1976) 등의 단편집과 『별과 같이 살다』(1950), 『카인의 후예』(1954), 『인간접목』(1957), 『나무들 비탈에 서다』(1960), 『일월』(1964), 『움직이는 성』(1973), 『신들의 주사위』(1982) 등의 장편을 발표했다. 예술원상(1961), 3·1문학상(1966), 대한민국 문학상 본상(1983) 등을 수상했고, 국민훈장 동백장(1970)과 금관문화훈장(2000)을 받았다. 2001년 《중앙일보》의 주관으로 '황순원문학상'이 제정되었다.